MARIE LAMBALLE

CAFÉ ENGEL

EINE NEUE ZEIT

ROMAN

BASTEI LÜBBE TASCHENBUCH

BASTEI LÜBBE TASCHENBUCH
Band 17748

Dieser Titel ist auch als Hörbuch und E-Book erschienen

MIX
Papier aus verantwortungsvollen Quellen
FSC® C083411

Originalausgabe

Textredaktion: Ulrike Strerath-Bolz, Friedberg
Titelillustration: © Ildiko Neer/Trevillion Images; © akg-images;
© akg-images/Science Source
Umschlaggestaltung: www.buerosued.de
Satz: two-up, Düsseldorf
Gesetzt aus der Bembo
Druck und Verarbeitung: CPI books GmbH, Leck – Germany
ISBN 978-3-404-17748-6

3 5 4

Sie finden uns im Internet unter www.luebbe.de
Bitte beachten Sie auch: www.lesejury.de

VORHER

HILDE

Wiesbaden, 22. März 1935

Ganz sacht meldet sich der Frühling in der Stadt. Gelbe und violette Krokusse leuchten in den Wiesen des Kurparks, Narzissen strecken ihre lindgrünen Blättchen aus dem Boden. Jetzt, um die Mittagszeit, ist kaum Verkehr auf der breiten Wilhelmstraße, Spaziergänger schlendern an den Läden vorbei, einige Unerschrockene sitzen schon an den Tischen der Straßencafés und genießen den Vorfrühling bei einem Tässchen Kaffee.

»Kommste noch mit?«, fragt die zwölfjährige Hilde ihre Freundin.

Gisela bleibt stehen und zieht die Riemen des schweren Schulranzens nach vorn, weil sie ihr in die Schultern einschneiden. Einen Moment lang überlegt sie, dann schüttelt sie bekümmert den Kopf. »Nee, heute besser nicht. Mama will mit mir zur Schneiderin, ich krieg zwei neue Kleider genäht.«

»Hast du es gut«, seufzt Hilde. »Deine Mama hat immer Zeit für dich.«

»Phhh«, gibt Gisela mürrisch zurück. »Wir können gern tauschen. Du gehst mit meiner Mama zur Schneiderin, und ich setze mich zu deiner Mama ins Café Engel.«

Das will Hilde allerdings auch nicht. Erstens ist Giselas Mama ziemlich streng. Und zweitens würde Hilde das Café Engel gegen nichts und niemanden in der Welt eintauschen.

»Dann bis morgen …«, sagt sie zu Gisela.

»Bis morgen … Kann ich die Rechenaufgaben morgen früh wieder von dir abschreiben?«

»Meinetwegen …«

Gisela winkt und läuft davon in Richtung Webergasse. Ihre blaue Jacke, die sie ausgezogen und über den Ranzen gehängt hat, bläht sich im Wind wie ein Segel. Hilde wendet sich zum elterlichen Café, wo über dem Eingang ein pausbäckiger Engel aus goldfarbenem Blech baumelt, eine Kaffeekanne in den Händen. Auch hier sitzen schon einige wenige Gäste an den Tischen, die Finchen draußen auf dem Trottoir aufgestellt hat.

»Ja, die Hilde …«, ruft eine dicke Frau im Pelz. »Na, ist die Schule schon aus?«

Das ist die Frau Knauss, die hat ziemlich viel Geld, sagt Mama, und Hilde ist angewiesen, sehr höflich zu sein. Auch wenn sie blöde Fragen stellt, wie jetzt zum Beispiel.

»Ja, gnädige Frau«, sagt sie und macht einen angedeuteten Knicks.

Frau Knauss lächelt gönnerhaft und meint zu ihrer Freundin Ida, die mit kältestarrer Miene ihre Tasse umklammert, dass die Kinder heutzutage doch kaum noch etwas lernen würden. Die Freundin nickt. Auch der junge Mann, der mit am Tisch sitzt, bestätigt diese Meinung.

»Haben Sie noch einen Wunsch?«, fragt Hilde. Es klingt genauso, wie Finchen, die Bedienung, es immer sagt. Hilde würde wahnsinnig gern im Café servieren, aber leider darf sie das nicht.

»Drei Kaffee-Cognac …«, bestellt Frau Knauss und fügt hinzu, dass Hilde ein tüchtiges Mädel sei.

Das findet die blonde Hilde auch. Sie nimmt den Schulranzen ab, bevor sie durch die Drehtür ins Café hineingeht. Das ist wichtig, weil sie schon einmal mit dem Ranzen in der Tür stecken geblieben ist. Auch drinnen wird sie von einigen Gästen begrüßt, das Café Engel hat viele Stammgäste. Manche kommen schon am Vormittag, trinken Kaffee oder auch ein Weinchen und lesen die Zeitung.

Hilde grüßt zurück und geht zu der gläsernen Kuchentheke,

wo Finchen, die Serviererin, gerade zwei Stücke Schokosahne auf Teller legt.

»Drei Kaffee-Cognac nach draußen«, gibt Hilde die Bestellung routiniert weiter. Dann setzt sie sich an den kleinen Tisch gleich neben der Theke und stellt den Schulranzen so, dass man ihn nicht sehen kann. Eigentlich darf sie ihre Hausaufgaben nicht hier unten im Café machen, weil Mama der Meinung ist, hier sei es zu laut und Hilde könne sich nicht konzentrieren. Aber das stimmt nicht. Hilde ist der festen Meinung, dass das Café Engel der beste Ort in der Welt ist, um Hausaufgaben zu machen. Bei dem leisen Geklapper des Geschirrs, dem Klirren der Löffelchen und Kuchengabeln, dem Reden, Murmeln und Lachen der Gäste fühlt sie sich unendlich wohl und zu Hause. Und erst die Gerüche, die das Café erfüllen! Der frisch aufgebrühte Bohnenkaffee, der Geruch nach Vanille, Bittermandel und Schokolade, der Hauch von Kirschwasser oder Cognac, ja, sogar der Zigarrenrauch und die Zeitungen … das alles mischt sich zu jenem wundervollen, lebendigen Duft, der das Café Engel ausmacht.

Hilde zieht ihr Rechenheft aus dem Ranzen und sucht den Bleistift hervor. Hier an diesem Tisch schützen sie die vielen Torten in der Kuchentheke vor Mamas Blicken, und Papa achtet nicht auf sie, weil jetzt die Opernsänger von der Probe kommen. Die Schauspieler und Musiker vom Theater gehen immer nur ins Café Engel, sie sind alle Papas Freunde und fühlen sich hier wohl.

Hilde wirft die blonden Zöpfe über die Schulter, damit sie nicht stören, und rechnet eifrig drauflos. Bei schwierigen Aufgaben schaut sie hinauf zur weißen Stuckdecke, folgt den verschlungenen Ornamenten und hat dann sofort die Lösung gefunden. Im Rechnen ist sie Klassenbeste, da ist keine so flott wie die Hilde Koch. Nur mit den Aufsätzen quält sie sich ziemlich herum, da muss sie sich manchmal Hilfe holen.

»Na, Hilde? Weiß das auch die Mama, dass du hier sitzt?«

Finchen, die Serviererin, läuft mit dem vollgepackten Tablett an ihr vorbei. Dreimal Schwarzwälder Kirsch, zweimal Käse-Sahne – das ist garantiert für die Schauspieler, die schlagen sich immer die Bäuche voll. Die Opernsänger essen am Nachmittag kaum etwas, damit sie abends gut bei Stimme sind. Dafür kommen sie nach der Aufführung ins Café Engel und vertilgen Kartoffelsalat, Senf-Eier und Lachsschnittchen und solche leckeren Sachen. Aber um diese Zeit muss Hilde leider ins Bett. Sie schaut nur immer am Nachmittag zu, wenn die Marlene in der Küche wirbelt. Die Marlene ist die Kaltmamsell und Hildes besondere Freundin, weil sie bei ihr immer probieren darf.

»Du bist die Vorkosterin«, sagt Marlene immer. »Du musst von allem ein bisschen essen, sonst kann ich es nicht rausgeben.«

Sie ist klein und dünn, die Marlene, und sie hat grünliche Augen. Wenn sie arbeitet, trägt sie immer ein Tuch um die Haare gewickelt. Sie hat Hilde gezeigt, wie man Senf-Eier zubereitet und wie man den Räucherlachs schneidet. Mit einem scharfen Messer, schräg und ganz fein …

»Sie macht das sehr geschickt«, hat Marlene zu Mama gesagt.

»Hauptsache, sie stört dich nicht bei der Arbeit«, hat Mama geantwortet.

Mama weiß es noch nicht – aber Hilde ist fest entschlossen, eines Tages die Chefin des Café Engel zu werden. Das hat sie mit Papa schon abgesprochen, und der hat gesagt, er sei einverstanden.

»In zehn Jahren«, hat er gemeint. »Dann bist du volljährig, mein Mädchen. Dann kannst du den Laden übernehmen.«

Wobei man bei Papa nie sicher sein kann, dass er nicht morgen etwas anderes sagt. Papa ist der liebste Papa der Welt. Aber was Mama sagt, das wird gemacht. So ist das im Café Engel. Und oben in der Wohnung ist es genauso.

Jetzt wird es eng, weil Mama plötzlich im Gastraum auftaucht und sich umschaut. Verflixt. Hat Finchen etwa gepetzt? Oh, wie gemein von ihr! Marlene hätte das nie getan …

Aber Mama kümmert sich gar nicht um Hilde, sie geht hinüber zum Fenstertisch, wo Papa mit den Opernleuten sitzt.

»Heinz, bist du so lieb … ich brauch dich mal«, ruft sie und lächelt den Gästen entschuldigend zu.

Papa ist gut erzogen, er steht gleich auf, und dann reden die Eltern leise miteinander, ganz dicht bei der Kuchentheke.

»Das kann ich nicht, Else. Schon gar nicht den Max Pallenberg, der letztes Jahr so unglückselig ums Leben gekommen ist …«

Hilde spitzt die Ohren. Den Sänger und Schauspieler Max Pallenberg kennt sie von dem Foto, das drüben im Nebenraum hängt. Mit Unterschrift natürlich. Das Café Engel ist voll von solchen Fotos, sie hängen überall an den Wänden, die meisten in Glasrahmen, manche auch auf Pappe aufgeklebt. Viele sind schon ganz vergilbt, aber Papa ist sehr stolz auf die Fotos, und er sagt immer, sie seien der größte Schatz des Café Engel.

»Den Pallenberg kannst du ja hängen lassen«, flüstert Mama. »Aber der Kortner muss weg. Und der Klaus Mann auch. Der zuerst.«

»Das ist feiger Opportunismus, Else. Was sollen meine Freunde von mir denken?«

»Das ist Lebensklugheit, Heinz! Er ist drüben in der Kochbrunnenhalle. Mit der ganzen Gefolgschaft. Einen Katzensprung von uns entfernt.«

»Er ist ein kunstsinniger Mensch, Else. Und er liebt das Theater …«

Hilde hört Mama leise lachen. Es klingt nicht fröhlich. Eher bitter. »Wo lebst du? Im Traumland? Wenn er tatsächlich hierher kommt und jüdische Künstler auf unseren Fotos sieht, dann wird er einen Wutanfall bekommen, und das Café Engel wird geschlossen. So schaut es aus.«

»Ach, Else …«

»Ich hänge jetzt erst mal den Gründgens über den Kortner. Und über den Klaus Mann kommt der Richard Strauss. Und der August Bebel, der kommt ganz weg.«

Papa fügt sich kopfschüttelnd. Das war vorauszusehen. »Den Bebel kann ich verschmerzen, Else. Aber die anderen … Es ist eine Schande!«

»Lass mich nur machen, Heinz.«

Mama streichelt dem Papa über die Wange, und er tut noch einen langen Seufzer, bevor er sich wieder zu den Opernsängern setzt. Mamas Augen gleiten über die Wände von Foto zu Foto, dann bleiben sie an Hilde hängen, die stocksteif an ihrem Tisch sitzt und so tut, als sei sie nicht da.

»Was machst du denn hier, Hilde? Hab ich nicht gesagt, die Schularbeiten werden oben in der Wohnung erledigt?«

Ablenkung ist die beste Verteidigung.

»*Wer* ist drüben in der Kochbrunnenhalle, Mama?«

Mama schnauft, Hilde merkt, dass sie nur ungern antwortet.

»Der Führer. Adolf Hitler. Er besucht Wiesbaden.«

Ach ja – jetzt fällt es Hilde wieder ein. Sie haben in der Schule darüber gesprochen. Es sei eine große Ehre für die Stadt, hat Herr Kimpel, der Klassenlehrer, gesagt.

»Und er kommt hierher? Zu uns?« Hilde ist ganz aufgeregt. Wenn sie das morgen in der Klasse erzählt, dass der Führer im Café Engel war … die werden staunen!

»Das ist nicht sicher … Aber es könnte sein … Wo sind die Buben eigentlich? Der August soll draußen kehren …«

Hilde hebt die Schultern, was so viel bedeutet wie: keine Ahnung. Und tatsächlich kann sie nicht wissen, wo sich Willi und August gerade jetzt in diesem Augenblick aufhalten. Weil sie nämlich mit den Fahrrädern unterwegs sind. Rüber nach Biebrich auf das Grundstück vom Rupert Knauss, da ist ein Teich mit Kaulquappen und Wasserflöhen. Weil der August doch ein Aquarium hat.

Zum Glück lässt Mama sie nun in Ruhe und wendet sich den Fotos an den Wänden zu. Sehr schlau macht sie das. Tut so, als müsste sie die Bilder saubermachen, trägt gleich mehrere davon, bringt aber nicht alle zurück. Während Hilde noch überlegt, was Mama wohl mit den leeren Stellen an der Wand anfangen wird, hört sie den Axel Imhoff drüben am Sängertisch begeistert ausrufen:

»Ich hab's gewusst! Das ist der glücklichste Tag meines Lebens! Den Radames vor dem Führer zu singen … Mein Gott! Ich glaub es kaum …«

Aha, denkt Hilde. Wenn der Adolf Hitler heute Abend in die Oper geht, dann kommt er ganz bestimmt hierher. Ist doch gleich gegenüber. Sie linst zu den Opernsängern, die jetzt auf einmal ganz aufgeregt sind. Es gibt *Aida* heute Abend. Von Verdi. Hilde kennt sich aus mit Opern, weil sie von klein auf im Café Engel zwischen den Theaterleuten herumgelaufen ist. Der Addi Dobscher singt auch mit, aber nicht den Radames, weil er kein Tenor, sondern ein Bariton ist. Der Addi ist so ein großer, das Haar schon ein bisschen grau, und er spricht immer wie aus einem Bierfass heraus. Aber er ist richtig nett, und außerdem wohnt er oben im Haus.

»Ob der im Theater hockt oder nicht«, sagt er jetzt laut, »das ist mir doch egal.«

»Sag das nicht, Addi«, wendet Sofia Künzel ein. »Der Goebbels ist bei ihm. Da kommste vielleicht noch zum Film nach Babelsberg …« Sie lacht laut und freut sich über Addis abwehrende Geste.

»Aber auch nur, wenn ich zart, blond und ein Mädel wär …«, meint Addi grinsend.

Die Sofia Künzel singt heute Abend auch. Sie ist die Aida – obgleich sie eigentlich zu alt dafür ist. Und auch zu dick. Aber wenn sie auf der Bühne steht und singt, denkt man, sie sei ganz jung. Hilde war schon ein paarmal mit in der Oper, weil sie doch immer Freikarten kriegen. Prächtig ist es da, alles glänzt in Gold mit rotem Samt. Papa hat ihr erklärt, dass früher der Kaiser in der Mittelloge gesessen hat. Aber bei den *Meistersingern* ist Hilde eingeschlafen, weil die Musik gar nicht mehr aufhören wollte.

»Ich verstehe euch nicht«, regt sich Axel Imhoff auf. »Es geht doch um die Ehre. Vor dem Führer singen zu dürfen ist …«

Jetzt kommen der Korrepetitor Alois Gimpel und der Zeitungsschreiber Hans Reblinger durch die Drehtür ins Café. Sie begrüßen die Sänger und ziehen die Mäntel aus, tätscheln Finchen die rundlichen Hüften und bestellen Kaffee.

»Nur die Ruhe. Er ist schon wieder im Hotel Rose. Will sich ausruhen und für den Abend umkleiden, heißt es. Aber der Hotelboy hat gesagt, er telefoniert die ganze Zeit …«

Dann kommt er wohl doch nicht hierher, denkt Hilde enttäuscht. Sie schielt an der Schoko-Sahne-Torte vorbei in die Küche hinein und stellt fest, dass die Marlene schon da ist. Verflixt. Und sie muss noch diesen blöden Aufsatz schreiben. »Warum ich meine Heimatstadt liebe …« Was soll ein normaler Mensch sich da ausdenken? Weil Wiesbaden schön ist. Aber Frankfurt ist auch schön. Und wenn sie mit dem Auto einen Ausflug in den Taunus machen – da ist es auch schön …

Suchend schaut sie sich im Café um. Der Hans Reblinger fällt aus, der schwatzt angeregt mit dem Tenor Axel Imhoff, dem Radames von heute Abend. Hinten in einer Ecke sitzt das Fräulein Wemhöner ganz allein bei Tee und Obstkuchen. Die ist Theaterschneiderin und näht die Kostüme; sie wohnt auch oben im Haus. Obgleich sie rotes Haar hat, ist sie bildschön, findet Hilde. So zierlich. Und mit so geheimnisvollen Augen. Papa hat mal gesagt, das Fräulein Wemhöner hätte es faustdick hinter den Ohren. Hilde überlegt kurz, ob sie sie um Hilfe bitten soll, aber dann tut sie es doch nicht, weil die Wemhöner bestimmt gleich zusammen mit den Sängern hinüber ins Theater geht. Besser, sie versucht es bei Eddi Graff. Der ist Schauspieler und sitzt am Nebentisch mit einer Zeitung vor der Nase.

Noch ein schneller Blick in den Nebenraum, wo Mama Fotos umhängt, dann schnell das Heft aus dem Schulranzen geholt und rüber zum Eddi Graff. Der muss es wohl geahnt haben, denn noch bevor sie an seinem Tisch ist, lässt er die Zeitung sinken.

»Na, Hilde?«, sagt er schmunzelnd. »Wieder mal so ein dummer Aufsatz?«

»Ja. Und dieses Mal noch dümmer als sonst …«

»Dann setz dich mal zu mir …«

Der Eddi Graff ist schon alt, fast fünfzig, aber alle Frauen in Wiesbaden schwärmen für ihn. Wegen seiner grauen Schläfen, heißt es. Und weil er auf der Bühne immer solche aufregenden Männer spielt. Hilde findet, dass Eddi Graff eigentlich ganz normal aussieht, und wenn er nicht Theater spielt, ist er ziemlich unauffällig.

Er braucht eine Brille, um die Überschrift in ihrem Schulheft lesen zu können.

»Warum ich meine Heimatstadt liebe …«, liest er vor und hält einen Moment nachdenklich inne.

»Was kann man da denn schreiben?«, fragt sie mit tiefem Seufzer.

»Tja …«, sagt er und lächelt. »Denk dir mal einen schönen Sommertag. Schulfrei. Was würdest du da machen?«

»Schwimmen gehen. Unten am Rheinufer. Oder Zelt bauen im Garten. Oder Boot fahren im Kurpark …«

Richtig. Jetzt kommt sie auf Ideen. Bonbons und Lutscher kaufen. Mit den Freundinnen durch die Altstadt strolchen. Mit den Fahrrädern an den Rhein … Die Weinberge … das Biebricher Schloss. Ach ja – der Kurpark mit dem großen Teich.

Und natürlich die Wilhelmstraße mit den Platanen. Und das Café Engel. Das sowieso. Das ist überhaupt das Wichtigste an Wiesbaden.

Er hilft ihr ein wenig, ihre Gedanken zu sortieren, dann flutscht es. Eine Seite vollgeschrieben, dann noch eine halbe. Hilde entscheidet, dass es genug ist. Wenn man viel schreibt, macht man nur viele Fehler.

»Danke«, sagt sie zu Eddi Graff und strahlt ihn an. »Das war sehr nett von Ihnen. Jetzt weiß ich, dass ich meine Heimatstadt liebe. Und warum.«

»Ja«, sagt er. »Glücklich sind jene, die hier zu Hause sind.«

Er lächelt irgendwie traurig und lehnt sich im Stuhl zurück. Drüben am Fenstertisch stehen die Sänger jetzt auf und ziehen ihre Mäntel an, um hinüber ins Theater zu gehen. Addi Dobscher hilft Julia Wemhöner in den Mantel, Papa legt Sofia Künzel den pelzbesetzten Umhang um und spuckt ihr über die linke Schulter. »Toi, toi, toi …«

Hilde nutzt die Lage, um das Aufsatzheft rasch in den Schulranzen zu stopfen. In der Küche steht die Marlene und tuschelt mit Finchen. Ganz aufgeregt sind sie, merken kaum, dass Hilde in die Küche kommt.

»Hat er mir gestern gesagt«, flüstert Marlene. »Er hat schon die Schiffskarten. Übermorgen reist er über den großen Teich. Nach New York …«

»Wer?«, fragt Hilde.

»Na, der Eddi Graff. Wollte die Wemhöner mitnehmen, aber die will nicht … raus aus Deutschland.«

Hilde begreift nichts. Wieso raus aus Deutschland? Eben hat er noch gesagt, dass er glücklich ist, hier zu Hause zu sein.

»Weil die doch Juden sind«, erklärt Finchen. »Die Juden sind unser Unglück.«

»Erzähl dem Kind nicht solche Sachen!«, schimpft Marlene.

LUISA

Gutshof Tiplitz bei Marienburg, Ostpreußen. April 1938

In diesem Jahr stehen große Veränderungen bevor – das hat die Großmutter an Silvester beim Bleigießen gesagt und dann mit starrer Miene ins Kaminfeuer geblickt. Luisa mag die Großmutter nicht leiden, was auf Gegenseitigkeit beruht; dennoch glaubt sie, dass die Prophezeiung richtig sein könnte. Es ist der Himmel. Nie zuvor ist Luisa aufgefallen, wie großartig das Spiel der Wolken am weiten Himmel ist, wie schön die wechselnden Farben und Formen, wie rasch die sich wandelnden Wolkenbilder vorüberfliegen. Als Joschka ihnen heute früh geholfen hat, die Pferde zu satteln, schien der Himmel von grau meliertem Marmor bedeckt: eine dichte, krümelige Masse, die nach Osten hin rötlich glühte.

»Wie die Lava, die der große Vesuv ausgespien hat«, bemerkt Oskar, der in den Ferien für das Gymnasium in Danzig lernen muss, weil seine Versetzung gefährdet ist. »Damit hat der Vulkan die Stadt Pompeja zugedeckt und alle Menschen, die dort lebten, sind erstickt und verbrannt …«

Er nickt Luisa bedeutungsvoll zu und steigt auf. Die Stute Leni geht ein paar Schritte rückwärts und macht Anstalten zu steigen, Oskar bekommt sie jedoch sofort in den Griff. Der Siebzehnjährige reitet ebenso wie sein älterer Bruder Jobst seit der frühesten Kindheit, und auch die vierzehnjährige Luisa hat schon mit vier Jahren auf dem Rücken eines Trakehners gesessen. Die edlen Tiere werden auf Gut Tiplitz seit vielen Jahren gezüchtet und – wie Papa ihr gesagt hat – in alle Welt verkauft. Papa reitet niemals aus, er fährt höchstens einmal in der Kutsche, und auch das nur bei gutem Wetter. Dafür führt er die Bücher für die Großmutter. Wenn man ihn sucht, findet man Papa fast immer in der Bibliothek.

»Pompeji heißt das, nicht Pompeja«, bemerkt Jobst kopfschüttelnd. »Junge, Junge – erzähl bei der Nachprüfung bloß nicht solchen Quatsch!«

Oskars Miene verdüstert sich – er ist ehrgeizig und leidet darunter, dass er ein schlechtes Gedächtnis hat. Das Abitur ist Ehrensache für einen von Kamm, danach die Offizierslaufbahn. Vor allem aber hat er mit seinem historischen Wissen Cousine Luisa imponieren wollen. Und da muss Jobst ihn mit seiner pingeligen Art blamieren.

»Solche Lappalien sind doch nicht wichtig …«, knurrt er.

»Hast du eine Ahnung, Kleiner …«

Inzwischen ist auch Luisa aufgestiegen und hat sich im Sattel zurechtgesetzt. Die hübsche braune Flavia tänzelt auf der Stelle; einen plumpen Annäherungsversuch von Wallach Balduin wehrt sie mit zornigem Schnauben ab.

Jobst nimmt sein Reittier energisch zurück. »Du bist ein Wallach, mein Guter«, meint er schmunzelnd. »Vergiss das nicht.«

Luisa reitet an der Spitze der kleinen Gruppe, die beiden jungen Männer folgen ihr in kurzem Abstand. Der Gutshof ist als dreiflügelige Anlage erbaut, in deren Mitte das imposante Backsteingebäude des alten Herrenhauses steht. Davor hat man eine sanfte, gut gepflegte Rasenfläche mit weißen Bänken, Statuen und Blumenbeeten angelegt, auf der die Damen des Hauses mit Gästen flanieren können. Rechts erstrecken sich die Pferdeställe, den linken Flügel bilden zwei Remisen für die Kutschen und Automobile der Gutsherrin, dahinter liegen die Häuser der Angestellten.

Man reitet den breiten Sandweg längs der Rasenfläche entlang, der vorn an der Mauer links abbiegt und zum Tor führt. Schweigend besehen die jungen Leute den unsteten Morgenhimmel, den jetzt die Sonne im Osten aufreißt wie einen mürben, dunklen Vorhang. Es ist überwältigend schön, dieses wilde Schauspiel dort oben in den Wolken, zugleich aber auch erschreckend, denn es sieht aus, als hätte jemand einen Spalt in die Himmelskuppel geschlagen, aus dem nun das Licht mit gleißender Strahlkraft austritt.

»Pompös, wie?«, bemerkt Jobst.

Luisa stimmt ihm zu. Während sie zum Tor hinausreiten und den Weg zum See nehmen, schwindet das großartige Himmelswunder, und das Morgenlicht nimmt das gesamte Firmament ein. Die Landschaft darunter ist überwiegend flach. Weite Ackerflächen breiten sich aus, vom ersten, lindgrünen Flaum des Frühlings überzogen, tiefgrüne Wiesen, denen die Feuchtigkeit bald zu kräftigem Wachstum verhelfen wird. Weiter hinten dunkle Wälder, Buchen, Eichen und Fichten herrschen vor, dort wird im Herbst wieder die Treibjagd stattfinden.

Luisa reitet immer noch voraus, treibt die Stute an und lässt sie ein Stück galoppieren. Sie spürt die Blicke der Cousins im Rücken, ein prickelndes, neues Gefühl. Im Januar ist sie vierzehn geworden. Ihr Körper hat sich innerhalb weniger Wochen verändert, sie hat jetzt kleine, spitze Brüste und eine schmale Taille. Auch die Monatsblutung, die die Mutter ihr seit Jahren prophezeit, hat sich endlich eingestellt, und so sehr die Mutter darüber seufzt, ist Luisa stolz darauf, jetzt eine richtige Frau zu sein. Es ist angenehm, von Oskar und Jobst, die die Osterferien auf dem Gutshof verbringen, mit neuem, respektvollem Interesse gesehen zu werden. Haben sie die »Kleine« früher gern gehänselt, manchmal auch boshafte Späße mit ihr getrieben, so spürt Luisa nun, dass sie Macht über die beiden hat. Sie ist keine, die eine solche Macht missbraucht, aber es ist gut, sie zu besitzen und zu erproben. Zum heutigen Morgenritt hat sie das lange schwarze Haar nicht unter die Mütze gesteckt, sondern offen gelassen. Wie eine seidige Trauerfahne weht es im Wind. Wenn es gar zu heftig emporgewirbelt wird, fasst sie den Haarschmuck rasch mit beiden Händen und dreht ihn zusammen. Wohl wissend, dass der Wind in wenigen Minuten aufs Neue sein Spiel damit treiben wird.

Trotz des beginnenden Frühlings ist es noch kalt. Vor ihren Mündern und vor den Nüstern der Pferde wehen weiße Nebel, in tieferen Ackerfurchen sieht man noch die glitzernden Frostgespinste. Es ist erst April, da kann es passieren, dass das Land innerhalb weniger Stunden noch einmal im Schnee versinkt. Wie zum Trotz blühen am Waldboden zahllose Buschwindröschen, eine flaumige weiße Frühlingswolke, die sich zur Erde gesenkt hat. Die kleinen Blüten müssen sich beeilen, denn sobald die Bäume im vollen Laub stehen, fehlt ihnen am Waldboden das Licht.

Als sie schon den Fluss Nogat sehen können, hält Lusia die Stute an und sieht sich nach den beiden jungen Männern um.

»Du bist ja ganz hübsch losgeprescht, Lieschen …«, meint Oskar grinsend. »Der dicke Balduin ist schon müde, was Jobst?«

Jobst zügelt sein Reittier und wirkt ein bisschen ärgerlich. Tatsächlich hat Joschka den Wallach den Winter über fett gefüttert, was ihm nicht gut bekommen ist, denn Balduin hat Mühe, mit seinen Töchtern Leni und Flavia mitzuhalten.

»Da, schau!«, ruft Jobst, um von seinem müden Pferd abzulenken. »Sie schneiden Eisschollen am Fluss. Wie anstrengend das ist. Die kommen richtig ins Schwitzen dabei …«

Der Winter ist hart gewesen, hat Flüssen und Seen eine dicke Eisschicht verpasst. Wenn es im Frühjahr zu tauen beginnt, treibt der Wind das Eis oft gegen die Ufer, wo es sich zu weißlichen Schollenbergen auftürmt, während das Wasser in kalten Nächten erneut zufriert. Die Leute in den Dörfern rücken den Eisschollen mit Sägen und Äxten zu Leibe, schneiden sie in Brocken und bringen sie in Erdlagerstätten, wo sie sich monatelang halten. Eis für die Kühlschränke der Städter ist im Sommer ein gutes Geschäft. Das Leben ist karg hierzulande, die Winter sind lang und frostig, die Zeit für Saat und Ernte ist kurz. Vor allem die Dörfler haben es nicht leicht, darum nehmen sie jede Gelegenheit wahr, sich ein kleines Zubrot zu verdienen.

Eine Weile schauen die drei jungen Leute den Eisschneidern bei der Arbeit zu, schützen die Augen mit den Händen vor der Sonne, die jetzt den taubengrauen Morgenhimmel erobert hat. Weißliche Wolkenbilder schweben über dem Land, streifen Wiesen und Äcker mit ihren Schatten und bringen immer neue, wundersame Formen hervor. Auf den Wiesen am Flussufer haben sich Wasservögel versammelt: Höckerschwäne, Enten und Gänse. Daneben eine Kolonie Weißstörche, die auf der Reise gen Norden hier Rast macht. Bald werden auch die Kraniche über das Land ziehen. Luisa liebt ihr lautes Geschrei, oft ist sie am Morgen davon erwacht und zum Fenster gelaufen, um sie am Himmel vorüberfliegen zu sehen. Sie fliegen in einer zackenförmigen Formation, ein Pfeil aus flügelschlagenden Wesen, die einem fernen Ziel zustreben, das ihr Instinkt ihnen vorgibt. Schon als kleines Mädchen hat Luisa bei diesem Anblick den Wunsch verspürt, sich der Reise anzuschließen, ganz gleich, wohin sie führt und wie es ihr unterwegs ergehen würde.

»Reiten wir bis zum Flussufer?«, fragt sie ihre Begleiter.

»Meinetwegen«, meint Jobst, der als der Älteste meist die Route des gemeinsamen Morgenrittes bestimmt. »Und dann am Waldrand entlang zurück.«

Man kann von hier aus die trutzige Form der Marienburg sehen, ein rötlicher Backsteinbau, von der Morgensonne freundlich beleuchtet. Einst als Festung des Deutschen Ordens gegen die anstürmenden Heiden erbaut, thront sie jetzt als Bollwerk Ostpreußens gegen die Feinde im Osten. Polen, Tschechen und Russen. So hat Papa es Luisa erklärt. Fast alles, was sie über Geschichte und Geografie weiß, verdankt sie ihrem Vater. Er hat ihr seinerzeit auch das Lesen und Schreiben beigebracht, sie

Rechnen gelehrt und ihr bald darauf Bücher gegeben, die sie lesen sollte. Die Großmutter hat oft geschimpft, dass der »arme Johannes« so viel Zeit und Kraft in solch eine überflüssige Sache investiert, denn Papa ist oft krank und muss sich schonen. Dann sitzt er im Lehnsessel, eine Wolldecke über den Knien, oder er muss gar im Bett liegen. Luisa ist es zu diesen Zeiten verboten, ihren Papa zu belästigen. Mehrfach hat sie sich heimlich zu ihm geschlichen, hat nur ganz still bei ihm gesessen, als müsste sie über ihn wachen. Einmal hat die Großmutter sie dabei erwischt und zur Strafe einen ganzen Tag lang in den gekachelten Raum im Keller gesperrt, dort, wo man im Herbst dem Wild das Fell über die Ohren zieht und die Tiere ausweidet. Die Großmutter ist kein guter Mensch. Sie liebt nur ihren Sohn Johannes, und vielleicht noch Oskar und Jobst, die Enkelsöhne. Ihre eigene Tochter, Tante Ingrid, erfährt von ihr nur Strenge, Luisas Mama behandelt sie wie eine Angestellte. Nein, die Großmutter ist eine böse Frau. Es ist sicher, dass sie einmal in der Hölle für ihre Sünden büßen muss.

Sie kommen nicht ganz bis zum Flussufer, weil auf dem Weg tiefe Schlammpfützen stehen, von dünnem Eis überzogen. Bevor sie die Pferde wenden, schauen sie noch einmal zur Marienburg hinüber. Eine rote Hakenkreuzfahne weht über einem Giebel.

»Die Burg des deutschen Jungvolks«, sagt Jobst mit spöttischer Betonung. »Wie lächerlich!«

»Warum?«, will Luisa wissen.

Noch vor einem Jahr hätte sie von Jobst auf solche Fragen höchstens einen dummen Scherz zur Antwort erhalten. Jetzt ist es anders. Jetzt nimmt er sie ernst.

»Weil es Plebs ist«, erklärt er und schnaubt verächtlich. »Krethi und Plethi, ungebildetes Volk. Genau wie beim Militär. Man glaubt nicht, wer heutzutage in der Wehrmacht Offizier werden kann. Jeder Prolet – wenn er nur die ›rechte Gesinnung‹ hat.«

Er spuckt zur Seite aus und wendet den Wallach, um auf dem Rückweg vorauszureiten. Oskar folgt ihm, Luisa bildet jetzt das Schlusslicht. Sie ist nachdenklich, versucht zu verstehen, was Jobst so erbittert. Es geht wohl wieder einmal um die Nationalsozialisten, die Nazis, wie die Großmutter voller Verachtung zu sagen pflegt. Sie sind in der Familie nicht gut angesehen. Soweit Luisa begriffen hat, liegt es daran, dass die Nazis keine Adeligen sind. Die Großmutter und alle ihre Freunde und Verwandten stammen aus dem Adel, man ist sehr stolz auf die Vorfahren, auf hochrangige Offiziere, die in irgendwelchen Schlachten für das Vaterland ihr Leben gegeben haben. Adelige halten zusammen, man heiratet untereinander, und die Söhne werden entweder Offiziere oder sie übernehmen den elterlichen Gutshof. Manchmal auch beides zugleich.

Unter dem Kaiser – so sagt die Großmutter oft – habe der Adel noch etwas gegolten. Luisa hat ihren Papa gefragt, was die Großmutter damit meint, und die Antwort erhalten, dass zur Zeit des Kaiserreichs die hohen Staatsämter fast nur an Angehörige des Adelsstands verliehen worden sind. Und auch die Offiziere, vom General bis hinunter zum Leutnant, sind adelig gewesen.

Wenn sie Jobst richtig verstanden hat, dann können jetzt auch andere Leute solche Ämter erhalten. Einfache Leute. Plebs, wie Jobst gesagt hat. Krethi und Plethi. Luisa kann verstehen, dass sich Jobst ärgert. Er hat im vergangenen Jahr seine militärische Ausbildung begonnen und strebt die Offizierslaufbahn an. Wie unangenehm für ihn, dort Krethi und Plethi anzutreffen. Die Nazis sind schon merkwürdige Leute. Nur der Adolf Hitler nicht, den bewundern Oskar und Jobst. Weil er endlich mal mit dem eisernen Besen gekehrt und die vielen Parteien aus dem Reichstag hinausgeworfen hat. Das hat Oskar neulich gesagt, und Jobst hat ihm zugestimmt.

Der Himmel scheint höher geworden zu sein, sein Blau dunkler, die Wolken schwimmen träge darin wie flauschige Wolle. Hin und wieder verdeckt eines der Wollbüschel die Sonne, mildert das schimmernde Morgenlicht für ein Weilchen, um es dann wieder hell erstrahlen zu lassen. Noch ist der Wald durchsichtig, nur die Fichten stehen dunkel gegen die Morgensonne, an den Buchen sprießen hie und da zarte Blättchen aus rötlichen Knospen. Man hört das eifrige Klopfen des Spechts. Auf den Wiesen stehen breite Wasserlachen, deren Eisdecke jetzt in der Sonne geschmolzen ist. Frösche feiern dort Hochzeit, es gibt sie zu Tausenden in Bächen und Seen. An den Abenden hört man ihr Gequake bis zum Gutshaus.

»Nächstes Jahr«, hört sie Jobst zu seinem Bruder sagen. »Dann bin ich wohl schon Fähnrich. Mein erster Offiziersball. Große Sache, nicht nur wegen der Tanzerei. Man lernt sich kennen, verstehst du? Verbindungen. Ohne die geht es nicht …«

»Wenn ich nur das elende Abitur schon hätte«, seufzt Oskar. »Vor der Wehrmacht habe ich keine Bange. Gute Rasse setzt sich durch, da hat der Plebs keine Chance …«

Sie tragen die Nasen recht hoch, ihre Cousins. Sie gleichen beide ihrem Vater, Oberst von Kamm, den Luisa nur zwei- oder dreimal gesehen hat, denn er begleitet seine Ehefrau selten, wenn sie ihre Mutter auf Gut Tiplitz besucht. Der Oberst ist mittelgroß und stämmig, hat blondes, sehr kurz geschnittenes Haar und eine breite Nase. Er ist – soweit Luisa sich erinnert – ein freundlicher Mensch, nur mit der Großmutter kommt er nicht gut zurecht. Das ist wohl auch der Grund, weshalb er den Gutshof meidet. Oberst von Kamm ist einer der wenigen Besucher, der auch Mama mit einem Handkuss begrüßt. Sehr zum Ärger der Großmutter.

Luisa ist oft zornig auf ihre Mutter. Sie kann sogar widerspenstig und aufbrausend sein, was ihr später oft leidtut. Aber es ist auch schrecklich, wie Mama sich behandeln lässt. Vor allem von der Großmutter, die kann Mama abkanzeln wie ein Küchenmädchen, sogar wenn Gäste im Haus sind. Mehrfach hat sie sie sogar ins Gesicht geschlagen. Nur wenn Papa mit ihnen im gleichen Raum ist, dann ist die Großmutter höflich zu Mama. Meist aber tut sie dann so, als wäre die Mama gar nicht da. Papa liebt Mama sehr, er will nicht, dass jemand sie beleidigt. Aber weil er krank ist und sich nur in seinem Schlafraum, in der Bibliothek oder in der Wohnstube aufhält, kann er sie nicht immer schützen. Sogar das Gesinde weiß, dass sie Mama missachten und ihr widersprechen dürfen, solange sich der Hausherr nicht in der Nähe aufhält.

Es ist Mamas eigene Schuld. Sie ist zu feige, um sich gegen die Großmutter zu behaupten. Sie gibt nach, fügt sich, lässt zu, dass alle auf ihr herumtrampeln. Und weil sie keinen Mumm in den Knochen hat, muss auch Luisa sich viel gefallen lassen.

»Du darfst Papa nicht aufregen, Lieschen«, sagt Mama immer zur ihr. »Das ist nicht gut für sein Herz. Papa hat ein krankes Herz, er muss sich schonen.«

Luisa hat früh gelernt, sich auf ihre Art zu behaupten. Man muss klug sein, gut aufpassen, den rechten Augenblick finden, um sein Ziel zu erreichen. Die Mädchen in der Küche sind dumm, jede hat ihre schwache Stelle, die weiß Luisa zu nutzen. Tante Ingrid liebt Komplimente, man muss ihr volles, seidiges Haar loben, die modernen Kostüme, die sie sich in Danzig schneidern lässt. Vor allem ist sie auf Oskar und Jobst stolz: Wenn man bewundernd über ihre Söhne redet, hat man Tante Ingrid erobert. Vielleicht – aber das ist eine sehr gewagte Hoffnung – vielleicht wird Luisa ja von Oskar oder Jobst auf solch einen großartigen Offiziersball eingeladen. Sie will auf jeden Fall darauf hinarbeiten. Auch der Herr Inspektor Jordan, der die Arbeiten auf dem Gutshof leitet und immer mit ihnen zusammen das Mittagessen einnimmt, ist zu gewinnen. Er ist groß und sehnig, redet kaum und nickt immer zu allem, was die Großmutter sagt. Aber er schmunzelt, wenn Luisa bei Tisch kleine Scherze macht, und manchmal blinzelt er ihr zu.

Nur die Großmutter ist durch keine List zu gewinnen. Luisa hat auch keine Lust, sich bei dieser Frau einzuschmeicheln, wie es die Hausmädchen immer wieder versuchen. Die Großmutter hat ihr Herz in einen stählernen Kasten verschlossen, und nur Papa besitzt einen Schlüssel dafür.

Als der Gutshof in der Ferne zu sehen ist, hat sich der Himmel schon wieder verdunkelt. Graue Ungetüme sind am Horizont aufgestiegen, quellen auseinander und breiten sich aus. O weh – nun kehrt der Winter doch noch einmal zurück! Arme Buschwindröschen, eure Blüten werden unter der eisigen Schneelast sterben müssen. Jobst treibt den faulen Wallach Balduin zu eiligem Trab an, Oskars Stute ist schon ein Stück voraus, nun lässt auch Luisa ihre Stute traben. Flavia ist die eleganteste von Balduins Töchtern, jede ihrer Bewegungen hat Stil, ist in sich schön und ausgeglichen. Wenn sie trabt, scheint sie zu schweben. Es ist schon die Rede davon gewesen, dass die Großmutter sie demnächst mit anderen Trakehnern verkaufen will, aber Luisa hofft sehr, dass sie es nicht tut. Flavia muss bleiben. Sie wird gleich beim Frühstück erwähnen, dass ein solches Tier für die Zucht zurückgehalten werden sollte. Gewiss wird die Großmutter sich nicht um ihre Meinung scheren, aber Papa wird sie unterstützen. Und wohl auch der Herr Inspektor Jordan, falls er mit ihnen frühstückt, was nicht immer der Fall ist.

Auf dem letzten Wegstück lassen sie die Pferde noch einmal galoppieren, da wehen ihnen schon die ersten feinen Schneeflöckchen in die Gesichter, und Luisa spürt, dass ihre Ohren ganz eingefroren sind. Wie die wilde Jagd preschen sie durch das Tor. Oskar schafft es nicht, die Stute nach links zu leiten, sie galoppiert quer über die Rasenfläche, und die beiden anderen Pferde folgen ihr. Da wird es wieder einmal Ärger geben: Der schön gepflegte Rasen ist Großmutters Heiligtum.

»Verdammte Tat!«, ruft Oskar lachend, als sie vor dem Stall aus den Sätteln steigen. »Sie ist einfach nicht zu halten. Sture Person. Hast du gesehen, wie wir über den Rasen gedonnert sind, Joschka?«

Der Pferdeknecht nimmt die Zügel der Stute, die Oskar ihm zuwirft, und streicht dem Tier beruhigend über den Hals.

»Ja, junger Herr«, sagt er zu Oskar. »Aber seien Sie nicht zu laut, wenn Sie ins Haus gehen.«

»Wie?«, lacht Luisa. »Schlafen etwa alle noch?«

Joschka sieht sie auf eine Weise an, die sie an ihm nicht kennt. Traurig. Wie ein krankes Pferd. Sie findet es respektlos und ärgert sich über ihn.

»Nein, gnädiges Fräulein«, sagt er langsam. »Niemand schläft. Gehen Sie nur hinein. Leise. Mit dem gebotenen Ernst …«

Die drei jungen Leute sehen sich an und zucken mit den Schultern. Jobst vollführt mit dem Zeigefinger eine kreisende Bewegung an der Schläfe.

»Der wird auch immer wunderlicher, der alte Joschka …«

Luisa grübelt, ob heute etwa Sonntag ist. Oder ein Feiertag, an dem sie zur Kirche fahren werden. Hat die Großmutter etwa Geburtstag? Nein, der ist doch im August …

Auf der Treppe des Gutshauses stehen Anna und Meta beieinander und flüstern. Als Jobst sie mit einem unwilligen Stirnrunzeln ansieht, knicksen sie scheu und laufen davon. Tante Ingrid kommt ihnen in der Eingangshalle entgegen, das Gesicht verquollen, ein feuchtes Spitzentaschentuch in der Hand. Sie geht an Luisa vorbei, als sei sie gar nicht da, und fasst Oskar bei der Hand, legt Jobst den Arm um die Schultern.

»Kommt …«, sagt sie mit seltsam brüchiger Stimme. »Mutter will, dass ihr ihn noch einmal seht.«

»Aber … was ist denn geschehen?«, will Oskar wissen.

Er erhält keine Antwort, wird wortlos die Treppe hinaufgezogen. Jobst folgt ihnen. Nach einigen Stufen wendet er sich um.

»Luisa …«, sagt er leise.

»Nein!« Tante Ingrids Stimme klingt auf einmal hart, ähnelt dem Tonfall der Großmutter. Luisa begreift, dass sie wegbleiben muss, dass sie dort oben nicht gelitten ist, warum auch immer. Etwas in ihrer Brust zieht sich zusammen, ihr wird schwindelig, und die Ahnung von etwas Schlimmem, Endgültigem erfasst sie. Sie schaut sich um, doch sie ist allein in der Halle, die Mädchen sind in der Küche verschwunden.

»Meta!«, ruft sie. »Anna! Mariella!«

Niemand kommt. Vielleicht gehorchen ihr die Mädchen nicht, weil ihre Stimme heute so unsicher klingt, gar nicht herrisch wie die der Großmutter. Ihre Angst steigert sich, als sie die Tür zur Wohnstube öffnet, doch auch dort ist niemand. Nebenan im Frühstückszimmer ist der Tisch gedeckt, Butter, Schinken und Marmelade stehen unberührt, die Kaffeekanne wartet unter der Wärmehaube, keines der Gedecke wurde benutzt. Was ist denn nur geschehen? Wo sind sie alle?

»Mama?«

Ihr leiser Ruf wird von den üppigen Fenstergardinen und dicken Teppichen verschluckt. Nie im Leben hat sie sich so einsam gefühlt. So ganz und gar verlassen, von allem abgeschnitten. Ihre Beine beginnen zu zittern, sie würde sich gern für einen Moment auf einen der Polstersessel setzen, doch dann geht sie hinüber in die Bibliothek.

Auch hier ist kein Mensch zu sehen, nicht einmal Mariella, die jetzt eigentlich aufräumen müsste. Auf Papas Lehnstuhl liegt noch seine karierte Wolldecke, so wie er sie gestern Abend zur Seite geschlagen hat, um mit Mama hinauf ins Schlafzimmer zu gehen. Auf dem kleinen Tisch daneben steht das runde Silbertablett mit der Wasserkaraffe und den braunen Medizinfläschchen, aus denen er immer Tropfen auf einen Löffel zählt. Auch das Buch, in dem er gestern Abend gelesen hat, liegt daneben: ein Reisebericht über Deutsch-Ostafrika, die ehemalige deutsche Kolonie. In letzter Zeit hat er oft Bücher über Reisen in ferne Länder gelesen und Luisa von China und Indien erzählt …

Sie zuckt zusammen, weil sie Schritte auf der Treppe hört, das wohlbekannte Knarren der Holzstufen unter harten Männerschuhen. Hastig läuft sie zurück in die Halle, wo Meta einem älteren Herrn in den Mantel hilft. Das ist Medizinalrat Greiner aus Elbing, ein guter Bekannter der Großmutter, der stets gerufen wird, wenn es Papa nicht gut geht. Auch Luisa ist zweimal von ihm behandelt worden, das war damals, als sie die Masern hatte und kurze Zeit später an einer fiebrigen Angina erkrankt ist. Er hat gehört, wie sie die Tür öffnet, und dreht sich zu ihr um, schiebt Mariella beiseite, die ihm Hut und Handschuhe reicht.

»Luischen!«, ruft er. »Armes Mädel! Es tut mir so leid für dich. Komm her, lass dich in den Arm nehmen, Kleines.«

Sie begreift nicht, will nicht begreifen. Aber sie geht hinüber zu dem alten Mann, und als er sie väterlich an sich drückt, fühlt sie sich für einen Moment geborgen.

»Es wird nicht gut für euch beide ausgehen, Mädel«, hört sie seine tiefe, ein wenig heisere Stimme. »Sie ist gnadenlos, die hohe Frau. Vor allem jetzt, da sie alles verloren hat, woran ihr kaltes Herz noch hing. Für eine Luisa Koch und ihre Mutter wird hier kein Ort mehr sein.«

Luisa verharrt in der Umarmung, lässt die Worte an ihren Ohren vorüberrauschen und will sie immer noch nicht verstehen. Papa geht es gut, gestern Abend ist er heiter gewesen, hat ihr von dem gewaltigen Berg erzählt, dem Kilimandscharo, dessen Gipfel von ewigem Eis bedeckt ist …

»Ich muss jetzt los, Kleines«, sagt Dr. Greiner und schiebt sie sacht von sich weg. »Sei stark, Luisa. Ich weiß, dass du es schaffen wirst. Und pass gut auf deine Mama auf. Versprich mir das, ja? Sie braucht dich, Luischen. Ohne dich ist sie hilflos.«

»Ja … ja, das verspreche ich«, stammelt Luisa, kaum begreifend, was sie da redet.

Er reicht ihr feierlich die Hand und drückt ihre Finger so fest, dass es wehtut. Dann setzt er hastig den Hut auf, nimmt die Handschuhe und geht zur Tür hinaus, die Mariella für ihn aufhält. Draußen schneit es in dicken Flocken, der Rasen ist von einem feinen weißen Schleier überzogen, die gerade aufgeblühten Osterglocken beugen sich unter der kalten Last. Mariella steht immer noch bei der Tür, hält sie ein Stück weit offen, und Luisa kann sehen, dass ein Einspänner durch das Tor in den Gutshof hineinfährt. Sie kennt Wagen und Pferd.

»Der Pfarrer kommt auch schon …«, sagt Mariella zu Meta, die aus der Küche hinaufgelaufen ist. »Aber das ist ja nun zu spät. Schad um ihn. War ein schöner Mann. Und ein guter Herr ist er auch gewesen.«

»Aber gut, dass wir jetzt endlich diese Bäckerstochter und das uneheliche Balg loswerden.«

»Das hat keiner verstehen können, dass sich ein edler Herr so eine an den Hals hängt …«

Luisa begreift, dass die beiden mit Absicht so reden, weil es niemanden mehr im Haus gibt, der sie dafür zurechtweisen würde. Sie verspürt einen tiefen Schmerz und zugleich heftigen Zorn. Ihr Vater ist tot, aber sie darf nicht zu ihm. Alle sind oben bei dem Verstorbenen, wachen an seinem Bett, warten darauf, dass der Pfarrer ihn zur letzten Reise vorbereitet.

Alle, außer ihr. Und Mama? Ganz sicher hat man auch sie ausgeschlossen.

Die Worte des Medizinalrats tauchen in Luisas Kopf wieder auf. »Du musst auf sie aufpassen. Ohne dich ist sie hilflos.«

Luisa atmet tief ein und aus. Atmet den Schmerz weg, zwingt ihn dazu, sich tief in ihr Herz zurückzuziehen, sie nicht zu belästigen. Es ist nicht die Zeit, um zu weinen und zu trauern. Es ist Zeit zu handeln. So, wie sie es versprochen hat.

1945

HILDE

3. Februar 1945, nachts

»Das ist das Ende«, flüstert Louise Drews, und sie drückt ihre beiden Kinder an sich. »Die machen alles platt. Kein Stein mehr auf dem anderen …«

»Halten Sie doch den Mund!«, zischt Mama ihr zu. »Sie reden das Unglück ja herbei!«

Eine schwere Erschütterung erfasst den Luftschutzkeller. Mama zieht Hilde an sich, drückt ihren Kopf herunter. Von der Kellerdecke rieselt Putz, die Hindenburglichter flackern. Die Menschen, die dicht zusammengedrängt auf Kissen und Decken sitzen, bleiben stumm, nur ein Säugling weint. Sie alle sind im Ausnahmezustand, kauern seit Stunden im Luftschutzkeller, spüren das Krachen und Beben bis in die Erde hinein, rechnen jeden Augenblick damit, dass die Kellerdecke auf sie herunterstürzt. Skurril ist das, verrückt! Hilde hat das Gefühl, nicht sie selbst zu sein, sondern einen Film zu erleben. Man stirbt doch nicht mit Anfang zwanzig, schon gar nicht mit einem Kind im Bauch.

»Stellen Sie sich woanders hin«, hat die Louise Drews vorhin den Luftschutzwart Teubert angekeift und auf den zweijährigen Karl und die kleine Sabine gezeigt. »Wenn wir einen Volltreffer abkriegen, dann fallen Sie ja direkt auf meine Kinder!« Und der Teubert, der sonst immer das große Wort führt, hat sich still auf den Boden gehockt und die Finger in die Ohren gesteckt.

Komisch, denkt Hilde. Man glaubt doch, dass die Leute noch etwas besonders Wichtiges oder Kluges sagen, wenn es ans Sterben geht. Aber da wird nur Unsinniges geschwätzt. Die Gisela neben ihr betet leise vor sich hin. »Müde bin ich, geh zur Ruh …« Weil es das einzige Gebet ist, das sie auswendig kann. Und der Julius Kluge aus der Webergasse erzählt immer wieder, dass sein Sohn auch Flieger sei und gegen England gekämpft habe. Als ob das jetzt jemand wissen wollte.

Nach Stunden endlich lässt das Donnern und Krachen der Bomben nach, nur hie und da rieselt noch etwas Sand von der Kellerdecke herunter. Die Hindenburglichter sind bis auf die letzten beiden ausgegangen. Jetzt merken alle, dass die Luft zum Schneiden ist, man kann kaum noch atmen. Die alte Frau Knoll hat die Augen zu und gibt nichts mehr von sich, Gisela flüstert, ihr sei schlecht, sie müsse sich übergeben. Irgendwer muss in die Hosen gemacht haben, es stinkt bestialisch.

Teubert steht ganz vorsichtig auf, geht gebückt zwischen den dicht gedrängt sitzenden Leuten hindurch zur Tür. Hilde verfolgt jede seiner Bewegungen. Jetzt entriegelt er, muss zweimal ansetzen, weil er ganz zittrig ist, dann schiebt er die Stahltür langsam auf. Brandgeruch dringt in den Keller.

»O Gott!«, flüstert Mama. Sie ist aufgestanden, dann schwankt sie, und Hilde muss sie festhalten.

An der Tür drängen sich jetzt die Menschen, Teubert ist draußen, andere folgen ihm, der Luftzug bläst die Lichter aus.

»Die Schaufeln!«, ruft einer. »Da liegt Schutt.«

Sie haben Glück im Unglück, der Ausgang ist nach kurzer Zeit freigeschaufelt. Hitze schlägt ihnen entgegen, als sie den Keller verlassen, ein gespenstisches Inferno umgibt sie. Ringsum lodern gelbrote Flammen in schwarzen Fensterhöhlen.

Hilde und ihre Mutter haben Mühe, über den glimmenden, rauchenden Schutt zu steigen. Von allen Seiten hört man das Feuer sausen; Steine fallen, Wände stürzen ein. Es ist Nacht, eine eiskalte Februarnacht, die Sonne geht erst in einigen Stunden auf. Wer noch gehen kann, rettet sich aus den Trümmern ins Freie, ruft nach Angehörigen, läuft ziellos durch die Stadt.

Immer noch fallen Bomben von Himmel, schlagen krachend hier und dort ein, Flugzeuge heulen.

»Gisela? Bist du das?«

Kaum erkennt Hilde die Freundin in der flackernden Dunkelheit. Gisela und ihre Mutter Johanna starren auf das brennende Gerippe ihres Hauses. Johanna hängt schwer am Arm der Tochter. Keine Hoffnung mehr, die Webergasse ist ein flammenloderndes Trümmerfeld, auch die Nachbargebäude rechts und links sind nur noch Ruinen, in denen das Feuer wütet. Hier und dort sieht man Menschen umherirren, über Schutt steigen, die Gasse suchen, die hier früher einmal gewesen ist. Einige tragen Bündel und Rucksäcke, darin ist ihr gesamter Besitz oder jedenfalls alles, was sie gerettet haben. Es sieht unwirklich aus, diese schwarzen, zackigen Formen der zerstörten Gebäude, die von lodernden Feuern geisterhaft beleuchtet werden. Vielleicht ist es ja nur ein böser Traum, denkt Hilde. Wenn ich gleich aufwache, ist alles wieder so, wie es früher war …

»Wir wollen zu den Großeltern«, sagt Gisela. »Kommt doch mit uns.«

»Aber das Café Engel steht ja vielleicht noch«, wendet Mama ein.

»Da könnt ihr jetzt nicht hin. Es brennt doch überall.«

Sie starren mit hitzetrockenen Augen dorthin, wo einmal der obere Teil der Wilhelmstraße gewesen ist. Überall liegen Steine, umgestürzte Mauern, es ist kein Durchkommen, jetzt in der Nacht schon gar nicht. Hilde bleibt stur, sie will wissen, was geschehen ist. Weil doch Addi, Julia und die Künzel nur in den Hauskeller gehen und nicht in den Luftschutzkeller in der Webergasse. Dann sieht sie, dass Mama Giselas Mutter untergehakt hat, und sie begreift, dass sie helfen muss. Gestern erst haben die Warneckes erfahren, dass Giselas Vater gefallen ist – heute steht ihr Heim mit allem, was darin war, in Flammen. Johanna Warnecke ist mit ihren Kräften am Ende. Hilde gibt nach – wenn das Café Engel zerbombt ist, kann sie es jetzt auch nicht mehr ändern. Sie schleppen die inzwischen ohnmächtige Frau durch die Stadt, spüren die Kälte kaum, haben panische Angst vor einem weiteren Fliegerangriff. Vorn in der Kirchgasse sind die Gebäude heil geblieben. Sie atmen auf, gehen weiter zur Wohnung von Giselas Großeltern, klingeln an der Tür und müssen lange warten, bis das ältere Ehepaar ihnen öffnet. Später sitzen sie bei Giselas Großeltern in dem winzigen Wohnzimmer beisammen, reden stockend, können nicht mit Worten ausdrücken, was über sie hinweggefegt ist. Giselas Mutter ist wieder zu sich gekommen, wirkt jedoch wie erstarrt. Aber sie will durchhalten, alles erleiden, auch das Härteste, denn sie weiß ja, dass Adolf Hitler Deutschland letztlich zum Endsieg führt. Daran will sie fest glauben. Else und Hilde sagen nichts dazu, auch Gisela schweigt sich aus. Das Wort »Endsieg« klingt skurril angesichts der brennenden Stadt. Nur die ganz Hartgesottenen glauben noch an die Parolen der Machthaber. Wer bei klarem Verstand ist, hat begriffen, dass das Ende naht. Das Ende dieses menschenverschlingenden Krieges, und mit ihm auch das Ende des Deutschen Reichs. Es wird schlimm werden, die Älteren kennen es ja, sie haben das Kaiserreich und den Weltkrieg noch erlebt. Aber alles ist besser als diese grauenhaften Bombennächte, in denen die Menschen von den brennenden Trümmern ihrer Häuser erschlagen werden oder in den Luftschutzkellern ersticken.

Sie können nicht schlafen. Alle haben Angst, es könnte gleich wieder losgehen. Man ist wie betäubt, Bilder fahren durchs Hirn, Schatten greifen nach den Seelen, Sirenen gellen in den Ohren. Erst als schon das bläulich kalte Morgenlicht in die Fenster kriecht, nicken sie weg, sinken in die gnädige Dunkelheit des Schlafs.

Als Hilde aufwacht, weiß sie zunächst nicht, wo sie ist. Dann wundert sie sich, dass ihr nicht schlecht ist wie sonst immer am Morgen. Giselas Oma hat Pfefferminztee gekocht, Kaffee gibt's schon längst nur noch für Leute, die Beziehungen haben. Brot ist auch knapp, sie isst hungrig eine halbe Scheibe, hat ein schlechtes Gewissen, weil Giselas Oma sie mit entzündeten Augen anstarrt.

»Sie kriegen die Marken von uns zurück. Das Haus steht ja noch …«

Eine kühne Behauptung ist das. Mehr nicht. Aber Hilde und ihre Mutter klammern sich daran.

»Macht mal, dass ihr rüberkommt«, sagt Giselas Großvater zu der Enkelin. »Vielleicht ist noch was zu retten. Wenn ihr zu spät kommt, ist alles weg.«

»O Gott, Mama«, ruft Gisela. »Er hat recht!«

Plünderer werden hart bestraft, doch in dem Chaos, das jetzt oben im Kurviertel herrscht, ist jeder sich selbst der Nächste. So ist das eben. Der Krieg teilt die Menschen in Anständige und Armleuchter, und die Armleuchter sind in der Überzahl. Gisela und Johanna Warnecke nehmen den Bollerwagen des Opas und Giselas alten Kinderwagen, der auf dem Speicher gestanden hat. Hildes Mama hilft ziehen, Gisela hakt Hilde unter, der jetzt auf einmal doch wieder übel wird. Der Großvater will nachkommen, mit dem lahmen Bein kann er nur langsam gehen.

»Armes Deutschland«, stöhnt er. »Nur noch Weiber und Krüppel sind übrig. Die halbwüchsigen Buben schicken sie jetzt auch noch in den Krieg. Volkssturm, wenn ich das schon höre!«

»Sei still!«, mahnt die Großmutter.

Im Kurviertel glimmen noch die Trümmer. Rauch steigt auf, hüllt das Elend in grauen Dunst, es riecht scheußlich. Nach verbranntem Holz, Haaren, Tapeten und Polstermöbeln, nach einer friedlichen, großen Ära, die in Flammen aufging und niemals wiederkehren wird. So riecht der Tod. Das Ende. An einem der

Häuser in der vorderen Wilhelmstraße steht noch die Parole: »Mit dem Führer zum Endsieg!« Helfer in brauner Uniform laufen herum, junge Burschen, fast noch Kinder, und alte Männer. Zuerst wollen sie die vier Frauen nicht durchlassen, es sei zu gefährlich, überall stürzen die Trümmer in sich zusammen.

»Wir wollen zum Café Engel«, sagt Mama.

Die beiden Uniformierten sehen sich unsicher an. Der eine fährt mit vier Fingern durch das aufgewühlte blonde Haar, er ist sehr jung, wohl kaum sechzehn Jahre. Ihre Gesichter sind rußgeschwärzt. Hilde und ihre Mutter warten, erstarren, hören den eigenen Herzschlag. Man kann von hier aus nicht genau sehen, wo die Bomben eingeschlagen sind. Nur dass Kurhaus und Theater getroffen wurden, ist offensichtlich.

»Café Engel?«

»Die Hausnummer fünfundsiebzig. Nicht weit von der Burgstraße.« Mamas Stimme bricht weg, sie ist kurz davor, die Fassung zu verlieren. O Gott – wenn alles nur ein brennender Schutthaufen ist? Und die Julia, die Künzel, der Addi …

»Da gehen Sie halt durch. Aber seien Sie vorsichtig …«

Sie stapfen durch den Schutt. Es ist gruselig. Überall zwischen den Steinen liegen halb verkohlte Sachen, Möbelstücke, zerbrochenes Geschirr, ein Nähkörbchen, fast ganz erhalten, eine Porzellanpuppe, der das Haar verbrannt ist … Menschen laufen zwischen den Trümmern herum, graben mit Stöcken und Schaufeln im Schutt, ziehen Sachen heraus, streiten sich um einen Kochtopf, um zwei Stückchen Kohle. Es ist solch ein Durcheinander, niemand weiß, welche Trümmer zu welchem Haus gehören. Ein bunt gefleckter Hund humpelt auf sie zu, beschnüffelt Hildes Mantel und läuft ein Stück hinter ihnen her. Dann auf einmal ist der Blick frei. Hilde bleibt stehen, blinzelt, schaut noch einmal hin, um ganz sicher zu sein.

»Ich glaub, es steht noch, Mama!«, sagt sie leise. Ihre Stimme zittert dabei.

Sie gehen näher heran, können vor Herzklopfen kaum sprechen. Starren auf die angekohlte Fassade. Sogar die Buchstaben sind noch dran.

»Gütiger Himmel. Mir wird ganz schwummerig!«

Mama bleibt stehen und kneift die Augen zusammen, weil sie dann besser sehen kann. Wenn das keine Fata Morgana ist, dann hat das Schicksal ihnen wirklich eine besondere Gunst erwiesen. Das Haus Nummer fünfundsiebzig ist das letzte in der Reihe der unbeschädigt gebliebenen Gebäude. Vom Modehaus Schäfer rechts daneben steht nur noch ein Stück verbrannte Fassade. Das Reklameschild vom Hotel Kaiserhof gibt es nicht mehr. Aber das Café Engel, gleich daneben, ist noch da. Nur, dass die Buchstaben über dem Eingang nicht mehr goldfarbig sind, sondern dunkel. Der hübsche fliegende Engel mit der Kaffeetasse baumelt schief an einem Haken und ist ganz schwarz. Vor der Eingangstür steht Adalbert Dobscher, der ehemalige Opernsänger, der oben unterm Dach zwei Zimmerchen bewohnt. Sein weißes Haar, das er sonst sorgfältig zurückgekämmt trägt, hängt ihm in Strähnen ins Gesicht. Er hält einen Gehstock mit dickem Wurzelknauf in den Händen. Den hat einmal ein Gast bei ihnen vergessen und nie wieder abgeholt, seitdem hat er ein einsames Dasein im Schirmständer geführt.

»Was macht er denn da?«, staunt Gisela.

»Die Eingangstür ist kaputt«, stellt Hilde fest, die gute Augen hat. »Das Glas ist raus.«

»Du lieber Himmel«, stöhnt Mama. »Der Addi verteidigt die Drehtür. Wie ein Berserker schaut er aus.«

Sie lachen vor Erleichterung, sind einen Moment lang glücklich, könnten einander umarmen. Alles ist gut. Das Haus steht noch, und Addi Dobscher bewacht es. Was wollen sie mehr? Hastig zerren sie den Bollerwagen und den Kinderwagen über die umherliegenden Trümmerteile, dann müssen sie zwei jungen Uniformierten ausweichen, die eine Trage zwischen sich haben. Darauf liegt eine graue Decke. Ein bloßer Arm hängt auf der Seite heraus, pendelt hin und her, während die beiden jungen Kerle zu einem Lastwagen laufen. Die Bombennacht hat zahllose Opfer gefordert.

»Das ist der Walter vorn an der Trage«, sagte Gisela beklommen. »Den haben sie jetzt auch geholt. Für die Flak.«

Walter ist der kleine Bruder von Giselas Verlobtem. Den Joachim haben sie letztes Jahr zur Wehrmacht eingezogen, da hat er sich vorher noch schnell mit Gisela verlobt. Sein Bruder Walter ist drei Jahre jünger, gerade mal sechzehn. Aber jetzt nehmen sie jeden. Kinder und Greise. Volkssturm heißt das. Wenn sie bloß den Addi nicht noch rausschicken, der ist schon sechzig …

Addi steht wie Zerberus vor der Drehtür des Café Engel. Heinz Koch hat das Monstrum in den Zwanzigern einbauen lassen, riesig stolz war er auf seine Drehtür. Wie in den großen Hotels. Und im Winter hält sie die Kälte gut ab.

»Na, Gott sei Dank – da sind Sie ja, Frau Koch! Und auch die Hilde. Wir haben uns schon Sorgen gemacht …«, ruft er ihnen in immer noch kräftigem Bariton entgegen.

»Geht nur«, meint Gisela. »Mutter und ich versuchen unser Glück in der Webergasse. Wir kommen auf dem Rückweg bei euch vorbei.«

Hilde hält die Freundin am Ellbogen fest. »Ihr könnt bei uns wohnen, Gisela, du und deine Mutter. Es ist Platz genug …«

»Danke«, sagt Gisela. »Aber Mutter will bei den Großeltern bleiben.« Sie schnieft und wischt sich die Backe, stellt fest, dass auch sie inzwischen Ruß in den Gesichtern haben.

Hilde schaut den beiden bekümmert nach. Wie mühsam es ist, den Bollerwagen über den Schutt zu zerren. Diese eine Nacht hat so viele, die gestern noch in warmen, schön eingerichteten Häusern saßen, zu obdachlosen Bettlern gemacht. Und dennoch sind sie besser dran als jene, die unter den Trümmern liegen und denen niemand mehr helfen kann. Dieser

Krieg! Wenn er doch nur endlich vorbei wäre! Wenn Papa heil und gesund wieder bei ihnen wäre …

»Sie sind ein Held, Addi«, ruft Mama, die inzwischen zum Eingang des Cafés gelaufen ist. »Wenn Sie nicht gewesen wären …«

Addi hat seit dem frühen Morgen vor dem Café Wache gehalten, weil die Tür kaputt ist und jeder einfach hineinlaufen könnte. Dreimal hat das auch jemand versucht, aber an Addi und seinem Wurzelstock ist keiner vorbeigekommen.

Hilde und ihre Mutter steigen vorsichtig über die Glassplitter und gehen durch die Drehtür. Die ist aus braunem Holz und hat auch Glaseinsätze, aber nicht mal das Glas hat etwas abbekommen. Man könnte die Tür mit einem Hebel blockieren, nur leider ist der Stift, der sich in die Nut schiebt, abgebrochen. Das wollte Papa noch reparieren, aber er kam nicht mehr dazu.

»Wir müssen was mit der Eingangstür machen«, sagt Else. »Das ist das Wichtigste. Dass wir wenigstens unsere Ruhe haben …«

Im Café ist alles unverändert. Die leere Kuchentheke. Die Tische und Stühle. Die Fotos an den Wänden. Der Adolf über dem Klavier starrt sie mit grimmig stolzer Siegermiene an. Wenn sie den nur endlich los wären.

Der bunte Hund sitzt draußen vor der Drehtür. Er hat Angst, in die hölzernen Kammern hineinzulaufen, und fiept jämmerlich. Addi stellt seinen Knüppel in den Schirmständer, schaut durchs Fenster nach dem Hund, dreht sich weg, wendet sich nach drei Schritten wieder um.

»Wem der wohl gehört?«

Er bekommt keine Antwort. Else ist in die Küche gelaufen, jammert laut, dass zwei Stapel Teller und ein Regal voller Tassen zu Bruch gegangen sind. Hilde durchforstet die Speisekammer, sie hat einen fürchterlichen Hunger, da muss doch noch ein wenig Zwieback sein. Sie ist jetzt fast im vierten Monat, und man sieht schon was. Mit der Mutter hat sie besprochen, dass sie es auf den Fritz Bogner schieben werden, der ist ein lieber Kerl und irgendwo im Feld. So Gott will, kommt er zurück, dann werden sie es ihm erklären. Wenn nur die Nachbarn nicht reden, da sind einige stramme Parteigenossen dabei, vor allem der Stor…

»Das Café ist geschlossen …«

»Wir sind ausgebombt, und die Behörde hat uns diesem Haus zugewiesen. Sie haben hier gar nichts zu sagen, Herr Dobscher. Wo ist Frau Koch?«

Hilde und ihre Mutter fahren aus ihren Beschäftigungen auf, schauen sich an. Wenn man vom Teufel spricht oder auch nur an ihn denkt … Das ist die Stimme von Wilfried Storbeck aus dem Nachbarhaus. Den hat Paps im Scherz immer »Sturbock« genannt, weil er ihn nicht ausstehen konnte. Strammer Nazi von Anfang an.

»Das hat uns noch gefehlt!«, stöhnt Mama.

»Verdammt«, murmelt Hilde. »Verdammt, verdammt, verdammt …«

Sie werden ihn und seine Frau aufnehmen müssen, da geht kein Weg dran vorbei. Und weil er die besten Beziehungen hat, ist er gleich mit einem amtlichen Schrieb gekommen, bevor ein anderer ihm die Wohnung wegschnappt.

»Da oben steht schließlich eine Vierzimmerwohnung leer«, hört man die Stimme von Marianne Storbeck. Sie redet immer dann laut, wenn sie weiß, dass ihr Mann hinter ihr steht. Wenn die beiden unter sich sind – das hat mal jemand im Café erzählt –, dann ist Marianne Storbeck immer ganz leise und untertänig. Weil sie Angst vor seinen Jähzornanfällen hat.

Mama legt die Kehrschaufel auf den Eimer, richtet sich auf und holt tief Luft. Viel ist da nicht zu machen.

»Die Wohnung gehört meinem Sohn August«, sagt sie zu den Storbecks.

»Na und? Ihr Sohn ist im Feld, und seine Frau ist zu ihren Eltern gezogen. Wie Sie sehen, bin ich im Bilde. Wollen Sie einen Volksgenossen in Not von Ihrer Tür weisen? Wir haben keine Bleibe mehr …«

»Aber nein«, gibt Mama zurück. »Ich wollte es nur sagen. Wenn der August zurückkommt, müssen sie sich halt einschränken … Ich hole rasch den Schlüssel. Gehen Sie ruhig schon hoch. Außen herum ins Treppenhaus. Hilde schließt ihnen auf …«

Addi steht immer noch bei der Drehtür und verfolgt das Geschehen mit düsterem Blick. »Laufen Sie schnell hoch«, flüstert ihm Mama zu. »Sagen Sie der Künzel Bescheid. Damit sie sich nicht verplappert. Sie wissen schon …«

Addi nickt. Er ist ganz blass geworden, fährt sich mit der Hand an den offen stehenden Hemdkragen, als wäre er ihm zu eng. Dann stürzt er durch die Küche zur ehemaligen Dienstbotentreppe.

»Die sind jetzt alle wie verrückt«, flüstert Mama. »Den armen Matze Weber haben sie aufgehängt. Weil er gesagt haben soll, dass der Krieg nicht mehr zu gewinnen sei.«

Wehrkraftzersetzung nennt sich so was und wird mit dem Tod bestraft. Auch andere Vergehen. Ein Brot stehlen. Ein Fahrrad mitnehmen. Harmlose Sachen, für die man früher höchstens eine Verwarnung oder einen Tag Gefängnis bekam. Sie sind nervös, die Parteigenossen. Es wird Härte demonstriert. Durchhaltevermögen. Der unbedingte Glaube an den Endsieg. Dabei glaubt auch von denen kaum noch einer, dass Deutschland diesen Krieg gewinnen könnte. Aber sagen darf man es nicht. Die Angst geht um, lähmend, macht sie alle zu Feiglingen. Sogar unter guten Freunden ist man vorsichtig.

Hilde schließt den Storbecks die Wohnung auf. Bleibt an der Tür stehen, während die beiden sich neugierig umsehen, über die schönen alten Möbel die Nasen rümpfen, frisches Bettzeug verlangen.

»Ist im Schrank. Der Gasherd in der Küche ist in Ordnung. Kann aber sein, dass die Gasleitung kaputt ist …«

Auf jeden Fall ist die Wasserleitung defekt, aus dem Hahn kommt nur braune Brühe. Und es muss mal ordentlich gelüftet werden.

»Oben wohnen auch Mieter, nicht wahr?«, erkundigt sich der Storbeck, während seine Frau den Küchenschrank inspiziert.

»Frau Künzel und Herr Dobscher. Ganz recht.«

»Und wer noch?«, will er wissen.

Es klingt fast nach einer offiziellen Befragung. Wilfried Storbeck ist Beamter bei der Stadtkämmerei. Hilde wird es unbehaglich.

»Sonst niemand.«

Das weiß der Storbeck doch selber, er wohnt nur wenige Häuser weiter. Wohnte. Bis gestern. Jetzt macht er sich in Augusts Wohnung breit. Die Marianne holt schon Betttücher und Kopfkissenbezüge aus dem Schrank. Die hat Mama noch gebügelt für den August. Weil die Eva, seine Frau, bei der Hausarbeit so ungeschickt ist.

»Da ist aber doch noch eine dritte Wohnung unterm Dach«, sagt Storbeck und starrt Hilde an.

»Da wohnt keiner. Die Mieter benutzen sie als Abstellkammer. Weil wir den Keller selber brauchen. Früher lagerten da die Vorräte für das Café.«

Das klingt vernünftig. Ist ja im Grunde auch die Wahrheit. Nur dass in der Abstellkammer zwischen dem ganzen Krempel inzwischen die Julia Wemhöner haust. Wenn der Storbeck ihnen jetzt auf den Trichter kommt, kann er sie allesamt ans Messer liefern. Die arme Wemhöner zuerst, aber die anderen auch. Als Mitwisser. Judenfreunde. Dann haben die Storbecks das Haus ganz für sich allein.

»Tja«, sagt Hilde. »Wenn Sie was brauchen, geben Sie Bescheid.«

Die Storbecks sind hungrig. Ein Mittagessen wäre recht. Marken haben sie momentan nicht – ist ja alles verbrannt. Hilde verspricht zu tun, was in ihrer Macht steht.

Unten im Café hämmert Addi Bretter an die kaputte Eingangstür. Er haut so fest zu, dass man Angst haben muss, der Putz könnte von den Wänden fallen. Neben ihm hockt der bunte Hund und leckt sich das Maul.

»Wie ist der denn hier reingekommen?«, schimpft Mama.

Addi hat drei Nägel zwischen den Lippen eingeklemmt, er starrt Mama wild an und zuckt die Schultern. Dann klopft er weiter.

»Noch ein Fresser mehr!«, knurrt Mama ärgerlich.

JULIA

Wiesbaden, Anfang März 1945

Sie ist ein Schatten. Ein Geist, der bei Nacht durch das Haus schleicht und von niemandem gesehen werden darf, weil sie sonst alle miteinander ins Unglück stürzen würden. Julia Wemhöner hat früher Theaterkostüme genäht, Historisches, aber auch Phantastisches, und alle haben immer gesagt: Julia Wemhöner, die hat Goldfingerchen. Mollige Soubretten und vollbusige Walküren – sie alle vertrauten Julias Nähkünsten. Und die Tenöre gar, die immer ein Bäuchlein zu verbergen hatten. Da kannte Julia so manchen Kniff, nahm den Stoff schräg, nähte hier und da ein Fältchen ab, gab dort ein wenig Stoff nach, und schon saß das Kostüm bequem, versteckte jedoch unauffällig alle unpassenden Rundungen. Und die Reni Kolb, die einen so wunderschönen Alt sang, aber vorn ganz platt war, bekam von Julia den Busen gleich ins Kostüm eingenäht. Später nähte sie auch privat für sie, und die Kolb wurde allerseits für ihre »schöne Büste« bewundert. Als jedoch bekannt wurde, dass Julia Wemhöner Jüdin ist, gab die Kolb ihr keine Aufträge mehr. Es dauerte noch einige Wochen, dann wurde die Theaterschneiderin Julia Wemhöner fristlos entlassen. Der Grund dafür wurde in den Papieren nicht explizit genannt, es war dem Intendanten alles sehr unangenehm. Er riet Julia, so bald wie möglich auszureisen. Nach Amerika. Oder nach Israel. Oder auch nur nach England.

Aber Julia Wemhöner wollte ihre Heimat nicht verlassen. Hier in Wiesbaden ist sie geboren, hier hat sie ihre Ausbildung zur Schneiderin gemacht und danach sofort am Landestheater angefangen. Dem Theater ist sie seit ihrer Kindheit verfallen, sie verpasst keine Vorstellung, sammelt Fotografien ihrer Lieblingskünstler, lässt sie signieren. Mit Widmung. »Meiner kleinen Zauberkünstlerin Julia« – »Für die Frau mit der goldenen Nadel« – »Für Julia, ohne die ich verloren wäre«. Das Theater ist ihre Welt, hierher gehört sie, hier wird sie gebraucht und geschätzt.

Vor vier Jahren ist ihr Vater gestorben, die Mutter ist ihm nur zwei Monate später nachgefolgt, beide sind auf dem Nordfriedhof begraben. Julia ist evangelische Christin wie auch schon ihre Eltern; dass sie jüdischer Abstammung ist, hat sie erst mit sechzehn erfahren, als man sie bei der Aufnahme in die Schule für Textilfachkunde danach fragte. Damals, kurz nach dem letzten Krieg, war es ganz unwichtig, ob eine jüdisch war oder nicht. Niemand nahm Anstoß daran.

»Das geht vorüber«, hat sie dem Intendanten gesagt und mutig gelächelt.

»Vielleicht«, hat er geantwortet. »Vielleicht aber auch nicht.«

Sie wohnt noch immer in der Wilhelmstraße im Haus Nummer fünfundsiebzig. Früher hatte sie eine der drei Dachwohnungen gemietet. Links wohnt die Künzel, die mal Sopranistin am Theater war, in der Mitte der Addi Dobscher. Julias Wohnung ist rechts, aber jetzt ist sie offiziell eine Abstellkammer.

Vor drei Jahren mussten sich alle Wiesbadener Juden in der Synagoge registrieren lassen. Später hat man sie von der Viehrampe des Schlachthofs in Zügen abtransportiert. Julia war nicht dabei, und das verdankt sie dem Addi Dobscher. Er hat sie daran gehindert, sich registrieren zu lassen. Sie solle einfach hierbleiben, man würde dafür sorgen, dass niemand sie findet. Addi hat ihr das Leben gerettet, aber auch alle übrigen Hausbewohner, denn wenn nicht alle zusammenhielten, hätte man sie längst gefunden. Sie haben damals Kriegsrat gehalten, die Hausbewohner, allen voran der Addi und der Heinz Koch, der damals noch nicht zur Wehrmacht eingezogen war. Julias Wohnung haben sie mit altem Kram aus dem Keller vollgestellt und abgeschlossen. In einen der großen alten Schränke hat der Addi zusammen mit dem Heinz eine Tür eingebaut, durch die kann sie hinüber in Addis Wohnung schlüpfen. Im Winter schläft sie auch dort, Addi hat ihr sein Bett zur Verfügung gestellt, er selbst schläft dann auf dem Sofa. Tagsüber schleicht sie zwischen den alten Möbeln, den Kisten und Kasten in ihrer ehemaligen Wohnung umher, liest Bücher, betrachtet die Zimmerdecke, wo die Spinnen kunstvolle Netze knüpfen, flickt die Kleidung der Hausbewohner, einmal hat sie für Addi eine Hose genäht. Leise muss sie sein, leise wie ein Mäuschen. Auf Zehenspitzen gehen, damit die Holzdielen nicht knarren. Sich niemals am Fenster zeigen, nicht einmal in der Nacht, vor allem wenn der Mond scheint. Aber die Fenster sind nachts ja sowieso mit Verdunkelungspapier abgedichtet. Wegen der Fliegerangriffe. Zweimal ist jemand von der Gestapo im Haus gewesen, hat nach ihr gefragt und die Abstellkammer durchsucht. Da hat der Addi sie in einer großen Umzugskiste versteckt, ganz unten, unter einem Stapel Koffer. Halb erstickt und gekrümmt vor Schmerzen wegen der unbequemen Körperhaltung ist sie herausgeklettert, als Addi sie endlich befreien konnte.

»Tapferes Mädel«, hat er gesagt und ihr die Wange gestreichelt. »Aber ich fürchte, die kommen wieder …«

Damals, im August 1942, ist Julia Wemhöner endgültig zu einem Schatten geworden. Ein Nachtgespenst, das in der Abstellkammer haust, ein menschliches Wesen zwar, aber farblos und durchscheinend, eine Frau aus Fleisch und Blut, die in der Dämmerung dahinkümmert. Julia Wemhöner ist vierzig Jahre alt. Früher war sie eine Schönheit. Keine strahlende, denn sie ist ein schüchterner Mensch, gegen die vielen selbstverliebten Künstler am Theater wirkte sie unscheinbar. Aber sie hatte Verehrer, auch Liebhaber und noch mehr Freunde. Ihre Freunde haben sie auch vor dem sicheren Tod bewahrt. Bis jetzt …

Vor allem der Addi. Der Bariton Adalbert Dobscher ist vor Jahren ihr großer Schwarm gewesen. Keiner verkörperte den Don Giovanni auf der Opernbühne so grandios, diesen gefährlichen Verführer, der die Frauenherzen erzittern lässt. Ach, Addi! Wie hat sie ihn angebetet, solange er auf der Bühne agierte und Don Giovanni war. Wenn er später wieder zu Adalbert Dobscher wurde, dem freundlichen Polterer, der nie ein Blatt vor dem Mund nahm und keiner Fliege etwas zuleide tat – dann verlor sich Julias Enthusiasmus. Der Mensch Addi Dobscher hatte so gar nichts von dem großen Verführer, in den Julia sich unsterblich verliebt hatte.

Und doch hat Addi ihr das Leben gerettet. Addi – das hat Julia gleich bemerkt – ist in sie verliebt, aber er hat nie versucht, ihre Notlage auszunutzen. Nicht einmal dann, wenn sie in seinem Bett schläft, hat er sich ihr genähert. Er schnarcht dann drüben auf dem Sofa, und sie weiß, dass er dort recht unbequem liegt, weil das Möbelstück zu kurz für ihn ist. Aber tauschen will er auf keinen Fall, Julia soll es gut haben, das ist ihm wichtig. Am Morgen klopft er an die Tür und bringt ihr eine Tasse Tee. Pfefferminztee meistens. Manchmal sogar Bohnenkaffee, den hat er dann von der Else Koch über verschlungene Wege bekommen.

Beim ersten Fliegeralarm ist sie einfach oben in der Abstellkammer geblieben. Da kam der Addi zu ihr und hat sich neben sie gesetzt, als könnte er sie vor den Bomben beschützen. Später hat er ihr seinen alten Wintermantel und eine Fellmütze gegeben und sie mit hinunter in den Keller genommen. In den Keller des Hauses wohlgemerkt, denn im Luftschutzkeller in der Webergasse, wohin die Hausbewohner eingeteilt worden sind, darf Julia sich nicht blicken lassen. Da würde man sie trotz Mantel und Fellmütze schnell erkennen. Hier im Hauskeller sind nur der Addi und sie. Zeitweise auch die Künzel und die Hilde

Koch mit dem Jean-Jacques, dem französischen Fremdarbeiter. Der darf auch nicht in den Luftschutzkeller, und weil die Hilde so sehr in den hübschen Burschen verliebt ist, bleibt sie bei ihm, wenn die Bomben fallen. Ein schönes Paar sind die beiden – der dunkle Franzose und die Hilde mit den blonden Locken und den blaugrauen Augen. Addi hat Sorge gehabt, dass der Jean-Jacques sich verplaudern könnte, er hat es aber nie getan. Im Januar war er dann auf einmal fort.

»Nach Hause«, hat die Hilde gesagt und die Lippen fest zusammengepresst. »Ist besser so. Sonst passiert ihm hier noch was.«

»Wie wird das alles nur ausgehen?«, hat Julia den Addi gefragt.

»Schlimm wird es ausgehen«, hat er geantwortet. »Aber wenn wir das Schlimmste dann endlich hinter uns haben, Julia, dann wirst du frei sein. Dann wirst du wieder durch die Stadt gehen können wie früher. Aufrecht und ohne Angst.«

»Und wann wird das sein, Addi?«

»Bald.«

Seine Miene ist düster, wenn er das sagt, und Julia weiß, dass er ihr vieles verschweigt. Er behandelt sie wie ein Kind, was ihr gar nicht gefällt. Aber natürlich – er ist jetzt schon sechzig und könnte ihr Vater sein.

In der schrecklichen Nacht im Februar muss er sie förmlich aus dem Bett zerren. Es sind die Nerven, sie hat dieser Tage viel geweint, ohne genau zu wissen, weshalb. Keine Nacht kann sie schlafen und gerade jetzt, da sie endlich ein wenig eingeschlummert ist, muss es schon wieder Fliegeralarm geben.

»Lass mich«, stöhnt sie und klammert sich an das Federbett. »Ich will nicht. Sollen sie doch Bomben werfen … es ist mir egal.«

Das Heulen der Sirenen übertönt Addis Worte. Wellenförmig auf- und absteigend verkündet das Signal die heranfliegenden Bombengeschwader, ein hässlicher Ton, der durch Mark und Bein dringt.

»Ich will nicht …«

Schließlich packt Addi sie mitsamt dem Federbett und trägt sie die Treppe hinunter. Unterwegs kommt ihnen die Künzel entgegen, die ihren Wellensittich vergessen hat und noch mal zurück in ihre Wohnung rennt. Die Hilde und die Else Koch sind schon weg, zum Luftschutzkeller hinüber in die Webergasse. Weil der Heinz ihnen das noch auf die Seele gebunden hat, bevor er wegmusste. Dann hocken sie stundenlang unten im eisigen Keller, hören und spüren die Bombeneinschläge so nah wie nie zuvor, glauben, dieses Mal nicht davonzukommen.

»Frei«, flüstert Julia. »Frei wie ein Vogel, der sich in die Lüfte erhebt. Wie eine Seele, die ohne irdische Last, ohne Schmerz und Trauer hinauf in den Himmel steigt …«

»Reiß dich zusammen, Julia«, knurrt Sofia Künzel. »Du schwatzt Unsinn!«

Sie schweigt. Schmiegt sich an Addi, der wie ein Fels in der Brandung neben ihr sitzt und den Arm um sie gelegt hat. Auch er sagt nichts. Selbst wenn ein Treffer den Keller erzittern lässt, wenn man es oben krachen und splittern hört, bleibt Addis Gesicht ruhig. Nur manchmal zucken seine buschigen grauen Augenbrauen und er schaut zur Kellerdecke hoch.

Erst nach Stunden wagen sie sich aus dem Keller nach oben.

»Leg dich hin …«, sagt Addi. »Es ist ja alles vorbei. Ich bring dir das Federbett rauf.«

Sie will es selber holen, aber ihre Beine versagen den Dienst. Addi trägt sie ins Bett und deckt sie mit der Wolldecke zu. Dass er später irgendwann das Federbett über sie breitet, bekommt sie gar nicht mehr mit. Sie merkt es erst, als sie tags drauf geweckt wird. Wieder steht Addi vor ihrem Bett, rüttelt sie an der Schulter, bis sie die Augen aufschlägt. Aber dieses Mal ist kein Alarm zu hören. Nur Addis Gesicht verrät ihr, dass etwas Schlimmes geschehen ist.

»Du musst von jetzt an noch vorsichtiger sein, Julia«, sagt er.

»Kein Geräusch. Denk daran, die Toilettenspülung nur dann zu benutzen, wenn Sofia oder ich hier oben sind.«

Sie blinzelt ihn verwirrt an und begreift seine Aufregung nicht. Das ist doch alles nicht neu. Das weiß sie längst.

Dann sagt er: »In die Wohnung unter uns ist Wilfried Storbeck mit seiner Frau eingezogen. Ausgebombt und mit Einquartierungsschein – wir können sie nicht abweisen.«

Sie kennt diesen Storbeck nicht. Er sei bei der Stadtkämmerei und als scharfer Nazi bekannt, erklärt ihr Addi. Wenn er Wind davon bekommt, dass sie hier im Haus versteckt ist, wird er sie auf jeden Fall anzeigen.

»Ich will dir keine Angst machen«, flüstert Addi und streicht ihr über das schlafwirre Haar. »Aber es wäre doch dumm, wenn sie dich jetzt noch finden. So kurz vor dem Ende …«

Sie nickt brav. Angst hat sie keine mehr. Das ist vorbei. So lange hat sie sich versteckt gehalten, ist zu einem Schatten geworden, sie glaubt schon selbst, dass sie unsichtbar ist. Ein Nebelhauch. Eine Elbin …

»Mach dir keine Sorgen«, sagte sie lächelnd zu Addi. »Niemand wird mich finden.«

Sie sieht, dass er es ist, der vor Angst vergeht, und sie streckt die Hand aus, um seine Wange zu berühren. Er nimmt ihre Hand, hält sie einen Moment warm in seinen Fingern, dann küsst er sie ganz vorsichtig. Lächelt dabei verlegen und rät ihr, noch ein wenig zu schlafen. Als er hinunter ins Café geht, schließt er die Wohnungstür zweimal hinter sich ab.

Jetzt ist Julia wach. Sie steht auf und lauscht an der Wand, ob Sofia Künzel drüben in ihrer Wohnung ist. Man hört zunächst nur den Kanarienvogel piepsen und trillern, dann den Schürhaken, der die Kohlen im Ofen durchrüttelt. Aha – die Künzel ist da, also darf sie das WC benutzen und sich am Waschbecken waschen. Wenn niemand außer ihr oben ist, muss sie aufs Nachttöpfchen gehen und Waschwasser aus einem bereitgestellten Eimer ins Waschbecken gießen. Manchmal ertappt sie sich bei dem Gedanken, dass es vielleicht besser gewesen wäre, sie hätte sich damals in der Synagoge registrieren lassen wie die anderen auch. Dann würde sie jetzt niemandem mehr zur Last fallen. Sie zieht den wattierten Morgenmantel über – ein teures Stück aus guten Tagen – und schlüpft durch die Schranktür hinüber in die Abstellkammer, die einmal ihre gemütliche kleine Wohnung gewesen ist. Jetzt ist es hier eiskalt, weil nicht geheizt wird. Vielleicht kommen sie heute Nacht wieder und werfen neue Bomben ab, denkt sie. Die Kellerdecke stürzt auf uns herab, und wir sterben alle miteinander. Dann bin ich endlich frei. Weil ich dann vor nichts mehr Angst haben muss.

Aber sie will auf keinen Fall sterben, ohne das Theater noch einmal gesehen zu haben. Das Theater war der Mittelpunkt ihres Lebens, sie muss in aller Ruhe und mit all ihrer Liebe davon Abschied nehmen. Julia Wemhöner beginnt, Kartons und Koffer zu untersuchen. Wo hat sie es nur gelassen? Aber da ist es ja. Und die Schuhe? Im anderen Koffer natürlich. Und auch der Mantel. Sie zieht das bodenlange Abendkleid aus grüner Seide an, spürt den feinen Stoff auf der Haut, den vertrauten Duft eines Parfüms, das sie liebte. Sie hat sich das Kleid eng auf Figur geschneidert und war damals froh, dass der teure Stoff gerade so ausreichte. Jetzt ist es zu weit, sie müsste an den Hüften und Schultern etwas abnähen, aber das ist nicht mehr wichtig. Sie kämmt sich das Haar, die kupferroten, üppigen Locken, die sie als Kind so grauenhaft fand und die später oft bewundert wurden. Sie steckt es hoch und bedauert, dass sie ihren Schmuck nicht finden kann. Sie besitzt goldene Ohrstecker und eine dazu passende Halskette, Erbstücke von ihrer verstorbenen Mutter. Aber es geht auch ohne Schmuck. Die grünen Pumps hat sie ja gefunden und den goldfarbenen Mantel, den sie mit dem grünen Seidenstoff des Kleides gefüttert hat.

Sie ist schön. Ein Hochgefühl erfüllt sie, macht sie fast

schwindelig, weitet ihre Brust, die mit den Jahren immer enger geworden ist. Noch einmal frei sein. Ruhig und aufrecht durch die Straßen gehen. Ohne die Angst, die dich klein macht, die dich aushöhlt, bis du nur noch eine leere Hülle bist.

Addi hat seine Wohnung von außen abgeschlossen und den Schlüssel mitgenommen. Aber es gibt einen zweiten Schlüssel, der hängt über der Tür. Für Notfälle. Er ist ein wenig angerostet, tut nur knirschend und widerwillig seinen Dienst. Julia atmet tief die muffige Luft des Flurs ein, die nach Brand riecht. Sie steigt in aufrechter Haltung die Treppe hinunter, wie eine Königin, jeder Schritt ein Triumph. Die hölzernen Treppenstufen knarren unter ihren Tritten, nicht laut, nur ein wenig, denn Julias schmaler Körper hat nicht viel Gewicht. Jetzt hört sie Hammerschläge, das ist sicher der Addi, vielleicht repariert er die Fenster oder die Eingangstür des Cafés. Auch die Stimmen von Else Koch und Hilde dringen zu ihr. Es ist besser, nicht durch das Café zu gehen, sondern gleich zur Haustür hinaus.

Draußen ist nichts mehr, wie es einmal gewesen ist. Sie bleibt irritiert stehen, versucht zu begreifen, dass dies die Wilhelmstraße war, die schöne, breite Allee, die an Theater und Kurhaus vorbeiführt. Links von ihr liegen breite Haufen aus Steinen und Holzbalken, kaputten Möbeln, Badewannen, verbogenen Stahlträgern. Dazwischen allerlei zerbrochener Hausrat, alles schwarz verbrannt. Die Häuser, die sich an die Nummer fünfundsiebzig anschließen, sind offen, man schaut in die Wohnzimmer hinein wie in eine Puppenstube. In einigen Räumen hängen noch die Bilder an den Wänden, da und dort flackern kleine Flammen in verkohlten Ruinen. Sie hebt den Saum ihres grünen Abendkleids, damit er nicht schmutzig wird, wenn sie jetzt über die Schuttberge klettert. Die Schuhe sind nicht zu retten, aber das ist ihr gleich. Julia Wemhöner steigt über die Reste der zerbombten Häuser, findet schlafwandlerisch ihren Weg, kümmert sich nicht um die Menschen, die mit Handkarren gekommen sind und im Schutt nach den letzten brauchbaren Dingen wühlen. Ein eisiger Wind bauscht ihren goldfarbenen Mantel, wirbelt Asche und Staub empor, gibt ihr den Nimbus einer Erscheinung. Sie erreicht die andere Straßenseite und sieht die zerstörten Kolonaden, das Theater, von dem ein Teil weggerissen wurde. Ein Dachteil hängt schräg, nackte Mauern bröckeln auf die verbrannte Grünanlage. Julia geht an einer Gruppe ausgebombter Einwohner vorbei, die beieinander stehen und die Erscheinung im goldenen Mantel fassungslos anstarren. Sie erreicht den Künstlereingang, der noch erhalten ist. Auch die hohen Fenster haben die Bombennacht überstanden.

Durch diese Tür ist sie viele Jahre lang täglich hinein- und hinausgegangen. Heute steht sie davor, ein Schatten und doch schön angetan, als ginge sie zu einer Opernaufführung der Maifestspiele.

Sie spürt, wie der Wind an ihrem Haar zerrt, den Mantel um ihren Körper weht. Die Kälte spürt sie nicht. Sie tritt noch ein paar Schritte näher, berührt die Eingangstür mit der Hand, ganz sacht nur, als hätte sie Furcht, dem beschädigten Gebäude Schmerzen zuzufügen. »Leb wohl …«, sagt sie leise und streicht mit der Hand über das alte Holz. »Leb wohl …«

Dann dreht sie sich um und sucht sich ihren Weg über den Schutt hinüber zum Café Engel. Als sie vor dem Eingang erscheint, reißt Addi die mit Brettern geflickte Tür auf. Er schaut sie an, als sähe er ein Gespenst.

»Mein Gott …«, flüstert er und greift sich mit der Hand an die Brust. Mehr bringt er nicht zustande. Doch gleich darauf drängt sich die Else an ihm vorbei und fasst Julia bei den Händen.

»Zu Eis gefroren«, stellt sie fest. »Gut, dass wir gerade einen heißen Tee gekocht haben. Rein mit Ihnen. An den warmen Ofen.«

Als Julia zitternd vor Kälte neben dem Ofen sitzt, eine warme

Wolldecke um die Schultern, müssen Hilde und Else den verzweifelten Addi beruhigen.

»Wer soll sie denn erkannt haben? Ist doch jeder mit sich selber beschäftigt.«

HEINZ

Kriegsgefangenenlager Attichy, Frankreich. April 1945

Es regnet. Eintöniges Rauschen und Tröpfeln auf dem Zeltdach, an mehreren Stellen ist der Stoff undicht, sie haben Blechdosen aufgestellt, damit das Stroh, auf dem sie liegen, nicht nass wird. Es ist eng, sie liegen wie die Heringe, das Zelt ist für dreißig Mann gedacht, sie sind aber fünfzig. Gestern ist ein Transport mit Versehrten angekommen, Krüppel, denen ein Arm oder ein Fuß fehlt, die aber keinen Anspruch auf das Krankenzelt haben, weil ihr Leiden nicht akut ist. Heinz Koch hat eine seiner beiden Decken zusammengerollt unter dem Kopf, die andere über den Körper gebreitet. Es ist kalt und feucht, die Stimmung bedrückt. Im Zelt wird kaum geredet, nur hinten beim Eingang hocken vier Männer beieinander und spielen Doppelkopf gegen die Depression, die alle erfasst hat. Vorhin hat einer erzählt, dass Mainz, Frankfurt und Wiesbaden längst von den Amerikanern eingenommen seien. Alles läge in Trümmern, und die wenigen Häuser, die heil geblieben wären, hätten die Amis beschlagnahmt.

»Und was ist mit den Bewohnern? Müssen die sich in eine Dachkammer verkriechen?«

»Die werfen sie raus«, kommt zur Antwort. »Die müssen sich in den Ruinen irgendwie einrichten …«

Heinz hat nicht weitergefragt, weil ihm klar wurde, dass der Mann es darauf anlegt, Schrecken zu verbreiten. Man muss ihm nicht alles glauben. Aber dass es mit Deutschland zu Ende geht, ist offensichtlich; alle wissen es. Einerseits ist es gut so, weil die Bombenangriffe endlich aufhören. Und weil man die irrwitzige Herrschaft der Nazis loswird, das vor allem, mit denen hat

Heinz Koch sich nie anfreunden können. Auf der anderen Seite weiß man nicht, was die Sieger mit den Deutschen vorhaben. Wird es eine Chance auf einen neuen Anfang geben? So, wie es nach dem letzten Krieg gewesen ist? Mit vielen Rückschlägen, mit Inflation, Arbeitslosigkeit und Hunger – aber irgendwie haben sie es geschafft, seine Else und er. Ach, aber wenn all seine Lieben tot unter dem Schutt des zerbombten Hauses liegen – wie soll er dann überhaupt an so etwas wie Neuanfang denken? Der junge Soldat links neben ihm hustet. Als Heinz zu ihm hinschaut, dreht er sich schnell weg. Aber Heinz hat doch sein rotes Gesicht und die tränenverquollenen Augen gesehen. Ein Mann weint nicht, deshalb hat er sein Schluchzen als Husten getarnt.

»Abwarten«, sagt Heinz leise und fasst seinen Arm. »Wer weiß, ob das stimmt. Der kann uns viel erzählen.«

Der junge Soldat heißt Anton Stammler, ist Orgelbauer und kommt aus Augsburg. Er wischt sich mit dem Ärmel übers Gesicht und nickt.

»Die Hoffnung stirbt zuletzt, wie?«, meint er mit schiefem Grinsen.

»Die Hoffnung stirbt niemals«, gibt Heinz im Ton fester Überzeugung zurück. »Die können sie uns nicht nehmen.«

Es scheint den jungen Mann ein wenig aufzurichten, er tut einen tiefen Seufzer, legt einen Arm unter den Kopf und schließt die Augen. Gestern haben sie sich lange über den Orgelbau unterhalten, über die schöne Orgel in der Wiesbadener Marktkirche, die Anton noch nie gespielt hat. Über das Theater, die Maifestspiele. Richard Strauss, den Anton heiß verehrt. Und über das Café Engel, das jetzt vermutlich nur noch ein Haufen Schutt ist. Heinz muss sich zusammenreißen, um nicht seinerseits das heulende Elend zu bekommen. Wie glücklich sind sie doch gewesen und wussten es nicht. Seine Else und er, die Kinder, das Café Engel. Ein kleines Paradies ist das gewesen. Und jetzt? Die Söhne irgendwo im Osten, er weiß gar nicht, ob sie noch am Leben sind. Die Else und die Hilde vielleicht von Bomben erschlagen. Das Haus zerstört …

Er kneift die Augen zusammen und schämt sich, dass ihm jetzt doch die Tränen kommen. Dabei ist er schon über fünfzig, gehört zu den Ältesten hier im Zelt. Es muss an dem tristen Regenwetter liegen, das schlägt aufs Gemüt. Er zwingt sich, an etwas anderes zu denken. Seine Frau Else fällt ihm ein. Wie gefasst sie gewesen ist, als er den Einberufungsbefehl erhalten hat. Und er hat solch dummes Zeug geredet.

»Wie schaut das denn aus?«, hat er kopfschüttelnd gerufen. »Einundfünfzig Jahre und noch Leutnant!«

Den Offiziersrang hat er im letzten Krieg erworben, den hat er von Anfang bis Ende mitgemacht. Damals war er vierundzwanzig, da war der Leutnant ganz in Ordnung.

»Ist das deine einzige Sorge?«, hat die Else gesagt und verzweifelt den Kopf geschüttelt. »Dass du nicht als General, sondern nur als Leutnant ins Feld musst?«

»Natürlich nicht!«

Erst da wurde ihm klar, wie lächerlich das militärische Denken geworden ist, das man ihnen damals eingebläut hat. Er nahm seine Else in die Arme und drückte sie fest an sein Herz.

»Ich komm ja wieder, Elschen. Hab es noch immer geschafft, und ich schaffe es auch diesmal. Pass mir nur gut auf die Hilde auf. Und auf das Café.«

Die Else ist ihm immer eine gute Frau gewesen. Je größer die Not, desto stärker ist sie geworden, hat ihm zur Seite gestanden, alles mitgemacht, zu zweit haben sie die Welt aus den Angeln gehoben. Und auch an diesem Tag hat sie sich die Tränen verkniffen, weil sie ihm das Herz nicht schwer machen wollte. Stattdessen ging sie, um seinen Rucksack zu packen. Wäsche zum Wechseln. Socken. Eine warme lange Unterhose. Rasierzeug. Seife. Essbesteck. Zigarren und Tabak. Eine dicke Salami und ein Stück Räucherschinken. Sandkuchen. Er selbst hat noch ein Heft und einen Bleistift eingesteckt. Das Feuerzeug, das Hilde ihm mal geschenkt hat. Einen kleinen Kompass aus Messing. Der Rucksack platzte aus allen Nähten.

Es schneite kleine eisige Flöckchen, als er am frühen Morgen zur Sammelstelle losging. Else und Hilde standen oben am Fenster, der Addi und die Künzel haben im Flur von ihm Abschied genommen, auch die kleine Wemhöner war dabei, und er hat sie noch einmal in den Arm genommen.

»Wird schon, Mädel«, hat er ihr ins Ohr gesagt. »Kann nicht mehr lange dauern. Durchhalten.«

Dann heulten die Sirenen plötzlich los. Fliegerangriff im Morgengrauen, das sind die Amis. Die Engländer bomben nur in der Nacht. Heinz lief durch die leeren Straßen, es fielen Bomben im Westen, da liegt Dotzheim. In Bierstadt und Amöneburg hat es schon schwere Schäden gegeben, das Landeshaus und andere Gebäude sind böse getroffen worden. Keine Nacht ohne Angst vor dem fliegenden Tod. Im Juli haben sie das Café endgültig schließen müssen, auch im Theater gab es keine Aufführungen mehr, nur ein oder zwei Kinos spielten noch die neuesten Filme der UfA. Mittlerweile haben sogar die zugemacht. Wegen der Bomben.

An der Sammelstelle beim Rathaus traf er mehrere Bekannte, die meisten in seinem Alter, gute Kunden im Café Engel, er hat sie oft im Smoking gesehen, wenn sie mit Gattin oder Freundin nach der Theateraufführung noch bei ihm einkehrten. Jetzt bekamen sie alle Wehrmachtsuniformen verpasst, Stiefel waren keine passenden da, sie behielten ihre eigenen Schuhe an. Später kriegten sie eine kurze Einweisung in den Umgang mit dem Maschinengewehr, und schon am nächsten Morgen ging es zum Bahnhof Richtung Westen. Wahrscheinlich Elsass, dort sollten heftige Kämpfe im Gang sein, so hieß es. Heinz Koch hockte bei den Kameraden im Zugabteil und schaute den entschwindenden Häusern seiner Heimatstadt nach. Sie kam ihm grau und traurig vor in diesen Dezembertagen, die Wälder ringsum winterkahl, für einen Moment konnte er die griechische Kapelle sehen, ein goldener Fleck im tristen schwarzen Gehölz. Die Industriewerke Kalle und Albert sind kaputt, auch in Biebrich liegen Produktionsanlagen in Trümmern, und die gläserne Decke der Bahnhofshalle hat ein riesiges, zackiges Loch.

Sein Kriegseinsatz in der Nähe von Zweibrücken war nur kurz, weil die Wehrmacht den Standort räumen und sich zurückziehen musste. Auf dem Weg zu seiner Einheit geriet er gemeinsam mit elf Kameraden in einen Hinterhalt und wurde von französischen Soldaten gefangengenommen. Sie ergaben sich auf der Stelle; keiner von ihnen hatte Lust, für eine längst verlorene Sache sein Leben zu riskieren. Nicht einmal die jüngeren unter den Kameraden. Sie sind ganz zufrieden, Kriegsgefangene zu sein, denn so haben sie Anspruch auf eine anständige, einigermaßen ehrenvolle Behandlung. Zumindest hier in Frankreich, wo die westlichen Alliierten das Sagen haben. An die armen Kerle, die drüben im Osten in Gefangenschaft geraten, will er besser nicht denken. Willi und August, die beiden Söhne, haben sich zuletzt aus Rumänien gemeldet. August ist fünfundzwanzig, der Willi gerade einmal dreiundzwanzig. Gott schütze sie.

Die französischen Soldaten trieben sie mit vorgehaltener Waffe zu einem alten Schuppen, wo nach einer Weile ein amerikanisches Armeefahrzeug hielt. Man pferchte sie mit anderen Kriegsgefangenen zusammen in den Laderaum, es war kein Platz, um sich hinzusetzen, sie mussten sich aneinander festhalten, wenn es in die Kurven ging. Die Fahrt dauerte stundenlang, Heinz war vollkommen erschöpft, als sie endlich aussteigen durften. Die Nacht verbrachten sie in der ungeheizten Halle eines Kohlenlagers, Decken gab es keine, sie suchten sich alte Kisten, um sich vor der Bodenkälte zu schützen. Es war Ende Januar, die Temperaturen lagen um den Gefrierpunkt. Am Morgen durften sie ein Feuer machen und Kaffee in Blechdosen kochen. Zu essen gab es trockenes Weißbrot. Heinz hatte so klamme Finger, dass ihm das Brot auf den Boden fiel. Ein Kamerad hob es auf und reichte es ihm. Er gab ihm die Hälfte ab, die der junge Kerl sofort verschlang. Heinz spürte alle Knochen, er hat schon jahrelang Rheuma in Knien und in der Hüfte – jetzt feierte der Schmerz wahre Orgien.

Sie wurden zu den Bahngleisen getrieben und mussten auf einen offenen Kohlenwagen steigen, dessen Boden mit zentimeterdickem Kohlenstaub bedeckt war. Um dem eisigen Fahrtwind wenigstens teilweise zu entgehen, musste man sich hinhocken, was einige seiner Kameraden wegen des Drecks aber verweigerten. Es half ihnen nichts, schon nach einer halben Stunde saßen alle miteinander im schwarzen Staub, nach weiteren Stunden frostkalter Fahrt legten sich die ersten auf den Boden. Es war zu eng, um nebeneinander zu liegen, sie schichteten sich übereinander, wechselten hin und wieder die Position, hofften, dass dieser Höllentransport bald enden würde. Auf einigen Bahnbrücken standen französische Frauen und Kinder. Sie beschimpften die »sales boches« und bewarfen sie mit Steinen. Heinz bekam ein Geschoss an der Schulter ab, es riss ein Loch in seine Uniformjacke, kam aber zum Glück nicht durch das Hemd bis auf die Haut. Trotzdem tut ihm die Schulter immer noch ordentlich weh.

»Das ist Reims«, rief einer. »Die Kathedrale! Mein Gott – wir waren hier auf Hochzeitsreise, meine Frau und ich … vor fünfzehn Jahren …«

Niemand hatte dazu etwas zu sagen, sie starrten mit zusammengekniffenen Augen auf die Silhouette der Stadt im Abendrot. Kurz darauf hielt der Zug, sie verbrachten die Nacht in der Halle des Güterbahnhofs auf Holzbrettern, mit einer Wolldecke pro Mann. Es gab eine dünne Suppe – Heinz schnitt seine Wurst auf, verteilte den Rest Schinken, der Kuchen war schon gestern alle. Auch andere Kameraden teilten ihre letzten Lebensmittel – wer heimlich isst und die anderen hungern lässt, ist ein Schuft. In der Nacht schlief Heinz wie ein Stein, nur zweimal wachte er auf, weil ein Kamerad zum Pinkeln rausmusste und in der Dunkelheit versehentlich auf ihn trat. Am Nachmittag des folgenden Tages erreichten sie den Bahnhof eines kleinen Ortes namens Attichy, man trieb sie aus dem Waggon, rechts und links amerikanische Soldaten, die ihnen das Gepäck wegrissen, auch die Uhren wurden ihnen fortgenommen. Fast alle besitzen jetzt nur noch das, was sie auf dem Leibe tragen. In beißender Januarkälte musste ein längerer Marsch bergauf geleistet werden, junge französische Soldaten trieben sie mit Gewehrkolben an, wer zurückblieb, wurde so lange geprügelt, bis er wieder laufen konnte oder endgültig liegen blieb. Heinz biss die Zähne zusammen und hielt durch.

Das Gefangenenlager in Attichy befindet sich auf einer großen, kahlen Ebene. Man sieht graue, rechtwinklige Zelte in Reihen nebeneinander stehen, von Stacheldrahtzäunen umgeben. Hier und da ein Unterstand aus Lehm, in regelmäßigen Abständen hölzerne Wachtürme, auf denen Soldaten postiert sind. Die neu angekommenen Gefangenen werden durchsucht und gründlich mit Entlausungspulver eingesprüht. Danach verhört sie ein amerikanischer Offizier, der ein ausgezeichnetes Deutsch spricht. Er ist Jude, verhält sich aber freundlich, ohne Hass. Wiesbaden ist ihm bekannt, auch das Café Engel. Er will wissen, ob Heinz Mitglied der NSdAP gewesen ist, ob er eine führende Position innehatte. Heinz verschweigt seine Parteimitgliedschaft nicht – er ist in die Partei eingetreten, um die Konzession für sein Café zu behalten. Sein Befrager hat sich damit zufrieden gegeben, man wies ihm einen Platz in einem der Zelte zu. Stroh, zwei Wolldecken pro Mann. Die Latrinen sind am Rand des Camps, man hat tiefe Löcher ausgehoben, wer da aus Versehen hineinfällt, kommt ohne Hilfe nicht mehr heraus. Außerdem hat man aus leeren Blechdosen Rinnen gebaut, die den Urin in die Gruben leiten. Alles wohldurchdacht. Nur die eisige Kälte und der Frost wurden nicht einkalkuliert, die jeden Gang hierher zur Qual werden lassen. Vor allem, wenn der Boden gefroren ist und man leicht ausgleitet.

In der ersten Nacht haben sie vor Hunger nicht geschlafen. Gegen Morgen – es war noch lange nicht hell – wurde eine dünne, süße Suppe ausgeteilt, ein Viertelliter für jeden. Sie schlürften sie gierig und wärmten sich die Finger an den Blechdosen, die als Suppenteller dienen. Danach gab es lange Zeit nichts mehr, ihre Mägen knurrten schmerzhaft. Erst am Nachmittag, kurz vor Einfall der Dunkelheit, erhielt jeder eine Scheibe trockenes Weißbrot und dazu einen Viertelliter Tee. Die Menschen in Frankreich haben selbst nichts zu essen, wurde ihnen gesagt. Die Lebensmittel würden zuerst für die eigene Bevölkerung gebraucht. Aber in absehbarer Zeit träfe Verpflegung aus Amerika ein, dann würde sich die Lage verbessern.

So war es dann auch. Allerdings hat es in den fast vier Monaten, die er hier nun schon verbracht hat, immer wieder Hungerzeiten gegeben.

»Heinz?«

Anton Stemmler spricht mit gedämpfter Stimme. Er hat sich auf die Seite gedreht, wendet seinem Nachbarn zur Linken den Rücken zu und schaut Heinz mit rot geschwollenen Augen an.

»Was ist? Willst du dir eine drehen? Ich hab noch Tabak.«

Neben Seife, Klopapier und abgelegten Kleidern der amerikanischen Soldaten gibt es auch schmale Tabakrationen, die heiß begehrt sind. Heinz, der Zigarrenraucher ist, tauscht seine Ration oft gegen das Ausleihen von Rasierzeug. Einige wenige Gefangene haben ihr Gepäck gerettet, was ein großer Vorteil für sie ist.

»Nee, danke«, sagt Anton leise und schaut hinüber zu Kurt Eisel, Heinz' Schlafnachbar zur Rechten. Aber der hat die Hände über der Brust gefaltet und schnarcht leise.

»Du musst mir helfen, Heinz. Ich geh sonst vor die Hunde …«

Verdammtes Regenwetter, denkt Heinz. Es drückt aufs Gemüt, man sieht alles in Schwarz und Grau gemalt. Jetzt schmiedet er wieder Fluchtpläne, der Dummkopf.

»Du gehst nur vor die Hunde, wenn du selber das zulässt, Anton. Wenn du dich aufgibst.«

»Das tu ich ja nicht«, versichert Anton eifrig flüsternd. »Im Gegenteil, ich denke weiter … an die Zukunft … daran, dass ich es satt habe, in diesem verdammten Lager dahinzuvegetieren.«

»Gestern haben sie wieder Listen gemacht«, wirft Heinz dazwischen, denn er weiß schon, was jetzt kommen wird. »Du stehst auch darauf. In absehbarer Zeit kommen wir alle nach Hause.«

Anton gibt ein schwach unterdrücktes kurzes Lachen von sich.

»Du vielleicht, Heinz. Weil du zu den Ältesten gehörst. Und die Verwundeten, die schaffen sie zuerst in die Heimat. Die Hirnversehrten und die Beinamputierten … Die können ja auch keinem mehr schaden, wie?«

Er lacht wieder, leise und abgehackt. Es klingt nervös und macht Heinz besorgt. Der Junge könnte sein Sohn sein. Und so wie er sich benimmt, steht er unter einer riesigen inneren Spannung.

»Wir alle kommen irgendwann heim, Anton«, sagt er.

»Das denkst du, Heinz. Drüben haben welche erzählt, die Franzosen schaffen die Kriegsgefangenen nach Afrika und lassen sie in den Kolonien schuften.«

Das hat Heinz auch gehört. Aber er weigert sich, das zu glauben. Und falls es doch stimmt, wird es die jungen Kerle treffen. Nicht diejenigen, die schon über fünfzig sind.

»Ich muss hier raus«, wispert Anton. »Meine Eltern und meine kleine Schwester, die brauchen mich. Und die Marlies … die wartet doch auf mich!«

Er bricht ab und starrt an Heinz vorbei auf die nasse Zeltwand. Seine Lippen sind zusammengepresst, der Unterkiefer zuckt. Heinz weiß recht gut, welche Sorge den armen Kerl quält. Viele hier haben diese Sorge, aber man redet nur selten darüber. Nicht jede Braut ist bereit, jahrelang auf den Auserwählten zu warten. Auch nicht jede Ehefrau.

»Die wartet, Anton«, sagt er und bemüht sich, ruhig und überzeugt zu klingen. »Und wenn sie es nicht tut, dann war sie's nicht wert.«

»Klar«, gibt der andere fast unhörbar zurück. Dann dreht er sich wieder auf den Rücken und schweigt vor sich hin.

Heinz tut einen Seufzer. Vorläufig scheint die Gefahr gebannt. Es wäre schade um den netten und begabten Jungen. Es sind schon Gefangene auf der Flucht erschossen worden.

Natürlich will jeder so schnell wie möglich hier raus. Aber letztlich haben sie es im Vergleich zu anderen noch gut getroffen. Die Amerikaner sehen streng auf Sauberkeit, ständig wird desinfiziert, die Töpfe und Blechteller viermal abgewaschen, die Latrinen immer wieder zugeschüttet und neue ausgehoben. Das riesige Lager ist für hunderttausend Mann ausgelegt und vorbildlich durchorganisiert. Es gibt eine Selbstverwaltung der Gefangenen, den Appell am Morgen leitet ein deutscher Hauptmann, zackig wie ehedem, aber unter Aufsicht der Sieger. Die Jungs, die als Flakhelfer geschnappt wurden, sind im »Baby Camp« untergebracht, Offiziere von Mannschaften getrennt, an einem der Zelte steht ein Schild mit der Aufschrift »Priests«, auch Ärzte sind vorhanden, ein Krankenzelt, sogar ein »Kulturzelt«, in dem Gefangene Vorträge aller Art halten dürfen, wofür sie Extrarationen an Lebensmitteln erhalten. Man könnte es schlechter treffen, viel schlechter. In Russland müssen deutsche Kriegsgefangene Bahnstrecken verlegen; es heißt, dort seien schon Tausende an Hunger und Entkräftung gestorben.

Schlimm sind nur die Enge und der Stumpfsinn. Die meiste Zeit verbringt man mit Warten. Vor allem auf Verpflegung, das Essen wird zum Lebensmittelpunkt. Auch der Dreck ist lästig, bei Regen verwandelt sich der Boden in tiefen Schlamm, der Gang zur Latrine wird zum Abenteuer. Auf die Kleider wurden die Buchstaben PW gemalt, das bedeutet »Prisoner of War«. Wenn man sein Zeug ordentlich waschen will, läuft man nackt herum, weil es nichts zum Wechseln gibt.

Aber vor allem bedrückt die Tatsache, dass viele keine Zukunft mehr sehen. Die Familien zerrissen oder tot, aller Besitz verloren, das Haus zerbombt, viele sind auch zu Krüppeln geworden und wissen nicht, wie sie ihren Lebensunterhalt verdienen sollten. Es gibt oft Gespräche über den Krieg und die Naziherrschaft. Heinz hört dann lieber zu, als dass er selber redet, weil er sich in vielen Dingen nicht sicher ist, noch nicht zu Ende gedacht hat. Sind sie wirklich betrogen worden, wie die meisten behaupten? Vielleicht waren sie allesamt nur leichtgläubig? Haben die Wochenschauen gesehen und geglaubt, der Krieg sei eine gerechte Sache. Mannesehre. Heldenmut. Süß und ehrenvoll ist es, für das Vaterland zu sterben. So haben es viele der Älteren noch in der Kaiserzeit gelernt. Preußische Ideale. Im Krieg bewährt sich der Mann, nur ein Feigling kann gegen den Krieg sein. Vielleicht steckt ein Teil dieser Erziehung auch in seinem Blut. Aber es gibt andere Dinge, die haben ihm die Augen frühzeitig geöffnet. Die Sache mit den Juden. Niemand hat ganz genau gewusst, was mit ihnen geschieht, es hieß nur, dass sie in Arbeitslager kämen. Aber weder er noch seine Else haben das so recht glauben können. Weil es Gerüchte gab. Einige Gäste im Café haben, wenn es spät geworden war und sie mit den Kochs allein blieben, von ganz anderen Dingen erzählt. Soldaten auf

Urlaub vor allem. Von Hunger und Elend, von gezielten Tötungen, um ein ganzes Volk auszulöschen.

Den armen Hermann Lekisch und seine Frau haben sie einundvierzig abgeholt, als er aus Frankreich zurückkehrte, um ganz naiv nach seiner Rente zu fragen. Journalist ist er gewesen, hat auch Theaterstücke geschrieben. Stammgast im Café Engel. Wie oft haben sie über ihn gelacht, weil er so auf den Pfennig geschaut hat.

Die Fotos, die die Amerikaner ausgehängt haben und an denen sie alle vorbeilaufen mussten, haben Heinz schwer erschüttert. Berge von ausgemergelten Toten in den Konzentrationslagern. Menschen, die zum Skelett abgemagert waren. Öfen, in denen man die Leichen verbrannt hat. Wenigstens die Julia Wemhöner haben sie vor diesem Schicksal bewahren können. Zumindest hofft er das sehr.

»Adolf Hitler hat von alledem nichts gewusst!«, behauptet einer.

»Das war der Himmler, das Schwein.«

»Der Goebbels, der alte Bock. Und der Göring, der eitle Fettwanst.«

»Wenn der Führer anständige Leute um sich gehabt hätte, dann wäre das alles nicht passiert.«

Heinz lässt sie reden und hält den Mund. Dieser Mann, Adolf Hitler, hat sie alle in seinen Bann gezogen, sogar viele von denjenigen, die mit den Nazis nichts zu tun haben wollten. Ein jüdischer Freund hat zu ihm mal gesagt: »Wenn ich nicht Jude wär, Heinz. Der Hitler, das wär mein Mann!«

Auch er selbst ist diesem Blender eine Weile verfallen. Sogar die Else. Und die Söhne sowieso, die haben den Führer regelrecht verehrt. Nur die Hilde hat den Hitler irgendwie nicht leiden können. Wofür sie von ihren Freundinnen viel Gespött einstecken musste. Sie hat den rechten Instinkt gehabt, seine dickköpfige, mutige Tochter.

Heinz bekommt Kopfschmerzen und verbietet sich weiterzudenken. Was geschehen ist, lässt sich nicht an einem einzigen Tag begreifen. Es wühlt im Inneren, man quält sich herum, grübelt und kommt doch zu keinem Ergebnis. Das geht vielen so, die hier tatenlos auf die nächste Essensausgabe warten.

Ab und zu gibt es Streit unter den Gefangenen, auch Prügeleien, die jedoch meist von den Zeltkameraden beendet werden. Die Amerikaner haben große Angst vor einem Aufstand; wenn irgendwo Lärm ist, sind sofort Soldaten mit Gewehren zur Stelle.

»Du musst mir helfen, Heinz …«, tönt es wieder leise von links. Heinz ist ärgerlich. Warum gibt der Bursche keine Ruhe? Sitzen sie nicht alle im gleichen Boot?

»Damit du in dein Unglück rennst? Nein. Schlag dir das aus dem Kopf.«

»Bitte! Wenn du mir nicht hilfst, häng ich mich auf.«

Heinz schaut prüfend nach links, um herauszufinden, wie ernst diese Drohung gemeint ist. Anton liegt mit weit geöffneten Augen da, sein Atem geht schnell, so als hätte er Fieber. Heinz überlegt, ob der junge Kerl am Ende krank ist, aber gerade als er sein Handgelenk fassen will, hört man die metallischen Schläge von draußen, die die Essensausgabe ankündigen. Das Geräusch entsteht, weil mit einer Schöpfkelle auf einen an einer Schnur aufgehängten Blechteller geschlagen wird. Sofort verbreitet sich im Zelt hektische Betriebsamkeit. Männer fahren aus dem Tiefschlaf und greifen, ohne hinzuschauen, zu ihrem Essgeschirr, das meist aus einer Dose und einem aus Dosenblech zurechtgebogenen Löffel besteht. Auch Heinz steht auf, er lässt anderen den Vortritt, obgleich er hungrig ist, aber es liegt ihm nicht, sich wie ein Tier an die Futterkrippe zu drängeln. Plötzlich merkt er, dass Anton ihn bei der Hand fasst. Die Finger des jungen Mannes sind kalt, er hält Heinz' Handgelenk mit hartem Griff umschlossen.

»Nachher, wenn es dunkel ist, gehst du zur Latrine, Heinz.

Dann kommt der Köppel Fritz dazu, das ist ein Freund von mir. Der wird mit dir Streit anfangen …«

»Ich denk doch gar nicht dran!«, schimpft Heinz.

»Es ist meine letzte Chance. Sonst bring ich mich um.«

»Jetzt hör mir mal zu, Anton. Die haben Scheinwerfer, die reichen fünfzig bis hundert Meter weit …«

»Die sind abgelenkt, wenn ihr euch streitet …«

»Alles, was du erreichen wirst, ist eine Kugel im Rücken!«

»Andere haben es auch geschafft.«

Das ist wahr. Allerdings nur wenige, die meisten sind erwischt worden, einige haben sie Tage später in erbärmlichem Zustand zurück ins Lager geschafft. Aus dem Lager entkommen ist eine Sache, sich durch Feindesland bis in die Heimat durchschlagen eine andere. Und dort, im besetzten Deutschland, geht das Elend erst richtig los. Heinz wendet sich wortlos ab, greift seine Dose samt Löffel und reiht sich in die Schlange der hungrigen Essensempfänger ein. Es regnet in Strömen, alle sind im Nu durchnässt, was die Stimmung nicht gerade hebt. Es gibt eine dünne Gemüsesuppe, vom Regen zusätzlich verwässert, und dazu etwas Brot. Danach einen Viertelliter Bohnenkaffee, der mit Zucker gesüßt ist. Die meisten vertilgen Suppe und Brot noch an Ort und Stelle; mit dem Kaffee verziehen sie sich ins halbwegs trockene Zelt. Mehrere rutschen aus und fallen in den Dreck, einer verschüttet seine Suppe und gerät darüber in helle Verzweiflung. Das Brot klaubt er aus dem Schlamm und isst es. Heinz beobachtet Anton beim Kaffeetrinken und stellt beruhigt fest, dass der sich vollkommen normal benimmt.

Später sitzen sie mit zwei Kameraden beieinander und spielen Viererskat, wobei der Besitzer des Kartenspiels, ein Kneipenwirt aus Köln, fast immer gewinnt. Anton macht Scherze, ist gelöst und spielt einen recht guten Skat. Später geht die Rennerei zur Latrine los, aber zum Glück hat es aufgehört zu regnen. Heinz wartet ab, bis die meisten zurück sind, er mag die Drängelei auf den Donnerbalken nicht, auch die Gespräche und zotigen Witze der meisten Männer sind ihm zuwider. Gewiss, er ist schon im letzten Krieg Soldat gewesen, da hat man sich an solche Sachen gewöhnt. Dennoch ist es hier etwas anderes. Weil sie Gefangene sind und die Blicke ihrer Bewacher auch beim Kacken auf sie geheftet sind.

Er ist auf nichts gefasst, als er bei einfallender Dämmerung zu den Latrinen hinüberläuft, ganz vorsichtig die Schritte setzt, wegen der glitschigen Wege. Und dann passiert es. Er ist ein Idiot. Hätte es sich denken können.

»Verpiss dich, das ist mein Platz!«

Der Mann, der Fritz Köppel sein muss, ist ein Stück kleiner als Heinz, aber jünger und breit in den Schultern. Er geht auf Heinz zu und grinst ihn an. Gut Freund, sagt sein Grinsen. Heinz weicht zurück.

»Nein …«, sagt er. »Ich will nicht streiten. Hör auf.«

Aber der andere scheint Spaß daran zu haben. Er stößt Heinz vor die Brust, sodass er um ein Haar rücklings in die Grube gefallen wäre, und lacht höhnisch. Heinz fängt sich gerade noch und versucht, an dem anderen vorbei zurück zum Zelt zu gelangen. Aber der Köppel Fritz verstellt ihm den Weg. Im Licht der Scheinwerfer kann Heinz seine kurzen wachsgelben Zähne sehen, den breiten Mund, die kleinen, hellen Augen. Streitsucht ist darin zu lesen, angestaute Wut, die einen Ausgang sucht. Hass.

»Pass auf«, ruft er Heinz zu. »Gleich liegst du in der Kacke.«

Heinz muss sich wehren, er ist kein Schwächling, aber das Kämpfen liegt ihm nicht. Der andere verpasst ihm kräftige Hiebe, er muss einiges einstecken, bis er den Gegner zu fassen bekommt und ihn zu Boden drückt. Sie wälzen sich im Schlamm, kommen der Senkgrube bedrohlich nahe, verkeilen sich ineinander, der eine will schlagen und prügeln, der andere versucht, ihn daran zu hindern.

Man reißt sie hoch, stößt ihnen einen Gewehrlauf vor die Brust, führt sie ab. Heinz' Schädel dröhnt, er hat einen Faustschlag auf die Schläfe abbekommen, um ihn herum ist es taghell von den Scheinwerfern, irgendwo peitschen Schüsse. Ein hartes, trockenes Geräusch wie zerknackende Äste.

Man verhört ihn, beschuldigt ihn, gemeinsam mit anderen ein Komplott geschmiedet zu haben, das dazu diente, einem hochrangigen Nazi zur Flucht zu verhelfen. Heinz erfährt nie, was an dieser Beschuldigung dran ist. Auch das weitere Schicksal von Anton Stemmler bleibt ihm verborgen. Er verbringt dreißig Tage in Einzelhaft in einer der Erdhütten, erhält nur einmal täglich einen Blechteller mit Suppe, dazu ein kleines Stück Brot. An einem frühen Morgen wird er gemeinsam mit dreißig anderen Kriegsgefangenen in den Laderaum eines Militärlasters getrieben, die Hände im Nacken gefaltet. Die Fahrt geht Richtung Nordwesten.

HILDE

Wiesbaden, März 1945

Es ist das Dümmste gewesen, was sie je im Leben angestellt hat. Aber es ging einfach nicht anders. Sie hätte es nicht übers Herz gebracht, ihn so gehen zu lassen. Sie musste ihm einfach zeigen, wie ernst sie es meint. Und dass sie ihn nicht fortschickt, um ihn loszuwerden, sondern um sein Leben zu retten. Weil sie ihn über alles liebt.

Hilde liegt im Bett ihres Vaters im Eheschlafzimmer und kämpft wieder einmal gegen die Übelkeit. Wie widerlich das ist. Jeden Morgen rennt sie ins Bad, um herumzuwürgen, sich auszukotzen, und wenn sie danach – was man wirklich nicht tun sollte – in den Spiegel sieht, erblickt sie ein bleiches Gesicht mit schwarzen Augenrändern, das einer völlig Unbekannten zu gehören scheint. Sie ist einfach ein Pechvogel. Die Gisela hat ihr unter dem Siegel der Verschwiegenheit gestanden, dass sie dreimal mit ihrem Verlobten Joachim geschlafen hat, bevor er wieder ins Feld musste. Weil sie unbedingt von ihm schwanger werden wollte. Und hat es funktioniert? Kein bisschen. Aber bei ihr, Hilde, klappte es gleich beim ersten und einzigen Mal. Das hat sie Gisela allerdings nicht verraten. Zumindest vorläufig nicht. Auch wenn die Gisela ihre beste Freundin ist.

»Vielleicht liegt es ja daran, dass Joachim so rücksichtsvoll ist«, hat Gisela überlegt. »Ich habe mich manchmal gefragt, ob er es überhaupt richtig gemacht hat …«

»Großer Gott!«

Die Sorge braucht Hilde nicht zu haben. Der schwarzäugige, zärtliche Jean-Jacques hat ganz genau gewusst, was er tat, als

Hilde ihn am Morgen vor seiner Flucht in ihr Zimmer einließ. Viel Zeit haben sie nicht miteinander gehabt, aber die wenigen Minuten, die ihnen gehörten, haben sie genutzt. Mit Erfolg. Hilde ist jetzt fast schon im vierten Monat, die Röcke werden um die Taille zu eng, die unteren Knöpfe der Bluse muss sie offen lassen. Ein Kind von einem französischen Fremdarbeiter. Wenn das aufkommt, ist sie überall nur noch die Franzosenhure. Dann stecken sie sie in ein Heim und nehmen ihr das Kind weg, sobald es geboren ist.

Schlimmer noch wäre, wenn herauskäme, wie sie dem Jean-Jacques zur Flucht verholfen haben. Einen Rucksack hat Hilde für ihn gepackt, mit Lebensmitteln und Landkarten. Mama ist dann – so hat sie überall verkündet – zum Kohlenhändler gegangen, und Jean-Jacques musste mit, den Bollerwagen ziehen. Am späten Nachmittag ist die Mutter allein zurückgekommen. Der verdammte Franzmann sei ihr unterwegs weggelaufen, sie hätte ihn stundenlang gesucht, und am Ende hätte sie den schweren Bollerwagen voller Kohlen allein ziehen müssen. In Wirklichkeit hat sie dem Jean-Jacques gezeigt, wo er sich auf dem Südfriedhof verstecken kann, um dann in der Nacht in Schierstein über die Rheinbrücke zu gehen. Für eine solche Fluchthilfe kann man vor Gericht gestellt und in ein Lager gebracht werden, hat Mama gesagt. Aber sie hat es trotzdem getan.

»Weil ich auch Söhne habe«, hat sie erklärt. »Und weil ich hoffe, dass es irgendwo Mütter gibt, die meinem Willi und dem August beistehen.«

Ob der Jean-Jacques sicher in seiner Heimat angekommen ist, wissen sie nicht. Er stammt aus Nîmes, das liegt im Süden von Frankreich. Dort haben seine Eltern einen Weinberg, produzieren Rotwein, wie die meisten Winzer in der Gegend. Jean-Jacques wird den elterlichen Betrieb einmal übernehmen, so ist es ausgemacht. Bevor er in den Krieg musste, hat er noch rasch geheiratet.

Wenn Hilde eine Dummheit begeht, dann richtig. Ein Fremdarbeiter, ein Franzose und noch dazu verheiratet. Sie hat nichts ausgelassen. Nur gut, dass Papa nichts mehr von der Geschichte mitbekommen hat. Von der Schwangerschaft, wohlgemerkt. Die Liebelei zwischen Hilde und dem anstelligen Fremdarbeiter Jean-Jacques, der dem Café und dem Hotel Kaiserhof als Arbeitshilfe zugeteilt worden war, hat er schon bemerkt und sie auch gewarnt. Aber Hilde ist stur. Sie macht, was sie will, besonders in der Liebe. Und Liebe ist es auf jeden Fall. Die ganz große sogar. Eine Liebe, wie man sie nur ein einziges Mal im Leben erfährt. Nein – es war keine Dummheit. Es war Schicksal. *Coup de foudre* hat er es genannt, Blitzschlag. Schließlich hat es ja auch ihn erwischt, trotz Weinberg und Ehefrau. Und er hat ihr versprochen, dass er zu ihr zurückkommt. Wenn der Krieg vorbei ist und wenn er alles mit den Eltern und der Frau geregelt hat …

»Und das glaubst du?«, hat die Mutter sie gefragt. »Wach auf, Mädel. Wenn er erst wieder daheim bei seiner Familie ist – dann hat er dich bald vergessen.«

Mama kann so richtig brutal sein. Realistisch nennt sie es. Vernünftig. Jetzt wird Hilde schon wieder übel. Sie rafft sich vom Bett auf und läuft ins Badezimmer, beugt sich über das Waschbecken. Gerade noch rechtzeitig. Natürlich hat die Mutter es gemerkt, sie kommt ins Bad und gießt Wasser nach. Die Wasserleitung geht immer noch nicht richtig, sie müssen das Wasser eimerweise unten im Café holen, wo es einen zweiten Wasseranschluss gibt.

»Das muss doch endlich mal aufhören«, sagt Mama. »Schaust aus wie das Leiden Christi. Nimm dich bloß in Acht, dass der Storbeck nichts merkt. Oder die Marianne, seine Frau.«

»Was regst du dich auf? Wir sagen, es ist vom Fritz Bogner …«

Die Mutter lacht kurz auf und schüttelt den Kopf.

»Du hast Nerven, Mädel. Der wird sich schön wundern, wenn er heimkommt …«

»Wer weiß, wann das ist …«

Der Fritz hat früher im Café Engel Geige gespielt, und die Hilde hat ihn schon als kleines Mädel bewundert. Er war Musikstudent, wollte Orchestergeiger werden – aber das hat der Krieg verhindert. Fritz Bogner wurde gleich zu Kriegsanfang eingezogen; wo er jetzt ist und ob er überhaupt noch am Leben ist – sie wissen es nicht.

Hilde sitzt auf einem Küchenstuhl und atmet schwer. Seitdem der Storbeck und die Marianne in das Haus eingezogen sind, leben sie in ständiger Angst. Vor allem wegen der Julia Wemhöner. Die ist ja nach dem schlimmen Bombenangriff völlig durchgedreht und im Abendkleid über den ganzen Schutt rüber zum Theater gelaufen. Ein Wunder, dass sie bisher niemand abgeholt hat, aber die Nazis der Stadt haben andere Sorgen. Die Amerikaner rücken vor; es wird von einer Entscheidungsschlacht am Rhein geredet. Die Männer bis sechzig Jahre und die halbwüchsigen Burschen werden zum Volkssturm eingezogen. Wenn sie den Storbeck nur auch holen würden. Aber der muss bei den Aufräumarbeiten am Rathaus helfen und ist nicht abkömmlich. Dafür ist er hier im Haus ständig am Rumschnüffeln. Die Künzel hat ihn neulich vor ihrer Wohnungstür erwischt, wie er gelauscht hat. Der Addi hat gedroht, wenn er diesen windigen Denunzianten an seiner Tür erwischt, nagelt er ihm die abstehenden Ohrwascheln an die Wand.

»Das ist aber doch keine Lösung, Herr Dobscher!«, hat Mama erschrocken gesagt.

»Hab's nur bildlich gemeint«, murmelt Addi düster.

»Schade!«, bemerkt Hilde boshaft.

Julia Wemhöner hat sich inzwischen mehrfach bei Addi entschuldigt. Es sei der Schreck gewesen. Die Bomben. Und weil sie sich immer verstecken müsse. Addi hat erzählt, er habe lange mit ihr gesprochen, sie sei jetzt wieder völlig gefasst und habe ihm hoch und heilig versprochen, so etwas niemals wieder zu tun. Sofia Künzel hat ihre Gesangs- und Klavierübungen wieder aufgenommen. Nicht nur aus musikalischen Gründen, sondern auch, weil sie genau weiß, dass die beiden Storbecks in der Wohnung unter ihr sich darüber ärgern. Die Marianne hat schon mehrfach mit dem Besen an die Zimmerdecke geklopft. Geholfen hat es ihr nichts: Mama, bei der sie sich beschwert haben, hat ihnen freundlich erklärt, sie könnten gern ausziehen. Dies sei ein Haus, in dem Künstler immer willkommen gewesen seien, und das solle auch so bleiben.

Aber der Storbeck denkt nicht daran wegzuziehen. Wohin auch? Wohnungen sind knapp in Wiesbaden, viele sind in den Bombennächten obdachlos geworden und müssen bei Verwandten oder Bekannten unterschlüpfen. Wer eine leer stehende Wohnung ergattern konnte wie die Storbecks, ist fein heraus.

»Der sitzt hier wie die Made im Speck«, schimpft Mama. »Und die Bettwäsche vom August und der Eva benutzt er auch!«

»Der geht auch an unsere Kohlen im Keller«, vermeldet Addi wütend.

»Soll er doch. Hauptsache, er lässt uns in Ruhe«, findet Hilde.

Am Abend, als sie unten im Café beieinandersitzen und Graupensuppe mit winzigen Speckbröckchen essen, die Mama für alle gekocht hat, klopft es an der Tür zum Treppenhaus. Alle hören auf zu essen, schauen sich an.

»Die Wemhöner …«, murmelt die Künzel bang.

Addi ist totenbleich geworden, er ballt die Fäuste.

»Still!«, befiehlt Mama. Dann ruft sie laut: »Wer ist da?«

Die Tür wird einen Spalt geöffnet, man sieht das Gesicht von Wilfried Storbeck, darunter eine Flasche Eierlikör, die er in der Hand hält.

»Wir wollen nicht stören«, sagt er und lächelt in die Suppe essende Runde. »Wir wollten nur endlich mal unseren Einstand mit Ihnen feiern.«

Er schiebt sich durch die Tür und steht mit seinem besten falschen Lächeln vor ihnen, die Flasche mit dem gelblichen Inhalt in der Hand. Er ist keine Schönheit, der Storbeck. Ein breites Gesicht mit eckigen Wangenknochen, buschige Augenbrauen und schüttere blonde Strähnen, durch die die rosige Glatze leuchtet. Seine Marianne, die jetzt mit einem ähnlichen Lächeln eintritt und die Tür sorgfältig hinter sich schließt, ist eine mollige Frau mit großem Vorbau und braun gefärbtem, dauergewelltem Haar.

Da stehen sie nun, und es ist klar, dass man sie nicht wieder wegschicken darf. Im Gegenteil, man muss sie an den Tisch bitten und ihnen einen Teller Suppe anbieten, das gehört sich so. Der Einzige, der offen dagegen protestiert, ist der Bunte unter dem Tisch. Er hat gleich zu Anfang von Storbeck einen Fußtritt kassiert, als er sich in die Wohnung schleichen wollte, wo es so gut nach geräuchertem Schinken roch. Seitdem knurrt er Storbeck an, wo immer er ihn sieht.

»Na, was hat denn das Hundchen?«, tut die Marianne ganz harmlos und beugt sich vor, um den Bunten zu streicheln. Aber der schnappt nach ihren Fingern, dass sie erschrocken zurückfährt.

»Dass Sie bei diesen knappen Rationen noch einen Hund durchfüttern«, meint Storbeck. »Respekt, Respekt. Das ist wahre Tierliebe …«

Wenn der von Julia Wemhöner wüsste, die wir mit ernähren, würde er sich noch mehr wundern, denkt Hilde. Bloß vorsichtig sein. Der kommt mit seinem gepanschten Likör aus Eipulver und Magermilch und will uns damit besoffen machen. Weil er uns aushorchen will, der Mistkerl.

»Ein Tellerchen Suppe?«, fragt Mama. »Ist leider nur wenig Speck drin. Wir tun uns immer zusammen, weil man dann besser für alle kochen kann …«

»Sehr vernünftig …«, sagt Marianne und hält den Teller ihres

Mannes hin. »Wir hatten ja auch so eine schöne Hausgemeinschaft, nicht wahr, Wilfried? Alles dahin in einer einzigen Bombennacht …«

Mama löffelt kleine Suppenportionen in die Teller der Storbecks, Addi schaut mit kritischen Augen zu, weil er noch eine Portion für Julia abzwacken will. Es ist schwierig geworden, ihr am Abend ihren Anteil am Essen zu bringen, weil man dafür an der Wohnung der Storbecks vorbeimuss. Mama füllt es in einen Henkelmann aus Blech, den man in der Hand tragen kann. Addi legt dann einfach seinen Mantel oder eine Jacke drüber, da merkt keiner was. Nur der Bunte ist lästig, weil der immer mitläuft und gierig nach dem Blechgefäß schielt.

Es will so recht kein Gespräch am Tisch aufkommen. Die Storbecks löffeln ihre Suppe, Marianne lobt Mamas Kochkunst und fragt, welche Gewürze sie benutzt.

»Was man halt noch so hat«, meint Mama schulterzuckend. »Letztes Jahr hab ich Sellerie, Möhren und Petersilie kleingeschnitten und in Gläsern eingesalzen, das taugt recht gut als Suppenwürze …«

Marianne will das Rezept haben, es wird doch gewiss bald wieder Gemüse zu kaufen geben. Ach ja – Ostern steht vor der Tür. Am ersten April ist Ostersonntag. Wie seltsam, nicht wahr.

»Ein Aprilscherz …«, murmelt die Künzel.

Eier soll es geben, hat man gehört. Eines pro Haushalt. Mehr sei nicht drin in dieser schweren Zeit, in der alle Kräfte gesammelt werden müssten, um Deutschland zum Sieg zu verhelfen. Marianne Storbeck redet sich in Rage, ihre Wangen sind gerötet, sie schaut immer wieder zu ihrem Wilfried hinüber, ob er mit ihrer Rede zufrieden ist.

Die hat die Speisekammer voll mit Eiern, Butter und Schinken und anderen Leckereien, denkt Hilde missgünstig und ärgert sich halb tot über das scheinheilige Geschwätz. Die von der Partei, die haben Zugang zu den Lebensmittellagern, und jeder weiß, dass die sich selbst am besten bedienen. Eine Hand wäscht die andere. Und ein Ei bleibt selten allein. Oder so …

»Wir alle müssen Opfer bringen«, bestätigt Wilfried Storbeck. »Aber heute wollen wir schon mal Ostern feiern. Flüssige Ostern. Sie haben doch sicher Schnapsgläschen da, Frau Koch?«

Mama hat den Suppentopf in die Küche getragen und schnell den Rest, in dem noch eine ganze Menge Speckstückchen waren, in das Blechgefäß für Julia Wemhöner gekratzt. Hilde hat ihr dabei geholfen, jetzt nimmt sie seufzend sechs Schnapsgläschen aus dem Regal und setzt sie auf ein Tablett. Lust hat sie nicht auf das süße Zeug, aber es hilft niemandem, wenn sie jetzt unhöflich sind. Storbeck hat drüben schon mal den Schraubverschluss abgedreht und liebevoll an den aufsteigenden Düften geschnüffelt; jetzt gießt er drei Tröpfchen in jedes Glas, hebt dann eines hoch, um den Pegelstand zu überprüfen, und fügt ein weiteres Tröpfchen hinzu. Das Zeug ist erstaunlich dünnflüssig, ganz sicher mit Magermilch statt Sahne hergestellt. Marianne bietet großspurig an, und jeder – auch Addi – nimmt sich ein Gläschen. Addi hält es ins Licht und kneift ein Auge zu, dann tritt ihm Mama auf den rechten Zeh, und er lässt die Kapriolen.

»Zum Wohl!«, wünscht Marianne.

»Dank dem edlen Spender!«, ruft die Künzel mit Opernpathos.

»Auf den Endsieg und unseren Führer Adolf Hitler!«, tönt Wilfried und hebt das Schnapsgläschen

Hilde lässt die gelbe Brühe mit Todesverachtung in den Magen laufen. Tatsächlich: Eipulver. Aber viel Schnaps. Wahrscheinlich in einer illegalen Brennerei konfisziert und im Nazidepot gelagert.

Marianne Storbeck tut einen wohligen Seufzer und stellt das Glas ab.

»Ein leckeres Tröpfchen«, bemerkt sie. »Wärmt so von innen, nicht wahr?«

»Gewiss«, sagt die Künzel. »Bin schon ganz warm innerlich, was Addi?«

»Stimmt«, knurrt er. »Spart Kohle, der Schnaps.«

Mama schaut die beiden strafend an. Die Storbecks sollen auf keinen Fall merken, dass man sich über sie lustig macht. Aber Wilfried Storbeck hat glücklicherweise kein Ohr für versteckte Ironie.

»Möchte jemand noch ein Schlückchen? Ich hab heute die Spendierhosen an!«

Die Künzel lässt sich nicht lange bitten, auch Mama schiebt ihr Glas hinüber, nur Addi bleibt stur. Hilde ist schon wieder übel. Hätte sie das verdammte Zeug bloß nicht getrunken, es brennt ihr den Magen kaputt. Dieses Mal gießt Storbeck die Gläschen fast bis zur Hälfte voll – vermutlich haben ihn die vier Tropfen alkoholisiertes Eipulver berauscht, auch die Marianne lächelt selig vor sich hin.

»Wir müssen uns alle einschränken«, schwatzt Storbeck daher, der gar nicht merkt, dass außer ihm und seiner Marianne kaum einer etwas sagt. »Die Zeiten sind rau, unnütze Esser kann unser Land nicht mehr durchfüttern.«

Der Bunte unter dem Tisch knurrt wie aufs Stichwort. Addi bekommt einen Lachanfall, den er geschickt als Husten tarnt.

»Unnütze Esser – wer soll das sein?«, erkundigt sich die Künzel mit harmlosem Augenaufschlag. »Sie meinen doch nicht etwa das arme Hundchen unter dem Tisch?«

»Ach was!«, sagt Storbeck mit verächtlicher Handbewegung. »Ich meine die Juden. Und die Zigeuner. Vor allem aber die Kommunisten.«

»Die zuerst!«, bestätigt Marianne. »Aber auch Deserteure …«

»Tatsächlich?«, sagt Mama, und sie schaut auf die Uhr. »Du liebe Zeit, es geht ja schon auf zehn!«

Aber der Storbeck versteht den zarten Wink mit dem Betonpfosten nicht. Er schlürft seinen Starklikör und schwatzt einfach weiter. Wobei er ständig Hilde anschaut. Warum auch immer.

»Haben Sie gehört, dass sich ein weggelaufener Fremdarbeiter, so ein Franzmann, bei einer Witwe in der Hügelstraße eingenistet hat? Hat die arme Frau bedroht und vergewaltigt, bis sie endlich durch ein Fenster fliehen und Hilfe holen konnte …«

Hilde muss schlucken, weil ihr der Mageninhalt hochsteigt. Mama runzelt die Stirn und meint, davon wisse sie nichts.

»Doch, doch«, versichert Marianne. »Das ist noch gar nicht so lange her. Im Januar war das, nicht wahr Wilfried?«

Der schraubt die halb leere Flasche zu und nickt.

»Kann sein. Sie haben ihn gleich an die Wand gestellt. Da war der Fall erledigt. Französische Drecksau. Ist Ihnen nicht gut, Fräulein Koch?«

Hilde reißt sich zusammen. »Ich bin auf einmal todmüde«, erklärt sie. »Geht schon auf zehn, wie?«

Addi gähnt herzerweichend laut und ausgiebig. Er denkt an Julia, die jetzt oben sitzt und Kohldampf schiebt. Die Künzel räumt die Gläser zurück auf das Tablett, Mama steht auf und öffnet die Fenster, um zu lüften. Kalte Abendluft vertreibt lästige Gäste im Nu.

»Tja, dann wollen wir mal …«, sagt Marianne. »Ist spät geworden, nicht wahr? Es war aber sehr nett, so miteinander zu plaudern.«

Wilfried Storbeck klemmt seine Flasche unter den Arm und schüttelt Mama ausgiebig die Hand. Dann nimmt er sich die Künzel vor, danach Hilde.

»So kann's gehen, wenn man zu gutmütig ist, nicht wahr?«, sagt er zu ihr. »Man darf den Kerlen nicht den kleinen Finger reichen. Die nehmen gleich die ganze Hand, ach was, die ganze Frau. Haben doch keine Erziehung, die Franzosen und Polacken. Keine Manneszucht. Na – ich wünsch Ihnen eine gute Nacht, Fräulein Koch …«

Als er mit seiner Marianne zur Tür hinaus ist, stürzt sich Addi auf den Suppentopf und rennt damit durch die Küche hoch in die Koch'sche Wohnung, von dort aus ins Treppenhaus und hinauf in seine Wohnung. So kann er die Storbecks überholen und muss ihnen nicht auf der Treppe begegnen. Die Künzel steht noch mit Hilde und Mama in der Küche.

»Das hat der mit Absicht erzählt«, sagt Mama. »So ein dreckiger Lump …«

»Erstunken und erlogen ist das«, meint Sofia Künzel zu Hilde. »Ein Köder, den er dir hingeworfen hat. Der wollte wissen, wie du darauf reagierst. Hast dich gut gehalten, Hilde, Respekt.«

Hilde sagt kein Wort. Natürlich war das eine Lüge. Ganz sicher. Sonst hätten sie doch auch davon gehört. Aber die Hügelstraße ist nicht weit vom Südfriedhof. Und die Zeit stimmt auch.

»So was würde der Jean-Jacques doch nie machen«, meint Mama, als sie später zu ihr ins Bett kommt. »Der vergewaltigt doch keine Frau!«

Natürlich nicht, das weiß Hilde auch. Aber die Geschichte kann ja auch anders gewesen sein. Vielleicht hat er sich nur in der Wohnung versteckt, die Frau hat ihn erwischt und Lärm geschlagen. Und die Vergewaltigung haben die Nazis erfunden, zur Warnung sozusagen. Damit niemand auf die Idee kommt, einen weggelaufenen Fremdarbeiter zu verstecken.

»Was auch immer«, knurrt Mama und dreht sich auf ihre Schlafseite. »Der Storbeck, der wird sich noch wundern. Wenn die Amis erst mal hier sind, dann haben solche wie der ganz schlechte Karten. Und das gönn ich dem. Wie ich dem das gönne!«

Man weiß, dass die Amerikaner schon auf der anderen Rheinseite sind. Mainz ist erobert, es kann nicht mehr lange dauern, dann sind sie hier in Wiesbaden.

Mama kuschelt sich in ihr Kopfkissen und ist nach wenigen

Minuten tief eingeschlafen. Hilde schafft das nicht, sie braucht immer eine ganze Weile, bis sie endlich in das erlösende Land der Träume hinübergleitet. Man kann das üben, hat Mama ihr gesagt. Damals, als sie nächtelang Torten für das Café gebacken hat und tagsüber drei Kinder, die Gäste, der Heinz und allerlei Kleinkram an ihr hingen, da hat sie gelernt, ohne Übergang für ein paar Minuten zu schlafen und gleich wieder wach zu sein. Das hat sie gebraucht, sonst hätte sie nicht durchgehalten.

Hilde streckt sich unter der Steppdecke aus. Ihr Magen ist jetzt besser, aber in ihrem Bauch ist etwas nicht in Ordnung. Nicht denken, verordnet sie sich. Der Jean-Jacques ist durchgekommen, ist jetzt schon längst in Nîmes bei seiner Familie. Alles ist gut. Sie liegt ein Weilchen still da und lauscht auf die Geräusche im Haus. Drüben im Wohnzimmer schnarcht der Bunte, wahrscheinlich hat er sich wieder aufs Sofa geschmuggelt, das schafft er spielend, auch wenn Hilde zwei Stühle davorstellt. Eigentlich müssten sie den frechen Burschen davonjagen, aber er ist solch ein Charmeur, schaut sie mit bernsteinfarbenen Augen treuherzig an – da können sie dann nicht anders.

Jetzt geht ein ziehender Schmerz durch Hildes Bauch, richtig schlimm, das kommt bestimmt von diesem verdammten Eierlikör. Dieses gepanschte Dreckzeug … Sie muss eine Weile die Luft anhalten, dann hört es auf, und sie atmet erleichtert weiter. Das kann ja heiter werden heute Nacht. Besser, sie geht jetzt auf die Toilette, nachher ist sie zu müde. Hilde steht leise auf, um Mama nicht zu wecken. Im Bad stellt sie erschrocken fest, dass sie blutet. Da stimmt was nicht! Bedrückt geht sie zurück ins Bett, überlegt, ob sie die Mutter wecken soll oder besser nicht. Vielleicht ist es ja morgen weg, wenn sie jetzt ganz still und ruhig liegt, sich nicht anstrengt und an etwas Schönes denkt. Sie stellt sich vor, Jean-Jacques wäre noch bei ihnen, sieht ihn unten im Hausflur, wo er den Boden fegt. Er arbeitet rasch und geschickt. Als er sie an der Tür stehen sieht, lächelt er sie an. Er ist schmal und sehnig, hat kräftige Hände, man merkt, dass er auf dem Weinberg gearbeitet hat. Sein Haar ist schwarz und kringelt sich in kleinen Locken. Sie sind ganz kurz geschnitten und sehen aus wie ein wolliger Flaum. Wenn er lächelt, sind seine Augen schmal und sie blitzen fröhlich.

»Mademoiselle Ilde«, sagt er zu ihr, das »H« von Hilde kann er schlecht aussprechen …

Es hilft nichts, jetzt krampft sich unten in ihrem Bauch alles zusammen. Es tut richtig weh und hält länger an als vorhin. Sie stöhnt und setzt sich auf. Sie blutet. Verdammt! Sie steigt eilig aus dem Bett, damit das Betttuch nichts abbekommt. Als sie vor der Badezimmertür steht, wird ihr schwindelig, sie muss sich auf den Boden setzen. Es hört nicht auf. Sie krümmt sich zusammen.

»Hilde? Was ist los? Bist du krank? Hast du Schmerzen?«

Das ist Mama, sie hat Hilde stöhnen gehört.

»Ich … mein Bauch …«

Die Mutter kniet bei ihr, streicht ihr das schweißfeuchte Haar aus der Stirn, redet leise auf sie ein. »Ich lauf rüber in die Schiersteiner Straße«, sagt sie. »Zu Viviane Krempel. Sie muss gleich kommen.«

»Nein!«, wehrt sich Hilde. »Das geht wieder weg. Bis morgen ist es vorbei …«

Die Hebamme braucht man doch nur, wenn ein Kind geboren wird. Aber ihr Kind ist doch noch viel zu klein, es kann noch nicht leben …

Sie quält sich herum, hat Bauchkrämpfe, läuft zur Toilette, dann wieder zurück ins Bett, stöhnt, flucht, schimpft. Sie weint nicht. Obgleich sie das gern täte. Aber nicht, solange Mama und die Krempel bei ihr sind, und schon gar nicht, wenn die Krempel auf ihrem Bauch herumdrückt.

»Abortus«, sagte die Hebamme. »Dauert noch ein wenig, dann hat sie es geschafft. Leg mal Zeitung unter …«

Gegen Morgen ist es vorbei. Das Kind hat sie verlassen, die Schmerzen sind weg, die Hebamme hat gesagt, es sei alles in Ordnung.

»Tja, das passiert alle Tage. Vor allem jetzt, wo's wenig zu futtern gibt und dauernd Fliegeralarm ist. Nicht schlimm, Mädel. Kannst noch jede Menge Kinder kriegen, so wie du gebaut bist ...«

Mama will die Hebamme bezahlen, aber die hätte lieber ein halbes Brot und ein Stück Speck. Das lässt sie in ihrer großen Tasche verschwinden und macht sich damit auf den Heimweg. Draußen wird es schon hell.

»Alles in allem hat du großes Glück gehabt«, sagt Mama und legt sich neben sie, um noch ein oder zwei Stunden zu schlafen. Hilde schweigt.

Sie weint erst, als die Mutter aufgestanden ist und in der Küche hantiert. Da weint sie bitterlich um das kleine Wesen, das in ihr gelebt hat und das sie niemals in ihren Armen halten wird.

LUISA

Stettin, Ende Februar 1945

»Wir können nicht so viel mitnehmen, Mama«, sagt Luisa. »Nicht noch den Koffer. Nur die Tasche.«

Ihre Mutter schüttelt den Kopf. Sie ist nicht bereit, die guten Kleider und Schuhe zurückzulassen. Auch nicht die Tischdecken, das Fotoalbum, das Bettzeug. Sie werden Geschirr brauchen. Einen Kochtopf. Den Wasserkessel zum Teekochen. Und die hübsche blaue Vase, die sie noch in Danzig gekauft hat.

»Ich trag den Koffer, Lieschen … Das wird schon gehen.«

Es ist ihr letzter Abend in der gemeinsamen Wohnung in Stettin. Morgen früh geht es zum Bahnhof, dort hoffen sie einen Zug nach Rostock zu erwischen, vielleicht auch nur nach Schwerin, aber das ist gleich. Die Hauptsache ist, es geht gen Westen.

»Ist doch alles nur Gerede«, meint Annemarie Koch. »Bis hierher werden die Russen niemals kommen.«

Stettin wurde schwer von Bomben getroffen, aber es wird verteidigt. Man weiß auch, dass in Schneidemühl starke deutsche Wehrmachtsverbände stehen, die die vorrückende russische Armee zurückschlagen werden. Zumindest sieht man das in der Wochenschau. Dort werden die Russen immer nur besiegt, verlacht, aus dem Land getrieben und totgeschossen. Aber wenn man mit Bekannten redet, dann hört es sich anders an. Da wird hinter vorgehaltener Hand von vergewaltigten Frauen erzählt, von verbrannten Dörfern und erschlagenen deutschen Einwohnern. Auch die vielen Flüchtlinge aus Ostpreußen und Hinterpommern, die täglich hier in Stettin ankommen und weiter nach Westen strömen, machen ihnen Sorgen. Es sind meist Frauen und Kinder, viele haben weder Pferd noch Wagen, sie laufen zu Fuß, ziehen einen vollgepackten Bollerwagen hinter sich her, auf dem oft noch ein altes Mütterchen sitzt, das ein Kleinkind im Arm hält. Der Anblick ruft Mitleid hervor, aber auch Angst. Wie schrecklich muss die Gefahr sein, vor der diese Menschen flüchten.

»Ich bin nur froh, dass wir über die Oder sind«, hat letzte Woche eine junge Frau aus Kolberg gesagt, die sie für eine Nacht mit dem vierjährigen Sohn bei sich aufgenommen haben. »Hier sind wir erst mal sicher.«

Sie ist trotzdem gleich am nächsten Morgen wieder aufgebrochen. Solange die Züge noch fahren, hat sie gesagt, will sie so weit wie möglich nach Westen. In Hamburg hat sie Verwandte, die werden sie und den Kleinen aufnehmen.

Da hat sich Luisa entschlossen, ebenfalls den Weg nach Westen zu nehmen. Auch wenn die Mutter immer wieder sagt, sie sollten doch besser auf den Frühling warten, jetzt sei es viel zu kalt. Solch einen kalten Winter hätten sie lange nicht mehr gehabt, das sei keine gute Zeit, um eine Reise zu unternehmen.

»Glaubst du wirklich, dass das sein muss, Lieschen?«, hat sie schließlich seufzend gemeint. »Hier haben wir ein Dach über dem Kopf. Unsere schönen Möbel. Die Nähmaschine … Und im Frühjahr können wir vielleicht das Café wieder aufmachen.«

»Nein, Mama«, hat Luisa gesagt. »Damit ist es endgültig vorbei.«

Und ihre Mutter hat sich gefügt, so wie sie es seit sieben Jahren tut, seitdem sie beide Gut Tiplitz verlassen haben. Auch damals besaßen sie nicht mehr, als in einen Koffer und eine Tasche passt, aber sie gingen hocherhobenen Hauptes.

Nur der alte Joschka winkte ihnen nach und wünschte ihnen alles Glück dieser Erde. »Gott helfe euch! Euch mehr als allen anderen!«

Sie hatten abseits der adeligen Trauergemeinde auf dem kleinen Familienfriedhof gestanden, als man Johannes von Tiplitz in sein Grab senkte. Zu dem Familienschmaus auf Gut Tiplitz waren Annemarie Koch und ihre Tochter Luisa nicht geladen. Schon tags zuvor hatte Luisa das Gepäck gerichtet und der Mutter gesagt, sie wolle sich nicht vom Hof schicken lassen, sondern aus eigenem Entschluss fortgehen. Das seien sie Papa schuldig, der immer gut zu ihnen gewesen sei und niemals gewollt hätte, dass sie in Schande davongejagt würden. Luisa war erst vierzehn, aber sie hat beherzigt, was Medizinalrat Greiner zu ihr gesagt hat. Sie nahm das Heft in die Hand, weil Annemarie Koch dazu nicht in der Lage war, in ihrem Kummer um ihren geliebten Johannes schon gar nicht.

Danach begann eine Odyssee für Mutter und Tochter. Mit dem wenigen Geld, das sie besaßen, fuhren sie ins Ostseebad Rauschen, nördlich von Königsberg unweit der Kurischen Nehrung. Dort haben die Großeltern Koch ein Café geführt, in dem Annemarie aufwuchs und später mitarbeitete. Und dort hat sie auch den jungen Baron Johannes von Tiplitz kennengelernt, der sich in Rauschen zu einer Seewasserkur aufhielt. Zum Entsetzen seiner Mutter verliebten sich die beiden ineinander. Als Annemarie ihm später schrieb, dass sie schwanger sei, bestand er darauf, sie auf das Gut Tiplitz zu holen, und die Baronin musste sich mit Rücksicht auf die schwache Gesundheit des Sohnes fügen. Einer Heirat, wie Johannes sie ursprünglich anstrebte, hat sie sich jedoch all die Jahre über beharrlich widersetzt.

Das hübsche Ostseebad Rauschen wurde für Luisa und ihre Mutter zu einer gewaltigen Enttäuschung. Das Café Koch ist verkauft, die Großeltern verstorben. Einen Sommer lang haben sich Mutter und Tochter mühsam mit kleinen Hilfsarbeiten durchgeschlagen, dann beschloss Luisa, nach Danzig zu gehen. Sie ist als Kind ein paarmal mit den Eltern dort gewesen, der Vater hat sich einer ärztlichen Behandlung unterzogen, anschließend hat Joschka sie in der Kutsche durch die Stadt gefahren. In einem kleinen Ort an der Danziger Bucht haben sie zwei Jahre lang in einem Strandcafé gearbeitet. Annemarie bediente die Gäste, Luisa verkaufte selbst hergestellte bunte Windräder. Dann gab es Ärger mit dem Besitzer des Cafés. Luisa und ihre Mutter zogen weiter nach Westen, pachteten gemeinsam ein Café in Stettin, das zwar winzig klein, aber sehr gut besucht war, vor allem am Morgen, wenn die Hafenarbeiter belegte Brötchen und heißen Kaffee holten. Die schweren Bombenangriffe, die die Hafenanlagen fast ganz zerstörten, haben dem florierenden Café ein Ende gemacht. In letzter Zeit haben Luisa und Annemarie von Näharbeiten gelebt, die sie für Freunde und Bekannte anfertigten. Sie haben noch Glück im Unglück, weil das Viertel, in dem sie wohnen, bisher verschont geblieben ist.

Erst in Stettin hat Annemarie der Tochter von ihrem Bruder Heinrich erzählt. Heinrich Koch war im letzten Krieg Soldat, hat vier Jahre lang zunächst in Russland, später in Frankreich gekämpft und mit viel Glück alles überlebt. Doch anstatt so schnell wie möglich zurück zu den Eltern nach Rauschen zu fahren, verliebte er sich und schrieb dem Vater, dass er heiraten und das Café seiner Schwiegereltern übernehmen wolle. Auch durch mehrere zornige und flehende Briefe seiner Eltern ließ er sich von seiner Absicht nicht abbringen.

»Und wo ist dieses Café?«, wollte Luisa wissen.

»Irgendwo am Rhein. Bei Frankfurt, glaube ich. Wie hieß doch nur der Ort? Es fällt mir bestimmt noch ein.«

Später sagte sie zu Luisa, es müsse ein Badeort sein. Irgendetwas mit Teich oder Wald oder Pfütze …. Waldbad … Teichbaden …

Wiesbaden. Richtig, Wiesbaden. Es könne kein besonders großer oder gar berühmter Ort sein, bei solch einem Namen. Sie habe ihren Bruder nie verstehen können, denn Rauschen bei Königsberg sei doch ein recht ansehnliches Ostseebad mit vielen illustren Kurgästen.

Bevor die Bomben fielen, ist Luisa oft in der Stadtbücherei gewesen und hat sich Romane und Reiseberichte ausgeliehen, solche, die ihr Vater so liebte. Viel Zeit blieb ihr nicht dazu, denn die Arbeit im Café dauerte oft bis spät in die Nacht. Dennoch reichte es für mehrere Bände des französischen Schriftstellers Victor Hugo und sogar für ein Buch eines russischen Autors, Leo Tolstoi. In der Stadtbücherei hat sie auch ein Büchlein über den Kurort Wiesbaden am Rhein entdeckt und es ihrer Mutter gezeigt.

»Schau, die haben ein Kurhaus und einen großen Kurpark. Und sogar der Kaiser Wilhelm hat die Stadt besucht!«

Annemarie Koch hat nur kurz über die Bilder geschaut und mit den Schultern gezuckt. Es sei trotzdem kein Vergleich zu Rauschen, denn es fehle ja das Meer. Das kann Luisa nicht leugnen, aber trotzdem hat ihr die Stadt gefallen. Immerhin haben sie ja einen Fluss, den großen Rhein.

»Weiß dein Bruder Heinrich, dass er eine Nichte hat?«

Annemarie schüttelte den Kopf. Woher soll er das wohl wissen, da es schon jahrelang keinen Briefkontakt mehr gibt.

»Du hast ihm nie geschrieben, Mama? Aber warum nicht? Er ist doch dein Bruder.«

Irgendwann hat sie es selbst versucht, aber keine Antwort erhalten. Es muss wohl daran liegen, dass sie unehelich ist. Solch eine Nichte will eben niemand haben.

In der Nacht gibt es einen Fliegerangriff, und sie müssen eine Weile im kalten Keller sitzen, gemeinsam mit vielen Flüchtlingen, die überall in der Stadt Quartier bezogen haben. Ab morgen wird den Durchreisenden auch die kleine Zweizimmerwohnung zur Verfügung stehen, in der Luisa mit ihrer Mutter vier Jahre lang gelebt hat. Auch ihre Möbel werden sie zurücklassen, ebenso wie so viele Dinge, die sie sich mühsam zusammengespart haben und die sie nicht mitnehmen können.

»Nicht zurückschauen!«, sagt Luisa am Morgen zu ihrer Mutter. »Immer nur nach vorn sehen. Gib mir den Koffer, Mama. Nimm du die Tasche …«

Aber sie kann nicht verhindern, dass Annemarie sich für einen Moment umwendet und zu dem winzigen Balkon hinaufschaut, auf dem sie immer ihre Betten gelüftet haben. Früher haben sie hier Kästen mit roten Geranien stehen gehabt, die leuchteten von Weitem, wenn man die Straße entlangging …

Der eisige Wind dringt mühelos durch ihre Wollmäntel. Trotz der gestrickten Handschuhe sind ihre Finger bald steif gefroren. In der Nacht hat es geschneit, man muss gut aufpassen, weil unter der neuen weißen Decke die verharschten Schneereste der letzten Wochen liegen. Je näher sie dem Bahnhof kommen, desto deutlicher wird, dass sie nicht die Einzigen sind, die nach Westen reisen wollen. Massen von Menschen drängen sich in der Halle und auf den Bahnsteigen, die Durchsagen sind schwer zu verstehen, weil es so laut ist. Luisa spricht eine ältere Frau an, die einen abgeschabten Persianermantel und eine rote Wollmütze trägt. Neben ihr stehen mehrere mit Stricken zusammengeschnürte Bündel. Auf einem davon sitzt eine blasse junge Frau, ganz offensichtlich hochschwanger.

»Der nächste Zug nach Schwerin?«, wiederholt die ältere Frau. »Wenn wir Glück haben, kommt in einer Stunde ein Zug hier durch. Der soll angeblich bis Rostock fahren. Wissen kann das keiner, junges Fräulein. Wir haben bis Hamburg bezahlt und sind gestern Abend hier in Stettin abgesetzt worden. Weil angeblich die Lokomotive repariert werden muss.«

»Vielen Dank«, sagt Luisa. »Möchten Sie vielleicht einen Schluck heißen Tee?«

»Das wäre wunderbar. Meta, komm rasch her, das Fräulein hat heißen Tee!«

Sie teilen den Pfefferminztee aus der Thermosflasche mit den beiden Frauen, Nichte und Tante aus Königsberg. Die beiden erzählen, dass die Züge unterwegs häufig von Tieffliegern angegriffen und beschossen werden. Dann hält die Bahn an, und die Insassen müssen aussteigen, um sich im Gelände zu verstecken. Bisher haben sie Glück gehabt, es gab zwar mehrere Angriffe mit Scharfschützen, doch alle Fahrgäste sind mit dem Leben davongekommen. Einen Bahnangestellten hat es erwischt, der hat mehrere Geschosse in den Rücken bekommen und war auf der Stelle tot.

»Er hat mir noch in Königsberg ins Abteil geholfen«, sagt die junge Frau traurig. »Wer konnte ahnen, dass er so bald sterben musste?«

Die junge Meta Lewandowski ist mit einem Frontsoldaten verheiratet, das Kind wird in spätestens vier Wochen auf die Welt kommen. »An Weihnachten haben wir geheiratet«, erzählt sie. »Es war eine Ferntrauung. Weil Hans doch keinen Urlaub bekommen kann. Ein Pfarrer hat die Trauung mit mir allein durchgeführt, da lag eine aufgeschlagene Bibel auf dem Tisch und darauf ein Stahlhelm. Und der Hans hat sein Eheversprechen auch auf die Bibel geleistet. Bei seiner Einheit nahe der russischen Front. So sind wir Mann und Frau geworden …«

»Wenn der Krieg vorbei ist, holen wir die Hochzeitsfeier nach«, erklärt die Mutter und schlürft die Reste aus dem Teebecher. Der Tee ist alle, aber Luisa bereut ihre Großzügigkeit nicht. Er wäre sowieso bald kalt gewesen, und außerdem hat sich Frau Lewandowski mit zwei Stückchen Würfelzucker und einem selbst gebackenen Keks revanchiert. Sie sind froh, mit jemandem reden zu können, während sie warten, dann fühlt man sich nicht so allein und hilflos unter all den fremden Menschen.

Als man endlich den grauen Dampf der Lokomotive in der Ferne sehen kann, sind sie vollkommen durchgefroren. Bewegung entsteht am Gleis, die Leute schieben und drängeln,

Frauen schimpfen, kleine Kinder weinen. Die wenigen Bahnbeamten haben kaum eine Chance, Ordnung in die Menge zu bringen. Sie beschränken sich darauf, wenigstens für die Kranken und Kriegsversehrten Sitzplätze zu organisieren.

Die Lok fährt schnaufend und zischend heran, ein schwarzes Maschinenungetüm, Dampf steigt von ihr auf, hüllt die am Gleis stehenden Menschen in eine graue Wolke, dann setzen die Bremsen ein, und ein ohrenbetäubendes Kreischen zerreißt die Trommelfelle.

»Mama, bleib dicht bei mir!«

Der Ansturm der Menschen ist unsagbar. Luisa ist der große Koffer hinderlich, sie wird zurückgedrängt, ihre Mutter ist schon im Waggon, sie selbst aber gerät immer weiter nach hinten. Kaum jemand nimmt Rücksicht, alte Leute werden weggeschoben, viele steigen durch die offenen Fenster ein, weil die Gänge in den Wagen verstopft sind. Luisa begreift, dass sie mit dem Koffer niemals in den Zug gelangen wird. Sie überlässt das Gepäckstück seinem Schicksal, und ein Bahnbeamter hilft ihr, in eines der Fenster zu klettern. Drinnen stehen und sitzen die Menschen dicht an dicht. Das Abteil ist für sechs Personen gedacht, aber mit mehr als doppelt so vielen Fahrgästen besetzt. Zwei kleine Kinder liegen in den Gepäcknetzen, auf den Sitzen drängen sich mehr als zehn Menschen, der Rest hockt am Boden auf den Koffern. Draußen versuchen Bahnbeamte die anstürmenden Menschen zurückzuhalten. Man hört jammervolle Schreie, die alte Mutter, die kleinen Kinder, der Säugling seien im Zug, man müsse unbedingt noch mitkommen. Schließlich pfeift die Lokomotive mehrfach, weißer Dampf vernebelt die auf dem Bahnsteig zurückbleibenden Menschen, und langsam setzt sich der Zug in Bewegung.

Luisas Erleichterung währt nur kurz. Sie sitzt zwischen einem jungen Mann mit Augenbinde und einer alten Frau eingequetscht und hat keine Ahnung, in welchem Wagen ihre Mutter untergekommen ist. Auch liegt ihr jetzt der Verlust des Koffers auf der Seele, in dem so viele Dinge waren, die der Mutter unentbehrlich erschienen. Sie wird nicht zugeben dürfen, dass sie das Gepäckstück freiwillig zurückgelassen hat, sondern zu einer Notlüge Zuflucht nehmen. So etwas tut sie sehr ungern, weil es ihr vor Augen führt, dass ihre Mutter ein Kind geblieben ist, während sie selbst mit ihren zwanzig Jahren die Erwachsene sein muss. Sie hat sich oft gewünscht, dass es anders wäre. Dass der Vater noch bei ihnen sein könnte. Trotz seiner Krankheit war er immer ihr Lehrer und Erzieher, hat alle ihre Fragen beantwortet, für sie gesorgt und sogar der Großmutter getrotzt. Was für ein Mensch er wohl hätte sein können, ohne diese unglückselige Herzkrankheit? Ach, es ist müßig, darüber nachzudenken. Wäre Papa gesund gewesen, hätte er eine junge Adelige geheiratet und Mama niemals kennengelernt.

Es ist beklemmend im Abteil, vor allem die Luft ist kaum zu ertragen. Noch nie zuvor war sie mit fremden Menschen in solch enger Berührung, hat ihren Schweißgeruch, die Ausdünstungen der Haut, der Kleidung in der Nase gehabt. Auch andere Gerüche steigen auf, es ist ja so gut wie unmöglich, zur Toilette zu gehen, denn im Gang stehen die Leute dicht an dicht. Trotz der Februarkälte öffnet man immer wieder das Fenster, aber dann erhebt sich sogleich heftiges Geschrei, weil die alte Frau neben Luisa keinen Zug vertragen kann.

»Warum fahren sie denn mit'm Zug, wenn sie keinen Zug vertragen?«, fragt der Kriegsbeschädigte neben ihr. Für einen Moment muss Luisa lachen. Sie kommen ins Gespräch. Er ist gerade aus dem Lazarett entlassen und darf für ein paar Tage nach Hause.

»Aber die werden mich bestimmt noch mal holen«, meint er. »Auch wenn ich wegen des Auges nicht mehr zielen kann.«

»Was ist denn mit Ihrem Auge passiert?«

»Ein Geschoss ist eingeschlagen, da hab ich was abbekommen. Hab noch Glück gehabt, den Kameraden ist es schlimmer ergangen …«

Er lächelt sie an, und sie weiß nicht, was sie antworten soll. Sie hat sich während der vergangenen Jahre mit der Mutter mühsam durchschlagen müssen, hat Bombenterror und Hunger erlebt, auch die Toten und Verwundeten gesehen, die sie unter den Trümmern herausgezogen haben. Aber was ist das alles im Vergleich zu den grausigen Erlebnissen eines Frontsoldaten?

»Eigentlich bin ich Musiker«, sagt er und lächelt immer noch. »Mögen Sie Musik?«

Jetzt endlich kann sie sein Lächeln erwidern. »Ich liebe Musik!«, gesteht sie.

Die alte Frau neben ihr packt ein Wurstbrot aus, zögert einen Moment und bricht die Hälfte ab.

»Da!«, sagt sie. »Teilt es euch. Junges Volk muss essen. Für mich alte Frau ist's nicht mehr so wichtig …«

Sie nehmen das Angebot dankend an. Luisa teilt schwesterlich und ist ein wenig erleichtert, weil sie weiß, dass die Mutter ja die Tasche hat. Darin sind ihre Brote, ein Rest Rübensirup, gekochte Kartoffeln und ein Tütchen Salz. Die Mutter wird nicht hungern müssen, wo auch immer sie in diesem Zug untergekommen ist. Das Geld und die Fahrkarten hat Luisa in einem Brustbeutel umhängen, auch ihre Ausweispapiere und die restlichen Lebensmittelkarten sind darin. Sie wird die Mutter in Rostock auf dem Bahnhof gewiss wiedersehen. Dann will sie sich nach einem Nachtquartier umschauen und überlegen, wie es weitergehen soll. Insgeheim plant sie, auf irgendeine Weise nach Wiesbaden zu gelangen, um ihren Onkel Heinrich kennenzulernen. Aber das hat sie der Mutter vorsichtshalber nicht gesagt.

Sie können es trotz der ratternden Fahrgeräusche hören: das widerliche Pfeifen am Himmel, das feindliche Flugzeuge ankündigt. Der Zug hält, alle wissen, dass es besser ist, auszusteigen, weit fort vom Zug zu laufen, weil die Flieger auf die Lok und die Wagen zielen werden. Die gerade gebildete kleine Notgemeinschaft bricht wieder auseinander, Luisa und der junge Kriegsverletzte drängeln sich aus dem Zug, klettern den schneebedeckten Bahndamm hinauf, sehen das schwarze Geschwader am Himmel und werfen sich auf den Boden. Es donnert über sie hinweg, erst nach einigen Sekunden erfolgen die Einschläge. Die Erde vibriert, Steine und Erdbrocken regnen auf sie herab, sie liegt bewegungslos im Schnee, hält sich die Ohren zu. Als es nach einer Weile wieder ruhig wird, wagt sie es, den Kopf zu heben. Da ist der Zug, die Lok dampft ein wenig, die ersten Reisenden steigen schon wieder ein. Eine Frau erhebt sich mühsam, zieht das wollene blaue Kopftuch fest, das herabgerutscht war.

»Mama!«, kreischt Luisa. »Wart auf mich. Ich komme!«

Ihre Mutter hat nur fünfzig Meter weiter rechts von ihr im Schnee gelegen. Jetzt läuft sie ihr entgegen, sie fallen einander in die Arme.

»Ich hatte solche Angst, dass du nicht mehr mitgekommen bist!«

»Ach Mama, du kennst mich doch. Ich komme immer und überall mit!«, gibt sie an, um die Mutter zu beruhigen.

»Ich hab die Tasche verloren, Luisa …«

»Nicht so schlimm, Mama. Der Koffer ist auch weg.«

Sie lacht und fasst die Mutter bei der Hand, lässt sie nicht mehr los, bis sie in den Zug eingestiegen sind. Ihr Gepäck ist weg, aber sie hat ja noch das Geld, einige Lebensmittelkarten und die Papiere. Die Hauptsache ist, dass sie beieinander sind und dass es jetzt weitergeht. Immer weiter Richtung Westen.

Sie müssen dieses Mal im Güterwagen fahren, alle Personenwagen sind vollbesetzt. Hier ist es kälter, weil die Tür ein Stück offen bleibt, sonst wäre es stockdunkel im Wagen. Man hat

Holzbretter auf dem Boden verteilt, darauf kann man sich setzen, mehr Komfort gibt es nicht. Luisa und ihre Mutter drängen sich eng aneinander und versuchen, sich gegenseitig zu wärmen.

»Du hättest auf mich hören sollen, Lieschen. Wir könnten jetzt in unserer gemütlichen Wohnung sitzen, am warmen Öfchen Tee trinken …«

Luisa fragt sich insgeheim, ob die Mutter nicht recht hat. Dann aber schaut sie sich um, sieht die abgerissenen, ausgehungerten Menschen rings umher und die Panik in ihren Augen. Sie denkt an das, was über die Russen geredet wird, und sie ist sich sicher, das Richtige zu tun.

»Wenn wir erst in Rostock sind, Mama, dann schaffen wir es vielleicht auch nach Lübeck. Und nach Hamburg. Das ist das Tor zur Welt, heißt es …«

»Was willst du denn immer nur draußen in der Welt, Lieschen. Wir hätten bleiben sollen. Damals auf dem Gutshof, da ging es uns am besten. Dort hätte sich gewiss ein Platz für uns gefunden.«

»Im Schweinestall vielleicht, Mama.«

»Und wenn schon. Dann hätten wir wenigstens einen Ort, an den wir gehören. Du aber willst immer nur fort, fort, fort …«

Sie fängt an zu weinen, und Luisa muss sie in den Arm nehmen, wie ein Kind trösten, ihr ins Ohr flüstern, dass sie in Rostock gewiss ein warmes Zimmer und ein weiches Bett finden werden. Gerade hat sich die Mutter beruhigt, ist ein wenig eingeschlummert, dicht an die Tochter gelehnt – da geht es wieder los, das helle Pfeifen am Himmel. Der Zug hält, jeder weiß inzwischen, worauf es ankommt. So weit wie möglich vom Zug weglaufen, sich hinwerfen, Hände über den Kopf legen, warten, bis es vorbei ist. Luisa hält die Mutter fest bei der Hand, auch wenn sie dadurch langsamer sind, sie zerrt sie die Böschung hinauf in ein kahles Gehölz. Dort hocken sie sich auf den Boden, klammern sich aneinander fest. Dieses Mal landet die tödliche

Fracht weitab des Schienenweges in den Äckern, reißt gewaltige Erdmengen in die Luft und hinterlässt Trichter im Boden.

»Wir hätten genauso gut im Zug bleiben können, Lieschen.«

Annemarie Koch ist zu Tode erschöpft. Die Füße sind seit Stunden gefühllos, der Rücken steif, sie klagt über Kopfschmerzen.

»Wir sind bald in Rostock, Mama. Nur noch ein kleines Stück. Schau, wir können wieder einsteigen.«

Dieses Mal erwischen sie ein Abteil. Luisa hockt sich auf den Boden, die Mutter findet einen Platz auf der Bank zwischen einem älteren Ehepaar. Es dauert ein Weilchen, bis die Lok wieder unter Dampf ist, dann hört man ihr Zischen und Stampfen, zunächst langsam, dann immer schneller, bis die einzelnen Geräusche zu einem rhythmischen Fahrgeräusch verschmelzen.

Am Abend kommt Rostock in Sicht. Sie sehen die Stadt, als der Zug eine Kurve fährt. Da liegt sie im rosigen Abendschein, ein paar seltsam dünne Türme ragen auf, der Himmel ist hell und friedlich.

»Die Marienkirche!«, sagt ein älterer Mann und zeigt mit dem Finger. »Die steht noch. Die haben sie nicht kaputt gekriegt!«

»Mama, da ist Rostock. Wir haben es geschafft!«

Luisa rüttelt die Mutter an der Schulter, schiebt das wollene Kopftuch zur Seite, um sie auf die Wange zu küssen. Da, plötzlich, hält der Zug mitten auf der Strecke an.

»Raus«, sagt jemand. »Tiefflieger.«

Alles hastet nach draußen, die Menschen sind müde, stolpern über die eigenen Füße, die Kinder weinen, einige alte Menschen bleiben einfach im Zug. Komme, was da wolle. Luisa zerrt ihre Mutter hinter sich her, sie weiß, dass die Geschosse mit Leichtigkeit die Wagendächer und -wände durchschlagen, sie müssen raus, wenn ihnen ihr Leben lieb ist. Der helle Abendhimmel spielt ihnen einen Streich, macht sie für die Schützen in den Flugzeugen zur leichten Beute. Warum tut jemand so etwas? Was sind das für Soldaten, die Frauen und Kinder wie Hasen auf dem Feld abknallen?

Auf einmal entdeckt sie einen Durchgang, einen schmalen Tunnel, der unter den Bahngleisen hindurch auf die andere Seite des Ackers führt.

»Schnell Mama! Da sind wir sicher!«

Ihre Mutter lässt sich von ihr mitziehen, hängt schwer an ihrem Arm, keucht heftig, als sie in den Tunnel hineinkriechen. Dann kauern sie sich nebeneinander und hören auf das Knattern der Maschinengewehre, die ihnen hier nichts anhaben können. Es dauert nicht lange, die Flieger sind auf dem Heimweg, haben nur rasch noch ein paar Zufallsopfer gefunden.

»Bleib hier, Mama. Ich schau mal nach, ob die Luft schon wieder rein ist …«

Draußen ist der Himmel immer noch klar und ohne Wolken, nur das Licht ist schwächer, die Dämmerung naht. Einige der Fahrgäste schleppen sich mühsam wieder zum Zug hinüber, andere liegen noch bewegungslos im Schnee. Die Lok dampft schwach, die letzten Schaufeln Kohle werden eingeworfen, es muss bis Rostock reichen.

»Es geht weiter, Mama. Komm, ich helfe dir beim Aufstehen.«

Doch Annemarie Koch reagiert nicht auf den Ruf ihrer Tochter. Als Luisa sie am Arm fasst, ihr unter die Achsel greift, um sie hochzuziehen, ist es, als müsste sie ein schweres Gewicht in die Höhe bringen.

»Mama?«

Sie erhält keine Antwort. Der Körper ihrer Mutter kippt zur Seite. Auf ihrem Rücken sind mehrere dunkle Flecken im grauen Mantelstoff. Einschüsse. Sie hat eine ganze Salve abbekommen.

Luisa ist allein.

HILDE

Wiesbaden, 27. März 1945, nachmittags

Sie sind also da, die Amerikaner. Hilde hat in aller Eile ein weißes Betttuch aus dem Wohnzimmerfenster gehängt, weil Mama meinte, das sei auf jeden Fall besser so. Später haben sie zu dritt oben am Fenster gestanden und zugeschaut, wie die Besatzungstruppen vorübergezogen sind. Fünf Panzer haben sie gesehen, die Stahlketten zerbröseln das, was vom Bürgersteig noch übrig war. Am Rathaus sind sie, heißt es. Und im Hotel Rose wird vorerst das »Headquarter« sein. Dorthin bewegen sich jetzt die Besatzertruppen.

»Da sind unsere aber zackiger marschiert«, hat die Künzel grinsend vermerkt.

»Zackig in den Untergang«, gibt Mama düster zurück.

Sie haben seit Monaten keine Nachricht von Papa. Heinz Koch ist schon an die fünfzig, da ist ein Mann nicht mehr so schnell und ausdauernd wie ein Zwanzigjähriger. Man kann nur hoffen, dass er sich gleich ergeben hat und in einem Kriegsgefangenenlager der Amerikaner gelandet ist.

Hilde hat die Ellbogen auf das Fensterbrett gestützt. Sie überlegt, ob sie jetzt eigentlich froh oder traurig sein sollte. Froh, weil der Krieg vorbei ist. Traurig, weil sie das Kind verloren hat. Eigentlich ist sie beides. Oder gar nichts. Seit der Fehlgeburt vor einigen Tagen lebt sie in einem seltsamen Schwebezustand, läuft herum wie eine Traumwandlerin, empfindet weder Freude noch Schmerz. So, als hätte ihr jemand mit einem Gummihammer auf den Schädel geschlagen.

»Keine Bomben mehr«, sagt Mama mit einem tiefen, erleichterten Seufzer. »Und das elende Verdunklungspapier können wir endlich wegschmeißen. Gott, was war das immer für ein Theater mit dem Dreckzeug …«

»Durchschlafen«, seufzt die Künzel. »Eine ganze Nacht durchschlafen. Ohne Fliegeralarm. Wann hatte es das zuletzt gegeben?«

Sie winkt nach unten und erntet ein Lächeln von einem jungen Soldaten. Sofia Künzel ist um die fünfzig, sie hat mit der Bühne abgeschlossen und lebt vom Gesangsunterricht, ein Geschäft, das während der vergangenen Jahre mehr als schlecht lief. Zum einen wegen der ständigen Bombenangriffe, zum anderen, weil die jungen Sänger fehlten. Aber warum sollten amerikanische Soldaten nicht ihre Stimmen ausbilden lassen?

»Pfui Deibel«, murmelt Hilde. »Was stinkt denn hier so angekokelt?«

Sie ist momentan extrem geruchsempfindlich, der stechende Dunst, der ihnen in die Nase weht, erinnert sie an den Rauch der brennenden Häuser. Damals im Februar in der schrecklichsten aller Bombennächte.

»Das kann nur die Storbeck sein«, entrüstet sich Sofia Künzel. »Hat den Ofen angemacht, und der Wind drückt den Rauch nach unten. Bäh! Ich glaub, ich weiß, was da kokelt …«

»Ich auch!«, kichert Mama. »Denen ihre braune Vergangenheit schmurgelt im Ofen. Die Parteibücher und die Fahnen, die immer bei den Paraden rausgehängt werden mussten.«

»Die haben wir auch noch in der Kammer liegen«, erinnert sie Hilde.

»Ach, die hat doch jeder hier«, meint die Künzel schulterzuckend.

Dagegen konnte man sich kaum wehren, sie haben das Zeug an alle Haushalte verkauft, und wer sich drückte, der hatte Ärger zu erwarten.

»Aber die Julia Wemhöner, die kann jetzt endlich wieder

durch die Stadt laufen«, freut sich Sofia Künzel. »Und ihre Wohnung kann sie sich wieder einrichten. Mensch, was freue ich mich für unsere Julia. Und dass wir das alle miteinander geschafft haben!«

Jetzt ist es passiert: Hildes Augen werden feucht, sie muss nach einem Taschentuch suchen und putzt sich ausgiebig die Nase.

»Hast du dich erkältet?«, fragt Mama. »Hab ich nicht gesagt, du sollst die Strickjacke überziehen?«

»Ist schon gut, Mama …«

Die Rührung hat sie übermannt. Die Freude und auch ein wenig Stolz, dass sie es geschafft haben, Julias Leben zu retten. Ach, wenn der Papa das wüsste, er hat doch den größten Anteil daran. Hilde schnieft noch ein wenig, während ihr klar wird, dass der Schwebezustand vorbei ist. Sie ist wieder im Leben angekommen.

Als Sofia Künzel nach oben gegangen ist, um Addi und Julia beim Umräumen zu helfen, bleibt Hilde mit Mama in der Küche allein.

»Kannst mal die Kartoffeln waschen, Hilde«

Die verschrumpelten Dinger werden geschnitten und mit der Schale gekocht. Speck ist alle, dafür gibt's noch Brühwürfel und ein Glas eingemachte Möhren. Brot bringt jeder selber mit, und zur Feier des Tages will Mama das letzte Glas eingekochte Pflaumen aufmachen.

»Du, Mama …«

»Ja?«

»Das mit der Fehlgeburt … Das soll niemand wissen, ja?«

»Haste gedacht, ich mach einen Aushang im Treppenhaus?«

»Nee … ich meine nur … auch wenn Papa wiederkommt. Und Willi und August. Die auch nicht.«

Else stößt die Luft aus und zerrt energisch an dem Gummiring des Einmachglases.

»Vor dem Papa hab ich nicht gern Geheimnisse, Hilde.«

Das weißt Hilde natürlich.

»Wenn er dich fragt, Mama, dann kannst du natürlich nicht lügen. Das würde ich nie von dir verlangen. Ich bitte dich nur, es nicht von dir aus zu erzählen. Wir wollen doch nicht, dass Papa traurig ist, ja?«

»Da hast du recht, Mädel«, seufzt Else. »Wenn er nur erst wieder bei uns wär …«

Mama löst die Brühwürfel in der Kartoffelsuppe auf und fügt die Möhren hinzu. Es riecht gar nicht so übel. Hilde, die während der vergangenen Tage kaum etwas essen konnte, verspürt auf einmal wieder Appetit. Sie nimmt sich einen Esslöffel und probiert vorsichtig, muss eine Weile pusten, weil die Suppe heiß ist. Es schmeckt gut.

»Weißt du was, Mama? Wir müssen das Café bald wieder aufmachen.«

Mama schaut einen Moment zu ihr hinüber und schüttelt den Kopf. »Das Café aufmachen! Und was willst du unseren Gästen vorsetzen? Pfefferminztee und trockenes Brot?«

»Da wird sich schon etwas finden. Vielleicht bekommen wir ja auch Sonderzuteilungen, wenn wir ein Café führen …«

Mama ist zwar von Hildes plötzlichem Elan beeindruckt, aber weit davon entfernt, sich anstecken zu lassen. »Wir werden das Café ganz sicher wieder eröffnen, Hilde. Später, wenn sich die Verhältnisse gebessert haben.«

»Meine Güte, Mama! Wieso verstehst du das nicht? Wir müssen es jetzt tun. So bald wie möglich. Bevor uns andere zuvorkommen.«

»Aber wer soll denn bei uns einkehren? Die Leute haben andere Sorgen, als im Café zu sitzen und Pfefferminztee zu trinken.«

»Die Amerikaner werden kommen. Die haben bestimmt Lust auf ein nettes deutsches Café mit Sahnetorte und Schwarzwälder Kirsch …«

»Schwarzwälder Kirsch …«, wiederholt Mama und muss lachen.

»Kriegen wir alles von denen, Mama«, ruft Hilde, die der Schwung der eigenen Begeisterung davonreißt. »Sahne, Zucker, Eier, Schnaps … Wenn die erst merken, was sie an uns haben, dann öffnen die uns ihre Lebensmittellager!«

»Ach, Mädel!«, seufzt Mama. »Das sind doch alles nur Träume. Und überhaupt, so schnell kann ich mein Mäntelchen nicht nach dem Wind hängen. Wir sind besetzt – aber der Krieg ist noch nicht aus, Berlin ist noch nicht gefallen. Und da soll ich Besatzer im Café Engel als Gäste willkommen heißen?«

Sie rührt in der Kartoffelsuppe, salzt noch ein wenig nach. Hilde steht ungeduldig daneben und ärgert sich über die Unbeweglichkeit ihrer Mutter. Wenn der Papa hier wäre, der würde ihre Idee ganz sicher unterstützen. Papa ist immer derjenige gewesen, der mutig etwas Neues gewagt hat. Mama hat immer am Alten festgehalten. Hilde ist sich sicher, dass es besser ist, etwas Verrücktes zu wagen, als hinter dem Ofen zu sitzen und abzuwarten.

»Wir müssen nur mal richtig sauber machen und alles wieder hübsch einrichten, Mama. Und ein paar Fotos umhängen …«

Den Adolf haben sie schon vorgestern abgehängt und in den Ofen gesteckt, das war ihnen allen ein inneres Bedürfnis. Man hat sich ja von dieser Visage ständig beobachtet gefühlt. Jetzt könnte man wieder den Mendelssohn übers Klavier hängen, den hat der Hubsi Lindner doch so gern gehabt. Armer Kerl, der Hubsi. Hat immer so gern mit dem Fritz Bogner musiziert. Wer weiß, ob er noch am Leben ist.

Gegen Aufräumen und Saubermachen kann Mama nichts einwenden. Gleich am folgenden Morgen fangen sie damit an. Nach einem kargen Frühstück mit Pfefferminztee und Zwieback beginnen Mutter und Tochter, den Gastraum des Cafés aufzuräumen und gründlich zu wischen. Vor allem die Fenster.

Die Scheiben haben bei dem Bombenangriff ein paar Risse bekommen, dunkle Spinnennetze, die sich durch das Glas ziehen. Aber bisher ist außer in der Eingangstür keine Scheibe herausgefallen. Hilde versucht, den verkohlten Engel aufzupolieren, und erreicht nach langen Bemühungen einen matten, fleckigen Kupferton.

»Besser als ganz schwarz«, meint sie und setzt sich erschöpft auf einen Stuhl. »Unten im Keller ist noch ein Rest Goldfarbe, die streiche ich nachher drauf.«

Mama hat alle Fenster geputzt, jetzt ist das Wasser in ihrem Eimer schwarz. Dabei muss man mit dem Trinkwasser sparsam umgehen, immer noch ist eine der beiden Leitungen defekt.

»Die weinroten Tischdecken? Kommt nicht infrage, Hilde. Wer soll die denn waschen? Und dreckige Tischdecken gibt's im Café Engel nicht. Dann lieber gar keine …«

»Och, Mama! Das ist ungemütlich mit kahlen Tischen!«

»Nein und basta!«

Während sie beim schönsten Streiten sind, geht die Treppenhaustür auf und Julia Wemhöner erscheint, gefolgt von der Künzel. Ob sie was helfen könnten? Sie werden mit großer Begeisterung empfangen. Gestern Abend hat Addi alle Mühe gehabt, Julia zum gemeinsamen Abendessen im Café zu überreden. Erst nach langem Zureden hat sie sich für ein halbes Stündchen nach unten gewagt, wo sie jedoch kaum etwas essen konnte und bei jedem Geräusch, das von der Straße hereindrang, angstvoll zur Tür geschaut hat. Addi hat sie später nach oben begleitet, damit sie im Treppenhaus nicht unversehens Wilfried Storbeck gegenübersteht.

»Klar können wir Hilfe gebrauchen! Wir bringen das Café wieder in Schuss«, vermeldet Hilde kühn, bevor Mama etwas von »nur mal sauber machen« sagen kann.

»Wie schön!«, sagt Julia, und sie lächelt beglückt. »Das Café Engel hat mir all die Zeit über ganz schrecklich gefehlt.«

»Dann mal los!«, sagt Sofia Künzel, und sie knöpft die Manschetten ihrer Bluse auf, um die Ärmel hochzukrempeln.

Schon hat Hilde Oberwasser: Die Tischdecken, die sie in seligen Friedenszeiten immer aufgelegt haben, werden aus dem Schrank geholt, auch die Blumenvasen und die kleinen Metallständer für die Servietten. Julia erklärt sich bereit, kleine Risse oder aufgegangene Säume an den Tischdecken zu reparieren, damit sie wie neu aussehen.

»Ach, ist das hübsch! Gibt es noch die künstlichen Maiglöckchen?«

»Ja, hier im Schrank. Und die Aschenbecher, die hätten wir fast vergessen!«

»Wo sind die Stuhlkissen geblieben?«

»Das silberne Tablett, das Finchen immer für die Sektgläser genommen hat … Du liebe Güte – ganz schwarz angelaufen!«

Finchen, die jahrelang im Café Engel serviert hat. Im schwarzen Kleid mit kleiner weißer Schürze. Ein wenig mollig und sehr weiblich. In der Schürzentasche waren Block und Stift, das große Portemonnaie trug sie in einer Extratasche um die Taille, mit einer silbernen Kette gesichert. Gleich zu Kriegsanfang ist sie zu Verwandten aufs Land gezogen.

Mama wischt ein Spinnennetz von der Decke und tut einen tiefen Seufzer. So viel Aufwand für eine ganz unsinnige Angelegenheit.

»Das wird schon, Mama! Glaub mir.«

Hilde denkt an die Lebensmittelvorräte im Keller, die Papa noch für das Café angelegt hat. Viel ist nicht mehr übrig. Mehl, ein halbes Säckchen Zucker, etwas Blockschokolade, Backpulver, eine betagte Packung Marzipankirschen, um eine Torte zu dekorieren. Aber wie soll man ohne Sahne und Eier vernünftigen Biskuitteig backen? Mit dem Trockeneipulver ist das schwierig. Muss aber gehen. Die Mama ist eine Künstlerin, was das Backen angeht, die bekommt das schon hin. Und wenn die

Amis nicht kommen – es gibt sicher Leute in Wiesbaden, die sich ein Stück Kirschkuchen und eine Tasse Eichelkaffee im Café Engel leisten können. Die wohlhabenden Damen aus den Villenvierteln, die früher so gern bei ihnen eingekehrt sind, die können ja nicht alle verschwunden sein.

Inzwischen sortiert die Künzel die Fotografien an den Wänden neu. »Der Gründgens muss raus … Und was ist mit der Zarah Leander?«

»Die packen wir in den Schrank«, ruft ihr Hilde zu.

Sie will so richtig unter den Künstlern aufräumen. Der Gründgens, der war sowieso komisch, als er mal kurz ins Café Engel reingeschaut hat, ganz unfreundlich und zugeknöpft. Der Rühmann war auch mal da, der war leutselig. Und die Zarah Leander hat Hilde nur als einbildete Kuh in Erinnerung. In den Schrank mit ihr.

Aber das gefällt Julia Wemhöner nicht. »Das kannst du nicht machen, Hilde«, ruft sie aufgeregt. »Das sind alles Künstler, die haben nur für ihre Kunst gelebt, die kann man nicht verantwortlich machen. Und überhaupt: Ich will nicht, dass jemand in den Schrank gesperrt wird. Alle haben das Recht, hier zu sein!«

Die anderen schauen einander an und verstehen. Hilde denkt an ihren Papa, der niemals ein Foto abgehängt hat, weil er großen Respekt vor begnadeten Könnern hatte.

»Dann hängen wir sie woanders auf«, sagt Hilde. »Wollen Sie mir helfen?«

Das will Julia liebend gern. Schon weil sie diesen und jenen Schauspieler oder Sänger vom Landestheater kennt, für ihn genäht hat und in Erinnerungen schwelgen kann. Sie weiß alle Namen, kann Anekdoten erzählen, und die Künzel, die jetzt auch mitmacht, ergänzt das Geplauder mit eigenen Erinnerungen.

»Abbe-bau hat er immer gesagt«, kichert sie. »Weil es in dem

Wort Abbau zwei b gibt und man das auf der Bühne hören muss …«

»Einen Fisch hat sie ihr unter den Schminktisch genagelt. Einen alten Hering. So ein Biest war die. Tagelang haben sie verzweifelt gesucht, woher wohl dieser Gestank kommt …«

Addi macht die Tür auf und fragt nach dem Bunten. Als er Julia in Aktion sieht, strahlt er vor Zufriedenheit. Dann lässt er es sich nicht nehmen, persönlich in die Umhängeaktion einzugreifen. Und natürlich hat auch er alte Geschichten auf Lager.

»Der Eddi Graff hat in der Zeitung nach seiner Kritik gesucht und sie nicht finden können. Da sagt doch der Kollege zu ihm: ›Guck doch mal unter Überfälle und Verbrechen‹.«

Als gegen die vernagelte Eingangstür geklopft wird, bleibt ihnen das Gelächter im Halse stecken. Jemand schaut durch eines der frisch geputzten Fenster ins Café hinein, man kann eine grünliche Uniform erkennen. Und einen Helm.

»Die Amis …«, flüstert Mama erschrocken.

Auf einen Schlag ist die fröhliche Stimmung versackt. Alle stehen wie erstarrt, die Künzel hält noch ein gerahmtes Foto in den Händen, Addi legt vorsorglich den Arm um die schreckensstarre Julia. Hilde trägt ein Tablett mit Gläsern, sie hat Tee für alle gekocht.

Es klopft wieder, diesmal fester. Der amerikanische Soldat hämmert mit der Faust gegen die Bretter. Addi wechselt einen Blick mit Mama, dann geht er durch die Drehtür, um die Eingangstür aufzuschließen. Die anderen verteilen sich an den Fenstern.

»Guten Morgen … good morning …«

Draußen stehen etwa zwanzig bewaffnete Amerikaner und legen auf Addi an. Zwei Offiziere mustern ihn, schätzen ihn als ungefährlich ein.

»Wem gehört das Haus«, fragt einer der amerikanischen Besatzer in reinstem Deutsch.

»Das gehört Frau Koch … Sie ist …«

Man lässt Addi nicht weiterreden, einer der Offiziere tritt mit dem Stiefel gegen die Drehtür. Sie bewegt sich nur widerwillig. Er grinst und sagt etwas auf Englisch zu seinem Kameraden. Beide lachen, offensichtlich belustigt sie die Drehtür mit den Glaseinsätzen.

»Wie viele Bewohner hat das Haus?«

»Sieben«, sagt Addi.

Hilde hört Mama leise stöhnen. Die sind gekommen, um Häuser zu beschlagnahmen, und wenn das Haus bis unters Dach voll ist, gehen sie weiter. Aber sieben Bewohner für so ein großes Haus sind zu wenig …

Da sind sie schon im Gastraum, zuerst die beiden Offiziere, hinter ihnen Addi. Draußen stehen Soldaten mit Gewehr im Anschlag.

Der deutsch sprechende Amerikaner ist noch jung, hat ein schmales, glattes Gesicht und dunkle Augenbrauen. Zwei Kerben rechts und links vom Mund.

»Das Haus ist beschlagnahmt. Sie dürfen jeder einen Koffer mitnehmen«, sagt er.

Mama muss sich gegen das Fensterbrett lehnen. Addi starrt den Mann an und kann es nicht fassen.

»Aber …«, stottert Hilde. »Wo … wo sollen wir denn hin?«

»Sie haben zwanzig Minuten …«, sagte der junge Amerikaner und schaut dabei über sie hinweg. »Dann räumen wir!«

Es ist nichts zu machen. Vae victis – wehe den Besiegten. Sie haben den Krieg verloren, jetzt wird bezahlt. Sie müssen ihre Koffer packen, alles andere zurücklassen und hoffen, dass sie irgendwo unterkommen.

Julia Wemhöner fängt an zu weinen, als sie die Nachricht begreift. Die Künzel und Hilde sind empört. Das ist ungerecht!

»Das können die doch nicht machen! Wieso gerade unser Haus …«

Die Amis winken ihre Soldaten heran, die einer nach dem anderen durch die Drehtür ins Café kommen. Die Offiziere sehen sich neugierig um.

»Ist das ein Restaurant?«

»Ein Café«, gibt die Künzel Auskunft. »Das Café Engel …«

»Engel«, wiederholt der Offizier und lacht ein kurzes, abgehacktes Lachen. »Angel.«

Hilde ist entschlossen, ihr Haus zu verteidigen. Und sie kommt rasch auf eine gute Idee.

»Sie können uns nicht auf die Straße setzen, Herr Offizier. Diese Frau hier ist Jüdin. Wir haben sie den ganzen Krieg über versteckt, ihr das Leben gerettet. Unter Einsatz unseres eigenen Lebens. Und jetzt kommen Sie und wollen diese jüdische Frau, die so viel durchgemacht hat, aus ihrer Wohnung werfen?«

Hilde weiß, dass sie anziehend auf Männer wirkt, wenn sie so in Fahrt ist, und es stört sie keineswegs, dass die beiden Offiziere beeindruckt sind. Der Vorgesetzte will wissen, was die junge Frau gesagt hat.

»Where is the jewish Lady?«

Er will wissen, wo die Jüdin ist.

Addi streicht Julia aufmunternd über die Schulter. Sie hat begriffen, dass es jetzt auf sie ankommt, und geht langsam auf die beiden Amerikaner zu.

»Ich bin Julia Wemhöner …«

»Wemhöner? Ihre Papiere …«

Aber Julia hat keine Papiere mehr. Sie hat ihren Ausweis, in dem das Wort »Sarah« eingedruckt wurde, weggeworfen. Jahrelang war sie ein Niemand, ein Schatten am Fenster, ein Gespenst in der Abstellkammer. Aber sie hat ihre Erinnerungen. Farbig und voller Leben sind sie. Viel lebendiger als Julia selbst.

»Das hier ist ein Künstlercafé, Herr Offizier«, erklärt sie und lächelt traumverloren. »Sie waren alle hier, haben hier gesessen, geredet, gelacht … All die Großen des Theaters. Die berühmten

Sänger … Fritz Windgassen … Schauen Sie doch. Hier an den Wänden. Max Pallenberg … Paul Hartmann … Henny Porten … Käthe Dorsch …«

Ihre Hingabe, der Schwung ihrer Begeisterung irritiert die beiden Offiziere. Sie schauen einige der Fotos an, lächeln, zucken bedauernd die Schultern. Sie kennen diese Leute nicht, interessieren sich nicht für das Theater in Nazi-Deutschland.

»Noch zehn Minuten«, kommandiert der junge Offizier schließlich und wendet sich an Julia. »Sie kommen mit uns, wir halten Ihre Personalien fest. Wenn Sie Jüdin sind, steht Ihnen eine Wohnung zu.«

»Aber was ist mit uns?«, ruft die Künzel.

Auch Mama hat inzwischen beschlossen, sich nicht kampflos zurückzuziehen.

»Sie sollten wissen, dass es hier kein sauberes Wasser gibt, meine Herren. Die Leitung ist defekt. Außerdem sind die Dachbalken durch den Bombeneinschlag im Nachbarhaus beschädigt. Bei zu großer Belastung könnte das Dach zusammenbrechen …«

Leider sind die Besatzer abgelenkt und hören ihr kaum zu. Der jüngere hat jetzt das gerahmte Foto in die Hand genommen, das die Künzel vorhin an die Wand hängen wollte und dann auf einen Tisch gelegt hat. Er starrt es mit zusammengekniffenen Augen an, entziffert mühsam die schwungvolle Unterschrift.

»Eduard F. Graff …«, murmelt er und schaut Julia fragend an.

»Oh«, sagte sie und lächelt. »Das ist ein ganz wunderbarer Schauspieler. Charakterdarsteller. Ich habe oft für ihn Kostüme genäht. Er war ein so leutseliger Mann, niemals ungeduldig, immer mit allem zufrieden. Wissen Sie, die Allüren, die haben eigentlich nur die Nichtskönner. Eduard Graff war ein Könner. Oberon im *Sommernachtstraum*. Napoleon. Mephisto … Wir waren alle hingerissen, er hatte ein solches Charisma, wenn er auf der Bühne stand. Magisch …«

»Was wurde aus ihm?«

Julia seufzt und hebt die Schultern. Sie weiß es nicht. Leider.

»Es war wohl neunzehnhundertvierunddreißig … Oder warten Sie, ich glaube, es war fünfunddreißig. Er hat Deutschland verlassen. Sie verstehen … Er war Jude …«

»Ja«, sagt der junge Offizier. »Er war Jude.«

Er wiegt das Bild in der Hand, fährt mit dem Finger über die Signatur, schüttelt den Kopf. Dann sieht er Julia an und spricht leise, als seien die Worte nur an sie gerichtet.

»Eddi Graff ging nach New York, arbeitete in einer Fischhandlung und starb sechs Jahre später bei einem Verkehrsunfall. Er hat uns nie erzählt, dass er einmal Schauspieler war …«

»Sie kannten ihn?«

Julia bekommt keine Antwort. Die beiden Offiziere sprechen englisch miteinander, der ältere scheint aufgeregt, der jüngere bleibt hart.

»Ich nehme das Bild mit!«, sagt er zu Julia. »Sie melden sich morgen in unserem Headquarter in der Bierstädter Straße. So long …«

Sie gehen hinaus. Einer nach dem anderen verlassen die Soldaten das Café durch die Drehtür, die sie auf der Straße wieder ausspuckt, wo der Rest der Truppe wartet. Sie sammeln sich, gehen weiter zum Haus nebenan.

»Ich verstehe das alles nicht …«, flüstert Julia. »Aber ich glaube, er ist ein netter Mensch, dieser junge Amerikaner …«

Alle verharren in atemloser Starre. Wagen nicht, sich zu rühren, so als könnte dieser Traum jeden Moment in tausend Scherben zerfallen. Man hört das Hämmern amerikanischer Fäuste gegen die Tür des Nachbarhauses …

Kann es sein, dass der Kelch an ihnen vorübergegangen ist?

HEINZ

Bretagne, Mai 1945

Das Meer! Heinz hat noch die Ostsee in Erinnerung, den Badeort Rauschen, wo er aufgewachsen ist. Damals hat er das Meer geliebt, und wenn er es recht bedenkt, hat es ihm all die Jahre gefehlt. Jetzt steht er hier im Sand, spürt den Wind im Gesicht, der den Geruch des Wassers in sich trägt, und sieht weit in der Ferne eine silbrige Schicht in der Sonne blinken. Das Meer – nur dieses Mal ein ganz anderes. Der Ärmelkanal wohl. Drüben auf der anderen Seite ist England. Wenn er Flügel hätte wie ein Albatros, könnte er sie jetzt ausbreiten und über das Wasser davonsegeln. Allerdings könnte es dann auch sein, dass gleich nach dem Start mehrere Gewehrkugeln in seinem Körper stecken. Sicher sogar. Sie werden von sechs amerikanischen Soldaten bewacht, haben hier an einer einsamen Stelle an der Landstraße angehalten, um zu pinkeln und einen Schluck Wasser zu trinken. Gleich geht es wieder hinein in den elenden Schwitzkasten, den Armeelaster, wo sie eng zusammengequetscht auf dem Boden hocken und während der Fahrt ordentlich durchgeschüttelt werden. Alle sind hungrig, haben seit dem Morgen nichts mehr gegessen, ihre Mägen knurren, krampfen sich vor Hunger zusammen. Einigen Männern ist übel, sie würgen herum, spucken weißlichen Schaum.

Auch Heinz fühlt sich zum Sterben elend. Er hat wie die meisten nur einen Gedanken: Ankommen! Endlich irgendwo ankommen, sich hinlegen und ausruhen.

Inzwischen weiß er, dass sie in ein französisches Kriegsgefangenenlager gebracht werden, weil die Amerikaner den Franzosen deutsche Kriegsgefangene zuschieben, um sie loszuwerden. Frankreich benötigt Arbeitskräfte für den Wiederaufbau, sie sollen je nach Kenntnissen und Fähigkeiten irgendwo eingesetzt werden, wo es halt passt. Warum auch nicht? Heinz muss an Jean-Jacques denken, den Fremdarbeiter aus Nîmes, der bei ihnen Kisten geschleppt hat, Böden gefegt, Säcke getragen. Was für ein Irrsinn solch ein Krieg doch ist. Da verschleppen sie junge Franzosen nach Deutschland, um sie dort arbeiten zu lassen, und jetzt muss er alter Esel hier in Frankreich malochen, um die Schuld wiedergutzumachen.

»Wenn du zu einem Bauern kommst, kannst du von Glück sagen«, hat ihm ein Mitgefangener zugeraunt. »Da gibt's wenigstens was zu futtern. Oder bei einem Handwerker.«

Heinz fragt sich, welcher Bauer ihn in seinem Alter wohl noch auf den Hof holen würde. Diese Hoffnung kann er getrost begraben. Er taugt nicht für die Landwirtschaft. Ja, wenn er zu einem Bäcker käme. Oder zu einem Konditor …

»In die Fischfabrik werden sie uns stecken«, sagt ein junger Kerl, dem sie das Haar geschoren haben. »Den ganzen Tag stehen und toten Fischen die Innereien rausreißen. Hinterher stinkst du so nach Fisch, dass dir vor dir selber schlecht wird.«

»Hör auf!«

»Oben an der Küste bei Morlaix bin ich vor drei Jahren stationiert gewesen«, erzählt ein Kamerad, der sich gern an Heinz hält. Er heißt Paul Segemeier, ist aus Bonn, seine Eltern haben dort einen Gasthof. »Schöne Gegend. Oder auch in St. Malo. Da hatte ich mal ein Mädchen …«

»Na, die hat ganz bestimmt sehnsüchtig auf dich gewartet und freut sich jetzt über das Wiedersehen«, lacht ihn der mit dem geschorenen Schädel aus.

Paul lacht gutmütig mit. Dann erläutert er, dass die Bretonen die Franzosen eigentlich nicht leiden können. Weil die Bretagne früher mal ein freies Königreich gewesen ist. Vor langer Zeit.

»Die reden auch ganz anders«, sagt er. »Die Franzosen können die Bretonen kaum verstehen, wenn die bretonisch sprechen.«

»Na und?«, meint einer, der von Beruf Lehrer ist. »Geh doch mal nach Niederbayern oder nach Ostfriesland – da verstehst du auch kein Sterbenswörtchen.«

»Gegrillte Schweinshaxe mit Kraut«, seufzt jemand hinten im Wagen. »Und dazu ein Andechser Bierchen …«

»Semmelknödel mit Rahmpilzen …«

»Gselcht's …«

Heinz fürchtet schon, dass das beliebte Kochrezepte-Spiel jetzt losgeht, das die Kriegsgefangenen oft von dem beißenden Hunger ablenkt. Dann schildern sie ihre Leibgerichte in aller Ausführlichkeit, erklären, wie sie zubereitet werden, wie es duftet, wenn man das Fleisch anschneidet, wie es sich im Mund anfühlt, wenn man den ersten Bissen zerkaut. Einigen hilft das tatsächlich über den Hunger hinweg, doch bei Heinz bewirken die Schilderungen eher das Gegenteil. Deshalb ist er froh, als der Laster von der Landstraße abbiegt und nach kurzer, rumpelnder Fahrt anhält.

Die Türen werden geöffnet. Vor ihnen liegt eine Art Acker, von zwei Reihen Stacheldraht umzäunt, man sieht Männer in zerschlissenen, verdreckten Wehrmachtsuniformen auf dem Boden sitzen. Weiter hinten steht ein lang gezogenes Brettergebäude, daneben sind ein paar Zelte aufgebaut, viel zu wenige, um die Menge an Kriegsgefangenen zu fassen.

»Allez, allez!«, kommandieren ihre Bewacher, die sich rechts und links von den Türen aufgestellt haben und mit ihren Gewehren fuchteln. Wer zu langsam aussteigt, bekommt einen aufmunternden Schlag mit dem Gewehrkolben in den Rücken. Draußen stellen sie fest, dass der Boden vom Regen aufgeweicht ist. Man sinkt mehrere Zentimeter tief ein und muss höllisch aufpassen, dass man nicht ausrutscht. Heinz hat nach dem stundenlangen Sitzen in zusammengekauerter Stellung Probleme beim Gehen, sein Ischiasnerv meldet sich. Paul zeigt sich als guter Kamerad, er hilft dem Älteren, stützt ihn beim Sprung aus dem Wagen auf den glitschigen Boden.

»Die lassen uns unter freiem Himmel schlafen«, murmelt Paul.

»Warum auch nicht?«, meint Heinz mit Galgenhumor. »Ist doch schon fast Sommer.«

Sie werden zu dem Bretterbau geführt, der aus der Nähe wie ein ehemaliger Ziegenstall aussieht und auch so riecht. Dort erwartet sie die übliche Aufnahmezeremonie für Kriegsgefangene. Kurzes Verhör. Alter, Dienstgrad, Beruf, Mitglied der NSDAP, wenn ja in welcher Funktion. Der Offizier, der sie befragt, kann kaum Deutsch, die meisten von ihnen sprechen nicht Französisch, deshalb ist fragwürdig, was bei dem kurzen Interview herauskommt. Heinz kann noch ein paar französische Brocken aus dem letzten Krieg, viel ist es nicht, das meiste hat er längst vergessen. Nach dem Verhör werden sie aufgeteilt. Heinz erhält eine Decke und wird zu einer Gruppe älterer Männer geschickt, Pauls Gruppe befindet sich am anderen Ende des Lagers. Entlaust werden sie nicht – offensichtlich ist es der Lagerleitung egal, ob jemand ihnen Typhus einschleppt.

Heinz ist so fertig, dass er sich sofort einen Platz zwischen den Kameraden auf dem feuchten Boden sucht, die Decke um sich wickelt und einschläft. Dass sie nichts zu essen bekommen, weil die Essensausgabe schon vorbei ist, geht an ihm völlig vorbei. Erst nach Stunden wecken ihn sein knurrender Magen und der vertrackte Ischiasnerv. Es ist Nacht, über ihm der schwarze Himmel, um ihn herum die Schlafgeräusche der Kameraden. Schnarchen in allen Tonlagen, einige schmatzen vor sich hin, der lange, knochige Bursche neben ihm knirscht beängstigend laut mit den Zähnen. Ab und zu wird einer von einem Hustenanfall geschüttelt. Das hört sich schlimm an, rasselnd, halb erstickt, und Heinz fragt sich beklommen, ob die armen Kerle sich hier in dem kalten Matsch eine Lungenentzündung geholt haben. Er versucht vorsichtig, sich so hinzulegen, dass der Ischias ihn in Ruhe lässt, was nicht einfach ist, weil sich sein Schlafnachbar dicht an ihn geschmiegt hat. Nicht aus Zuneigung, sondern weil Heinz im Besitz einer trockenen Wolldecke war, die inzwischen jedoch auch längst durchweicht ist. Vom wolkenschwarzen Himmel regnet es in feinen Tröpfchen auf sie herab; langsam und stetig findet die Feuchtigkeit ihren Weg durch Decke und Kleidung bis auf die Haut.

Nach einer Weile stellt Heinz fest, dass an Schlaf nicht mehr zu denken ist. Er hat in amerikanischer Gefangenschaft so manche eiskalte Nacht mitgemacht, aber nie so jämmerlich gefroren wie jetzt hier in der feuchten Morgenkühle. Zusätzlich fallen beklemmende Gedanken über ihn her wie ein Schwarm schwarzer Unglücksvögel. Es taugt nichts, bei rabenschwarzer Nacht über das Unheil der Welt und das eigene Schicksal nachzudenken, das weiß Heinz, aber er hat keine Chance, weil die Gedanken, die er tagsüber von sich schieben kann, jetzt aus allen Ecken seines Hirns auf ihn einstürzen.

Das Erste ist die Sehnsucht nach seiner Else. Er sieht sie als junges Mädel vor sich, wie sie damals vor dem Café Engel stand, als er abgerissen und verhungert durch die feine Wilhelmstraße lief. Einer von zahllosen Soldaten des Weltkriegs, die das Schicksal vor Tod und Verstümmelung bewahrt hatte und die sich jetzt zurück in die Heimat durchschlugen. Als er die Else sah, so adrett gekleidet, mit einer weißen Spitzenschürze, da hat er schnell wieder weggeschaut, denn er wusste ja, dass er herumlief wie ein Vagabund. Aber dann passierte das Wunder, das sein ganzes Leben veränderte: Sie sprach ihn an. Die hübsche Tochter des Cafébesitzers redete einen dahergelaufenen abgerissenen Kerl an. Fragte, ob er Hunger habe. Und den hatte er natürlich, nicht zu knapp. Da hat sie ihn ins Café hineingebeten und ihm zwei Brote mit Wurst geschmiert. Sich zu ihm gesetzt und ihn ausgefragt. Die entsetzten Blicke der Mutter ignoriert. Ach ja – es kam eins zum anderen, und am Ende ist er bei ihr geblieben. Für eine lange, glückliche Zeit. Wenn die Else ihn jetzt sehen könnte, wie er hier im Dreck liegt und vor Kälte bibbert – ach, es ist gut, dass sie das nicht mitbekommt.

Wenn sie nur noch am Leben ist und nicht unter den Trümmern des zerbombten Hauses begraben liegt. Diese Vorstellung verfolgt ihn, lässt ihn nicht in Ruhe, so oft er sich auch dagegen wehrt. Es hat keinen Sinn, Gespenster herbeizurufen, und doch tut man es. Einige seiner Kameraden – vor allem die aus dem Osten – haben die gesamte Familie verloren, werden ganz allein in der Welt stehen, wenn sie aus der Gefangenschaft entlassen sind. Aber die sind jung. Nicht daran denken. Nicht heulen. Ein Mann heult nicht, auch wenn er alles verloren hat, das ihm im Leben etwas bedeutete.

Weil die Unglücksvögel ihn jetzt von allen Seiten anfliegen, muss er auch an seine Eltern denken. An die kleine Schwester Annemarie, von der er nie wieder etwas gehört hat. Es war damals nicht richtig von ihm, die Eltern so zu verprellen, sie vor vollendete Tatsachen zu stellen. Natürlich wäre er unter keinen Umständen zurück nach Rauschen gegangen, um das Café dort weiterzuführen. Das nicht. Dazu liebte er seine Else viel zu sehr, und auch das Café Engel war ihm schon ans Herz gewachsen. Aber er hätte es den Eltern auf andere Weise beibringen müssen. In aller Ruhe. Die Reise auf sich nehmen und ihnen die junge Schwiegertochter vorstellen, ihnen mit Rat und Tat zur Seite stehen, damit sie einen Nachfolger fanden. Das hätte er wohl tun können, aber er war zornig geworden, hatte geglaubt, seine junge Frau verteidigen zu müssen, wollte seine Lebensentscheidung durchsetzen. So ist es dann zum Bruch gekommen, das hat nicht anders sein können, denn sein Vater war mindestens so halsstarrig wie er. Auch die Annemarie hat darunter leiden müssen, die kleine Schwester, die ihn immer so angehimmelt hat. Ein liebes Mädel ist sie gewesen, immer fügsam, vielleicht ein wenig zu brav. Er hat ihr zwei- oder dreimal geschrieben, aber nie eine Antwort erhalten. Vielleicht hat sie die Post ja gar nicht bekommen, weil sie geheiratet hat und aus Rauschen weggezogen ist? Auf jeden Fall hat sie die Eltern wohl beerbt, denn als er die offizielle Nachricht von deren Tod erhielt, hat er auf das gesamte Erbe verzichtet. Wo wohl Annemarie jetzt sein mag? Er hofft inständig, dass sie sich und ihre Familie vor den Russen hat retten können.

Ja, er hat vieles falsch gemacht in seinem Leben. Es geschieht ihm ganz recht, dass er jetzt hier im Dreck liegt. Vielleicht dauert das Elend ja gar nicht mehr lange, vielleicht fängt er sich morgen eine Lungenentzündung ein, ist drei Tage später schon unter der Erde. Aber das wäre zu einfach. So schnell kommt er nicht davon. Er wird den Kelch bis zur Neige austrinken müssen.

Ende April hat der Führer seinem Leben ein Ende gesetzt. Anfang Mai hat Deutschland kapituliert, sich auf Gedeih und Verderb den Siegermächten ausgeliefert. Der Krieg ist aus – der Frieden wird bitter werden.

Sein Schlafnachbar fängt an zu husten, spuckt eine Ladung Schleim in die Gegend und zerrt an seiner Decke. Heinz hält dagegen, der Kampf um das nasse Teil endet mit einem Unentschieden, der Schlafnachbar darf einen Zipfel der Decke behalten. Drüben im Osten ist jetzt ein schwacher Schein zu erkennen, blass und wenig glückverheißend erhebt sich der neue Tag. Heinz hat das Zerren um seine Schlafdecke gutgetan – die trüben Gedanken sind fort, es geht einfach nur darum, die nächste Stunde, den nächsten Vormittag, die kommende Nacht so gut wie möglich zu überleben. Und so Gott will, wird er eines Tages seine Lieben in Wiesbaden wiedersehen. Er holt sich noch eine Mütze voll Schlaf, dann beginnt sein erster Tag in dem französischen Kriegsgefangenenlager, von dem er nicht einmal genau weiß, wo es sich befindet.

Die folgenden Wochen sind eine einzige Qual. Die Lebensmittelrationen sind winzig, an manchen Tagen gibt es nichts außer einem Schluck Wasser, die hygienischen Verhältnisse eine Katastrophe. Trotzdem wird auf strenge Disziplin geachtet. Mehrfach am Tag müssen sie zum Appell antreten und strammstehen. Das Brettergebäude dient hauptsächlich als Lazarett und ist ständig überfüllt. Wer dorthin gebracht wird, den sieht man nicht lebend wieder, heißt es. Heinz hat tagelang Fieber, hustet sich die Seele aus dem Leib, aber er meldet sich nicht krank aus Angst, zwischen den armen Teufeln im Lazarett verrecken zu müssen. Das Wetter ist jetzt trocken, die Sonne brennt vom Himmel, und Heinz liegt auf seiner Decke, entschlossen, auch ohne Arzt und Medikamente gesund zu werden. In seinem Kopf ist Musik, er hört alle seine geliebten Schallplatten in der Erinnerung, spielt sich Mozart und Beethoven vor, die Klavierkonzerte, die fünfte Sinfonie, die Platten, auf denen der unvergleichliche Caruso italienische Arien singt. Heinz bringt nicht alles zusammen, immer wieder fehlt ein Stück, dann geht er zurück und versucht es noch einmal. Und erstaunlicherweise findet sich die fehlende Passage dann plötzlich doch.

In regelmäßigen Abständen werden Kriegsgefangene zu Sondereinsätzen aufgerufen und in Fabriken, in der Landwirtschaft oder im Bergbau eingesetzt. Wer ausgewählt wird, hat die Chance auf besseres Essen, deshalb ist der Andrang bei jedem Aufruf riesengroß. Heinz versucht es immer wieder, aber es kommt so, wie er es schon befürchtet hatte: Er ist zu alt und scheint zu keiner dieser Arbeiten tauglich. Anfang August, als er schon alle Hoffnung aufgegeben hat, werden erneut Kriegsgefangene für einen Arbeitseinsatz gesucht.

»Déminage … was ist das?«, fragt Paul, der sich ebenfalls melden will und neben Heinz in der Schlange steht.

»Etwas, was du besser nicht machen solltest«, meint Heinz. »Ein Himmelfahrtskommando. Minenräumen.«

»Ich mache alles, um endlich was zu fressen zu kriegen«, sagt Paul. »Besser zum Himmel fahren, als hier in diesem Dreckslager langsam verhungern.«

Heinz schaut ihn mitleidig an. Paul ist hohlwangig, die Backenknochen stehen heraus, die Hose hat er mit einer Schnur festgebunden, sonst würde er sie verlieren.

»Hast du nicht davon gehört, dass die Wehrmacht die gesamte Atlantikküste vermint hat?«, fragt Heinz. »Das Zeug liegt überall herum, im Sand, in den Gräben, auch auf den Feldern.«

Doch, davon hat Paul gehört. Zahllose Menschen sind bei der Feldarbeit in die Luft gesprengt worden, die meisten starben, wer überlebt hat, ist grausam verstümmelt. Einmal hat es eine ganze Familie getroffen, Eltern mit drei kleinen Kindern, eines davon ein Säugling.

»Sie brauchen Freiwillige, die die Minen suchen und entschärfen.«

»Ach du Elend …«, stöhnt Paul. »Und dabei kann man leicht selbst in die Luft gehen, wie?«

»Wenn du unvorsichtig bist, schon …«

Natürlich hat keiner von denen, die hier warten, die Absicht, unvorsichtig zu sein. Man wird aufpassen, und mit einigem Glück wird nichts geschehen. Auch Heinz redet sich das ein, aber er denkt auch an die Kinder, die von den deutschen Minen zerrissen worden sind, und er schämt sich, ein Deutscher zu sein. Was auch immer geschehen wird, er will dazu beitragen, dass dieses Dreckzeug verschwindet. Minen haben nichts mit Kampf und Soldatenehre zu tun. Sie sind niederste, gemeinste Heimtücke, weil sie Unschuldige treffen.

Dieses Mal wird er nicht zurückgeschickt. Heinz Koch aus Wiesbaden ist tauglich als Démineur, er darf die wenigen Habseligkeiten, die er in zwischen angesammelt hat, zusammenpacken und wird gemeinsam mit anderen zum Lagerausgang geschickt. Dort warten zwei Franzosen in Zivil, die eine Armbinde tragen und den Rang von Hilfspolizisten einnehmen. Beide tragen ein Gewehr und sehen der kleinen Gruppe freiwilliger Minenräumer voller Misstrauen entgegen. Bei glühender Hitze marschieren sie zum nächsten Ort, besteigen dort einen Zug und werden weiter nach Westen transportiert. Heinz und Paul sitzen nebeneinander, schauen aus dem Fenster und sehen das Meer. Blaugrün ist es, die Wellen werfen kleine Blitze im Sonnenlicht, Möwen streichen darüber hin, ganz in der Ferne sieht man ein Schiff. Wohl ein Fischerboot. Heinz wird auf einmal von einer großen Sehnsucht erfasst. Freiheit. Nicht mehr der Willkür der Bewacher ausgesetzt sein. Gehen dürfen, wohin man möchte. Solange er frei war, hat er dieses Privileg nicht zu schätzen gewusst. Jetzt weiß er, dass die Freiheit das Kostbarste ist, was ein Mensch besitzen kann.

Comme ça pue! – Wie das stinkt!

Bei der letzten Station sind mehrere Frauen eingestiegen. Sie starren feindselig auf die deutschen Gefangenen, die an den aufgemalten Buchstaben PG leicht zu erkennen sind. Und stinken tun sie wirklich. Kein Wunder, wenn man monatelang die Kleidung nicht wechseln kann. Sie müssen aufstehen und auf die Plattform vor den Wagen gehen. Sales boches! Deutsche Dreckschweine.

Paul liest die Schilder an den Bahnhöfen und behauptet, sie befänden sich in der Nähe von Dinan, er kenne sich aus. In diesen Dörfern an der Küste hätten früher Piraten gelebt, seien von dort aus auf Beutefang gefahren. Später hätten sie gelernt, die Touristen auszunehmen, das sei einfacher und ungefährlicher. Paul ist bester Laune, geradezu euphorisch, sodass Heinz sich schon Sorgen macht. Aber als sie endlich aus dem Zug aussteigen und durch die Dünen weiterlaufen, erweist es sich, dass Pauls Optimismus mehr als angebracht ist. Man bringt sie in eine einsam gelegene Villa, ein verschnörkeltes Fachwerkgebäude mit kleinen Balkonen und verglasten Erkern, das ohne

Zweifel einmal ein Hotel gewesen ist. Dort treffen sie auf ihre Mitstreiter – deutsche Kriegsgefangene aus verschiedenen Lagern, die sich alle zu dieser lebensgefährlichen Aufgabe gemeldet haben.

»Das ist ja wie im Himmel«, stöhnt Paul, als sie in ein Zimmer mit zwei Betten geführt werden. »Kopfkissen! Matratzen! Und sogar Betttücher und Wolldecken! Wir sind im Urlaub, Heinz!«

Es gibt fließendes Wasser und eine altmodische Badewanne, die auf vier Löwenfüßen aus Gusseisen steht. Sie füllen die Wanne und baden kalt, benutzen ausgiebig das Stück Seife, das man ihnen hingelegt hat, waschen auch das Haar, das inzwischen viel zu lang gewachsen ist, und rasieren sich mit Pauls Rasierzeug. Während sie vor dem Spiegel stehen, drängen schon die nächsten ins Badezimmer, lassen das Wasser aus der Wanne und lachen sich kaputt über die schwarzen Ränder auf dem weißen Email. Dann steigen die nächsten ins kalte Nass.

Unten im ehemaligen exklusiven Speisesaal trauen sie sich kaum, einen der zierlichen weißen Stühle anzufassen. Künstliche Palmen dekorieren den Saal, Brokatvorhänge, hellrote Teppiche verlaufen zwischen den Tischen. Dieses Hotel war sicher nicht ganz billig, vermutlich hat sich hier einmal die höhere Gesellschaft aus aller Welt in der gesunden Seeluft erholt.

Das Essen ist fett und reichlich. Dicke Reissuppe mit allerlei Fleischbrocken, vor allem Innereien wie Magen, Leber und Herz, nahrhaft und wohlschmeckend. Sie stopfen sich voll, trinken dazu klares Wasser und bekommen sogar einen Klecks süßen Apfelbrei zum Nachtisch. Heinz ist vorsichtig und hält sich zurück, Paul verbringt die halbe Nacht auf dem Klo, das draußen hinter der Villa in einem Nebengebäude untergebracht ist. Er ist nicht der Einzige, dem die ungewohnte Völlerei nicht bekommt.

Einige Tage vergehen, ohne dass sie zum Einsatz befohlen werden. Man lernt einander kennen, sitzt am Abend zusammen und erzählt von der Heimat und der Familie, einige spielen Karten, andere haben den Billardraum entdeckt und gönnen sich ein Spielchen. Seltsamerweise denkt keiner an Flucht, obgleich es leicht wäre, aus einem der Fenster im Erdgeschoss zu steigen und sich in der Dunkelheit davonzumachen. Tagsüber waschen sie ihre Kleider, liegen herum, essen, schlafen, es gibt sogar Tabak, mit dem man Zigaretten drehen kann. Am zweiten Tag kommt ein Franzose in die Villa, ruft alle zusammen und stellt sich als Chef Mineur vor. Es ist ein älterer Mann, groß gewachsen und bärtig, er geht ein wenig gebeugt und hat helle Augen, wie die Seeleute sie haben. Deutsch kann er kaum, dafür hat er eine Reihe von Büchern mitgebracht, in denen es Zeichnungen verschiedener Minen gibt. Sie sollen sich die Zeichnungen genau anschauen, dann wissen sie, was sie zu tun haben.

»Alles ganz einfach«, sagt Paul. »Die Drähte rausziehen, dann ist der Zünder hin, und es kann nichts mehr passieren.«

Heinz ist nicht so optimistisch. Es gibt zu viele unterschiedliche Konstruktionen, das Entschärfen der Minen ist etwas für Fachleute, nicht für ahnungslose Laien wie sie. Aber sein Protest hilft wenig, der Chef Mineur versteht ihn sowieso nicht. Er ist ein freundlicher Mensch, stammt aus einem Dörfchen in der Nähe und ist dort Lehrer an der Volksschule. Bevor es zum ersten Einsatz geht, führt er die deutschen Démineurs ans Meer, lässt sie baden und schwimmen, im Sand herumliegen, dem Geschrei der Seevögel und den Wellen zuhören. Heinz genießt diesen Nachmittag in vollen Zügen. Wie verrückt das ist! Er hat das Gefühl, wieder daheim zu sein, in Rauschen an der Ostsee, hüpft wie damals als Junge in den Wellen herum, liegt mit ausgebreiteten Armen im Sand und lässt die salzigen Wassertröpfchen auf der Haut von der Sonne trocknen. Sein Ischiasnerv hat sich beruhigt, er spürt ihn nicht mehr.

»So kann's weitergehen!«, sagt Paul, der neben ihm auf seinen Kleidern liegt. »Démineur zu sein gefällt mir großartig!«

Heinz sagt nichts dazu. Warum soll er dem Freund die glückliche Stimmung verderben? Es ist der Augenblick, der zählt. Nur das Jetzt und Heute. Was morgen ist, liegt in weiter Ferne und geht sie nichts an. Auf dem Rückweg begegnen sie einer Bäuerin, die einen großen Korb trägt und vermutlich Muscheln sammeln will. Sie hat etwas Verschmitztes im Blick, die brave Alte; als sie an Heinz vorübergeht, steckt sie ihm einen kleinen roten Apfel zu.

»Die hat es auf dich abgesehen, Heinz!«, lachen ihn die Kameraden aus. »Einen Apfel hat sie dir gegeben – wie Eva dem Adam im Paradies …«

Demnach wäre wohl auch der Sündenfall nicht mehr weit, denkt Heinz. Den Apfel isst er trotzdem, er ist ein wenig herb, aber saftig und gut. In der Nacht träumt er, dass er wieder zu Hause sei, glaubt im Ehebett zu liegen, die Else neben sich, und vor dem Fenster sind die Morgengeräusche auf der Wilhelmstraße zu hören. Ein paar frühe Autos, Pferdewagen, der Straßenfeger hantiert mit seinem Besen, der Milchjunge stellt die Flaschen im Hausflur ab. Der Wind rauscht durch die Platanen.

Am folgenden Tag wird es ernst. Der Chef Mineur holt sie zu ihrem ersten Einsatz, sie marschieren ein Stück landeinwärts, gelangen zu den Feldern, auf denen Hafer, Roggen und Buchweizen wächst. Weiter geht es auf Feldwegen, und dann sind sie auch schon mitten in der Gefahrenzone. Der Chef Mineur zeigt ihnen die erste Mine, eine Tellermine, die am Wegrand liegt, halb von Unkraut überwachsen. Vorsichtig aufheben und auf den Weg legen, damit sie entschärft werden kann. Sie haben begriffen, machen sich mit äußerster Vorsicht auf die Suche und finden die tödlichen Sprengkörper fast überall. Im Graben, zwischen dem Unkraut, unter den Büschen. Es gibt die Tellerminen, die etwa so groß wie eine runde Kuchenform sind. Und Topfminen, die Konservendosen ähneln. Man hat sie mit

Drähten aneinander gebunden; wer ahnungslos über die Wiese geht und an einem dieser Drähte hängen bleibt, löst die Explosion von drei oder mehr Sprengkörpern aus, die mit Bleikugeln, Schrotteilchen oder spitzen Nägeln gefüllt sind.

»Das sind Dreckschweine, die sich so was ausdenken«, sagt Paul. »Wen wollen die damit treffen? Die Bauern? Die Kühe, die ahnungslos hier grasen? Die Dorfkinder, die herumtoben?«

Sie finden auch Kastenminen, die sie teilweise ausgraben und von Unkraut befreien müssen. Mit jeder Mine, die sie unbeschadet auf der Wegmitte ablegen, schwindet ein Stück ihrer Angst, in die Luft zu fliegen. Man muss nur vorsichtig sein, keine falsche Bewegung machen, den Zünder nicht berühren.

Nach einigen Stunden erklärt ihnen der Chef Mineur, für heute sei es genug, sie würden jetzt zurück zur Villa gehen.

»Und was wird jetzt aus dem Zeug hier?«, wollen sie wissen.

»Ein Experte aus Rouen kommt angeblich, um die Dinger zu entschärfen«, vermeldet einer, der etwas Französisch spricht. »Wir sollen die Stelle mit Ästen absperren, damit keiner aus Versehen hineinläuft oder mit dem Wagen drüberfährt.«

Sie machen sich daran, unter den Apfelbäumen, die längs des Weges stehen, nach trockenen Ästen zu suchen, brechen auch abgestorbene Zweige heraus und schichten alles vor und hinter den Minen auf dem Weg auf.

»Ob wir ein paar von den Äpfelchen mitnehmen können?«, fragt Paul. »Schau, da liegen welche im Gras … das ist Fallobst, das dürfen wir …«

Die folgenden Sekunden erlebt Heinz dicht angefüllt mit Bewegungen, Bildern und Geräuschen. Er sieht, wie sich Paul nach den Äpfeln bückt, hört den warnenden Ruf des Franzosen und verfolgt zugleich den Flug einer Amsel, die im Apfelbaum gesessen hat und jetzt das Weite sucht …

»Pas lá! Attention! Ne touches pas le sol!«

Dann ist Heinz auf einmal taub. Er sieht Erdschollen emporfliegen, der Apfelbaum erzittert wie im Sturm, alles wird rot, die Abendsonne hat den ganzen Himmel erfüllt, es tropft rot auf die Erde herunter, er muss im roten Regen ersticken.

HILDE

Wiesbaden, April 1945

Es regnet wie aus Kübeln. Hilde sitzt an einem der Tische im Café Engel, sie hat die gute Tischdecke wieder abgenommen und ein altes Tuch über das Holz gebreitet. Emsig poliert sie die schwarz angelaufenen Kuchengabeln und Kaffeelöffelchen, danach will sie sich den Sahnekännchen widmen, die ebenfalls blank gescheuert werden müssen. Drüben in der Küche werkelt Mama an einem Kuchen für Julia, die morgen Geburtstag hat. Es wird wohl eine Art Sandkuchen werden, mit Trockenei und einem Überzug aus Marzipan, das im Vorratskeller die Kriegszeiten überdauert hatte. Julia Wemhöner hat sich inzwischen auf dem Rathaus gemeldet, ihre Personalien angegeben und einen neuen Pass erhalten, dazu auch Lebensmittelkarten.

»Die Hölle ist dort los«, hat sie aufgeregt erzählt. »Keiner ist zuständig, niemand findet irgendwelche Akten, und alle haben ganz entsetzliche Angst vor den Amerikanern.«

Nach der Flucht des großmäuligen Nazi-Bürgermeisters Piekarski hat sich eine Notverwaltung gebildet, geleitet von dem geschäftsführenden Bürgermeister Gustav Hess. Sie steht jetzt unter Aufsicht der amerikanischen Militärregierung. Die Besatzer breiten sich in allen Ämtern aus, beanspruchen die Räume für sich, und so sind einige amtliche Stellen außerstande, ihren Dienst zu tun. Zudem ist das Rathaus schwer von Bomben getroffen worden und kann nur teilweise genutzt werden, viele Ämter wurden ausgelagert.

»Jetzt geht's den Nazis an den Kragen«, freut sich Addi, der Julia begleitet hat. »Die ganze Stadtverwaltung wird überprüft, und wer Dreck am Stecken hat, der kommt ins Internierungslager bei Darmstadt! Dass ich das noch erlebe! Den Storbeck werden sie auch bald an den Hammelbeinen kriegen!«

Nur die Künzel teilt Addis Triumphgefühle, Mama und Hilde sind der Ansicht, dass es mit den Lagern endlich einmal vorbei sein müsste, und Julia Wemhöner meint, dass man lieber das Theater wieder aufbauen sollte, als Leute einzusperren. Für die Lebensmittelkarten, die man ihr so großmütig ausgehändigt hat, kann sie kaum etwas einkaufen. Die meisten Geschäfte sind geschlossen, viele haben Angst und halten ihre Waren zurück.

»Nicht die beste Zeit, um ein Café wieder zu öffnen«, bemerkt Mama aus der Küche heraus. »Ausgangssperre von neun Uhr früh bis drei Uhr nachmittags. Und um sechse musst du schon wieder daheim sein. Dazu noch das Mistwetter. Hast du den Bunten gesehen?«

»Der liegt oben in unserem Bett«, vermeldet Hilde kurz und bündig und hält eine Kuchengabel ins Licht. Immer noch schwarze Flecke, dieses Silberputzmittel aus Herdkohle und Soda wirkt lange nicht so gut wie das altbewährte Sidol. Aber das ist momentan nicht zu bekommen. Wie so vieles. Auch die Post arbeitet nicht, seit vierzehn Tagen kein einziger Brief. Auch keine Nachricht von Willi und August, schon gar nicht von Papa. Man weiß nicht einmal, ob sie überhaupt noch am Leben sind …

Jemand bewegt die Drehtür, und Hilde lässt die fleckige Kuchengabel sinken. Der Briefträger? Ein Gast? Oder bloß die Drews von nebenan, die um eine Tasse Mehl bettelt?

Nein, es ist Gisela, die es bei den Großeltern nicht aushält und immer mal wieder bei Hilde auftaucht. Sie zieht die triefende Regenjacke aus und schüttelt das feuchte Haar, das ihr in Strähnen ins Gesicht hängt.

»Schrecklich!«, stöhnt sie. »Heute früh habe ich sie eingelegt, aber das hält ja nicht bei diesem Wetter. Habt ihr ein Tässchen Pfefferminztee für eine arme frierende Seele?«

Hilde freut sich über den Besuch. Sie lässt die Gabeln liegen, wischt sich die Finger ab und setzt sich zu Gisela an den Nebentisch.

»Klar kriegst du einen Tee. Wir haben sogar ein bisschen Bohnenkaffee, aber den gibt's erst morgen, wenn die Julia Geburtstag hat.«

Gisela ist beeindruckt. Echter Bohnenkaffee ist der pure Luxus. Unbezahlbar auf dem Schwarzmarkt.

»Julia hat von den Amis eine Zuteilung bekommen«, erklärt Hilde. »Sie ist so ein liebes Wesen. Stell dir vor, sie hat für die Kinder von der Drews dick gefütterte Wintermäntel genäht. Aus alten Sachen, die noch im Schrank herumlagen. Und für meine Mutter hat sie ein Herbstkostüm enger gemacht.«

Gisela bestätigt, dass Julia Wemhöner eine Seele von einem Menschen sei. Wenn auch ein wenig wunderlich. Oder vielmehr verträumt.

Mama kommt aus der Küche gelaufen, begrüßt Gisela und stellt eine Tasse Tee vor sie hin. Zucker gibt es auch dazu. Und einen ganz kleinen, ziemlich harten Keks. Den muss man in den Tee tauchen, sagt Mama, dann wird er weich.

»Wie geht's deiner Mutter? Und den Großeltern?«

Gisela zuckt die Schultern. Zu diesem Thema könnte sie wohl so manches erzählen, das besser ungesagt bleibt.

»Ist halt sehr eng in der Wohnung. Da gibt's viel Streit. Und der Großvater hat's jetzt noch dazu am Herzen …«

»Das tut mir leid. Richte mal liebe Grüße aus. Ich pack dir ein paar Kekse ein. Sind zwar etwas hart geworden, aber sie schmecken gar nicht so übel …«

»Ganz lieben Dank, Frau Koch!«

Hilde weiß, dass Gisela vor allem unter ihrer Mutter leidet. Johanna Warnecke war und ist eine begeisterte Anhängerin des Führers, sie will nicht wahrhaben, dass das Tausendjährige Reich in sich zusammengefallen ist. Die V2, die würde den Krieg noch wenden, behauptet sie ständig. Da würden dann alle belohnt, die treu zum Führer stünden, die anderen aber, die Abtrünnigen, die erhielten ihre gerechte Strafe …

»Wenn ihr wollt, könnt ihr oben in Augusts Wohnung einziehen. Die Storbecks brauchen doch nur ein Zimmer«, meint Mama. »Ihr müsst euch halt mit ihnen Küche und Bad teilen …«

Gisela trinkt Pfefferminztee und nickt höflich. »Danke. Das wäre schön. Aber wir wollen niemanden bedrängen.«

Hilde schweigt dazu. Klar würde sie sich freuen, die Freundin im Haus zu haben. Aber Johanna Warnecke, das ist ihr inzwischen klar geworden, die wäre hier fehl am Platz, mit der gäbe es nichts als Ärger.

»Gibt's was Neues?«, will Hilde wissen, als Mama wieder in die Küche zu ihrem Kuchen zurückgekehrt ist.

Gisela nickt. Die amerikanische Militärregierung hätte jetzt Gebäude in der Bierstädter Straße bezogen. Alles sei streng bewacht.

»Die haben wahnsinnige Angst, es könnten sich noch welche von der Organisation Werwolf bei ihnen einschleichen und Anschläge verüben.«

Hilde hält das für Blödsinn – aber klar, genau kann man es nicht wissen. Es gibt immer noch genug Spinner, die an den Endsieg glauben. Gisela berichtet, dass die Amis strengstes Fraternisierungsverbot haben. Es sei sogar verboten, einem Deutschen die Hand zu geben.

»Sie dürfen nicht mit uns reden oder unbewaffnet in unsere Häuser gehen. Vor allem werden sie vor den deutschen Mädchen gewarnt. Weil wir angeblich alle böse Verführerinnen im Dienst von Adolf Hitler sind …«

Hilde stimmt in Giselas Lachen ein. Es kommt ihnen seltsam vor, dass die Besatzer, die mit gewaltigen Panzern und Geschützen angerückt sind, jetzt auf einmal Angst vor deutschen Mädchen haben.

»Solang die sich so anstellen, werden wir hier im Café wohl auch keine Ami-Gäste bewirten können«, seufzt Hilde. »Dabei habe ich so darauf gehofft.«

Nein, vorläufig ist da nicht viel zu machen. Ein paarmal hat sich die Künzel ans Klavier gesetzt und Tanzmusik aus den Dreißigern gespielt, da sind ein paar Nachbarn gekommen, aber die haben nur zugehört und bekamen von der Else umsonst ein Tässchen Pfefferminztee serviert. Auf der Wilhelmstraße sind zwei amerikanische Offiziere vorbeigegangen, die haben zwar neugierig hinübergeschaut, als sie die Musik hörten, aber stehen geblieben sind sie nicht.

»Deutsche Angestellte suchen sie«, berichtet Gisela. »Unsere Nachbarin wäscht ihnen die Wäsche und bügelt Hemden. Bei uns im Hinterhof hängen hunderttausend amerikanische Männer-Unterhosen und Socken auf der Wäscheleine. Meine Mutter kriegt jedes Mal einen Anfall, wenn sie aus dem Fenster sieht.«

Sie prusten los, und Hilde will wissen, ob amerikanische Männer-Unterhosen anders aussehen als deutsche. Klar, meint Gisela. Die trügen solch komisches Zeug, so Hemdhosen, da sei alles aneinandergenäht.

»Sie stellen auch Küchenpersonal ein. Köche und Bäcker. Und Jungen für Botendienste. Vor allem aber Frauen, die die Diensträume und die Wohnungen der Offiziere putzen.«

»Und … bezahlen die gut?«, fragt Hilde mit gedämpfter Stimme und schielt zur Küchentür, ob Mama etwa mithört. Aber die heizt den Backofen an und schimpft, dass das feuchte Holz wieder mal nicht brennen will.

»Die bezahlen in Dollars. Und du kriegst von denen Dosen mit Obst und Fleisch. Corned Beef. Weißt du, was das ist?«

»So was wie Rindfleisch …«

»Ja, aber noch anders. Wie Sülze, ziemlich salzig. Schmeckt aber gut …«

Hilde schaut die Freundin bewundernd an. Gisela hat ein Fahrrad und düst in der Stadt herum, sammelt allerlei nützliche Sachen auf den Trümmergrundstücken, findet heraus, wo man dieses oder jenes noch bekommen kann, und erfährt überall Neuigkeiten. Wie mutig sie ist! Und wie gut es ist, dass ihre Freundschaft wieder zusammengewachsen ist. Früher haben sie immer beieinander gesteckt, die Gisela und die Hilde, waren schon in der Schule unzertrennlich und haben allerlei waghalsige Streiche ausgeheckt. Dann hat sich Gisela in Joachim Brandt verliebt, und auf einmal war sie eine andere. So ganz die zärtliche Braut, hatte nur noch ihren Jo im Sinn und kümmerte sich kaum noch um Hilde. So eine bist du also, hat Hilde da wütend gedacht. Aber sie haben den armen Joachim gleich nach dem Abitur zur Wehrmacht geholt, und nun hat Gisela schon seit zwei Jahren nichts mehr von ihm gehört. Da haben sich die Freundinnen wieder gefunden. Nur die Sache mit dem Jean-Jacques, die weiß Gisela nicht. Ganz so vertrauensselig, wie sie einmal gewesen ist, ist Hilde jetzt nicht mehr.

»Wenn ihr was Hochprozentiges ausschenken würdet …«, überlegt Gisela. »Kriegt man auf dem Schwarzmarkt. Dazu Zucker und das Pfefferminzkraut, das ihr letztes Jahr in Massen im Taunus gesammelt habt. Pfefferminzlikörchen. Lecker. Da finden sich bald Gäste ein …«

»Alkohol dürfen wir nicht ausschenken«, bremst Hilde. »Wir können froh sein, wenn wir unsere Lizenz als Caféhaus behalten. Den Schnaps, den trinken die Amis in ihren eigenen Bars.«

Das weiß sie von Sofia Künzel, die sich schon zweimal als Barpianistin bei den Amerikanern beworben hat. Bisher hat sie kein Glück gehabt, weil die lieber Schallplatten abspielen, aber sie haben sich ihren Namen und die Anschrift notiert. Vielleicht klappt es doch noch irgendwann.

»So ein Likörchen«, meint Gisela abfällig. »Das ist doch eher ein Magenbitter. Medizin ist so was. Kein Alkohol …«

Hilde versteht die Freundin, sie zwinkern sich zu. Das könnte klappen. Vielleicht kann man so ein Gesundheitsschnäpschen auch in den Tee kippen. Oder in den Ersatzkaffee. Falls man welchen bekommt …

»Aber wir haben kaum noch Geld«, bemerkt Hilde. »Weißt du, wogegen man das Zeug eintauschen könnte?«

»Am besten sind Zigaretten …«

Das weiß Hilde auch. Leider besitzen sie keine, höchstens ein paar alte Zigarren, die der Papa sich für »nach dem Krieg« aufgespart hat.

»Schmuck geht auch. Oder Brillen. Noten. Neulich hat einer sogar das Gebiss von seinem Opa verscherbelt.«

Hilde ist bereit, einiges aus ihrem Schmuckkasten zu opfern. Brillen der verstorbenen Großeltern könnten auch noch vorhanden sein. Aber da müsste sie ihre Mutter fragen, und sie will Mama erst einmal außen vor lassen.

»Bettwäsche geht gut. Stoffe überhaupt. Hast du noch einen Fotoapparat?«

Den haben sie unter den Nazis eigentlich abgeben müssen, aber sie haben geschwindelt und das Zeug oben in der Abstellkammer versteckt. Trotzdem, Papas Fotoapparat will sie nur im Notfall verhökern. Der war sein ganzer Stolz.

»Oder das Zeug da …«

Gisela weist auf die gerade frisch geputzten Kaffeelöffelchen. Auf dem oberen Ende ist ein kleiner Engelkopf eingepresst, das haben die Eltern irgendwann in den Zwanzigern für das Café anfertigen lassen.

»Aber nur ein paar … auf keinen Fall alle …«

»Die reißen dir die Amis aus den Händen. Souvenirs – darauf stehen die«, meint Gisela sachverständig. »Dafür kriegst du Zigaretten, und mit denen kannst du Schnaps eintauschen. So einfach geht das …«

»Auch bei Regenwetter?«

Gisela schüttelt den Kopf über so viel Unwissen. Wenn es regnet, hat man sogar bessere Chancen, weil die Amis dann seltener kontrollieren.

Hilde erklärt in der Küche, Gisela wisse, wo man noch Zucker und Mehl bekäme, sie wolle rasch mit ihr hinfahren.

»Bei diesem Wetter?«

»Ich zieh den Anorak an.«

Fünf Löffelchen und die dazu passenden Kuchengabeln hat sie eingesteckt. Warum denn nicht? Es geht schließlich um das Café Engel, da muss man halt investieren. Papa hätte es genauso gemacht.

Gisela hat ihr Fahrrad im Treppenhaus abgestellt und mit einer Kette gesichert. Heutzutage muss man vorsichtig sein. Neulich, so weiß sie zu berichten, haben sie einen Mann nur wegen eines Säckchens Mehl und einer Schachtel Zucker totgeschlagen. Am Rhein hat man ihn gefunden, unter einer Brücke.

»Erzähl mir nicht so was«, schimpft Hilde und setzt sich vorsichtig auf den Gepäckträger. Gisela muss ordentlich treten, damit das Fahrrad in Schwung kommt, sie fahren ein paar gefährlich aussehende Schlangenlinien, dann nehmen sie Fahrt auf, und es geht gut voran. Ziel ist die Langgasse, dort sind immer Leute unterwegs, die etwas zu verkaufen haben.

»Fahr doch nicht immer durch die Pfützen!«, schimpft Hilde. »Ich bin untenrum schon ganz nass, weil das so spritzt!«

»Ich kann auch Slalom fahren. Da musst du dich aber gut festhalten …«

»Hör auf. Oder ich kitzele dich … unter den Armen!«

»Dann liegen wir gleich beide im Matsch …«

Sie werden gründlich nass, was ihre gute Laune jedoch nicht schmälert. Es ist so wie früher, als sie noch zur Schule gingen und an den Nachmittagen mit den Rädern durch die Stadt flitzten. Im Sommer haben sie mit den Freundinnen am Rheinufer gelegen, die Hausaufgaben voneinander abgeschrieben. Manchmal kamen auch Jungs dazu, der Joachim war oft dabei und sein kleiner Bruder, der Walter.

»So … jetzt geht's schon los. Wir schauen erst mal, was die so anzubieten haben …«

Gisela bremst und steigt ab, Hilde springt vom Gepäckträger. Sie schieben das Rad und bewegen sich langsam auf der Straße voran. Überall sind Leute unterwegs, stehen vor den leeren Schaufenstern, promenieren scheinbar absichtslos auf dem Trottoir, bleiben stehen und reden miteinander. Bevor die Waren gezeigt werden, schaut man sich vorsichtig um, ob kein Polizist oder gar eine amerikanische Streife in der Nähe ist. Dann wird der Mantel geöffnet oder etwas blitzschnell aus der Tasche gezogen, und man handelt.

»Die Preise steigen andauernd«, erklärt Gisela. »Eine Schachtel amerikanische Zigaretten kostet schon hundert Reichsmark.«

Sie bekommen Angebote. Eine ältere Frau hat Seife zu verkaufen, eine andere will für ihre Zuckermarken Milchpulver tauschen, ein junger Bursche bietet ihnen Bohnenkaffee zu einem horrenden Preis an.

»Die Schnapshändler kommen immer vom Land«, weiß Gisela. »Das sind Bauern, die heimlich in irgendeiner Remise Schnaps brennen. Die wollen vor allem Kleider, weil sie auf den Dörfer nichts bekommen können. Manche auch Schmuck. Oder Brillen …«

Es werden die verrücktesten Dinge verhandelt. Einer hat eine Geige, andere bieten Kochgeschirr, goldene Eheringe, Bücher, Knöpfe und Nähzeug, eine Fuchsstola, die grauenhaft haart.

Schließlich erhandelt Hilde zehn Zigaretten für die Kaffeelöffel und für die Gabeln nochmal zehn. Der junge Bursche, der die Sachen von ihr kauft, wird sie ohne Zweifel mit einem ordentlichen Aufschlag an die Amis weiterverscherbeln. Aber Gisela meint, für zwanzig Zigaretten könnte sie schon zwei Flaschen Schnaps bekommen. Vielleicht sogar drei.

Und wie bestellt hat es jetzt auch aufgehört zu regnen. Frisch geputzt schauen die Häuser aus, die hier keine Bombenschäden aufweisen; an den Bäumen sieht man schon kleine hellgrüne Blättchen.

»Da … der Alte mit den ausgelatschten Schuhen …«

Gisela hat wieder mal den richtigen Instinkt. Der ältere Mann ist auf der Suche nach festen Winterstiefeln und hat zwei Flaschen Schnaps zu bieten. Angeblich aus Wehrmachtsbeständen. Hilde taxiert, dass höchstens ein halber Liter drin sein kann, vielleicht sogar weniger, es sind auf keinen Fall die Originalflaschen. Aber immerhin …

Der Handel zieht sich in die Länge, weil Hilde feilscht wie eine Marktfrau. Fünf für jede. Sechs. Nix zehn. Sieben. Mehr als sieben geht gar nicht. Wo sie nicht mal weiß, was da überhaupt drin ist.

»Jetzt beeil dich mal …«, flüstert Gisela ihr zu. »Da hinten kommen zwei Amis …«

Auch der Mann mit den ausgelatschten Stiefeln hat es jetzt eilig. Gut. Sieben für jede. Macht vierzehn. Ob sie wisse, wo er ein Paar gute Stiefel herbekäme. Hilde denkt an die Zukunft und sagt, er könne bei Gelegenheit mal im Café Engel vorbeischauen. Da würde immer mal Schnaps gebraucht. Und dann ist es schon zu spät.

»Let me have a look! Where did you get this?«

Zwei amerikanische Soldaten stehen vor ihnen, der eine nimmt ihr die gerade erworbene Schnapsflasche aus der Hand, die andere will Gisela in ihrer Jacke verschwinden lassen, doch sie ist leider nicht schnell genug.

»You have more?«

»Wir haben nichts. Das ist unser Schnaps. Geben Sie den wieder her!«

Hildes Zorn trifft auf kalten Gleichmut. Plötzlich ist um sie herum ein leerer Raum entstanden, die Händler bringen sich und ihre Waren in Sicherheit. Die Amerikaner betrachten die Flaschen, schütteln sie, einer zieht den Korken heraus und riecht daran. Nickt zufrieden. Verkorkt die Flasche wieder.

»Schwarzmarkt is forbidden. You know this. Verboten. Mitkommen.«

»Aber wir haben nichts Böses getan!«

»Mitkommen …«

Gisela schiebt ihr Fahrrad, Hilde läuft neben ihr her. Sie werden aus sicherer Entfernung mitleidig oder auch schadenfroh beobachtet, die Ersten sind schon wieder bei ihren Geschäften, denn die Gefahr ist vorüber. Die Amis haben ihre Opfer und trollen sich.

»Was machen die jetzt mit uns?«, flüstert Hilde der Freundin zu.

Gisela zuckt die Schultern. Es ist das erste Mal, dass sie von den Amis auf dem Schwarzmarkt geschnappt wird.

»Nicht viel«, murmelt sie. »Höchstens, dass sie uns für eine Nacht einsperren …«

Hilde denkt an ihre Mutter, die von alledem keine Ahnung hat und vermutlich das Schlimmste annehmen wird, wenn Hilde um sechs nicht im Café Engel ist. Vergewaltigt. Verschleppt. Totgeschlagen. O Gott – Mama wird durchdrehen!

»Vielleicht erschießen sie uns ja auch …«, fügt Gisela hinzu und grinst albern.

Hilde hat wenig Sinn für Galgenhumor. Sie hat fünf silberne Löffel und fünf Gabeln aus dem Bestand des Cafés verhandelt und nichts dafür bekommen. Und dazu gibt es jetzt noch jede Menge Ärger. Sie bewegen sich in Richtung Rheinstraße, überall bleiben Leute stehen und starren sie an, ganz sicher sind Bekannte darunter. Wie peinlich das ist. Sie werden wie Verbrecherinnen durch die Straße geführt. Auf der anderen Seite kann es ja sein, dass Mama auf diese Weise erfährt, wo sie die Nacht über geblieben sind. Dann wird sie sich zwar aufregen, aber sie muss nicht befürchten, dass die Tochter erschlagen auf irgendeinem Trümmergrundstück liegt …

Oben, wo die Langgasse in die Rheinstraße mündet, steht ein Armeefahrzeug. Vermutlich müssen sie da hineinsteigen. Jetzt ist Gisela in Schwierigkeiten, denn sie wird ihr Fahrrad nicht mitnehmen dürfen. Wenn sie es aber hier stehen lässt, kann sie sicher sein, das gute Stück nie im Leben wiederzusehen …

»Schau, ob du irgendjemanden siehst, dem ich mein Rad anvertrauen könnte«, fleht Gisela Hilde an.

Hilde schaut sich die Augen aus, aber gerade jetzt ist kein Bekannter zu entdecken. Dafür bleiben die amerikanischen Soldaten plötzlich stehen und grüßen zwei Offiziere, die vorübergehen. Hilde vernimmt eine Stimme, die ihr bekannt vorkommt. Hell, aber sehr energisch. Ein kurzes Lachen.

»Fräulein Koch … nicht wahr?«

O mein Gott! Das wird ja immer peinlicher. Jetzt steht dieser nette Officer vor ihr, der vor einigen Wochen die Einquartierung verhindert hat. Wie hieß er doch?

»Ja …«, stottert sie herum. »Was für ein Zufall … Ich hoffe, es geht Ihnen gut …«

Schmunzelt er? Nein, er schaut streng. Irgendetwas ist an diesem Menschen, dass man nie genau weiß, was in ihm vorgeht.

»Sie erinnern sich nicht?«

»Doch, doch … Natürlich … Sie … sie kennen Eduard Graff, den Schauspieler …«

»Richtig«, sagt er und wendet sich ab, um mit seinem Kollegen und den Soldaten zu reden. Natürlich auf Englisch, man versteht kein Wort.

»Kennst du den etwa?«, flüstert Gisela.

»Ja …«, haucht Hilde.

Gisela umklammert das Lenkrad ihres Fahrrads. Beide stehen und warten, versuchen zu verstehen, was da verhandelt wird. Neugierige Passanten zeigen mit den Fingern auf sie, schütteln die Köpfe. Hilde hat das Gefühl, an einem mittelalterlichen Schandpfahl zu stehen. Und das alles wegen läppischen zwei Flaschen selbst gebranntem Fusel. Wie hat sie nur so dumm sein können!

Jetzt dreht sich der Offizier wieder zu ihnen. Er mustert sie kurz, dann gibt er die Order: »Sie können gehen.«

Hilde schaut ihn groß an und kann es kaum glauben, Gisela schiebt schon mal ihr Fahrrad aus der Gefahrenzone. Der Offizier nickt Hilde kurz zu, dann geht er mit seinem Kollegen weiter. Die Soldaten folgen ihnen.

»Unseren Schnaps haben sie einkassiert«, ärgert sich Hilde, als sie in sicherer Entfernung sind. »Na dann Prost!«

»Aber süß ist der …«, schwärmt Gisela.

»Der Schnaps?«

»Quatsch. Der Officer. Schaut so bierernst drein. Aber in Wirklichkeit ist er ein ganz heißer Typ …«

»Tatsächlich?«, murmelt Hilde.

»Und er steht auf dich …«, fährt Gisela fort.

Hilde hört gar nicht zu. Sie grübelt darüber nach, was sie ihrer Mutter erzählen wird. Die weiß vielleicht schon Bescheid, weil irgendein Bekannter oder Nachbar es ihr gesteckt hat. Verflixt nochmal – es wird wohl am besten sein, die Wahrheit zu sagen.

LUISA

Rostock, Februar 1945

Es ist dunkel und kalt, durch die Öffnung der Unterführung dringt das letzte, spärliche Abendlicht ins Innere des Ganges. Es erreicht sie nicht. Nichts kann sie mehr erreichen.

»Sie können hier nicht bleiben!«

Sie antwortet ihm nicht. Streichelt liebevoll die Wange ihrer Mutter, zieht ihr das wollene Kopftuch fest, fasst ihre eiskalten Hände und versucht, sie zu wärmen.

»Sie werden erfrieren, Fräulein. Bitte, kommen Sie …«

Warum belästigt dieser Mann sie? Weiß er nicht, dass sie sich um ihre Mutter kümmern muss? Annemarie ist hilflos ohne die Tochter. Sie muss auf sie aufpassen, sie nach Westen bringen, dorthin, wo die Russen ihr nichts tun können …

Sie hört einen tiefen, ärgerlichen Seufzer neben sich. Es kümmert sie nicht. Die Sorgen dieses jungen Mannes gehen sie nichts an. Ihre einzige Sorge gilt …

»Jetzt seien Sie doch vernünftig! Sie können Ihrer Mutter nicht mehr helfen. Aber Ihre Mutter hätte gewiss nicht gewollt, dass Sie hier neben ihr erfrieren!«

Ein Schmerz will in sie eindringen, ein tödlicher Pfeil versucht, ihre Brust zu durchschlagen. Aber sie wehrt ihn ab, um sie herum ist ein Panzer aus Eis, nichts kann ihn zerstören. Mama muss ein wenig ausruhen, das ist alles. Sie schläft ganz ruhig, ihre Züge sind entspannt. Sie wird sie ein paar Minuten schlafen lassen, damit sie neue Kräfte sammeln kann. Danach werden sie beide hinüber in die Stadt gehen und ein warmes Zimmer finden. Etwas zu essen. Ein heißes Getränk.

»Es ist gleich dunkel, dann finden wir den Weg nicht mehr. Kommen Sie jetzt mit mir! Verdammt noch mal, warum sind Sie so stur? Ihre Mutter ist tot!«

Der Pfeil durchzuckt sie, sie bäumt sich auf und schreit ihn an: »Nein! Sie ist nicht tot! Mama ist nicht tot! Nicht … tot …«

Ihr Verzweiflungsschrei geht in Schluchzen über. Sie wirft sich auf den Körper ihrer Mutter, umschlingt ihn weinend. Da spürt sie es. Die Leblosigkeit. Noch nicht starr, aber ohne Puls, ohne Atem. Der Tod hat ihre Mutter längst in seine Arme genommen und ihre Seele davongetragen. Was hier noch liegt, ist die leere Hülle.

»Es ist gut«, flüstert jemand an ihrem Ohr. »Alles ist gut. Sie ist daheim. Dort, wo es kein Leid und kein Unglück mehr gibt. Kommen Sie jetzt mit mir. Bitte!«

Jemand fasst sie an den Schultern und zieht sie von der Toten weg, stützt sie, als sie versucht aufzustehen und bemerkt, dass ihre Beine fast taub sind. Hält sie eine Weile fest in den Armen und redet davon, dass sie jetzt rasch gehen müssen, die Stadt wird verdunkelt wegen der Fliegerangriffe, in einigen Minuten ist draußen nur noch rabenschwarze Nacht.

»Komm. Ich stütze dich. Sei ein mutiges Mädel. Wir schaffen es zusammen …«

Undeutlich sieht sie sein Gesicht, die helle Augenbinde, den Mund, der ihr unaufhörlich Zuspruch gibt. Vorsichtig gehen. Da kommt ein steiles Stück, es ist vereist, sie soll sich an ihm festhalten. Jetzt geht es besser. Dort drüben liegt Rostock. Es ist nicht mehr weit. Da sind schon die ersten Häuser. Sie soll auf keinen Fall seine Hand loslassen …

Sie stapft durch den Schnee und spürt ihre Füße kaum. Es ist, als würde sie schweben, in ihren Ohren pfeift es, ein paarmal sacken ihr die Beine weg. Dann ist er da, hält sie fest, damit sie nicht in den Schnee fällt. Nimmt sie sogar auf die Arme und trägt sie ein Stück, bis sie mit dünner Stimme sagt: »Es geht schon wieder.« Dann setzt er sie vorsichtig ab, wartet einen Moment und schlingt den Arm um ihre Taille, während sie weitergehen. Nach einer Weile kommt ihr Puls in Fahrt, die Kraft kehrt zurück, dafür stellt sich ein stechender Schmerz in den gefrorenen Füßen ein. Sie muss die Zähne zusammenbeißen, um nicht zu stöhnen. Weitergehen. Nicht stehen bleiben. Die weiße Schneedecke, die das Licht noch gehalten hatte, wird erschreckend schnell grau, verliert sich in der einfallenden Dunkelheit. Die ersten Häuser – dunkle formlose Schatten, die vor ihnen auftauchen – stellen sich als zerbombte Bahnhofsgebäude heraus. Hier ist kein Ort, an dem man eine Winternacht verbringen könnte, nur Steinhaufen, zerborstene Stahlträger, gebrochene Balken.

»Drüben steht ein Waggon«, sagt sie. »Vielleicht ist er ja offen.«

Sie ist im Vorteil, kann besser sehen als er, der durch die Verletzung behindert ist.

»Besser nicht«, sagt er. »Wenn sie Bomben werfen, dann immer auf den Bahnhof. Noch ein paar Schritte. Wir schaffen es. Es müssen doch Häuser in der Nähe sein …«

Sie sehen kaum noch etwas in der Finsternis, spüren einen gepflasterten Weg unter den Füßen, der vom Schnee geräumt wurde. Schleppen sich mit letzten Kräften voran, nur nicht stehen bleiben, einfach immer weitergehen, nicht aus dem Rhythmus kommen, sonst ist es aus.

»Ich kann nicht mehr!«

Er sieht ein, dass sie am Ende ist. Sie zittert vor Entkräftung, und er ist jetzt auch zu erschöpft, um sie zu tragen, hat schon mit seinem Rucksack Mühe.

»Da drüben … da ist doch was, oder?«

»Warte hier … Ich bin gleich wieder bei dir.«

Er verschwindet in der Nacht, und sie bleibt allein zurück. Kämpft gegen den verzweifelten Wunsch, sich einfach auf den Boden zu setzen und einzuschlafen. Nie wieder aufzuwachen.

Den Pfeil nicht mehr zu fühlen, der ihr in der Brust steckt. Den Todespfeil. Mama ist tot. Es ist ihre Schuld. Sie hat nicht auf sie aufgepasst … Wer war das, wer hat gesagt, dass sie das tun müsse? Der alte Medizinalrat Greiner. Der sie so liebevoll in den Arm genommen hat und dann so eilig davonlief.

»Ich hab etwas gefunden«, sagt jemand. »Für ein paar Stunden muss es gehen. Ganz vorsichtig. Hier liegt Schutt herum. Nimm meine Hand …«

Sie steigt über verschneites Geröll, bleibt mit dem Fuß an einem Hindernis hängen, wäre gestürzt, wenn er sie nicht hielte. Dann ertastet sie eine Tür, die in den Angeln knirscht, als er sie öffnet.

»Warte …«

Ein Lichtlein flammt auf, er hat ein Feuerzeug angezündet und leuchtet in die Runde, schaut in die Höhe, löscht das Licht wieder. Sie befinden sich in einem kleinen Zimmer, zwei Fenster mit zerbrochenen Glasscheiben, überall zerschlagene Möbel, ein kleiner Kanonenofen … Die Balkendecke über ihnen scheint aber intakt zu sein.

»Ich versuche, ein Feuer zu machen … Wenn du trockenes Holz auf dem Boden findest, gib es mir bitte …«

Die Aussicht auf Ofenwärme weckt neue Kräfte. Wie seltsam, denkt sie, während sie mit den Händen vorsichtig über den Boden tastet. Ich weiß nicht einmal seinen Namen, aber wir duzen uns.

»Hier ist auch Papier … Und hier noch mehr Holz …«

Ein kleines Viereck leuchtet vor ihr, es knistert, flackert, ein stechender Geruch verbreitet sich. Das Feuer brennt, sie hält die kältestarren Finger vor den Ofen, spürt die Wärme, zittert am ganzen Körper.

»Der Abzug funktioniert nicht gut, wahrscheinlich ist der Schlot verstopft«, meint er. »Aber wir werden sicher nicht am Rauch ersticken bei zwei offenen Fenstern …«

Im flackernden Ofenschein kann sie sehen, dass er lächelt. Abenteuerlich schaut er aus, das Gesicht gerötet und voller Ruß, auch die Augenbinde ist fleckig, das dunkelblonde, glatte Haar hängt in Strähnen über der Stirn.

»Wie heißt du eigentlich?«

»Friedrich Bogner … wenn du magst, kannst du auch Fritz zu mir sagen. Und du heißt Luisa, nicht wahr?«

Er hat gehört, wie ihre Mutter sie so nannte. Heute Nachmittag im Zug. Als Mama noch lebte …

»Es ist so schrecklich, dass sie nun ganz allein dort unten liegt …«

Er schiebt ein Stück Holz nach und muss einen Moment lang nachdenken, bevor er antwortet.

»Sie ist nicht allein, Luisa. Deine Mutter ist nie wieder allein. Weil sie jetzt mit all denen zusammen ist, die sie geliebt hat und die ihr vorausgegangen sind …«

Luisa nickt und wischt sich mit dem Handrücken über die nassen Wangen. Denkt zu spät daran, dass ihr Gesicht jetzt dreckverschmiert ist, aber es ist ja auch egal.

»Morgen suchen wir uns Helfer«, verspricht er. »Dann holen wir sie, damit sie ein christliches Begräbnis bekommt. Möchtest du das, Luisa?«

»Ja«, flüstert sie.

»Fritz?«, fragt sie gleich darauf. »Warum tust du das alles für uns?«

Er steht auf, geht zu den Fenstern und stellt einige der herumliegenden Bretter davor. Dann kniet er wieder vor dem Ofen und füttert ihn mit Holz. Wenn sie Kohle hätten, die würde länger halten. Aber auch so ist es wundervoll, die Ofenwärme zu spüren. Sie zieht durch die Finger in den Körper hinein, lässt das Blut in den Adern kreisen, bringt das Leben zurück.

»Warum?«, sagt er nach einer Weile und zuckt die Schultern. »Weiß nicht. Einfach so.«

»Du hast mir das Leben gerettet. Ich … ich bin dir unendlich dankbar …«

Ihr Gefühlsausbruch ist ihm unangenehm. Er tastet auf dem Boden herum und findet einen Topf, hält ihn in den Feuerschein und reicht ihn ihr.

»Willst du ihn mit Schnee füllen? Dann hätten wir heißes Wasser. Ist fast so gut wie heißer Tee. Ich hab noch Kekse und einen Rest Brot im Rucksack.«

Sie kochen sich Topftee und trinken abwechselnd, teilen Brot und Kekse brüderlich, finden, dass der Tee mindestens so gut wie echter Ceylontee schmeckt. Später bauen sie sich ein »Nest« im Schutt, dicht neben dem Ofen, der nun langsam erkaltet, weil er nicht mehr gefüttert wird. Sie schlafen eng aneinandergeschmiegt, wärmen sich gegenseitig, halten einander fest. So wie Hänsel und Gretel, die sich im finsteren Wald verirrt haben, wo ringsum wilde Tiere und böse Geister auf sie warten.

Die wohlbekannte Sirene weckt sie aus tiefem Schlaf. Wellenförmig heult sie in den fahlen Morgen hinein, verkündet den nahenden Tod allen jenen, die nicht rechtzeitig Zuflucht suchen. Sie wissen beide, dass sie keine Chance haben, einen schützenden Keller zu finden, und so bleiben sie einfach liegen, starren in die bläuliche Morgendämmerung, die durch die Fenster in den Raum dringt. Es muss einmal ein Wohnzimmer gewesen sein, an einigen Stellen sieht man noch die Tapeten, Blütenranken und kleine Vögel. Plünderer haben alles durchwühlt, Tisch und Stühle zerschlagen, weggeschleppt, was noch von Wert sein könnte. Der alte Ofen war ihnen wohl zu schwer, sonst hätten sie ihn auch mitgenommen.

»Schau!«, sagt Fritz und zeigt mit dem Finger nach oben. »Besser, wir gehen hier raus.«

Jetzt sieht sie es auch. Der Balken, der die Decke trägt, ist eingeknickt, hängt nur noch an einigen Splittern fest, ein Wunder, dass sie in der Nacht nicht von der einstürzenden Decke begraben wurden. Die Sirenen heulen ohne Unterlass. Sie stehen auf, klopfen den Staub aus den Kleidern, verabschieden sich von dem kleinen Ofen, der sie so freundlich gewärmt hat.

Draußen empfängt sie eisiger Wind, Luisa verliert fast ihr Kopftuch. Am grauen Himmel das schwarze Geschwader, man kann die Geschosse sehen, die sie abwerfen, hört das Pfeifen, den dumpfen Einschlag, spürt die Erde beben. Dazwischen immer noch die warnende Sirene, unentwegt verkündet sie ihr Lied von Sterben und Tod, die nervenzerfetzende Begleitmusik der Zerstörung. Fritz hatte recht, drüben bei den Gleisen schlägt es ein, die Erschütterung ist so heftig, dass auch die Ruinen ringsum in Mitleidenschaft gezogen werden. Sie retten sich über Schuttberge hinüber auf die Straße, als hinter ihnen der kleine Raum, in dem sie die Nacht über Schutz gefunden haben, krachend in sich zusammenfällt. Der Angriff will nicht aufhören, es kommen immer neue Flieger, werfen ihre schwarze Todesfracht über der wehrlosen Stadt ab. Fritz und Luisa laufen die Straße entlang, finden ein Trümmergrundstück und hocken sich dort zwischen den Schutt. Wenn in unmittelbarer Nähe ein Einschlag zu spüren ist, umschlingen sie einander, warten auf das Ende, fest entschlossen, dem Tod zu zweit entgegenzutreten.

Aber der Kriegstod, der heute so prächtige Beute in der Stadt Rostock gemacht hat, verschmäht das zusammengekauerte Paar, lässt die beiden gnädig am Leben und wendet sich anderen Opfern zu.

»Es ist vorbei.«

Die Sirene verkündet Entwarnung. Ein lang gezogener Ton, der die Überlebenden auffordert, aus der Deckung zu kommen, die Schäden zu beseitigen, die Toten zu begraben. Luisa und Fritz gehen langsam den Weg zur Stadt, an leeren Grundstücken und Ruinen vorbei, bis sie endlich auf intakte Gebäude treffen. Eine Backsteinkirche, der Turm steht noch, das Langhaus hat einen Treffer abbekommen. Daneben ein paar kleine Häuser, dort stehen Menschen, die gerade aus der Krypta der Kirche gestiegen sind, wo sie vor den Bomben Schutz gesucht haben.

Der Pfarrer ist darunter, ein weißhaariger, schmaler Mensch mit Brille, auch seine Frau, die das junge Paar mitleidig betrachtet.

»Sucht ihr ein Nachtlager? Das Pfarrhaus ist voller Flüchtlinge, aber wir finden schon noch ein Plätzchen für euch.«

Sie sind gerührt und bedanken sich. Also gibt es in all dem Elend noch Menschen, die zur Hilfe bereit sind, auch wenn sie selbst Not leiden. Im Pfarrhaus wird ihnen ein Teil des Dachbodens zugewiesen, eine Ecke, die man mit auf Wäscheleinen hängenden Tüchern abgetrennt hat. Eine Matratze liegt auf dem Boden, zwei Wolldecken, ein Kopfkissen. Unten gibt es ein Badezimmer, die Notdurft muss auf einem Eimer mit Deckel verrichtet und hinuntergetragen werden.

Die Pfarrfrau nimmt selbstverständlich an, dass sie ein Ehepaar sind, und sie lassen sie in diesem Glauben. Sie haben keine unkeuschen Gedanken, sie sind Kriegsgeschwister, sie gehören zusammen, weil das Schicksal sie verbunden hat.

»Stört es dich, wenn ich mich wasche?«, fragt Fritz.

Er hat eine Schüssel mit warmem Wasser geholt, dazu einen Waschlappen und ein Tuch, das als Handtuch benutzt werden kann.

»Überhaupt nicht … Ich wasche mich nachher …«

Während er sich auszieht und mit dem Waschlappen abrubbelt, liegt sie auf der Matratze, schaut den nackten jungen Menschen gar nicht an, sondern schläft erschöpft ein. Später bringt er ihr frisches Waschwasser und geht gleich wieder fort, damit sie sich unbeobachtet ausziehen kann. Er will mit dem Pfarrer reden, erklärt er.

»Danke … Ich komme herunter, sobald ich fertig bin.«

Sie weiß natürlich, worüber Fritz mit dem Geistlichen sprechen will, und sie beeilt sich mit der Reinigung, denn eigentlich ist es ihre Sache. Es kann nicht angehen, dass Fritz von jetzt an alles für sie regelt, das will sie nicht, und das kann sie auch nicht von ihm verlangen. Aber als sie fertig ist und endlich die »Amtsstube« des Pfarrers findet, hat Fritz schon die wichtigsten Dinge mit ihm besprochen.

»Wir holen sie noch heute, Luisa. Ein Bekannter von Pfarrer Klein und ich. Sie wird in der Kirche aufgebahrt und später gemeinsam mit anderen, die heute Nacht sterben mussten, beerdigt.«

»Ich gehe mit.«

Fritz und der Pfarrer sehen sich an, es gefällt ihnen nicht. Aber Luisa ist nicht von ihrem Entschluss abzubringen. Sie will ihre Mutter auf dem letzten Weg begleiten, sie muss bei ihr sein, das hat sie versprochen.

Am frühen Nachmittag gehen sie mit einem der Flüchtlinge zusammen los, sie finden Annemarie Koch steif und mit hereingewehtem Schnee bedeckt in der Unterführung, legen sie auf ein mitgebrachtes Tuch und bringen sie in die Kirche. Unten in der Krypta gibt es ein Seitenchörchen, dort sind schon zwei Opfer der Bombennacht aufgebahrt, eine ältere Frau und ein kleines Mädchen. Luisa zupft den Mantel ihrer Mutter zurecht, bindet das Kopftuch neu, zieht ihr die Schuhe an, die ihr unterwegs von den Füßen gefallen sind.

»Ich bleibe hier«, sagt sie zu Fritz, der sie bei der Hand genommen hat. »Ich bleibe bei ihr, bis sie begraben ist.«

Er fügt sich und geht allein nach oben. Als er nach einigen Stunden zurückkehrt, um ihr ein heißes Getränk zu bringen, hat sie schon hohes Fieber. Der ganze Körper schmerzt, der Rücken, die Brust, es sticht ihr etwas immer wieder in die Seite. In ihrem Kopf ist Wirrnis, sie sieht Schneefelder in der Sonne glitzern, dann wieder glaubt sie, im Zug zu sitzen und am ganzen Körper durchgerüttelt zu werden.

»Ich bin so müde«, murmelt sie. »Zum Sterben müde.«

Wie sie hinauf in die abgeteilte Ecke des Dachstuhls gekommen ist, weiß sie später nicht mehr. Sie liegt dort unter zwei Wolldecken und schluckt Kamillentee, den Fritz ihr mit einem Teelöffel eingibt. Er redet leise mit ihr, antwortet geduldig auf ihre Fragen.

»Ist sie schon beerdigt?«

»Morgen …«

»Wie spät ist es jetzt?«

»Kurz vor drei Uhr.«

»Dann ist es bald Abend.«

»Aber nein. Drei Uhr in der Nacht.«

»Warum ist es so heiß?«

»Du hast Fieber.«

Er macht ihr kalte Puls- und Wadenwickel, um das Fieber zu senken, legt ihr ein kühles Tuch auf die glühende Stirn, schläft immer nur für kurze Zeit neben ihr, um gleich wieder die feuchten Kompressen zu wechseln. Irgendwann hört sie wieder die Sirene heulen, sie wird in die Decken gewickelt und die Treppe hinuntergetragen. In der Krypta der Kirche sitzen die Menschen eng beisammen, Frauen und kleine Kinder, alte Männer, einige haben ihre Haustiere mitgenommen, andere tragen einen Rucksack, der das Nötigste enthält: die letzten Wertsachen, Papiere, eine Notration an Lebensmitteln. Die runden Säulen des mittelalterlichen Gewölbes haben schon viel ertragen, manchmal fällt ein Stück Putz von der Wand, aber die Decke hält. In ihren Fieberträumen glaubt Luisa die Säulen im Raum umherwandern zu sehen. Sie bewegen sich schwebend, steigen auf und nieder, schwellen an und werden dünn wie Eisenstäbe. Später liegt sie auf dem Matratzenlager und hört zu, wie ihr Herz unfassbar schnell pumpt, atmet hastig und stoßweise und lächelt in das besorgte Gesicht, das sich immer wieder über sie beugt.

»Trink noch einen Schluck … du musst viel trinken, Luisa …«

»Es geht mir gut … ich fliege … alles ist wunderschön …«

»Flieg nicht zu weit, Luisa. Hörst du? Bleib bei mir.«

Jemand küsst sie auf den Mund. Sie spürt es ganz deutlich. Oder war das nur der Löffel mit dem Kamillentee? Sie wird ruhiger, fällt in einen leichten Schlummer, Bilder ziehen an ihr vorüber, sie sieht die weite Frühlingslandschaft Ostpreußens vor sich, sitzt auf dem Rücken ihrer Stute Flavia, vor ihr reiten Jobst und Oskar.

»Möchtest du mit mir auf den Offiziersball gehen, Luisa?«

Ach, sie hat kein Kleid für einen Ball. Aber Papa wird gewiss den Stoff bezahlen, und Mama wird es für sie nähen. Ein hellblaues Seidenkleid, das passt zu ihrem dunklen Haar. Und dazu Tanzschuhe aus hellblau gefärbtem Leder …

Sie sinkt tiefer in den weichen Schoß des Schlafes, dorthin, wo keine Träume mehr sind, nur noch erlösende, sanfte Dämmerung. Sie sieht den breiten, stillen Strom durch das Tor fließen und drüben im Schattenreich verschwinden. Ohne Angst betrachtet sie das Tor, wendet sich um und kehrt ins Leben zurück.

Kindergeschrei drängt sich in ihr Bewusstsein, scheltende Frauen, jemand hustet. Ein Topf fällt polternd auf die Holzdielen. Eine Stimme jammert um die vergossene Milch. Als sie die Augen öffnet, sieht sie graue Tücher hängen, am Fußende ihrer Matratze steht eine Waschschüssel aus Email, ein Krug mit Wasser, ein zugedeckter Eimer. Sie hat noch etwas Kopfschmerzen, und ihr Rücken tut vom langen Liegen weh, aber sie kann sich aufsetzen und sogar tief durchatmen. Sie fühlt sich gesund. Neben der Matratze steht ein Schemel, darauf ein Becher und ein Teller. Kamillentee und ein Stück Brot mit Rübensirup. Sie hat Hunger, isst gierig das Brot, muss ordentlich kauen, weil es schon hart ist, der Sirup angetrocknet. Sie spült alles mit lauwarmem Tee hinunter und will sich aufatmend auf die Matratze zurückfallen lassen. Da erst entdeckt sie das zusammengefaltete Stück Papier, das mit einer Ecke unter dem Teller klemmt.

Plötzlich begreift sie, dass er fort ist. Ihr Kriegsbruder Fritz ist nicht mehr bei ihr. Sie ist allein. Langsam bewegt sich ihre Hand zu dem Papier, zieht es unter dem Teller hervor, entfaltet es.

Liebe Luisa,
ich bin auf dem Weg zu meinen Eltern. Was danach sein wird, weiß ich nicht, der Krieg ist ja noch nicht zu Ende, die Wehrmacht braucht jeden Mann. Ich werde oft an Dich denken, Luisa. Vielleicht fügt es das Schicksal, und wir sehen einander wieder. Meine Eltern leben in einem kleinen Dorf im Taunus, es heißt Lenzhahn. Nicht weit von Frankfurt am Main. Wenn Dich Dein Weg in diese Gegend führt, dann kehre dort ein, Du wirst jederzeit willkommen sein.
Sei noch einmal umarmt, liebe Luisa. Ich bin sehr froh, Dir begegnet zu sein, denn Du bist ein ganz besonderer Mensch.
Ich wünsche Dir alles Glück dieser Erde
Dein Freund
Fritz Bogner

JULIA

Wiesbaden, Juni 1945

»Du kannst dich doch nicht ewig hier verkriechen! Die Sonne scheint. Zieh dir etwas Hübsches an. Wir gehen spazieren!«

Julia schaut Addi über den Rand ihrer Brille hinweg vorwurfsvoll an. Für einen Moment lässt sie das Kleid, an dem sie gerade näht, sinken, um aus dem Fenster zu sehen. Tatsächlich – in den weißen Tüllgardinen spielen goldene Sonnenstrahlen. Es ist Sommer – im Kurpark blühen die Wiesen, das Unkraut wuchert bunt in den Anlagen, und die Kinder in den Straßen und Höfen kauen amerikanischen Kaugummi.

Aber Julia, die vor ein paar Monaten so todesmutig durch den Schutt hinüber zum Theater ging, ist jetzt, da sie frei von Verfolgung ist, schon tagelang nicht mehr aus dem Haus gegangen. Die Einkäufe lässt sie von Addi erledigen; die Bekannten, für die sie näht, kommen zu ihr hinauf; nur zu wichtigen Behördengängen verlässt sie ihre sichere Zuflucht. Wenn sie durch die Straßen der Stadt geht, ist ihr Schritt hastig, wie gehetzt, und sie schaut sich häufig um, als hätte sie Sorge, verfolgt zu werden. Julia Wemhöner hat Angst vor der Freiheit, sie hat zu lange als Schatten in der Abstellkammer gehaust, um schon wieder ein Wesen aus Fleisch und Blut zu sein. »Ich hab noch so viel zu tun, Addi«, sagt sie und wendet sich wieder dem Kinderkleidchen zu, das sie aus einem alten Sommerrock der Mutter genäht hat. Tatsächlich bezahlen ihr die Leute inzwischen Geld für ihre Arbeit, einige bringen auch hübsche Dinge mit wie Blumenvasen, Bilderrahmen oder Blechdosen, andere bedanken sich überschwänglich und loben ihre edle Hilfsbereitschaft.

»Nähen kannst du, wenn's regnet«, beharrt er. »Aber wenn draußen solches Prinzessinnenwetter ist, da musst du an die frische Luft gehen. Bist immer noch ganz blass, und Augenringe hast du auch von der vielen Stichelei!«

»Morgen … ich muss das Kleidchen noch fertig machen, Addi. Das habe ich fest versprochen …«

Natürlich sieht sie sein enttäuschtes Gesicht, und es tut ihr weh. Der Addi ist so ein lieber Kerl, er meint es ja gut mit ihr. Auch wenn er ihr manchmal auf die Nerven geht mit seiner polternden Art.

»Ich wäre dir sehr dankbar, wenn du diese beiden Bilder für mich aufhängen könntest«, sagt sie und lächelt ihn bittend an.

Er lässt die Gardine mit einem Seufzer wieder zufallen, nimmt die gerahmten Fotografien in die Hand, prüft die Aufhängungsvorrichtungen. Dann verschwindet er in seiner Wohnung drüben, und sie hört ihn im Werkzeugkasten herumwühlen. Laut ist er. Ja, das ist es vielleicht, was sie am meisten an ihm stört. Alles was er tut, macht Lärm. Dabei hat sie sich während der vergangenen Jahre doch so sehr daran gewöhnt, leise wie ein Mäuschen zu sein.

Addi nimmt seine Aufgabe sehr ernst, zumal er bemerkt hat, dass es sich um die Fotografien ihrer Eltern handelt. Mit dem Zollstock nimmt er Maß, fragt mindestens fünfmal, ob der Abstand ihr so recht ist oder ob der Vater noch ein bisschen weiter links hängen sollte. Schließlich ist die Sache zu ihrer Zufriedenheit erledigt, sie bedankt sich und fragt rasch, ob er für sie beide vielleicht Tee machen könnte.

»Ich weiß schon, dass du mich nur ablenken willst«, meint er und blinzelt sie auf komische Art an. »Aber ich kriege dich. Früher oder später musst du aus deinem Kokon herauskriechen, Madame Butterfly!«

Sie kichert und findet, dass er manchmal ganz witzig ist. Da klingelt es an ihrer Wohnungstür, und Addi packt rasch Hammer und Zollstock, um damit zu verschwinden. Nicht, dass er sie in Verruf bringt. Die Tapetentür, die ihre Wohnungen verbindet, gibt es immer noch, und beide benutzen sie, wie sie es seit Jahren gewöhnt sind. Einmal hat Addi sie gefragt, ob er die Tür besser zunageln sollte, aber das wollte sie nicht.

»Ach nein. Das wäre doch sehr unpraktisch, oder?«

»Na schön. Aber wenn es dich mal stört, sag mir Bescheid.«

Vor der Wohnungstür steht Marianne Storbeck mit einer leeren Tasse in der Hand. Ob das Fräulein Wemhöner vielleicht einen Schluck Milch und ein Löffelchen Mehl übrig hätte.

»Der Wilfried, der sitzt ja nur in der Küche und starrt vor sich hin. Fällt ganz vom Fleisch, der Mann. Da dacht ich, ich mach ihm einen Pfannkuchen …«

Julia Wemhöner weiß, dass die Storbecks in der Partei gewesen sind. Dass der Storbeck Leute angezeigt hat. Auch Juden, die sich irgendwo versteckt hatten und die dann abgeholt wurden. Sie hat also keinerlei Veranlassung, ausgerechnet Marianne Storbeck mit Mehl und Milch auszuhelfen. Auf der anderen Seite tut die Frau ihr leid. Sie scheint täglich kleiner zu werden, das Gesicht faltiger, das ehemals braun gefärbte Haar ist jetzt am Ansatz grau, der Rest hat einen seltsam rostroten Ton angenommen. Und dann der jammervolle Blick …

»Kommen Sie rein, ich schau mal nach …«

In der Küche gießt sie Milch in die Tasse und füllt ein wenig Mehl in eine leere Tüte. Marianne Storbeck ist im Wohnzimmer geblieben und bewundert die Einrichtung. Die schönen Vorhänge. Und all die Bilder an den Wänden, wahre Kostbarkeiten.

»Uns ist ja nichts geblieben, wir haben gerade mal das nackte Leben retten können in der Bombennacht. Ein kleines Foto meiner Schwiegermutter hab ich im Schutt später noch gefunden …«

Julia steht vor ihr mit Tasse und Tüte, aber Marianne redet immer weiter.

»Von heute auf morgen alles verloren, stellen Sie sich das einmal vor, Fräulein Wemhöner. Und dann die Entlassung. Jahrelang hat der Wilfried seine Pflicht erfüllt, ist treu und brav jeden Morgen ins Rathaus gegangen, hat sich abgerackert für die Stadt Wiesbaden. Und das ist nun der Dank …«

Die Amerikaner sind damit beschäftigt, die Einwohner der Stadt zu »entnazifizieren«. Jeder Einwohner muss einen langen Fragebogen ausfüllen und wird danach eingestuft in »Hauptschuldige«, »Minderbelastet«, »Mitläufer« und »Entlastet«. Ämter und Behörden haben sie als Erstes durchkämmt, und natürlich hat es »boshafte Verleumdungen« gegeben. Wilfried Storbeck war einer der Ersten, die ihren Posten verloren.

»Tja«, sagt Julia verlegen. »Es sind harte Zeiten … für uns alle …«

Marianne nickt und wischt sich eine Träne von der Wange. Julia hält ihr die Tasse vor die Nase.

»Bitte schön …«, drängelt sie.

Wenn diese Heulsuse doch endlich gehen würde. Sie tut ihr ja leid, aber lästig ist sie trotzdem. Sehr lästig.

»Sie sind ein guter Mensch, Fräulein Wemhöner … Wenn Sie noch ein Ei hätten …«

»Ein Ei?«

Marianne nickt eifrig und erklärt ihr, dass in einen Pfannkuchen mindestens ein Ei gehöre. Früher habe sie ja immer drei Eier genommen, aber das seien halt goldene Friedenszeiten gewesen. Jetzt müsse es halt ein einziges Ei tun. Ein ganz kleines Hühnerei, ob Julia vielleicht eines entbehren könne …

Marianne steht immer noch auf der gleichen Stelle. Julia wird der Arm steif, sie muss die Tasse mit der Milch sinken lassen.

»Ich schau mal«, sagt sie und geht mit Tasse und Tüte wieder in die Küche. Oben auf dem Küchenschrank liegen noch drei Eier. Eines ist für Addi morgen zum Frühstück. Die anderen beiden wollte sie eigentlich der Else Koch geben. Weil die doch immer Kuchen für das Café Engel backt und dafür Eier und Mehl braucht. Julia legt das kleinste Ei in die Mehltüte und kehrt ins Wohnzimmer zurück.

»Ich hab noch eines gefunden. Da wünsche ich gutes Gelingen …«

Marianne ist selig, erklärt dreimal, sie sei ein Engel. Wenn Julia einmal etwas benötige, dann solle sie nur bei ihnen klingeln. Auf gute Nachbarschaft, nicht wahr?

Als sie endlich draußen ist, fällt Julia ein, dass sie ihr wenigstens die Lebensmittelmarke für das Ei hätte geben können. Aber sie mag der Marianne Storbeck nicht im Treppenhaus nachlaufen, da soll sie das Ei eben für ihren Wilfried in die Pfanne hauen. Sie setzt sich wieder an ihre Näharbeit, aber weil sie sich über sich selbst ärgert, kann sie sich nicht auf die Arbeit konzentrieren. Stattdessen geht sie zum Fenster und schiebt die Gardine beiseite. Wie seltsam, dass über den Ruinen des Kurhauses und dem schwer beschädigten Theater solch ein strahlender Sommerhimmel hängt. Dass die Sonne über den Ruinen lacht, als ginge sie das alles nichts an. Kinder spielen im Schutt, bewerfen sich mit Steinen, flitzen über die Wiesen, die einmal gepflegte Rasenflächen gewesen sind. Weiter drüben in der Wilhelmstraße sind Frauen und ältere Männer damit beschäftigt, den Schutt wegzuräumen. Die Männer schaufeln den Dreck in Eimer, die Frauen haben eine Kette gebildet und reichen die Eimer weiter, bis die Letzte sie auf der Ladefläche eines Lastwagens auskippt. Auch Else Koch und die Künzel haben mitarbeiten müssen, Jeder, der bei der Befragung angegeben hat, dass er in der Partei war, hat solche Arbeitsstunden aufgebrummt bekommen. Der Teubert, der Luftschutzwart gewesen ist, hat einfach gelogen und ist damit durchgekommen. Jetzt arbeitet er in einem der amerikanischen Casinos in der Küche, und seine Frau kocht Gulasch aus amerikanischem Dosenfleisch.

»So ist das eben«, hat der Addi missgünstig gesagt. »Du kannst es drehen, wie du willst – es sind immer die gleichen Fettaugen, die oben schwimmen.«

Julia hat auf einmal das Gefühl, dass ihr Wohnzimmer sehr eng und stickig ist. Vielleicht sollte sie das Fenster öffnen, etwas Luft hereinlassen. Und Sonne. Sie schiebt den Vorhang beiseite und hat dabei immer noch das Gefühl, etwas Lebensgefährliches, streng Verbotenes zu tun. Sich nicht am Fenster zeigen. Ihr rotes Haar würde sie sofort verraten …

Jetzt nicht mehr, denkt sie. Es ist vorbei. Hitler ist tot. Ich habe einen neuen Pass, ich bin wieder Julia Wemhöner. Ich muss mich nicht verstecken, ich kann aufrecht und frei durch die Straßen der Stadt gehen.

Seltsamerweise hat sie aber keine Lust dazu. Vielleicht liegt es daran, dass es das alte Wiesbaden nicht mehr gibt. Das Theater steht immer noch leer, die Kolonaden liegen in Trümmern, der Kurpark, den sie früher so liebte, ist verwildert, weil niemand sich darum kümmert. Und überall laufen diese amerikanischen Soldaten herum. Sie beugt sich ein wenig aus dem Fenster, damit sie die Wilhelmstraße unten vor dem Haus sehen kann. Und da entdeckt sie einen Sonnenschirm. Ein wenig fleckig ist er, hat eine gute Weile im Keller gestanden, aber wo ein Sonnenschirm aufgestellt wurde, da ist wohl auch ein Tisch. Und Stühle. Die Else Koch hat die Klappmöbel vor dem Café Engel aufgebaut. Wie früher!

Ein halbes Stündchen könnte sie Pause machen. Zumal sie der Else Koch noch das Ei und ein Glas Marmelade, die eine Kundin ihr geschenkt hat, runterbringen will. Auch von dem Zeug, das Butter sein soll, will sie der Else den größeren Teil geben, es schmeckt ranzig, da isst sie das Brot lieber trocken. Aber zum Backen taugt es wohl noch.

Sie zieht Schuhe an und kämmt sich das Haar, bindet es mit einer Schleife zusammen und stellt fest, dass sich auf ihrer Stirn schon wieder neue Knitterfältchen gebildet haben. Ach ja, der Lenz ist vorbei …

Als sie an der Wohnung der Storbecks vorbeigeht, riecht es dort tatsächlich nach Pfannkuchen. Warum ist sie nur so gutmütig? So dumm? Aber so ist sie nun einmal. Nicht von dieser Welt. Das hat die Else Koch neulich gesagt, es klang nicht abwertend, sondern fast liebevoll. Die Else Koch und ihre Tochter, die Hilde. Die beiden stehen fest im Leben, und was sie anpacken, das gelingt ihnen. Sogar das Café haben sie wieder geöffnet, und es kommen Gäste. Nicht viele, aber immerhin. Julia liebt das Café Engel, es ist sozusagen ihr erweitertes Wohnzimmer, denn hier fühlt sie sich sicher, unter guten Freunden.

Im Gastraum des Cafés sitzen heute nur wenige Gäste, die meisten haben sich draußen einen Platz in der Sonne gesucht. In der Kuchentheke stehen zwei runde Sandkuchen mit durchsichtigem Zuckerguss, von dem einen sind nur noch zwei Stücke übrig. Hilde läuft mit einen Tablett voller gefüllter Tassen an ihr vorbei und ruft ihr zu, sie solle sich nach draußen setzen, der Alois Gimpel sei wieder da und habe schon nach ihr gefragt.

»Ach …«, sagt Julia. »Das freut mich aber!«

Alois Gimpel war vor dem Krieg Korrepetitor im Theater. Seine Aufgabe war es, den Sängern ihren Part einzubimsen, Proben auf dem Klavier zu begleiten und darauf zu hoffen, dass der Dirigent krank wurde. Dann nämlich durfte er das Orchester leiten. Julia erinnert sich, dass dies während ihrer Zeit am Theater nur zweimal vorgekommen ist. Künstler haben eine eiserne Gesundheit, wenn sie die zweite Besetzung hinter sich spüren.

Else steht mit weißer Schürze am Küchenherd und gießt Muckefuck auf; richtigen Bohnenkaffee gibt's mal wieder nicht. Die Tüte mit Ei und Fett nimmt sie mit Dank entgegen, über die Marmelade ist sie ganz besonders glücklich. Dann bittet sie Julia, doch rasch zwei Tassen Muckefuck nach draußen zu bringen, die Hilde käme kaum noch nach.

»Das Wetter holt sie alle hinterm Ofen hervor«, freut sie sich. »Der Alois Gimpel ist wieder da. Er sitzt draußen beim Reblinger, die Jenny Adler, die Soubrette, ist auch dabei. Ich glaube, die schmieden schon wieder Pläne für ein Konzert …«

Den Zeitungskritiker Hans Reblinger mag Julia gern. Er hat die siebzig schon überschritten. Früher war er mal ein guter Pianist, aber im letzten Krieg hat er drei Finger der linken Hand verloren, da hat er sich aufs Kritikenschreiben verlegt. Julia stellt die gefüllten Tassen vorsichtig auf ein Tablett. Es riecht verräterisch nach Hochprozentigem, das Else für einen kleinen Aufpreis in den Kaffee mischt. Den Schnaps bringt immer ein seltsam aussehender Mensch, der »Wendelin« genannt wird. Meist will er dafür Kleidung und Schuhe haben.

»Für den Reblinger und für die Frau Knauss. Die sitzt gleich links unter dem Sonnenschirm bei der Ida Lehnhardt …«

Julia stellt fest, dass es ihr Spaß macht, die Gäste zu bedienen und ihre freudigen und dankbaren Gesichter zu sehen, wenn sie das Gewünschte vor sie hinstellt. Das Geschäftliche überlässt sie der Hilde, die kassiert ab, nimmt die Lebensmittelkarten entgegen, trifft Absprachen über kleine Tauschgeschäfte, manchmal schreibt sie auch an. Das aber nur bei ganz besonders lieben Gästen.

»Ja, die Julia Wemhöner! Sei gegrüßt, meine Liebe!«, ruft der Hans Reblinger ihr entgegen. Als sie die Tasse vor ihn hinstellt, zieht ein Ausdruck seligen Wohlbehagens über sein Gesicht. »Der Kaffee im Café Engel ist eine himmlische Gabe!«, seufzt er und rührt genüsslich mit dem Löffel in der Tasse herum.

Drüben am anderen Tisch wartet man schon ungeduldig. Alma Knauss ist eine jener Damen, die früher regelmäßig im Café verkehrten, immer von einem Schwarm junger Herren begleitet. Sie ist finanziell unabhängig, wohnt oben in der Biebricher Allee in einer hübschen Villa und lässt ihrem geliebten Café Engel hie und da etwas zukommen. Ein Pfund Bohnenkaffee.

Zucker. Dosensahne. Oder auch Obstkonserven. Woher die Sachen stammen, sollte man besser nicht fragen, aber da die Aufschrift auf den Dosen deutsch ist, wird das Zeug wohl irgendwann aus Lebensmitteldepots der Nazis abgezweigt worden sein.

»Da ist sie ja! Meine geliebte Julia!«, schreit die Knauss und reißt den Muckefuck mit Schuss an sich. »Ich brauche Sie unbedingt, meine Liebe. Sie und Ihre berühmt geschickten Fingerchen. Setzen Sie sich zu uns, möchten Sie auch einen Kaffee Muck? Hallo, Fräulein Hilde …«

»Nein, nein danke!«, ruft Julia rasch dazwischen. »Sehr liebenswürdig, aber ich trinke Tee. Mein Magen …«

Es hilft alles nichts, sie muss sich zu den beiden Frauen an den Tisch setzen und sich anhören, wie traurig das doch sei, dass der Krieg die jungen Männer alle hinweggerafft hat.

»Nur die alten haben sie uns gelassen«, seufzt die Knauss, die offensichtlich bereits einige Tässchen intus hat. »Und die Krüppel. Gibt es irgendwo einen jungen Mann, an dem noch alles dran ist, wo es hingehört? Ich kenne keinen!«

Die Ida Lehnhardt stimmt ihr zu. Allerdings etwas halbherzig, weil sie eigentlich aus bestimmten Gründen hier sitzt. Julia weiß das, denn sie arbeitet nicht zum ersten Mal für die beiden. Die Knauss hat vier oder fünf Kleiderschränke, die bis zum letzten Zentimeter vollgestopft sind. Wenn sie gute Laune hat, dann darf sich die Lehnhardt ein paar Sachen aussuchen, und die muss Julia dann so abändern, dass sie Ida passen.

»Und die Fremdarbeiter aus Frankreich und Polen haben sie auch verschwinden lassen«, seufzt Alma Knauss und kippt den letzten Schluck aus der Tasse hinunter. »Du liebe Zeit, das waren ja rechte Jammergestalten, aber hie und da war auch was Brauchbares dabei …«

Hilde bringt eine Tasse Pfefferminztee für Julia, dazu ein Stück Sandkuchen. »Lassen Sie es sich schmecken, Julia!«

Der Sandkuchen ist mit Maismehl gestreckt und schmeckt

ein wenig fremd, aber er ist locker und durch den zarten Zuckerguss auch süß. Julia isst das Stück hungrig auf.

»Wie dieser Jean-Jacques«, hört sie die Lehnhardt mit gedämpfter Stimme sagen. »Der hatte ja was mit der kleinen Koch …«

»Und?«

Die Lehnhardt zuckt mit den Schultern. »Nichts und. Der ist auf und davon. Soll ja verheiratet sein …«

»Ach nee! Dabei sah er eigentlich aus wie ein Kindskopf. Aber hinter den Ohren hatte er es. Das hab ich ihm angesehen.«

Ida Lehnhardt beugt sich zu ihr hinüber und hält zu allem Überfluss noch eine Hand als Schalldämpfer an den Mund. »Soll ja ein Engelchen gemacht haben, die Hilde«, flüstert sie. »Das Engelchen vom Café Engel.«

Alma Knauss zuckt mit den Schultern und meint, so was komme in den besten Familien vor.

»Da hast du leider recht, liebe Alma«, pflichtet Ida ihr bei und wechselt rasch das Thema. »Sag mal, hast du eigentlich noch das grüne Sommerkostüm? Das mit der Chiffonbluse?«

Alma Knauss will die Tasse austrinken, stellt jedoch fest, dass sie bereits leer ist. Verärgert stellt sie sie wieder hin.

»Das grüne mit den seidenen Aufschlägen an der Jacke? Das hättest du wohl gern, wie?«

Ida Lehnhardt tut, als sei ihr besagtes Kostüm vollkommen gleichgültig. Die Farbe sei ja ganz nett. So sommerlich. Und dann sei es auch ziemlich weit geschnitten …

»Ach, du meinst, ich sollte in meinem Alter nicht zu viel Dekolleté zeigen, wie?«, bemerkt Alma beleidigt.

»Aber meine Liebe … Du hast einen perfekten Körper, schlank und jugendlich. Ich denke nur, die Farbe ist ein wenig aus der Mode …«

Der Schachzug gelingt – jetzt ist die Knauss gerührt und verspricht ihrer Freundin Idchen gleich drei Sommerkostüme und einen Morgenmantel aus indischer Baumwolle, den sie kaum getragen habe.

Julia weiß, was jetzt kommt. Sie wird versprechen müssen, die Änderungen innerhalb weniger Tage zu erledigen, dafür erhält sie eine Tafel dunkle Schokolade und ein halbes Pfund Bohnenkaffee. Tage und Nächte an der Nähmaschine für nichts und wieder nichts, weil sie bittere Schokolade nicht mag und von Bohnenkaffee Magenschmerzen bekommt. Nein, sie hat heute schon eine Dummheit gemacht, aus lauter Mitgefühl und weil es ihr so schwerfällt, Nein zu sagen. Für diese beiden Frauen, die so gemein über die Hilde Koch hergezogen sind, will sie keinen einzigen Stich nähen. Julia Wemhöner steht von ihrem Stuhl auf, nimmt ihre leere Tasse und nickt den beiden Damen zu.

»Es tut mir leid, aber ich habe noch zu tun. Ich wünsche Ihnen einen angenehmen Nachmittag.«

Alma hebt den Kopf und schaut die rothaarige Schneiderin von unten herauf an. Staunen liegt in ihrem Blick.

»Halt, halt meine Liebe … wir sind ja noch nicht fertig. Meine Freundin Ida wird Ihnen die Sachen morgen bringen. Die Maße haben Sie ja. Was glauben Sie, wann Sie fertig sein könnten?«

Jetzt heißt es tapfer sein, denkt Julia. Ich habe angefangen und darf nicht aufgeben. Aber ich muss vorsichtig sein, weil sie ein wichtiger Gast im Café Engel ist. Auf keinen Fall darf ich unfreundlich werden.

»Liebe Frau Knauss«, sagte sie langsam und bemüht sich, ihre Stimme dabei keinesfalls zittern zu lassen. »Momentan bin ich leider mit Arbeit so eingedeckt, dass ich frühestens in vier Wochen zu Ihrem Auftrag kommen werde …«

Alma Knauss stößt ein kurzes, tiefes Lachen aus. Sie nimmt die kleine rothaarige Schneiderin nicht ernst, das ist offensichtlich. »Das geht natürlich gar nicht, meine Liebe. Mir zuliebe werden sie ein wenig schieben, nicht wahr? Sagen wir … bis nächsten Mittwoch? Oder vielleicht Donnerstag. Dann aber pünktlich um die Mittagszeit, ja?«

Es ist schwerer als gedacht, aber Julia bleibt fest. Sie ist Julia Wemhöner, Schneidermeisterin und Kostümbildnerin. Die Zeiten, als sie noch ein Schatten im Abstellraum war, sind Vergangenheit.

»Wie ich bereits sagte, Frau Knauss. Frühestens in vier Wochen. Ich wünsche Ihnen noch einen schönen Tag.«

Sie dreht sich um und geht zurück ins Café, ist schon an der Drehtür, da hört sie es. Ganz deutlich kann sie die Stimme der Lehnhardt erkennen.

»Unfassbar! So eine dreiste Judengöre … Früher hätte man so was abgeholt!«

JEAN-JACQUES

Februar 1945

Schon zwanzig Tage. Und zwanzig Nächte. Jeden Morgen, wenn der Wärter sich der Gefängnistür nähert, wenn er die Stiefel auf dem gefliesten Boden hört, das Rasseln der Schlüssel, das Schnaufen des Mannes, der eine notorisch verstopfte Nase hat – jedes Mal denkt er, dass es nun vorbei ist. Sie holen ihn aus der Zelle. Draußen im Hof stehen drei Galgen, da werden sie ihn hängen. Oder erschießen. Es geht schnell, sagt man. Ein Schuss ins Genick, da spürst du einen kleinen Schlag, das Bild vor den Augen zerbricht in Scherben wie eine kaputte Fensterscheibe, und du fällst in ewige Schwärze.

Er hat vier Leidensgenossen überdauert. Zwei davon waren Deutsche, einer ein Deserteur, der andere ein Journalist. Den Deserteur, einen ganz jungen blonden Burschen, haben sie gleich am folgenden Morgen geholt. Er hat sich mit allen Kräften gewehrt, aber sie kamen zu dritt und haben ihn bewusstlos geschlagen. Der Journalist war ein Mann um die fünfzig, groß und hager, das Kinn eckig. Er war ein seltsamer Mensch, weil er immer gelacht hat. Ein irres Lachen, das Jean-Jacques erschreckte. Aber klug war er, der Journalist. In der Nacht fing er manchmal an zu reden, er konnte Französisch, hat es mal in der Schule gelernt. Er sprach über den Krieg, den Hitler von Anfang an verloren habe, weil niemand ganz Europa beherrschen könne. Alle, die das versucht hätten, seien gescheitert, allen voran Napoléon Bonaparte, der auch dem Größenwahn verfallen sei. Wenn sie den Journalisten am Morgen abholten, blieb er lange fort. Wahrscheinlich wurde er verhört, denn am Nachmittag brachten sie ihn zurück, und dann blutete er im Gesicht. Einmal war ihm ein Auge zugeschwollen.

»Dauert nicht mehr lange«, hat er gesagt und auf seine komische Art gelacht. »Geht alles seinen Gang … Nur die Wahrheit lebt ewig …«

Er hatte recht, denn am nächsten Morgen haben sie ihn abgeführt, und Jean-Jacques hat ihn nie wieder gesehen.

Die anderen beiden Zellengenossen waren Polen, ein älterer und ein junger. Was die auf dem Kerbholz hatten, hat er nicht erfahren, weil sie sich nur durch Zeichen miteinander verständigen konnten. Aber wahrscheinlich waren es ebenfalls Zwangsarbeiter, die geflüchtet sind. Vielleicht hatten sie gestohlen. Auf jeden Fall hat man sie drei Tage später weggebracht.

Seit gestern ist er allein in der Zelle. Das hat den Vorteil, dass er nicht im Schlaf gestört wird; er hat Platz, um einige Schritte zu gehen, kann sich an den schmalen Tisch setzen und dort in Ruhe seine Suppe löffeln. Trotzdem wäre es ihm lieber, Leidensgenossen um sich zu haben, denn selbst wenn man nicht miteinander reden kann, so lenkt die Gegenwart eines anderen Menschen doch von der Angst ab. Und vom Grübeln. Das ist wohl das Schlimmste. Dieser bohrende Gedanke, sein Elend selbst verschuldet zu haben. Aus Leichtsinn. Aus einer falschen Entscheidung heraus. Hätte er auf Hilde gehört, dann könnte er jetzt daheim in Villeneuve sein.

Hilde, das blonde deutsche Mädchen, das sein Herz erobert hat. Zuerst fand er sie hochnäsig, herrisch. Wie sie ihn herumkommandierte. Mach hier mal sauber. Geh in den Keller. Geht das etwas schneller? *Plus vite?* Es hat ihn so sehr geärgert, dass er extra langsam gearbeitet hat. Da hat sie einen Wutanfall bekommen, die kleine Tyrannin. Getobt hat sie, geschimpft, mit dem Fuß aufgestampft. Er hat sie nur ausgelacht. Und da war es passiert. Von diesem Tag an hat er gespürt, dass sie ihn respektiert. Mehr noch, dass sie ihn sucht. Seine Nähe sucht. Und er tat das Gleiche. Überlegte ständig, wie und wo er ihr begegnen könnte. Wo sie miteinander ein Weilchen allein sein könnten. Eine gefährliche Angelegenheit war dieses schwelende Feuer, aber sie konnten beide nicht voneinander lassen.

Es ist Liebe. Sie ist die Frau, die zu ihm gehört. Mutig. Auch aufbrausend. Kämpferisch. Aber in seinen Armen ist sie eine andere, da zähmt er sie, und sie wird sanft, zärtlich, leidenschaftlich. Sie gehört zu ihm. Liebe fällt wie ein Blitz vom Himmel herab, sie schert sich nicht um die Gesetze der Menschen. Es ist ein großes Glück, solch einer Liebe zu begegnen. Er hat dieses Glück gehabt, und dann hat er es verspielt. Weil er ein elender, verabscheuungswürdiger Feigling ist. Nein, er hat die Hilde nicht verdient. Sie und ihre Mutter haben ihr Leben aufs Spiel gesetzt, um ihm zu helfen. Die Else, Hildes Mutter, hat ihm den Weg in die Freiheit gezeigt, ihm genau erklärt, dass er bis Einbruch der Dunkelheit warten muss und dann der gepflasterten Straße folgen soll. Bis zum Rheinufer. Und dann über die Brücke. Wenn er erst mal über den Rhein sei, hätte er schon eine wichtige Hürde in Richtung Heimat geschafft, hat sie gesagt.

Aber so weit ist er gar nicht gekommen. Es war so bitterkalt auf dem Friedhof, dass er fürchtete, zu erfrieren. Und dann der Anblick der vielen Grabsteine in der frühen Nachmittagsdämmerung, das war unheimlich. Er ist Soldat gewesen, hat für Frankreich gekämpft und ein paarmal dem Feind ins Auge gesehen. Er hat keine Angst, für sein Vaterland zu sterben. Aber ein Friedhof mit alten Gräbern im Halbdunkel, das ist etwas anderes. Da gehen die Geister der Toten um, daran glaubt er fest. Und vor Geistern fürchtet er sich.

Er hat es ein Weilchen ausgehalten, sich hinter den Grabstein eines toten Offiziers aus dem Großen Krieg gehockt und den Inhalt des Rucksacks untersucht. Dann hat er ein bisschen davon gegessen, weil man mit vollem Magen weniger friert. Der Schnee war zwei Tage zuvor weggetaut, das war ein Glück, wie

Hilde sagte, denn so würde man seine Fußspuren nicht sehen. Aber nun fror es wieder Stein und Bein, und durch die Gräberreihen fegte ein eisiger Wind. So kam er auf den Gedanken, schon jetzt loszugehen, denn wenn es erst stockfinstere Nacht war, ohne Straßenlaternen und bei verdunkelten Fenstern, würde er am Ende noch die Brücke verfehlen.

Er schulterte also den Rucksack und verließ den ungemütlichen Ort, ging durch die Straßen in Richtung Rheinufer, so wie es auf der Karte zu sehen gewesen war. Alles schien ganz einfach, die wenigen Passanten, denen er begegnete, kümmerten sich nicht um ihn – warum auch? Es war kalt, und jeder hatte es eilig, nach Hause zu kommen. Dann aber hatte er Pech. Besser gesagt: Er erhielt die Quittung für seine Unvorsichtigkeit. Aus einem Seitenweg bog ein Grüppchen junger Burschen auf die Straße ein, fast noch Kinder, die eigentlich auf die Schulbank gehörten. Aber sie steckten in Wehrmachtsuniformen, das konnte er gut erkennen. Möglich, dass sie ihn gar nicht behelligt hätten, aber er hatte Angst und stieg rasch über ein Gartentor, um sich hinter einer Thujahecke zu verstecken. Es war ein winziger Vorgarten, sodass er nur wenige Meter vom Haus entfernt war, und zu seinem Unglück hatte ihn dort jemand gesehen.

»Zu Hilfe!«, kreischte es hinter ihm. »Ein Einbrecher! Mörder! So helft mir doch!«

Er hat nie erfahren, wer die Besitzerin der gellenden Stimme war. Für wenige Sekunden stand er starr vor Schreck, dann beging er die nächste Dummheit und begann zu laufen.

»Da ist er! Seid ihr denn blind? Hinters Haus gerannt …«

Die Knaben hatten einen Riesenspaß. Es muss ihnen vorgekommen sein wie das »Räuber und Gendarm«-Spiel, das er selbst in seiner Kindheit so oft mit seinem Bruder und den Freunden gespielt hat. Krieg ist doch eine großartige Sache, da rennt einer um sein Leben, und man darf mit ihm Fangen spielen. Leider waren die flinken Bürschlein mit Gewehren ausgestattet, sodass er schließlich beschloss, sich zu ergeben, bevor er eine verirrte Kugel im Rücken hatte. Auch das war ein Fehler. Er hätte über die Regenrinne auf das Hausdach steigen können und sich dort flach hinlegen, bis sie die Suche aufgegeben hätten. Aber in seiner Panik war er auf diese einfache Lösung nicht gekommen. So schleppten sie ihn auf die Polizeiwache, wo man rasch herausfand, dass er ein entflohener Fremdarbeiter aus Frankreich war. Im Nebenzimmer redete die Besitzerin der kreischenden Stimme, wollte gar nicht aufhören und ging selbst dem deutschen Polizeibeamten damit auf die Nerven. Was sie erzählte, konnte er nicht verstehen. Er erfuhr es jedoch umgehend: Er sei in ihr Haus eingedrungen, um sie zu vergewaltigen. Lächerlich. Die Person litt offensichtlich an zwanghaften Wunschvorstellungen. Er versicherte, das Haus nicht einmal betreten zu haben. Als er jedoch nach dem Rucksack und den Karten gefragt wurde, musste er sich etwas einfallen lassen. Die Sachen habe er sich im Hotel Kaiserbad heimlich beschafft. Damit konnten sie ihn des Diebstahls anklagen, aber das war ihm gleich. Um nichts in der Welt hätte er seine Hilde und ihre Mutter verraten. Lieber wäre er gestorben.

Nun gut, sterben würde er jetzt ohnehin. Die Deutschen haben den Krieg so gut wie verloren, das wissen sie, auch wenn es niemand laut sagen darf. Sie sind nervös, erschießen ihre eigenen Leute aus den nichtigsten Gründen. Was ist dann wohl das Leben eines Franzosen wert? Weniger als nichts.

An diesem Morgen scheint alles wie immer. Es gibt ein Stück Brot und eine Tasse Ersatzkaffee, er setzt sich an den Tisch, um zu essen. Dann hört er draußen im Flur die Stiefel des Wärters, dazu Tritte von genagelten Schuhen. Aha, denkt er. Ich bekomme wieder Gesellschaft. Wer es wohl dieses Mal ist?

Sie bringen zwei junge Deutsche, der eine trägt eine Brille, der andere hat eine breite Wunde an der Schläfe. Er taumelt – Jean-Jacques kann ihn gerade noch auffangen, bevor er gegen das eiserne Stockbett fällt.

»Perrier, Jean-Jacques«, sagt der Wärter. »Mitkommen!«

Jetzt ist es so weit, denkt er. Vorbei. Kein Weg zurück. Nur noch geradeaus in den Tod. Er lässt den jungen Deutschen auf das Bett gleiten und nimmt seine Jacke. Bewegt sich wie eine Maschine, spürt nichts, fühlt nichts. Geht vor dem Wärter her den kahlen Flur entlang wie ein aufgezogener Gliedermann, bis er vor einer Tür steht.

Der Wärter streckt den Arm aus und klopft an die Tür. Jemand ruft ein lautes, abgehacktes »Ja!« Sie treten ein.

Ein Uniformierter sitzt hinter einem Schreibtisch, vor sich eine Akte. Jean-Jacques sieht in das graue, gleichgültige Gesicht des Mannes und versteht, dass der vor ihm Sitzende kein Mensch ist, sondern nur ein Rädchen in einer Maschine. Er tut seine Pflicht, wie auch sein Vorgesetzter seine Pflicht tut und derjenige, der ihn gleich in den Hof hinunterführt und ihm die Schlinge um den Hals legt. Es gibt keine Mörder in diesem System. Nur brave Pflichterfüller.

Er ist von diesem Gedankengang so abgelenkt, dass er die wenigen Worte, die der Uniformierte an ihn richtet, kaum wahrnimmt.

»Gnade walten … Bergbau … Steinkohle … Abmarsch!«

Er versteht nichts. Glaubt noch, es ging ans Sterben, als man ihn ins Nebenzimmer stößt. Erst, als ihm dort jemand seinen Mantel, die Mütze und den Rucksack aushändigt, wird ihm klar, dass der Kelch an ihm vorübergegangen ist. Was hat der Deutsche hinter dem Schreibtisch gesagt? Bergbau … Steinkohle …

»À la mine …«, sagt jemand zu ihm. »Charbon …«

Sie schicken ihn ins Bergwerk. Er wird nicht gehängt, sie brauchen Arbeiter, die die Kohle aus dem Berg holen. Für den Stahl, aus dem die deutschen Panzer gemacht werden. Auf einmal sacken ihm die Beine weg, sein Bewacher packt ihn unter den Armen, schleift ihn zu einer Bank, wartet, bis er wieder zu sich kommt.

»Los!«, sagt er dann. »Rüber zum Bahnhof, Simulant. Kannst dem Führer auf Knien danken, dass er dir das Leben schenkt.«

Der Zug fährt auf dem Güterbahnhof ab und ist vollgestopft mit Russen. Jean-Jacques hat Angst vor ihnen, es sind Mongolen dabei, solche mit schrägen Augen, die ihm wie hungrige Tiere vorkommen. Alle sind unfassbar schmutzig, viele haben keine Schuhe, sondern nur Lappen um die Füße gebunden. Gewiss ist ihr Schicksal das gleiche, auch diese armen Schweine werden von den Deutschen zu Sklaven gemacht und zu unmenschlicher Arbeit gezwungen. Und doch heißt das nicht automatisch, dass sie Brüder wären. Unter den Elenden herrscht das Gesetz der Faust. Wer schwach ist, unterliegt, wer fremd ist, wird angefeindet und niedergemacht. Er, der Franzose, ist unter den Russen ein Fremdling, der sich seiner Haut wehren muss.

Da kommt ihm der Himmel zu Hilfe. Oder vielmehr ein Geschwader amerikanischer Flugzeuge, das mit gellender Alarmsirene angekündigt wird. Die Männer drängen aus dem Zug, auch die Bewacher rennen davon, um irgendwo in der Umgebung Schutz zu suchen, denn die Amerikaner werfen ihre Bomben gern auf Bahnhöfe ab, freuen sich, wenn sie einen Zug erwischen. Ganz gleich, ob darin Adolf Hitler mit Herrmann Göring gerade sein Frühstück einnimmt oder Hunderte unglücklicher Zwangsarbeiter unterwegs zu den Zechen des Ruhrgebiets sind.

Jean-Jacques läuft über Gleise, klettert auf vereiste Bahnsteige, springt wieder herunter auf die Schienen, steigt durch dürres braunes Gestrüpp einen Abhang hinauf, in seinen Ohren gellt der Fliegeralarm, in seinem Herzen ist Panik. Was für ein Irrsinn ist dieser Krieg! Eben noch dem Galgen der Nazis entkommen, wird er jetzt vielleicht von amerikanischen Bomben zerrissen.

Er rennt um sein Leben, sein Kopf dröhnt, die Lunge platzt gleich, in den Beinen ist kein Gefühl mehr, er taumelt, wirft sich auf den Boden, ringt nach Luft. Schwarze, todbringende Vögel jagen über den Himmel, pfeifen, sausen, irgendwo explodiert etwas. Er presst sich an das Straßenpflaster, spürt eine scharfe Kante, ein eisernes Geländer, und erst, als die Flugzeuge vorübergezogen sind, begreift er, dass hinter dem Geländer das Rheinufer ist. Grau und kalt eilt das Wasser des großen Stroms vorüber, ein Lastkahn schwimmt träge darauf, am Ufer liegen mehrere Boote vor Anker. Vorsichtig hebt er den Kopf, versucht, sich zu orientieren. Rechts von ihm ist eine Brücke, eine breite und feste Brücke über den Rhein. Niemand ist in seiner Nähe; so kurz nach einem Fliegerangriff sind die meisten Einwohner noch in den Luftschutzkellern. Jean-Jacques steht auf, klopft sich den Dreck vom Mantel, rückt den Rucksack zurecht und macht sich auf den Weg. Über die Brücke auf die andere Rheinseite. Der erste, wichtigste Schritt in Richtung Heimat.

Als die Sirene das Entwarnungssignal über die Stadt bläst, hat er die Brücke schon erreicht. Er geht aufrecht, mit festen Schritten, rasch, aber nicht hastig. Wie einer, der ein Ziel vor Augen hat und beharrlich darauf zugeht. Auf der Brücke fahren zwei deutsche Armeefahrzeuge an ihm vorbei, aber die Insassen nehmen keine Notiz von ihm. Fußgängern begegnet er nicht, nur einem älteren Mann auf einem Fahrrad, der mit gefüllten Satteltaschen an ihm vorüberradelt. Dann ist er drüben auf der richtigen Seite angekommen und staunt, wie einfach es war. Über der Stadt am anderen Ufer leuchtet eine träge Morgensonne durch die Wolken hindurch, lässt hie und da eine Welle im grauen Fluss aufblitzen. Der Wind ist eisig, er merkt erst jetzt, dass er seine Mütze verloren hat, weil die Kälte in die Ohrmuscheln beißt. Aber das ist unwichtig, hat keine Bedeutung. Hochstimmung hat ihn erfasst, ein Taumel der Begeisterung. Er hat es geschafft! Zweimal war er sicher, sterben zu müssen, und zweimal hat das

Schicksal ihn bewahrt. Das muss einen Sinn haben. Nichts auf der Erde geschieht ohne Sinn. Er hat in diesem Leben noch eine Aufgabe zu erfüllen, und er glaubt, sie zu kennen.

Hilde, die auf ihn wartet. Seine Liebe, die vom Himmel kam und für die er durch die Hölle gehen muss.

Er hat keine Ahnung, wie die Kriegslage im Westen aussieht. Er weiß, dass die Alliierten in der Normandie gelandet sind und dass Paris befreit wurde. Das hat Hilde ihm noch erzählt, deren Vater heimlich den englischen Sender abhört. Möglich, dass auch hier in der Nähe schon gekämpft wird, es wird klüger sein, sich tagsüber zu verstecken und nur nachts zu marschieren. In einem kahlen Wäldchen macht er Pause, verbirgt sich im Unterholz und untersucht den Rucksack. Die Karten und der Kompass sind nicht mehr da. Nur noch die harten Brotkanten, ein paar Zuckerstücke und ein Rest Speck. Wäsche zum Wechseln. Ein gestrickter Pullover, den er gleich anzieht, auch das zweite Paar Socken hilft gegen die Kälte und – ach, die Hilde hat sogar an eine Ersatz-Mütze gedacht. Der Kompass wäre jetzt sehr hilfreich, verdammte Drecksbande, *sales boches*, jetzt muss er sich an der Sonne orientieren, und die ist meistens abwesend. Nach Südwesten. Vielleicht zunächst ein Stück rheinaufwärts, dann hinüber nach Westen. Über die Grenze. In sein befreites Vaterland.

Als er Metz erreicht ist, es schon März, er ist halb verhungert und vollkommen unterkühlt. Für ein paar Tage findet er Aufnahme in einem Krankenhaus, darf sich ausruhen, bekommt heiße Suppe zu essen und ein warmes Bett. Er versucht, zu Hause anzurufen, doch die Leitung ist gestört, er bekommt keine Verbindung. Ohne Fahrkarte steigt er in einen Zug nach Nancy und erklärt dem Zugschaffner, wer er ist und warum er kein Geld hat. Man lässt ihn mitfahren. Wie wunderbar das ist, seine Muttersprache sprechen zu dürfen, verstanden zu werden, komplizierte Sachverhalte erklären zu können, statt in fremder Zunge radebrechen zu müssen. Während der Zugfahrt denkt er darüber nach, dass er seine Hilde ja auch nach Villeneuve holen kann. Warum auch nicht? Er muss nur erst die Scheidung regeln, schließlich hat er Margot auf Wunsch seines Vaters hin geheiratet. Gewiss hat er damals, vor vier Jahren, geglaubt, auch ein wenig verliebt zu sein, aber vor allem ging es um das Land und den Besitz, den sie mitbrachte. Seitdem er Hilde begegnet ist, weiß er erst, was Liebe wirklich ist. Eine Macht, der man sich nicht widersetzen kann. Wer es dennoch versucht, wird seines Lebens nicht mehr froh.

In Nancy muss er warten, die Züge sind überfüllt. Er erwischt eine Verbindung nach Dijon, später nach Lyon. Überall, wo er aussteigt, wird gefeiert. Die Menschen stehen auf den Plätzen und trinken Wein, liegen einander in den Armen, junge Leute ziehen johlend durch die Straßen. Man gibt ihm zu essen, er bekommt ein Bett für die Nacht, hört sich traurige Geschichten von gefallenen oder vermissten Söhnen an, erzählt nur wenig von sich selbst. Er hat keine Heldentaten für sein Land vollbracht, die Festung mussten sie nahezu kampflos aufgeben, weil die Deutschen die Maginot-Linie schlau umgangen hatten und vom Inland her angriffen. Man erzählt ihm, dass die Alliierten auf deutschem Boden stünden und immer weiter nach Osten marschierten. Französische Soldaten, die nach England geflohen waren, hätten sich ihnen angeschlossen. Inzwischen ginge es nur noch darum, wer schneller in Berlin ist: die Alliierten oder die Russen.

»Jetzt wird abgerechnet. Jetzt sollen sie ihren Hochmut büßen. Haben geglaubt, sie seien die Herren der Welt, aber sie sind nur ein Dreck …«

»Pétain, der Verräter, hat ausgespielt. Hoch lebe Charles de Gaulle!«

Die Marionettenregierung unter dem greisen Marschall Pétain ist geflohen und hat keine Bedeutung mehr. Schluss mit dem demütigenden Waffenstillstand, den Pétain mit Hitler geschlossen hatte. Aus England ist Charles de Gaulle gekommen und hat die Kämpfer der Résistance zu einer französischen Kampftruppe vereint, er ist Chef der französischen provisorischen Regierung in Paris und lässt es nicht zu, dass Frankreich unter fremde Herrschaft gerät. Mögen die Alliierten das Land auch befreit haben, Frankreich gehörte den Franzosen. Dafür steht Charles de Gaulle!

Jean-Jacques stimmt in den Jubel mit ein. Trinkt auf den Sieg. Auf die Niederlage der Feinde. Auf das Ende des Krieges. Auf die Freiheit. Auf Frankreich. Aber insgeheim sorgt er sich um Hilde, die jetzt im besetzten Deutschland sitzt. Wer weiß, ob die Amerikaner und die Briten nicht auch vom sogenannten Recht der Sieger Gebrauch machen? Besser nicht daran denken. Nicht darüber nachdenken, dass es vielleicht falsch gewesen ist, zu fliehen. Dass er besser in Wiesbaden geblieben wäre, um Hilde beschützen zu können …

Als er in Nîmes aus dem Zug steigt, weht ein lauer Wind, und er kann den Duft der Zitronenbäume riechen. Er ist zu Hause: ein gutes, ein wunderbares Gefühl. Unterwegs hat er aus dem Fenster gesehen und die vertrauten Dörfchen begrüßt, das Frühlingsgrün der Wiesen, das leuchtende Gelb der Mimosenbäumchen. Und die Weinpflanzungen, die sich weit im Flachland ausbreiten und im Südosten an das Weingebiet der Rhône anschließen. Rotwein wird hier produziert, der Vin du pays, aber auch edlere Sorten. Den Rosé kultiviert sein Vater mit besonderer Liebe, sie liefern ihn bis nach Paris, früher sogar nach England und Deutschland. Es ist ein großes, ein gesegnetes Land, seine Provence. Hier haben schon die Römer Wein gepflanzt und Städte erbaut. Überall sieht man noch die Reste der römischen Kultur, ihre Wasserleitungen, ihre Tempel, ihre

Amphitheater. Jahrhunderte später blühte die Kunst an den provenzalischen Fürstenhöfen, Dichtung und Minnesang gediehen hier im südlichen Klima, und ganz sicher hatte der gute Wein der Region daran seinen Anteil.

Er ist jetzt voller Vorfreude und genießt das letzte Stück seiner Heimkehr, fährt die wenigen Stationen bis Villeneuve mit der Kleinbahn, und es jubelt in ihm, als er die ersten Weinpflanzungen erblickt, die seiner Familie gehören. Hier hat er schon als Knabe mitanpacken müssen, die Weinstöcke beschneiden, binden, das Unkraut hacken. Und dann die Erntezeit, wenn sie mit Körben auf dem Rücken herumgelaufen sind, er und sein kleiner Bruder Pierrot, dazu die Cousins und Cousinen und oft noch Erntehelfer aus der Region.

Natürlich wird er in der Bahn erkannt, Nachbarn und Freunde rufen seinen Namen, freuen sich mit ihm, teilen mit ihm das Baguette, reichen ihm eine Handvoll Oliven, lassen ihn einen Schluck aus der mitgebrachten Flasche nehmen.

»Jetzt, wo unsere jungen Leute wieder zurückkommen, wird alles besser!«

»Wie glücklich werden deine Eltern sein!«

»Und erst Margot …«

»Eine Schande, für die Deutschen zu arbeiten, während hier bei uns jede Hand gebraucht wird!«, sagt ein alter Weinbauer und schüttelt den Kopf. »Eine Schande für Frankreich!«

Ganz unvorbereitet trifft Jean-Jacques der Zorn des Alten, dessen Söhne sich unter dem Vichy-Regime von Marschall Pétain freiwillig zur Arbeit in Deutschland gemeldet haben. Jean-Jacques versichert ihm, dass er in deutscher Kriegsgefangenschaft gewesen ist und gegen seinen Willen zur Arbeit eingesetzt wurde. Aber der alte Mann hört kaum hin. »Wer die Heimat verlässt, der kommt als Fremder zurück. So ist das …«

Er ärgert sich ein wenig über den sturen Alten, der den Unterschied nicht begreifen mag, aber zugleich schlägt ihm das

Gewissen. Ganz schwach nur, aber doch fühlbar. Hat er nicht genau das vor? Seine Heimat verlassen, um in Deutschland zu leben? Schlimmer noch: Er will seine Frau und seine Familie verlassen. Noch vor einer Woche ist ihm das alles so einfach vorgekommen. Da war er ganz und gar von dem Gedanken an seine große Liebe erfüllt. Gewiss, die Liebe ist immer noch da, er sieht Hilde im Traum vor sich, hört ihre Stimme, fühlt ihren bloßen Körper, der ihm nur ein einziges Mal gehört hat. Es ist nur so, dass der Weg zu ihr zurück ihm jetzt ganz schwer und steinig erscheint.

Vom Bahnhof Villeneuve läuft er zu Fuß über Wiesen und Weinberge. Die Vorfreude hat sich gelegt, mischt sich mit dem Gefühl, den Menschen, die er liebt und die zu ihm gehören, etwas Schlimmes antun zu müssen. Ein Abtrünniger zu sein. Einer, der Frau und Familie verlässt, um zu einer anderen zu gehen. So etwas hat es auch hier gegeben, und das Urteil über diese ungetreuen Ehemänner war hart. Selbst dann, wenn jeder gewusst hat, dass die Ehe unglücklich war. Als er den elterlichen Hof sehen kann, bleibt er für einen Moment stehen und nimmt den Anblick in sich auf: das große Wohnhaus aus grauem Naturstein, mit wildem Wein und Rosen bewachsen. Der Großvater hat es erbaut, der Vater hat viel daran verändert, den Durchgang zum Stall verschlossen, ein Badezimmer eingebaut, einen Anschluss ans Stromnetz geschaffen. Die Nebengebäude, die vergrößert und erweitert wurden, der ausgedehnte Weinkeller, wo der Rote in den Fässern reift. Wie oft haben sie bei der Weinlese mit Helfern und Arbeitern am langen Tisch im Freien gesessen, gegessen und getrunken, um dann gleich schlafen zu gehen, denn am Morgen ging es früh hinaus …

Der gelbe Hund, der ihn ankläfft, ist ihm unbekannt. Aber dann hat ihn die alte Berthe erkannt und stößt einen lauten Schrei aus. Er sieht seine Mutter, die erschrocken aus dem Stall kommt, die Mistgabel noch in der Hand. Und an der Haustür zeigt sich jetzt Margot. Schmal ist sie geworden, das rötliche Haar aufgesteckt, sie hat eine Küchenschürze vorgebunden und schützt die Augen mit der Hand, um gegen die Sonne besser sehen zu können.

»Mein Gott … Jean-Jacques … Bist du es wirklich?«

Freut sie sich? Sie fängt an zu weinen, hält die Schürze vor die Augen und schluchzt hinein. Seine Mutter geht auf ihn zu und umarmt ihn, jetzt kommt auch Jérôme aus dem Stall, der Ehemann von Berthe, und starrt ungläubig auf den Heimkehrer.

»Die heilige Jungfrau hat meine Gebete erhört«, sagt seine Mutter und streichelt sein Haar.

Dann wirft sich Margot weinend in seine Arme, klammert sich an ihn und redet wirres Zeug. »Ich hab es geträumt. Dass du kommst. Der Himmel hat es so gefügt. Im Traum habe ich zu dir gesagt: Jean-Jacques, der Himmel hat es so gefügt …«

In der Küche setzt er sich an den Tisch und bekommt einen Becher Milch vorgesetzt. Das Abendessen ist gleich fertig, dann kommen auch der Vater und Pierrot zurück, sie haben Kartoffeln gesetzt, sind spät dran dieses Jahr, aber das liegt daran, dass die Arbeitskräfte fehlen. Der Wein, die Äcker, das Vieh – es war hart für sie alle, weil Pierrot sich so oft verstecken musste und kaum arbeiten konnte. Sein kleiner Bruder war ebenfalls in Kriegsgefangenschaft geraten, die Deutschen haben ihn jedoch bald zurück nach Frankreich geschickt, weil er eine Verwundung am Bein hatte, die nicht heilen wollte. Zu Hause ist er rasch genesen und hat sich der Résistance angeschlossen.

»Wir haben jede Nacht um sein Leben gezittert«, sagt die Mutter, und Margot nickt dazu. »Er ist so mutig, Jean-Jacques. Dein Bruder ist ein Held!«

Jean-Jacques schweigt. So ist die Mutter nun einmal. Wenn sein kleiner Bruder auch nur einen Pups lässt, ist er ein Held. Er selbst muss schon allerhand auf die Beine stellen, um wenigstens ein kleines Lob herauszuschinden. Aber was ist ein Zwangsarbeiter in Deutschland gegen einen Helden der Résistance? Er hat nicht die mindeste Chance.

Am Abend kommen die beiden Männer endlich vom Acker zurück. Sie erfahren die große Neuigkeit schon im Stall von Jérôme, der sich um die beiden Pferde kümmert. Wie Jean-Jacques schon geahnt hat, gehen Vater und Bruder erst zum Brunnen, um sich Gesicht und Hände zu waschen, steigen aus den Stiefeln und ziehen die Hausschuhe an. Erst dann geht der Vater auf ihn zu, bleibt vor ihm stehen und schaut ihn aufmerksam an, als müsste er sich vergewissern, dass dieser Mann tatsächlich sein eigener Sohn ist. Danach nimmt er ihn schweigend in die Arme.

»Gut, dass du wieder da bist«, sagt er. Mehr nicht.

Über drei Jahre haben sie sich nicht gesehen. Jean-Jacques fällt auf, dass der Vater dünn geworden ist. Zwar ist sein Körper noch sehnig, die Arme kräftig, aber er geht nach vorn gebeugt, und seine Augen scheinen tiefer in den Höhlen zu liegen.

Auch Pierrot umarmt den Bruder und klopft ihm auf die Schulter. »Da sind wir wieder alle beisammen! Schaust ja blühend aus, Bruder. Hast es gut getroffen drüben in Deutschland, wie?«

»Was sonst, Bruder? Zwangsarbeit ist ein angenehmer Urlaub, das weiß doch jeder«, gibt er ironisch zurück.

Am Tisch nimmt er seinen gewohnten Platz ein, dem Vater gegenüber, rechts von ihm Margot, auf der anderen Seite Pierrot und die Mutter. Es wird gebetet wie immer, die Mutter ist fromm und achtet darauf. Während sie essen, beginnt der Vater zu erklären. Was während der vergangenen vier Jahre auf der Weinpflanzung getan worden ist. Was sie angebaut haben und wie die Ernte gewesen ist. Dass der Pferdestall neu ausgekalkt werden muss und dass er drei Zicklein verkauft hat.

»Hörst du mir auch zu, Jean-Jacques?«, unterbricht er sich und klopft mit dem Messerstiel auf den Tisch.

Jean-Jacques fährt aus seinen Gedanken und bejaht rasch. Natürlich höre er zu. Er sei nur ein wenig müde.

»Ich will, dass du das alles ganz genau weißt«, fährt der Vater fort. »Weil du, mein Ältester, einmal diesen Hof und alles, was dazugehört, übernehmen wirst.«

»Ja, Vater.«

Jean-Jacques spürt die Blicke seines Bruders und seiner Mutter und begreift, dass der alte Streit nicht aus der Welt ist. Wie sollte es auch? Die Mutter hat immer gewollt, dass Pierrot einmal Hofherr werden soll. Der Vater aber hält es mit der Tradition: Der ältere Sohn bekommt das ungeteilte Erbe.

Wenn Pierrot erfährt, was ich vorhabe, wird er jubeln, denkt Jean-Jacques, aber es ist ihm nicht wohl dabei. Es tut weh, das Vertrauen des Vaters zu enttäuschen. Noch schlimmer ist, dass Margot ihm die Hand auf den Arm legt und ihn anlächelt. Verheißungsvoll. Heute Nacht wird ihr Ehemann wieder bei ihr liegen, und sie wird alles tun, um ihm zu gefallen.

Jean-Jacques geht spät ins Bett, sitzt in der Küche herum und wartet, hofft, dass Margot inzwischen einschläft. Er mag sie nicht berühren, kann immer nur an Hilde denken, aber sein Entschluss, zu ihr nach Wiesbaden zu gehen, ist ins Wanken geraten.

Sein Hof. Sein Land. Sein Weinberg.

Es fällt ihm schwer, dies alles seinem kleinen Bruder zu überlassen.

HEINZ

Bretagne, Juni bis August 1945

Septembersonne. Weiches Lichterspiel in den Platanen, schräge Schatten, die über die gepflasterte Straße fallen, die Scheiben der vorüberfahrenden Autos blitzen vielfarbig auf. Heinz Koch serviert schwungvoll einen Mokka mit Schuss und einen Kaffee, dazu Eierlikörtorte, zwei Gläschen Wasser. Das Paar am Tisch ist ihm bekannt, er wechselt ein paar Worte, kann aber ihre Gesichter nicht erkennen. Drüben vor dem Kurhaus dröhnt ein Motor. Es wird einem davon ganz dumpf im Kopf. Hoffentlich vergrault es nicht seine Gäste …

»Sie kommen gleich«, sagt die Else. »Die Marlene hat Kartoffelsalat gemacht, den mag die Ida Lehnhardt so gern …«

Es geht um die Schauspieler, die um zwei Uhr mittags immer Probenpause machen. Drüben im Theater wird die Komödie *Der Mustergatte* geprobt, Else und er haben Karten für die Premiere. Es soll wahnsinnig komisch sein, hat die Ida Lehnhardt gesagt. Sie spielt die weibliche Hauptrolle. Ihr Partner ist der Eddi Graff. Der ist Heinz' Lieblingsschauspieler.

Er nimmt noch rasch eine Bestellung auf, einen Pfefferminztee mit Rübenzucker, und wundert sich über diesen seltsamen Wunsch. Die alte Dame im blauen Kleid mit der weißen Schürze hat große Ähnlichkeit mit seiner Mutter. Jetzt droht sie ihm mit dem Finger und starrt ihn so böse an, dass er eilig durch die Drehtür ins Innere des Cafés flüchtet.

Es ist stickig drinnen, in der Küche dröhnt der Kühlschrank, oder ist es der Herd? Er entschuldigt sich bei den Gästen, die sich jedoch nicht an dem Lärm zu stören scheinen, sondern angeregt plaudernd Sahnetorte essen. Else steht hinter der Kuchentheke und schneidet die Schwarzwälder Kirschtorte in schmale Stücke, er muss ihr sagen, dass sie nicht so geizig sein soll, seine Gäste sollen eine ordentliche Portion bekommen. Finchen, die Serviererin, nimmt gleich vier Teller auf einmal und eilt hüftschwingend an ihm vorbei.

»Da kommen sie ja«, sagte Else und zeigt zum Fenster. »Hilde! Mach mal die Tür vom Nebenzimmer auf.«

Hilde ist eine dreizehnjährige Göre, dünn und blass, mit riesigen blauen Augen und wild gelocktem blondem Haar. Nicht Fisch noch Fleisch. Sie kommt aus der Küche gelaufen, stößt beinahe mit Finchen zusammen und reißt die Tür vom Nebenzimmer auf. Da sitzt noch der Fritz Bogner mit dem Hubsi Linder beim Kaffee, den bekommen sie immer spendiert, wenn sie am Abend musizieren.

»Herr Fritz«, ruft die Hilde. »Ich kann Ihre Sockenhalter sehen. Die sind schwarz, und ausgefranst sind sie auch!«

Der arme Bogner Fritz wird ganz rot vor Verlegenheit und zupft an seinen Hosenbeinen, die halt ein wenig zu kurz sind. Er hat nicht viel Geld, der Fritz, kommt vom Land und studiert Geige auf dem Konservatorium. Ein großes Talent.

Jetzt weht ein starker Wind durch das Café, der die Tischtücher und die Mäntel an der Garderobe flattern lässt. Heinz muss sich am Zeitungsständer festhalten, um nicht umzufallen. Die Drehtür spuckt die Schauspieler aus, den Graff, die Lehnhardt, den Hensel, der die Regie macht, den Ivers, der eine Nebenrolle spielt. Heinz begrüßt sie, schickt sie in den Nebenraum, wo sie sich zu den beiden Musikern setzen, und Finchen läuft herbei, um zu erzählen, dass es heute hausgemachten Kartoffelsalat gibt …

Die Gäste im Nebenraum entfernen sich immer mehr, schrumpfen zu einem bunten Punkt zusammen. Das Dröhnen will nicht aufhören. Es kommt von draußen. Da marschiert eine Gruppe im Braunhemd vorbei, zackig, martialisch, selbstbewusst. Das Geräusch wird so übermächtig, dass Heinz eine Weile nichts anderes tun kann, als gegen den Schwindel und die Übelkeit anzukämpfen. Als es langsam nachlässt, hört er die Stimme von Eddi Graff.

»Es hat keinen Sinn, Heinz. Sie schieben uns raus, einen nach dem anderen.«

»Aber dich doch nicht, Eddi … Die Leute überschlagen sich vor Begeisterung, wenn du auf der Bühne stehst!«

Eddi schaut schweigend zum Fenster hin, wo gerade die letzten Uniformierten vorüberstampfen. Er hat graues Haar bekommen, der Eddi Graff, es steht ihm aber gut. Mit seinen ausdrucksvollen, dunklen Augen und den ebenmäßigen Gesichtszügen ist er immer noch der Schwarm aller Frauen. Wenn er den *Towarisch* von Jacques Duval gibt, schmelzen sogar die jungen Mädel dahin.

»Mag sein, dass sie mich bewundern, wenn ich auf der Bühne stehe, Heinz«, sagt Eddi Graff mit einem seltsam verkümmerten Lächeln. »Aber wenn sie mich abführen, wird mir keiner helfen. Nein – auch du nicht, Heinz. Und ich nehme es dir nicht übel. Du hast Frau und Kinder, du hast das Café – das setzt man nicht so einfach aufs Spiel. Wahrscheinlich würde ich das an deiner Stelle auch nicht machen.«

Heinz spürt eine bittere Hilflosigkeit, sein Schädel rumort, in seiner Brust ist eine solche Enge, dass er kaum Luft bekommt.

Eduard Graff wird von einem Luftwirbel erfasst, mit ausgestreckten Armen und Beinen dreht sich sein Körper rasend schnell, seine Jacke flattert, das Haar weht, er wird zu einem kreisenden Geschoss und schnellt in den Äther hinaus. Ein dumpfes, betäubendes Dröhnen überdeckt alle anderen Geräusche, Übelkeit steigt auf, eine tiefe, abgrundtiefe Mattigkeit presst Heinz an den Boden …

»Tu as soif?«

Jemand drückt ihm einen Flaschenhals zwischen die Lippen, aus dem kaltes Wasser in seinen Mund fließt, das Kinn hinunter auf seine Brust. Er hustet, schluckt, trinkt gierig. Kann gar nicht mehr aufhören, so ausgetrocknet ist er. Dann durchfährt ihn der höllische Schmerz, und er stöhnt auf.

»On est presque là … Fast schon dort … L'hôpital …«

»Mein Beine …«, stöhnt er. »Mes jambes …«

»Pauvre garçon …«

Er öffnet die Augen und sieht den klaren Himmel über sich, tiefblau wie an den schönsten Sommertagen. Dann erfasst sein Blick die hölzernen Stäbe des Heuwagens, den jungen Mann mit der roten Kappe, der vorn sitzt und die Zügel hält, und den braunen Rücken des Pferdes. Mühsam versucht er, sich aufzusetzen. Der Heuwagen ruckelt und holpert über einen Feldweg, es tut sehr weh, sein ganzer Körper scheint eine einzige Wunde, aber das ist nicht das Schlimmste. Wirklich schlimm ist das, was er jetzt neben sich entdeckt. Es ist so grauenhaft, dass er gleich wieder zurücksinkt.

Neben ihm liegt ein Mensch ohne Arme. Blut schießt in rhythmischen Abständen aus den Stümpfen, seine Beine zucken, sein Kopf liegt seitlich, von Heinz weggedreht. Heinz erkennt ihn trotzdem. Es ist einer der Kameraden, die sich zur Déminage gemeldet haben.

Jetzt sieht er es wieder vor sich. Jede einzelne Bewegung vollzieht sich quälend langsam in seiner Erinnerung, als hätte er nur daneben gestanden und zugeschaut. Die auffliegenden Erdbrocken, der splitternde Baumstamm, menschliche Gliedmaßen, die emporgeschleudert werden, blutig, wie Teile in einer Puppenwerkstatt. Roter Staub, der ihn anweht, ihn zerreißt und hinauf in die Wolken wirbelt. Dann sieht er den Weg, auf dem sie die Minen abgelegt hatten und der jetzt eine Art Mondlandschaft ist, bedeckt mit zerfetzten Menschenleibern. Wenig später kommen Leute herbei, laufen herum, fassen ihn an, sodass er vor Schmerzen schreit. Legen ihn auf einen Wagen neben andere, die die Explosion überlebt haben.

»Paul?«, murmelt er. »Was ist mit Paul Segemaier?«

Er bekommt keine Antwort, der Verletzte neben ihm ist nicht bei Bewusstsein. Fast möchte Heinz ihn beneiden. Als sie ihn vom Wagen heben, heult er vor Schmerz, sein rechtes Bein ist seltsam verdreht, der Schuh steht nach rückwärts, das Hosenbein ist blutgetränkt.

Das Bein ist ab, denkt er. Das andere vielleicht auch. Ich werde nie wieder gehen können.

Dann liegt er auf dem OP-Tisch, hört Arzt und Schwestern französisch miteinander reden, und es ist ihm ganz gleich, was sie mit ihm machen. Wenn nur die Schmerzen aufhören. Eine Äthernarkose nimmt ihm gnädig das Bewusstsein.

Das Erwachen vollzieht sich langsam unter quälender Übelkeit, mehrfach muss er sich übergeben, dann sinkt er zurück in den Dämmerzustand. Als die Übelkeit langsam nachlässt, wird der Schmerz im rechten Bein übermächtig. Er stöhnt, knirscht mit den Zähnen und bekommt Tropfen eingeflößt, die ihn betäuben, den Schmerz lindern. Tagelang dämmert er dahin, registriert kaum, wo er sich befindet, kämpft mit den Schmerzen und sinkt zwischendrin in unruhigen, erschöpften Schlaf. Später betastet er seine Beine, fühlt Verbände und versucht, die Füße zu bewegen. Es tut so weh, dass er schnell damit aufhört.

Später stellt er fest, dass er in einem hohen, kahlen Raum liegt, der Ähnlichkeit mit einem altmodischen Schulgebäude hat. Betten stehen in Reihen, alle mit Verwundeten belegt, in der Mitte ein Gang, dort bewegen sich weiß gekleidete Frauen hin und her.

»Tu as eu de la chance«, sagt eine der Frauen zu ihm. »Il te reste tout de même une jambe«.

Er schaut sie fragend an, darauf sucht sie ein paar deutsche Brocken zusammen.

»Du … bleibt … ein Bein …«

»Et l'autre? Das andere?«

Sie ist nicht mehr jung, vermutlich um die fünfzig. Mit einem langen Seufzer tätschelt sie ihm tröstend die Hand.

»L'autre est perdu …«

»Perdu« versteht er. Verloren. Nicht mehr da. Er hat nur noch ein Bein. Er ist ein Krüppel. Nie wieder wird er im Café Engel seine Gäste bedienen können, nie wieder in der Küche stehen und Else beim Kuchendekorieren helfen. Das ist *perdu*. Vorbei. Sein Tribut an den Krieg, an seine Feigheit, seine Trägheit. Er hat seine Mitschuld bezahlt, und letztlich ist er noch gut dabei weggekommen. Wie die französische Schwester gesagt hat. Er hat noch Glück gehabt. Andere sind schlimmer dran.

Er wird auf eine Trage gelegt und gemeinsam mit fünf anderen Verwundeten in einen Lastwagen verladen. Es ist heiß, die Luft stickig, die Fahrt in ein Lazarett bei Rouen ist eine einzige Qual. Neben ihm liegt ein Kamerad, einer der Démineurs, der die Explosion ebenfalls überlebt hat. Heinz hat seinen Namen vergessen, aber er weiß noch, dass er aus Hamburg kommt und Angestellter im Hafenamt gewesen ist. Er hat einen Arm verloren, dazu sind seine Augen geschädigt.

»Links sehe ich kaum noch, aber rechts ist noch gut. Ist alles nicht so schlimm, Heinz. Die machen großartige Prothesen. Da kannste sogar mit Klavier spielen …«

Er lacht und freut sich, dass er davongekommen ist. Noch ein paar Wochen im Lazarett, dann ab nach Hause.

»Wir Krüppel werden bevorzugt heimgeschickt. Ist doch immerhin ein Vorteil. Andere schleppen sie nach Afrika, da müssen sie in den französischen Kolonien malochen und holen sich die Malaria an den Hals … Wenn die in ein paar Jahren heimkommen, sind sie nur noch Schatten ihrer selbst …«

Heinz fragt nach Paul Segemaier.

»Von dem ist nichts übrig. Der stand ja mittendrin. Hat ihn in Atome zerlegt, das verdammte Ding …«

Paul ist beim Suchen nach Falläpfeln auf eine Tellermine getreten, die von Gras überwuchert unter dem Apfelbaum versteckt lag. Heinz stand ein Stück von ihm entfernt, durch den dicken Stamm einer alten Weide geschützt. Auch der Soldat aus Hamburg, der Kurt Eilers heißt, ist glimpflich davongekommen, weil er hinter einer Gruppe Kameraden gestanden hat. Der französische Chef-Mineur ist noch in der ersten Nacht nach dem Unfall in der Klinik gestorben.

Das Gespräch erstirbt bald, weil sie wegen der großen Hitze kaum Luft bekommen. Einmal hält der Lastwagen an, und ein Betreuer gibt ihnen Wasser zu trinken. Diejenigen, die gehen können, humpeln nach draußen, um zu pinkeln, die anderen bekommen Weinflaschen für diesen Zweck, die nach vollzogener Befüllung in den Straßengraben geleert werden. Heinz fühlt sich hilflos wie ein Säugling. Wie wird das sein, wenn er heimkommt und nicht einmal allein aufs Klo gehen kann? Wenn die Else ihm bei jeder Kleinigkeit helfen muss? Wenn er sich nicht allein ankleiden kann. Nicht allein waschen. Die Treppen weder hinunter- noch hinaufkommt. Wenn er unten im Café wie ein Trauerkloß herumsitzt, untätig, ein Klotz am Bein seiner Familie, ein jammervoller Anblick für die Gäste. Er wehrt sich nicht gegen den Gedanken, dass es vielleicht besser wäre, wenn die Mine ihn getötet hätte. Er mag seinen Lieben nicht zur Last fallen.

Im Lazarett liegen die deutschen Verwundeten in einer Ecke des großen Saals beieinander, damit diejenigen, die ein wenig Französisch sprechen, für die anderen dolmetschen können. Der Saal erinnert an das Langschiff einer Kirche, die Wände aus rotem Sandstein, bunte Glasfenster mit gotischem Maßwerk, eine hohe Gewölbedecke. Es ist angenehm kühl und luftig. Heinz bedankt sich bei den Sanitätern, die ihn auf ein Bett legen, und fällt sofort in tiefen Schlaf.

Stunden später erwacht er von lautem Tumult. »Pass auf! Halt fest!«

Verwirrt blickt er um sich und sieht gerade noch, wie eine Frau den Blechteller von seinem Nachttisch nimmt und damit davongeht.

»Die klauen wie die Raben!«, schimpft sein Bettnachbar.

»Wenn ich die erwische, bekommt sie meinen Armstumpf übergehauen!«

»Eine Schande! Wer einen Krüppel bestiehlt, dem soll die Hand aus dem Grab wachsen …«

Es sind die Besucher, meist französische Ehefrauen oder Töchter, die der Ansicht sind, dass die Deutschen selber schuld an ihrer Misere seien und daher auch nicht gefüttert werden müssten. An den folgenden Tagen im Lazarett lernt Heinz, seine Suppe und das Brot so rasch wie möglich zu verzehren, bevor es ihm gestohlen wird. Wenn sich jedoch Kinder mit hungrigen Blicken seinem Bett nähern, gibt er ihnen die Suppe und begnügt sich mit dem Brot. Vor den Augen der schmalen Kleinen zu essen, ohne ihnen etwas abzugeben – das bekommt Heinz nicht fertig.

»Wirst dir einen Polstersessel im Himmel erwerben«, witzelt sein Bettnachbar. »Und wenn du so weiterhungerst, sitzt du auch bald drauf!«

Trotzdem hat Heinz Erfolg. Die Krankenschwestern mögen ihn, weil er freundlich ist und sich bemüht, ihnen so wenig Arbeit wie möglich zu machen. Sein rechtes Bein musste über dem Knie amputiert werden, das linke hat einige tiefe Fleischwunden abbekommen, die heilen aber gut, der Knochen ist in Ordnung. Bald bekommt er Krücken und macht die ersten Gehversuche.

»Humpelversuche sind das wohl eher«, scherzt er, wenn er außer Atem vor Anstrengung auf das Bett zurückfällt.

»Tu es trop faible. Il te faut manger«, sagt eine der Schwestern. Sie leitet die Station und kümmert sich von nun an darum, dass Heinz seine Mahlzeiten aufisst. Er ist zu schwach, deshalb muss er essen, sonst lernt er nie, mit den Krücken zu gehen. Während das Essen ausgeteilt wird, steht sie im Mittelgang bei den Deutschen und wacht mit Argusaugen darüber, dass sich niemand an Heinz Kochs Mahlzeit vergreift.

»Du bist ein Charmeur, Heinz«, bekommt er von den Kameraden zu hören. »Hast die Bestie gezähmt, die frisst dir jetzt aus der Hand. Sag ihr, sie soll uns ganz oben auf die Liste setzen, damit wir schnell heimgeschickt werden …«

In jedem Lazarett werden die dringendsten Fälle für den nächsten Transport nach Deutschland aufgelistet, und es ist bekannt, dass es dabei manchmal nicht mit rechten Dingen zugeht. Auch hier spielen Geld und Beziehungen eine Rolle.

»Die wird uns alle auf die Liste setzen«, witzelt einer. »Bloß nicht den Heinz. Den will sie hierbehalten, weil sie ihn so gern mag …«

»Setzt bloß nicht solche Gerüchte in die Welt«, lacht Heinz gutmütig. »Meine Else wird mir den Kopf abreißen, wenn sie davon erfährt.«

Dabei weiß er nicht einmal, ob die Else und die Hilde noch am Leben sind. Ob das Haus noch steht. Aber weil die Kameraden jetzt so oft von daheim reden und Pläne für die Zukunft machen, mag er sie nicht entmutigen. Es ist viel besser, Hoffnungen zu hegen, als Trübsal zu blasen. Und tatsächlich kann er dankbar sein, denn seine Verletzungen heilen. Auch der Stumpf, der ihm vom rechten Bein geblieben ist, wächst langsam zu. Besonders darüber ist er richtig froh, denn der Verbandswechsel ist eine sehr schmerzhafte Angelegenheit. Dabei wird die Wunde jedes Mal wieder ein Stückchen aufgerissen, und die Krankenschwester entfernt die kleinen Stofffasern mit einer Pinzette, bevor sie die Wunde mit Desinfektionsmittel betupft und frisch verbindet. Heinz nimmt sich bei jeder Behandlung vor, dieses Mal nicht zu stöhnen, sondern den Schmerz nach Indianerart schweigend zu ertragen. Leider klappt es immer nur zu Anfang, da beißt er auf ein Stück Stoff und gibt keinen Laut von sich. Wenn die Schwester aber mit dem Wattebausch kommt, auf dem das brennende Desinfektionsmittel ist, dann gibt er nach und »macht Musik«, wie sie es nennt.

Ende September kommt ein älterer Mann in Uniform und verkündet in reinstem Deutsch, dass folgende Kriegsgefangene beim nächsten Transport dabei sind. Er liest eine Reihe von Namen vor, auch Heinz und seine Kameraden sind dabei. Auf einen Schlag ist die Stimmung zum Bersten, alle sind begeistert, schreien, schlagen auf die Bettkanten, lachen. Endlich! Nach Hause. Bloß raus aus diesem Backsteinkasten.

»Und wann ist das?«

»Voraussichtlich in zwei Wochen …«

»So lange noch?«

»Stimmt das auch? Das letzte Mal habt ihr uns beschissen. Erst groß angekündigt, und hinterher war's nichts …«

»Es geht immer der Reihe nach!«, sagt der Franzose, der aus dem Elsass kommt und daher so gut Deutsch spricht. Er ist ein hagerer, ernster Typ, das Auffallendste an ihm ist sein üppiger brauner Schnurrbart, der das gesamte Gesicht beherrscht. Als er sich jetzt umwendet, um durch den Mittelgang hindurch aus dem Saal zu gehen, wird er von allen Seiten gerufen, auch zornig beschimpft. Es sind deutsche Kriegsgefangene, die wieder nicht auf der Liste gestanden haben und schwer enttäuscht sind. Doch der Franzose geht scheinbar unbeteiligt seines Weges und kümmert sich nicht um den Aufruhr.

»Jetzt wird's ernst, Heinz«, sagt sein Bettnachbar. »Jetzt fängt das zweite Leben an. Mensch, wenn ich erst wieder in meiner Stammkneipe sitze und eine Blonde vom Fass zische …«

Die Stimmung ist angeregt, bis in den Abend hinein erzählen

sie sich gegenseitig, worauf sie sich am meisten freuen, wenn sie erst wieder daheim sind. Auf die Braut oder die Ehefrau. Auf die Kinder. Die Eltern. Auf die Stammkneipe. Die Kumpel. Den Keller mit den Werkzeugen. Auf ein anständiges Bett. Einer freut sich auf seine Bücher, was kaum einer verstehen kann. Heinz erklärt, er freue sich vor allem auf seine Frau und die Tochter. Und dann hoffe er natürlich, dass die Söhne bald wieder daheim sind.

»Hast du nicht ein Gasthaus oder so was in Wiesbaden?«, fragt einer.

»Das Café Engel. In der Wilhelmstraße.«

»Feine Gegend, wie?«

Heinz erzählt, dass die Wilhelmstraße so etwas wie die Prachtstraße der Stadt sei. Theater, Kurhaus, Kurpark, Kochbrunnen – alles läge in Reichweite.

»Falls es noch steht«, fügt er leise hinzu. »Sie haben unsere Städte ja in Schutt und Asche gelegt.«

Niemand hat Nachricht aus der Heimat, es gibt keine Postverbindung, Telefonieren ist schon gar nicht möglich. Die meisten haben nicht einmal etwas Vernünftiges anzuziehen, weil ihre Kleidung bei der Explosion in Fetzen ging. Sie tragen abgelegte Sachen, über deren Vorbesitzer sie besser nicht nachdenken möchten. Wahrscheinlich ist es die Bekleidung jener Unglücklichen, die hier im Lazarett gestorben sind. Kein schöner Gedanke – aber die Schwestern haben die Sachen immerhin gewaschen und desinfiziert, und außerdem ist es besser, als nackt herumzulaufen.

Erst am Abend, als das Licht in den bunten Glasfenstern matter wird und die Farben langsam zu eintönigem Grau verschmelzen, werden die Männer schweigsamer. Da weicht die Euphorie der Sorge, dass die ersehnte Heimkehr ganz anders verlaufen könnte als erhofft. Sie liegen mit offenen Augen da und starren in das Kuppelgewölbe über ihnen, wo die Nachtinsekten einen ekstatischen Tanz um eine der Hängelampen vollführen. Tausend Angstgespenster erwachen in ihrer Phantasie. Auch Heinz sieht das Café Engel als brennende Ruine, hört das Krachen der Kellerdecke, die über den Bewohnern zusammenstürzt. Das Schreien und Stöhnen der Verschütteten, das langsam stiller wird und endlich ganz versiegt.

Wenn es so ist, dann will er nicht nach Hause. Schon gar nicht als der hilfsbedürftige Krüppel, der er jetzt ist. Wozu der Aufwand? Um auf den Trümmern seines Hauses zu sitzen? Um zum Friedhof zu humpeln, wo die Gräber seiner Lieben sind?

Er ringt mit sich. Du bist ein Feigling, Heinz, sagt er zu sich selbst. Natürlich wirst du heimkehren, selbst wenn du alles verloren hast. Schließlich ist das der Ort, an den du gehörst. Und so Gott will, kommen die Söhne zurück. Dann werden wir die Ärmel aufkrempeln und von vorn anfangen. Das bin ich meinen Jungs schuldig, dass ich nicht feige davonlaufe …

Tatsächlich werden sie zwei Wochen später per Bahn bis an die deutsche Grenze befördert und in ein provisorisches Lazarett in der Nähe von Freiburg gebracht. Dort ist die Heimkehr vorerst zu Ende, aber immerhin, sie liegen in frisch bezogenen Betten, werden von freundlichen deutschen und französischen Schwestern betreut. Alles Weitere steht in den Sternen.

Wenn man doch wenigstens vorher wüsste, wie die Lage ist. Auch wenn es schlimm sein sollte – es ist doch besser, vorbereitet zu sein. Heinz denkt an ein Telegramm, davon hat ihm sein Bettnachbar erzählt. Teuer sei das, aber einige hätten es hinbekommen, die wüssten jetzt Bescheid.

»Und wie soll das gehen?«, erkundigt er sich. »Wenn unsereiner nicht zum Postamt laufen kann, um ein Telegramm aufzugeben?«

»Na, über eine der Schwestern. Der Karl, der Gauner, der hat mit der hübschen mit dem kurzen schwarzen Haar etwas angefangen …«

»Und sie hat für ihn ein Telegramm nach Deutschland geschickt?«

»Jau. Ganz umsonst. Er hat sogar eine Antwort bekommen. Aber die war nicht schön, glaub ich. Er hat nicht viel davon geredet.«

Sehr ermutigend klingt das ja nicht, denkt Heinz. Aber wie auch immer, es ist besser, Klarheit zu haben. Wenn er doch nur Geld hätte. Dann würde er eine der jüngeren Schwestern darum bitten, vielleicht die Hübsche mit den kurzen schwarzen Haaren. Aber er hat kein Geld. Der einzige Gegenstand von Wert, der ihm geblieben ist, ist sein Ehering, der ist ganz dünn und abgeschabt und geht auch nicht mehr vom Ringfinger herunter, weil das Gelenk dicker geworden ist. Wahrscheinlich eine Arthrose, keine schöne Sache, aber sie hat immerhin verhindert, dass ihm der Ring gestohlen wurde. Jetzt fängt er an, den Ring zu bearbeiten, zum Knöchel hin zu schieben, was verflucht wehtut, aber er lässt nicht nach. Zeitweise glaubt er, gleich müsse der goldene Reif auseinanderplatzen oder – was noch schlimmer wäre – er bliebe auf dem Gelenk für alle Zeiten stecken.

Wenn die Else das wüsste, denkt er und müht sich ab, bis ihm der Schweiß ausbricht. So ist sie, meine Else. Die lässt mich nicht los. Aber es muss jetzt sein – wir können uns ja neue Ringe kaufen. Irgendwann. Und wenn nicht, wenn die Else nicht mehr am Leben ist, dann brauche ich auch keinen Ring mehr.

Als er es endlich geschafft hat, ist das Gelenk des Ringfingers dick geschwollen und wund, aber der Ring ist unversehrt. Der Ring, in dem ihr Name steht. Else Maria Koch. Und das Datum der Eheschließung. Der 25. März 1919. Heinz steckt den Ring an den kleinen Finger, um ihn ja nicht zu verlieren, und befühlt das geschwollene Gelenk. Obwohl er mit sich im Reinen ist, hat er doch ein schlechtes Gewissen bei dem Gedanken, diesen Ring, den er so lange getragen hat, für ein schnödes Telegramm hinzugeben. Eine Weile kann er nicht einschlafen, weil ihm der Finger schmerzt, er hört die Kameraden schnarchen und pusten, hinten im Krankensaal ist Licht, die Nachtschwester ist mit einem frisch Operierten beschäftigt, man hört sein Stöhnen bis hierher.

Am Morgen hat er Glück: Die Schwester mit den kurzen schwarzen Haaren teilt die Morgensuppe aus. Er schwingt sich auf seine Krücken und bringt den leeren Blechteller zu dem kleinen Geschirrwagen. Dort hat er Gelegenheit, ein paar Worte mit ihr zu wechseln.

»Ein Telegramm? Aber das ist teuer …«

Er zeigt ihr den Ring, und sie versteht. Nimmt den Ring und steckt ihn in ihre Tasche. Später, als er durch den Gang humpelt, gibt sie ihm ein Stück Papier und einen Stift. Er schreibt die Adresse auf. Dazu wenige Worte.

Komme bald. Wie geht's euch?

Jetzt kann er nur hoffen, dass sie auch ehrlich ist. Inzwischen weiß er, dass er nicht der Einzige ist, der seinen letzten Besitz für ein Telegramm in die Heimat hergegeben hat. Zwei seiner Kameraden haben es ebenso gemacht, einer hatte noch eine dünne Goldkette um den Hals, der andere besaß ein Klappmesser, das er – weiß der Teufel, wie – bis hierher gerettet hat.

»Ist nicht sicher, ob das Telegramm überhaupt durchgeht«, meint der eine. »Weil sie Deutschland in Sektoren aufgeteilt haben …«

Ach du Elend, denkt Heinz. Hier ist der französische Sektor, und Wiesbaden liegt im amerikanischen Sektor. Das kann ja gar nicht funktionieren …

Es kommt keine Antwort.

HILDE

Wiesbaden, Juli 1945

Was für eine Hitze! Erst zehn Uhr morgens, und das Thermometer zeigt schon fast dreißig Grad. Drüben, wo noch der Bombenschutt herumliegt, wirbelt jedes Lüftchen Schmutzwolken auf, man kann keine Tische und Stühle vor das Café stellen, weil dann den Gästen der Ruinenstaub in den Muckefuck fliegt. Hilde und ihre Mutter haben sich drinnen an einen Tisch gesetzt, um sich ein Tässchen kalten Pfefferminztee zu gönnen und dazu ein Brot mit Rübensirup zu essen. Mehr geben die Lebensmittelkarten momentan nicht her, aber angeblich soll es ja besser werden. Ein Pfund Brot, zweihundert Gramm Fleisch und 87,5 Gramm Fett bekommt jeder Wiesbadener pro Woche zugestanden. Dazu fünf Pfund Kartoffeln und »kochfertige Suppen«. Wenn der Schwarzmarkt nicht wäre, könnten sie das Café gleich zumachen. Mehl, Fett und Zucker braucht Mama schon, um einen anständigen Kuchen zu backen. Aber irgendeine Zutat fehlt immer, manchmal sogar mehrere, und Mama muss ihren Erfindergeist spielen lassen. Neulich gab es süße Küchlein aus aufbereiteten Kartoffelschalen – schmeckte gar nicht so schlecht.

»Wo bleibt denn der Addi mit der Julia?«, wundert sich Hilde. »Die kommen doch sonst immer um die Zeit runter.«

Sie schiebt die aufdringliche Schnauze des Bunten von ihren Knien, dann seufzt sie und schneidet ein kleines Stückchen von der Brotkante ab. Mit Rübensirup. Der Bunte nimmt die Gabe ganz vorsichtig mit der Schnauzenspitze; wenn er will, kann er ein sanfter Schmusehund sein.

»Hoffentlich sind die nicht oben unterm Dach verglüht«, seufzt Mama. »Bei dieser Hitze kommt da keiner zum Schlafen.«

Hilde kaut ihr Brot und schaut dabei aus dem Fenster. Ein zerlumpter Mensch fährt auf dem Fahrrad vorüber, er hat eine Kiste auf dem Gepäckträger befestigt, darin sammelt er allerlei Zeug, das man gebrauchen kann. Nägel, Schrauben, Eisenstücke, Holzbretter, Gummi – man muss sich behelfen, so gut es geht, Handwerker sind rar. Zwei kleine Jungen folgen dem Sammler. Ab und zu bleiben sie stehen, heben etwas vom Boden auf und geben es dem Mann auf dem Fahrrad zur Prüfung. Wenn er nickt, werfen sie es in die Kiste.

»Früher kam um diese Zeit immer die Post«, murmelt Hilde. »Und die Zeitung.«

Mama schweigt und trinkt Tee. Hilde weiß, was jetzt kommt, und sie ärgert sich, den Satz mit der Post gesagt zu haben. Aber nun ist er raus, und sie muss die Folgen tragen.

»Du glaubst doch nicht im Ernst, dass er dir schreibt?«

»Warum denn nicht?«, gibt sie trotzig zurück. »Wenn er am Leben ist, dann wird er es tun.«

Mama verdreht die Augen und stöhnt leise. »Mag sein, dass er sich in dich verliebt hat, Hilde. Aber jetzt ist er in Frankreich bei seiner Frau und bei der Familie …«

»Wenn er es überhaupt bis dorthin geschafft hat«, fällt Hilde leise ein.

Mama schnaubt zornig. »Das Geschwätz von diesem Sturbock wirst du doch wohl nicht glauben? Nein, nein, der Jean-Jacques ist jetzt daheim, und dort wird er bleiben. Darauf verwette ich das Café Engel!«

Hilde müsste jetzt einwerfen, dass die Mutter das Café gar nicht verwetten kann, weil es zur Hälfte dem Papa gehört. Aber sie lässt es bleiben, weil sie ein besseres Argument ins Feld führen kann. »Ich versteh dich nicht, Mama«, meint sie vorwurfsvoll. »War es nicht damals mit dir und Papa ganz ähnlich? Hast du ihn nicht von der Straße weg ins Café geholt? Einen dahergelaufenen, abgerissen aussehenden Soldaten. Und was ist daraus geworden? Die ganz große Liebe!«

»Das war etwas anderes!«, sagt Mama kopfschüttelnd.

»Und wieso bitte?«, ruft Hilde angriffslustig.

»Weil er kein Franzose, sondern ein Deutscher ist. Und weil er … nun ja … er ist halt geblieben und *nicht* nach Hause zu seiner Familie gefahren.«

Da hat sie es! Hätten sie dem Jean-Jacques doch bloß nicht zur Flucht nach Frankreich verholfen. Lebensgefährlich war das, für sie alle drei. Und sinnlos dazu. Weil die Nazis die französischen Fremdarbeiter sowieso zurück in die Heimat geschickt haben. Aber damals hat das ja keiner gewusst. Da wurden die Fremdarbeiter irgendwohin abtransportiert, und alle haben gedacht, dass sie jetzt in ein Lager kommen und vielleicht erschossen werden.

Sie hätte ihn einfach nur verstecken sollen. Dann hätte er nach dem Einmarsch der Amerikaner in aller Ruhe in die Heimat reisen können, um seine Angelegenheiten zu regeln.

»Und außerdem war Papa damals nicht verheiratet.«

Mama unterbricht sich, weil in diesem Moment Sofia Künzel ins Café tritt. Sie ist noch im Morgenmantel, an den Füßen hat sie schrecklich kitschige Hauspantöffelchen aus rosa Seide mit einem Stück Federboa obendrauf. Sie balanciert drei Dosen mit eingekochtem Obst und zwei Tüten Mehl auf den Armen, mit den Zähnen hält sie eine Tüte Zucker fest. Hilde und ihre Mutter stürzen herbei, um ihr den Segen abzunehmen und das Zeug in der Küche verschwinden zu lassen, bevor sich ein Gast im Café blicken lässt.

»Wenn wir Sie nicht hätten …«, stöhnt Mama beglückt, denn die Gaben sichern wieder für eine ganze Woche Sandkuchen und Obststückchen in der Kuchentheke.

»Hart erarbeitet, Frau Koch«, lacht die Künzel und rafft den

Morgenmantel zusammen, der bei dem schwierigen Transport vorn aufgegangen ist. Darunter trägt sie ein seidenes Nachthemd in mattrosa mit gelben Spitzen, das ihre Formen gut zur Geltung bringt. Sofia Künzel ist knapp über fünfzig, aber die Kraft ihrer Weiblichkeit ist ungebrochen. Ebenso wie die Strahlkraft ihres dramatischen Soprans, der für Wagner-Partien wie geschaffen ist.

»Kalter Pfefferminz?«, fragt sie und nimmt den Deckel von der Kanne. »Genau das Richtige bei der Hitze. Schaut mal her, was ich habe!«

Sie zieht eine kleine Dose aus der Tasche und stellt sie auf den Tisch. Orange Jam. Das ist Orangenmarmelade.

»Viel zu schade zum Essen«, meint Mama andächtig. »Da könnte ich Törtchen von machen ...«

»Nichts da«, knurrt die Künzel. »Das schnabulieren wir zum Frühstück. Etwas Luxus muss sein, wenn ich schon die halbe Nacht für die Amis geklimpert habe.«

Seit zwei Wochen hat sie einen »Job« in einer amerikanischen Bar in der Steingasse, bekommt dort eine ausgiebige Mahlzeit serviert und dazu alkoholische Getränke, so viel sie will. Dafür spielt sie bis gegen vier Uhr in der Nacht nach den Wünschen der Gäste zum Tanz, mal fetzig, mal romantisch, mal wild, mal zum Schmusen.

»Am Anfang hab ich mir ja Noten mitgenommen«, erzählt sie. »Aber dann hab ich gemerkt, dass es denen ganz gleich ist, was ich spiele. Hauptsache, man kann dazu tanzen. Seitdem improvisiere ich einfach irgendwas – klappt großartig.«

Sie streichelt den Bunten, der seine Schnauze auf ihr Knie legt.

»Und vielleicht habe ich einen Schüler«, erzählt sie verschmitzt. »Klavier und Gesang. Zehn Dollar die Stunde hab ich frech verlangt ...«

Sie öffnet die Marmeladendose, riecht daran, verdreht die

Augen und reicht die Dose an Mama weiter. Orangenduft … du meine Güte, wie in seligen Friedenszeiten. Den Frieden haben sie ja nun – die Orangen leider nicht.

»Wo ist denn der Addi? Und die Julia?«, wundert sich die Künzel. »Haben die schon gefrühstückt?«

Hilde will gerade erklären, dass sie die beiden heute noch nicht gesehen haben, da kommt die Drehtür in Schwung und spuckt einen Gast aus.

Oder ist es eher ein Geist? Die drei Frauen am Frühstückstisch starren Johanna Warnecke befremdet an. Giselas Mutter trägt einen langen Sommermantel, der ganz offensichtlich für einen Mann gearbeitet wurde. Ob sie etwas darunter anhat, ist schwer festzustellen. Auf jeden Fall trägt sie weder Strümpfe noch Schuhe.

»Wo ist sie?«, krächzt sie in Hildes Richtung.

Johanna Warnecke war früher einmal eine attraktive Frau. Jetzt ist sie eine Karikatur ihrer selbst, ein trauriger, erschreckender Anblick. Das Haar grau und seltsam verfilzt, das Gesicht eingefallen, der Hals so dünn, dass sich die Knochen abzeichnen. Nur die tief liegenden Augen sind lebendig, sie bewegen sich unablässig, irren im Raum umher, bleiben immer wieder an Hilde hängen.

»Es tut mir leid, Frau Warnecke«, sagt Hilde mit lauter Stimme, damit sie zu ihr durchdringt. »Ich habe Gisela seit Tagen nicht gesehen.«

»Du lügst!«, fährt sie Hilde an. »Alle lügen. Drei Nächte war sie nicht mehr zu Hause. Treibt sich herum. Eine deutsche Offizierstochter aus gutem Hause …«

»Jetzt beruhigen Sie sich mal«, redet ihr die Künzel zu. »Die Gisela, die weiß schon, was sie tut. Das ist ein kluges Mädel. Um die müssen Sie sich keine Sorgen machen.«

»Was wissen Sie denn schon?«, stöhnt die Warnecke. »Meine Tochter hat am Abend daheim zu sein. So ist das in unseren

Kreisen. Ein deutsches Mädel treibt sich nicht herum, sie bewahrt sich für den Ehemann auf. Ich will, dass sie nach Hause kommt. Sie ist hier, ich weiß es genau …«

Sie rüttelt an der Tür zum Nebenraum, die zum Glück verschlossen ist. »Gisela!«, ruft sie mit heiserer Stimme. »Gisela, du Schlampe! Komm heraus! Komm zu deiner Mutter …«

Hilde sendet einen hilfesuchenden Blick zu ihrer Mutter, und Mama steht auf, um die Sache von der praktischen Seite anzugehen. »Jetzt trinken Sie erstmal ein Schlückchen …«

Johanna Warnecke dreht sich um und wehrt empört ab. »Ich trinke niemals. Eine deutsche Frau … Na, geben Sie schon her …«

Sie kippt das Gläschen Selbstgebrannten, den die Kochs regelmäßig von einem Bauern aus Dauborn beziehen, hinunter, und ihre Gesichtszüge werden weicher.

»Und jetzt gehen Sie mal schön nach Hause«, redet Mama ihr zu. »Die Gisela ist bestimmt längst daheim und wartet auf Sie.«

»Aber da ist sie nicht!«

»Doch, doch«, sagt die Künzel. »Die liegt in ihrem Bett und schläft. Bestimmt.«

Johanna Warnecke nimmt noch ein zweites Gläschen, dann begibt sie sich in Schlangenlinien zur Drehtür und verschwindet darin. Dreht einmal ganz herum und ist wieder da. Schaut verwirrt um sich und dreht noch einmal. Und ist endlich zur anderen Seite raus.

»Du liebe Zeit«, seufzt Mama. »Die ist ja völlig durch den Wind. Wie schrecklich. Die arme Frau …«

»Tja, wenn eine jetzt noch an den Endsieg glaubt, dann hat sie einen ordentlichen Sprung in der Schüssel«, versetzt die Künzel.

Hilde tut die Mutter ihrer Freundin ebenfalls leid. Und natürlich auch Gisela. Obgleich sie am Zustand ihrer Mutter nicht ganz unschuldig ist. Dass ihre wohlerzogene Tochter die Nächte in einer amerikanischen Bar verbringt, um dort mit den fremden Offizieren zu tanzen, ist für Johanna Warnecke einfach unvorstellbar. Aber Gisela hat sich mit Hilfe der Künzel Zugang zu der Bar in der Steingasse verschafft, und so wie es aussieht, ist sie inzwischen mit einem amerikanischen Soldaten verbandelt.

»Versorgt die Großeltern und die Mutter mit Lebensmitteln, das Mädel«, meint die Künzel, die in puncto Keuschheit und Sitte wenig heikel ist. »Kaffee, Whiskey, Zigaretten, Corned Beef – kriegt sie alles von ihrem Lover, und damit kann sie auf dem Schwarzmarkt tauschen gehen.«

Hilde und ihre Mutter sagen nichts dazu. Die Zeiten sind hart, da muss jede schauen, wie sie durchkommt. Gisela hat diesen Weg gewählt. Das ist ihre Sache. Hilde würde unter keinen Umständen mit einem Amerikaner tanzen, um von ihm Corned Beef und Zigaretten zu erbetteln. Lieber würde sie verhungern. Die Künzel hat ihr Brot mit Orangenmarmelade verzehrt, jetzt reckt sie sich auf dem Stuhl, gähnt und erklärt, noch ein Stündchen Schlaf zu brauchen. Schließlich arbeitet sie ja bis spät in die Nacht.

»Bis ich daheim bin, ist's fünfe am Morgen. Das ist schlimmer als zwei Wagner-Opern hintereinander. Bin schließlich nicht mehr die Jüngste …«

Sie schiebt den Hund zur Seite, rafft den Morgenmantel und schlurft in ihren seidenen Pantöffelchen hinaus.

»Schauen Sie doch bitte mal nach Addi und Julia«, ruft ihr Mama hinterher. Hilde ist nach draußen gelaufen, um die Lage zu peilen. Nun ja – ein wenig staubig ist es schon. Man muss den Bürgersteig vor dem Café mit zwei Eimern Wasser bespritzen, dann wird es schon gehen. Zum Glück funktioniert die Wasserleitung des Cafés, mit Strom und Gas ist es schwieriger, das gibt es immer nur stundenweise bis gar nicht.

Hilde und ihre Mutter haben kaum die Sonnenschirme aufgespannt, da hören sie die klangvolle Bühnenstimme der Künzel im Treppenhaus. »Frau Koch! Wo stecken Sie denn? Wir brauchen einen Arzt! Schnell!«

Beinahe wäre ihnen der große Sonnenschirm umgekippt, weil sie beide im gleichen Moment loslassen. Hilde kann gerade noch zufassen, sonst hätte das gute Stück eine Frau samt Handwagen begraben.

»Da haben wir's«, seufzt Mama. »Ich hab mir gleich gedacht, dass da oben was nicht stimmt. Wo der Addi sonst immer der Erste beim Frühstück ist …«

Die Künzel ist immer noch im Morgenmantel, die Pantöffelchen hat sie oben gelassen, weil sie beim raschen Treppenlaufen hinderlich sind.

»Der Addi pfeift auf dem letzten Loch«, schnauft sie, selber ganz außer Atem. »Fieber, Atemnot, Stechen in der Brust … Mensch, wenn der sich mal keine Lungenentzündung eingehandelt hat!«

Hilde bindet die Schürze ab und nickt der Mutter zu.

»Ich lauf rasch zu Dr. Walter.«

Während sie schon in der Drehtür ist, hört sie die Künzel lamentieren. »Unfassbar! Da sitzt dieses Mädel neben seinem Bett und hält Händchen mit ihm, anstatt einen Arzt zu holen. Die Julia ist wirklich vom Mond gefallen.«

Ach je, denkt Hilde, während sie die Wilhelmstraße in Richtung Rheinstraße läuft. Gar nicht auszudenken, wenn dem Addi etwas passiert. Wo er doch immer Julia Wemhöners guter Geist und väterlicher Helfer ist. Was würde sie ohne ihn anfangen?

In der Rheinstraße steigt sie drei Stockwerke hoch und klingelt an der Praxistür des Hausarztes. Es dauert eine Weile, bis auf der anderen Seite jemand herbeischlurft und die Tür einen Spaltbreit öffnet. Hilde erblickt ein blasses Mädchengesicht, umrahmt von flusigem blondem Haar. Eine neue Sprechstundenhilfe.

»Der Herr Doktor Walter ist zu einem Kranken unterwegs.«

»Und wann kommt er voraussichtlich zurück?«

Das weiß sie nicht. In einer Stunde vielleicht. Oder auch später.

»Ein guter Bekannter hat eine Lungenentzündung«, macht Hilde die Sache dringlich. »Er ist schon über sechzig und fiebert sehr hoch …«

Das blasse Mädchen beißt sich auf die Unterlippe und schaut sorgenvoll drein. »Vielleicht probieren Sie es in der Praxis gegenüber. Bei Dr. Volkmann …«

Sie weist mit dem Finger nach drüben, lächelt Hilde ermutigend zu und schließt die Tür. Hilde schnaubt verärgert. Immer muss sie Pech haben. Aber bevor Addi etwas Schlimmes zustößt, versucht sie es halt bei diesem Dr. Volkmann. Der muss ganz neu hier sein, sie hat noch nie etwas von ihm gehört.

Immerhin öffnet ihr sofort eine freundliche ältere Frau im weißen Kittel und will sie ins Wartezimmer führen. Aber Hilde hat keine Zeit zu warten, sie sprudelt ihr Anliegen gleich heraus.

»Eine Lungenentzündung?«, fragt die Frau und runzelt die Stirn. »Sind Sie sicher?«

»Ziemlich. Herr Dobscher ist eigentlich nie krank. Wenn der im Bett bleibt, dann ist es wirklich schlimm …«

»Dobscher? Doch nicht etwa Adalbert Dobscher? Der Sänger vom Staatstheater?«

»Doch!«, ruft Hilde aus. »Genau der.«

»O mein Gott!«, ruft die Frau aus und eilt davon.

Hilde hört eine kurze Diskussion. Energisch drängender Sopran gegen unwilligen Bass. Sopran wird lauter. Bass lamentiert. Sopran wird energisch. Bass wird leiser. Sopran klingt grell. Bass kapituliert.

»Ich weiß ja gar nicht, ob ich …«

»Natürlich kannst du. Adalbert Dobscher … ich habe ihn angebetet … sein Don Giovanni …«

»Der Teufel soll ihn holen«, knurrt der Bass.

Gleich darauf erscheint ein stämmiger Mann mit grauem Haarkranz um die rosige Glatze im Wohnungsflur, greift eine Tasche und setzt sich einen Strohhut auf.

»Ich bin Dr. Volkmann. Gehen wir. Ist es weit?«

»Nur bis zur Wilhelmstraße.«

Er hat einen ordentlichen Schritt am Leib, der Herr Doktor. Hilde muss sich anstrengen, um mitzuhalten. Wahrscheinlich rennt er so, weil er sich über seine energische Ehehälfte ärgert. Vor dem Café Engel bleiben sie stehen, und der Arzt schüttelt den Kopf über zwei Frauen, die an einem Tisch unter dem Sonnenschirm Platz genommen haben.

»Unfassbar, dass es Leute gibt, die Geld für Kaffee und Kuchen ausgeben können. Wo andere nicht mal Brot zu essen haben!«

Jetzt ist Hilde endgültig sauer auf diesen Dr. Volkmann, der ihnen die Gäste missgönnt. Sie hält die Tür zum Treppenhaus auf und macht eine einladende Armbewegung. »Hier herauf bitte, Herr Doktor.«

Er stampft ihr voraus die Treppen hinauf, dass die hölzernen Stufen knarren und knacken. Im zweiten Stock steht Marianne Storbeck am Geländer und schaut neugierig nach unten. Als sie näher kommen, verschwindet sie, man hört ihre Wohnungstür schlagen.

»Noch höher?«

»Ein Stockwerk noch.«

Der Doktor knurrt etwas Unverständliches und geht weiter. Oben ist Addis Wohnungstür nur angelehnt, man hört Julia schluchzen, die Künzel redet beruhigend auf sie ein, erreicht aber nur, dass Julia immer lauter schluchzt.

»Vielleicht ist er ja schon tot!«, äußert der Doktor.

Hilde bereut zutiefst, diesen unmöglichen Menschen hergebracht zu haben. Hätte sie doch auf Dr. Walter gewartet! Dieser Volkmann hat ja ein Gemüt wie ein Fleischerhund!

Sie müssen Julia von Addis Bettkante ziehen, weil sie ihn auf keinen Fall verlassen will. Hilde geht mit ihr in die Küche und nimmt sie in die Arme, flüstert ihr ins Ohr, dass Addi eine Pferdenatur hat und ganz bestimmt wieder gesund wird.

»Ich … ich hab … ich hab ihn immer … immer so schlecht behandelt«, weint Julia an Hildes Schulter. »Weil er doch … weil er doch so ganz anders ist, als der … der Don Giovanni … Und jetzt …«

Das mit dem Don Giovanni versteht Hilde nicht, Julias Verzweiflung aber schon. Sie streichelt Julias Rücken und sagt ihr immer wieder, dass alles gut wird. Wovon sie selbst zwar nicht überzeugt ist, aber es hilft: Julia hört auf zu weinen und sucht ein Taschentuch, um sich die Nase zu schnäuzen.

»Sofort!«, sagt drüben im Schlafzimmer die Bassstimme von Dr. Volkmann.

»Auf keinen Fall«, widerspricht Addi in heiserem Bariton.

»Dann krepieren Sie noch heute Nacht!«, verspricht ihm der Bass.

»Sie können mich mal kreuzweise«, hustet der heisere Bariton.

»Mann, jetzt seien Sie doch nicht so stur! Meine Frau lyncht mich, wenn ich Sie nicht in die Klinik schaffe!«

Addis Antwort geht in einem Hustenanfall unter. Dann krächzt er: »Ich will aber nicht ins Krankenhaus. Da sterben die Leute. Ich will hierbleiben. Hier in meinem … Üch … Üch …«

Jetzt mischt sich die Künzel ein, und sie tut es mit der ihr eigenen Entschiedenheit. »Jetzt halt aber mal endlich die Klappe, Addi! Wir bringen dich ins Paulinenstift, ob du willst oder nicht. Das bist du der Julia schuldig. Die heult sich schon jetzt die Augen aus …«

Was Addi darauf antwortet, bekommt Hilde nicht mehr mit, weil plötzlich Mama in Addis Küche steht. Sie ist ganz außer Atem, weil sie die Treppen so schnell hinaufgerannt ist.

»Ist der Doktor da?«, fragt sie und redet gleich weiter. »Du musst sofort ins Café kommen, Hilde. Schnell. Ich muss wieder runter …«

»Ja, aber …«, ruft Hilde ihr nach. Da ist Mama schon wieder die Treppe hinabgelaufen, direkt an der neugierigen Nase von Marianne Storbeck vorbei.

»Sie haben meinen Rat gehört«, sagt Dr. Volkmann in Addis Schlafzimmer. »Mehr kann ich nicht tun. Empfehle mich der Dame. Schönen Tag noch.«

»Haaalt«, ruft die Künzel mit Opernpathos. »Sie können jetzt nicht davonlaufen, Herr Doktor. Wir brauchen Sie! Sie und Ihre männliche Kraft …«

»Pardon?«

»Sie müssen uns helfen, Herrn Dobscher die Treppen hinunterzubringen.«

»Ich?«

»Wer sonst?

»Und dann?«

»Dann setzen wir ihn in den Handkarren von der Else Koch. Unten in der Rheinstraße fährt schon wieder die Elektrische …«

»Davon kann ich nur abraten, gnädige Frau …«

Unten wird die Tür vom Café aufgerissen. Man hört Mamas aufgeregtes Rufen, obwohl sie sich bemüht, ihre Stimme zu dämpfen. »Hilde! Kommst du jetzt bitte!«

Heute ist wirklich die Hölle los! Hilde überlegt, dass die Künzel mit dem widerspenstigen Addi schon fertig werden wird, und beschließt, besser nach unten ins Café zu laufen, weil Mama ganz sicher Hilfe braucht. Sie klopft Julia ermutigend auf die Schulter.

»Bin gleich wieder da.«

Im Café steht Gisela, im schicken bunten Sommerkleidchen, neben ihr zwei junge Männer in amerikanischen Uniformen. Die ersten amerikanischen Gäste im Café Engel. Sie bewundern alle drei Mamas Kreationen in der Kuchentheke, die aus Maismehl, Eipulver, Zucker, Dosenobst und viel bäckerischer Intuition bestehen.

»Da bist du ja!«, ruft ihr Gisela entgegen, als sei sie mit ihr verabredet gewesen. »Ich habe Freunde mitgebracht. Dies ist Sammy, Josh kennst du ja schon. May I introduce you to my best friend, Hilde …«

Sammy ist ein langer Lulatsch mit einem Kindergesicht und einem breiten, harmlosen Grinsen. Hilde rafft ihre schwachen Englischkenntnisse zusammen und begrüßt die Gäste, erklärt, dass sie »very pleased« sei, und lädt sie ein, sich an einen Tisch niederzulassen. Josh ist Lieutenant Peters, der sich offensichtlich freut, sie wiederzusehen. Am Ende hat Gisela ja doch recht, und er hat ein Faible für sie, vielleicht gefällt ihm aber auch nur das Café. Das Foto von Eduard Graff hat er damals mitgenommen, und es sieht nicht so aus, als wollte er es heute zurückgeben. Nun ja. Siegesbeute eben.

Gisela postiert ihre Gefolgschaft an dem Tisch gleich neben der Kuchentheke, sie bestellen Kaffee und dreimal Obstkuchen.

»Schlagsahne haben wir leider nicht«, bemerkt Hilde. »We don't have cream …«

»Nicht weiter schlimm«, findet Gisela, die mit Sammy Händchen hält. »Aber was ist mit der Musik? Ich dachte, bei euch gibt's Tanzmusik zum Kaffee.«

»Aber doch nicht um die Mittagszeit!«, wehrt sich Hilde.

»Ach, komm«, drängt Gisela, und der Blick, mit dem sie die Freundin ansieht, sagt deutlich: *Mach jetzt keinen Mist, Hilde. Wo ich mir solche Mühe gebe, euch ins Geschäft zu bringen!*

»Ich schau mal nach.«

Ausgerechnet heute, wo der arme Addi ihre Hilfe braucht, müssen die ersten Amerikaner im Café auftauchen. Jetzt darf einfach nichts schiefgehen, sonst ist ihre Chance ein für alle Mal vorbei. Da hat Gisela natürlich recht. Hilde eilt in die Küche, wo Mama gerade den Muckefuck zubereitet, und nimmt ihr den Wasserkessel aus der Hand.

»Geh hoch, und hol die Künzel ins Café, Mama. Sie soll Klavier spielen. Und du musst dich um Addis Transport ins Krankenhaus kümmern. Ich übernehme das Café solange.«

Mama ist eine Frau der Tat, das war sie immer schon. Sie fragt nicht lange, sondern nickt der Tochter zu und läuft die Treppe hinauf, während Hilde den Muckefuck aufgießt und in Tassen füllt. Bohnenkaffee gibt's nicht im Café Engel, die Amis sollen ruhig merken, wie knapp die Versorgungslage in der Bevölkerung ist. Vielleicht zeigen sie sich dann ja spendabel.

Sie serviert Kaffee und Obstkuchen und geht dann nach draußen, um dort weitere Gäste zu bedienen. Die Alma Knauss hat sich schon lange nicht mehr blicken lassen, angeblich gefällt ihr die Lage des Cafés nicht mehr. Das hat zumindest die Ida Lehnhardt mal erzählt. Ida sitzt mit der Jenny Adler draußen und lässt sich kalten Pfefferminztee servieren. Natürlich muss Jenny zahlen, Ida Lehnhardt ist eine notorische Schmarotzerin, die so gut wie nie einen Pfennig in der Tasche hat.

Als Hilde durch die Drehtür zurück ins Café eilt, taucht dort gerade die Künzel auf. Sie hat ein Kleid übergezogen und ein buntes Seidentuch um den ungekämmten Haarschopf gebunden, was ihr ein pittoreskes Aussehen verleiht.

»Ihr treibt's ja bunt mit mir«, stöhnt sie. »Mir fallen gleich die Finger ab!«

Zum Glück ist die Künzel aber eine ausgemachte Rampensau. Sie jammert zwar herum, aber sie würde niemals die Gelegenheit zu einem Auftritt vergeben. Also setzt sie sich mit dem entsprechenden Brimborium ans Klavier, rückt den Schemel zurecht, öffnet den Deckel der Tastatur, nimmt mit einer liebevollen Geste den Tastenschoner aus Filz herunter und legt ihn beiseite. Dann reckt sie die Arme, bewegt die Finger und legt sie langsam auf die Tasten. Ein paar zögernde Akkorde, dann eine verträumte Melodie, aus der sich ein Swing-Rhythmus entwickelt. Hilde stellt fest, dass die Künzel in der kurzen Zeit viel gelernt hat. Sie ist schon eine tolle Frau und dazu komplett unverwüstlich.

Die Wirkung des Klavierspiels tritt sofort ein. Gisela und ihr Sammy stehen auf, um zu tanzen, Ida und Jenny verlassen ihre Plätze unterm Sonnenschirm und kommen nach drinnen, um ja nichts zu verpassen.

»Möchten Sie tanzen, Fräulein Hilde?«, fragt Josh Peters.

Jetzt sitzt Hilde in der Klemme. Es ist sehr unhöflich, eine Aufforderung zum Tanz abzulehnen. Es ist mehr als das. Es ist geschäftsschädigend. Sie lächelt und sucht nach einer Ausrede.

»Es ist nicht üblich, dass das Personal tanzt, Lieutenant Peters.«

Er ist wie immer sehr ernst, aber in seinen Augen glimmt etwas, das Hilde verunsichert. »Dann möchten Sie vielleicht mir zuliebe eine Ausnahme machen?«

Das ist deutlich. Sie hat gefälligst eine Ausnahme zu machen, sonst wird er ärgerlich. Aber Hilde ist keine, die sich Befehle erteilen lässt. Auch nicht von einem Ami. Wenn er glaubt, er könnte sie herumkommandieren, bloß weil die Alliierten Nazi-Deutschland besiegt haben, dann irrt er sich.

»Es tut mir sehr leid, Lieutenant Peters. Aber dort drüben warten zwei Damen sehnsüchtig darauf, von Ihnen aufgefordert zu werden …«

Sie weist mit einer Kopfbewegung auf Jenny Adler und Ida Lehnhardt, die sich inzwischen an einem Tisch gleich beim Klavier niedergelassen haben. Doch Peters reagiert nicht auf ihren zarten Hinweis. Er zieht die Augenbrauen in die Höhe und sieht sie mit schmalen Augen an. Aus und vorbei, denkt Hilde. Ich hab es vermasselt. Und dabei bin ich diejenige gewesen, die gesagt hat, dass wir unser Café für die Amerikaner öffnen müssen!

Doch sie täuscht sich.

»Ich muss mich entschuldigen, Fräulein Koch«, sagt er zu ihrer Überraschung. »Möglich, dass ich Ihre Freundin falsch verstanden habe.«

So ist das, denkt Hilde. Deshalb ist er hier. Gisela muss ihm erzählt haben, dass ich eine von denen bin, die leicht zu haben sind. Wie konnte sie das nur tun! Mich in so eine Lage zu bringen.

»Es … es tut mir sehr leid, Lieutenant Peters«, sagt sie. »Ich freue mich wirklich sehr, Sie hier im Café Engel wiederzusehen. Ich glaube, wir haben Ihnen viel zu verdanken.«

»Nicht ganz so viel, wie Sie vielleicht glauben. Aber ich hatte meine Gründe, die Besetzung des Cafés zu verhindern.«

»Und die haben mit dem Foto von Eddi Graff zu tun?«

Er nickt und wirkt auf einmal ganz anders. Kein Befehlston mehr, keine Forderungen – er ist ruhig, ein wenig nachdenklich und zeigt sogar den Anflug eines Lächelns, als er jetzt eine einladende Geste macht.

»Möchten Sie sich vielleicht einen Moment zu mir setzen? Ich würde Ihnen gern eine Geschichte erzählen.«

Sie betritt die Brücke, die er ihr baut, nur allzu gern, und da keine weiteren Gäste zu bedienen sind, lässt sie sich bei ihm am Tisch nieder.

»Verstehen Sie mich nicht falsch«, meint er. »Ich schätze Ihre Haltung.«

Hilde ist sich nicht sicher, ob er das ernst meint oder nur seine Enttäuschung überspielen will. Aber sie ist erleichtert. Er bleibt unverändert freundlich, und während die Künzel weiterspielt und Gisela mit ihrem Freund eng umschlungen tanzt, fängt Peters an zu erzählen. Die Geschichte von Eduard Graff, der sein Onkel gewesen ist.

»Meine Eltern hatten eine Fischhandlung in Manhattan. Das war harte Arbeit, auch wir Kinder mussten mithelfen, sobald wir laufen konnten. Als Eddi Graff bei uns einzog, war ich fünfzehn und kannte mich mit dem Fischladen bestens aus. Ich habe gleich gemerkt, dass er nicht zu uns passte, aber gerade das hat mir gefallen. Er war ein Mensch, der nicht von morgens bis abends nur an Geld und Geschäfte dachte. Für ihn waren andere Dinge wichtig. Bildung. Phantasie. Literatur. Schönheit. Musik. Vom Theater hat er seltsamerweise niemals erzählt, er muss einen endgültigen Schlussstrich gezogen haben.«

Hilde hört fasziniert zu. Sie kann sich noch gut an Eddi Graff erinnern, vor allem an ihr letztes Zusammentreffen. Als er ihr bei dem Aufsatz über Wiesbaden geholfen hat und dabei so traurig lächeln musste, weil er schon einen Tag danach Deutschland verlassen hat. Das hat er ihr natürlich nicht gesagt. Damals war sie neun oder zehn Jahre alt.

Auf einmal dringt Lärm aus dem Treppenhaus, und man hört Addis heisere Stimme, die sogar das Klavierspiel der Künzel übertönt.

»Weg von mir … Drecksnazi, du fasst mich nicht an … Nimm deine Hände weg …«

»Jetzt beruhigen Sie sich«, schreit Dr. Volkmann wütend. »Der Mann will Ihnen doch nur helfen!«

O weh. Mama hat den Storbeck zu Hilfe geholt. Das war ganz sicher einer ihrer dümmeren Einfälle. Auch Peters hat das Geschrei gehört, er unterbricht seine Erzählung und runzelt die Stirn.

»Was ist denn da los?«, fragt er beunruhigt.

Einmal, nur ein einziges Mal, sollte sich das Café Engel von seiner besten Seite zeigen, denkt Hilde unglücklich. Aber natürlich – gerade heute muss es hier drunter und drüber gehen.

»Ein Mitbewohner hat eine Lungenentzündung. Wir müssen ihn in eine Klinik bringen, aber er weigert sich …«

Peters schaut zur Treppenhaustür und lauscht einen Moment. Man hört jetzt Mamas Kommandostimme, dazu das Weinen von Julia Wemhöner.

»Er muss ins Krankenhaus? Wer sagt das?«

Seine Frage klingt vorwurfsvoll. Es scheint ihm nicht zu gefallen, dass man einen erwachsenen Menschen gewaltsam in eine Klinik schaffen will.

»Dr. Volkmann. Aus der Rheinstraße …«

Jetzt wird sein Blick dunkel, er senkt die Augenbrauen und lehnt sich im Stuhl zurück. Betrachtet Hilde, als hätte er sie noch nie zuvor gesehen. »Sie machen sich lustig über mich!«

»Warum sollte ich das?«, gibt sie verblüfft zurück.

Einen Moment lang durchbohrt er sie mit seinem Blick, dann springt er plötzlich auf und geht zur Tür. Reißt sie auf und tritt ins Treppenhaus. Sofia Künzel unterbricht erschrocken ihr Klavierspiel und dreht sich um, Gisela und ihr Sammy hören auf zu tanzen.

»Was hat er denn?«, fragt Gisela und schaut Hilde vorwurfsvoll an. Die hebt die Schultern, was so viel bedeutet wie: *Ich habe keine Ahnung.*

»Etwas mehr Entgegenkommen hättest du schon zeigen können«, schimpft Gisela. »Stellst dich an wie eine prüde alte Jungfer …«

»Was hast du ihm erzählt? Dass ich mit ihm ins Bett hüpfen will?«, faucht Hilde zurück.

»Jetzt stell dich doch nicht so an! Ich wollte nur euren Laden etwas in Schwung bringen …«

»Ich hatte nicht vor, einen Ami-Puff aufzumachen!«

Fast wären sie sich jetzt richtig in die Haare geraten, doch Peters Stimme aus dem Treppenhaus unterbricht den aufkommenden Streit. »Sam! Come here …«

Sammy eilt gehorsam davon. Man hört Peters, der auf Englisch Anweisungen gibt, dazwischen hustet und schimpft Addi, Julia redet leise und beschwichtigend, Mama sagt irgendetwas von »Vielen Dank … Es tut mir sehr leid …«

»Was ist denn bei euch los?«, fragt Gisela verwirrt.

Hilde lässt sie stehen und läuft zur Treppenhaustür, wo sie beinahe mit Peters zusammenprallt.

»Warum haben Sie das nicht gleich gesagt?«, fährt er Hilde unfreundlich an. »Wir haben den Wagen draußen, wir bringen ihn in die Klinik. Und das nächste Mal holen Sie einen richtigen Arzt!«

Hilde starrt ihn verständnislos an.

»Dr. Volkmann ist Tierarzt«, erläutert Peters kurz angebunden. »Er hat neulich den Hund von Colonel Coward behandelt.«

LUISA

Ostseeküste, April 1945

Seitdem Luisa wieder bei Kräften ist, geht sie jeden Tag hinüber auf den kleinen Kirchhof, um das Grab ihrer Mutter zu besuchen. Jetzt, da es wärmer geworden ist, kann sie den Erdhügel mit einer Harke bearbeiten und die festen Erdschollen, die beim Ausheben des Grabes entstanden sind, zerschlagen und einebnen. Sie hat zwei Hölzer zu einem Kreuz zusammengenagelt und auf das Querholz den Namen ihrer Mutter mit einem Messer eingeritzt. Für die Lebensdaten oder gar einen Bibelspruch ist kein Platz mehr, aber irgendwann wird sie das Geld haben, um ihrer Mutter einen richtigen Grabstein setzen zu lassen.

Fritz Bogners Brief trägt sie immer in ihrem ledernen Brustbeutel bei sich. Es tut ihr weh, dass sie sich nicht von ihm verabschieden konnte. Er fehlt ihr. Seine zurückhaltende und doch beständige Begleitung, seine Fürsorge, seine fröhliche Art. Was hat sie eigentlich getan, um all das zu verdienen? Er hat ihr das Leben gerettet, indem er sie aus der eiskalten Unterführung herauszog, wo sie in jener Nacht vermutlich an der Seite ihrer Mutter erfroren wäre. Er hat sie hierher ins Pfarrhaus geführt, wo sie vorerst in Sicherheit ist. Er hat sich um sie gekümmert, als sie krank war. Wenn sie am Abend allein in ihrer Dachbodenecke bei einer Kerze sitzt, liest sie immer wieder seinen Brief. Er nennt sie »einen ganz besonderen Menschen« und schreibt, er sei »sehr froh«, ihr begegnet zu sein.

Ach, denkt sie beklommen. Wie er sich täuscht. Ich bin ganz und gar nichts Besonderes. Ganz im Gegenteil, ich bin eine einfältige und sture Person, ich habe meine arme Mutter zu dieser unglückseligen Reise überredet, die sie in den Tod geführt hat. Wären wir in unserer Wohnung in Stettin geblieben, dann könnte sie noch leben.

Doch sie erzählt niemandem von ihren Schuldgefühlen. Stattdessen hilft sie dem Pfarrerehepaar bei der Betreuung der zahlreichen Flüchtlinge, die im Pfarrhaus Aufnahme finden. Einige brauchen nur ein Quartier für eine Nacht, um am nächsten Morgen gleich weiterzuziehen. Andere – vor allem die Kinder und die alten Menschen – sind zu Tode erschöpft und bleiben einige Tage. Zwei alte Frauen sind im Pfarrhaus verstorben und wurden auf dem Kirchhof neben Annemarie Koch beerdigt. Es wird immer schwieriger, die vielen Menschen mit Decken und Nahrung zu versorgen; die städtischen Einrichtungen sind in Auflösung begriffen, die alte Garde der Nationalsozialisten macht sich davon, und die Nachfolger versuchen, das Schlimmste zu verhindern. Wobei allen klar ist, dass das Schlimmste ihnen noch bevorsteht. Die Rote Armee rückt immer weiter nach Westen vor, die wenigen Wehrmachtsverbände, die sich ihr entgegenstellen, sind zahlenmäßig weit unterlegen, sie können die vorwärtsdrängenden Russen und Weißrussen nicht aufhalten. Dazu fliegen Briten und Amerikaner pausenlos Bombeneinsätze auf die deutschen Städte. Im März wurde Kolberg erobert, Danzig musste aufgegeben werden, vor einigen Tagen fiel Königsberg.

»Sie morden und brandschatzen wie die Teufel«, erzählen die Flüchtlinge. »Wer den Russen in die Hände fällt, der ist verloren. Frauen vergewaltigen sie so lange, bis sie daran sterben.«

Die Angst vor den Russen ist gewaltig. Drüben in Pommern sollen sie die Flüchtlingstrecks überrollt haben, die Menschen ausgeraubt und nackt ausgezogen, die Frauen vergewaltigt, die Männer erschossen. Kleine Kinder schlagen sie mit dem Kopf gegen einen Stein, dass ihnen die Hirnschale platzt.

»Sie wollen Berlin erobern«, prophezeit Pfarrer Klein, als sie am Abend im kleinen Kreis beisammen sitzen. »Und wir liegen auf dem Weg dorthin.«

»Aber von Westen kommen die Amerikaner«, sagt die Gemeindeschwester Irma Kogler, die schon über achtzig, aber immer noch rastlos im Einsatz ist. »Wer es bis dorthin schafft, der ist vor den Russen sicher.«

Noch fahren Schiffe von Rostock hinüber nach Schleswig-Holstein oder nach Dänemark, aber es ist schwer, einen Platz zu ergattern. Und es kostet Geld. Auch Züge fahren noch in unregelmäßigen Abständen. Sie sind voller Menschen, manche klammern sich von außen an die Türen und Fenster oder stehen auf den Verbindungsstücken zwischen den Wagen, um nur ja weiter nach Westen zu gelangen. Wo die Schienen von Bomben zerstört wurden, geht es nicht weiter; manchmal müssen die Passagiere auf offener Strecke aussteigen und zu Fuß weitergehen.

Luisa sieht das Elend der Flüchtlinge täglich, sie pflegt kranke und unterernährte Kinder, kümmert sich um Verwundete und lernt von der Gemeindeschwester, wie man einen Verband wechselt, eine offene Wunde versorgt. Sie muss sich zusammenreißen, um ihren Ekel zu überwinden, denn viele Wunden sind eitrig und müssen sorgfältig gereinigt werden.

»Du solltest auch nach Westen rübermachen«, sagt die alte Gemeindeschwester zu ihr, als sie sich bei einer Tasse Tee ein wenig ausruhen. »So ein hübsches junges Mädel wie du darf den Russen nicht in die Finger geraten.«

Luisa schaut sie überrascht an. Die alte Frau lächelt. Sie ist sehr schmal und trägt das weiße Haar zu einem Knoten am Hinterkopf aufgesteckt. Ihre Augen sind hellblau und wach. »Ich sag's nicht gern, Luisa«, fügt sie hinzu. »Weil ich dich hier gut gebrauchen kann. Aber du musst auch an dich selber denken, Mädel.«

Luisa schüttelt entschlossen den Kopf. Nein, sie wird diesen

Ort nicht verlassen, sie will dort bleiben, wo ihre Mutter die letzte Ruhestätte gefunden hat.

»Wenn deine Mutter noch am Leben wär«, meint die alte Frau unzufrieden, »dann würde sie dir auch raten, nach Westen zu fliehen.«

Luisa zweifelt daran. Ihre Mutter wäre ganz sicher hiergeblieben. So wie sie auch in Stettin hatte bleiben wollen. Luisa empfindet immer noch eine tiefe Schuld ihrer Mutter gegenüber, doch seitdem sie weiß, dass die Rote Armee auch Stettin eingenommen hat, ist ihr ein wenig leichter zumute. Ganz falsch war es also nicht, die Stadt zu verlassen. Auf der anderen Seite: Was ist richtig? Was ist falsch? In diesen irrsinnigen Zeiten helfen kluge Überlegungen nur bedingt weiter. Du kannst das Richtige tun und endest doch im Elend. Du entscheidest dich falsch und kommst dennoch davon. Man muss einfach Glück haben, um unbeschadet zu überleben.

»Schwester Irma hat recht«, bekommt sie von Pfarrer Klein zu hören. »Es ist besser, wenn du dich weiter nach Westen durchschlägst, Luisa.«

»Und was ist mit Ihnen, Pfarrer Klein? Und mit Ihrer Frau?«

Er lächelt und schiebt seine Brille von der Nasenspitze zurück. »Wir sind alt, Luisa. Wir haben unser Leben gelebt. Und wir vertrauen darauf, dass Gott es schon richten wird.«

»Dann will ich darauf auch vertrauen!«, entscheidet sie dickköpfig.

Am Abend sitzt sie auf ihrem Lager, in eine Decke gewickelt, und horcht auf die Geräusche hinter den Vorhängen. Vier Familien müssen sich den Dachboden miteinander teilen, zwei davon haben kleine Kinder, die immer wieder weinen, weil sie hungrig sind. Es gibt zu wenig Milch, die Kleinen müssen sich mit verdünnter Kartoffelsuppe begnügen, auch Brot ist knapp. Fett und Zucker gibt es nur in kleinsten Mengen. Immer wieder bricht Streit aus, weil jemand Lebensmittel an sich genommen hat, die ihm nicht zustanden. Mütter hungriger Kinder sind zu allem bereit, sie scheuen vor Prügel und Diebstahl nicht zurück, um ihre Kleinen zu versorgen. Hier oben auf dem Dachboden haben sich schon unbeschreibliche Szenen abgespielt; nicht nur einmal musste Luisa den Pfarrer zu Hilfe holen, um die ineinander verkrallten Streitenden zu trennen.

Heute scheint vorerst alles ruhig zu bleiben, daher zieht sie ihre Kerze näher zu sich heran und holt den Brief aus dem ledernen Brustbeutel. Das Papier ist schon ganz abgeschabt, weil sie es so oft auseinanderfaltet und dann wieder in das Behältnis zurückgesteckt hat. An den Knickstellen kann man die Schrift kaum noch lesen. Sie muss lächeln. Wenn er ahnte, wie oft sie diese Zeilen anschaut und dabei an ihn denkt. Wie oft sie sich fragt, wo er jetzt ist. Ob sie ihn zurück an die Front geschickt haben, wo er sein Leben für einen sinnlosen Kampf einsetzen muss. Ob sie beide den Krieg überleben werden und einander wiedersehen, so wie er es sich wünscht? Luisa spürt jeden Abend deutlicher, dass auch sie sich danach sehnt, Fritz Bogner wiederzusehen. So Gott will …

Man kann natürlich den lieben Gott walten lassen. Das tut er sowieso. Man kann ihm aber auch dabei helfen. Ihm sozusagen zuarbeiten. Sein Walten in die richtige Richtung lenken …

Dieses Dörfchen – wie heißt es doch? Das Wort steht genau in einem Knick und lässt sich schlecht lesen. Benzhain. Nein. Lenzhain. Auch nicht. Benzhahn. Das könnte sein. Oder auch: Lenzhahn. Ja, Lenzhahn stimmt. Was für ein seltsamer Ortsname. Lenz wie Frühling. Und Hahn wie Gockel. Es liegt im Taunusgebirge in der Nähe von Frankfurt. Fritz meint gewiss Frankfurt am Main. Und Frankfurt am Main ist nicht weit von Wiesbaden entfernt.

Wenn er überlebt und aus dem Krieg zurückkehrt, wird er zu seinen Eltern gehen, denkt sie.

Hinter den Vorhängen fängt ein Kind an, herzzerreißend zu weinen, und ihre Gedanken geraten durcheinander. Es ist höchste Zeit, sich aufs Ohr zu legen, um wenigstens ein paar Stunden Schlaf zu bekommen. Jederzeit können die Sirenen aufheulen, dann ist Fliegeralarm, und sie muss dabei helfen, die Flüchtlinge in die Krypta der Kirche zu bringen.

Am folgenden Morgen scheint die Sonne, und auf dem Kirchhof leuchten die ersten gelben Forsythienblüten. Auf dem hölzernen Grabkreuz von Annemarie Koch sitzen zwei Spatzen. Als sich Luisa dem Grabhügel nähert, sträuben sie das Gefieder und fliegen davon.

Das Leben geht weiter, denkt sie, und auf einmal fällt ihr der Entschluss ganz leicht.

»Du bist bei mir, Mama«, flüstert sie. »Du und Papa, ihr begleitet mich, wo auch immer ich bin.«

Ihr Bündel ist rasch gepackt, sie besitzt kaum mehr, als sie auf dem Leib trägt, eine Wolldecke bekommt sie von dem Pfarrerehepaar geschenkt, dazu Wäsche und Socken, eine Flasche mit kaltem Tee, etwas Brot und Zucker. Das Geld, das Pfarrer Klein ihr gibt, will sie zuerst nicht nehmen.

»Du hast es dir redlich verdient, Luisa. Und du wirst es brauchen.«

Schließlich lässt sie sich überreden. Der Abschied von dem Pfarrerehepaar und Irma Kogler fällt ihr nicht leicht, denn diese drei lieben Menschen waren wie eine Familie für sie.

»Gott der Herr wird seine schützende Hand über dich halten, Luisa«, verspricht ihr der Pfarrer. »Geh in Frieden.«

Sie will dieses Mal zu Fuß gehen, weil sie nur mit Schrecken an die Zugfahrt zurückdenkt, die solch ein grauenvolles Ende fand. Um nicht allein unterwegs zu sein, hat sie sich einer kleinen Gemeinschaft angeschlossen, die aus zwei Schwestern und deren Kindern besteht. Karin Stumm und Elena von Karst haben mehrere Tage im Pfarrhaus zugebracht, weil Elenas jüngstes Kind – ein Mädel von vier Jahren – hohes Fieber hatte. Luisa hat bei der Pflege geholfen, und die ruhige, gefasste Art der beiden Frauen hat ihr gefallen. Sie stammen beide von einem kleinen Gutshof, den Karin Stumm von den Eltern übernommen hat. Elena hat in die Nachbarschaft geheiratet und lebte nicht weit entfernt auf einem Gestüt. Die Ehemänner sind im Krieg – Frauen und Kinder müssen sich allein nach Westen durchschlagen.

»Es war sehr hart, alles zurückzulassen«, sagt Karin. »Auch die armen Tiere, die nicht wussten, wie ihnen geschah.«

Sie haben Kühe, Schweine und Federvieh einfach frei gelassen, vermutlich haben sich die Leute im Dorf geholt, was sie brauchen, bevor die Russen es taten. Die Pferde versorgt ein alter Knecht, der nicht zu überreden war, die Heimat zu verlassen. Wenn die Russen kommen, werden sie die Pferde ganz sicher alle mitnehmen.

»Wichtig ist nur, dass wir die Kinder in Sicherheit bringen«, findet Elena.

Es sind fünf. Elena hat zwei Mädchen im Alter von zwei und vier, Karins Söhne sind sechs und acht Jahre alt, der Nachzügler ist drei. Als sie aufbrachen, hatten sie mehrere Planwagen vollgepackt mit Wäsche, Matratzen, Lebensmitteln, Kochtöpfen und allem, was ihnen unentbehrlich erschien. Vier Angestellte waren bereit, mit den Frauen auf die Flucht zu gehen: drei Knechte, die als Kutscher aushalfen, und eine Magd, die sich um die Kinder kümmerte.

»Einer der Knechte lief schon am ersten Tag davon, zwei Tage später war plötzlich einer unserer Wagen samt Kutscher verschwunden. Und den Rest haben wir Stück für Stück bei Überfällen verloren.«

Es waren keine Russen, die sie überfielen, sondern vagabundierende Gruppen, die die Not der Flüchtlinge gnadenlos ausnutzen, um sich zu bereichern. Luisa wagt nicht zu fragen, ob es zu Vergewaltigungen gekommen ist. Auch unter Frauen spricht man nicht darüber, die Scham ist zu groß. Elena und Karin sind froh und glücklich, wenigstens ihre Kinder einigermaßen heil und gesund bis hierher gebracht zu haben, und sie hoffen, das letzte Stück bis Hamburg mit ihren beiden Leiterwagen auch noch zu bewältigen.

Die ersten Tage kommen sie gut voran. Abwechselnd ziehen sie die Leiterwagen, auch die beiden Buben beteiligen sich, und wenn sie müde werden, weiß Karin eine Menge Lieder, die man laut singen kann, um wach zu bleiben. Der Weg führt über Bad Doberan und Kröpeln in Richtung Wismar, die Straße ist voller Menschen, die sich alle in die gleiche Richtung bewegen. Wenn von hinten Pferdewagen herankommen, müssen sie ihre Leiterwagen auf die Seite zerren, um die Glücklichen, die Pferd und Wagen gerettet haben, vorbeizulassen. Immer wieder sitzen Flüchtlinge am Wegrand, die zu erschöpft sind, um weiterzugehen. Dann hält manchmal einer der Wagen an, um jemanden mitzunehmen, meist aber werden sie ihrem Schicksal überlassen.

»Schau nicht hin«, sagt Karin zu Luisa. »In den Gräben liegen die Toten. Niemand hat Zeit, sie zu beerdigen. Lass uns rascher gehen.«

Mittags rasten sie und kochen Suppe aus Brot und einem Rest Graupen. Die Nächte verbringen sie in leeren Ställen oder unter freiem Himmel, dann schieben sie die beiden Leiterwagen nebeneinander und decken eine Plane darüber. Eng aneinandergeschmiegt schlafen die Mütter mit ihren Kindern. Luisa wickelt sich in ihre Decke und zittert vor Kälte. Sie ist froh über die kleine Gemeinschaft, in der sie aufgenommen wurde, trotzdem fühlt sie sich einsam. Ihr ganzes bisheriges Leben lang war ihre Mutter an ihrer Seite – nun ist sie allein.

Als sie Kröpelin hinter sich gelassen haben, schlägt plötzlich das Wetter um. Ein Schneesturm zwingt sie, anzuhalten und hinter den Leiterwagen Schutz zu suchen. Eine Weile später geht der Schnee in Regen über, und bald ist die Landstraße voller Schlamm und Pfützen. Es ist mühsam, die unbereiften Leiterwagen durch den Morast zu ziehen, die Kinder jammern, der kleinste Bub hat eine Halsentzündung, und auch Elena glaubt, Fieber zu haben. Andere Flüchtlinge ziehen an ihnen vorbei, beschimpfen sie, weil sie im Schlamm feststecken und nicht ausweichen können. Gegen Abend kommen ihnen zu allem Übel mehrere Wehrmachtslaster entgegen, denen sie rasch Platz machen müssen. Es sind Soldaten, die den Auftrag haben, die Ostfront zu verstärken.

»Arme Kerle«, sagt Karin. »Fahren in den Tod.«

Luisa denkt angsterfüllt an Fritz Bogner, der sicher noch einmal hinausgeschickt wurde und sein Leben für eine verlorene Sache einsetzen muss. Und dennoch retten die Wehrmachtssoldaten, die sich den Russen entgegenwerfen, vielen der flüchtenden Frauen und Kinder das Leben, halten den Feind wenigstens für kurze Zeit auf, bis sie in Sicherheit sind. Sind diese Männer Helden? Oder Betrogene? Ach, Luisa würde so gern für Fritz Bogner beten, aber ihr fehlt der feste Glaube des Pfarrerehepaars. So bleibt ihr nur die Hoffnung auf ein gütiges Schicksal.

Am späten Nachmittag wird der Regen so heftig, dass sie beschließen, die Leiterwagen an den Straßenrand zu ziehen und die Plane darüberzuwerfen, um wenigstens die Kleider und restlichen Lebensmittel trocken zu halten. Sie selbst und auch die Kinder sind bis auf die Haut durchnässt. Es erweist sich jedoch als fast unmöglich, die Wagen aus der Fahrrinne zu bewegen, weil die hölzernen Räder tief in den Morast eingesunken sind.

»Alle aussteigen«, kommandiert Karin. »Auch die Kinder! Luisa, hilf mir ziehen. Elena, kümmere dich um die Kleinen!«

Schließlich muss auch Elena, die eine fiebrige Erkältung hat, den Wagen ziehen helfen, während die Kleinen jammernd und frierend am Straßenrand stehen.

Doch mitten in ihren verzweifelten Bemühungen bekommen sie plötzlich Hilfe. Ein junger Mann taucht aus dem strömenden Regen auf und fasst die Deichsel des Wagens – ein kräftiger Ruck, und die Räder sind aus der Fahrspur herausgesprungen. Ohne eine Wort zu sagen, schiebt er die Frauen beiseite und geht zu dem zweiten Wagen, besieht ihn kurz, ruckelt an der Deichsel und legt sich ins Zeug. Als die Frauen sehen, dass der Wagen sich bewegt, laufen sie herbei, um zu helfen, und in wenigen Minuten stehen beide Leiterwagen, zwar schlammbedeckt, aber doch heil am Straßenrand.

»Die Plane!«

Der Wind zerrt an der wasserdichten Abdeckung; sie müssen das wertvolle Stück gut an den Stäben der Leiterwagen befestigen, dann können sie allesamt darunterkriechen. Auch für ihren unbekannten Helfer findet sich noch ein Platz. Sie rücken dicht zusammen, Karin und Elena kramen die letzten trockenen Kindersachen heraus, um wenigstens die Kleinen umzuziehen.

Luisa sitzt, in die feuchte Decke gewickelt, neben dem Fremden und schaut ihn neugierig von der Seite an. Er trägt einen kurzen braunen Vollbart, seine Nase ist scharf, die Lippen wulstig. Das Wasser rinnt ihm aus dem dichten Haar über die Stirn, er wischt immer wieder mit dem Ärmel über sein Gesicht. Seine Kleidung ist schlammverspritzt, aber es ist doch zu erkennen, dass er eine Wehrmachtsuniform trägt, obgleich er alle Abzeichen herausgeschnitten und die Kleidungsstücke gewendet hat. Auch die verkratzten Stiefel sind Wehrmachtsstiefel.

»Man sieht es, nicht wahr?«

Luisa fährt zusammen, als er sie anredet und dabei herausfordernd grinst.

»Was meinen Sie?«

»Ich bin ein Deserteur, Fräulein. Ein jämmerlicher Feigling, der nicht bereit ist, in diesen letzten Tagen noch den Heldentod zu sterben. Ich bin davongelaufen, als die Russen unser Häuflein aufgerieben haben, und das war's. Für mich ist der Krieg zu Ende. Schluss und aus. Überleben heißt die Devise. Egal wie …«

Er hat etwas an sich, das Luisa erschreckt, darum antwortet sie zunächst nicht. Karin ist weniger empfindsam, sie pflichtet ihm bei. Hätte der Führer rechtzeitig in einen Waffenstillstand eingewilligt, dann wäre ihnen allen dieses Leid erspart geblieben. Stattdessen das Gerede von Nibelungentreue und Endkampf. Wer seine Sachen packte, um vor den Russen zu fliehen, wurde als Volksverräter abgeurteilt.

»Er will, dass die Deutschen alle miteinander untergehen, weil sie nicht für ihn siegen konnten«, sagt sie. »Aber da hat er sich getäuscht. Wir Frauen kämpfen für das Leben unserer Kinder, ganz gleich, was Adolf Hitler darüber denkt!«

Der Fremde nickt. Der Regen pladdert auf das Wachstuch, an den Seiten rinnt er in langen Fäden herunter. Manchmal fährt der Wind unter die Plane, bauscht sie und will sie davontragen, dann werden sie alle nass und packen rasch zu, um ihren Regenschutz wieder herabzuziehen.

»Und Sie?«, fragt der Deserteur und sieht Luisa an. »Haben Sie auch Kinder?«

»Nein. Wie ist es mit Ihnen?«

»Meine Frau ist in Danzig. Weiß nicht, ob sie noch lebt. Kinder haben wir keine.«

Er sagt es seltsam gleichgültig, so als rede er von einem Nachbarn. Liebt er seine Frau nicht? Oder hat er solch schreckliche Dinge gesehen, dass er völlig abgestumpft ist? Luisa beginnt er leid zu tun. Der Krieg beschädigt nicht nur die Körper, er tötet auch die Seelen der Männer. Sie schweigen eine Weile, horchen auf die schwächer werdenden Geräusche des Regens, auf das Tröpfeln des von der Plane herabrinnenden Wassers. Alle frieren in den feuchten Kleidern, außerdem quält sie der Hunger. Seit dem Morgen haben sie nichts mehr gegessen.

»Ich glaube, der Regen lässt nach«, meint der Deserteur und

beugt sich zur Seite, um nach draußen zu schauen. »Na, was habe ich gesagt? Da hängt zwar noch einiges in den Wolken, aber vorläufig hat es aufgehört.«

Auch die Frauen lugen jetzt unter der Plane hervor. Wenn es einigermaßen trocken ist, können sie ein Feuer machen und eine Suppe kochen. Sie haben noch etwas Brot und Graupen, und Luisa hat bei einem Bauern ein Stück Speck erworben. Die meisten Bauern in der Gegend schlachten ihre Tiere lieber, als sie den Russen zu überlassen. Das Problem ist nur, ein wenig trockenes Holz oder anderes Brennmaterial zu finden.

»Da drüben ist eine Remise«, sagt der Deserteur und deutet mit dem Kopf in die Richtung. »Da findet sich vielleicht etwas. Ich laufe mal rüber.«

Karin packt Kochtopf und Lebensmittel aus, Elena kümmert sich darum, dass die beiden Jungen wenigstens ein trockenes Hemd auf den Leib bekommen. Luisa nimmt eine Blechdose und macht sich auf, die ersten hervorsprießenden Löwenzahnblätter zu suchen, auch Wegerich und die Knoblauchrauke finden sich schon, hie und da auch ein paar junge, hellgrüne Brennnesseln. Mit diesen Kräutern kann man der Suppe mehr Würze und Nährkraft geben. Es dämmert schon, der Himmel ist grau und schwer, aber Luisa hat scharfe Augen und entdeckt immer mehr essbare Pflanzen, mit denen sie ihre Blechdose füllt. Ein kleines Stück entfernt schlängelt sich ein Bach durch die Wiese, dort stehen Weiden und Erlen, und der Bewuchs um das Bachbett ist noch dichter und grüner. Luisa freut sich über die reiche Ernte, sie hockt sich ans Bachufer, um das Grünzeug zu waschen und ärgert sich, dass sie den Kochtopf nicht mitgenommen hat, denn sie brauchen Wasser für die Suppe. Allerdings ist der Bach jetzt vom Regen aufgewühlt und trübe, aber sie kochen das Wasser ja ab, da wird schon nichts passieren.

»Warte, ich helfe dir …«, sagt plötzlich die Stimme des Deserteurs hinter ihr.

Sie hat nicht mehr die Zeit, sich umzuwenden. Er wirft sich von hinten auf sie, hält sie umklammert und wälzt sich mit ihr auf der Wiese. Sie wehrt sich mit aller Kraft, beißt ihm in die Hand, mit der er ihr den Mund zuhält, krümmt sich zusammen, versucht, sich aus seinem Griff zu befreien. Der Kampf dauert nur kurz, dann hat er genug und schlägt zu. Zweimal, dreimal ohrfeigt er sie so hart, dass sie wie betäubt liegen bleibt.

»Was stellst du dich denn so an?«, murmelt er, während er ihr die Bluse aufreißt und das Hemd herunterzieht. »Solltest mal sehen, wie die Russen das machen. Da geht's immer einer nach dem anderen ... Zehn oder zwölf oder auch zwanzig ...«

Sie wehrt sich nur noch schwach, ihr Kopf dröhnt, sie glaubt, einen Film zu sehen, nicht sie selbst, sondern eine andere, eine Zuschauerin zu sein. Er schiebt ihren Rock hoch und zieht ihr die Unterhose aus, betastet ihr Geschlecht mit den Fingern, knurrt begehrlich und macht seine Hose auf. Sein Glied ist hässlich, dick und bläulich, sie hat noch nie zuvor ein erregtes männliches Glied gesehen und glaubt, es könne gar nicht zu ihm gehören. Dann spürt sie es, hat nicht mehr die Kraft, sich zu wehren, und schreit nur in seine Handfläche hinein, die er immer noch auf ihren Mund gepresst hält. Er lässt sich Zeit, stößt immer wieder zu, reißt sie auseinander, reibt sich an ihr, keucht dabei und bäumt sich schließlich auf. Fällt auf sie herunter und grunzt wohlig.

Ist es endlich vorbei? Ihr Kopf platzt gleich, Blut rinnt aus ihrem Mund, den Hals herunter, auf die nackte Brust. Sie hat sich auf die Zunge gebissen, als er zuschlug.

»Mach kein Theater drum«, sagt er. »Ist nicht der Rede wert. Geht allen Frauen so im Krieg. Los, zieh dich wieder an.«

Er kniet über ihr und knöpft die Hose wieder zu. Beugt sich zur Seite und wirft ihr die Unterhose ins Gesicht. Dann steigt er von ihr herunter, rückt seine Hose gerade und geht davon. Drüben bei der Remise hat er einen Stapel Brennholz liegen, den trägt er jetzt hinüber zu den Frauen und Kindern, die am Straßenrand warten.

Luisa bleibt bewegungslos liegen. Sie fühlt nichts, nicht einmal Schmerz, hört nur ein Summen in ihrem Schädel, das immer lauter wird und ihr den Atem nehmen will. Die Zuschauerin, die sie gewesen ist, vereint sich ganz langsam wieder mit ihr selbst, sie begreift, was mit ihr geschehen ist, fühlt sich machtlos, erniedrigt, voller Scham über das Entsetzliche, das er mit ihr getan hat. Niemand hat ihr bisher erklärt, was eine Vergewaltigung ist. Darüber wurde geschwiegen, all diese widerlichen, demütigenden Handlungen hat ihr niemand beschrieben.

Es ist vorbei, denkt sie schließlich. Ich lebe noch. Und ich bin nicht die Einzige, der dies widerfahren ist. Es ist jetzt fast dunkel, sie kann den Schein des Feuers sehen, das die Frauen mit dem Brennholz entzündet haben. Um das Feuer herum erkennt sie schemenhaft Elena und zwei der Kinder, der Deserteur hockt neben der Feuerstelle und legt Hölzer nach. Luisa setzt sich langsam auf. Das Summen in ihrem Kopf hat nachgelassen, dafür ist ihr schwindelig, der rötlich-gelbe Feuerfleck tanzt vor ihren Augen hin und her. Langsam beginnt sie, ihre Kleider wieder in Ordnung zu bringen, soweit das möglich ist. Das Hemd lässt sich wieder hochziehen, die Bluse hat nur noch drei Knöpfe, der Gummi der Unterhose ist zum Glück heil geblieben. Sie zieht den Rock wieder herunter und bleibt eine Weile mit hochgezogenen Knien sitzen, starrt auf den schwankenden Feuerfleck in der Dunkelheit. Ein ziehender Schmerz macht sich in ihrem Unterleib breit.

Was denkt er sich? Dass sie jetzt einfach so hinübergeht und sich dazusetzt? Als wäre nichts geschehen? Eine Vergewaltigung ist in Kriegszeiten völlig normal, da muss eine nicht solch ein Theater drum machen … er hat es ihr ja deutlich genug gesagt.

Keine der beiden Frauen denkt daran, nach ihr zu sehen. Sie sitzen am Feuer und kochen Suppe von dem Speck, den Luisa gekauft hat. Luisa denkt an ihren Rucksack, an die Wäsche und die Trinkflasche, an die Decke, die das Pfarrerehepaar ihr geschenkt hat. Aber das alles ist kein Grund, dorthin zurückzukehren.

Sie läuft einen Bogen um den Feuerschein, tastet sich im Dunkeln vorsichtig auf der Wiese voran und findet die Straße. Sie werden sie nicht einholen, dazu sind sie mit den Leiterwagen zu langsam. Ihr Kopf summt noch ein wenig, die Zunge schmerzt und ist an der Bissstelle dick geschwollen, zwischen den Beinen spürt sie warme Feuchtigkeit. Morgen, wenn es hell ist, wird sie sich im Bach waschen und irgendwo in einem leeren Haus unterschlüpfen, um ein wenig zu schlafen. Jetzt will sie nur fort, so weit weg wie möglich von diesem Ort, von diesen Menschen.

Nichts denken. Nichts fühlen. Weiterleben.

JULIA

Wiesbaden, Juli 1945

Was ist Liebe? Julia hat die halbe Nacht über diese Frage gegrübelt und doch keine endgültige Antwort gefunden. Nur eines ist sicher: Bis zu diesem Tag hat sie von Liebe keine Ahnung gehabt. Es gab in ihrem Leben einige kurze Liebesbegegnungen, Spaziergänge im Kurpark mit Händchenhalten, Küsschen hinter einem Baum, auch Nächte voller Leidenschaft, die mehr oder weniger beglückend waren. Gewiss, das hat sie aus Liebe getan. Nicht nur aus körperlichem Begehren, sondern auch, weil sie sich verliebt hatte. Allerdings endete die Verliebtheit meist schon nach wenigen Wochen, falsche Vorstellungen kamen zutage, erste Abneigung wuchs, danach taten sich unüberbrückbare Unterschiede auf. Spätestens nach vier Wochen sah sie den Liebsten mit klaren Augen, und damit war die Liebe beendet.

Falls man solche Vorkommnisse überhaupt als Liebe bezeichnen kann …

Dann ist da die edle, die reine Liebe. Oder das, was sie bisher dafür gehalten hat. Die Sehnsucht nach einem angebeteten männlichen Wesen, das ganz und gar unerreichbar ist. So wie ein Stern am Himmel, den man voller Glück und Trauer betrachtet, aber niemals berühren kann. Dazu gehört zum Beispiel Hans Albers, wenn er »Good bye, Johnny« sang. Auch einige Mitglieder des Theaterensembles. Wie zum Beispiel der unvergleichliche Eddi Graff. Oder auch Adalbert Dobscher. Wenn er auf der Bühne Don Giovanni war.

Dann lag sie nachts wach in ihrem Bett und verzehrte sich vor Sehnsucht, dachte sich zahllose romantische Geschichten aus, aufregende, wundervolle Situationen, in denen sie ihrem Traumhelden begegnet und in seine Arme sinkt. Ein Rausch, der jederzeit abrufbar ist, ein schöner Traum, den man wach und mit erregten Sinnen in seiner Phantasie erlebt.

Nach einigem Nachdenken kommt sie jedoch zu dem Schluss, dass auch diese Schwärmerei nicht viel mit Liebe zu tun hat. Liebe ist etwas ganz anderes. Etwas völlig Unerklärliches. Überraschendes. Und ganz Unglaubliches.

Liebe stürzt auf dich herunter wie ein Raubvogel auf die Beute. Oder wie der berühmte Blitz aus weißen Wattewölkchen. Liebe trifft dich immer unvorbereitet. Liebe ist nicht mit dem Verstand zu erklären. Auch nicht mit dem Gefühlsleben. Sie ist einfach da, steht vor dir im grellen Licht des Tages, es ist unmöglich, ihr auszuweichen, sie hat dich im Griff. Ob du willst oder nicht.

Seit gestern liebt Julia Addi Dobscher. Den alternden, polternden, manchmal ziemlich anstrengenden Addi, der ihr mit seinem weißen Haar und dem lauten Gehabe immer wie ein väterlicher Begleiter, aber niemals wie ein geliebtes Wesen erschienen war. Ein Augenblick hat alles verändert.

Die Künzel hat an ihrer Wohnungstür geklingelt, da ist sie aufgewacht und hat festgestellt, dass sie verschlafen hat.

»Wieso ist der Addi nicht aufgestanden?«, wollte die Künzel wissen.

Sie sind beide durch die Tapetentür hinübergeschlichen, und da ist es passiert. Addi lag auf seinem Bett, das Gesicht vom Fieber gerötet, seine Brust hob und senkte sich hastig, die Augen waren geschlossen. Julia trat dicht an sein Bett heran, und plötzlich hatte sie unfassbar große Angst, dass er sie verlassen könnte. Und genau in diesem Moment wusste sie, dass sie ihn liebt.

Aber was für eine Art Liebe ist das jetzt? Keine wilde Leidenschaft, nein, das nicht. Auch keine Schwärmerei. Keine Anbetung eines fernen Sterns. Es ist die Luft, die man zum Atmen braucht. Die Ruhe. Die Wärme. Die Zuversicht. Wenn du diese Dinge besitzt, hältst du sie für selbstverständlich und achtest sie wenig. Wenn du sie aber verlierst, wirst du nie wieder froh.

Ach, sie hat ihm nicht helfen können. Julia ist kein Mensch der Tat, sie ist eine Träumerin, und in der Not handelt sie meist unsinnig. Es waren die Sofia Künzel und die Else Koch, die Addi im Bett aufgesetzt haben, ihm Jacke, Hosen, Socken und Schuhe angezogen haben, was nicht einfach war, denn er hat sich heftig dagegen gewehrt. Die beiden amerikanischen Offiziere haben ihn schließlich hinuntergetragen, nachdem Addi den Wilfried Storbeck beinahe die Treppe hinabgeworfen hat. Dieser ganze Aufruhr war sicher nicht gut für Addi. Julia hat die ganze Zeit über auf ihn eingeredet, ihn angefleht, doch ruhig zu bleiben, sich nicht aufzuregen, dem Doktor nicht zu widersprechen. Aber er war so wütend, so atemlos, dass er ihr gar nicht zugehört hat. Und dann haben sie ihn fortgebracht, und Julia hat vor dem leeren, zerwühlten Bett gestanden und sich die Augen ausgeheult. Weil sie ihn vielleicht nie wiedersieht.

Mittags schon ist sie zu Fuß zum Paulinenstift gelaufen, aber da war keine Besuchszeit, und sie hat unten bei der Pforte gesessen und warten müssen. Erst um zwei Uhr haben sie sie hineingelassen, und sie hat von einer jungen, sehr unfreundlichen Krankenschwester die Anweisung bekommen, nicht mit dem Kranken zu sprechen und ihn auf keinen Fall zu berühren. Weil er möglicherweise eine ansteckende Krankheit haben könnte.

Addi liegt mit drei anderen Kranken in einem kleinen Zimmer. Sein Bett steht hinten an der Wand, und Julia musste sich an zwei Besucherinnen vorbeiquetschen, die auf Stühlen neben einem der Krankenbetten saßen. Es war eng und stickig in dem Zimmer, die Wände sind weiß gestrichen, aber in den Ecken blättert schon die Farbe ab, und es gibt viele Schrammen und

Kratzer. Addi lag auf dem Rücken und schlief, er war ganz blass, und sein weißes Haar sah zerwühlt aus. Er atmet ruhiger, dafür muss er immer wieder husten. Dann verzieht er das Gesicht, und sie begreift, dass er Schmerzen hat.

»Der soll ja die Schwindsucht haben«, sagte hinter ihr jemand. »Unglaublich, dass der nicht in Quarantäne kommt. So was hätte es unterm Hitler nicht gegeben!«

»Sei still …«, flüsterte eine Frauenstimme ängstlich.

»Ach, ist doch wahr!«

Julia wagte es erst nach einer Weile, einen Stuhl zu nehmen und neben Addis Bett zu stellen. Dort saß sie mit steifem Rücken und starrte auf sein Gesicht, auf seine Hände, die auf der Bettdecke so fremd und blass aussahen. In all den Jahren hat sie sich seine Hände niemals genau angeschaut, aber jetzt weiß sie, dass er kräftige, lange Finger und ebenmäßige Fingernägel hat. Früher hat er sehr gut Klavier gespielt, sie ist im Theater einmal an einem Probenzimmer vorbeigelaufen, da hat sie ihn am Flügel gesehen. Er hat zwei Kolleginnen begleitet, die ein Duett von Richard Strauss probten.

Wie lange sie an seinem Krankenbett gesessen hat, weiß sie nicht mehr, aber irgendwann hat Addi geblinzelt und die Augen geöffnet. Und weil die unfreundliche Krankenschwester nicht im Zimmer war, hat Julia leise Addis Namen gesagt. Da hat er den Kopf gedreht und sie angeschaut. Ein wenig verwirrt, weil er wohl erst in diesem Moment begriff, dass er im Krankenhaus ist und nicht daheim in seinem Bett. Aber weil sie ihn anlächelte, ist er ganz ruhig geblieben und hat sogar ein wenig gegrinst.

»Haben sie mich doch drangekriegt …«, sagte er leise und musste gleich wieder husten. Es klang rasselnd, als hätte sich in seinen Bronchien eine ganze Menge angesammelt.

»Es ist ja nur, damit du wieder gesund wirst, Addi …«

»Kann auch zu Hause gesund werden …«, knurrte er.

Julia war ein Weilchen still, weil sie ihm nicht widersprechen mochte. Dann fragte sie, was der Doktor denn gesagt habe.

»Lauter Blödsinn. Haben mir zwei Spritzen reingejagt und wollen mich ein paar Tage hierbehalten.«

Wenn er zwei Sätze hintereinander spricht, ist er schon außer Atem. Julia hat Angst um ihn, aber sie darf es nicht zeigen, sie will ihn nicht beunruhigen.

»Du musst tun, was der Doktor sagt, Addi«, flüsterte sie ihm zu. »Ich komme jeden Tag und besuche dich.«

Sie sah, dass er sich über dieses Versprechen freut. Trotzdem brummelte er, dass das nicht nötig sei, sie solle ruhig daheim bleiben, schließlich habe sie doch ihre Näharbeiten und dürfe die Kunden nicht warten lassen.

»Das ist nicht so wichtig, Addi. Die können ruhig warten. Die Hauptsache ist, dass du bald wieder nach Hause kommst. Weil es ohne dich so … so … so still ist.«

Es ist gar nicht so einfach, jemandem, den man schon so lange kennt, plötzlich ein Liebesgeständnis zu machen. Weil Addi gar nicht darauf gefasst ist. Und weil Julia es nicht gewohnt ist, von Liebe zu sprechen.

»Weil …«, stotterte sie herum und wird noch verlegener, als er sie jetzt ganz verklärt anschaut. »Weil … weil du mir so sehr fehlst, Addi. Du … bist doch immer da gewesen. Und jetzt auf einmal nicht mehr …«

Da ist sie plötzlich heiser geworden und musste sich räuspern. Sie hat das Gefühl, alles ganz dumm und ungeschickt angefangen zu haben. Dazu kam ausgerechnet in diesem Moment die junge Krankenschwester ins Zimmer und verkündete das Ende der Besuchszeit.

»Es ist vier Uhr – bitte verabschieden Sie sich jetzt. Unsere Patienten brauchen Ruhe …«

Unter den Argusaugen der Krankenschwester stand Julia von ihrem Stuhl auf und lächelte Addi unsicher an. Er war ganz ernst, und sie stellte erschrocken fest, dass ihm eine Träne aus dem Augenwinkel rann und aufs Kopfkissen tropfte.

»Das war das Schönste, was du mir je gesagt hast, Julia …«

Und weil er nicht wusste, dass sie einander nicht berühren sollen, streckte er den Arm aus, und sie fasste seine Hand. Nur für einen Augenblick hielten sie einander fest, dann mussten sie loslassen.

»Wenn Sie sich nicht an meine Anweisungen halten, bekommen Sie Hausverbot!«, keifte die Krankenschwester Julia an.

»Und was ist mit mir?«, fragte Addi heiter. »Ich möchte auch Hausverbot haben.«

»Das könnte Ihnen so passen, Herr Dobscher! Sie bekommen jetzt von mir eine Spritze.«

»Doch nicht schon wieder in die Backe …«

»Wir nehmen dieses Mal die andere …«

Jetzt hatte es Julia sehr eilig, das Krankenzimmer zu verlassen, denn dieser Aktion wollte sie auf keinen Fall beiwohnen. Wie seltsam. Es gefällt ihr ganz und gar nicht, dass sich diese widerliche Person über Addi hermacht und ihm Spritzen in intime Körperteile jagt. Addi Dobscher gehört doch ihr!

Auf dem Heimweg sprach sie ein Schwarzhändler an und wollte ihr Schokolade und Kaffee verkaufen. Gegen Zigaretten. Aber die hatte sie nicht, nur die zwanzig Reichsmark, die Jenny Adler ihr gegeben hat, weil sie ihr zwei Kleider enger genäht hat. Nach einigem Handeln bekam sie eine kleine Tafel dunkle Schokolade und eine Tüte Pfefferminzbonbons dafür. Die will sie Addi morgen in die Klinik bringen. Er mag Süßigkeiten gern, da ist er wie ein kleiner Junge. Sie wird ihm auch einen Blumenstrauß pflücken, drüben im Kurpark wächst eine Menge Kraut und Unkraut durcheinander, da lässt sich leicht ein hübsches Arrangement zusammenstellen.

Gerade als sie beim Café Engel stehen bleibt und überlegt, ob sie noch rasch Hilde und Else unten im Café aufsucht, um ihnen von Addi und der Klinik zu erzählen, da geht neben dem Café die Haustür auf, und mehrere Männer treten auf die Straße. Drei davon sind amerikanische Soldaten, einer ist sogar ein Schwarzer mit wulstigen Lippen und einer breiten Nase. Der vierte Mann ist Wilfried Storbeck. Er trägt den Anzug, den seine Frau ihm gewendet hat, und dazu karierte Hausschuhe. Sein Gesicht ist fahl, er sieht aus, als würde er geradewegs zum Schafott geführt. Julia bleibt stehen und starrt die Gruppe an, begreift erst langsam, dass man Wilfried Storbeck nun wohl doch als ehemaligen Nazi-Funktionär und eifrigen Denunzianten entlarvt hat. Was hat die Else Koch neulich gesagt? Die kommen alle nach Darmstadt in ein Lager. Ach Gott! Immer diese Lager. Wenn es doch einmal ein Ende damit hätte. Auf der anderen Seite ist es wohl so, dass der Herr Storbeck seine Strafe redlich verdient hat. Er ist ein schlechter Mensch, hat Addi immer wieder zu ihr gesagt. Wobei Addi das noch anders formuliert hat. Eine Drecksau. Ein schleimiger Denunziant. Ein hinterhältiges Arschloch.

Der schwarze Soldat grinst sie mit blendend weißen Zähnen an, als sie alle an Julia vorbeigehen, und sie erschrickt so sehr, dass sie einen Schritt zurückstolpert. Bisher hat sie die schwarzen Soldaten nur von Weitem bestaunt und ein wenig Angst vor ihnen gehabt. Weil sie so aussehen wie die Menschenfresser in einem Buch über Afrika, das sie einmal aus der Stadtbibliothek ausgeliehen hat. Storbeck schaut sie nicht an, als er vorübergeführt wird, er hat den Blick auf das Straßenpflaster gesenkt und zieht die Schultern hoch. Wahrscheinlich ist es ihm sehr unangenehm, so allen Blicken ausgesetzt durch die Wilhelmstraße gehen zu müssen.

An den beiden Tischen vor dem Café Engel sitzen der Korrepetitor Alois Gimpel und der Hans Reblinger, der früher Theaterkritiken geschrieben hat. Bei ihnen steht die Hilde Koch, ein

Tablett mit Kaffeetassen in der Hand, die sie gerade abgeräumt hat. Else Koch hat die aufregende Szene vom Fenster aus verfolgt.

»Haben Sie das gesehen, Fräulein Wemhöner?«, ruft ihr Hans Reblinger entgegen. »Es gibt noch eine Gerechtigkeit auf Erden! Gott sei Dank!«

Sie nickt verhalten und lächelt. Nein, sie hat leider gar keine Zeit, sich zu ihnen zu setzen, sie hat so viel zu nähen, ihre Kunden warten schon, sie muss gleich an die Arbeit.

»Da haben Sie aber Glück, meine Liebe«, meint Alois Gimpel und lächelt säuerlich. »Bezahlte Arbeit, die hat heutzutage ja kaum jemand. Wir Künstler schon gar nicht …«

Julia weiß von Else Koch, dass der Herr Gimpel vom Verkauf seiner Antiquitäten lebt. Er hat von seinen verstorbenen Eltern eine Villa in der Biebricher Allee geerbt, die er jetzt langsam leer räumt. Es ist schon traurig, dass ein so großartiger Musiker tatenlos herumsitzen muss, aber verhungern muss so einer nicht.

»Es kommen auch wieder bessere Zeiten, Herr Gimpel.«

»Die Hoffnung stirbt zuletzt!«, ruft er ihr nach, als sie durch die Drehtür ins Café hineingeht.

Drinnen sitzt Sofia Künzel und trinkt noch rasch einen Kaffee, bevor sie hinüber in die Steingasse geht. Es duftet nach echtem Bohnenkaffee, den bringt die Künzel immer von den Amerikanern mit.

»Julia, du armes Mädel«, ruft die Künzel aus. »Setz dich zu mir, und trink ein Tässchen mit. Wie geht's dem alten Sturkopf? Ist wohl ganz schön kleinlaut geworden, wie? Armer Kerl. Mit so einer Lungengeschichte ist nicht zu spaßen …«

Julia kann dem Kaffeeduft nicht widerstehen. Eigentlich ist sie ja Teetrinkerin, aber dieser frisch aufgebrühte Bohnenkaffee ist einfach eine himmlische Gabe …

»Sie geben ihm Spritzen und wollen ihn ein paar Tage dabehalten«, vermeldet sie. Hilde kommt aus der Küche, wo sie das

Tablett mit dem Geschirr deponiert hat, ihre Mutter Else bringt die Kaffeekanne und stellt drei zusätzliche Tassen auf den Tisch.

»Mal schnell ein Käffchen trinken, bevor die Ida Lehnhardt mit der Jenny Adler aufkreuzt«, sagt sie und schaut wachsam zur Drehtür. »Für die koche ich keinen echten Bohnenkaffee, der ist nur für gute Freunde …«

»Ein zahlender Gast ist ein zahlender Gast«, lästert die Künzel grinsend.

»Nee!«, gibt Hilde zurück. »Die Nazis, die hier eingekehrt sind, die waren auch zahlende Gäste. Aber denen haben wir immer den ältesten Kuchen vorgesetzt. Aus Prinzip haben wir das so gemacht, stimmt's, Mama?«

»Ist ja zum Glück vorbei«, knurrt Else Koch und schiebt Julia eine gefüllte Tasse zu. »Wie schaut er denn aus, der Addi? Hat er immer noch Fieber? Mensch, wenn die den bloß wieder hinkriegen …«

Julia muss zugeben, dass sie nichts Genaues weiß. Wie dumm, sie hat Addi gar nicht gefragt, wie es ihm geht und ob er noch Fieber hat. Stattdessen hat sie jede Menge Unsinn geredet. Und doch ist sie sehr glücklich, wenn sie daran denkt, was er zu ihr gesagt hat. »Wenn du morgen wieder hingehst, Julia«, sagt die Künzel. »Dann nimmst du mal eine Dose Corned Beef und eine Packung Weißbrot mit. Die gebe ich dir dann. Damit er wieder auf die Beine kommt.«

Julia denkt an die unfreundliche junge Krankenschwester und fragt sich, ob sie überhaupt Lebensmittel mit in die Klinik nehmen darf. Nicht, dass die Schwester die guten Sachen konfisziert und der arme Addi leer ausgeht.

»Den Storbeck hat ja nun endlich sein Schicksal ereilt«, meint Hilde beiläufig. »Was auch immer die mit ihm machen – er hat es sich redlich verdient, der Saubeutel!«

Weshalb die Hilde dabei solch ein verschlossenes, hartes Gesicht macht, versteht Julia nicht ganz. Aber sie spürt, dass da irgendetwas ist, über das Hilde wohl nicht gern reden will. Sie trinkt genüsslich den starken Bohnenkaffee, in den sie einen ganzen Teelöffel Zucker gerührt hat, bedankt sich und wünscht der Künzel einen erfolgreichen Abend.

»Danke dir. Es macht sich nicht schlecht. Morgen um zehn kommt mein erster Gesangsschüler. Bisschen schüchtern noch, der Knabe. Aber da ist Substanz dahinter … schwarzer Bass … Und auch sonst …«

Julia lächelt vor sich hin, während sie die Treppe zu ihrer Wohnung hinaufsteigt. Also wird Sofia Künzel wieder ihre Schüler unterrichten. In der Sangeskunst und auch in anderen Künsten. Ob das auch eine Art von Liebe ist? Julia seufzt leise und denkt voller Zärtlichkeit an den Moment, als sie Addis ausgestreckte Hand gefasst hat. Ganz kühl war seine Hand, aber er hat ihre Finger fest umschlossen und gedrückt. Wer weiß, was sie getan hätte, wenn nicht diese blöde Kuh von Krankenschwester reingekommen wäre. Sie sucht den Wohnungsschlüssel in ihrer Handtasche. Jetzt muss sie sich aber wirklich mit dem Nähen beeilen, es geht schon auf sieben …

»Fräulein Wemhöner?«

Es knarrt auf der Treppe hinter ihr. O weh, das ist die Marianne Storbeck, die kann sie jetzt überhaupt nicht gebrauchen. Wie piepsig ihre Stimme klingt. Vermutlich will sie sich bei ihr ausheulen. Aber daraus wird nichts, Julia hat zu tun, und Marianne Storbeck ist schließlich selbst an ihrem Unglück schuld. Julia zückt den Wohnungsschlüssel und steckt ihn ins Schloss.

»Ach, Fräulein Wemhöner … Haben Sie eine Minute Zeit? Ich wollte Sie gern etwas fragen …«

Julia holt tief Luft, um sich gegen die Versuchung zu wappnen, doch noch schwach zu werden. »Ich habe wenig Zeit, Frau Storbeck …«

Jetzt ist die Marianne die Treppe hinaufgestiegen und steht direkt hinter Julia.

»Das weiß ich ja …«, sagt sie. »Sie haben so viel zu nähen, nicht wahr? Genau deshalb wollte ich nämlich auch fragen …«

Julia dreht den Schlüssel herum, aber er greift nicht, sie muss zweimal drehen. Das passiert manchmal, ist nicht weiter schlimm, sagt Addi. Jetzt ist es lästig.

»Ich habe mir gedacht …«, redet die Storbeck weiter. »Ich dachte mir, ich könnte Ihnen doch helfen. Die Säume zum Beispiel, die könnte ich nähen. Oder die Knopflöcher. Alles, was so an Handwerklichem zu tun ist. Die einfachen Dinge, die Zeit kosten und Sie nur aufhalten, verstehen Sie?«

Julia hat endlich ihre Wohnungstür aufgeschlossen, jetzt bleibt sie trotzdem davor stehen und überlegt. Der Vorschlag ist im Prinzip gar nicht so schlecht. Nur hätte sie gern eine andere Hilfe als ausgerechnet die Marianne Storbeck! Wenn es die Hilde wäre. Oder die Gisela, Hildes Freundin. Zur Not sogar die Ida Lehnhardt. Aber die Storbeck …

»Es ist halt so, dass sie dem Wilfried alle Bezüge gestrichen haben, Fräulein Wemhöner. Ich habe nichts und niemanden mehr. Keine Verwandten. Und auch sonst niemanden, der mir helfen könnte. Und verkaufen kann ich auch nichts – wir haben doch schon alles verloren …«

Julia kann den warmen Atem von Marianne Storbeck in ihrem Genick spüren. Es ist eklig. Diese Frau ist so klebrig wie ein Klecks Rübenkraut.

»Später, Frau Storbeck. Ich muss darüber nachdenken. Ich gebe Ihnen Bescheid …«

Damit schlüpft sie in ihre Wohnung und drückt rasch die Tür hinter sich zu. Aufatmend steht sie, den Rücken an die Tür gelehnt, und lauscht. Nichts. Die Storbeck geht nicht weg. Diese lästige Person wartet vor ihrer Tür.

Julia geht in ihr Badezimmer, um sich die Hände zu waschen, wie sie es seinerzeit in der Schneiderausbildung gelernt hat. Niemals mit verschwitzten Händen an die Arbeit gehen. Dann setzt sie sich in die Nähecke, steckt den Fingerhut auf und fädelt das Garn ein. Gewiss, das Umsäumen ist eine lästige Arbeit, dennoch muss man sehr akkurat nähen, damit kein Stich von außen zu sehen ist. Nach einer Weile hat sie das Gefühl, dass der Raum stickig ist, und sie öffnet das Fenster. Es dämmert schon, bald muss sie die Lampe anschalten, sie wird wohl noch die halbe Nacht mit diesem Kleid zu tun haben.

Sie versucht, an Addi zu denken. Wie es ihm jetzt wohl geht? Ob er fiebert? Ob er schlafen kann? Ob er an sie denkt? Addi hätte der Storbeck wohl eine zackige, eindeutige Antwort gegeben.

Nicht daran zu denken. Mit Leuten wie Ihnen und Ihrem Mann wollen wir nichts zu tun haben. Jetzt merken Sie mal, wie das ist, wenn man denunziert wird. Wenn man abgeholt wird und keiner ist da, der einem hilft.

Julia beißt sich auf die Unterlippe. Es ist richtig. Es ist nur gerecht. Und trotzdem fühlt sie sich schlecht. Hartherzig. Böse.

Sie ist keine, die anderen die Tür vor der Nase zuschlägt. Sie mag das nicht tun. Sie kann nun einmal nicht aus ihrer Haut.

Marianne Storbeck ist eine halbe Treppe hinuntergegangen, hat sich auf den Treppenabsatz gesetzt und wartet dort. Als Julia die Wohnungstür öffnet, dreht Marianne den Kopf, und Julia sieht, dass sie geheult hat.

»Können Sie einen Saum nähen? So, dass die Stiche außen nicht zu sehen sind?«

Marianne nickt.

»Dann kommen Sie halt rein …«

HILDE

Wiesbaden, Juli 1945

Ein Regentag, denkt Hilde, als sie am Morgen wach wird. Die Vorhänge des Schlafzimmers sind noch geschlossen, aber sie kann die Regentropfen hören, die gegen die Fensterscheiben schlagen. Ganz schön kräftig trommelt der Regen – wie schade, da können sie heute die Tische nicht hinausstellen. Zumindest am Vormittag nicht.

Sie sollte jetzt aufstehen, Mama ist schon in der Küche, der Geruch von Pfefferminztee zieht durch die Wohnung. Hilde streckt sich noch einmal und setzt sich dann auf. Irgendetwas ist mit ihr.

Das blöde Regenwetter, denkt sie. Es drückt auf die Stimmung. So was darf man gar nicht erst hochkommen lassen. Entschlossen steht sie auf, fährt in die Hausschuhe und geht hinüber ins Badezimmer. Eine Katzenwäsche tut es heute auch, kalter Waschlappen mit Seife macht wach, und dann ordentlich mit dem Handtuch rubbeln, das bringt den Kreislauf in Schwung.

Als sie angezogen und ordentlich gekämmt in der Küche erscheint, ist die schlechte Stimmung verflogen. Mama sitzt am Küchentisch, hat für sie beide gedeckt, und unter der mit blauem Kreuzstich verzierten Wärmehaube wartet die Teekanne. Es gibt Brot mit Rübenkraut, von Butter oder Margarine keine Spur, das wenige, das man ergattern kann, braucht Else zum Backen. Auch die Marmelade, die die Künzel von den Amerikanern mitbringt, wandert hinunter in die Backstube, das Maismehl, die Kartoffeln und der Zucker sowieso. Und von einem Frühstücksei können sie hier oben nur träumen.

»Brauchen uns nicht zu hetzen«, meint Else und deutet zum Fenster, wo die Regentropfen an den Scheiben herunterlaufen. »Kommt sowieso kein Mensch bei dem Mistwetter.«

»Da muss ich wenigstens nicht die Straße fegen«, meint Hilde.

Else redet davon, dass der Herbst nicht weit ist, da könnte man versuchen, aufs Land zu fahren, um zu hamstern.

»Nach Lenzhahn, zu den Bogners, da könntest du doch mal hinfahren«, schlägt sie Hilde vor. »Die haben Landwirtschaft, da gibt's Räucherwaren und Schmalz. Milch und Butter. Und Kartoffeln …«

»Soll ich gleich einen Lastwagen nehmen?«, grinst Hilde. »Du, Mama, ich weiß ja nicht … Wenn der Fritz vielleicht …«

Die Mutter weiß, was die Hilde sagen will. Sie schweigt einen Moment, dann trinkt sie einen Schluck Tee und räuspert sich. »Vielleicht hat er ja Glück gehabt«, meint sie und seufzt. »So ein begabter junger Mensch …«

»Ja, das ist er …«

Hilde mag Fritz Bogner gern, es hat sogar eine Zeit gegeben, da war sie richtig verliebt in den jungen Mann, der im Café so schön Geige gespielt hat. So hingebungsvoll hat er gespielt, und immer solche Stücke, die zu Herzen gehen. Das *Ave Maria* von Schubert. Das Gebet einer Jungfrau. Oder dieses nette Stück von Boccherini … Vor allem die älteren Damen waren von ihm angetan und haben ihm oft ein kleines oder größeres Trinkgeld zugesteckt. Das war ihm peinlich, weil er doch von Papa für seinen Auftritt bezahlt wurde.

»Schau mal«, sagt Mama in Hildes Gedanken hinein. »Ich glaub, ich habe gerade die Gisela gesehen. Wenn die nicht mal ins Café will …«

»Gisela mit Gefolge?«, kichert Hilde. »Und das so früh am Morgen? Na – besser als gar keine Gäste.«

Sie läuft rasch hinunter ins Café, während Mama noch den Küchentisch abräumt. Gas ist immer noch nicht da – sie backen und kochen mit dem Kohlenherd; was für ein Glück, dass sie sowohl oben als auch unten in der Backstube noch nicht ganz auf Gas umgerüstet hatten. Nur mit dem Brennmaterial wird es knapp. Bisher hat Addi immer jede Menge Holz von den Trümmergrundstücken herbeigeschafft, aber damit ist es jetzt erst einmal vorbei.

Gisela ist allein. Sie wartet unter einem altmodischen schwarzen Regenschirm vor der Drehtür, bis Hilde aufgeschlossen hat. Dann klappt sie das Monstrum zusammen.

»Der stammt wohl noch von deinem Großvater, wie?«, lästert Hilde.

»Keine Ahnung, er steht seit mindestens hundert Jahren im Schirmständer …«

Die Umarmung ist hastig und etwas oberflächlich. Seitdem Gisela Umgang mit den amerikanischen Besatzern hat, ist die Freundschaft der beiden jungen Frauen nicht mehr so eng, wie sie früher einmal war. Dabei muss Hilde Gisela dankbar sein, denn sie bringt häufig amerikanische Gäste ins Café, vor allem an den Nachmittagen, wenn die Künzel für ein Stündchen zum Tanz spielt.

»Was für ein Wetter«, stöhnt Gisela und schüttelt das Haar. »Heute früh hab ich sie eingedreht, aber wenn es so feucht ist, schaue ich gleich wieder aus wie ein Wischmopp. Es ist schon ein Elend mit dieser Dauerwelle.«

Hilde hat Naturlocken, um die hat Gisela sie schon in der Schule beneidet. Damals hat sich Hilde immer glattes Haar gewünscht, aber seitdem sie weiß, wie teuer und aufwendig eine Dauerwelle ist, ist sie froh, so etwas nicht zu brauchen.

»Gibt's schon einen Kaffee? Einen richtigen, meine ich, keinen Muckefuck?«, fragt Gisela und setzt sich an einen Tisch.

»Muss erst den Herd anmachen … dauert ein wenig …«

Gisela lehnt sich im Stuhl zurück und stellt ihre Handtasche auf den Tisch. Ein wunderhübsches Täschchen aus hellblauem

Leder. Das hat sie ganz sicher nicht von der Großmutter geerbt. Das ist nagelneu.

»Dann leg mal los, Hilde«, meint die Freundin. »Ich hab auch etwas für dich. Da drin ist es …«

Sie deutet auf die hellblaue Handtasche und tut sehr geheimnisvoll. Hilde ärgert sich. Was soll das Theater? Ist sie ein kleines Kind, das man mit einer Überraschung ködert? Sie geht in die Küche und bringt den Kohlenherd in Gang, dann ist schon Mama da und nimmt ihr die restliche Arbeit ab.

»Geh nur … Ich mach das schon …«

Drüben hat Gisela jetzt die Ellbogen aufgestützt und schaut aus dem Fenster auf die graue, verregnete Straße. Hilde fällt auf, dass die Freundin blass ist und Schatten unter den Augen hat. Vielleicht liegt das ja an dem trüben Licht heute, möglicherweise aber auch an den langen Nächten in der amerikanischen Bar.

»Kaffee kommt gleich«, sagt Hilde und setzt sich zu ihr an den Tisch. »Geht's dir gut? Du schaust etwas müde aus.«

Gisela zuckt mit den Schultern und meint, sie habe schlecht geschlafen. »Immer dieses Theater in der Wohnung. Wenn ich nach Hause komme, muss ich an der Tür klingeln, weil der Großvater das Sicherheitsschloss abschließt. Dann bekomme ich wieder zu hören, dass ich eine verworfene Person bin, die sich mit Männern herumtreibt. Du kannst dir gar nicht vorstellen, wie satt ich das habe!«

Das kann Hilde durchaus. Auch wenn sie Giselas nächtliche Umtriebe nicht gutheißt, muss sie doch zugeben, dass Gisela für die Mutter und die Großeltern sorgt. Einfach ist das nicht. Vor allem, weil Giselas Mutter immer schwieriger wird.

»Sie ist schon zweimal weggelaufen, und wir haben sie suchen müssen«, beklagt sich Gisela. »Sie zieht immer Vaters alten Mantel an, darunter trägt sie nur Unterwäsche. Jetzt schließt der Großvater die Haustür mit dem Sicherheitsschloss ab, damit sie nicht mehr raus kann …«

»Ach, Mensch«, sagt Hilde mitleidig, und sie legt der Freundin den Arm um die Schultern. »Wart ihr mal beim Arzt? Vielleicht braucht sie einfach nur ein Medikament?«

Gisela winkt müde ab. »Dr. Walter hat gesagt, da könne man nichts tun. Weil ihr körperlich im Grunde nichts fehlt. Ihr Geist ist verwirrt. Er sagt, das ginge vielen so, jetzt nach dem Krieg. Das läge an den Bomben, da hätten viele vor Angst und Schrecken den Verstand verloren.«

»Es tut mir so leid, Gisela …«

Für einen Moment ist die alte Verbundenheit wieder da, Gisela schmiegt sich in Hildes Arm, lässt sich trösten, und als Mama jetzt die gefüllten Kaffeetassen bringt, kann sie wieder lächeln.

»Schön, dass es euch beide gibt«, meint sie und nimmt genüsslich den ersten Schluck. »Überhaupt das Café Engel. Das ist wie eine Insel im Ozean. So ein warmer, sicherer Ort mitten im wilden Meer. Wenn du verstehst, was ich meine …«

»Klar. Wir sind so was wie Honolulu. Nur ohne Meer. Und ohne Grasröckchen …«

Die Stimmung kippt. Sie fangen an zu lachen, prusten in den Kaffee, finden das Leben auf einmal wahnsinnig komisch und gar nicht mehr beschwerlich. Gisela greift zu ihrer Handtasche.

»Geschenk von Sammy. Bisschen auffällig, wie?«

»Ein Traum. Die ist wunderschön, Gisela!«

Gisela öffnet das traumhaft schöne Stück und wühlt darin herum.

»Und das hier ist auf verschlungenen Wegen zu ihm gekommen«, sagt sie und zieht einen Brief heraus. »Für dich, Hilde. Aus Frankreich.«

Hildes Herzschlag setzt für ein paar Sekunden aus. Sie nimmt den Brief an sich, dreht ihn hin und her. Die Adresse ist unvollständig, aber ihr Name ist deutlich in großen Druckbuchstaben geschrieben. Der Absender hingegen ganz klein, kaum zu entziffern. Jean-Jacques Perrier … 12, Rue Principale … Villeneuve … O Gott, er lebt. Ihr Geliebter ist am Leben! Und er schreibt ihr!

»Ist der am Ende von deinem Franzosen? Wie hieß der doch? Jean-Jacques. Der hübsche mit den Locken und den dunklen Glutaugen …«

Natürlich weiß Gisela, dass da etwas zwischen Hilde und dem Fremdarbeiter Jean-Jacques gewesen ist. Aber sie hat es für eine Affäre gehalten. Dass dieser Mann für Hilde die ganz große Liebe ist, würde Gisela vermutlich nicht begreifen. Sie hat sich während der vergangenen Monate verändert, ihre Freundin Gisela. Denkt sie eigentlich noch an ihren Verlobten Joachim? Hilde fragt so etwas besser nicht.

»Na«, meint Gisela jetzt schmunzelnd, »dann will ich mal losziehen und dich mit deinem Brief allein lassen. Hast ja glänzende Augen bekommen, Hilde …«

Sie trinkt den Kaffee aus und will das Portemonnaie aus der Tasche nehmen, aber Hilde wehrt ab. »Du spinnst wohl. Ich lass doch meine beste Freundin nicht für den Kaffee bezahlen.«

»Dann auf bald …«

Hilde ist schon ganz zittrig vor Aufregung. Wenn Gisela doch endlich mit ihrem Schirmmonstrum durch die Drehtür wäre. Wenn Mama bloß in der Küche bleibt. Und wenn nur jetzt keine Gäste ins Café kommen. Wenigstens zehn Minuten lang, bis sie den Brief gelesen hat …

Sie reißt den Umschlag mit den Fingern auf, nimmt ein kariertes Stück Papier heraus, das aus einem Rechenheft herausgenommen wurde. Hilde zieht die Stirn kraus, weil die Handschrift nicht leicht zu lesen ist. Hat Jean-Jacques das verfasst? Es muss wohl so sein, denn sein Name steht darunter. Sie kennt seine Handschrift nicht, es ist der erste Brief, überhaupt das erste Geschriebene, das sie von ihm sieht. Bisher haben sie sich ja immer nur mündlich verständigt … Ach ja …

Chère amie … liebste Freundin …

Sie muss innehalten und nach Luft ringen, weil sie im Geiste auf einmal seine Stimme hört.

Je suis arrivé à Villeneuve il y a quelques jours … bin gekommen nach Hause vor Tagen … c'est toi, qui m'a sauvé … du hast mein Leben gerettet, mein Engel. Ich danke dir für ewig.

Mein Familie ist gesund … nous sommes unis à nouveau … wir sind zusammen, und die Arbeit ist groß auf dem Hof …

Meine Liebe ist bei dir, meine Hilde. Für immer und alle Tage. Aber hier, je dois accomplir mon devoir …ich muss gehorchen, von mein Vater geht der Hof auf mich … das ist mein Pflicht, das ich muss erfüllen …das ist der Grund, weil ich muss bleiben … il faut que je reste ici …

Je t'aime pour toujours. Ich liebe dich für immer. Ich wünsche dir Glück.

Jean-Jacques Perrier

Hilde lässt das Blatt in den Schoß sinken und starrt zum Fenster hinaus in den unablässig herabrinnenden Regen. Die bittere Erkenntnis legt sich auf sie wie ein schweres, dunkles Tuch. Er muss bleiben. Es ist aus. Sie wird ihn niemals wiedersehen. Kann das denn wahr sein? Vielleicht hat sie seine Zeilen ja auch nur falsch verstanden. Sie nimmt sich den Brief noch einmal vor. Wann hat er das überhaupt geschrieben? Kein Datum. Sie liest die Zeilen mehrmals, deutet daran herum, versucht, etwas zu finden, das ein wenig Hoffnung gibt. Aber eigentlich ist die Sache klar. Er wird bei seiner Familie bleiben. Er ist der Hoferbe, darauf mag er nicht verzichten. So ist das Leben, Hilde. Wenn einer fern von daheim ist, kann er leicht Versprechen geben, heiße Liebesschwüre ablegen. Ich komme zu dir zurück, *mon trésor.* Ich muss nur erst alles regeln, dann bin ich bei dir, *ma petite colombe.* Hohles Geschwätz. Wie konnte sie nur so blöde sein, daran zu glauben?

Die Tränen schießen ihr in die Augen, sie knüllt das Papier

zusammen, auch den Umschlag, und steht auf, um alles in den kleinen Kanonenofen zu stecken, der den Gastraum im Winter heizt. Das war es also. Das war ihre große Liebe. Und jetzt ist es damit vorbei. Jetzt muss sie wenigstens nicht mehr traurig sein, dass sie sein Kind verloren hat. Das arme Wesen wäre sowieso ohne Vater aufgewachsen.

Der Gedanke an die Fehlgeburt und ihren Kummer über das verlorene Kind bringt sie endgültig aus der Fassung. Sie fängt an zu schluchzen und läuft schnell in den Nebenraum, damit die Mutter sie nicht beim Heulen erwischt. Sie presst die Stirn an den kalten Kachelofen und versucht, so leise wie möglich zu weinen. Niemand soll von diesem ganzen Elend erfahren. Gisela nicht. Und Mama schon gar nicht. Hilde ist eine, die so etwas mit sich alleine ausmacht. Sie muss nur einmal kräftig heulen, den ganzen Kummer herausweinen, und dann ist es gut. Vorbei. Dann rasch nach oben in die Wohnung laufen und einen kalten Waschlappen aufs Gesicht legen. So macht sie das.

Leider kommen gerade die Ida Lehnhardt und die Alma Knauss ins Café, als Hilde rasch in die Küche und von dort aus in die Wohnung eilen will.

»Ach, Hildchen«, ruft die Knauss, als sie sie sieht. »Wie schaust du denn aus? Bist ja ganz rot im Gesicht …«

Blöde Kuh, denkt Hilde. Lässt sich wochenlang nicht bei uns blicken, und dann kommt sie genau im falschen Moment.

»Ich hab was im Auge …«, schwindelt sie. »Setzt euch nur, ich komme gleich.«

»Im Auge?«, sagt die Lenhardt überlaut. »Ach Gott. Wird doch hoffentlich kein Glassplitter sein …«

Hilde geht ohne Antwort in die Küche, wo Mama gerade die Marmeladentörtchen dekoriert. »Gäste«, sagt sie im Vorbeilaufen. Dann ist sie schon die Treppe hinauf.

»Hilde?«, ruft die Mutter von unten. »Hilde? Ist was mit dir?«

»Hab was im Auge …«

Großartig. Sie hätte auch ein Schild aufhängen können. »Ich habe geheult, es soll aber keiner wissen.« Im Badezimmer kühlt sie ihr Gesicht mehrfach, schaut in den Spiegel und ist mit dem Ergebnis wenig zufrieden. Alles wegen dieses … dieses … Kerls! Nie wieder will sie sich auf so etwas wie »die große Liebe« einlassen. Sie kämmt das Haar, benutzt Mamas Puderdose, um Nase und Stirn zu pudern, und geht wieder hinunter ins Café.

»Stell dir vor, Mama«, plaudert sie daher. »Giselas Großeltern müssen ihre Mutter jetzt einschließen, weil sie sonst davonläuft und nicht mehr heimfindet. Ist das nicht schrecklich?«

Mama schaut sie kurz und prüfend an. Kein Wort fällt zwischen ihnen, aber Hilde weiß, dass ihre Mutter im Bilde ist. Mama hat einen sechsten Sinn für den Gefühlszustand ihrer Kinder.

»Tragisch«, sagt Else. »War mal eine schöne und stolze Frau. Da – trag mal das Tablett rüber. Wie schön, dass die Knauss wieder da ist. Wenigstens eine, die nicht dauernd anschreiben lässt.«

Richtig spendabel ist die Knauss heute. Muckefuck und Marmeladentörtchen. Der Regen hat inzwischen nachgelassen, dafür stehen überall breite Pfützen, und sie müssen einen Scheuerlappen hinter die Drehtür legen, damit die Gäste sich die Schuhe abtreten. Hilde rettet sich in die Arbeit, sie bedient die Gäste mit größter Aufmerksamkeit, ist übertrieben freundlich, lacht laut über die faden Witze der Lehnhardt und spendiert dem Hans Reblinger einen extra großen Schuss in seinen Muckefuck. Irgendwie hat Gisela recht. Das Café ist eine Insel, ein geschützter Ort, eine Zuflucht. Das Gemurmel, die Stimmen in der Gaststube, die feuchten Regenschirme im Ständer, der Geruch nach Kaffee und Marmeladentörtchen – das alles kennt Hilde von klein auf. Und es betäubt die abgrundtiefe Enttäuschung ihrer ersten, großen Liebe.

Am Nachmittag kommt Gisela mit ihrem Sammy vorbei, gerade rechtzeitig, um die letzten beiden Stücke Sandkuchen zu vertilgen.

Die beiden sitzen eng nebeneinander und halten Händchen unter dem Tisch, was Hilde sehr albern vorkommt. Was für ein Kindskopf dieser Sammy doch ist, denkt sie. Gisela hat ihn voll im Griff, er bezahlt ihren Kuchen, macht ihr Geschenke, und Lebensmittel bekommt sie obendrein, so viel sie will. Natürlich hat das alles seinen Preis. Aber warum eigentlich nicht? Wenn es ein netter Kerl ist … Die Zeiten, wo eine Frau sich für einen einzigen Mann aufbewahren musste, sind doch längst vorbei.

»Gehst du heute Abend wieder tanzen?«, fragt sie Gisela beiläufig.

»Kann sein«, gibt Gisela zurück und schaut Sammy fragend an. »Shall we dance tonight, darling?«

Darling ist einverstanden. Hilde vermutet, dass dieser harmlose große Bursche so ziemlich alles tut, was Gisela von ihm verlangt.

»Glaubst du, ihr könntet mich dort einführen?«

Gisela schaut sie erstaunt an, dann kneift sie die Augen zusammen, weil sie nachdenkt. Sie ist nicht dumm, ihre Freundin Gisela.

»Brauchst wohl eine Ablenkung, wie?«

Hilde zuckt mit den Schultern. Auf Erklärungen hat sie keine Lust.

»Kann sein …«

»Ist aber nicht ganz ungefährlich«, meint Gisela langsam. »Wenn du Liebeskummer hast, dann lass es besser sein.«

Du lieber Gott – wie weise sie daherkommt, ihre Gisela! Wie erfahren in Sachen Liebe und Leid. Hilde ärgert sich schon wieder, weil sie es nicht leiden kann, wenn ihr jemand Vorschriften machen will.

»Ich weiß schon, was ich tue!«

»Na schön. Ich komme gegen neun Uhr vorbei … Zieh dir

was Nettes an, und nimm deinen Pass mit … Ob sie dich reinlassen, weiß ich natürlich nicht. Aber wir können es versuchen …«

Es ist eine spontane Idee, und Hilde ist sich selbst nicht sicher, ob es ein guter Einfall oder eine Dummheit ist. Aber jetzt kann sie nicht mehr zurück, und sie will auch nicht. Heute Abend geht sie tanzen, warum denn nicht? Sie sitzt ja sonst jeden Abend daheim, hilft der Mutter beim Backen und Saubermachen, flickt an ihren Kleidern herum oder liest irgendein Buch. So brav und häuslich wie Hilde Koch ist kein anderes Mädel in ganz Wiesbaden.

»Tanzen? Bei den Amis? Das ist nicht dein Ernst, Hilde!«, regt sich Mama auf.

Hilde ist nicht bereit, die Mutter zu belügen. Aber sie geht auch nicht von ihrem Vorhaben ab. Schließlich fügt sich Mama mit dem Hinweis, dass Hilde das ganz bestimmt nicht tun würde, wenn Papa bei ihnen wäre.

»Meine Güte, Mama! Ich gehe tanzen. Nicht zu einer wilden Orgie. Ganz harmlos. Und vielleicht lassen sie mich gar nicht rein …«

»Das wäre wohl das Beste«, sagt Mama und setzt sich in ihren Lesesessel. »Aber du bist ja erwachsen und musst wissen, was du tust!«

Kurz nach neun klingelt Gisela an der Wohnungstür. Sie trägt ein buntes Sommerkleid mit schwingendem Rock, das Haar frisch eingelegt, an den Füßen hat sie weiße Pumps. Garantiert vom Schwarzmarkt, denkt Hilde.

»So geht das gar nicht«, sagt Gisela kopfschüttelnd, als sie Hilde prüfend anschaut. »Komm mal mit ins Bad.«

Im Badezimmer wird Hilde geschminkt. Knallroter Lippenstift, die Augen mit schwarzem Stift umrandet, die Wimpern getuscht. Mit Spucke geht's am besten, behauptet Gisela.

»Scheußlich«, meint Hilde zu ihrem Spiegelbild. »Wie ein Indianer auf dem Kriegspfad.«

Gisela lässt einen tiefen, unwilligen Seufzer hören und bemerkt, dass sie ihre teuren Schminksachen offensichtlich an eine Unwürdige verschwendet hat.

Sie verlassen die Wohnung, ohne sich von Mama zu verabschieden, die drüben im Wohnzimmer in ihrem Sessel sitzt und schweigend die Seiten ihres Buchs umblättert. Ohne Eile gehen die beiden Mädchen durch die Gassen, das nächtliche Ausgehverbot besteht zwar noch, wird jedoch nicht mehr so streng gehandhabt. Ein paarmal kommen ihnen Leute entgegen, meist Amerikaner mit jungen Frauen, hin und wieder aber auch Deutsche, die man daran erkennt, dass sie vorsichtiger sind und in die Hauseingänge ausweichen.

Die amerikanische Bar in der Steingasse ist von außen nur durch zwei Laternen zu erkennen, die zu beiden Seiten der Eingangstür stehen. Die Fenster des ehemaligen Restaurants sind verdunkelt, aber man hört die Musik bis auf die Straße. Es sind Schallplatten mit Swing und Jazzmusik, Trompete, Saxophon und Bass, auch Gesang, aber ganz anders, als Hilde es von der Oper kennt. Immerhin klingt es faszinierend und zugleich irgendwie … sündig. »Negermusik« haben ihre Eltern immer zu der Jazzmusik gesagt, die angeblich in den Zwanzigerjahren auch in Deutschland gespielt wurde. Unter den Nazis war sie streng verpönt.

Gisela geht zur Eingangstür und klopft an. Ein schwarzer Amerikaner öffnet ihr, besieht ihren Pass und nickt.

»I brought my girlfriend with me«, sagt Gisela zu ihm. »Please ask, if she is allowed to join us …«

Der Farbige schaut Hilde prüfend an, lächelt freundlich und verschwindet mit ihrem Pass.

»Und jetzt?«, flüstert Hilde nervös.

»Er geht zum Officer und fragt, ob du reinkommen darfst.«

Ein Weilchen stehen sie in dem kleinen Vorraum, wo einige Regenschirme, ein vergessener Mantel und zwei Paar Stiefel zu bewundern sind. Hinter der Tür links, wo die Musik herkommt, muss die Bar mit der Tanzfläche sein. Leider kann man nur einen kurzen Blick hineinwerfen, wenn jemand dort herauskommt, um auf die Toilette zu gehen. Fast alle, die vorbeilaufen, grüßen Gisela wie eine gute Freundin, fragen, wie es ihr geht, und lassen sich Hilde vorstellen. Nach wenigen Minuten kommt Sammy, um seine Gisela mit einem Küsschen zu begrüßen. Dann, endlich, erscheint der schwarze Pförtner mit einem rothaarigen, kräftig gebauten Offizier. Welchen Rang er einnimmt, weiß Hilde nicht, die amerikanischen Uniformen sind nicht leicht einzuschätzen. Aber ganz offensichtlich hat er was zu sagen. Er mustert Hilde kurz, dann will er wissen, ob sie in der Nazi-Partei gewesen ist.

»Nein«, sagt Hilde.

»Okay!«, meint er und reicht ihr den Pass zurück. »There are some guys waiting for girls like you …«

»Na also!«, wispert Gisela. »War doch ganz einfach.«

Jetzt öffnet sich die Tür für sie, warme Luft schlägt ihnen entgegen, geschwängert vom Alkohol und den Ausdünstungen der Tanzenden. Der Raum ist nicht allzu groß, das ehemalige Speisezimmer des Restaurants, aus dem man die meisten Tische entfernt hat, um eine freie Fläche in der Mitte zu erhalten. Ringsum sitzen junge, stark geschminkte Mädchen mit ihren amerikanischen Bekannten in kleinen Grüppchen, es wird laut geredet und gelacht, man trinkt Bier und Whiskey oder irgendwelche gemixten Drinks und gibt sich betont lässig. Das Licht ist dämmrig, drüben auf der anderen Seite, durch die Tanzenden halb verdeckt, ist die Theke, vor der etliche junge Leute auf Hockern sitzen. Die Musik ist laut und ein wenig verzerrt, was wohl an dem Grammophon liegt. Gisela führt sie zu drei freien Sitzplätzen, Sammy ordert drei Manhattan. Was auch immer das ist, denkt Hilde.

»Nachher spielt hier die Künzel«, erklärt Gisela und weist auf das schwarze Klavier links neben der Theke. »Dann macht es mehr Spaß zu tanzen, weil es dann richtig swingt!«

Der Gedanke, dass die Künzel sie hier sieht, gefällt Hilde nicht besonders, aber damit musste sie rechnen, und außerdem ist die Künzel eine Frau ohne Vorurteile. Als Sammy seine Gisela auf die Tanzfläche zieht, bleibt Hilde auf ihrem Stuhl sitzen und nippt an ihrem Drink. Puh – ihr Fall ist das Zeug ja nicht. Wermut kann sie überhaupt nicht leiden. Sie stellt das Glas ab und schaut sich neugierig um. Aha – da kommt ja schon der Erste. Und der Zweite gleich dahinter …

Die beiden Amerikaner schlendern ohne Eile zu ihr hinüber, grüßen mit einem freundlichen »Hello …«. Dann stellen sie die Fragen, die sie erwartet hat. Ob sie deutsch ist. Ob sie neu hier ist. Ob sie tanzen möchte. Hilde lädt die beiden ein, sich neben sie zu setzen, und bemüht sich, ein paar einigermaßen verständliche Sätze auf Englisch herauszubringen.

»I would like to talk first … From which part of America are you? From the South? Your parents have a cotton farm? No? That's good …«

Sie nimmt nun doch zwei weitere Schlucke von dem Drink und versucht zu verstehen, was der junge Bursche aus dem amerikanischen Süden ihr erzählt. Aber er knautscht dermaßen unverständlich daher, dass sie beschließt, doch lieber mit ihm zu tanzen, statt sich zu unterhalten.

»You like dancing?«, radebrecht sie und schaut ihn auffordernd an.

»Oh yeah, Fraulein!«, ruft er und fährt in die Höhe.

»Wait a minute!«, sagt da plötzlich eine Stimme, die Hilde bekannt ist. Urplötzlich ist ein dritter Amerikaner vor ihr aufgetaucht. Lieutenant Josh Peters. Ausgerechnet. Der ist ja wohl überall zugange.

»Haben Sie eine Erlaubnis, sich hier aufzuhalten, Fräulein Koch?«, fragt er. Es klingt mehr als unfreundlich, er hört sich an, als sei er der Chef einer Polizeirazzia und habe gerade ein Mitglied einer Schwarzmarktbande enttarnt.

»Natürlich«, gibt Hilde zurück und lächelt ihn herausfordernd an. »Der diensthabende Officer hat meinen Pass kontrolliert und mich aufgefordert einzutreten.«

Peters Gesichtszüge sind wie meist unbeweglich. Aber sie hat den Eindruck, dass sich Schatten über sein Gesicht bewegen.

»Ich muss das überprüfen. Folgen Sie mir bitte!«

»Aber …«

»Bitte hier entlang, Fräulein Koch!«

Er hat etwas an sich, das Widerspruch schwer macht, dieser Josh Peters. Sohn eines Fischhändlers in Manhattan. Unglaublich. Hilde sieht, dass ihre beiden neuen Bekannten zurückweichen; sie dürfen sich nicht mit einem ranghöheren Offizier anlegen. Verärgert steht Hilde auf und folgt Josh Peters, der schon fast an der Tür ist und sich jetzt nach ihr umwendet.

»Haben Sie einen Mantel?«

»Nein. Warum fragen Sie?«

»Weil ich Sie jetzt nach Hause begleiten werde.«

Sie starrt ihn an und begreift nichts.

»Sie wollen … aber wieso? Ich will nicht nach Hause …«

Er bleibt ruhig und gelassen, wie er es immer ist. Vermutlich kann man diesen Menschen auch anbrüllen, kreischen, heulen, treten – es lässt ihn alles völlig kalt.

»Bitte kommen Sie«, sagt er und streckt den Arm aus, um sie zum Ausgang zu schieben. »Dies ist kein Ort für Sie.«

Sie weicht zurück. Ist kurz davor, vor Wut zu platzen. Wie sie diesen Menschen hasst! Mit welchem Recht wirft er sie hinaus? Schickt sie nach Hause wie ein kleines Mädchen! Oh, sie würde ihm so gern eine fetzige Antwort geben. Dass er hier gar nichts zu bestimmen hat. Dass sie auf seine Meinung pfeift. Dass sie gerade heute Nacht ganz dringend tanzen muss, Alkohol trinken, sich mit Männern vergnügen …

Aber leider ist Lieutenant Peters einer der besten Gäste im Café Engel. Und zurzeit sind sie auf jeden zahlenden Gast angewiesen. Da heißt es trotz allem, sich zu beherrschen.

»Wenn Ihnen so viel daran liegt …«, sagt sie. »Bitte sehr. Aber Sie brauchen mich nicht zu begleiten, ich gehe alleine.«

Sie hätte sich denken können, dass er damit nicht einverstanden ist. Er schüttelt nur den Kopf und geht schon einmal hinaus auf die Straße. Als sie ihm folgt und aus der Eingangstür der Bar ins Freie tritt, steht er neben der Laterne und zündet sich eine Zigarette an.

»Noch etwas«, meint er und wirft das Streichholz weg. »Hören Sie auf, sich das Gesicht zu bemalen. Sie haben das nicht nötig, Fräulein Koch.«

Was ist das nur für ein Mensch? Will er sie ärgern? Beleidigen? Demütigen? Sie wird nicht schlau aus ihm.

»Danke für den Rat«, gibt sie mit Ironie zurück. »Hätten Sie vielleicht eine Zigarette für mich? Oder darf ich auch nicht rauchen?«

Er verzieht das Gesicht zu einem winzigen Lächeln. Tatsächlich, es ist keine Täuschung.

»Bedienen Sie sich …«, sagt er leise und hält ihr die Schachtel hin.

LUISA

Wismar – Neustadt – Lenzhahn, Ende April 1945

Sterben wäre eine Erlösung. Das Heben und Senken des Schiffsrumpfs, das Schlingern und Taumeln des kleinen Dampfers der Handelsmarine in der aufgewühlten Ostsee – es ist die Hölle. Luisa fühlt sich so sterbenskrank, dass ihr fast alles um sie herum gleichgültig ist. Die Enge zwischen den vielen unbekannten Menschen, die Ausdünstungen, das Erbrochene, das um sie herum den Boden bedeckt. Niemand hat mehr die Kraft, die steile Treppe hinaufzusteigen, um sich dort oben über die Reling zu lehnen. Es wäre bei diesem Seegang auch kaum möglich, die Besatzung hat es verboten.

Es gibt nur eines, das Luisa trotz aller Qualen nicht vergisst: die Sorge um die beiden Kinder, die sich ihr in Wismar angeschlossen haben. Der vierjährige Jobst und die fünfjährige Elke stammen aus Stolp in Pommern und haben auf der Flucht ihre Eltern verloren.

»Bleib ruhig liegen«, murmelt sie und hält das Mädel fest, das versucht, über mehrere am Boden liegende Menschen hinweg zur Treppe zu kriechen.

»Mir ist so übel …«

»Du darfst nicht nach oben, Elke. Das ist verboten.«

Sie zieht das Kind an sich, bettet es in ihre Armbeuge und schaut besorgt zu dem kleinen Bruder, der vollkommen reglos und totenbleich neben ihr liegt. Jede Bewegung, selbst das Sprechen erfordert übermenschliche Kräfte. Luisa würgt, spuckt in ihr Taschentuch und legt sich wieder auf den Rücken. Das Mädel weint und ruft nach seiner Mama.

»Ich … ich will nach Hause … nach Hause …«

Luisa hat die Augen geschlossen, öffnet sie jedoch gleich wieder, weil die Schiffsbewegungen mit geschlossenen Augen noch unangenehmer sind.

»Wir sind bald da, Elke. Dann geht es uns wieder besser. Nur noch eine halbe Stunde …«

»Ich hab Durst …«

»Später …«, flüstert Luisa, die schon mit dem nächsten Brechanfall kämpft.

Die beiden Kinder haben in Wismar am Straßenrand gesessen und um Brot gebettelt. Luisa hat viele Flüchtlingskinder gesehen, die Stadt war voller Menschen, die in heller Verzweiflung vor den Russen gen Westen flohen. Warum gerade diese beiden ihr Herz so angerührt haben, könnte sie nicht erklären. Sie waren schmutzig, und ihre Augen lagen tief in den blassen Gesichtern. Das kleine Stück Brot, das Luisa ihnen gab, teilte das Mädel in zwei Teile und reichte dem kleinen Bruder die Hälfte. So hockten sie nebeneinander, hielten sich bei den Händen und kauten bedächtig, zwei verlassene kleine Wesen inmitten der vielen entwurzelten Menschen. Luisa hat sich zu ihnen gesetzt und sie ausgefragt. Und dann brachte sie es nicht fertig, einfach fortzugehen. Vielleicht lag es daran, dass der Schmerz um den Verlust ihrer Mutter noch lebendig in ihr war und sie den Kummer der beiden Kleinen nachfühlen konnte. Es ist schlimm, ganz allein in dieser grausamen, aus den Fugen geratenen Welt zu stehen.

»Kommt mit«, sagte sie. »Wir gehen zum Hafen. Vielleicht sind eure Eltern ja dort …«

Sie hatten Vertrauen zu ihr gefasst und folgten ihr. Am Hafen musste sie beide fest an die Hand nehmen, um sie im Getümmel der vielen Menschen nicht zu verlieren. Frauen und Kinder drängten sich hier, dazwischen auch Männer, abgerissen und hohlwangig, möglicherweise entlaufene Zwangsarbeiter oder

Häftlinge. Luisa hatte Angst vor ihnen. Was auch immer ihr Schicksal gewesen ist, ob Täter oder Opfer, sie sind voller Hass und Verzweiflung, und jede Begegnung mit ihnen ist gefährlich. Luisa hat die Vergewaltigung zwar aus ihrem Bewusstsein verdrängt, aber die Angst ist geblieben.

Ab und zu rief eines der beiden Kinder, es habe die Mutter oder den Vater gesehen, das erwies sich jedoch stets als ein Irrtum. Luisa musste trösten und war doch selbst der Verzweiflung nahe, denn sie hatte keine Ahnung, wie sie zwei kleine Kinder versorgen sollte, wo sie doch selbst so gut wie nichts hatte. Doch dann erwies sich ihr übereilter Entschluss als ein großes Glück.

»He, junge Frau! Ja, Sie da mit den Kinnings. Kommen Sie, ich bring sie rüber nach Neustadt …«

Der Mann, der sie so anredete, war mittleren Alters und trug eine Marineuniform. Er schaute schmunzelnd Luisa, die Elke und den kleinen Jobst an den Händen hielt, an: Das Bild der blutjungen Mutter mit den beiden Kleinen hatte ihn angerührt.

»Sie können uns nach Neustadt bringen? Ist das auch wahr?«

»Klar, sonst würde ich es ja nicht sagen. Kommen Sie rasch … Es ist ziemlich voll, wird aber gehen …«

Die *Nörderkamn,* ein kleiner Dampfer der Handelsmarine, wartete an einer abgelegenen Stelle am Kai, an Bord keine Ware, sondern Flüchtlinge. Für zwanzig hätte der Platz bequem gereicht, sie waren aber mindestens dreimal so viele, und als sie glücklich unter Deck einen Platz zwischen den vielen Leuten gefunden hatten, ahnte Luisa noch nicht, dass es die schlimmste Reise ihres Lebens werden würde.

Als sie im Hafen von Neustadt an Land gehen, zittern Luisas Beine noch, und sie hat Mühe, mit Elke an der Hand über den schmalen Bootssteg zu balancieren. Einer der Matrosen trägt den kleinen Jobst auf seinen Armen und legt ihn Luisa, die erschöpft auf einem Mäuerchen Platz genommen hat, auf den Schoß.

»Bald geht's euch wieder gut«, sagt der blonde, rotwangige Matrose, für den Seekrankheit offensichtlich ein Fremdwort ist, zu den Kindern. »Und eurer Mama auch. Alles Gute für euch!«

Er steckt ihnen einen Beutel zu, darin ist ein halbes Brot, ein Stück harter Käse und ein Beutelchen mit Würfelzucker. Dann kehrt er auf den Dampfer zurück, um anderen beim Aussteigen behilflich zu sein, und Luisa ist mit ihren Schützlingen allein.

»Ah, die gute Luft …«, seufzt Elke. »Mir ist gar nicht mehr übel.«

Der Vierjährige braucht länger, um wieder zu sich zu kommen. Luisa muss ihn tragen, weil er zu schwach zum Laufen ist und immer wieder spucken muss. Sie folgen dem Strom der Menschen, die sich vom Hafen in die Stadt hineinbewegen, rasten eine Weile auf dem Pflaster, weil Luisa ausruhen muss, dann setzt sich das Gerücht durch, man würde zu einer Unterkunft gebracht, und sie rafft sich auf, um weiterzugehen.

»Ich hab Hunger«, sagt Elke leise. »Und Durst …«

»Durst …«, ruft jetzt auch der kleine Bruder, und Luisa stellt ihn probeweise auf die Füße. Er kann laufen, was für ein Glück, denn Luisa ist mit ihren Kräften am Ende.

Die Stadt ist ebenso wie Wismar und Rostock von Bomben getroffen worden, auch jetzt muss man noch Angriffe befürchten, der längst verlorene Krieg tobt noch weiter fort. Flüchtlinge irren durch die Stadt, die wenigen Einheimischen, die Luisa zu sehen bekommt, betrachten sie mit bösen Augen, einige beschimpfen sie als »hergelaufenes Pack« und verscheuchen sie aus der Nähe ihrer Häuser. Luisa muss dreimal um ein Glas Wasser für die Kinder bitten, bis sich eine alte Frau endlich erbarmt und ihnen etwas zu trinken gibt. Gegen Abend, als sie schon überlegt, ob es nicht besser wäre, auf einem Trümmergrundstück für die Nacht Zuflucht zu suchen, erreichen sie ein Gelände, auf dem hölzerne Baracken stehen. Ein Lager. Man sieht noch den Zaun aus Stacheldraht, der es umgibt, aber nicht überall durchgezogen wurde. Will man sie hier einsperren? Weil die Leute in der Stadt Angst vor ihnen haben?

Sie ist zu müde, um sich weiter Gedanken zu machen. Stattdessen versucht sie, in einer der Baracken Platz zu finden, was sich als schwierig herausstellt, denn sie sind alle übervoll belegt. Erst ganz am Ende des Platzes, wo mehrere kleine Holzgebäude stehen, nimmt man sie auf. Es ist eine primitive Unterkunft und doch ein Dach über dem Kopf. Und es gibt ein Bett, auch wenn sie es sich zu dritt teilen müssen. Matratzen oder Decken gibt es nicht, die haben die übrigen Bewohner längst für sich beansprucht. Luisa ist so erschöpft, dass sie, ohne viel zu fragen, auf das harte Holz sinkt und dort mit den beiden Kleinen liegen bleibt. Sie kuscheln sich aneinander und fallen alle drei in tiefen, traumlosen Schlaf.

Irgendwann in dunkler Nacht wacht Luisa von einer Berührung auf. Eine Hand tastet über ihre Hüfte, zerrt an ihrem Mantel und an der Schnur, die sie um ihr Handgelenk gebunden hat. An der Schnur hängt der Beutel mit dem Proviant, den der Seemann ihr gegeben hat. Ein heftiger Schrecken durchfährt sie. Sie schreit, fasst den Beutel und hält ihn fest. Auch die Kinder erwachen und beginnen zu weinen.

»Was ist denn da schon wieder los?«, ruft eine Männerstimme. »Weg von ihr, diebische Elster. Hau ab, sonst verpasse ich dir eine! Kleinen Kindern das Brot klauen …«

Ein Licht flammt auf, jemand hat eine Petroleumlampe angezündet, und Luisa sieht im gelblichen Schein das bärtige Gesicht eines Mannes. Er nähert sich ihrem Bett und hält das Licht über sie, dann kann sie die Frau erkennen, die noch die Finger an ihrem Proviantbeutel hat. Sie ist noch jung, aber spindeldürr, der Mund zahnlos, um ihre Augen ziehen sich dunkle Schatten. Der Anblick ist erschütternd, aber auch erschreckend, denn die Frau kichert jetzt auf seltsam boshafte Weise und kriecht rückwärts von Luisas Bett herunter.

»Wollte ja nur mal die Kinder streicheln … Sind doch liebe kleine Engelchen …«

»Verschwinde!«, sagt der Bärtige. »Noch einmal so was, und du fliegst hier raus!«

Er hat eine helle Stimme und scheint gewohnt, Befehle zu erteilen. Luisa zieht die Kinder an sich und flüstert beruhigend auf sie ein. Die Frau wollte ihnen nichts tun, sie hat nur Hunger.

»Ich muss mal …«, sagt Elke. »Und Jobst muss auch raus. Der macht sonst in die Hosen …«

Ihr bärtiger Beschützer hält immer noch die Lampe über sie. Er betrachtet Luisa aufmerksam, und sie begreift, dass er sie einschätzt. Er hat helle Augen und eine schmale, leicht gebogene Nase. Das ist kein gewöhnlicher Flüchtling, denkt sie. Ein ehemaliger Gutsbesitzer? Ein Fabrikbesitzer? Ein Bürgermeister?

»Ich zeige es Ihnen …«, sagt er. »Keine Sorge, es ist nicht weit.«

Luisa ist ihm dankbar, denn ohne seine Hilfe hätte sie die Örtlichkeiten nicht gefunden. Luxus gibt es hier keinen, ein Verschlag mit drei Kammern, darin jeweils ein Loch im Boden, über das man ein Brett gelegt hat, damit keiner in die Grube fällt. Die Türen sind nur halbhoch, sie knarren in den Angeln, abschließen kann man sie nicht. Der Nachtwind hat freien Eintritt und verweht die schlimmsten Gerüche.

»Nehmen Sie die Lampe«, sagt er, als sie vor der Latrine stehen. »Ich finde auch so zurück.«

Später, als sie wieder auf ihrem harten Bett liegen, teilt sich Luisa mit den Kindern Brot und Käse und behält nur einen kleinen Rest für den kommenden Tag zurück. Was man im Magen hat, kann einem niemand mehr stehlen. Danach schlafen sie so fest, dass sie nicht einmal ein Bombenalarm hätte wecken können.

Der Morgen dringt nur langsam in Luisas Bewusstsein, sie hört Schritte, Menschen husten, reden, schimpfen, ein Blecheimer stößt scheppernd gegen die Holzwand, die Eingangstür knarrt und quietscht unaufhörlich. Widerwillig schlägt Luisa die Augen auf. Das Morgenlicht ist trübe, durch die kleinen Fenster kann sie Schneeflocken vorüberwehen sehen. O weh, ein Kälteeinbruch, denkt sie. Die beiden Kinder liegen zusammengekauert und ineinander verschlungen neben ihr, die Gesichter rosig vom Schlaf. Wie hübsch sie sind, denkt Luisa bewegt. Elke hat krauses dunkelblondes Haar und eine Stupsnase, ihre Wimpern liegen wie ein seidiger, dunkler Halbkreis auf der hellen Haut. Der Junge hat die kindlichen Züge eines schlafenden Engels, der Mund ist klein und herzförmig, die hellblonden Augenbrauen zittern manchmal.

Um sie herum ist schon Bewegung. Ihre Mitbewohner schälen sich aus den Decken, wühlen in Taschen und Bündeln, die sie in ihren Betten deponiert haben, einige sitzen an einem schmalen Tisch und reden leise miteinander. Es sind vor allem Frauen, die hier in sechs Stockbetten untergebracht wurden, auch ein paar Kinder. Luisa zählt nur drei Männer, einer davon ist ihr bärtiger Beschützer.

»Gut geschlafen?«, ruft er zu ihr hinüber, als er bemerkt, dass sie wach ist.

»Danke, ja!«

Er steht auf und kommt zu ihrem Lager hinüber, setzt sich ungeniert auf die Bettkante und schaut lächelnd auf die immer noch schlafenden Kinder. Seine Augen sind von einem sehr hellen Blau, die Pupille schwimmt darin als schwarzer Punkt.

»So einen Schlaf hat man nur als Kind, wie? Beneidenswert«, meint er leise. »Ich bin Karl Brenner und schaue in dieser Baracke ein wenig nach dem Rechten. Einer muss es ja tun, nicht wahr?«

Luisa nickt. Er ist ein wenig zu forsch, zu entschlossen, um ihr Vertrauen einzuflößen, aber es ist ganz sicher nicht gut, seinen Unwillen zu erregen.

»Mein Name ist Luisa Koch«, sagt sie. »Und das sind Elke und Jobst. Sie kommen aus Pommern und haben ihre Eltern auf der Flucht verloren.«

Sein Blick wird weich. Offensichtlich gefällt es ihm, dass sie sich in diesem Fluchtchaos um wildfremde Kinder kümmert.

»Und Sie? Kommen Sie auch aus Pommern?«

»Aus Stettin.«

Er nickt und meint dann, sie habe gut daran getan, hierher zu fliehen.

»Wenn wir Glück haben«, meint er leise, »dann kommen in wenigen Tagen die Briten und Amerikaner. Das wird gewiss kein Vergnügen, aber es ist besser, als die Rote Armee auf dem Hals zu haben.«

»Ich wünsche mir nur, in Ruhe irgendwo leben zu können«, gibt sie zur Antwort. »Ganz gleich, wo und unter wessen Herrschaft.«

»Ein frommer Wunsch«, meint er und zieht die Augenbrauen in die Höhe. »Aber in dieser aufgewühlten Welt kaum zu erfüllen. Höchstens auf dem Land ... Weit draußen in einem kleinen Dörfchen, wo die Besatzer nur durchfahren, die Einwohner kurz kontrollieren und sich dann gleich wieder davonmachen ...«

»Ja«, meint sie lächelnd. »Bei lieben Menschen auf dem Land. Dort gibt es auch Milch für die Kinder. Und Kartoffeln ...«

»Schöner Traum«, sagt er. »Vorerst werden wir leider hierbleiben müssen.«

Das Leben im Lager erweist sich als schwierig. Immer neue Flüchtlinge kommen an, sie drängen in die bereits übervollen Baracken, man muss zusammenrücken. In dem kleinen Raum, in dem Luisa mit ihren beiden Schützlingen untergekommen ist, wohnen bald über zwanzig Menschen, die sich auf zwölf

Betten verteilen müssen. Es gibt keinerlei Privatsphäre, alles geschieht unter aller Augen. Die Frauen waschen sich unter freiem Himmel, es gibt mehrere Wasserhähne, wo man sich mit Eimern bedienen kann, einen Sichtschutz vor den Blicken der Männer gibt es kaum. Niemand zieht sich ganz aus beim Waschen, sie legen nur Hemd und Bluse ab, ziehen die Unterhose unter dem Rock herunter und reinigen sich mit einem Lappen. Einige Frauen besitzen ein Stück Seife, das sie wie ihren Augapfel hüten. Auch die Kinder werden von Luisa regelmäßig jeden Morgen gewaschen, Kleidungsstücke, die entbehrlich sind, werden im kalten Wasser gerubbelt und auf eine Leine zum Trocknen gehängt. Einmal am Tag wird eine Suppe aus Mehl und Graupen ausgeteilt, die meist nicht für alle reicht, dazu gibt es hartes, manchmal sogar angeschimmeltes Brot und Rübensirup. Obgleich es verboten ist, das Lager zu verlassen, unternehmen viele der Frauen Erkundungsgänge in die Umgebung. Sie kommen mit gestohlenen Hühnern zurück, mit Speckseiten und gefüllten Milchkannen. Tage später erscheinen Polizisten aus der Stadt, die den Stacheldraht schließen und das Lager von nun an bewachen.

Luisa ist den ständigen Hunger seit Monaten gewöhnt, was es aber keineswegs leichter macht, ihn zu ertragen. Schlimmer erscheint es ihr jedoch, die Kinder hungern zu sehen. Nicht nur Elke und Jobst, sondern auch die anderen Kleinen, die hier im Lager leben, sind stark unterernährt. Viele sind krank, haben Fieber oder Durchfall, manche werden krank, weil sie Holzspäne, Gras oder Erde gegessen haben. Trotz allem spielen sie bei schönem Wetter draußen vor den Baracken miteinander, sie lachen und streiten sich, und wenn Luisa am Abend auf ihre schlafenden Schützlinge schaut, ist sie von der lächelnden Zuversicht in den Kindergesichtern angerührt. Inzwischen wird sie von beiden »Lu« genannt, und obgleich ihr Leben durch diese neue Verantwortung nicht einfacher geworden ist, hat sie damit auch ein Stück Lebenskraft zurückgewonnen, das sie nach dem Tod der Mutter verloren hatte. Sie muss stark sein, weil sie sich um jemanden kümmern muss.

Ende April erkranken mehrere Flüchtlinge an Durchfall, einige ältere Frauen und zwei kleine Kinder sterben daran. Man trägt sie auf einem neu gegründeten Friedhof in der Nähe des Lagers zu Grabe, ein weißhaariger Pfarrer, selbst ein Flüchtling, hält die Grabreden. Unter den Flüchtlingen wird gemunkelt, dass sie an Typhus gestorben sind.

»Das ist nur der Anfang«, sagt Frau Martens, die das Bett über Luisa belegt hat. »Wir werden alle an der Seuche verrecken. Dann brauchen sie uns nicht mehr zu füttern, die Geizhälse aus der Stadt!«

»Nun mal langsam!«, weist sie Karl Brenner zurecht. »Und nicht gleich falsche Gerüchte in die Welt setzen!«

»Und warum haben sie die Krankenbaracke abgeriegelt? Da darf keiner mehr seine Angehörigen besuchen.«

»Reine Vorsichtsmaßnahme. Das müssen die so machen.«

Karl Brenner sorgt in der kleinen Baracke für Ordnung und einen friedlichen Umgang miteinander. Luisa ist er nach wie vor ein Rätsel, denn er gibt nur wenig von seiner Vergangenheit preis. Er sei aus Pommern geflohen, behauptet er. Doch wenn sie wissen will, aus welcher Stadt, dann lenkt er das Gespräch rasch in eine andere Richtung. Immerhin scheint er sie zu mögen, denn er sorgt dafür, dass sie und die Kinder beim Austeilen der Suppe nicht leer ausgehen, was im Gedränge leicht passieren könnte. Meist hat er eine Extraration ergattert, die er denjenigen in der Baracke gibt, die nichts abbekommen haben. Nicht immer ist das Luisa, aber er schaut jedes Mal zuerst zu ihr, und nur wenn sie und die Kinder essen, gibt er die Ration einer anderen Frau. Manchmal geht er hinaus und spielt mit den Kindern, erfindet spannende Wettspiele, zu denen man nur kleine Steinchen und Hölzer braucht, und setzt Preise aus. Ein Stück

Bindfaden, eine leere Streichholzschachtel, ein Messer, das er aus Holz geschnitzt hat. Luisa schaut ihm dabei zu und grübelt darüber nach, ob er vielleicht einmal Lehrer gewesen ist.

Als das Gerede über eine Typhusepidemie die Runde macht, passt er Luisa beim Aufhängen der Wäsche ab und stellt seltsame Fragen.

»Wenn Sie sich irgendwo auf dem Land verkriechen wollten – wohin würde es Sie dann ziehen?«

Luisa muss lachen. Als sie aber den ernsten Ausdruck in seinen Augen sieht, wird ihr ein bisschen mulmig. Karl Brenner hat meist eine Absicht, wenn er Fragen stellt.

»Wenn Sie mich so fragen«, meint sie zögernd. »Ich glaube, ich würde gern im Taunus leben. Es gibt dort ein kleines Dörfchen, wo man mich mit offenen Armen aufnehmen würde.«

»Tatsächlich? Waren Sie schon mal dort?«

»Nein. Aber dort leben die Eltern eines guten Freundes …«

Sie hält inne und bückt sich, um ein nasses Wäschestück aus dem Eimer zu nehmen. Ihre stille Verbundenheit mit Fritz Bogner will sie diesem neugierigen Menschen keinesfalls preisgeben. Und die Sehnsucht, die sie immer noch quält, schon gar nicht.

Aber Karl Brenner interessiert sich nicht für solche privaten Gefühle. Stattdessen fragt er sie, ob sie nicht in Sorge wegen einer möglichen Typhusepidemie sei.

»Natürlich«, gesteht sie. »Aber was können wir tun? Wir dürfen das Lager ja nicht verlassen.«

Er schaut sie schweigend an, durchdringend mit hellen, klugen Augen. Dann wendet er sich ab und geht davon. Da begreift sie, dass er etwas im Sinn hat, und sie spürt ihr Herz unruhig schlagen. Da ist es wieder, dieses Gefühl, das Richtige zu wollen und doch das Falsche zu tun. Trotz aller Vorsicht dem Schicksal ausgeliefert zu sein. Aber kann man sich vor dem Unheil verstecken? Was ist, wenn sie hier alle an Typhus sterben?

Karl Brenner lässt ihr nicht viel Zeit zum Nachdenken. Schon am Nachmittag, als sie den Wassereimer zur Baracke schleppt, geht er auf sie zu, um ihr die Last abzunehmen. Dabei flüstert er ihr einige Worte zu.

»Heute Nacht, wenn alle schlafen, gehen Sie mit den Kindern zur Latrine und nehmen alles mit, was Sie besitzen. Ich werde auf Sie warten.«

»Und dann?«, will sie wissen.

»In den Taunus.«

»Das ist unmöglich!«

»Ja oder nein!«

Sie holt tief Luft und bleibt stehen. Er reicht ihr den Wassereimer, wartet, starrt sie mit hellen Augen an. Nicht mehr fordernd, sondern erwartungsvoll, bittend. Hilf mir, dann helfe ich dir, sagt der Blick.

»Also gut!«, murmelt sie.

Noch einmal das Schicksal herausfordern. Noch einmal etwas wagen, egal, wie es ausgeht. Die Hoffnung stirbt zuletzt. Wenn nur die Kinder am Leben bleiben, dann ist sie schon zufrieden.

Die nächtliche Flucht ist leichter, als sie es für möglich gehalten hat. Unangenehm sind nur die hellen Lampen, die man inzwischen aufgestellt hat und die den Bewachern die Arbeit erleichtern sollen. Karl führt sie im Schatten der Baracken zu einer Stelle, wo der Stacheldraht zerschnitten und nur provisorisch zusammengesteckt wurde. Offensichtlich hat er vorgearbeitet. Luisa führt Elke an der Hand; Karl, der vorausgeht, trägt den schlafenden Jobst und bringt es zugleich fertig, den Stacheldraht auseinanderzuschieben. Schweigend laufen sie ein Stück über die Felder, tauchen dann in ein Wäldchen ein und verschnaufen. Karl späht durch das Gezweig zum Lager hinüber, das im Schein der Lampen wie eine Ansammlung schwarzer, hässlicher Backsteine aussieht. Nichts regt sich dort – bisher hat man ihre Flucht nicht bemerkt.

»Weiter …«, flüstert er und geht voran.

Luisa hat Mühe, ihm in der Dunkelheit zu folgen. Nur hin und wieder geben die Wolken den Mond frei, dann sieht sie Karls schwarze Silhouette zwischen den Baumschatten dahineilen. Manchmal bleibt er stehen, muss sich orientieren, dann läuft er weiter, den schlafenden Jungen fest im Arm. Wenn Luisa ihn bittet, langsamer zu gehen, weil Elke auf dem holprigen Waldweg nicht so rasch vorankommt, reagiert er kaum.

»Nur noch ein paar Schritte … Drücken Sie die Daumen, dass es noch da steht … Oder beten Sie. Sie sehen aus, als könnten Sie beten, Luisa …«

Dann bleibt er so abrupt stehen, dass Luisa auf ihn aufläuft. Er fängt sie mit dem freien Arm ab, setzt den Jungen auf den Boden und befiehlt ihr, zu warten. Tatsächlich – er ist gewohnt zu befehlen, und er tut es fast mit jedem Satz, den er an sie richtet.

Worauf habe ich mich nur eingelassen, denkt sie. Womöglich ist er verrückt. Er wäre nicht der Erste, der in diesem Kriegschaos den Verstand verloren hat.

»Was macht der Karl da?«, fragt Elke.

»Ich weiß es nicht.«

»Er baut eine Hütte für uns, glaub ich.«

Man hört Äste knacken, welkes Laub raschelt. Als das Mondlicht für ein paar Sekunden den Wald erhellt, traut Luisa ihren Augen nicht. Das muss ein Phantom sein, was sie da gesehen hat. Eine Szene aus einem Film. Vermutlich ist es um ihren Verstand ebenfalls schlecht bestellt.

»Da ist ein Auto«, sagt Jobst. Er sitzt am Boden und zeigt mit ausgestrecktem Arm auf das Phantom. »Brrrrummm … Brrrummm!«

Im selben Moment wird ein Motor angelassen. Ächzt, hustet und geht wieder aus. Sie hören einen Fluch. Der nächste Versuch scheitert ebenfalls. Dann springt der Motor an, knattert durch den stillen Wald, zwei Scheinwerfer wachsen in die Dunkelheit, in ihrem Lichtkegel sieht Luisa den kleinen Jobst in seiner blauen Jacke und Elke im roten, abgeschabten Mantel. Das Mädel hält sich vor dem grellen Licht erschrocken die Augen zu.

»Was ist los? Einsteigen … einsteigen …«, kommandiert Karl vom Fahrersitz aus.

Jetzt begreift sie zumindest, wie er auf die Idee kommen konnte, von Neustadt bis in den Taunus zu gelangen. Alles andere bleibt vorerst rätselhaft.

»Woher stammt dieser Wagen? Wer hat ihn hier abgestellt?«

Sie sitzt hinten mit den Kindern, klammert sich während der holprigen Fahrt am Vordersitz fest und versucht, ihn auszufragen. Es gelingt schlecht, weil die Fahrgeräusche zu laut sind. Nur manchmal wendet sich Karl zu ihnen um, und sie kann sehen, dass er zufrieden grinst. So, als habe er sich gerade ein Husarenstück geleistet. Sie fahren die Nacht durch, erreichen die Umgebung von Lübeck und suchen gegen Morgen Deckung in einem Gehölz, um dort den Tag über auszuruhen.

»Kümmern Sie sich um die Kinder – ich schau mal rum …«

Weg ist er. Trotz ihrer Müdigkeit besieht sie sich jetzt den Wagen gründlicher. Es ist eine schwarze Limousine, ein Viersitzer, wobei die Rückbank ziemlich eng ist. Kaum ein Privatmann hat jetzt noch solch ein Auto zur Verfügung, die mussten alle an die Wehrmacht abgegeben werden.

Er ist einer von ihnen, denkt sie. Wahrscheinlich hatte er einen hohen Posten, vielleicht bei der SS? Aber wie kommt er in dieses Flüchtlingslager? Musste er abtauchen? Noch sind die Nationalsozialisten am Ruder, aber alle wissen, dass es nicht mehr lange dauern kann … Während sie den Kindern den Rest Brot und etwas Tee aus der mitgebrachten Glasflasche gibt, grübelt sie weiter über ihren seltsamen Beschützer nach. Wieso hat er sich mit dem Wagen nicht allein davongemacht? Warum wollte er sie unbedingt mitnehmen und dann gleich bis in den Taunus hinunter?

Irgendwann ist sie zu müde, um weiter nachzudenken. Es ist ein warmer Frühlingstag, die Sonne dringt durch das Gehölz und heizt das Innere des Wagens auf. Nie zuvor hat sie in solch einem Auto gesessen. Wie weich die Sitze sind, wie eindrucksvoll die Armaturen glänzen. Auf die Dauer ist es allerdings stickig hier drinnen, daher dreht sie die Fenster herunter. Die Kinder sind auf der Rückbank eng aneinandergekuschelt eingeschlafen. Eine dicke Hummel fliegt durch ein Seitenfenster in den Wagen, lässt sich auf dem hölzernen Lenkrad nieder und putzt sich die Flügel. Luisa wollen gerade die Augen zufallen, da hört sie es im Unterholz knacken.

»Schönes Auto, wie? Hanomag Garant. Baujahr 1936. Noch vor dem Krieg hergestellt. Läuft wie ein Uhrwerk, der Motor.«

Er schleppt einen Jutesack auf dem Rücken, öffnet die Beifahrertür und stellt ihr die Last auf den Schoß. Als sie nachschaut, findet sie darin Brot, ein Gefäß mit Butter, ein Stück Schinken mit viel Speck daran und eine Flasche mit einer hellen Flüssigkeit. Schnaps?

Er zieht ein Taschenmesser heraus, klappt es auf und teilt die Lebensmittel großzügig auf. Der Inhalt der Flasche erweist sich als Apfelsaft.

»Woher haben Sie das?«

»Gefunden …«

Sie kaut eine Weile auf dem Speck herum, dann findet sie, dass er ihr ruhig reinen Wein einschenken sollte. Schließlich sitzen sie im gleichen Boot. Oder vielmehr im gleichen Hanomag.

»Wer sind Sie wirklich?«

Er hat die Frage wohl erwartet, denn er bleibt gelassen. »Je weniger Sie wissen, desto besser für Sie … Auf jeden Fall bin ich ein Freund, der sich um Sie und die Kinder kümmert. Oder etwa nicht?«

Das kann sie nicht leugnen. Die Kinder sind jetzt wieder wach und kauen eifrig Brot mit Schinkenspeck, trinken dazu

Apfelsaft und sind selig. Nachdem sie die Reste ihrer Vorräte im Kofferraum verstaut haben, spielt er ein Weilchen mit den beiden, zeigt ihnen die aufgeblühten Haselkätzchen, entdeckt eine Stelle, an der noch ein paar weiße Buschwindröschen zu finden sind, und schließlich darf Jobst den Motor des Wagens anschauen. Luisa döst währenddessen vor sich hin. Wie gut er mit Kindern zurechtkommt. Ob er selbst welche hat? Sie schätzt ihn um die vierzig, seine Haut ist faltenlos, aber in seinem Bart gibt es ein paar graue Haare. Diesen Vollbart hat er sich vermutlich wachsen lassen, um nicht erkannt zu werden. Ist das der Grund, warum er in den Taunus will? Weil ihn dort niemand wiedererkennen kann?

Natürlich, denkt sie. Wie dumm ich bin. Er hat Dreck am Stecken und muss untertauchen. Und weil ich von dem kleinen Dörfchen im Taunus erzählt habe, wo ich mit offenen Armen aufgenommen würde, hofft er darauf, als guter Freund und Beschützer ebenfalls Aufnahme zu finden. So wird es wohl sein. Er braucht mich und die Kinder, um irgendwo Unterschlupf zu finden.

»Jetzt muss der Papa mal ne Runde schlafen«, hört sie ihn sagen. Gleich darauf klappt er den Deckel der Motorhaube herunter und setzt sich neben sie. Elke und Jobst verkriechen sich brav auf den Rücksitz, sie flüstern miteinander, kichern leise und finden dann ihre Schlafposition.

»Vier oder fünf Nächte«, meint er zu ihr und schraubt die Lehne zurück, um besser schlafen zu können. »Dann haben wir es geschafft. Zufrieden mit dem Transport, junge Frau?«

Er schaut sie von der Seite an, und sie hat den Eindruck, dass er auf ihr Lob wartet.

»Sehr überraschend …«, gibt sie zu. »Aber durchaus angenehm.«

Er schmunzelt und reibt sich das bärtige Kinn. Vermutlich kitzelt ihn der ungewohnte Gesichtsschmuck. Luisa ertappt sich bei der Überlegung, wie er wohl ohne diesen haarigen Bewuchs aussieht.

»Na also«, meint er zufrieden. »Ich bringe Sie und die zwei Rangen sicher zu Ihren Freunden, und Sie werden mich dort als guten Landarbeiter anpreisen. Machen wir es so?«

Sie ist also auf der richtigen Fährte. Was auch immer er getan hat, ob er Menschen umgebracht hat, Todesurteile hat vollstrecken lassen, Juden und andere Menschen hat deportieren lassen – sie wird es von ihm nicht erfahren. Vielleicht hat er auch nichts von alledem getan, war einfach nur an vorderster Stelle dabei und fürchtet jetzt, von den Briten erschossen zu werden.

»Gut«, sagt sie. »Eine Hand wäscht die andere.«

Er lächelt sie an, und sie stellt verwirrt fest, dass er sehr anziehend sein kann, wenn er will.

»Ich wusste gleich, dass wir beide uns einig werden. Sie sind etwas Besonderes, Luisa. Sie gefallen mir, und deshalb will ich Ihnen und Ihren Schützlingen beistehen, so gut ich kann.«

Sie wendet den Kopf verlegen zur Seite und fragt sich verunsichert, ob er nicht doch vielleicht andere Absichten hat. Und wieso findet er, sie sei etwas Besonderes? Das hat auch Fritz ihr in seinem Brief geschrieben, den sie immer noch im Brustbeutel bei sich trägt. Aber sie ist nichts Besonderes. Höchstens besonders einfältig. Ja, das ist sie wirklich. Sonst säße sie jetzt nicht neben diesem undurchsichtigen Menschen und ließe sich von seinen Versprechungen einlullen.

Er schläft im Sitzen, die Arme auf dem Lenkrad abgestützt. Wenn es eine Bewegung im Wagen gibt, ist er sofort hellwach, schaut um sich, vergewissert sich, dass keine Gefahr droht, und schläft sofort wieder ein. In der Nacht fahren sie auf Nebenstraßen weiter Richtung Südwesten. Luisa hält eine Straßenkarte und eine Taschenlampe auf dem Schoß, ab und zu nennt sie ihm eine Ortschaft, die sie anpeilen sollten, dann nickt er und fährt weiter. Er hat den Ortssinn eines Zugvogels und verliert auch im

Netz der Nebenstraßen niemals die Richtung. Gegen Morgen ist das Benzin fast alle, mit dem letzten Tropfen finden sie eine Zapfsäule auf einem Wehrmachtsgelände. Niemand hindert sie, als er den Wagen betankt. Es gibt hier keine Truppen mehr, die Gebäude sind gespenstisch leer, irgendwo klappert eine offene Tür im Wind.

»Jetzt wird es kritisch«, sagt er. »Die Alliierten können nicht mehr weit sein.«

Am Morgen der dritten Nacht sind sie in der Gegend von Kassel und suchen gerade ein geeignetes Versteck – da sehen sie plötzlich Scheinwerfer und Militärfahrzeuge vor sich.

»Verdammt!« Karl bremst so hart, dass die Kinder von der Rückbank herunterrutschen. Der Weg ist zu eng, um mit dem großen Wagen zu wenden, Karl schaltet die Scheinwerfer aus und fährt in rasender Eile rückwärts, um in einen Seitenweg einzubiegen. Doch ihre Aktion ist nicht unbemerkt geblieben, sie hören Stimmen, Fahrzeuge setzen sich in Bewegung, ein Jeep hält direkt auf sie zu. Im Führerhaus blitzt etwas auf, gleich darauf peitscht ein Geschoss durch ihre Windschutzscheibe.

»Runter!«

Er reißt Luisa zu sich heran, sodass sie auf den beiden vorderen Sitzen liegt. Dann ist der Wagen plötzlich in gleißend helles Licht getaucht, weil der Jeep direkt vor ihnen stoppt und seine Scheinwerfer auf sie gerichtet sind.

Luisa liegt wie erstarrt auf dem Polster. Ihr einziger Gedanke ist, dass das Geschoss eines der Kinder getroffen haben könnte.

»Schön liegen bleiben«, sagt sie. »Nicht hinsetzen. Auf keinen Fall hinsetzen!«

Sie hört die beiden weinen und ist fast erleichtert. Also leben sie noch.

Gleich darauf wird die Beifahrertür aufgerissen, und eine Gewehrmündung schiebt sich in den Wagen hinein. Dahinter erkennt sie einen Soldaten. Ein Amerikaner? Engländer?

»Hands up!«

Als er feststellt, dass es sich um eine Frau und zwei Kinder handelt, zieht er das Gewehr zurück.

»Where ist the driver?«

Der Platz neben Luisa ist leer, die Fahrertür steht offen. Sie hört mehrere Maschinengewehrsalven, obwohl sie sich die Ohren zuhält.

HEINZ

Wiesbaden, August 1945

Lauter Krüppel, denkt er. Eine ganze Ladung voller Jammergestalten. Ohne Arme, ohne Beine. Blinde und Gehörlose. Und Irrsinnige. Kriegsschrott, den keiner brauchen kann.

Er sitzt ganz hinten im Lastwagen neben einem Kameraden, dem der rechte Arm und ein Fuß fehlen, der aber im Gegensatz zu Heinz noch jung und voller Optimismus ist.

»Das wird schon wieder, Heinz. Die Hauptsache ist, dass wir im Kopp noch klar sind. Alles andere kann man ersetzen, den Kopp aber nicht …«

Der kleine Laster ist im Dienst vom Roten Kreuz unterwegs und bringt sie über eine provisorische Brücke auf die andere Rheinseite, dann weiter nach Wiesbaden, wo sie vorerst im Paulinenstift abgesetzt werden sollen. Die Fahrt ist unruhig, sie werden ordentlich durchgeschüttelt, und auf der offenen Ladefläche pfeift der Fahrtwind über sie hinweg. Sehen kann man nicht viel, weil die Seitenwände zu hoch sind, außerdem ist es verboten, während der Fahrt aufzustehen. Guter Witz, denkt Heinz sarkastisch. Wer von uns könnte bei diesem Geruckel so einfach aufstehen, um sich die Gegend zu besehen? Höchstens die Armverletzten, aber die würden schnell aus dem Gleichgewicht geraten, weil sie sich nicht gut festhalten können. Er merkt, dass er verbittert ist, und versucht, an etwas anderes zu denken. Eine Weile schafft er es, seine geliebte Neunte Sinfonie von Beethoven im Kopf abzuspielen, dann, plötzlich, fehlt ihm ein Stück, und er fällt zurück in die Realität.

»Mensch, ich rieche schon das Flusswasser«, sagt einer. »Wir müssen am Rhein sein. Der gute, alte Vater Rhein, der schon so manchen Krieg erlebt hat …«

»Wenn wir am Rhein wären«, meint ein anderer gut gelaunt, »dann müsste es doch eigentlich nach Wein und nicht nach Wasser riechen, oder?«

Gelächter. Die meisten seiner Kameraden sind guter Laune, weil es endlich nach Hause geht. Nur wenige, zu denen auch er gehört, hängen trüben Gedanken nach und bleiben schweigsam.

Dass ein Telegramm nicht beantwortet wird, kann verschiedene Gründe haben. Es kann sein, dass es gar nicht abgeschickt wurde. Falls es doch abgeschickt wurde, könnte es nicht angekommen sein. Einmal wegen der verdammten Sektoren, in die man das besiegte Deutschland eingeteilt hat. Oder ganz einfach, weil jemand die Adresse falsch geschrieben hat. Wenn das Telegramm aber doch angekommen ist, dann wäre es immerhin möglich, dass die Post es in Wiesbaden nicht ausgeliefert hat. Oder dass es falsch abgegeben wurde. Verloren ging. Dass niemand zu Hause war, um es in Empfang zu nehmen … Es gibt unzählige Gründe dafür, dass er auf sein Telegramm keine Antwort erhalten hat. Ganz harmlose Ursachen. Zufälle. Versehen. Unaufmerksamkeit. Schlamperei.

Aber es kann eben auch sein, dass es die Adresse nicht mehr gibt und die Adressaten tot sind. Das ist sogar sehr wahrscheinlich, weil er gehört hat, dass die Gegend um Theater und Kurhaus zerbombt wurde. Er wäre nicht der erste und weiß Gott nicht der einzige seiner Kameraden, der zu Hause niemanden mehr antrifft. Zum Verrücktwerden ist diese Grübelei. Hätte er dieses verdammte Telegramm doch niemals geschrieben! Seinen Ehering hat er dafür geopfert, und was hat es ihm gebracht? Ein Stück Hoffnung weniger.

»Die haben alle Brücken über den Rhein gesprengt«, sagt der Kamerad neben ihm. »Was für ein Irrsinn. Das wird dauern, bis das alles wieder aufgebaut ist.«

»Da haben die Fährleute ja Hochsaison«, meint ein anderer.

»Und die, die ein Ruderboot oder einen Äppelkahn haben, auch ...«

»Mensch, fahr zu, du lahme Ente«, ruft es aus der linken Ecke. »Meine Leni und die Buben warten auf mich.«

»Auf mich wartet die Schwiegermutter mit dem Nudelholz. Weil ich so lange weg war«, witzelt ein anderer.

Heinz lächelt über ihre Scherze. Einige Männer haben Glück gehabt und auf ihre Telegramme eine Antwort erhalten. Er gönnt ihnen die Freude, weil er nur zu gut weiß, was sie durchgemacht haben. Es sind junge Kerle, die haben das Leben noch vor sich, und der Krieg hat sie schon zu Krüppeln gemacht. Kann er nicht froh sein, dass es ihn erst jetzt erwischt hat?

Der Lastwagen kurvt eine Weile herum, sodass sie gegeneinander fallen, dann hält er an, und der Fahrer klappt die rückwärtige Wand herunter. Zwei Rot-Kreuz-Schwestern stehen bereit, um den Kriegsversehrten beim Absteigen zu helfen; für diejenigen, die nicht gehen können, gibt es eine Trage. Man hat ihnen versprochen, dass sie so bald wie möglich Prothesen angemessen bekommen, und sie würden staunen, wie schnell sie sich an die künstlichen Glieder gewöhnt hätten. Na denn ...

Heinz schafft es fast allein, vom Laster herunterzukommen, die Schwestern packen ihn nur bei den Armen und stützen ihn, warten, bis er, auf einem Bein balancierend, seine Krücken in Position gebracht hat.

»Geht schon«, sagt er dann und blinzelt mehrfach, weil ihm von der Anstrengung schwindelig geworden ist. »Danke vielmals, die Damen. Ich komm jetzt allein zurecht ...«

Sie schauen ihn skeptisch an, weil er auf seinen Krücken hin- und herschwankt, dann aber brauchen andere, die schlimmer dran sind, ihre Hilfe.

»Gehen Sie dort hinüber zum Klinikeingang ... Und lassen Sie sich ruhig Zeit ...«

Heinz tut ein paar Schritte und kommt wieder in Gang. Er hat das Laufen mit den Krücken ja bei jeder Gelegenheit geübt, die Armmuskulatur gestärkt, das gesunde Bein, das durch das lange Liegen ganz steif und schwach geworden war, wieder trainiert. Dennoch ist es verdammt anstrengend, sich auf drei Beinen fortzubewegen. Ein Menschenbein und zwei Holzkrücken. Er geht ein wenig herum, und gleich wird ihm warm. Es ist ein heißer Sommertag Anfang August, der Himmel über ihm ist taubenblau, die Sonne brennt herunter. In der dicken Jacke, die man ihm noch in Frankreich geschenkt hat, schwitzt er jetzt.

Anstatt zum Klinikeingang ist er am Lastwagen vorbei über den Hof gegangen. Jetzt bleibt er stehen, würde sich gern den Schweiß von der Stirn wischen, aber dann müsste er die Krücken loslassen, und das würde nicht gut ausgehen. In der Klinik erwartet ihn vermutlich ein frisch bezogenes Bett, ein Nachttisch mit einem Nachttopf aus Blech im unteren Fach. Er hat genug davon. Selbst die Aussicht auf den Teller Graupensuppe mit Speck, der ihnen versprochen wurde, lockt ihn nicht. Heinz Koch will endlich Gewissheit. Noch eine weitere Nacht, in der er zwischen Hoffnung und Verzweiflung schwebt, hält er nicht aus.

Der Weg ist nicht allzu weit. Für einen flotten Fußgänger eine halbe Stunde. Für einen dreibeinigen Krüppel wohl länger. Viel länger. Möglich, dass er es gar nicht schafft und unterwegs umkippt. Aber selbst das ist ihm gleich. Er schaut sich nicht mehr um, sondern hält auf die Hofeinfahrt der Klinik zu, schwingt sein Bein eifrig die Schiersteiner Straße entlang und kommt sich dabei vor wie ein merkwürdiges, steifbeinig hüpfendes Insekt. Nach einer Weile spürt er, dass seine Arme verkrampfen, und muss einen Moment stehen bleiben. Langsam, hat sie gesagt. Kluges Mädel. Aber der alte Esel musste ja in vollem Galopp davonspringen, und jetzt geht ihm die Puste aus. Also ein wenig warten, die Arme entlasten und dann mit halbem Tempo weiterstaksen. Es ist Nachmittag, die Stadt ist von den Eroberern besetzt und dennoch sehr lebendig. Er sieht junge Frauen in Sommerkleidern, Buben, die Fußball spielen, zwei ältere Frauen sitzen auf einer Bank und starren ihn an. Heinz hat viele Bekannte in Wiesbaden, er ist ein leutseliger Mensch, der gerne ein Schwätzchen hält. Aber nicht heute. Nicht jetzt, wo er als elender Krüppel durch die Straßen humpelt. Er will auch niemanden nach dem Schicksal seiner Lieben fragen, will das Entsetzliche, das möglicherweise in seiner Abwesenheit geschehen ist, nicht aus fremdem Mund erfahren. Er will es sehen. Vor den Trümmern stehen. Sein Unglück an Ort und Stelle begreifen.

Jetzt geht es schon besser mit dem Laufen, nur die Arme schmerzen, aber das ist unwichtig, wenn sie nur ihren Dienst tun. Die Trümmer in der Oranienstraße kennt er schon, man hat das meiste beiseite geräumt, ein älterer Mann lädt Steine auf einen Handwagen, in einigen der beschädigten Häuser haben sich Leute provisorisch eingerichtet, die weggerissenen Wände durch Holz und Wellblech ersetzt. Auf den Leinen hängen Wäschestücke, von den Besitzern argwöhnisch bewacht. Kleidung ist kostbar, und eine Wäscheleine ist schnell leer geräumt. In der Adelheidstraße sind mehrere Gruppen von Frauen und halbwüchsigen Jungen dabei, den Schutt in Eimer zu schaufeln und auf einen Lastwagen zu laden. Überall an den hölzernen Balken, die von den Dachstühlen übrig blieben, sind Zettel angebracht. Heinz bleibt stehen und versucht, die mit Bleistift geschriebenen Worte zu entziffern.

»Elisabeth Söhnke ist jetzt bei der Großmutter …«

»Klaus Hinrichs sucht seine Familie …«

»Martha Günter und Kinder wohnen jetzt Rheinstraße 29 …«

»Peter Lermann sucht Klara Koop. Zuletzt Schwalbacher Straße 3.«

Einen Moment lang hofft er, eine Nachricht von Else zu finden, aber er kann mit seinen Krücken nicht auf das Trümmergrundstück klettern, sodass er viele der Botschaften gar nicht zu lesen bekommt. Weiter, denkt er. Nicht lange aufhalten, das kostet nur Kraft. Links in die Oranienstraße bis hoch zur Rheinstraße. Dann kommt bald linker Hand die Wilhelmstraße.

In der Oranienstraße hängt ein seltsamer Geruch in der Luft. Widerlich. Ob die Bomben eine Abwasserleitung getroffen haben? Oder … Erinnerungen aus dem letzten Krieg kommen hoch, da hat er diesen Gestank kennengelernt. Es schaudert ihn. Unter dem Schutt liegen Tote, die man bisher nicht gefunden hat. Er spürt jetzt seine Arme kaum noch, das Bein zittert, aber er kämpft sich voran. Er will es wissen. Er will vor seinem Haus stehen. Und wenn es das Letzte ist, was er tut.

Auf der Rheinstraße kommt ihm eine Gruppe amerikanischer Soldaten entgegen; auch drüben, wo die Wilhelmstraße einmündet, patrouillieren grün uniformierte Besatzer. Er ist froh, eine Bank zu finden, denn seine Arme sind vollkommen taub, er muss verschnaufen, sonst bricht er zusammen. Hinsetzen ist eine gefährliche Angelegenheit, weil er möglicherweise nicht allein hochkommt, aber es geht nicht anders. Ächzend streckt er das Bein aus, lehnt die Krücken an die Sitzfläche der Bank und reibt die Arme aneinander. Stell dich nicht so an, schimpft er sich selber. Du bist fünfzig und keine achtzig. Hast zu lange im Café auf dem weichen Sofa gesessen, gut gegessen und noch besser getrunken. Verweichlicht. Keine Kraft mehr, keine Ausdauer. Ein kleiner Spaziergang – und schon machst du schlapp …

Aber es ist die Angst, die ihm die Kraft raubt. Er kann von hier aus ein Stück in die Wilhelmstraße hineinschauen. Die Häuser, die er sehen kann, sind intakt. Es sind drei- und mehrstöckige Bauten im wilhelminischen Stil, aufwendig verschnörkelter Kurstadtbarock, die Balkone mit schmiedeeisernen Geländern versehen, die Fensterstürze von Skulpturen getragen. Einige der Geschäfte sind geöffnet, es gehen Kunden mit Taschen und Körben ein und aus, vor einem Lebensmittelladen hat sich eine Menschenschlange gebildet. Hier ist also alles heil geblieben, die Bewohner können sich glücklich schätzen. Wehmütig denkt er daran, wie stolz seine Else und er immer auf die gute Lage ihres Cafés gewesen sind. Gegenüber von Kurhaus und Theater, gleich bei den Kolonaden und direkt am Kurpark. Genau dieser Vorteil ist ihnen nun wohl zum Verhängnis geworden. Sie haben das Kurviertel zerbombt, diese Barbaren. Das Herz der Stadt wollten sie treffen, damit Wiesbaden noch lange am Boden bleibt …

»Haste mal n'Groschen für uns, Opa?«

Er fährt aus seinen Gedanken hoch und stellt fest, dass er von einer Gruppe Kinder umgeben ist. Schmutzig sind sie, haben wohl im Schutt der Trümmergrundstücke herumgewühlt, ein Mädel hat einen breiten Kratzer an der rechten Wange, die Buben tragen fast alle kurze Hosen, ihre Knie sind voller verschorfter Wunden.

»Einen Groschen? Weiß nicht …«

Er durchwühlt seine Jackentaschen, findet aber nur ein benutztes Taschentuch, ein zusammengeklapptes Rasierzeug, zwei Hosenknöpfe und ein Stück Traubenzucker, das sie in der Klinik in Freiburg bekommen haben.

»Hab leider kein Geld. Aber das da …«

Er bricht das Stückchen weißen Traubenzucker in kleine Bröckchen, legt sie auf die Handfläche und bietet sie den Kindern an. Die Buben greifen rasch zu, das Mädel zögert.

»Ist das Kaugummi?«, fragt sie misstrauisch.

»Das ist Traubenzucker. So was wie Bonbons.«

»Ach so«, meint sie enttäuscht, greift aber dennoch zu und erwischt den letzten Krümel.

»Schmeckt's?«, fragt er in die Runde.

Die Kinder nicken. Begeisterung erntet er keine, dazu ist die Gabe zu klein.

»Hast du noch mehr?«

Er schüttelt bedauernd den Kopf. Es tut ihm leid, nichts mehr zu besitzen, um sie zu füttern, so blass und dünn, wie sie sind.

»Die Amis, die schenken uns immer Kaugummi«, erzählt einer der Buben. »Den kannst du ganz lang ziehen und dann wieder in den Mund stecken. Am Abend nehme ich den immer raus und leg ihn auf den Nachttisch, und am Morgen kaue ich weiter …«

»Tatsächlich?«

»Das schmeckt nach Pfefferminz. Und Schokolade haben sie. Und Kekse. Die sind riesig nett, die Amerikaner …«

Heinz freut sich über die zutraulichen Gören, die ihm helfen, seine Angst im Zaum zu halten. Jetzt wagen sich auch andere vor und schwatzen drauflos.

»Meine Mama schickt mich mittags immer rüber zur Kaserne, da kriege ich einen Topf voll Suppe.«

»Ich geh immer nach hinten, wo die großen Blechtonnen stehen. Da ist noch ganz viel Brot und Käse und auch Dosen mit Resten. Manchmal jagen sie uns weg, aber meistens lassen sie uns in Ruhe.«

Sie durchwühlen die Mülltonnen der Besatzer nach Lebensmitteln, denkt Heinz beklommen. Wie schrecklich. So tief sind wir gesunken, dass wir die verschimmelten Reste aus amerikanischen Dosen kratzen. Uns Alten geschieht das nur recht. Aber doch nicht den Kindern! Was haben die denn getan? Nichts. Unschuldige sind es, die nun für unsere Fehler büßen müssen.

»Hast du nur ein Bein?«, fragt das Mädel ungeniert.

»Ja«, sagt er. »Das andere ist in Frankreich geblieben.«

»Mein Onkel hat gar keine Beine mehr«, erzählt ein Bub.

»Und meiner, der hat einen Arm verloren«, ruft ein Kleiner von hinten.

»Phhh«, macht das Mädel geringschätzig. »Bloß ein Arm. Mein Cousin, den haben sie totgeschossen.«

»Könnt ihr mir vielleicht einen Gefallen tun?«, unterbricht Heinz den makabren Wettstreit.

»Was denn?«

»Mich ziehen. Ich komm allein nicht von der Bank hoch. Ihr seid doch stark, oder?«

Einige der Buben nicken, auch das Mädel stimmt zu. Nur die kleineren Jungen sind im Zweifel, ob sie tatsächlich so stark sind.

Heinz vertraut seine Krücken zweien der kleinen Buben an, dann streckt er die Arme aus und lässt sich hochziehen, stemmt sich mit dem gesunden Bein gegen den Boden und spannt alle Muskeln an. Einen Augenblick lang ist er in der Schwebe, fürchtet zu stürzen, weil sein Bein so zittert, dann aber fasst er hastig seine Krücken und kann sich abstützen.

»Fall bloß nicht um!«, rät ihm das Mädel. »Sonst kommst du nämlich gar nicht mehr auf die Beine.«

»Er hat ja nur eins …«, sagt ein Bub.

»Danke für den Rat!«, gibt Heinz zur Antwort. »Dann will ich mal losgehen …«

Sie laufen ein kleines Weilchen neben ihm her, dann pfeift das Mädel grell auf zwei Fingern, und sie rennen in Richtung Stadtmuseum davon. Heinz humpelt hinüber zur Wilhelmstraße und ist nun doppelt entmutigt. Kindermund redet die Wahrheit. Sie haben ihm ohne falschen Schmus und grundehrlich gesagt, wie es um ihn steht: Er ist ein hilfloser Krüppel, kann nicht mal ohne Hilfe von einer Bank aufstehen, ein halber Kilometer bringt ihn schon an den Rand seiner Möglichkeiten. Mutlos kämpft er sich die Straße entlang und erkennt bald die ersten Trümmer, zwar noch weit hinten am Ende der Straße, aber deutlich zu sehen, denn die Wilhelmstraße ist schnurgerade, ohne Biegungen, die das Desaster vor seinen Augen verstecken könnten. Nur die Platanen, die in diesem Jahr besonders üppig wachsen, behindern die Sicht etwas. Er zwingt sich, nicht nach links zu sehen, wo das Café Engel steht, sondern zu den roten Backsteingebäuden auf der rechten Seite, die alle noch aus der Gründerzeit stammen. Dann sieht er das beschädigte Theater und dahinter die gefallenen Säulen der Kolonaden. Noch ein paar Schritte. Erst hinsehen, wenn du davorstehst. Wenn du nicht mehr mutmaßen brauchst, nicht mehr hoffen kannst, weil du das ganze elende Bild vor Augen hast.

Er hört sich keuchen, der Schweiß tropft ihm von der Stirn. Jetzt. Stehen bleiben. Die Krücken fest auf das Pflaster gerammt. Augen links, Kamerad. Und gib auf dein Herz acht, dass es keinen Unsinn macht.

Das Bild vor seinen Augen schwankt, hüpft auf und nieder, verwischt. Er schließt die Augen und versucht es noch einmal. Was er sieht, erscheint ihm vollkommen unfassbar. Verrückt. Zwei Tische stehen draußen, daran sitzen Gäste, trinken Kaffee. Sonnenschirme sind aufgespannt. Himmel, die kennt er genau, weil er sie selber gekauft hat. Jetzt wagt er es auch, den Blick zu heben. Da steht sein Haus. Das Café Engel. Heil und ganz. Die Gebäude rechts daneben sind nur noch Ruinen, links, wo die Drews und die Brands wohnen, ist noch alles da. Jetzt ist er wirklich in allergrößter Gefahr, zu Boden zu gehen, weil ihm die Tränen über die Wangen laufen und er zu schluchzen beginnt.

Reiß dich zusammen, denkt er. Auch wenn das Haus steht, kann der Else und der Hilde etwas passiert sein …

Aber er glaubt nicht wirklich daran. Da sitzen Gäste vor dem Café, genau wie früher. Die Drehtür, die so verflucht teuer gewesen ist und um die ihn alle beneidet haben, ist auch noch in Ordnung. Er muss mehrmals tief durchatmen, dann geht er langsam dreibeinig über die Straße. Auf einmal ist das Gehen ganz leicht, er spürt keinen Schmerz mehr, die Freude trägt ihn voran. Die Freude und die Hoffnung.

Er erkennt den Hans Reblinger und den Korrepetitor Gimpel, die im Schatten des Sonnenschirms miteinander schwatzen. Als er näher kommt, hört er Klaviermusik, die aus den Innenräumen des Cafés dringt. Ist der Hubsi Lindner inzwischen heimgekehrt? Aber nein, das klingt nicht nach Hubsi, das ist diese moderne Tanzmusik, die er eigentlich nicht mag. Swing nennen sie das. So etwas kann der Hubsi gar nicht spielen, also muss es wohl die Künzel sein. Sofia Künzel hat keine Vorurteile, die spielt jeden Mist. Was treiben die denn da drin? Tanzen die etwa? Am hellen Nachmittag?

Die Drehtür! Sein ganzer Stolz und jetzt ein gottverdammtes Hindernis. Wie soll er mit diesen Krücken da durchkommen? Er schaut hinüber zu Hans Reblinger und Alois Gimpel, aber die kümmern sich nicht um ihn.

Sie erkennen mich nicht, denkt er beklommen. Kein Wunder. Ich hab mich ja auch ziemlich verändert.

»Wollen Sie ins Café«, fragt Reblinger. »Das wird schwer mit den Krücken. Da müssen Sie außenrum. Oder Sie setzen sich hier an einen Tisch …«

Jetzt kommt Bewegung in die Drehtür, die Glaseinsätze blitzen in der Sonne auf, Heinz sieht eine junge Frau, blond, im dunklen Kleid mit weißer Schürze. Geschickt balanciert sie ein Tablett mit einer Hand, schiebt mit der anderen die Drehtür an, und dann steht sie draußen. Steht und starrt ihn an. Es dauert nur zwei Sekunden, dann scheppert es ganz fürchterlich. Hilde hat das Tablett mit zwei Tassen Muckefuck und zwei Portionen Sandkuchen fallen gelassen.

»Papa …«, flüstert sie.

»Hildchen … meine kleine Hilde …«

Jetzt schreit sie so laut »Papa!«, dass man es wohl bis hinüber zum Rathaus hören kann. Sie springt über die Scherben hinweg und will sich in seine Arme werfen, dann hält sie inne, bleibt stehen und schaut erschrocken auf die Krücken.

»Bist du … hast du …«

»Ein Bein ist weg. Vom Knie abwärts. Aber der Rest ist noch in Ordnung.«

Da geht sie langsam zu ihm und legt ihm zärtlich die Arme um den Hals. Küsst ihn auf beide Wangen und schluchzt dabei zum Steinerweichen.

»Nee – der Heinz Koch! Bin ich denn blind? Hab ihn gar nicht erkannt«, hört er irgendwo weit entfernt den Hans Reblinger.

»Ich auch nicht«, sagt Gimpel. »Jessas Maria, meine Augen werden immer schwächer. Na dann: Willkommen in der Heimat, Heinz!«

Auf der Straße bleiben Passanten stehen, um die Szene lächelnd zu beobachten. Der Kritiker Reblinger und Alois Gimpel fassen Heinz jetzt unter die Arme, quetschen sich mit ihm durch die Drehtür, und Hilde steht noch draußen, wischt sich die Augen und hebt dann die Krücken auf, die Heinz aus der Hand gefallen sind.

Drinnen hat man Tische und Stühle beiseitegeschoben, um einen freien Raum in der Mitte zum Tanzen zu erhalten. Dort stehen jetzt zwei Paare und wissen nicht so recht, was sie tun sollen, denn die Künzel hat ihr Klavierspiel bei Hildes wildem Aufschrei abrupt abgebrochen. Heinz bemerkt noch mit Erstaunen, dass die beiden jungen Männer amerikanische Uniformen tragen, dann sieht er seine Else, die am Kücheneingang steht. Sie sagt nichts, schaut ihn nur mit weit aufgerissenen Augen an, und ihre Lippen zittern.

»Lasst mich mal hinsetzen …«, verlangt er.

Was für ein Elend. Er kann nicht einmal seine Frau in die Arme nehmen, weil er ohne Krücken nicht stehen kann. Und mit dem Reblinger und dem Gimpel rechts und links mag er die Else auch nicht umarmen.

»Mama, er hat ein Bein verloren«, hört er die Tochter rufen.

»Aber nur vom Knie abwärts. Das ist gar nicht schlimm. Da kriegt er eine Prothese …«

Doch die Else schaut gar nicht auf sein lädiertes Bein. Ihre Augen hängen aneinander, als sie langsam zu ihm geht. Sie beugt sich zu ihm herunter und schlingt die Arme um ihn. Weint sie? Er versucht, ihr Gesicht zu sehen, aber sie hat es an seiner Schulter vergraben, er sieht nur ihr gelocktes, kurzes Haar, das inzwischen mehr grau als blond ist. Aber da ist ihr vertrauter Geruch, der Duft ihrer Haut, ihrer Kleider, die immer nach frischer Wäsche und Bäckerei riechen. Nach Else.

»Ich hab's gewusst«, sagt sie leise. »Ich hab gewusst, dass du kommst.«

»Ich hab euch doch ein Telegramm geschickt!«

»Was für ein Telegramm?«

Sie haben es gar nicht bekommen. Warum auch immer. Ist jetzt ja auch egal. Else küsst ihn ungeniert auf den Mund, hört gar nicht damit auf, und er hält sie fest, erwidert die Küsse. Leidenschaft packt ihn auf einmal, ihm fehlt zwar ein Bein, aber sonst ist er ja gesund, steht noch seinen Mann. Auch mit fünfzig.

»Wir geh'n dann mal hoch und lassen das junge Paar allein …«, sagt die Künzel vergnügt. »Das könnte sonst vielleicht unsittlich werden.«

Else löst sich von ihm und fährt sich durch das zerzauste Haar.

»Das müssen grade Sie sagen!«, knurrt sie die Künzel an. »Spielen Sie weiter, das junge Volk will tanzen. Helft mal dem Heinz hoch, wir gehen rüber in den Nebenraum. Hast du was gegessen, Heinz? Ich mach dir jetzt erst mal Bratkartoffeln mit Speck …«

Heinz meldet an, dass er erst mal auf Tö müsse, und lehnt Reblingers selbstloses Hilfsangebot ab. »Krieg ich schon allein hin …«

Die Gästetoilette ist verflucht eng, aber das hat auch seine

Vorteile, weil er sich hier an den Wänden abstützen kann. Die Krücken an die Wand lehnen und aufpassen, dass sie nicht umfallen, sonst hat er schlechte Karten. Klappt alles ganz gut. Er ist zwar ein Krüppel, aber im Kopf funktioniert es noch. Der Kopf ist das Wichtigste. Wer hat das doch gesagt? Ach ja – der junge Kerl auf dem Lastwagen. »Kopp« hat er gesagt. Hoffentlich kommt er zurecht, war ein netter Bursche.

Als er in den Nebenraum humpelt, warten da schon der Addi und Julia Wemhöner, auch die Gisela, Hildes Freundin ist da – die hat er vorhin gar nicht gesehen vor lauter Aufregung. Alle umarmen ihn, Julia küsst ihn auf die Wange und schluchzt dabei, dass sie ihm ihr Leben verdanke und immer für ihn gebetet habe. Addi erscheint ihm ziemlich blass und auch dünner als vorher, man erzählt ihm, dass er gerade von einer Lungenentzündung genesen ist.

»Jetzt geht's aufwärts, Heinz«, sagt Addi, der seine Hand lange festhält. »Jetzt, wo du wieder bei uns bist – Mensch, das ist ja wie in den guten alten Zeiten!«

Else kommt mit einem Teller voller Bratkartoffeln mit Speck, und er kommt sich schäbig vor, weil die anderen nichts bekommen. Aber alle behaupten, sie hätten schon gegessen und er habe Anspruch auf seine Begrüßungsbratkartoffeln. Auch der Hans Reblinger und der Alois Gimpel haben sich im Nebenzimmer mit an den Tisch gesetzt, nur die Hilde muss immer wieder rüber, weil sie Gäste bedient, und die Künzel spielt Tanzmusik, dass es einem in den Ohren klingt.

Heinz sitzt am Tisch neben seiner Else und hält ihre Hand fest, streichelt sie immer wieder und spürt, wie die Müdigkeit langsam in ihm hochkriecht. Else hat zur Feier des Tages eine Flasche Obstler auf den Tisch gestellt, Julia hat die Gläser ausgeteilt. Heinz muss husten vom ersten Schluck – alle Wetter, das Zeug hat es in sich. Pflaume schmeckt er, vielleicht Birne noch dabei. Und hochprozentig, ein Wasserglas davon kann einen

Elefanten umwerfen. Er lässt sich zweimal eingießen, kippt das durchsichtige Wässerlein hinunter, und jetzt kommt die Müdigkeit im D-Zug-Tempo. Er hat kurz und knapp erklärt, was mit seinem Bein passiert ist, jetzt hört er nur noch zu, versucht zu begreifen, und bringt doch alles durcheinander. Ein Sturbock in Augusts Wohnung, Julia näht für die Knauss Pelzmäntel, Addi ist wütend auf eine gewisse Marianne, und dann sitzt unter dem Tisch auf einmal ein bunter Hund, der sich von ihm mit Bratkartoffeln füttern lässt.

»Gehört der uns?«, will er von Else wissen.

»Das ist meiner«, sagt Addi.

»Unserer«, bestätigt Julia.

Heinz ist zu müde, um weitere Vermutungen anzustellen. Er will in sein Bett, braucht eine Runde Schlaf, sonst fällt er hier noch vom Stuhl.

»Wir helfen dir die Stiege hoch«, meint Addi.

»Nee, lass man. Schaff ich allein.«

Er setzt sich auf die Treppe und steigt mit dem Hintern zuerst hoch. Geht ganz gut, da kann er sich mit den Armen abstützen und mit dem Bein nachhelfen. Sieht zwar komisch aus, ist ihm jetzt aber egal. Oben hilft die Else ihm auf, gibt ihm die Krücken und geht voraus in die Wohnung.

Und dann sind sie endlich miteinander allein. Nach acht Monaten Trennung, nach Bangen und Hoffen, nach schrecklicher Ungewissheit und unendlicher Sehnsucht. Sie haben einander wieder.

Sie bringt ihn zu Bett, zieht ihm die fremden Kleider aus, bringt eine Schüssel mit warmem Wasser und wäscht ihn ganz sanft mit dem eingeseiften Lappen. Trocknet ihn ab. Küsst ihn. Holt einen Schlafanzug aus dem Schrank, und er atmet den Duft von Bergamotte.

»Bleib hier«, bittet er sie, und sie legt sich zu ihm. Zieht sich im Bett aus und schmiegt sich an ihn. Haut an Haut. Mund an Mund. Die Welt kann auseinanderfallen. Die Erde darf jetzt aufhören, sich zu drehen. Es ist alles ganz gleich, weil sie wieder beieinander sind. Weil sie einander spüren, so heiß und innig, wie es schon lange nicht mehr war. Er ist daheim. Heimat ist dort, wo deine Liebe auf dich gewartet hat. Heimat ist Else.

JEAN-JACQUES

Villeneuve, August 1945

Am Morgen ist es am schlimmsten. Weil irgendein Teufel ihm tausend süße Träume schickt, wenn sich das Frühlicht zwischen den Vorhängen hindurch ins Schlafzimmer stiehlt und sein Schlaf leichter wird. Dann sieht er sie und immer nur sie in tausend verführerischen Posen, fast immer nackt, so wie er sie nur ein einziges Mal in Wahrheit gesehen hat. Er hört auch ihre Stimme, diesen energischen Ton, der ihn immer so aufgebracht hat, ihm Lust machte, ihr zu zeigen, dass er keiner ist, der sich was befehlen lässt. Besonders diese Stimme hat ihm gefallen, denn sie ist nicht hell wie eine Kleinmädchenstimme. Sie ist kräftig, eher tief, wenn sie zornig ist, kann sie laut werden, poltern, durch das Treppenhaus fetzen. Und dann war sie wieder so weich, samtig, auch rauchig, als sie ihm allerlei unverständliche und dennoch erregende Dinge ins Ohr gemurmelt hat.

Sie steckt in ihm, er bekommt sie nicht mehr aus seiner Haut heraus. Nicht aus seinen Fingern. Noch weniger aus seinem Hirn. Was nutzt da das Schreiben, das er einem Kameraden aus Nîmes mitgegeben hat. Was hilft es, dass er sich von ihr losgesagt hat? Dass er sich geschworen hat, sie zu vergessen? Gar nichts hilft es. Seine Sehnsucht wird mit jedem Tag nur schlimmer.

Die ersten Nächte daheim im Ehebett mit Margot waren schweigsam und voller Schuldgefühle. Er wusste ja, dass sie auf ihn wartete, aber er brachte es nicht fertig, sie zu berühren. Seinen ehelichen Pflichten nachzukommen. Zu Anfang hat er ihr erzählt, er habe sich etwas eingefangen, weil es im Lager so dreckig gewesen sei und die Matratzen voller Ungeziefer. Zweimal ist er nach Nîmes gefahren, angeblich zu einem Arzt, aber in Wirklichkeit hat er vor dem Postamt herumgelungert und gegrübelt, wie er wohl einen Brief nach Wiesbaden schicken könnte. Einen Liebesbrief. Da hatte er noch Flausen im Kopf, hat sich überlegt, dass er sie ja auch hierher locken könnte, um sie zu heiraten. Hilde wäre keine schlechte Winzerin, sie ist umsichtig, hat Geschäftssinn und weiß, was ein Familienbetrieb bedeutet. Erst später ist ihm aufgegangen, dass seine Familie niemals akzeptieren würde, dass er eine Deutsche heiratet. Drei seiner Cousins sind im Krieg durch die Deutschen ums Leben gekommen, das vergisst man nicht so schnell.

Also hat er keinen Liebesbrief geschrieben. Den Abschiedsbrief hat er erst verfasst, als es zum Streit gekommen war und sein Vater ihn zur Rede stellte. Margot hatte geduldig einen ganzen Monat lang gewartet, dann fing sie an zu fragen, wollte wissen, was er immer im Schlaf sagte, ob das ein deutsches Wort sei, dieses »ild … ild …«

Er war erschrocken, weil er keine Ahnung hatte, dass er im Schlaf redete, und fuhr sie wütend an, sie solle aufhören, ihn zu belauschen. So gab ein Wort das andere, sie warf ihm vor, ein Lügner und Feigling zu sein, sie wisse, dass er vollkommen gesund sei, sie habe nachgeschaut, während er schlief. Sie habe auch gemerkt, dass er an sich selbst herummache, während sie doch neben ihm läge und auf ihn warte. Diese Vorwürfe, die leider gerechtfertigt waren, brachten ihn so aus der Fassung, dass er ihr sagte, er könne sie nicht mehr sehen, sie sei ihm von Grund auf zuwider, sei es schon immer gewesen, er habe sie nur wegen ihres Landbesitzes geheiratet.

Sie sind laut geworden. Kein Wunder, dass Pierrot und die Eltern alles mitgehört haben, die Wände im Haus sind nicht allzu dick. Margot packte zwei Koffer und wollte zu ihren Eltern zurück, aber unten in der Küche verstellte sein Vater ihr den Weg.

»Warte noch. Erst wenn ich mit ihm geredet habe …«

Jean-Jacques war noch wie betäubt, konnte nicht fassen, dass er sich hatte hinreißen lassen, solche hasserfüllten Dinge zu sagen. Als er die Treppe hinunterging, saß Margot schluchzend auf der Küchenbank, neben ihr seine Mutter. Sie hatte den Arm um Margot gelegt und sah ihn mit vorwurfsvollem Blick an.

Der Vater ging mit ihm hinaus in die Scheune, weil er nicht wollte, dass alle mithörten, was er seinem Ältesten zu sagen hatte. Er ist kein Mann von vielen Worten, daher dauerte das Gespräch nur wenige Minuten.

»Was ist los?«

Er log, weil die Wahrheit niemandem genutzt hätte. Er will den Weinberg und den Hof, er gehört hierher, seine Liebe zu Hilde hätte keine Chance. Schon gar nicht in den kühlen, prüfenden Augen des Vaters.

»Ich kann nicht mit ihr schlafen, darum ist sie zornig.«

»Warum nicht?«

Er schwafelte etwas vom Krieg, von schrecklichen Dingen, die er gesehen habe, er brauche Zeit, um die Bilder zu vergessen. Aber Margot sei ungeduldig, da hätten sie gestritten. Er habe Schlimmes zu ihr gesagt, was ihm jetzt leidtäte.

»Und das ist die ganze Wahrheit?«

»Ja, Vater …«

»Wie lange wirst du noch brauchen?«

Er schluckte. Was für eine Frage. Aber so war sein Vater, der plante im Voraus, kalkulierte, schaute täglich im Weinberg nach den Trauben, um den rechten Zeitpunkt für die Ernte nicht zu verpassen.

»Ein Monat … oder zwei … ich hoffe zumindest …«

Der Blick seines Vaters drang tief in ihn hinein, fragend, misstrauisch, unzufrieden. Er fühlte sich elend.

»Margot ist eine gute Frau, Jean- Jacques. Ich will, dass ihr Kinder habt!«

»Das werden wir, Vater.«

Er war voller Reue und Scham, brachte es jedoch nicht fertig, Margot um Verzeihung zu bitten. Stattdessen schrieb er noch am gleichen Abend einen Abschiedsbrief an Hilde, und wie das Schicksal so spielte, kam zwei Tage später sein Schulkamerad Justin zu Besuch. Er hatte sich freiwillig zur Armee gemeldet und war als Besatzungssoldat nach Mainz abkommandiert. Er wollte Pierrot überreden, sich ebenfalls freiwillig zu melden, aber der hatte von der Armee endgültig die Nase voll. Jean-Jacques spannte die Stute an und fuhr Justin am Abend nach Hause, denn der Freund hatte dem Rotwein allzu eifrig zugesprochen. Beim Abschied steckte er ihm den Brief zu und bat ihn, das Schreiben auf irgendeinem Weg nach Wiesbaden zu bringen.

»Oh, là, là!«, lachte Justin. »Ein deutsches Fräulein, wie? Schäm dich was, Jean-Jacques. Mit einer deutschen Schlampe schläft man, aber man schreibt ihr keine Briefe!«

»Bist du mein Freund oder bist du es nicht?«

Justin versprach, ein guter Freund zu sein. Zwei Wochen später schickte er eine hübsche, bunte Postkarte aus Mainz, ließ alle recht herzlich grüßen und fügte hinzu: »Brief ist unterwegs.« Wobei alle glaubten, es handele sich um einen Brief an seinen Freund Jean-Jacques, der – wie schade – niemals ankam.

Zu diesem Zeitpunkt hatte sich Margot wieder mit Jean-Jacques versöhnt, und die Eltern waren zufrieden. Der Vater hatte mit ihr geredet, sie hatte sich einsichtig gezeigt und ihrem Ehemann eine Frist eingeräumt. Die verstrich nun langsam, ohne dass Jean-Jacques sich dazu überwinden konnte, sie anzufassen. Aber Margot bedrängte ihn nicht mehr, sie war freundlich zu ihm, und wenn sie am Abend nebeneinander lagen, redeten sie unbefangen miteinander über die Ereignisse des Tages. Danach drehte sich jeder auf seine Schlafseite, und bald danach hörte er ihre ruhigen Atemzüge.

Um den aufdringlichen Morgenträumen zu entkommen, steht Jean-Jacques immer vor den Hühnern auf und läuft nach draußen, um sich im Hof am Brunnen zu waschen. Das kalte Wasser vertreibt die Flausen, er rubbelt sich mit dem Handtuch trocken und rasiert sich mit Hingabe. Wenn er dann zurück in die Schlafkammer steigt, um sich anzukleiden, ist Margot schon im Badezimmer, er hört sie gurgeln und mit dem Waschwasser plätschern. Später sitzen sie alle beim Frühstück am langen Küchentisch, trinken Kaffee und essen einen Happen, während der Vater die Arbeit für den Tag einteilt. Meistens gehen die drei Männer auf die Äcker oder in den Weinberg, während die Frauen den Hausgarten versorgen, die Ziegen melken und aus der Milch Käse machen. Pierrot war eine Weile krank, sein Bein hat sich wieder gemeldet, aber inzwischen geht es ihm besser. Jean-Jacques denkt oft darüber nach, was aus seinem Bruder werden soll, denn der macht keine Anstalten, sich nach etwas Eigenem umzuschauen.

»Bist doch ein hübscher Kerl und verstehst etwas vom Weinbau und von der Landwirtschaft«, hat er einmal zu ihm gesagt. »Warum schaust du dich nicht nach einer Frau um? Eine, die etwas besitzt, wo du Herr auf dem Hof bist.«

»So wie du nach Margot geschaut hast, wie?«, gab Pierrot höhnisch zurück. »Wegen ihres Landbesitzes hast du sie genommen, das hast du ihr ja deutlich gesagt. Ich bin nicht so einer wie du, Jean-Jacques. Wenn ich eine Frau heirate, dann ist es mir gleich, ob sie reich oder arm ist. Dann ist mir nur wichtig, dass wir uns lieben.«

Die Antwort traf Jean-Jacques wie ein Schlag ins Gesicht. Wie recht sein kleiner Bruder doch hat. Aber zugeben konnte er das natürlich nicht, stattdessen wurde er nur wütend auf diesen Schlaumeier, der ihm die Wahrheit so boshaft unter die Nase rieb.

»Du warst schon immer ein Traumtänzer, Pierrot!«

»Und du warst immer schon Vaters Liebling!«

Es ist nicht mit ihm zu reden, früher nicht und jetzt schon gar nicht. Sie haben einander nie leiden können, weil Pierrot von Anfang an eifersüchtig auf ihn war. Als Buben haben sie sich oft geprügelt, manchmal so blutig, dass die Mutter einschritt und Strafen verhängte. Die Mutter liebt Pierrot mehr als ihn und zeigt es deutlich bei jeder Gelegenheit. Vielleicht ist das der Grund, weshalb Pierrot nicht bereit war, von hier fortzugehen. Er hockt wie ein Stein auf dem Besitz, der einmal seinem Bruder gehören wird, und wie es aussieht, hat er vor, den Rest seines Lebens hier zu verbringen. Gewiss – Pierrot ist ein guter Arbeiter, er kennt sich aus und ist trotz des kranken Beins kräftig und geschickt. Aber es ist vorauszusehen, dass es zwischen ihnen immer Streitereien geben wird, und das tut einem Familienbetrieb nicht gut.

Heute ist Sonntag, da gibt es kein Frühstück, weil man gemeinsam zur Messe nach Villeneuve fährt und erst danach einen Imbiss zu sich nimmt. Er und der Vater spannen die Stute an, die Mutter wartet im Sonntagsstaat an der Haustür, Pierrot steht neben ihr. Mit seinem hellen Strohhut und dem kleinen Oberlippenbärtchen, das er sich hat wachsen lassen, sieht er geradezu verwegen aus. Margot steigt als Letzte in den Wagen, sie ist blass und sehr still wie öfter in letzter Zeit. Jean-Jacques nimmt die Zügel, die anderen sitzen hinten, und er kann hören, wie sich Pierrot und die Mutter leise miteinander unterhalten.

»Ist das wahr, Pierrot?«

»Aber ja, Maman. Wenn ich es dir doch sage …«

»Der Heiligen Jungfrau sei gedankt.«

»Ja, wir sollten ihr eine Kerze anzünden …«

Es wird ein heißer Tag werden, das zeigt der Dunst, der noch auf den Feldern liegt und sich jetzt langsam auflöst. Der Himmel ist klar und dunkelblau, die Sonne ist noch mild und lässt

Felder und Wiesen leuchten. Später, wenn sie vom Kirchgang zurückfahren, wird sie erbarmungslos auf die trockenen Felder und Wege herabbrennen, und der Staub wird Kutsche und Pferd einhüllen. Am Nachmittag werden die Frauen im Haus zu tun haben, und er wird mit dem Vater einen Rundgang über Äcker und Weinberg machen. Niemand in der Gegend arbeitet am Sonntag auf den Feldern, höchstens im Herbst, wenn die Trauben geerntet werden, kann es geschehen, dass der Feiertag zum Arbeitstag wird. Aber das ist eine lässliche Sünde, kein Priester aus der Gegend würde einem Winzer deshalb eine Buße auferlegen.

In der Kirche haben sie seit Generationen ihre festen Plätze. Die Familie Perrier sitzt in der dritten Reihe, die älteren Mitglieder außen, die jüngeren weiter der Mitte zu. Das hat seinen geheimen Sinn, denn die Jugendlichen sollen dem Blick von Priester und Gemeinde ausgesetzt sein, damit sie sich gut benehmen und keinen Unsinn machen. Jean-Jacques erinnert sich nur mit Bauchschmerzen an die Jahre, als er neben dem Bruder dort unter aller Augen sitzen musste und alle genau beobachteten, ob die Brüder Perrier auch die Gebete mitsprachen und an den richtigen Stellen niederknieten. Heute sitzt er weiter außen, gleich neben dem Vater, und die Mutter, Margot und Pierrot teilen sich die mittleren Plätze.

Während sie schweigend auf den Beginn der Messe warten, fängt er ein Lächeln seiner Mutter auf. Er ist so überrascht, dass er nicht zurücklächelt, sondern ernst bleibt. Aber es freut ihn, und er ist zugleich beschämt. Wie durch ein Wunder hat sich der Streit in Nichts aufgelöst, Margot ist freundlich und geduldig, der Vater zufrieden, und die Mutter lächelt ihn sogar an, was sie nur selten tut. All das hat er Margots Sanftmut zu verdanken, denn nach wie vor hat er sie nicht berührt.

Es wird Zeit, dass ich endlich Nägel mit Köpfen mache, denkt er. Ich habe mich für den Hof entschieden, ich muss Hilde jetzt endlich aus meinem Sinn bekommen. Margot hat es nicht verdient, länger vernachlässigt zu werden. Und dann geht es ja auch um den Fortbestand der Familie, wir müssen Kinder in die Welt setzen. Er nimmt sich vor, noch heute Abend mit Margot zu schlafen. Auch wenn es ihm wenig Vergnügen bereiten wird; er kann ja die Augen zumachen, wenn er sie nimmt. Auf keinen Fall aber will er dabei an Hilde denken, das wäre Betrug, das darf er sich selbst und seiner Frau nicht antun. Es ist ihm so ernst damit, dass er während des Schlussgebets ein inständiges Flehen zur Statue der Heiligen Jungfrau sendet und sie bittet, ihm beizustehen, weil er auf den rechten Weg zurückkehren will. An Margots Seite geht er aus der Kirche, plaudert noch ein wenig mit Freunden und Nachbarn, und als sie später in den Wagen steigen, fasst er ihre Hand, um sie zu stützen. Margot scheint von dieser ungewohnten Aufmerksamkeit überrascht, sie ist noch blasser als am frühen Morgen, die Nase tritt spitz aus dem schmalen Gesicht hervor, ihre Hand ist feucht verschwitzt.

Sie tut ihm leid in ihrer Hässlichkeit. *Auch wenn sie nicht gerade anziehend ist,* denkt er, *ich habe sie geheiratet, und ich will, dass sie meine Kinder auf die Welt bringt.* Eine Ehe ist nicht immer einfach, es gibt Prüfungen und Krisen, aber wichtig ist, dass man zusammensteht. Er überlässt Pierrot die Zügel und sitzt während der Rückfahrt neben seiner Frau, versucht hie und da, ein Gespräch mit ihr anzufangen, doch sie bleibt einsilbig, und das Geratter und Gepolter des Wagens stört die Unterhaltung zusätzlich.

Als sie zu Hause sind, spannt er gemeinsam mit Pierrot die Stute aus und lässt sie auf die Weide, dann gehen sie ins Haus, um sich umzukleiden, denn die Sachen, die man sonntags zum Kirchgang trägt, müssen geschont werden. Zu seiner allergrößten Überraschung steht der Vater jedoch sonntäglich gekleidet in der Küche, hat eine Flasche vom besten Rotwein entkorkt und schenkt ihnen ein.

»Zur Feier des Tages«, sagt er und reicht Jean-Jacques ein gefülltes Glas. »Und auf die Zukunft der Familie Perrier!«

Das Gesicht des Vaters leuchtet geradezu vor Zufriedenheit, er reicht auch Pierrot ein Glas, dann der Mutter und Margot.

»Was ist denn los?«, staunt Jean-Jacques. »Hab ich etwas verpasst? Ist heute ein Feiertag?«

Sie lachen. Tatsächlich, die Küche ist von Gelächter erfüllt. Sogar der Vater findet die Frage lustig, und Pierrot platzt fast vor Vergnügen. Nur Margot bleibt seltsamerweise ernst und schaut ihn fast ängstlich an.

»Sie hat es dir noch nicht gesagt?«, fragt die Mutter.

Er schüttelt den Kopf. Begreift nichts. Kommt sich vor wie ein Idiot.

»Deine Frau erwartet ein Kind!«

Sie fangen wieder an zu lachen, finden es furchtbar komisch, wie verblüfft er dasteht, das Glas in der Hand, die Augen weit aufgerissen. Jetzt geht die Mutter auf ihn zu und umarmt ihn, küsst ihn auf die Wangen, dann zieht sie Margot an die mütterliche Brust und redet allerlei Zeug, was Frauen in solchen Fällen so schwatzen. Jean-Jacques steht noch immer wie vom Donner gerührt, aber nun muss er mit dem Vater anstoßen und auf die Zukunft trinken, dann hält Pierrot ihm das Weinglas entgegen und beglückwünscht ihn.

»Trink aus, Bruderherz«, sagt er übermütig. »Du schaust recht blass aus der Wäsche. So eine Überraschung kann einen Mann schon aus den Schuhen hauen, wie?«

Ist das Triumph in den Augen des Bruders? Häme? Macht er sich lustig über die Verblüffung eines Mannes, der zum Hahnrei gemacht wurde? O ja – Pierrot weiß genau, dass sein Bruder nicht der Vater dieses Kindes ist. Langsam beginnt es in Jean-Jacques Kopf zu arbeiten, und er begreift das Spiel. Deshalb war Margot so friedfertig. Sie hatte ja den Liebhaber gleich nebenan, im gleichen Haus, nur zwei Kammern weiter. Wie oft mag sie in der Nacht, wenn er geschlafen hat, bei seinem Bruder gelegen haben? Und als Pierrot angeblich krank zu Bett lag – wie oft hat sie ihm da das Essen gebracht oder einen anderen Vorwand gefunden, um zu ihm unter die Decke zu schlüpfen? Wer weiß, ob die beiden es nicht schon vorher miteinander getrieben haben, als er noch in deutscher Gefangenschaft war! Margot, die sanfte, geduldige Margot hat es faustdick hinter den Ohren. Den einen hat sie geheiratet, und den anderen nimmt sie zum Liebhaber. Hat er das verdient? So boshaft betrogen und belogen zu werden von der eigenen Ehefrau?

Ja, er hat es verdient. Auch wenn ihm die Erkenntnis nicht schmeckt, er hat bekommen, was ihm zusteht.

Was soll er tun? Ein Geschrei erheben und erklären, dass ihm da ein Kuckucksei ins Nest gelegt wurde? Er hat durchaus Lust, das zu tun. Warum nicht? Er könnte die Scheidung fordern, seinen Bruder und die untreue Ehefrau vom Hof werfen. Er ist aufgewühlt, allerlei verrückte Dinge gehen ihm jetzt durch den Kopf. Alles hinwerfen und nach Wiesbaden gehen. Mit Hilde ein neues Leben anfangen. Endlich ehrlich und wahrhaftig sein dürfen, die Frau heiraten, die er liebt, und zu ihr stehen. Was will er mit dem Hof, mit dem Weinberg, wenn der Preis dafür ein Leben voller Lügen und Demütigungen ist? Er braucht das alles nicht, er braucht nur seine große Liebe, sie wird ihm die Kraft geben, das Leben zu meistern.

Auf, sagt er zu sich. Schüttle das Joch ab. Sag ihnen die Wahrheit, und sei ein freier Mann.

Aber er ist ein Feigling. Er stößt mit allen an und stürzt den guten Wein herunter, lächelt dumm daher und tut, als müsste er die gute Nachricht erst einmal verdauen. Dann geht er hinauf in die Schlafkammer, um sich umzukleiden, zieht die Alltagshosen und ein grobes Hemd an und setzt sich auf das Bett.

Ich kann nicht, denkt er. Ich stecke schon viel zu tief drin, da komme ich nicht mehr heraus. Selbst wenn ich den Eltern sage, dass es nicht mein Kind ist, werden sie das nicht als einen Grund für eine Scheidung ansehen. Solche Sachen bleiben hierzulande in der Familie, sie werden vertuscht, und man zieht die Kinder groß. Es ist von unserem Blut, werden sie sagen, es gehört zu uns. Hättest du Margot nicht vernachlässigt, dann wäre sie nicht in Versuchung geraten. Und außerdem könnt ihr beide noch jede Menge gemeinsamer Kinder haben, wenn du nur willst.

Nein, er schafft es nicht, den Hals aus der Schlinge zu ziehen. Wenn er geht, dann bekommt sein Bruder den Hof. Sein Bruder, der hinter seinem Rücken seine Frau geschwängert hat. Die beiden werden heiraten und vermutlich noch weitere Kinder bekommen, und er, der Erstgeborene, hat alles verspielt. Nichts wird ihm bleiben, als ein Bettler müsste er nach Wiesbaden laufen, und was ihn dort erwartet, ist noch nicht abzusehen. Sicher nichts Gutes. Er hat Hilde doch geschrieben, dass alles vorbei ist – warum also sollte sie auf ihn warten? Hat sie es nötig, einem Mann nachzutrauern, der ihr erst große Versprechungen gemacht hat und ihr dann schnöde in einem kurzen Brief den Laufpass gibt? O nein, so eine ist die Hilde nicht. Es ist gut möglich, dass sie längst einen anderen hat. Sie ist hübsch und wird von vielen Männern begehrt, das weiß er. Er hat es so gewollt, hat sie freigegeben, sie hat jedes Recht der Welt, sich einen anderen zu suchen. Er stellt sich vor, wie er ohne einen Sou in der Tasche die Wilhelmstraße entlanggeht und vor dem Café Engel stehen bleibt. Durchs Fenster kann er ein junges Paar sehen, das in eine zärtliche Umarmung versunken ist. Hildes blondes Haar leuchtet, brennt sich in seine Augen wie ein gleißender Sonnenfleck.

O nein, diese jämmerliche Rolle wird er nicht spielen. Der arme Bursche, der zu spät kommt. Der seine Braut in den Armen eines anderen vorfindet.

Es ist zum Verrücktwerden – aber wie er sich auch dreht und wendet, es ist das Klügste, den Dingen ihren Lauf zu lassen. Soll sie das Kuckucksei doch legen, er wird es großziehen und Herr auf dem Hof sein. Ja – nur so geht es. Die Ruhe behalten, sich nicht zu Dummheiten hinreißen lassen. Er ist offiziell und vor aller Augen Vater dieses Kindes, und Pierrot soll sehen, wo er bleibt.

Er hasst sich selbst dafür. So hat er sich sein Leben nicht vorgestellt, so voller Lügen und Intrigen. Er hat alles falsch gemacht. Er hat Hilde verloren und auch Margot. Was bleibt, ist nur der Besitz, an den klammert er sich, es ist alles, was ihn am Leben hält.

HILDE

Wiesbaden, September 1945

Es ist nicht mehr wie früher. Hilde weiß nicht, ob sie darüber traurig oder froh sein soll. Schließlich bleibt die Zeit nicht stehen, sie ist älter geworden, hat Erfahrungen gemacht; es ist ganz normal, dass sie nicht mehr Papas kleines Mädchen ist. Aber irgendwie hat sie das Gefühl, jetzt genau in diese Rolle zurückgedrängt zu werden.

»Mama, ich fahr dann mal los. Wir brauchen Zucker und Kakao. Fett wäre auch nicht schlecht, ist kaum noch was da …«

»Auf den Schwarzmarkt? Nein, Hilde. Das will der Papa nicht.«

Sie verdreht die Augen. Schon wieder der Papa. Will er ihr alles verbieten? Weiß er eigentlich, wer seinerzeit darauf gedrungen hat, dass das Café wieder eröffnet wird? Das war sie, Hilde. Und nicht die Mama, mit der er jetzt ständig zusammensteckt.

»Und was willst du unseren Gästen vorsetzen, Mama? Kaffee brauchen wir auch wieder …«

Mama ist unwirsch. Sie weiß recht gut, dass sie zwischen Hilde und ihrem Vater steht, und das ständige Vermitteln und Beschwichtigen geht ihr auf die Nerven.

»Julia bringt heute Nachmittag etwas Kaffee vorbei. Und die Künzel hat gestern mehrere Dosen und ein Kilo Maismehl in der Küche deponiert.«

»Bohnenkaffee und Maismehl«, stöhnt Hilde. »Davon kannst du keinen Sandkuchen backen. Und in den Dosen ist Corned Beef und ein gekochtes Huhn.«

Mama stellt einen Stapel benutzter Teller in die Spüle und

nimmt den Kessel mit heißem Wasser vom Herd, um etwas davon ins Spülbecken zu gießen. Natürlich hat sie vergessen, den Stöpsel einzusetzen, sodass das Wasser davonfließt.

»Jetzt lass mich endlich in Ruhe, Hilde«, schimpft sie. »Ich hab zu tun. Papa will nicht, dass du auf den Schwarzmarkt gehst, und damit basta!«

Beleidig geht Hilde davon, fegt die Tischdecken im Café sauber, sammelt die Blumenvasen ein, um neue Gestecke zu machen. Dass ihr dabei die Tränen kommen, findet sie selbst albern. Es ist doch schön, dass der Papa wieder bei ihnen ist. Sie hat sich wahnsinnig gefreut, als er so plötzlich vor dem Café stand, ganz verrückt vor Glück war sie. Dass sie jetzt wieder in ihrem Zimmer schläft, weil Papa ja bei Mama im Ehebett liegt, ist ganz selbstverständlich. Auch wenn sie die vertrauten Gespräche mit Mama am Abend und am Morgen vermisst. Aber das sind Lappalien, sie ist schließlich erwachsen.

Was sie wirklich stört, ist die Tatsache, dass Mama jetzt alles Geschäftliche nicht mehr mit ihr, sondern nur noch mit Papa beredet. Das ist nicht in Ordnung, findet Hilde. Acht Monate lang war sie Mamas engste Vertraute, hat mit ihr gemeinsam die Verantwortung für das Café und auch für die Hausbewohner getragen, alles haben sie miteinander beredet, und Hilde konnte so manche gute Idee umsetzen. Damit ist es nun vorbei. Seit der Papa wieder bei ihnen ist, läuft alles auf Sparflamme. Tanzabende, die sie vorher dreimal in der Woche hatten, gibt's nur noch am Sonntagnachmittag. Den Schuss Schnaps, der bei vielen Gästen so beliebt war, hat Papa abgeschafft, weil er sich vor den Alkoholkontrollen der Amerikaner fürchtet. Dabei trinken die Amis doch selber gern einen Tee mit Schuss, wenn sie zum Tanzen kommen. Und die Extras, die sie manchmal auf dem Schwarzmarkt für Mamas Backstube ergattert, Marmelade, Rosinen, Schokolade und Kakao – auf die soll Mama ab sofort verzichten. Bloß keinen Ärger bekommen. Papa hat unvorstellbare

Angst, sein Töchterlein könnte von den Amis erwischt und ins Gefängnis gesperrt werden.

»Mach du mal die Tische hübsch, Hildchen«, sagt er gönnerhaft zu ihr. »Und solange unser Finchen noch verschollen ist, kannst du servieren. Das machst du sehr schön, mein Mädel …«

Dass sie auch das Geschirr spülen darf und jeden Abend Stühle hochstellen und ausfegen muss, dreimal die Woche feucht aufwischen – das erwähnt Papa großmütig nicht. Gehört halt dazu, wenn man ein Café führt. Früher hatten sie dafür ein Mädchen, aber momentan müssen sie jeden Groschen zweimal umdrehen und können sich keine Angestellten leisten. Meistens hilft ja Mama mit, und auch Julia Wemhöner macht sich nützlich. Wobei Julia Wemhöner eher im Weg herumsteht, als eine wirkliche Hilfe zu sein. Aber sie meint es gut, und außerdem hat sie schon zwei traumhaft schöne Sommerkleider für Hilde genäht. Hoffentlich hält das warme Sommerwetter noch ein Weilchen, damit sie die Kleider lange tragen kann.

Wobei die Frage auftaucht, für wen sie sich eigentlich hübsch machen soll. Die Amis, die zum Tanzen kommen, gefallen ihr alle nicht. Der Alois Gimpel macht ihr schöne Augen, der ist gewiss ein begabter Musiker, aber wenn sie sich vorstellt, von ihm geküsst zu werden, wird ihr übel. Dann wären da noch die beiden jungen Amis, die von der Künzel eine sogenannte Gesangsausbildung erhalten. Die kommen abwechselnd einmal die Woche gegen elf Uhr und bleiben gut zwei Stunden oben, wobei man höchstens eine halbe Stunde lang Gesangsübungen vernehmen kann. Die beiden sind hübsche Kerle, schwarzhaarig, drahtig, der eine hat tiefblaue Augen, da könnte man reinfallen. Die Künzel hatte schon immer einen guten Geschmack, aber Hilde hat keine Lust, in fremden Gärten zu wildern. Und Lieutenant Peters muss versetzt worden sein – sie hat wochenlang nichts mehr von ihm gehört. Schade. Der war der Einzige, der ihr gefallen hat. Auch wenn er sich damals, als sie mit Gisela in der Bar zum Tanzen war, sehr merkwürdig benommen hat. Mehr als merkwürdig. Aber obgleich sie an diesem Abend ziemlich wütend auf ihn war – er hat etwas an sich, was ihr gefällt. Als Addi so krank war, hat er tatkräftig geholfen. Ja, das ist es vielleicht. Josh Peters ist ein Mann der Tat, der redet nicht viel, der handelt. Allerdings – so richtig schlau ist sie nicht aus ihm geworden.

Sie ist seitdem nicht mehr in der Bar gewesen. Einmal, weil es ihr dort nicht gefallen hat, und dann, weil sie Angst hatte, weggeschickt zu werden. Und jetzt, wo Papa wieder bei ihnen ist, kann sie solche nächtlichen Ausflüge sowieso vergessen.

Papa hat inzwischen eine provisorische Prothese bekommen, mit der er aber gar nicht zurechtkommt. Er humpelt immer noch an seinen Krücken durch die Gegend und schimpft, dass die Prothese die schon geheilte Wunde wieder aufgerissen hätte. Hilde hat Papas Beinstumpf noch nie zu sehen bekommen, er zeigt ihn nur Mama, die sich auch um die Wunde kümmert. Tagsüber sitzt er unten im Café, umringt von Gästen und Freunden, die aus allen Ecken und Winkeln der Stadt kommen, um »den Heinz vom Café Engel« wieder zu sehen. Richtig Hof hält er da, die ganzen Theaterleute sitzen wieder im Café, auch wenn sie kein Geld haben und sich höchstens einen Pfefferminztee leisten können. Verdienen tun sie da keinen Pfennig, weil Papa in seiner Gutmütigkeit erlaubt, dass die Gäste anschreiben lassen. Oder er gibt eine Runde Muckefuck aus und spendiert Kekse.

Sogar die Künzel hat neulich gesagt, dass der Heinz Koch auf dem besten Weg sei, Haus und Hof zu verschenken. Sie habe schon die Pleitegeier auf dem Dachfirst sitzen sehen. Aber das stört Papa nicht. Der hört begeistert zu, wenn seine Freunde Pläne für Theateraufführungen schmieden, wenn es um Kirchenkonzerte geht, die in der Vorweihnachtszeit stattfinden sollen.

»Sicher hat keiner Geld für eine Konzertkarte«, sagt der Alois

Gimpel. »Aber darum geht es doch gar nicht. Ein wenig Holz für den Ofen, ein Brikett oder ein Glas Marmelade. Das geht auch. Wenn wir nur wieder eine Weihnachtsmusik spielen.«

Künstler sind eben Traumtänzer, denkt Hilde. Die setzen sich für ein Gläschen Marmelade stundenlang in die eiskalte Kirche und spielen mit gefrorenen Fingern Geige oder Cembalo. Aber vielleicht braucht man in dieser trostlosen Zeit Menschen, die die Welt mit Licht und Schönheit füllen. Auch wenn es nur eine Stunde dauert und man hinterher mit eiskalten Gliedern und einem beginnenden Schnupfen wieder nach Hause geht.

Was Hilde ganz bestimmt nicht gebraucht hätte, sind die regelmäßigen Besuche ihrer Freundin Gisela im Café Engel. Meist kommt sie mit ihrem Sammy, der nach wie vor bis über beide Segelohren in Gisela verknallt ist und ihr wie ein Hündchen folgt. Manchmal aber erscheint sie auch allein, setzt sich an einen Tisch gleich bei der Kuchentheke und erwartet selbstverständlich, dass Hilde sich zu ihr gesellt. Was sie nur dann tut, wenn keine Gäste zu bedienen sind. Papa, der vorn am Fenster residiert, grüßt Gisela zwar höflich, er mag sie jedoch nicht leiden und hat Hilde schon mehrfach getadelt, weil es sich nicht gehört, dass die Serviererin mit einem Gast am Tisch sitzt.

Heute ist Hilde allein im Café, weil die Eltern von Frau Knauss im Automobil zur Klinik gefahren wurden. Papa bekommt endlich seine richtige Prothese, und Mama muss lernen, wie sie ihm beim Anlegen des künstlichen Beins helfen kann. Als hätte sie es gerochen, taucht Gisela im Café auf. Im zartblauen Sommerkostüm mit passenden Pumps und Nylonstrümpfen mit Naht. Auf den frisch eingelegten Locken trägt sie eine Kappe aus hellblauem Filz, die an der rechten Seite gewellt ist, eine Kreation aus schönen Vorkriegstagen, die sie ganz sicher irgendwo auf dem Schwarzmarkt ergattert hat.

»Ach, Hilde!«, ruft sie und setzt sich an ihren Lieblingstisch.

»Ich bin fix und fertig. Bringst du mir einen Kaffee, ja? Einen richtigen. Gibt's auch Kuchen? Der neulich war ja ungenießbar. Seitdem dein Papa wieder daheim ist, ist euer Sandkuchen hart wie Backstein …«

Hilde ist wenig begeistert von dem Besuch, und das mit dem Backstein findet sie stark übertrieben. Ein wenig hart war der Kuchen schon – kein Wunder, denn Mama hatte nur noch einen kleinen Rest Eipulver übrig.

»Ich muss draußen bedienen«, sagt sie kurz angebunden. »Setz dich schon mal hin.«

Es ist ein Vorwand, denn draußen sitzt nur der Hans Reblinger bei seinem gewohnten Muckefuck, den Hilde in stillschweigendem Einvernehmen – die Eltern sind ja nicht da – mit einem kleinen Schuss Schnaps angereichert hat. Weitere Gäste sind nicht zu erwarten, weil das Wetter umgeschlagen ist. Ein kühler Wind weht, wenn sie Pech haben, wird es noch regnen.

»Du bist blass um die Nase, Hilde«, meint Gisela, als sie ihr den Kaffee bringt. »Immer nur im Café stehen und bedienen – das ist doch kein Leben. Du musst mal raus, Mädel, sonst verkümmerst du noch.«

Hilde zuckt die Schultern. Gisela hat gut reden, die führt ein freies Leben, lässt sich weder von den Großeltern noch von der Mutter etwas sagen.

»Und du kommst mir ziemlich überanstrengt vor«, gibt Hilde zurück. »Wovon bist du denn so fix und fertig?«

Gisela trinkt erst einmal einen Schluck Kaffee, dann stellt sie vorsichtig die Tasse ab und lehnt sich im Stuhl zurück. »Dieser Papierkram, weißt du. Hier eine Bescheinigung, da ein Stempel, dreimal musst du überall hinlaufen, weil keiner zuständig ist, und ist dann mal einer zuständig, dann macht er gerade Mittagspause … Zum Auswachsen!«

Sie spreizt die Finger der linken Hand, damit der goldene Ring besser zur Geltung kommt. Mit Brillant. Drei Karat. Das musste schon sein. Hilde kennt den Ring, weil Gisela ihn ihr mindestens dreimal die Woche vor die Nase hält, deshalb schaut sie diesmal gar nicht hin.

»Weißt du, wir wollen hier in Wiesbaden heiraten, und wenn Sammy dann seinen Dienst abgeleistet hat, fliegen wir zusammen rüber zu seinen Eltern.«

Dass sie heiraten wollen, ist neu, aber es war zu erwarten. Hilde verspürt keinen Neid. Ob Gisela drüben in Amerika glücklich wird mit diesem netten, aber schrecklich kindischen Burschen, steht noch in den Sternen. Hilde ist der Ansicht, dass Gisela dem armen Kerl nur den Kopf verdreht hat, um hier wegzukommen.

»Nach Los Angeles?«

»Natürlich. Dann schicke ich dir eine Karte aus Hollywood, Hilde. Wir werden wohl zuerst bei seinen Eltern wohnen, die haben ein Restaurant oder so. Aber Sammy will sich etwas Eigenes suchen, und ich werde ihn natürlich dabei unterstützen …«

»Und was wird aus deiner Mutter?«

Hilde kann sich die Frage nicht verkneifen, obgleich sie weiß, dass Gisela nicht gern von ihrer Mutter spricht. Auch jetzt verdreht sie die Augen und tut, als wäre die Frage vollkommen überflüssig.

»Was soll schon aus ihr werden?«, sagt sie verdrossen. »Die Großeltern kümmern sich um sie. Sie liegt den ganzen Tag im Bett, Hilde. Wir müssen sie füttern wie ein Baby. Glaubst du, ich will den lieben langen Tag meine Mutter pflegen und dabei mein eigenes Leben verpassen? Nee, das kommt nicht in die Tüte. Und außerdem erkennt sie mich gar nicht mehr. Redet immer nur mit dem Papa und gestikuliert so komisch mit den Händen …«

Gisela versteckt ihr Gesicht hinter der Kaffeetasse, aber Hilde hat doch gesehen, dass ihr die Tränen gekommen sind. Ganz so kühl, wie sie tut, ist ihre Freundin nicht. Sie hat sich nie mit ihrer Mutter verstanden, aber ihr trauriges Ende geht ihr nahe.

»Das tut mir sehr leid, Gisela ...«, sagt sie und streichelt ihr die Schulter. »Ich wünsche euch, dass sie sich nicht länger quälen muss und ganz friedlich einschläft.«

Gisela nickt, dann räuspert sie sich, zieht ein Taschentuch aus der Handtasche und schnäuzt sich.

»Wir heiraten im Oktober. Standesamtlich natürlich. Kirchlich werden wir drüben heiraten – Sammys Eltern gehören irgendeiner besonderen christlichen Gemeinde an, da werden die Hochzeiten mit mehr als hundert Gästen gefeiert. Stell dir vor, sie schicken mir weißen Atlas, und die Wemhöner näht mir das Hochzeitskleid ... Ist das nicht toll?«

Jetzt ist Hilde doch etwas neidisch. Ein Hochzeitskleid ist eben etwas ganz Besonderes, weil man es nur einmal im Leben trägt. Der schönste Tag im Leben einer Frau, heißt es. Der Tag, an dem sie Königin ist und von allen anderen Frauen bewundert wird. Ach ja – wenn Jean-Jacques nicht solch ein elender Lump und Feigling wäre, könnte sie jetzt auch im weißen Kleid zum Standesamt gehen. Allerdings wäre es eher eine Spar-Hochzeit, weil hier in Deutschland alles so knapp ist. Eine ganze Hochzeitsgesellschaft zu verköstigen – wer kann sich das leisten?

»Weißt du, Sammy und ich haben gedacht, wir könnten nach der Trauung im Café Engel ein wenig feiern«, schwatzt Gisela in ihre Gedanken hinein. »Keine große Gesellschaft. Nur ein paar Freunde von Sammy und drei oder vier Mädels, die ich gut kenne.«

Das fehlt gerade noch, ist Hildes erster Gedanke. Das glückliche Brautpaar feiert hier im Café Engel, direkt vor meiner Nase. Nee – nicht mit mir. Aber dann wird ihr klar, dass Sammy gut bezahlen und auch die Lebensmittel beschaffen wird. Geschäft ist Geschäft, und Hilde ist ihr Leben lang gewohnt, an das Fortkommen des Cafés zu denken.

»Ich rede mit Papa darüber«, sagt sie vorsichtig. »Aber ich denke mal, der Sache steht nichts im Wege.«

Gisela hat schon gemerkt, dass hier ein anderer Wind weht, seit Hildes Vater zurückgekommen ist. Sie stellt Bohnenkaffee in Aussicht, Weißbrot und Dosen mit Lachs, Ragout fin und anderen Leckereien. Ein paar Häppchen, auch Elses berühmte Sahneröllchen mit Schokoüberzug und natürlich etwas »Anständiges« zu trinken. Sekt und ein paar härtere Sachen, Sammys Freunde sind das so gewöhnt.

Hilde läuft bei der Aufzählung der Lebensmittel das Wasser im Mund zusammen. Lachs. Ragout fin. Weißbrot. Sahne. Das hört sich an wie im Paradies.

»Das wäre also geritzt«, freut sich Gisela. »Und was ist mit dir, Hilde? Wieso bist du immer noch allein?«

Hilde zuckt mit den Schultern und tut gleichgültig. Aber natürlich durchschaut die Freundin sie.

»Was ist mit Lieutenant Peters? Der hat dir doch gefallen, oder? Und wenn ich mich nicht irre, war es umgekehrt genauso.«

»Keine Ahnung … Hab ihn schon ewig nicht mehr gesehen.«

Dass da nichts gewesen ist, als er sie damals von der Bar nach Hause begleitet hat, wollte Gisela gar nicht glauben. »Der ist entweder schwul, oder er hat richtig ernste Absichten«, war ihr Kommentar.

»Vielleicht braucht er ja einen kleinen Stups«, überlegt Gisela jetzt. »Ich krieg das raus, Hilde. Kann schon gar nicht mehr mit ansehen, wie du so einsam vor dich hin kümmerst. Pass mal auf, ich mach dem scheuen Josh ein bisschen Feuer unter dem Hintern.«

»Übertreib es aber nicht«, warnt Hilde, der Giselas Eifer etwas unheimlich ist. »Ich komme auch sehr gut ohne ihn zurecht.«

»Papperlapapp … Man muss die Feste feiern, wie sie fallen. Wenn er erst nach Weitfortistan versetzt wird, ist es zu spät!«

Sie steht auf, umarmt Hilde schwesterlich und legt nobel eine ganze Packung Zigaretten auf den Tisch als Bezahlung für den Kaffee. Draußen hat es angefangen zu regnen, der Hans Reblinger kommt mit seiner Kaffeetasse durch die Drehtür ins Café, und Gisela leiht sich eines der Schirmmonster, die immer im Café im Schirmständer stehen, weil jemand sie vergessen hat. Hilde eilt mit ihr nach draußen, um die Tischdecken und Sonnenschirme vor dem Regen zu retten.

Die Eltern kommen erst am Nachmittag zurück und sind für Hildes neue Nachricht zunächst nicht ansprechbar. In der Klinik haben sie stundenlang warten müssen, dann gab es Probleme mit dem künstlichen Bein, weil es falsch ausgemessen und zwei Zentimeter zu lang war. Nach langwierigen Anproben, Schleifarbeiten an der Prothese und weiterem Anpassen konnte Papa endlich ein paar Schritte gehen, allerdings nicht ohne Schmerzen.

»Sie müssen sich daran gewöhnen, Herr Koch«, hat der Arzt gesagt. »Das geht allen so. Phantomschmerzen. Geht irgendwann vorbei.«

Aber Papa hat keine Phantomschmerzen, sondern richtige Schmerzen, weil ihn die Prothese drückt und an der Narbe scheuert. Mama schaut ziemlich entnervt aus, das stundenlange Warten und das Wehklagen ihres Eheliebsten haben sie mitgenommen. Hilde kann das gut verstehen. Papa ist ein fröhlicher und geselliger Mensch. Wenn er gesund ist, strahlt er gute Laune aus, wenn seine Künstlerfreunde um ihn herumsitzen, ist er Ideengeber, Seelentröster und Mäzen. Aber wenn er auch nur einen Schnupfen hat oder der Rücken ihm wehtut, dann ist er wehleidig, und Mama muss Krankenschwester spielen. Jetzt, wo es ihm wirklich schlecht geht, jammert er nur noch.

»Und dabei gibt es viel schlimmere Fälle«, sagt Mama zu Hilde, nachdem sie Papa gemeinsam nach oben in sein Bett verfrachtet haben. »Arme junge Burschen, denen beide Arme fehlen. Die Gesichter zerschossen. Oder blind … Ach, was dieser verdammte Krieg für ein Elend über uns alle gebracht hat. Drüben auf der Wilhelmstraße sitzen sie und betteln …«

Sie denken beide das Gleiche, aber keine spricht es aus. Es gibt immer noch keine Nachricht von Hildes Brüdern. Wer weiß, wie es August und Willi ergangen ist.

»Und trotzdem«, sagt Mama leise. »Wenn sie nur zurückkommen …«

Hilde wartet ein wenig, bevor sie mit Giselas Anliegen rausrückt. Es ist wenig zu tun im Café, weil der Regen die Gäste vertreibt, außerdem hat Mama nichts backen können, weil es an Zucker und weißem Mehl fehlt, Eipulver ist auch nicht mehr da. Hilde sagt nichts dazu, sollen die Eltern doch selber draufkommen, dass das Café ohne Schwarzmarkt nicht geführt werden kann.

Später kommt Addi zu ihnen herunter, trinkt einen Tee und schaut verdrießlich drein. Seitdem er aus der Klinik zurück ist, gibt es ständig Reibereien zwischen ihm und Julia Wemhöner. Es ist schade, weil sie alle gedacht haben, dass die beiden nun endlich ein Paar würden. Stattdessen streiten sie ständig, Julia sitzt meistens in ihrer Wohnung und näht, während Addi mit trostloser Miene herumläuft. Hilde hat schon gemerkt, dass man ihm am besten irgendeine Arbeit anvertraut. Einen Fensterrahmen richten. Oder die Gardinenstange befestigen. Den Klapptisch, an dem sich Mama immer die Finger klemmt, in Ordnung bringen. Auf Papa braucht man da nicht zu hoffen, der hat zwei linke Hände.

Hilde wartet geduldig, bis Papa ausgeschlafen hat, dann helfen sie ihm die Treppe hinunter, und er setzt sich unten im Café auf seinen Stammplatz am Fenster. Hilde serviert gekonnt eine Tasse Bohnenkaffee und verkneift sich vorerst die Bemerkung, dass es heute mit dem Sandkuchen leider nichts ist.

Der duftende, heiße Kaffee hellt Papas Leidensmine deutlich auf. »Schade, dass es regnet«, bemerkt er. »Eigentlich wollte der Alois mit der Ida kommen und zwei Sänger mitbringen. Wir wollten schon einmal ein paar Arien proben … Für das Konzert im November in der Marktkirche …«

Hilde setzt sich zu ihm und erklärt, dass sie sich sehr auf das Konzert freut. Was gar nicht stimmt, denn sie mag keine Kirchenarien, und Orgelmusik schon gar nicht. Aber das behält sie für sich.

»Gisela war vorhin da, Papa. Stell dir vor: Sie heiratet ihren amerikanischen Verlobten.«

Papa zieht die Augenbrauen hoch und will wissen, ob es sich dabei um diesen dürren rothaarigen Menschen mit den Segelohren handelt.

»Sammy ist ein lieber Kerl, Papa. Seine Eltern haben ein Restaurant in Los Angeles. Gleich bei Hollywood, wo die großen Filmstars leben …«

Leider stört gerade jetzt ein ziehender Schmerz im Bein Papas Stimmung, er verzerrt das Gesicht und verändert die Sitzposition, was jedoch offensichtlich wenig hilft.

»Sie war doch mit Joachim Brand verlobt, oder?«, will er jetzt wissen.

»Schon … Aber ich glaube, das war eher platonisch …«

Eine dreiste Lüge, denn Hilde weiß von Giselas Erfahrungen im Bett. Platonisch war es zwischen Gisela und Joachim auf keinen Fall. Eher lau. Nicht die große Liebe, sondern nur, weil es sich so ergeben hat …

»Es ist nicht anständig von ihr, jetzt schon einen anderen zu heiraten«, findet Papa und reibt sich das Knie. »Was ist, wenn Joachim zurückkommt?«

»Ach, der wird schon eine andere finden, Papa. Es gibt viele Mädchen, die auf einen wie Joachim warten …«

Papa sagt nichts dazu, er schaut durchs Fenster hinaus auf die grau verregnete Straße. Drüben beim Theater steht eine Gruppe Besatzungssoldaten, wahrscheinlich durchkämmen sie jetzt das Gebäude, weil sich da immer wieder Leute einnisten, die dort nichts zu suchen haben.

»Gisela würde gern nach der Trauung im Standesamt bei uns einen kleinen Imbiss nehmen. So ganz zwanglos. Mit ein paar Freunden und Freundinnen …«

Papa schaut sie gar nicht an. »Hier im Café Engel?«, fragt er.

»Ja. Natürlich liefern sie die Lebensmittel. Weißbrot und Lachs und auch alles, was Mama für die Sahneröllchen braucht …«

»Daraus wird nichts«, sagt Papa und schüttelt energisch den Kopf. »Was sollen denn unsere Freunde denken, wenn wir hier eine Amifeier ausrichten. Schlimm genug, dass sie sonntags hierher zum Tanzen kommen. Wahrscheinlich wollen sie auch Whiskey und Gin und all das Zeug trinken, das wir gar nicht ausschenken dürfen. Nee, nee. Eins, zwei, drei, und wir haben die Konzession verloren …«

Das ist ja wohl gründlich danebengegangen. Hilde steht auf und geht in die Küche, sie weiß genau, dass man Papa jetzt nur schwer umstimmen kann.

Mama steht am Herd und kocht die Abendsuppe: Graupen, Gemüse und Brühwürfel. Die Dosen, die die Künzel gebracht hat, müssen für die ganze Woche reichen, die lässt sie noch zu.

»Stimmt das auch?«, will sie von Hilde wissen. »Weißbrot und Lachs und so? Und Sahne?«

»Und Ragout fin. Hat Gisela mir versprochen …«

»Dann red ich noch mal mit ihm …«

»Na, viel Glück!«

Hilde geht hoch in die Wohnung und knallt die Tür hinter sich zu. Es reicht ihr für heute. Gisela als glückliche Braut. Papas Gejammer und seine Sturheit. Das verdammte Regenwetter, und dann auch noch Giselas blöde Bemerkungen. Von wegen »verkümmern«.

Aber Gisela hat ganz recht, sie macht sich krumm für das Café, und keiner dankt es ihr. Jetzt ist Schluss damit, sie will auch leben. Ein wenig Spaß haben. Flirten. Mit einem Mann spazieren gehen. Schließlich kann sie damit nicht warten, bis sie alt und schrumpelig ist.

Der nächste einigermaßen gut aussehende Mann gehört mir, denkt sie. Einfach nur so. Um zu wissen, ob ich überhaupt noch lebe.

JULIA

Wiesbaden, Juli/August 1945

Es ist nicht so einfach mit der Marianne. Nicht, dass sie schlecht nähen würde, nein, sie gibt sich redliche Mühe, und ihre Säume sind akzeptabel. Nicht wirklich exakt, in der Schneiderlehre hätte man Julia so etwas um die Ohren gehauen, aber das Wichtigste ist schließlich der Zweck, den das Kleidungsstück erfüllen soll. Julia hat umdenken müssen. Galt es am Theater, Bühnenkostüme zu schneidern, die den Künstlern zur Verwandlung in ihre Rollenfiguren dienten, so muss sie jetzt geschickt Flicken einsetzen, Stoffe wenden, aus Vaters guter Jacke einen ganzen Anzug mit Weste für den zehnjährigen Sohn schneidern. Alle sind mehr als zufrieden mit ihrer Arbeit, und sie kann sich vor Aufträgen kaum retten. Aber das liegt auch daran, dass sie es nicht übers Herz bringt, feste Preise zu verlangen. Sie nimmt das, was man ihr bietet, oft sind es nur ein paar Reichsmark, die kaum noch etwas wert sind, aber wohlhabende Kundinnen bringen auch unaufgefordert Kaffee, Zigaretten oder Lebensmittel mit.

»Ich sag es Ihnen zum hundertsten Mal, liebes Fräulein Wemhöner: Sie sind viel zu billig. Ein ganzes Sommerkleid mit Hütchen und passendem Gürtel für gerade mal drei Reichsmark und ein Tütchen Milchpulver. So kommen Sie nie auf einen grünen Zweig. Mein Schwager in Hamburg, der hat eine Schwester, deren Freundin kann auch so gut nähen, aber die nimmt …«

Das ist es. Dieses immerwährende, pausenlose, grottenlangweilige Geschwätz. Marianne Storbeck kann nicht nähen, ohne zu reden, und wenn die Schleusen ihrer Beredsamkeit einmal geöffnet sind, dann quillt ein ganzer Ozean an Nichtigkeiten aus ihr heraus. Ihre weitverzweigte Verwandtschaft, der immer neue Verästelungen entspringen. Ihre Frauenleiden. Die Nachbarschaft drüben in der Webergasse. Der grauenhafte Moment, als sie im Keller saßen und begriffen, dass die Gebäude über ihnen einen Volltreffer abbekommen hatten.

»Sie können sich gar nicht vorstellen, wie einem da zumute ist, Fräulein Wemhöner. Wenn man glaubt, sein letztes Stündlein habe geschlagen …«

Julia kommentiert solche Sätze niemals. Sie wundert sich nur, dass Marianne ständig nur von den eigenen Leiden redet und offensichtlich vergessen hat, dass auch andere Menschen in diesem Krieg Elend, Angst und Not erlebt haben. Man muss ja nur aus dem Fenster schauen, um die Kriegskrüppel zu sehen, die auf der Wilhelmstraße hocken und betteln. An die deportierten Juden will Julia besser gar nicht denken, da fühlt sie sich schuldig, weil sie das unfassbare Glück gehabt hat, dem grausigen Schicksal zu entgehen. Vor allem, weil sie gute Freunde hat. Ohne die wäre sie verloren gewesen.

Besonders lästig war Mariannes Geschwätz, als Addi noch in der Klinik lag und mit der Lungenentzündung kämpfte. Dreimal in der Woche war nachmittags Besuchszeit, dann ging sie zu Addi, brachte ihm Leckereien, die sie auf dem Schwarzmarkt erhandelt hatte, und war immer schwer enttäuscht, wenn er behauptete, keinen Appetit zu haben. Er aß nur unter der Bedingung, dass sie auch etwas zu sich nahm, ist eben ein Sturkopf, der Addi. Wenn sie dann über ihren Näharbeiten saß, dachte sie an ihn, an ihre neue, so unerwartet zärtliche Bindung, die sich mehr und mehr zu einer Liebe auswuchs. Nichts war bei solchen Gedanken störender als Mariannes lästiger, inhaltsloser Redefluss.

Ende Juli hat sie zwei Tage aufatmen können, weil Marianne Storbeck nach Darmstadt gefahren ist, um ihren Mann im Lager zu besuchen. Da ging es Addi zum ersten Mal besser, er durfte aus dem Bett aufstehen und herumgehen, bei schönem Wetter auch ein wenig im Park spazieren, wobei Julia natürlich an seiner Seite war. Dünn war er geworden, und er lief auch anders als früher. Ganz langsam und steifbeinig, immer wieder blieb er stehen und schaute sich um.

»Wie schön das ist«, sagte er. »Der weite Himmel. Das satte Grün der Bäume. Und du bist bei mir …«

Er redete immer davon, dass er ein zweites Leben geschenkt bekommen hat. Da war sie ganz gerührt und sagte, es ginge ihr genauso.

»Wenn du erst wieder daheim bist, Addi …«

»Nur noch ein paar Tage, hat der Doktor gesagt … Weil meine Lunge immer noch Geräusche macht … Da pfeift's noch wie im Ofenrohr …«

Als Marianne dann wieder bei ihr sitzt, Säume näht und ihren Kaffee trinkt, muss Julia für die beiden ruhigen Tage büßen, denn Marianne ist entsetzlich aufgewühlt.

»Sie können sich gar nicht vorstellen, was da für Verhältnisse herrschen. Dreck ohne Ende. Ungeziefer. Ein Gestank wie in der Senkgrube. Ich musste mit den Tränen kämpfen, als ich meinen Wilfried in diesem Zustand sah …«

Julia will die nun folgenden detaillierten Beschreibungen gar nicht hören, aber Marianne ist jetzt in Fahrt und erspart ihr nichts. Dabei war sie nicht einmal in der Baracke, in der ihr Mann untergebracht ist, sondern nur in einem Gebäude, in dem Besucher empfangen werden dürfen. Aber Wilfried hat seine Leiden ausführlich geschildert, und dann schaute er so grauenhaft abgezehrt und so erbarmungswürdig zerlumpt aus.

»Ein Mensch, der sich aufgegeben hat«, seufzt Frau Storbeck, während sie einen neuen Faden in die Nadel einfädelt. »Sie hätten seine Augen sehen müssen, Fräulein Wemhöner. So matt und so hoffnungslos. Als sähe er sich selbst schon auf dem Totenbett liegen …«

Julia kann sich nicht genau an Wilfried Storbecks Augen erinnern. Sie weiß aber, dass er früher in der Stadtkämmerei gesessen hat und dass er diesen Posten gleich nach dem Einmarsch der Amerikaner verloren hat.

»Ach, Fräulein Wemhöner – Sie sind doch ein fühlender Mensch«, schwatzt Marianne und näht weiter den Saum von Ida Lehnhardts Herbstkostüm, das die Knauss ihr überlassen hat. »Sie wissen doch, wie mir zumute ist, nicht wahr? Ich hab doch nur den Wilfried, er ist mein Ein und Alles auf dieser Welt …«

Von der weitverzweigten Verwandtschaft ist auf einmal nicht mehr die Rede. Jetzt erzählt sie von ihrer Brautzeit, von Wilfrieds Heiratsantrag und von der Hochzeitsreise nach Rüdesheim am Rhein. Wilfried Storbeck als schüchterner Jüngling und liebevoller junger Ehemann – kaum zu glauben, was Julia da zu hören bekommt.

»Er hat mir da einen Zettel mitgegeben, Fräulein Wemhöner. Wenn sie das abschreiben und Ihre Unterschrift druntersetzen würden … Sind nur ein paar Worte … Mein Gott, dann wäre er gerettet. Dann müsste er nicht in diesem schrecklichen Lager verkommen …«

Sie zieht ein gefaltetes Papier aus der Rocktasche, dem man ansieht, dass es schon eine ganze Weile an diesem Ort zugebracht hat. Julia nimmt es ihr aus der Hand und legt es beiseite, sie will es sich später in Ruhe anschauen.

Den Rest des Abends erfährt Julia in endlosen Variationen, dass Wilfried Storbeck ein Idealist sei, der ehrlich und aufrichtig an den Nationalsozialismus geglaubt habe. Seine besten Jahre habe er für diese Sache hingegeben, und nun stünde er als Betrogener da und würde sogar zum Verbrecher abgestempelt. So ungerecht sei die Welt, das dürfe doch nicht sein …

Julia ist heilfroh, als Marianne gegen zehn Uhr endlich hinuntergeht, nicht ohne sie noch einmal darauf hinzuweisen, dass ihr Schicksal und vor allem das des armen Wilfried ganz und gar in Julias Händen läge.

Als sie weg ist, schaut sich Julia den Zettel an und liest folgende Sätze:

Hiermit bestätige ich, Julia Wemhöner, Jüdin, dass Wilfried Storbeck von meinem Versteck im Hause Wilhelmstraße 75 während der Herrschaft der Nationalsozialisten Kenntnis hatte, mich aber zu keiner Zeit verraten hat.

Julia Wemhöner, ehemalige Theaterschneiderin
am Wiesbadener Staatstheater

Julia Wemhöner ist ein verträumtes Wesen – aber blöd ist sie nicht. Sie begreift, dass sie den Denunzianten und eifrigen Parteigenossen Wilfried Storbeck mit einer Lüge aus dem Internierungslager heraushelfen soll, und das passt ihr überhaupt nicht. Sie kann Storbeck nicht ausstehen, und wenn auch nur die Hälfte von dem stimmt, was Addi über ihn erzählt, dann hat er sich eine längere Lagerhaft redlich verdient.

Auf der anderen Seite: Wer ist sie, dass sie einem Menschen eine Strafe für seine Untaten zumessen will? Julia ist nicht fromm, weder der christliche Glaube, zu dem ihre Eltern übergetreten waren, noch die jüdische Religion haben sie je beeindruckt. Aber sie ist der Meinung, dass man das Böse nicht aus der Welt schafft, in dem man es mit Bösem vergilt. Wer das tut, der stellt sich mit dem Übeltäter auf die gleiche Stufe. Keine Lager mehr, denkt sie. Weder für die einen, noch für die anderen. Es muss endlich Schluss damit sein.

Und dann ist ja die Marianne mit betroffen. Julia hegt keine besondere Sympathie für diese Frau, aber Marianne Storbeck hat ihr nie etwas zuleide getan, und ihre Verzweiflung rührt sie.

Sie nimmt sich das Blatt noch einmal vor, glättet es, liest es durch, legt es wieder weg. Dann fällt ihr ein, dass sie morgen gemeinsam mit Else Addis Wohnung in Ordnung bringen will, weil er doch bald heimkommt. Ein helles Glücksgefühl steigt in ihr auf.

Was vergebe ich mir, denkt sie. Vielleicht hat er es ja wirklich gewusst, wer kann das sagen. Ich bin keine, die Rache übt. Das kann ich nicht, und das will ich auch nicht. Sie sucht ihren Briefblock, schraubt den Füllhalter auf, den ihr seinerzeit noch der Vater gekauft hat, und fängt an zu schreiben. Setzt das heutige Datum davor und unterschreibt mit schwungvoller Hand. So. Das wird sie der Marianne morgen übergeben und sie bitten, nicht darüber zu sprechen. Das vor allem. Es wäre ihr peinlich, wenn die anderen Hausbewohner davon erfahren würden. In der Nacht schläft sie ruhig und zufrieden, sie hat trotz der Lüge ein reines Gewissen, denn sie hat einem Menschen aus der Not geholfen.

Eine Woche später steht Addi plötzlich vor ihrer Wohnungstür. Er grinst, weil sie ihn so erschrocken anschaut, denn sie hat vorgehabt, ihn abzuholen. Ihm zur Seite zu stehen, seine Tasche zu tragen, damit er sich nicht überanstrengt.

»Mir geht's prima«, behauptet er und hustet. »Bin mit der Straßenbahn gekommen, die fährt schon wieder.«

»Aber … aber ich wollte doch was für dich kochen … Und gelüftet hab ich drüben auch noch nicht …«

»Alles unwichtig. Jetzt lass dich erstmal richtig begrüßen, Mädel!«

Er nimmt sie in die Arme und drückt sie an sich, dabei schaut er über ihre Schulter hinweg in ihr Wohnzimmer hinein und entdeckt Marianne, die ihn verlegen anlächelt.

»Ach, du hast Besuch«, stellt er missvergnügt fest. »Morgen, Frau Storbeck. Wohnen Sie etwa immer noch hier im Haus?«

»Aber Addi …«, flüstert Julia.

Marianne wird noch verlegener und lässt die Schere auf den Boden fallen. »Guten Morgen, Herr Dobscher …«

»Sie hilft mir bei der Arbeit«, erklärt Julia. »Ohne Marianne könnte ich das alles gar nicht schaffen …«

»Na ja!«, sagt Addi laut. »Dann will ich nicht stören. Wenn du nachher Zeit hast, komm zu mir rüber. Ich wollte dir etwas erzählen.«

»Ja natürlich. Ich komme gleich.«

Als sie hinter ihm die Wohnungstür schließt, ist sie enttäuscht. Sie hat sich seine Rückkehr so viel schöner vorgestellt. Sie wollte den Tisch für ihn decken, Blumen in die Vase stellen, etwas Gutes kochen oder wenigstens unten bei der Else Sandkuchen holen. Er soll doch wissen, dass sie hausfrauliche Talente hat. Wenn auch verschüttet, aber sie will sich bemühen. Um seinetwillen.

»Da ist Ihnen der Herr Dobscher hoffentlich nicht böse«, meint Marianne. »Ich weiß ja, dass er etwas gegen meinen Wilfried hat …«

»Machen Sie sich keine Gedanken«, sagt Julia zerstreut. »Das wird sich schon geben. Zeigen Sie mal den Saum … Ja, gut … Da haben Sie durchgestochen, sehen Sie? Das müssen Sie leider noch mal auftrennen und neu nähen …«

Sie packt ein paar Sachen in eine Tasche, die sie für Addis Rückkehr aufgehoben hat, Seife, Kaffee, Schokolade und neue Rasierklingen, dann lässt sie Marianne allein weiterarbeiten und geht hinüber zu Addi.

Der hat inzwischen den Tisch festlich gedeckt, sogar ein paar unterwegs geklaute Blumen in ein Wasserglas gestellt, und es duftet nach Kaffee. Kekse gibt es auch – die hat er sich in der Klinik vom Munde abgespart.

»Setz dich, Julia. Bin gleich bei dir, hole nur die Kaffeekanne.«

Sie fühlt sich etwas überfahren, aber sie will auf keinen Fall, dass er schon wieder ärgerlich wird, daher setzt sie sich brav auf den für sie bestimmten Stuhl und lässt sich von ihm bedienen.

»Darauf hab ich mich gefreut wie ein Schneekönig«, sagt er. »Dass wir zwei beide hier bei Kaffee und Keksen sitzen. Und keines dieser tyrannischen Weiber kreischt dazwischen. Ich sag dir was, Julia: Krankenschwestern sind die geborenen Feldwebel.«

Sie lacht und bestätigt, dass er recht hat. Dann packt sie ihre Tasche aus und erwartet, dass er sich über ihre Geschenke freut. Aber er bedankt sich nur rasch und etwas lau, dann stellt er alles auf die Kommode und schiebt ihr den Teller mit den Keksen zu.

»Musst doch nicht so viel für mich einkaufen, Julia. Und dann noch Zigaretten …«

»Nicht zum Rauchen, Addi. Zum Tauschen!«

»Kauf lieber etwas für dich.«

Nun ist sie schon wieder enttäuscht. Sie will ihm zeigen, wie sehr sie ihn mag, ihn so richtig verwöhnen und beschenken – aber er weist sie zurück.

»Weißt du, ich verdiene sehr gut mit der Näherei. Nicht nur Geld, sondern vor allem Lebensmittel und andere Dinge, wie Seife oder Parfüm. Natürlich bringe ich vieles nach unten, denn die Else kocht doch für uns alle. Und dann verdanke ich ihnen doch mein Leben …«

Addi trommelt mit den Fingern der rechten Hand auf dem Tisch herum und bemerkt, dass er sich über ihr gutes Einkommen sehr freue. »Aber trotzdem solltest du dich nicht übernehmen, Julia. Den lieben langen Tag nur Kleider nähen – das kann schon für die Augen nicht gesund sein. Aber jetzt bin ich ja wieder da, da kannst du immer mal ausspannen, weil ich ja für dich sorge …«

Julia weiß, dass Addi eine Rente erhält, aber damit kommt er momentan nicht weit, weil das Geld wenig wert ist. Wenn Else nicht für alle kochen würde, hätte er sogar allein Schwierigkeiten, über die Runden zu kommen. Aber Julia begreift, dass sie ihm das besser nicht unter die Nase reibt.

»Und vor allem brauchst du dann die Storbeck'sche nicht

mehr«, fährt er fort. »Dass diese Hexe sich bei dir eingeschlichen hat, das gefällt mir gar nicht. Die soll woanders schnorren gehen. Sag ihr am besten gleich morgen, dass du sie nicht mehr brauchst.«

Jetzt findet Julia, dass der liebe Addi zu weit geht. »Das kann ich nicht, Addi. Ich habe Aufträge angenommen und muss sie erfüllen, und dazu brauche ich Mariannes Hilfe. Weil sie die zeitraubenden und lästigen Arbeiten übernimmt …«

Er schnaubt unzufrieden und meint, dass sie doch früher am Theater auch ohne die Marianne zurechtgekommen sei.

»Da waren wir zu dritt, und es gab Praktikantinnen, Addi. Und dann braucht die Marianne auch das Einkommen …«

»Ach, du bezahlst sie auch noch? Wo sie schon deinen Kaffee trinkt.«

»Natürlich bezahle ich sie. Sie ist meine Angestellte, warum sollte sie umsonst arbeiten?«

Das ist alles sehr neu für ihn. Jahrelang war Julia sein Schützling, ein Schatten in der Abstellkammer, von Addi behütet und beschirmt. Jetzt auf einmal ist sie eine selbstständige Unternehmerin und bezahlt sogar eine Angestellte. Julia wird klar, dass Addi diese Verwandlung nicht gefällt. Er trinkt schweigend seinen Kaffee und schiebt den Keksteller hin und her. Julia entschließt sich anstandshalber, einen Krankenhauskeks zu essen. Nur damit er nicht böse auf sie ist.

»Na, wenn das so ist«, grummelt er nach einer Weile. »Dann bin ich ja eigentlich überflüssig, wie?«

»Wie kommst du denn auf so etwas?«

»Na, weil du ohne mich ganz gut zurechtkommst …«

Jetzt müsste sie ihm eigentlich sagen, dass sie ihn liebt. Dass sie ihn braucht, dass sie ohne ihn nicht leben will und ganz schreckliche Angst um ihn gehabt hat. Aber irgendwie kommen die Worte nicht über ihre Lippen. Vielleicht, weil er sie so herausfordernd anschaut.

»Deshalb bist du doch nicht überflüssig, Addi«, sagt sie und merkt gleich, dass es gereizt klingt. Besser, ich gehe jetzt, denkt sie. Sonst fangen wir noch an zu streiten.

»Ich muss nach drüben … Der Mantel für Frau Klüsebeck …«

Er kann seine Enttäuschung nicht ganz verbergen, meint aber, das passe ihm ganz gut. »Ich geh dann mal runter. Hab den Heinz noch gar nicht gesehen, seit er zurück ist.«

So ist das mit der Liebe, denkt Julia bekümmert, als sie wieder an der Nähmaschine sitzt und Mariannes Redefluss sich über sie ergießt. Wie schade. Das Zimmer kommt ihr auf einmal dunkel vor, sie muss die Lampe einschalten.

An den folgenden Tagen gehen sie sich aus dem Weg. Addi sitzt bei Heinz Koch unten im Café, und sie reden über Kirchenkonzerte und über das Theater, das wieder aufgebaut und bespielt werden muss. Julia verbringt die meiste Zeit in ihrer Wohnung an der Nähmaschine, sie empfängt Kundinnen, hat Anproben, bekommt neue Aufträge. Darunter einen ganz besonderen, auf den sie sehr stolz ist. Sie soll für Hildes Freundin Gisela Warnecke ein Hochzeitskleid aus weißem Atlasstoff nähen. Sie hat schon mehrere Entwürfe gezeichnet, nur über die Länge der Schleppe sind sie sich noch nicht einig.

Wenn Julia zum Abendessen hinunter ins Café geht, macht sie sich nützlich, stellt die Gläser auf den Tisch oder teilt die Löffel aus. Addi sitzt dann mit kummervoller Miene neben Heinz Koch, der ebenfalls nicht fröhlich ist, weil es mit seiner Prothese nicht so recht klappen will. Meist reden die Hilde und die Sofia Künzel, auch die Else hat immer etwas zu erzählen, und der Bunte sitzt unter dem Tisch, um nur ja nichts zu verpassen. Julia hilft dann meist noch beim Abwasch, damit Hilde auch mal ausspannen kann, weil die doch den ganzen Nachmittag im Café bedient. Wenn sie fertig ist und nach oben geht, sitzt Addi oft noch mit Heinz und Else zusammen, aber heute treffen sie ausnahmsweise im Treppenflur aufeinander.

»Viel zu tun, wie?«, fragt Addi.

»Ja, die Leute brauchen warme Sachen für den Win…«

Auf einmal wird es oben im Treppenhaus laut. Jemand bollert mit der Faust gegen das hölzerne Treppengeländer, dass es bis unten zu spüren ist. Beide bleiben erschrocken stehen und schauen nach oben.

»Ich sag das nur einmal, Hilde. Merk es dir gut: Finger weg von meinen Jungs! Sonst ist es aus mit der Freundschaft!«

Das ist die Künzel. Du liebe Güte, ist die aber wütend! Hilde, die sonst so schlagfertig ist, klingt jetzt ganz kleinlaut.

»Ich weiß gar nicht, was Sie wollen … Kann ich was dafür, wenn der mich zum Kaffee einlädt?«

»Ja, das kannst du!«, kontert die Künzel mit der ganzen Kraft ihres dramatischen Soprans. »Dich ins Treppenhaus stellen, Busen raus und Röckchen hoch, um das Strumpfband zu richten … Die Tricks kenn ich alle, Mädel.«

»Was Sie sich einbilden!«, regt sich Hilde auf. »Glauben Sie vielleicht, der Hänfling interessiert mich? Den können sie gern behalten!«

Die Wohnungstür bei Kochs knallt zu, dann hört man die kräftigen Tritte der Künzel, die hinauf in ihre Wohnung steigt. Julia ist über die laute Auseinandersetzung fürchterlich erschrocken, dann aber hört sie Addi lachen.

»Bühnenreif«, kichert er. »Da werden Weiber zu Hydranten. Äh, Hyänen. Die Sofie Künzel ist keine, die sich die Butter vom Brot nehmen lässt. Ha, ha …«

Weil er die Sache heiter nimmt, entspannt sich auch Julia. Sie lächelt schwach. Einen Moment lang schauen sie sich in die Augen, und auf einmal spürt Julia, dass es keineswegs zu Ende ist. Vielmehr könnte es sein, dass sie wieder am Anfang stehen. Am Beginn ihrer Liebe.

»Ich glaube, ich könnte frische Luft gebrauchen …«, sagt sie leise.

»Ich auch«, meint er. »Gehen wir zusammen?«

Es ist schon nach acht, draußen ist es dunkel, ein kühler Abendwind treibt ihnen das erste dürre Laub entgegen. Nicht alle Straßenlaternen in der Wilhelmstraße sind in Betrieb, die Gebäude liegen im Schatten, und mit etwas Phantasie kann man sich vorstellen, dass alles noch so ist wie früher. Der Kurpark, der dreistufige Brunnen, das weiße Kurhaus mit der eingemeißelten Inschrift »Aquis Mattiacis« und die Säulenreihen der Kolonaden. Die Dämmerung lässt das Staatstheater als Schattenriss hervortreten und verbirgt mildtätig die Bombenschäden.

Sie gehen nebeneinanderher und reden ganz unbefangen von früher, als sie noch Kostüme für ihn nähte und er – das gibt er jetzt zu – sie heimlich angehimmelt hat.

»Das war schon komisch, so in Unterwäsche vor dir zu stehen, und du hast das Maßband um mich herumgewickelt …«

Sie kichert, weil sie damals auch ein wenig verliebt war. In den Don Giovanni. Später auch in den Hans Sachs. Aber in den waren sie alle verliebt, die jungen und die älteren Zuhörerinnen. Blumen haben sie auf die Bühne geworfen und Geschenke in die Garderobe gebracht.

»Warum hast du denn nie etwas gesagt?«, will sie wissen.

Er zögert, zieht sie von der Straßenlaterne weg unter die Platanen, weil sich drüben eine Gruppe Soldaten nähert. Schweigend warten sie, bis die Patrouille vorbeimarschiert ist, und plötzlich bemerkt Julia, dass Addi sie an der Hand hält.

»Ich hab mich nicht getraut«, gesteht er. »Weil ich mir schon damals viel zu alt für dich vorkam. Du hast immer wie ein kleines Mädel ausgesehen. Und das ist bis heute so …«

Sie will erwidern, dass sie schon lange kein kleines Mädel mehr ist, aber sie kommt nicht dazu, weil er sie in die Arme nimmt und auf den Mund küsst. Addi Dobscher hat es gewagt, sie zu küssen. Und, o Wunder, während sie seine Lippen und seine Zunge spürt, wird er in ihrer Phantasie zu dem großen

Verführer. Nicht Addi küsst sie, sondern der verruchte Frauenheld Don Giovanni. Ein Kuss, der die Leidenschaft aufwühlt und brachliegende Sehnsüchte weckt.

»Entschuldige bitte …. Ich wollte dich nicht überfallen …«, murmelt er ihr ins Ohr.

»Ich liebe Überfälle …«, flüstert sie. »Bitte tu es noch einmal …«

In dieser Nacht schläft sie mit zwei Männern. Zuerst mit dem großen Verführer Don Giovanni und danach – am anderen Morgen – noch einmal mit Addi Dobscher. Warum auch nicht – sie hat schließlich einiges nachzuholen.

»Eine wilde Göre bist du«, flüstert ihr Addi ins Ohr. Don Giovanni hat es am Abend respektvoller formuliert.

»Madame hat ein feuriges Temperament, man kann ihr nur schwer widerstehen …«

Aber natürlich ist es Addi Dobscher, der ihr am Morgen einen Heiratsantrag macht. Es ist der erste ihres Lebens, und sie ist tief gerührt. »Noch vor Weihnachten? Aber ich habe kein Kleid!«

»Dann nähst du dir eben eins … Meinetwegen aus dem Betttuch. Und die Gardine gibt einen wunderschönen, langen Schleier …«

Sie verspricht lachend, ihm einen Anzug aus Kohlensäcken herzustellen, aber er lehnt ab, weil er seinen guten Smoking noch im Schrank hängen hat.

Gemeinsam bereiten sie das Frühstück zu: Addi kocht Kaffee, Julia deckt den Tisch und schneidet den Rest Brot auf. Dazu gibt es Butter und Orangenmarmelade aus Julias Beständen. So einfach ist das, denkt Julia. Wieso haben wir gestritten? Wieso gab es Missverständnisse? Alles unnötig. Wichtig ist nur, dass wir einander lieben. Die Liebe regelt alle Dinge.

Addi zieht sich an, um aufs Standesamt zu gehen, er will Nägel mit Köpfen machen. An der Tür klingelt es – das muss Marianne sein, die zur Arbeit kommt. Addi verzieht leicht den

Mund, er hat sich inzwischen aber mit Julias Schneidergehilfin abgefunden.

Doch vor Julias Wohnungstür steht nicht Marianne, sondern Wilfried Storbeck. Blass ist er, fast glatzköpfig, und die Wangen hängen faltig herunter. Er hält eine Schachtel mit einer blauen Schleife darauf in der Hand und blinzelt, weil ihm die Augen vor Rührung tränen.

»Von ganzem Herzen«, sagt er und drückt ihr die Schachtel vor den Bauch. »Ihr Schreiben hat mich gerettet. Nie werde ich vergessen, was Sie für mich getan haben, Fräulein Wemhöner. Niemals!«

Dann erst sieht er Addi, der hinter Julia im Flur auftaucht, und er verstummt. Geht ein paar Schritte rückwärts und läuft eilig die Treppe hinunter.

Addi starrt auf die Schachtel mit der blauen Schleife, dann sieht er Julia an. Sie kann genau erkennen, wie die bläuliche Ader an seiner Schläfe wächst.

»Das glaub ich nicht!«, entfährt es ihm.

»Aber … er brauchte doch Hilfe …«, stottert sie.

Er greift sich an den Kopf und dreht sich auf der Stelle. »Wie ein Mensch nur so strohdumm sein kann!«, ruft er laut.

Damit geht er hinüber in seine Wohnung und knallt die Tür hinter sich zu.

»Wie ein Mensch nur so hartherzig sein kann!«, ruft sie ihm zornig hinterher. Dann setzt sie sich auf ihren Nähsessel und schluchzt vor Enttäuschung in ihr Taschentuch.

LUISA

Kassel, September 1945

Sie glauben ihr nicht. Verhören sie immer und immer wieder, stellen die gleichen Fragen und warten darauf, dass sie sich in Widersprüche verwickelt. Was sie des Öfteren auch tut. Nicht weil sie lügt, sondern weil sie zu müde ist, nachlässig wird und Dinge miteinander verwechselt.

»Sie stammen also aus Marienburg. Nicht aus Stettin? Das letzte Mal sagten Sie Stettin …«

»In Stettin habe ich einige Jahre lang gewohnt. Geboren bin ich in Marienburg …«

»Wo ist das?«

»In der Nähe von Danzig …«

»Warum sagten Sie dann, Sie seien in Stettin geboren?«

»Das habe ich nie gesagt …«

»Es steht hier im Protokoll, Frau Koch.«

Sie ist so müde, dass der Raum vor ihren Augen verschwimmt. Auch die grauhaarige Frau mit dem schmalen Gesicht schwankt vor ihrem Blick, nur ihre Stimme, die monoton und etwas heiser ist, klingt in ihren Ohren. Fragen, immer wieder Fragen. Ihr Kopf ist dumpf, sie kann die Dinge kaum noch auseinanderhalten. Wenn sie doch endlich wieder zurück in die Zelle dürfte.

»Beschreiben Sie Ihr Elternhaus. Wohnten Sie zur Miete? Besaßen Sie ein eigenes Haus? Wo stand es? Wie hieß die Straße?«

Sie hat zuerst nicht begriffen, warum sie solche Dinge fragen, aber inzwischen ist ihr klar, dass man ihr nicht glaubt. Sie denken, dass ihre Papiere gefälscht oder gestohlen sind und dass sie in Wirklichkeit die Geliebte des Mannes ist, der sich Karl Brenner genannt hat. Dass sie ihnen viel über ihn erzählen kann. Wie es scheint, ist er also noch am Leben, sitzt irgendwo in einer Gefängniszelle und wartet auf seinen Prozess. Sie fragt nicht nach ihm, weil sie fürchtet, es könne ihr zum Nachteil ausgelegt werden.

»Ich bin auf einem Gutshof geboren. Gut Tiplitz bei Marienburg. Es liegt westlich der Nogat, ein großes Anwesen mit einer Pferdezucht.«

Ihre Antwort wird von einem jungen Mann in die Schreibmaschine getippt. Die grauhaarige Frau, die ihr gegenüber an dem Tisch sitzt, trägt eine Uniform, scheint jedoch nicht im Rang eines Offiziers zu sein, denn sie hat sich Luisa als Mrs. Marshall vorgestellt. Es ist die vierte Person, die sie verhört, vor ihr wurde Luisa von zwei jüngeren und einem älteren Offizier befragt, eigentlich müssten sie Berge von Verhörprotokollen gestapelt haben, aber die Akte, die stets auf dem Tisch aufgeschlagen liegt, wird weder dicker noch dünner.

»Gut Tiplitz bei Marienburg. Nun, wir können das nachprüfen, Frau Koch. Das Gut existiert sicher noch …«

Mrs. Marshall blättert in der Akte und macht mit dem Kugelschreiber eine Notiz. Dann schaut sie Luisa mit hellen graublauen Augen an. Die Augen einer Lehrerin. Oder eines Kriminalkommissars. Mrs. Marshall ist ohne Zweifel eine sehr kluge Person, sie verfolgt ihr Ziel mit unterschiedlichen Mitteln und ist entschlossen, die Wahrheit an den Tag zu bringen.

»Ja, das Gut existiert sicher noch …«, sagt Luisa nachdenklich. »Wenn die Russen es nicht abgebrannt haben …«

Die wachsamen Augen ihres Gegenübers ziehen sich für einen Moment schmal zusammen. O weh – das hätte sie jetzt besser nicht gesagt. Jetzt glaubt Mrs. Marshall, sie hoffe darauf, dass Gut Tiplitz abgebrannt ist, damit man keine Nachforschungen mehr anstellen kann. Wobei sie sich sicher ist, dass Mrs. Marshall blufft. Die Amerikaner können so etwas gar nicht nachprüfen, das sagt sie nur so.

Mrs. Marshall ist sehr erfinderisch, sie schafft es immer wieder, Luisa in die Enge zu treiben. Es gibt Tage, da ist sie freundlich, bietet Luisa Kaffee und Zigaretten an und tut, als wollte sie heute nur ein wenig mit ihr plaudern. Dann muss man ganz besonders darauf achten, was man redet.

»Woher ich so gut deutsch kann? Nun – ich bin in Deutschland aufgewachsen und zur Schule gegangen …«

Sie erzählt Luisa, dass sie in Hannover gelebt hat und als Kind in den Herrenhäuser Gärten herumlief. Sie sei inzwischen amerikanische Staatsbürgerin und habe sich auf eine Annonce hin gemeldet, um hier in Deutschland Dienst zu tun. Die amerikanische Armee sucht dringend Leute, die gut deutsch sprechen.

Luisa fragt nicht, warum Mrs. Marshall seinerzeit nach Amerika ausgewandert ist. Möglich, dass es gar nichts mit dem Dritten Reich zu tun hatte. Aber es kann auch sein, dass sie Jüdin ist und dass Mitglieder ihrer Familie in einem der Konzentrationslager umgekommen sind. Wenn es so ist, dann wird sie die Deutschen zutiefst hassen. Und dazu hat sie allen Grund.

Es gibt hier im Gefangenencamp eine Baracke, in der Fotos aus diesen Lagern ausgestellt sind. Ihre Bewacher haben dafür gesorgt, dass sie sich die Bilder angesehen haben. Unfassbare, grausige Bilder, man kann kaum glauben, dass sie die Wahrheit zeigen. Doch amerikanische Soldaten haben diese Fotos in deutschen Konzentrationslagern aufgenommen. Luisa ist wie vor den Kopf geschlagen. Als man sie zurück in ihre Zelle führt, legt sie sich auf ihr Bett und weint.

»Das ist doch alles gestellt«, hört sie ihre eine Zellengenossin sagen. »So was haben sie nicht getan. Das sind Bilder aus Russland. Die Russen, die machen so was. Aber doch nicht wir …«

Maria Lauer ist BDM-Führerin gewesen, hat die jungen Mädels auf ihre Aufgabe als Ehefrau und Mutter vorbereitet, mit ihnen gesungen und Sport getrieben, Feste gefeiert und sie zuletzt als Flakhelferinnen in den Krieg gehen lassen. Als Luisa ihr sagt, dass sie in Stettin nicht dem örtlichen BDM angehört hat, ist Maria regelrecht empört.

Die dritte in der Zelle ist Ortrud Hilsch, die Aufseherin in einem Lager mit polnischen Zwangsarbeiterinnen gewesen ist. Sie kommt aus Westfalen, redet nur wenig, sitzt meist auf ihrem Bett und starrt auf ihre Hände. Ortrud ist kräftig gebaut, sie hat große, grobe Hände wie ein Bauer.

»Könnt schon sein, dass es wahr ist …«, sagt sie nach einer Weile langsam. »Hab davon gehört … Dass sie die Juden mit Gas umbringen. Haben sie auch mit den Geisteskranken so gemacht …«

Maria will es nicht wahrhaben. Das sei alles nur Gerede. Propaganda gegen das besiegte Deutschland. Weil die Sieger einen Grund suchen, um auf den Deutschen herumzutrampeln.

»Arbeiten mussten die Juden in den Lagern. Hat man doch in der Zeitung lesen können. Da waren Fotos von den Arbeitslagern. Alles ordentlich und hell, und zu essen hatten sie auch genug …«

Ortrud sagt nichts mehr, und deshalb wendet sich Maria jetzt an Luisa. Sie rüttelt sie an der Schulter und fragt sie, weshalb sie sich so anstelle. »Wer solche Lügen glaubt, der versündigt sich an unserem deutschen Volk. Hör auf zu flennen, Luisa. Merkst du nicht, dass sie uns damit bloß kleinkriegen wollen?«

»Lass mich bitte in Ruhe!«

An normalen Tagen kommt Luisa ganz gut mit den beiden Frauen zurecht. Ortrud ist grob, aber auch gutmütig. Maria tut zwar, als hätte sie das Sagen, ist aber im Grunde unsicher und braucht Zuspruch. Das Camp, in dem sie festgehalten werden, haben die Amerikaner am Waldrand errichtet, es besteht aus einer Reihe von Wellblechhütten, die wie der Länge nach durchgeschnittene, überdimensionale Konservendosen aussehen. Im

Sommer war es glühend heiß, jetzt, da es kühler wird, kann man es ganz gut aushalten. Falls sie den Winter über hierbleiben müssen – was sie nicht hoffen –, werden sie frieren, denn es gibt keine Öfen. Über die Behandlung können sie sich kaum beschweren: Sie dürfen jeden zweiten Tag duschen, bekommen dazu Seife und Haarwaschmittel, Unterwäsche und Bekleidung werden ausgegeben. Die Verpflegung ist gut – auch wenn Maria ständig daran herumnörgelt. Aber weder Maria noch Ortrud haben je hungern müssen, nur Luisa weiß es zu schätzen, täglich satt zu werden.

Wirklich schlimm ist die Ungewissheit. Das Warten, ohne zu wissen, wie über sie entschieden wird. Alles ist möglich. Sie können morgen in die Freiheit entlassen oder vor Gericht gestellt werden. Sie können zu zwanzig Jahren Zuchthaus verurteilt werden oder zu drei Jahren Gefängnis. Vielleicht auch zum Tode, wer kann das wissen?

Wenn sie nicht beweisen kann, dass sie wirklich Luisa Koch ist und mit diesem Menschen, der sich Karl Brenner nannte, nichts weiter zu tun hat, wird es ihr wohl schlimm ergehen. Gleich zu Anfang haben sie ihr die Kinder weggenommen und gesondert verhört. Später – das hat man ihr freundlicherweise mitgeteilt – wurden Elke und Jobst in ein Waisenhaus gebracht. Wochenlang hat sie Elkes verzweifeltes Schreien in den Ohren, als sie im Camp voneinander getrennt wurden. Der kleine Jobst hat sich an die große Schwester geklammert und sein Gesicht in ihrem Mantel versteckt. Luisa sagt sich immer wieder, dass es so besser ist. Hier im Gefängnis ist kein Ort für zwei Kinder, und im Waisenhaus werden sie sicher gut versorgt. Aber die beiden sind ihr ans Herz gewachsen, und sie macht sich Vorwürfe, auf den verrückten Vorschlag dieses Menschen eingegangen zu sein. Wäre sie im Flüchtlingslager geblieben, dann wären sie jetzt noch zusammen, und es hätte sich vielleicht eine Möglichkeit ergeben, mit den beiden in einem Bauernhof unterzukommen.

Ach, sie hat ja geahnt, dass sie wieder alles falsch machen wird. Und genauso ist es gekommen.

»Sagt Ihnen der Name Erich von Hürth etwas?«

Das war die erste Frage, die man ihr hier gestellt hat. Natürlich haben sie ihre Reaktion genau beobachtet, und sie hat sich verdächtig gemacht. Weil sie ja ahnte, dass dies der richtige Name von Karl Brenner sein muss, hat sie nicht gleich verneint, sondern zuerst gezögert. Also haben sie angenommen, dass sie gelogen hat. Während der vielen Verhöre hat sie nach und nach ein wenig über diesen Erich von Hürth erfahren. Nicht, dass man es ihr erzählt hätte, aber an der Art der Fragestellung konnte sie sich einiges zusammenreimen. Er muss etwas mit der Nazi-Propaganda zu tun gehabt haben, hat große Veranstaltungen organisiert und Reden gehalten, auch Filme gezeigt. Vielleicht hat er wie Josef Goebbels markige Sprüche geklopft und die Menschen, als alles schon verloren war, zum Endkampf aufgerufen? Zumindest war er wohl im Norden Deutschlands recht bekannt, da ist er viel herumgereist. Das war also der Grund, weshalb er dort schlecht untertauchen konnte. Aber wieso er sich im Flüchtlingslager unter falschem Namen versteckt hat, anstatt mit dem im Wald bereitstehenden Wagen zu flüchten – das begreift sie nicht. Zumal Neustadt zu dieser Zeit noch nicht von den Briten besetzt war.

Im September, als die schlimmste Hitze vorbei ist, verliert man plötzlich das Interesse an ihr. Die Verhöre werden seltener, Mrs. Marshall wird durch einen jungen Mann ersetzt, der sie nach wenigen Fragen und Antworten wieder in die Zelle schickt. Maria wird auf freien Fuß gesetzt, Ortrud in ein anderes Camp verlegt. Tagelang sitzt Luisa allein in der Zelle, wartet, döst vor sich hin, versucht zu schlafen und fährt doch bei jedem Geräusch wieder hoch. *Haben sie mich am Ende vergessen?,* überlegt sie. Oder ist das ein neuer Trick? Einzelhaft, um mich weichzukochen? Plötzlich verspürt sie große Sehnsucht nach einem anderen Menschen, nach den Atemzügen ihrer beiden Zellengenossinnen in der Nacht, nach den Gesprächen über Belanglosigkeiten, ja sogar nach den Streitereien. Sie beginnt, in der kleinen Zelle auf und ab zu gehen, berührt die Wände, die eisernen Bettpfosten mit den Händen, steht lange vor dem kleinen Fensterchen, das hoch in der Deckenwölbung über ihr angebracht ist, und starrt ins Licht.

Ich glaube, ich werde verrückt, denkt sie mit leichter Panik. Sie schlägt die Hände vors Gesicht und beginnt, sich im Kreis zu drehen, immer schneller, bis sie taumelt und auf den Boden stürzt. Dort bleibt sie sitzen, bis sich das Schwindelgefühl in ihrem Kopf gelegt hat. Dann wird sie ruhig, kriecht auf ihr Lager und schläft ein.

Am Morgen bekommt sie ihr Frühstück auf einem Blechtablett wie üblich: Tee, Weißbrot mit Marmelade und sogar ein gekochtes Ei. Sie ist noch nicht ganz fertig mit ihrer Mahlzeit, da knirscht der Schlüssel im Schloss ihrer Tür.

»Luisa Koch?«

Zwei Soldaten in amerikanischer Uniform stehen vor ihr, hinter ihnen die Aufseherin. Luisa wird einen Moment schwarz vor Augen. Sie wird abgeholt. Vor Gericht gestellt. Abgeurteilt und erschossen …

»Ja … das bin ich«, sagt sie mit dünner Stimme.

»Come along …«

Ein Verhör, denkt sie, als sie den gewohnten Weg gehen. Nur ein weiteres Verhör. Und vermutlich wieder ein neues Gesicht auf der anderen Seite des Tisches.

Tatsächlich steht sie einem unbekannten Offizier gegenüber, der sie durch die runde Stahlbrille hindurch gleichgültig mustert und dann auf die vor ihm liegende Akte mit dem Foto schaut.

»Fräulein Luisa Koch?«

»Die bin ich …«

Normalerweise bietet man ihr bei Verhören einen Stuhl an, aber das ist heute nicht der Fall.

»Sie erhalten Ihre Papiere zurück. Bitte prüfen Sie, ob nichts fehlt.«

Sie glaubt, nicht recht gehört zu haben.

Er schiebt ihr die zerknitterten Ausweise, ihren eigenen und den ihrer verstorbenen Mutter, über den Tisch, dann auch den fleckigen Brustbeutel aus Leder. Darin stecken noch der Brief von Fritz Bogner und ein paar letzte Geldscheine. Sie ist so fahrig, dass ihr der Brustbeutel aus den Fingern gleitet und unter den Tisch fällt.

»Entschuldigung … sorry …«

Er bückt sich und hebt den Beutel auf, lächelt sie dabei an und richtet die verrutschte Brille. »Sie sind frei, Fräulein Koch. Die Angelegenheit hat sich aufgeklärt – es liegt nichts gegen Sie vor. Wir bedauern sehr, dass wir Sie hier festhalten mussten, aber die Umstände haben es erfordert. Unsere Aufgabe ist es, die Verbrecher des Nazi-Regimes aufzuspüren und ihrer gerechten Strafe zuzuführen.«

»Ja … ja, natürlich …«

Sie faltet die Ausweispapiere zusammen und stopft sie ungeschickt in den Brustbeutel. Ihre Finger sind vor Aufregung eiskalt und steif.

»Man wird Ihnen Ihre persönlichen Gegenstände aushändigen und Sie in die Stadt fahren. Haben Sie Verwandte oder Freunde in Kassel?«

Was ist geschehen, denkt sie. Ein Erdrutsch? Ein Wunder? Jetzt macht er sich sogar Gedanken, wo ich unterkommen kann. Einen Moment lang glaubt sie, dass dies alles nur eine Falle ist. Man will sie beobachten und herausfinden, ob sie sich mit verdächtigen Personen trifft. Dann siegt der gesunde Menschenverstand. Alles Blödsinn. Wer ist sie denn, dass man solch einen Aufwand mit ihr treiben würde?

»In Kassel? Nein, leider nicht. Ich war auf dem Weg in den Taunus. Die Gegend bei Frankfurt am Main ...«

»Richtig!«, sagt er und blättert in ihrer Akte. »Das kleine Dörfchen Lenzhahn. Dahin wollen Sie also immer noch?«

»Wenn das möglich wäre ... Fahren denn Züge nach Frankfurt?«

Er macht ein bedenkliches Gesicht und schüttelt den Kopf. Die Bahnstrecke ist unterbrochen, man kann immer nur ein paar Stationen fahren, dann muss man wieder ein Stück zu Fuß gehen.

»Warten Sie mal, ich hab eine Idee ...« Er springt auf und öffnet die Tür, fragt den dort wartenden Soldaten etwas auf Englisch und kommt wieder zurück. »Sie haben Glück, Fräulein Koch«, meint er dann und lächelt sie an. »Heute Nachmittag fährt ein Konvoi mit Lebensmitteln in die Frankfurter Gegend, da werden wir schon einen Platz für Sie finden.«

Als sie in ihrer Zelle die wenigen Habseligkeiten zusammenräumt, kann sie es immer noch nicht glauben. Hinter ihr wartet die Aufseherin, wacht mit Argusaugen darüber, dass sie nichts mitnimmt, was ihr nicht gehört. An ihrer Hüfte hängt der Schlüsselbund, die Wärterin könnte sie jederzeit wieder in ihrer Zelle einschließen. Aber sie tut es nicht, sondern führt sie zwischen den Wellblechbaracken hindurch in ein lang gestrecktes Gebäude aus Holz. Dort erhält sie ihren Rucksack zurück, den man im Wagen gefunden hat. Auch jetzt muss sie den Inhalt überprüfen, die Decke, die verkorkte Glasflasche, die sie für Trinkwasser benutzt hat, ein Blechlöffel, etwas Bindfaden, ein Paar Socken, ein kleines Stück Seife. Das war ihr ganzer Besitz. Dazu kommen nun eine Garnitur Unterwäsche aus amerikanischen Beständen, eine warme Jacke und ein Kleid aus grünem Stoff, das ihr viel zu weit ist. Die braunen Halbschuhe an ihren Füßen sind ebenfalls Spenden aus Übersee. Immerhin ist ihr Rucksack nun gut gefüllt, was vor allem an der Jacke und der Wolldecke liegt.

Sie muss warten, sitzt untätig in der Baracke herum und versucht vergeblich, die Gespräche der amerikanischen Soldaten zu verstehen. In den wenigen Schuljahren in Stettin hat sie ein paar Worte Englisch gelernt, aber das hilft ihr nichts, weil die Soldaten so merkwürdig sprechen, als hätten sie den Mund voller Kaugummi. Dann, endlich, begleitet man sie zum Tor, wo eine Reihe von Fahrzeugen steht: zwei Lastwagen, die von drei Jeeps mit bewaffneten Soldaten begleitet werden. Luisa wird in einem der offenen Jeeps zwischen zwei dunkelhäutige Soldaten platziert und fühlt sich unbehaglich. Die beiden sind in Kampfuniform und tragen Waffen, zugleich scheinen sie aber bester Laune zu sein. Sie schwatzen und machen Witze, die Luisa nicht verstehen kann. Heimlich bestaunt sie die makellose dunkle Haut und stellt fest, dass die Innenflächen der Hände hell sind. Ob das an den Füßen genauso ist?

Einer der beiden dreht sich zu ihr und sagt etwas, das sich für sie anhört, als kaue er auf einem Kartoffelkloß. Er streckt ihr ein bunt eingepacktes Päckchen entgegen. Kaugummi. Dieses Zeug, das man kauen, aber nicht runterschlucken darf. Vorsichtig pult sie einen der eingepackten Streifen heraus, löst das Papier und steckt das seltsame Ding in den Mund. Es schmeckt süß und nach Pfefferminz, sie kaut und sieht, dass der schwarze Soldat ihr zulacht. Zwischen seinen Zähnen klemmt ebenfalls ein Stück Chewing Gum. Er schiebt es zurecht und bläst eine dicke weiße Blase, die gleich wieder in sich zusammenfällt.

»You like it?«, fragt er grinsend.

Das hat sie jetzt verstanden. Sie ist beeindruckt und nickt. »It is my first gum …«, radebrecht sie.

Die beiden Soldaten freuen sich und klatschen in die Hände, als hätte sie eine Heldentat vollbracht. Sie muss nun auch lachen – das Eis ist gebrochen. Während der Weiterfahrt verständigen sie sich auf Deutsch und auf Englisch, vor allem aber mit Händen und Füßen. Die schwarzen Soldaten finden Deutschland schön, die Nazis sind böse, die Häuser müssen wieder aufgebaut werden, und die Amerikaner, vor allem die *black Americans*, wollen gern hierbleiben. Ob sie alles richtig verstanden hat, weiß sie nicht, aber die Unterhaltung ist so lebhaft und heiter, dass sich die vor ihnen sitzenden Männer immer wieder zu ihnen umdrehen und kurze Bemerkungen machen. Aber die versteht Luisa nicht, und sie hat das dumpfe Gefühl, dass es auch besser so ist.

Gegen Abend erreichen sie eine größere Stadt, fahren durch die Straßen, und Luisa stellt fest, dass trotz der Bombenschäden doch vieles stehen geblieben ist. Der Konvoi hält vor einer Kaserne, die vermutlich einmal der Wehrmacht gehört hat, nun aber von den Besatzern genutzt wird.

Man vernimmt zackige Kommandos, die Soldaten springen aus den Jeeps, andere kommen aus den Gebäuden und helfen beim Abladen der Kisten aus den Lastwagen. Luisa steht plötzlich allein auf dem weiten Hof, hält ihren Rucksack fest an sich gepresst und kaut auf dem Gummi herum, der inzwischen nicht mehr süß ist und auch nicht nach Pfefferminz schmeckt. Immerhin ist das beständige Kauen irgendwie beruhigend, wenn auch sehr ungewohnt.

Schließlich wendet sie sich an einen der Offiziere, die das Entladen der Lastwagen beaufsichtigen.

»It is Frankfurt?«, fragt sie unsicher und macht eine vage Armbewegung über die Häuser hinweg.

»Frankfurt? Oh no. This is Wiesbaden …«

»Wiesbaden«, wiederholt sie. »Wiesbaden!«

Er redet weiter, und sie begreift, dass er ihr ein Nachtlager in der Kaserne anbietet, morgen aber muss sie dann ihrer Wege gehen.

»Thank you …«, sagt sie und nickt freundlich. »Thank you very much … Wilhelmstraße? You know Wilhelmstraße in Wiesbaden?«

Er starrt sie überrascht an, dann zeigt er nach links. »This direction.«

Sie bedankt sich noch einmal und schultert ihren Rucksack. Also Wiesbaden. Das Schicksal hat es so gewollt, sie wird jetzt die Wilhelmstraße suchen und hoffen, dass es dort ein Café gibt, das Café Engel heißt. Und noch mehr muss sie hoffen, dass dieses Café noch ihrem Onkel gehört. Und dass er den Krieg überlebt hat.

Ich habe schon so viele Dummheiten begangen, denkt sie, während sie in die angegebene Richtung geht. So viele falsche Entscheidungen, so viele Fehler. Auf einen mehr oder weniger kommt es jetzt auch nicht mehr an.

Es wird langsam dunkel, die Straßenlaternen gehen an, in den Häusern sieht man beleuchtete Fenster. Sie meidet die Gegenden, die im Dunklen liegen, weil dort die Häuser zerbombt wurden und die Straßenlaternen nicht brennen. Zweimal muss sie nach dem Weg fragen, auf der Langgasse gerät sie zwischen die Schwarzmarkthändler und flüchtet in eine Nebengasse. Dort trifft sie auf zwei halbwüchsige Jungen, die mit einem beladenen Fahrrad unterwegs sind.

»Verzeihung, ich suche die Wilhelmstraße. Das Café Engel …«

»Café Engel?«, sagt einer. »Gleich links um die Ecke. Die haben aber jetzt nicht mehr auf.«

»Danke schön …«

Sie ist so aufgeregt, dass sie über den Bordstein stolpert und beinahe hingefallen wäre. Die Wilhelmstraße ist sehr breit und nur teilweise beleuchtet. Sie kann Bäume erkennen, Platanen wohl, es ist also eine Allee. Hinter den Platanen ist es dunkel, erst ein ganzes Stück weiter rechts sind die hellen Rechtecke beleuchteter Fenster zu sehen. Dort stehen Wohnhäuser. Wo aber ist nun das Café Engel? Gleich links um die Ecke, hat er gesagt. Da sind tatsächlich Lichter, mehrere Fenster, und in der Mitte ein hohes, dunkles Rechteck. Eine Eingangstür, mit Brettern geflickt. Ja, das könnte ein Café sein. Sie geht langsam näher, dann erschrickt sie, weil ein Tier dicht an ihr vorbeiläuft. Ein Hund. Kniehoch und gefleckt ist er, die Schnauze rund, braune Schlappohren. Jetzt sitzt er unter einem der beleuchteten Fenster und schaut sie auffordernd an. Luisa kann sehen, dass drinnen im Café Leute um einen Tisch sitzen. Hat der Junge nicht gesagt, es sei schon geschlossen?

Der Hund winselt und kratzt an der Tür, hat jedoch keinen Erfolg. Ungeduldig setzt er sich hin, drückt den Rücken gegen die Bretter und schaut Luisa mit bernsteinfarbenen Augen an. Los doch, klopf an die Tür, sagen seine Augen. Wenn sie dir dann aufmachen, schlüpfe ich hinein. Sie bleibt seitlich der Fenster stehen und überlegt, was sie tun soll. Einfach hineingehen? Sie versucht zu erkennen, was die Leute drinnen tun, und kommt zu dem Schluss, dass sie gemeinsam zu Abend essen. Zwei Männer kann sie sehen, beide schon ältere Semester. Eine der drei Frauen hat leuchtend rotes Haar, eine andere trägt eine Art Turban auf dem Kopf, und wenn sie redet, macht sie große Gesten. Die dritte Frau teilt die Suppe aus, sie trägt eine weiße Schürze und ist wohl mittleren Alters. Die Blonde daneben ist noch jung, sie könnte so alt wie sie selbst sein.

Das sind keine Gäste, schießt es ihr durch den Kopf. Das ist die Familie. Einer der beiden älteren Männer könnte mein Onkel sein.

Sie friert, und hungrig ist sie auch, aber sie hat nicht den Mut, an die Tür zu klopfen. Wenn das nun ganz andere Leute sind? Ihr Onkel könnte das Café ja aufgegeben haben. Und überhaupt ist es ihr auf einmal sehr unangenehm, so abgerissen mit einem Rucksack auf dem Rücken in die traute Familienrunde hereinzuschneien. Sie weicht dem auffordernden Blick des Hundes aus und setzt sich auf den Boden. Der Hund steht auf und beschnüffelt sie. Leckt ihr die Hände. Setzt sich dicht zu ihr und winselt. Jetzt mach schon. Sollen wir hier anwachsen? Klopf an, bevor sie da drin alles aufgegessen haben.

Kluges Tier. Sie sieht ein, dass er recht hat. Sie kann schließlich nicht die Nacht über hier sitzen bleiben. Und selbst wenn sie hier falsch sein sollte, könnte sie doch um ein Nachtlager bitten …

Da steht einer der Männer auf, ein weißhaariger, großer Mensch mit dunklen Augenbrauen. Er geht durch eine Drehtür und schließt die Eingangstür auf.

»Na, komm schon, Bunter …«, sagt er zu dem Hund. Der ist wie der Wind durch die Eingangstür und wartet, dass die Drehtür bewegt wird.

»Hallo?«, sagt der Mann zu Luisa, die sich an die Hausecke drückt. »Warten Sie auf jemanden?«

»Ja …«, sagt sie. »Das heißt … eigentlich nein …«

Er kommt ein paar Schritte näher und mustert sie aufmerksam. »Kann ich Ihnen irgendwie helfen?«

»Ja!«, sagt sie und nimmt allen Mut zusammen. »Ich suche einen Mann namens Heinrich Koch. Kennen Sie ihn vielleicht?«

»Heinrich Koch«, murmelt der Mann und kratzt sich am Genick. »Nee, Heinrich gibt's hier nicht. Aber Koch schon … Eine ganze Menge sogar … Else Koch, Hilde Koch und Heinz … ach so … ja, das wäre möglich … Was wollen Sie denn von ihm?«

Sie hatte schon die Hoffnung aufgegeben, als er »Nee« sagte. Jetzt setzt sie einfach alles auf eine Karte. Heinz oder Heinrich, egal, Hauptsache Koch.

»Ich bin seine Nichte … Aus Stettin. Nein, aus Marienburg. Ach nein – eigentlich aus Rauschen …«

Ach je – da hat sie sich ja mal wieder großartig verhaspelt. Er senkt die dunklen Augenbrauen und schaut sie misstrauisch an. Da sie ihn aber anlächelt, wird er unsicher. Kratzt sich wieder am Nacken, schaut sich um und meint schließlich: »Kommen Sie halt rein. Vorsicht, das ist eine Drehtür. Ich geh mal vor … Du, Heinz, hier ist ein Mädel, das behauptet, sie sei deine Nichte aus Stettin …«

»Ich hab keine Nichte«, sagt eine Männerstimme. »Und in Stettin schon gar nicht …«

JEAN-JACQUES

Villeneuve, September 1945

Da kann er lange warten. Er gibt sich keine Blöße. Sein kleiner Bruder wird nicht erleben, dass er die Beherrschung verliert. Und wenn Pierrot noch so boshaft stichelt, bei den Mahlzeiten anzügliche Bemerkungen macht, ihn herausfordern will – er wird über den Betrug schweigen. Das Kind ist sein Kind, und der Hof, die Weinberge und alles, was dazugehört, ist auch sein. Er hat den Spieß umgedreht; aus dem Verlierer, dem gehörnten Ehemann, dem lächerlichen Hahnrei ist ein Gewinner geworden.

Leicht fällt ihm das nicht. Es ist der Hass, der ihm die Kraft dazu verleiht. Die Wut über den hinterhältigen Betrug, der Zorn auf den kleinen Bruder, der keine Gelegenheit auslässt, ihm zu schaden. Es geschieht Pierrot nur recht, dass er jetzt von Tag zu Tag mutloser wird, weil er begriffen hat, dass seine Rechnung nicht aufgeht. Es wird keine Scheidung geben, keinen Skandal, keinen Familienstreit. Jean-Jacques wird seinen angestammten Platz nicht räumen.

Wenn er nicht schlafen kann und die Nacht seine Gedanken dunkel färbt, dann fühlt er sich wie ein Gefangener. Mit Stricken umwunden und an das Elternhaus gefesselt, so fest, dass er kaum Luft bekommt und aus dem Bett steigen muss, um das Fenster aufzureißen. Er steht dort, ringt nach Atem und hat das Gefühl, eine schwere Last auf seinem Rücken zu tragen, ein Gebäude aus Stein und Beton, ein Lügengebäude. Er spielt die Rolle des Betrogenen und ist doch selbst ein Betrüger. Und sein Betrug dauert an, weil er Hilde immer noch nicht vergessen kann. Wo auch immer er ist, was er auch tut – sie ist da. Steckt zwischen den Weinstöcken und lacht ihn aus, sitzt in der Küche neben dem Herd, huscht durch die Scheune wie ein Mäuschen, liegt in der Nacht zwischen ihm und seiner Frau. Er gibt sich alle Mühe, die Gespenster zu verscheuchen, aber seine Geliebte ist beharrlich, sie findet immer neue Wege zu ihm, er ist machtlos dagegen.

Margot tut ihm leid. An jenem unglückseligen Sonntag, als er von seiner Schande erfuhr, hat sie abends, als sie miteinander in der Schlafkammer allein waren, ein Gespräch mit ihm angefangen. Da war er noch aufgewühlt und hätte sie am liebsten rausgeworfen und hinüber zu Pierrot geschickt. Aber er ist keiner, der einer Frau etwas antun könnte, und freiwillig wäre Margot nicht gegangen.

»Es tut mir leid …«, hat sie geschluchzt.

Er hat geschwiegen. Sich wortlos die Schuhe und Socken ausgezogen, das Hemd über den Stuhl geworfen.

»Es war doch nur, weil du … weil du mich nicht willst … ich war so verzweifelt und fühlte mich so hässlich, so erniedrigt …«

Er ist immer noch zu wütend, um einzusehen, dass sie nicht unrecht hat. Aber er schweigt. Zieht sich ganz aus, greift nach dem Schlafanzug. Es stört ihn etwas, dass sie ihn jetzt nackt sieht, aber das ist nicht zu ändern. Sie sind Eheleute.

»Dein Bruder hat mich draußen bei der Scheune überrascht. Ich hatte einen Ort gesucht, wo ich allein bin. Weil ich weinen musste. Da stand er plötzlich neben mir und hat mich in die Arme …«

»Ich will es nicht wissen!«

Er erschrickt selbst über den harten Ton seiner Stimme. Margot verstummt augenblicklich. Dann läuft sie plötzlich hinaus, und er hört, dass sie sich unten in der Küche übergeben muss.

Die Schwangerschaft, denkt er. Das ist ganz normal. Nicht meine Schuld. Weiß Gott nicht meine Schuld.

Als sie zurück in die Schlafkammer kommt, ist er schon im Bett, hat aber das Licht auf ihrem Nachttisch angemacht. Er liegt auf der Seite, von ihr abgewandt, damit er sie nicht sehen muss, hört aber, wie sie sich auszieht, das Nachthemd überstreift. Sie steigt sehr langsam und vorsichtig ins Bett, er spürt die Bewegung kaum.

»Wenn du willst, Jean-Jacques, dann lasse ich es wegmachen. Noch ist Zeit. Es gibt einen Arzt in Nîmes …«

Er ist so überrascht und erschrocken, dass er nicht gleich antworten kann. Was ist das für eine verrückte Idee? Glaubt sie, alles ungeschehen zu machen, indem sie das kleine Menschenkind tötet, das in ihr wächst? Eine Sünde durch eine zweite auslöschen?

»Auf keinen Fall! Wie kannst du an so etwas nur denken!«

»Vergib mir«, flüstert sie. »Ich bin so verzweifelt, dass ich schon daran gedacht habe, mich selbst zu töten. Nein, keine Sorge. Ich werde es nicht tun. Ganz sicher nicht …«

Er bekommt plötzlich Angst, dass aus all den Verwicklungen ein noch viel schlimmeres Unheil erwachsen könnte, und er dreht sich auf die andere Seite, um sie anzusehen. Margot ist erschreckend bleich, im Profil tritt ihre Nase spitz hervor, die Lippen sind farblos.

»Versprich mir, dass du so etwas nicht tun wirst, Margot«, fordert er mit sanfter Stimme. »Ich will, dass ihr beide lebt. Du und dieses Kind, das an allem ganz unschuldig ist.«

Sie schluckt, dann nickt sie mehrmals. »Ich verspreche es dir, Jean-Jacques. Ich schwöre es!«

»Dein Versprechen reicht schon«, sagt er. »Und jetzt wollen wir schlafen.«

»Was wirst du tun?«, flüstert sie ängstlich. »Wirst du es allen sagen?«

Der Zorn will wieder in ihm aufsteigen, aber er beherrscht sich. Margot ist gestraft genug, der eigentliche Übeltäter ist sein kleiner Bruder, der Margots Not ausgenutzt hat, um ihm Hörner aufzusetzen.

»Ich weiß es noch nicht«, sagt er leise. »Aber wie ich mich auch entscheide – du wirst es zuerst erfahren.«

Er bekommt keine Antwort. Eine Weile bleibt es still, er hört ihre Atemzüge, die zuerst rasch gehen, bald aber ruhiger werden. Dann löscht sie das Licht.

»Ich liebe dich, Jean-Jacques«, wispert sie in die Dunkelheit hinein. »Ich habe dich schon geliebt, als ich noch ein kleines Mädchen war, und ich liebe dich jetzt mehr als je zuvor. Ich würde alles tun, um dieses Unglück ungeschehen zu machen.«

Das ist nicht gerade das, was er jetzt hören will, weil es sein schlechtes Gewissen verstärkt. Sie liebt ihn, aber er kann eine andere nicht vergessen. Darin liegt die Wurzel allen Übels. Hätte er sich nicht in Hilde verliebt, dann könnte Margot jetzt sein Kind tragen und müsste nicht leiden.

»Es ist, wie es ist, Margot«, sagt er. »Wir müssen damit leben. Schlaf jetzt!«

Er hat einen Tag lang gegrübelt, während der Arbeit über alles gründlich nachgedacht, die Dinge hin und her geschoben, bis er am Abend zu einer Entscheidung gekommen ist.

»Wer weiß davon außer dir, Pierrot und mir?«, will er von Margot wissen, als sie nebeneinander im Ehebett liegen.

»Niemand«, wispert sie.

»Bist du sicher?«

»Ganz sicher.«

Er atmet tief. Was er entschieden hat, wird für sein ganzes Leben Gültigkeit haben. Nicht nur für ihn, sondern auch das ungeborene Kind und für Margot. Vor allem für sie, denn es ist wichtig, dass sie fest zu ihm steht.

»Dann hör mir zu, Margot: Es hat niemals einen Fehltritt gegeben. Das Kind, das du trägst, ist unser Kind, wir werden es großziehen und dafür sorgen, dass es Geschwister bekommt.«

Sie schweigt, und er schaut zu ihr hinüber, um zu sehen, wie sie den Vorschlag aufnimmt. Margot hat die Augen geschlossen, aber ihre Lider zittern.

»Bist du damit einverstanden?«, will er wissen. »Wollen wir es so halten?«

»Ja …«, flüstert sie. »Alles, was du entscheidest, will ich mittragen.«

Langsam geht ihm ihre untertänige Art auf die Nerven. Man fühlt sich ständig irgendwie schuldig, und das gefällt ihm nicht. Unwillkürlich muss er daran denken, was Hilde in dieser Situation wohl getan hätte. Nun – sie hätte vermutlich geschimpft und geflucht, ihm eine ordentliche Szene gemacht und versucht, ihm alle Schuld zuzuschieben. Was ihr nicht gelungen wäre. Aber ein handfester Streit, bei dem man allen Ärger einmal aussprechen kann, ist ihm lieber als Margots selbstzerstörerische Sanftmut.

Wie auch immer – Margot ist seine Frau, er hat sie geheiratet, und er wird mit ihr leben. Weg mit den lästigen Gedanken an die andere. Sie haben hier keinen Platz. Nicht in seiner Schlafkammer und schon gar nicht in seinem Ehebett.

»Versprich mir, dass du Pierrot niemals wieder nachgeben wirst. Ich weiß, dass er schmeicheln kann, Margot …«

»Niemals wieder – ich schwöre es. Bei allen Aposteln und bei der Heiligen Jungfrau …«

»Versprich es einfach nur, dann will ich dir glauben.«

Während der folgenden Tage bemüht er sich, sie zu beruhigen, ihr deutlich zu machen, dass er ihr verziehen hat. Er kommt sich schäbig dabei vor, denn auch er hat sie betrogen, wird es ihr jedoch ganz sicher niemals eingestehen. Wozu auch – es würde die vorsichtige Annäherung, die sich zwischen ihnen entwickelt, nur stören. Tagsüber ist er freundlich, manchmal sogar liebevoll zu ihr, spielt den glücklichen Vater, der sich auf das erste Kind freut. An den Abenden reden sie miteinander, überlegen, wo das

Kinderbett stehen soll, ob sie die Hebamme holen oder ob er sie besser in die Klinik in Nîmes fahren soll, wenn es soweit ist. Margot taut langsam auf, erzählt von der Zeit, als er und Pierrot im Krieg waren und sie mit den Eltern alle Arbeit allein bewältigen musste. Auch von ihrer Angst um ihn berichtet sie. Von ihrer Freude über die erste Nachricht, die er aus Wiesbaden geschickt hat. Sie will wissen, ob er dort hart arbeiten musste, und er erzählt ein wenig von dem Hotel, wo er Koffer schleppen und Böden wischen musste. Vom Café Engel und allem, was damit zusammenhängt, schweigt er.

Er braucht mehrere Anläufe, dann berührt er sie ganz vorsichtig und ist verwundert, dass es so einfach ist. Kein Hindernis mehr zwischen ihnen, kein lästiger Gedanke an eine andere – er liegt bei seiner Ehefrau und tut das, was ein Ehemann eben so tut. Er tut es sogar mit großer Leidenschaft, denn er hat lange keine Frau gehabt. Margot klammert sich an ihn, knirscht mit den Zähnen, um nicht laut zu schreien, und er schmeckt ihre Tränen, wenn er sie küsst.

Er ist sehr zufrieden mit sich. Er hat Margot zurückerobert, die Eltern freuen sich über das junge Eheglück, und Pierrot hat den Schwarzen Peter gezogen. Er ist das fünfte Rad am Wagen, der Überflüssige in dieser Runde, er hat hier keinen Platz, und Jean-Jacques bemüht sich redlich, ihn zu vertreiben. Soll er sein Glück woanders suchen, einen Beruf lernen, sich Land erheiraten. Aber Pierrot ist hartnäckig. Auch wenn ihm klar ist, dass seine Pläne gescheitert sind, will er nicht aufgeben.

Anfang September, als sie schon einen Teil der Reben geschnitten und gekeltert haben, beginnt es zu regnen. Tagelang hält das feuchte Wetter an. Es ist Gift für die Trauben, die noch nicht geerntet werden können, weil sie nicht die rechte Reife haben, denn nun kann sich Fäulnis bilden, und Schädlinge nisten sich ein. Tagelang sitzen sie herum, schauen immer wieder hoffnungsvoll zum Himmel hinauf, doch der hängt nach wie vor tief über dem Land und wird ihnen weitere Niederschläge bescheren. Der Vater geht täglich im Regencape durch die Weinberge. Heute begleitet ihn Pierrot, Jean-Jacques hat die Stute angespannt, um die Mutter nach Villeneuve zum Einkaufen zu fahren. Margot kümmert sich derweil mit Berthe um das Haus und bereitet das Essen vor.

Während die Mutter in den drei Läden, die es im Ort gibt, ihre Einkäufe erledigt, sitzt Jean-Jacques im Bistro, trinkt einen Café und liest die Zeitung. Er weiß, dass die Mutter nicht so bald zurückkommt, weil sie überall Bekannte und auch Verwandte antrifft, mit denen die neuesten Nachrichten und Familienereignisse besprochen werden müssen. Die Warterei ist lästig, weil seine Gedanken immer wieder abschweifen und Bilder aufsteigen, die er vergessen möchte. Er ertappt sich bei der Vorstellung, dass dort hinter dem Tresen nicht die dunkelhaarige Solange steht, sondern seine Hilde, adrett in Schwarz gekleidet, eine kleine weiße Spitzenschürze vorgebunden, die ihre schlanke Taille betont. Ärgerlich rüttelt er die Zeitung zurecht und konzentriert sich auf den Leitartikel. Japan hat nun endlich kapituliert, der letzte Verbündete der Deutschen ist besiegt. Gegen die Vernichtungskraft der Atombomben ist kein Kraut gewachsen, Hiroshima und Nagasaki wurden dem Erdboden gleichgemacht. Nicht auszudenken, was geschehen wäre, hätte der irrsinnige Hitler solche Waffen in die Finger bekommen. Vermutlich wäre dann halb Europa und auch Amerika nur noch eine menschenleere Wüste.

In der Zeitung steht auch, dass an jeden Deutschen in der amerikanischen Zone gerade einmal 1000 Kalorien pro Tag verteilt werden. Das ist nicht gerade viel. Jetzt schweifen seine Gedanken schon wieder ab, und er macht sich Sorgen, dass Hilde und ihre Mutter vielleicht verhungern oder von einer Grippe dahingerafft werden. Wenn sie nicht im Bombenhagel der letzten Kriegstage gestorben sind. Wieso hat er darüber bisher nie nachgedacht? Durchaus möglich, dass Hilde gar nicht mehr am Leben ist. Er verspürt einen ziehenden Schmerz in der linken Schläfe bei diesem Gedanken. Nein, das kann nicht sein. Hilde lebt, sie ist eine von der Sorte, die alles überleben. Auch wenn er sie niemals wiedersehen wird, so hofft er doch, dass es ihr gut geht, dass sie keinen Hunger leiden muss und dass ihr Vater heil und gesund aus dem Krieg zurückkommt. Steht da nicht in einer Seitennotiz, dass in Le Havre die ersten Kriegsgefangenen der Amerikaner an Frankreich übergeben wurden? Nun – niemand kann daran interessiert sein, die Männer in Frankreich durchzufüttern. Man wird sie in die Heimat entlassen. Na also!

Als er durch die regennassen Fensterscheiben nach draußen sieht, stellt er fest, dass der Himmel aufgerissen ist. Gleißend spiegelt sich die Sonne in den Pfützen, bricht die Tröpfchen an der Scheibe zu buntem Feuerwerk. Drüben auf der anderen Straßenseite steht seine Mutter und winkt ihm – wie es scheint, will sie nicht ins Bistro kommen, um einen Café zu trinken, sondern gleich heimfahren. Auch gut. Er faltet die Zeitung und legt sie zurück, zahlt und wirft sich das feuchte Regencape um die Schultern.

Die Mutter hat gut eingekauft, er rückt die Bündel und Taschen auf dem Wagen zurecht, legt vorsichtshalber die Wachstuchplane darüber und hilft der Mutter beim Aufsteigen.

»Wenn das Wetter jetzt umschlägt, kann aus der Ernte noch etwas werden«, meint er, als sie nebeneinander sitzen und die Stute heimwärts zieht. »Mir kommt es so vor, als wäre der Mistral nicht weit.«

Die Mutter ist seiner Meinung. Der Mistral, der gefürchtete kalte Wind der Provence, kündigt sich meist schon Tage vorher an. Wetterfühlige Menschen bekommen dann Kopfschmerzen oder fühlen sich abgeschlagen und krank. Jean-Jacques hat das

Übel von seiner Mutter geerbt, er kann den Mistral voraussagen.

»Drei Tage, dann ist er da«, meint sie und bindet das Kopftuch fester.

Kopfschmerzen oder nicht – für die Winzer ist der Mistral ein Segen, denn er bläst alle Feuchtigkeit aus den Trauben und verhindert die Fäulnis.

»Wenn der Vater einverstanden ist«, meint Jean-Jacques. »Dann könnten wir im kommenden Jahr ein Auto anschaffen. Das spart Zeit und vereinfacht die Arbeit.«

Die Mutter ist dagegen. Sie mag keine stinkenden Benzinmotoren, auch wird sie gewiss niemals lernen, wie man solch ein Vehikel steuert. Die brave Stute zieht den Wagen nun schon fast zehn Jahre, sie soll es noch ein paar Jahre lang tun.

»Da ist etwas, was ich dir sagen wollte, Jean-Jacques«, meint sie, als schon der elterliche Hof in Sicht kommt. »Es wird dir vielleicht nicht gefallen, aber ich habe so entschieden.«

Er ist verwundert, weil die Mutter eigentlich niemals allein Entscheidungen fällt, sondern immer gemeinsam mit dem Vater.

»Ich werde den Médouille deinem Bruder überschreiben.«

Jean-Jacques braucht einige Sekunden, um die Tragweite dieser Aussage zu begreifen. Der Médouille ist ein Weinberg, nicht besonders groß, aber der Boden ist gut, dort wachsen die besten Sorten. Jean-Jacques weiß, dass der Médouille zum Erbe der Mutter gehört, sie hat dieses Land mit in die Ehe gebracht, und ihr Vater hat seinerzeit festgelegt, dass es auch bei ihr bleiben soll und sie allein darüber verfügen darf. Nun wird also sein kleiner Bruder dieses Land bekommen. Eine ganz unglaubliche Sache.

»Gibt es einen Grund dafür, dass du mich, deinen älteren Sohn, von dem Erbe ausschließt?«, fragt er mühsam beherrscht.

»Ja.«

Sie sitzt neben ihm, in das Regencape gewickelt, ihr buntes

Kopftuch flattert im leisen Fahrtwind. Seine Mutter. Eine kleine, freundliche und immer fürsorgliche Frau. Und doch scheint ihr Gesicht jetzt, als er zu ihr hinüberschaut, wie aus Stein.

»Und welchen?«

Sie verzieht noch immer keine Miene. Kein Bedauern. Nicht einmal verlegen ist sie. Dafür aber fest entschlossen.

»Ich möchte, dass mein Sohn Pierrot hier bei uns auf dem Hof bleibt. Niemand soll das Recht haben, ihn fortzuschicken, darum gebe ich ihm das Land schon zu Lebzeiten.«

Die Stute hat wie üblich beim Anblick der heimatlichen Weide an Tempo zugelegt, sodass sie nun schon durch die Hofeinfahrt fahren. Um weiter zu diskutieren, ist es jetzt zu spät, außerdem weiß er aus Erfahrung, dass die Mutter nicht leicht umzustimmen ist. Jean-Jacques schweigt verdrossen und spannt die Stute aus, während Pierrot und Margot herbeilaufen, um den Wagen abzuladen.

Irrt er sich, oder hat sein kleiner Bruder ihn gerade eben mit einem triumphierenden Blick bedacht? Er ist sich nicht sicher, aber wenn, dann hat Pierrot allen Grund dazu. Während sie die Mittagssuppe essen und dazu mit Wasser gemischten Wein trinken, wächst in ihm der Zorn auf Pierrot, der sich so schlau hinter die Mutter geklemmt hat. O ja – sie ist immer schon auf der Seite des jüngeren Sohns gewesen, er hat es leicht gehabt, sie zu überzeugen. Nun wird Pierrot hierbleiben, ein Pfahl im Fleisch seines Bruders, denn der Jüngere ist Landbesitzer und hat Mitspracherecht bei allen Entscheidungen, die den Hof betreffen.

Was für ein schlauer Schachzug. Jean-Jacques nimmt sich vor, die Angelegenheit in einer ruhigen Minute mit dem Vater zu bereden. Vielleicht kann der auf die Mutter einwirken, dass sie ihre Entscheidung noch einmal überdenkt. Zwei streitende Brüder können keinen Hof gemeinsam führen, das liegt auf der Hand. Wenn es bei der Entscheidung bleibt, dann sieht es mit der Zukunft des Anwesens düster aus.

Nach der Mittagsmahlzeit sind die Frauen in der Küche beschäftigt, der Vater geht mit Jérôme zur Pferdeweide, weil er gesehen hat, dass der junge Rappe lahmt. Jean-Jacques überlegt, ob er mitgehen soll, entschließt sich jedoch, mit dem Gespräch noch zu warten. Er hat elende Kopfschmerzen, seine Hände sind kalt, die Augen tränen. Verdammter Mistral – wenn er doch endlich wehen würde, dann ginge es ihm besser.

»Leg dich ein wenig hin, Jean-Jacques«, sagt Margot leise zu ihm. »Du hast Kopfweh, nicht wahr?«

Aber er ist zu wütend, um jetzt im Bett herumzuliegen. Stattdessen wirft er eine Jacke über und verlässt den Hof. Ein wenig laufen, das wird ihm guttun. Frische Luft um die Nase wehen lassen, den lauen Septemberwind in den Haaren spüren. Wenn erst der kalte Mistral da ist, dann klappern die Fensterläden, und alles, was nicht festgebunden ist, fliegt davon. Ohne dass er sich dessen bewusst ist, lenkt er seine Schritte zu dem bewussten Weinberg, der Médouille genannt wird. Grenache-Trauben wachsen dort, die in guten Jahren einen hervorragenden Weißwein ergeben. Er selbst hat sich vor dem Krieg bemüht, den Wein zu veredeln, hat Bourboulenc hinzugefügt und war mit dem Ergebnis recht zufrieden. Tatsächlich hat er einiges vor mit den Trauben dieses hübschen, kleinen Weinbergs, und schon deshalb wäre es jammerschade, wenn sein kleiner Bruder ihm dazwischenfunken würde.

Jetzt, da die Sonne herausgekommen ist, steigt die Feuchtigkeit wie feiner Nebel von den Weinstöcken auf. Er bleibt stehen und freut sich an dem Anblick, atmet tief durch, um die lästigen Kopfschmerzen zu vertreiben.

»Nimmst du Abschied?«, fragt plötzlich hinter ihm die höhnische Stimme des Bruders.

Er dreht sich blitzartig um und steht vor Pierrot. Der Jüngere muss die ganze Zeit über hinter ihm hergeschlichen sein.

»Warum sollte ich?«

»Weil dies bald mein Weinberg sein wird!«

Jean-Jacques schnaubt abfällig. Das höhnische Grinsen seines Bruders steigert seine Wut, lässt ihn Dinge sagen, die er besser bei sich behalten würde.

»Muttersöhnchen! Aber damit kommst du nicht durch, Pierrot.«

Unwillkürlich hat er die Hände zu Fäusten geballt, und auch Pierrot nimmt Kampfstellung ein. Sie stehen einander gegenüber wie schon damals als Knaben, belauern sich, warten darauf, dass der andere einen Fehler macht, um selbst blitzschnell zu kontern.

»Du wirst mich nicht los, Bruderherz«, höhnt Pierrot. »Bis in deine Träume werde ich dich verfolgen. Bis in dein Ehebett. Bis in deine sündigen Gedanken an dein deutsches Liebchen …«

Da ist es passiert. Jean-Jacques hat keinen guten Tag, er lässt sich hinreißen, als Erster zuzuschlagen. Der Jüngere wehrt die Faust des Bruders ab und schlägt gleichzeitig selber zu. Jean-Jacques bekommt einen kräftigen Hieb gegen das Kinn, er beißt sich auf die Zunge und taumelt zurück. Warmes Blut rinnt aus seinem Mund, es schmeckt metallisch, er wischt es mit dem Ärmel weg, aber es kommt immer mehr.

»Du hast Margot bekommen, weil du der Hoferbe bist«, zischt ihn Pierrot an. »Nur deshalb haben sie sie an dich verheiratet. Niemand hat es interessiert, dass ich sie liebe. Aber früher oder später wird sie mir gehören, weil du sie gar nicht wert bist.«

Er ist so mit dem Schmerz in seinem Mund beschäftigt, dass er kaum zuhören kann. Was schwatzt Pierrot da? Dass er Margot liebt? Ist er verrückt?

»Ich habe gehofft, dass du nicht aus dem Krieg zurückkommen würdest«, redet Pierrot weiter. »Dann wäre alles einfach gewesen. Aber nun, da du wieder hier bist, wirst du mit mir rechnen müssen. Ich bleibe hier, Jean-Jacques. Ich bin dein böser Geist, dein Horlà, dein Schatten, ich verfolge dich so lange, bis du …«

Jetzt ist Jean-Jacques im Vorteil, denn Pierrot hat im Eifer seiner boshaften Rede nicht aufgepasst. Er stürzt sich auf ihn und reißt ihn zu Boden, sie wälzen sich zwischen den Weinstöcken, keuchen und fluchen, bespucken und schlagen einander, bis schließlich der Ältere die Oberhand gewinnt.

»Gib auf!«, fordert Jean-Jacques, als er rittlings auf der Brust seines Bruders sitzt und dessen Hände festhält.

»Fahr zur Hölle!«, zischt der Besiegte.

»Gibst du auf?«

»Nie im Leben!«

Nach ein paar Ohrfeigen, gegen die sich Pierrot nicht mehr wehren kann, kapituliert er endlich. Der Ältere gibt ihn frei.

»Steh auf, und verschwinde von hier!«

Pierrot steht vornübergebeugt und hustet, zieht sein Taschentuch heraus, um sich das Blut vom Kinn zu wischen, denn seine Unterlippe ist gespalten. Jean- Jacques hat ein dick angeschwollenes Ungetüm im Mund, das einmal seine Zunge gewesen ist. Er dreht sich um, klopft Hose und Jacke ab und geht wortlos davon, folgt dem Pfad zwischen den Weinstöcken hindurch, bleibt immer wieder stehen, um sich mit dem Jackenärmel das Blut abzuwischen.

Der Schlag auf den Hinterkopf trifft ihn völlig unvorbereitet. Er glaubt, eine Glasscheibe vor seinen Augen zu sehen, die in zahllose kleine Scherben zerspringt, dann nimmt ihn die Finsternis mildtätig in ihre Arme.

HILDE

Wiesbaden, September 1945

»Hilde? Was ist mit dir?«

Mama steht im Nachthemd an der Zimmertür und starrt sie erschrocken an. Hilde sitzt im Bett und keucht vor sich hin.

»Nichts Mama … Ich hab bloß geträumt …«

Erleichtert lehnt sich Mama gegen den Türrahmen. »Du hast so laut geschrien, dass ich schon dachte, du wärst krank …«

»Nein, nein – alles in Ordnung, Mama … Nur ein blöder Albtraum.«

»Na, Gott sei Dank«, meint Mama und geht hinunter ins Café, um dort einen Eimer Wasser zu holen und ins Badezimmer zu tragen. Es ist sechs Uhr – Zeit zum Aufstehen.

Hilde lässt sich erschöpft zurück in die Kissen fallen. Immer noch hat sie das grausige Bild vor Augen: Eine Reihe Soldaten mit angelegten Gewehren, vor ihnen ein Mann, die Augen verbunden, die Hände auf dem Rücken gefesselt. Sie sieht das schwarze lockige Haar, den Mund, den sie so gut kennt, sie weiß, dass es ihr Liebster ist, den in wenigen Sekunden zahllose Gewehrkugeln durchbohren werden. Ihr Liebster, der sich von ihr losgesagt hat, der feige Verräter, den sie doch eigentlich hasst. Aber im Traum ist sie schreiend auf ihn zugelaufen, hat die Arme um ihn gelegt, wollte ihn mit ihrem Körper vor den Kugeln schützen …

»Total bescheuert«, murmelt sie. »So blöd muss eine erst mal sein …«

Sie wischt sich die Tränen ab und ärgert sich fürchterlich, dass sie im Traum um ihn geheult hat. Wie ist das möglich? Sie hat ihn doch eigentlich vergessen, oder etwa nicht? Etwas anderes hat er weiß Gott nicht verdient, dieser wortbrüchige Mistkerl. Vergessen und begraben. Schluss. Aus. Ende.

Es muss daran liegen, dass momentan alles gegen sie ist. Mit der Künzel gab es Streit, Addi ist einsilbig und nörgelt an allem herum, Julia kommt kaum noch aus ihrer Wohnung heraus, und der Gipfel aller Ärgernisse ist diese Person, die einfach so in die Familie hereingeschneit ist.

Ihre Cousine Luisa! Wer's glaubt, wird selig! Steht am Abend vor dem Café herum und schaut durchs Fenster. War ja hell beleuchtet, da hat sie sehen können, wie sie alle zu Abend gegessen haben. Und da hat sie sich überlegt, dass dies ein schöner warmer Platz für sie wäre, wo sie den Winter über durchgefüttert wird. Papa hat sie gleich zu Anfang um den Finger gewickelt, aber das war kein Kunststück, denn Papa ist naiv und gutgläubig. Seine Nichte, die Tochter seiner Schwester Annemarie. Aus dem Ostseebad Rauschen – ach ja, da ist er dahingeschmolzen. Hat sie in die Arme genommen, und sie musste sich an den Tisch setzen. Den Rest Grießsuppe bekam sie auf den Teller und ein Stück Brot. Und danach noch Kekse und Muckefuck. Richtig satt gegessen hat sie sich. Und von den Großeltern erzählt, die ein Café in Rauschen gehabt haben. Nun ja – sie hat schon eine ganze Menge Dinge gewusst, die gestimmt haben. Aber trotzdem ist Hilde fast sicher, dass dieses Mädchen eine Hochstaplerin ist. Eine ganz gerissene sogar, sonst hätte sie Papa nicht so an der Nase herumgeführt.

Wie sie schon dahergekommen ist! Mit diesen komischen Kleidern, die sie angeblich von den Amerikanern bekommen hat. Die Haare hat sie bestimmt wochenlang nicht gewaschen, und der Rucksack, der hat regelrecht gestunken. Hilde ist es unverständlich, dass niemand Verdacht geschöpft hat, nicht einmal die Künzel, die doch sonst nicht auf den Kopf gefallen ist. Alle fanden, diese Hochstaplerin sei ein liebes Mädel, das schrecklich viel durchgemacht hat. Und als sie dann auch noch erzählt hat, dass ihre Mutter bei einem Tieffliegerangriff erschossen wurde – da waren alle zu Tränen gerührt. Der arme Papa, der wohl gehofft hat, seine Schwester Annemarie irgendwann einmal wiederzusehen, war wie vor den Kopf geschlagen.

Wenn das mit ihrer Mutter stimmt, dann hätte sie wirklich Schreckliches erlebt. Dann täte sie Hilde auch wahnsinnig leid. Aber vorerst ist Hilde der Meinung, dass sie das alles nur erfunden hat. Ist doch praktisch, dass sie die Mutter hat sterben lassen, da ist sie aus dem Weg. Hat sie vielleicht Papiere gezeigt, um zu beweisen, wer sie ist? Nein, hat sie nicht. Ihre Ausweispapiere seien auf der Flucht verloren gegangen, behauptet sie. So einfach ist das. Morgen schmeiße ich meinen Pass weg und erzähle, ich sei eine Enkelin des gewesenen Kaiser Wilhelm. Oder die Urenkelin von Rockefeller.

Nun – ihre angebliche Cousine hat sich jedenfalls als Luisa von Tiplitz vorgestellt. Weil Papas kleine Schwester Annemarie in Rauschen angeblich einen Baron Johannes von Tiplitz kennengelernt hat, und die beiden haben geheiratet. Ihre hochgeborene Cousine Luisa ist auf einem Gutshof bei Danzig aufgewachsen. Da mussten sie natürlich flüchten, als die Russen kamen.

»Meine kleine Schwester …«, hat Papa immer wieder gesagt, mit Tränen in den Augen. »Die Annemarie. Das Mariechen. So hoch hinauf hat sie geheiratet. Einen Baron von Tip… wie hieß er doch? Tiplitz? Alter preußischer Adel, wie?«

Auch der Herr Papa ist verstorben – da hat die schlaue Luisa gar keine Hemmungen. Herzkrank war der arme Baron Johannes von Tiplitz. Hat die Ehefrau und die Tochter früh allein gelassen. Wie das Leben so spielt …

Sie hat etwas an sich, das allen gefällt. Alle mögen sie, bedauern sie, wollen ihr helfen, sprechen ihr Mut zu. Allen voran Papa mit seinem weichen Herzen, da hat sie es leicht gehabt. Als Nächste fällt Julia auf sie herein, sie ist ganz gerührt von den schrecklichen Erlebnissen der armen Luisa und bietet ihr an, Kleider für sie zu nähen. Schuhe hätte sie auch oben, jede Menge sogar, was für ein Glück, dass sie und Luisa die gleiche Schuhgröße haben. Addi hat sich zuerst zurückgehalten, aber Hilde hat ihm gleich angesehen, dass er dem Fräulein Baronesse auf den Leim gegangen ist.

»So ein armes, liebes Mädel«, sagt er, als Mama Luisa nach oben begleitet. »Eine Schande, dass sie jetzt bei den Storbecks wohnen soll. Wenn der alte Sack sie anfasst, dann kriegt er von mir eins aufs Maul!«

»Ach, Unsinn«, meint Julia. »Der Storbeck hat sich sehr verändert, seitdem er aus dem Lager zurück ist. Das hat mir die Marianne erzählt.«

Darauf gibt Addi keine Antwort, er schaut nur düster auf seinen leeren Suppenteller und spielt mit der rechten Hand auf der Tischdecke Klavier.

»Und dann soll er ja auch bald eine Stellung bekommen …«

Jetzt hebt Addi den Kopf und schaut Julia stirnrunzelnd an. »Der Storbeck? Der bekommt eine Anstellung?«

Julia nickt eifrig, dann sagt sie nichts mehr, weil Addi sie so zornig ansieht.

»Am Ende wieder im Rathaus? Auf seinem ehemaligen Posten als Stadtkämmerer?«

»Aber nein!«, ruft Julia. »Als Straßenbahnschaffner bei den Stadtwerken. Aber das ist noch nicht spruchreif, hat die Marianne gesagt.«

Addi schüttelt den Kopf, dann steht er auf und geht zur Tür. »Manche Leute werden halt nie gescheit«, sagt er in Julias Richtung. Dann reißt er die Tür auf, und man kann seine schweren Schritte auf der Treppe hören.

»Wie Hund und Katz, die beiden«, sagt die Künzel. »Und dabei sah es vor Kurzem noch so aus, als würde ein Paar aus ihnen. Ja, die Liebe hat bunte Flügel …«

Dabei schaut sie Hilde herausfordernd an. Die dreht rasch den Kopf zur Seite, weil sie keine Lust hat, mit ihr herumzustreiten. Dabei hat sie neulich wirklich nicht geflirtet und schon gar nicht ihr Strumpfband gerichtet. Sie hat nur das Treppengeländer mit einem Staubtuch abgewischt und sich dabei ein wenig gebückt. Kann sie etwas dafür, dass der Ami seine schönen blauen Augen auf sie richtet? Er hätte ja auch woandershin schauen können …

»Ihr beide habt doch die gleiche Größe, Luisa und du«, sagt Papa, der von dem Streit zwischen ihr und der Künzel nichts mitbekommen hat. »Da findest du in deinem Kleiderschrank bestimmt ein paar hübsche Sachen, die ihr passen.«

Das hat ihr gerade noch gefehlt, dass sie diese Person mit Kleidern versorgen soll. Wo sie selbst viel zu wenig zum Anziehen hat. Vor allem nichts Schickes, das sie anziehen könnte, wenn sie mal mit Gisela durch die Stadt geht. Was selten genug geschieht, denn sie wird im Café gebraucht. Aber *wenn* sie mal einen Nachmittag Zeit hat, steht sie immer ratlos vor dem Spiegel. Die beiden Sommerkleider sind jetzt einfach zu dünn, sie muss eine Strickjacke darüberziehen. Aber damit schaut sie aus wie ihre eigene Großmutter, so richtig altbacken. Deutsche Mutter und Hausfrau beim Gang zum Kaffeekränzchen der NS-Frauenschaft. Puh.

»Weiß nicht …«, murmelt sie. »Vielleicht eine Strickjacke …«

In den folgenden Wochen schafft es ihre neue Cousine, sich endgültig überall einzuschmeicheln. Die Künzel lässt sich von ihr die Haare frisieren und beschenkt sie mit Seidenstrümpfen, die sie bei den Amis ergattert hat.

»So ein süßes Mädel«, sagt sie. »Anstellig ist sie. Macht mir die Haare genauso, wie ich es haben will. So eine hat hier gefehlt!«

Was für eine Schleimerin! Hilde hat gut aufgepasst: Die beiden Gesangsschüler bekommen Stielaugen, wenn sie Luisa sehen. Aber das kriegt Sofia Künzel gar nicht mit. Weil sie nie im Leben auf die Idee käme, dass die arme kleine Luisa ihre Schüler verführen könnte.

Die Welt ist ungerecht. Luisa kommt mit den Storbecks gut aus, sie sitzt mit Addi im Café zusammen und führt leise Gespräche mit ihm, und oben bei Julia bekommt sie doch tatsächlich ein traumhaft süßes Herbstkostümchen genäht. Genauso eins, wie Hilde es gern hätte. Mama, die zunächst skeptisch war, hat sie auch schon erobert. Wie es scheint, versteht sie tatsächlich etwas vom Backen, womöglich stimmt die Sache mit dem Café in Rauschen also doch. Auf jeden Fall geht Luisa Mama beim Kuchenbacken zur Hand. Sie hat es sogar geschafft, aus Maismehl mit Eipulver so etwas wie Biskuit herzustellen.

Es ist zum Heulen. Hilde fühlt sich mehr und mehr auf die Seite gedrängt, sie verteidigt nun ihre letzte Bastion – das Bedienen der Gäste. Das ist ihr Ressort, da hat Luisa nichts zu suchen. Und wenn Papa auf die Idee kommen sollte, etwas anderes zu verfügen, dann ist sie fest entschlossen, alles hinzuschmeißen. Sollen sie doch sehen, wie sie ohne sie zurechtkommen.

Aber dann passiert etwas, das alles verändert. Und das hat sie Gisela zu verdanken. Ach, sie ist doch ihre einzige und beste Freundin, auch wenn sie nicht immer einer Meinung sind. Es geschieht an einem trüben herbstlichen Montagnachmittag, als das Café ziemlich leer ist und nur Papa am Fenstertisch mit einem Buch sitzt. Hilde putzt gerade die Kuchentheke mit einem feuchten Lappen – da bewegt sich die Drehtür, und ein Gast tritt ein. Beinahe wäre ihr der nasse Lappen auf Elses Sandkuchen gefallen: Es ist Josh Peters. In eigener Person.

»Guten Tag«, grüßt er und nimmt die Mütze ab. »Ein scheußliches Wetter draußen – sieht so aus, als bekämen wir einen frühen Herbst.«

Auf der Stelle hat sie sich wieder in der Gewalt. Sie lächelt ihn an und meint, dass der Herbst von ihr aus ruhig noch wegbleiben könne. »Was darf ich Ihnen bringen, Lieutenant Peters?«

»Kaffee und ein Stück von Ihrem hervorragenden Sandkuchen bitte.«

»Kommt sofort …«

Während sie den Kuchen abschneidet, sieht sie Papas verdrießliche Miene. Er kann die Amerikaner nicht leiden, auch wenn sie als Befreier gekommen sind und man sich inzwischen recht gut miteinander versteht. Aber Papa ist altmodisch: Er hasst die Musik, die sie mitbringen, den Swing und den Jazz, er findet Kaugummi unappetitlich, und die Begeisterung der Kinder und jungen Leute für das »kulturlose« Amerika kann er nicht verstehen. Hilde stellt Kaffee und Kuchen auf ein Tablett, legt Kaffeelöffel, Kuchengabel und eine Serviette dazu und bedient ihren Gast.

»Lassen Sie es sich schmecken …«

»Das werde ich. Herzlichen Dank.«

Lächelt er? Auf jeden Fall ist der Blick, mit dem er sie gerade ansieht, freundlich. Mehr als freundlich. Richtig nett kann er schauen, wenn er will. Er nimmt einen Schluck Muckefuck, rührt den Kuchen aber noch nicht an.

»Ich habe gehört, dass Ihr Vater aus der Kriegsgefangenschaft zurück ist«, sagt er. »Das freut mich sehr für Sie alle.«

»Ja, wir sind sehr glücklich darüber. Darf ich Ihnen meinen Vater vorstellen? Er sitzt dort drüben am Tisch. Papa? Das ist Lieutenant Peters. Ein Neffe von Eddi Graff …«

Bei der Erwähnung des Namens Eddi Graff schnellen Papas unmutig gesenkte Augenbrauen in die Höhe. »Ein Neffe unseres großen Mimen Eduard Graff?«, sagt er und setzt sich gerade hin, um Peters genauer zu betrachten. »Ja, ist das denn die Möglichkeit?«

»Die Welt ist klein, Herr Koch«, gibt Peters zurück. »Eduard

Graff kam Mitte der dreißiger Jahre in das Haus meiner Eltern in Manhattan …«

Papa schaut kurz zur Zimmerdecke hinauf, weil er sich erinnern will, wann Graff Deutschland verlassen hat. Es stimmt, das war anno fünfunddreißig.

»Sie glauben gar nicht, wie sehr wir ihn alle bewundert haben«, schwärmt er. »Einer der ganz Großen. Wenn er spielte, war die Vorstellung immer ausverkauft, und bei den Maifestspielen war er die Attraktion. Ich hatte eine signierte Fotografie von ihm, die leider verschwunden ist …«

»Oh«, ruft Peters und legt die rechte Hand auf die Brust. »Die habe ich an mich genommen, Herr Koch. Weil es das einzige Foto meines Onkels aus seiner großen Zeit ist. Ich werde es Ihnen aber zurückgeben …«

»Mein Gott«, sagt Papa und ist schon wieder gerührt. »Behalten Sie es, junger Mann. Er ist doch Ihr Onkel. Ich könnte Ihnen stundenlang von ihm erzählen. Meine Frau und ich, wir waren in allen seinen Vorstellungen!«

»Das würde mich natürlich brennend interessieren, Herr Koch …«

Da ist es passiert, Hilde hat darauf hingearbeitet, und es hat geklappt. Papa macht eine einladende Armbewegung und fordert Peters auf, sich zu ihm an den Tisch zu setzen.

»Ich hab dieses verdammte Holzbein, Lieutenant, und bin nicht mehr so schnell auf den Füßen wie früher. Also kommen Sie rüber zu mir. Hilde, sei so lieb und bring sein Gedeck mit … Und für mich noch einen Kaffee …«

Peters nimmt seine Kaffeetasse selbst, Hilde muss ihm nur den Kuchenteller hinterhertragen.

»Möchten Sie sich nicht zu uns setzen, Fräulein Koch?«

»Das geht nicht, Lieutenant, ich bin im Dienst«, lacht sie und salutiert. »Da ist mein Papa sehr streng.«

Sie überlässt die beiden ihren Gesprächen und poliert die Kuchentheke. Später wird sie beauftragt, dieses oder jenes Foto von der Wand zu nehmen und herbeizutragen. Nach einer Weile erscheint Addi, der immer noch mit der düsteren Miene des Tragöden herumläuft, dann auch Luisa. Nun ärgert sich Hilde schon ein wenig, dass sie kellnern muss und sich nicht auch dazusetzen kann. Zumal Peters Luisa mit Aufmerksamkeit betrachtet und auch einige Sätze an sie richtet. Sie antwortet ihm ruhig und freundlich, lächelt dazu in ihrer schüchternen Art, die alle so reizend finden.

Jetzt macht sie wieder eine auf »armes Mädel«, denkt Hilde missgünstig. Die Masche hat sie gut drauf, die zieht immer. Aber warte, meine Liebe. Wenn du glaubst, du könntest mir den Lieutenant ausspannen, dann hast du ganz schlechte Karten.

Mama taucht jetzt ebenfalls auf, sie hat Einkäufe gemacht und versucht, bei Feinkost Gold ein paar Sachen ohne Marken zu bekommen. Ihrem Gesicht nach hat sie wenig Erfolg gehabt. Tja – ihr werdet um den Schwarzmarkt nicht herumkommen, liebe Eltern, denkt Hilde. Sonst könnt ihr das Café bald zumachen.

»Das ist doch der …«, sagt Mama.

»Genau der. Lieutenant Peters.«

»Wie nett«, meint Mama. »Räum doch mal die Sachen in den Schrank, Hilde.«

Sie weiß genau, was Mama vorhat. Sie geht in den Gästeraum, begrüßt Peters und setzt sich dazu. Gleich wird sie Papa erzählen, dass es Lieutenant Peters war, der sie vor der Einquartierung bewahrt hat, und Addi wird es bestätigen. Ohne Peters wäre das Haus jetzt von mehreren amerikanischen Offizieren bewohnt, von denen einige Frau und Kinder zu sich geholt hätten. Mama setzt alles daran, Papa von seinem Amerikanerhass zu heilen, weil er damit dem Café Engel schadet. Gut so, denkt Hilde. Die Dinge entwickeln sich großartig. Wenn mir nur meine hochadelige Cousine keinen Strich durch die Rechnung macht.

Aber Luisa – als hätte sie Hildes Unmut gefühlt – steht nach einiger Zeit auf und verabschiedet sich. »Julia wartet oben auf mich …«

Hilde gönnt ihr jetzt sogar das schicke Herbstkostüm – Hauptsache, sie verschwindet. Dafür spuckt die Drehtür jetzt Gisela und ihren getreuen Sammy aus, gefolgt von dem Bunten, der sich mal wieder auf diese Weise ins Café geschmuggelt hat. Hilde begrüßt die Freundin mit Küsschen und Umarmung, auch Sammy bekommt etwas davon ab – sie ist so froh, dass die beiden wieder einmal im Café aufkreuzen, weil sie wegen Papas Absage ein schlechtes Gewissen hat. Aber wie es scheint, ist Gisela gar nicht beleidigt, sie ist gut gelaunt, und während Sammy sich kurz mit Peters unterhält, flüstert sie Hilde ins Ohr: »Pass auf – wir haben einen Anschlag auf euch vor …«

»Was für einen An…?«

»Pssst!«

Ein Tisch muss herangerückt werden, denn Mama bittet die beiden neuen Gäste, in der großen Runde Platz zu nehmen. Papa ist so in sein Gespräch mit Peters vertieft, dass er es zunächst gar nicht mitbekommt. Er hat von Peters erfahren, dass Eduard Graff in New York niemals wieder auf einer Bühne gestanden hat und kurz vor Kriegsende auf tragische Weise bei einem Autounfall ums Leben kam. Das trifft ihn tief, und Peters bemüht sich nach Kräften, ihn zu trösten.

»Nun setz dich schon dazu, Hilde«, ruft ihr Mama zu. »Ich koch mal einen Tee und mache ein paar Schnittchen. Wir sind ja hier unter uns.«

Es wird tatsächlich sehr familiär. Gisela serviert Schnittchen, Addi bringt die große Teekanne, und Josh Peters hilft Hilde, Teetassen und Zuckerdose herbeizuschaffen. Als sie einen Moment lang in der Küche miteinander allein sind, fragt er sie leise: »Sind Sie noch böse auf mich, Fräulein Hilde?«

Sie weiß, dass er den verpatzten Tanzabend in der Steingasse meint, und Café Engel hin oder her, sie hat nicht die Absicht, so zu tun, als sei alles schon vergeben und vergessen.

»Ich habe mich schon über Sie geärgert, Lieutenant. Sie waren respektlos und haben mich wie ein kleines Kind gegängelt.«

»Das ist richtig«, sagt er beklommen. »Ich hatte Sorge, dass Sie in schlechte Gesellschaft geraten könnten.«

Hilde schielt rasch zur Tür, aber Mama hat sich neben Papa gesetzt, sie hat nicht vor, zurück in die Küche zu gehen.

»Tut es Ihnen wenigstens leid?«, fragt sie.

»Einerseits ja«, gesteht er. »Ich hätte höflicher sein müssen. Charmanter, wenn Sie so wollen. Aber leider bin ich, im Gegensatz zu meinem berühmten Onkel, kein Mann, dem die Frauen zu Füßen liegen. Ich bin direkt und wirke oft schroff.«

Ein so langes Geständnis hat sie nicht erwartet. Es berührt sie. Tatsächlich ist er kein bisschen charmant, er kann nicht einmal lächeln. Aber vielleicht gefällt er ihr gerade deshalb. Einen charmanten Lügner braucht sie nicht mehr, auf den ist sie prächtig hereingefallen, und sie knabbert noch immer an den Folgen.

Er steht vor ihr und hält brav das Tablett, auf das sie die Teetassen samt Untertassen gestapelt hat. Jetzt stellt sie vorsichtig noch die Zuckerdose dazu, dann schaut sie zu ihm hoch. Sein Blick ist erwartungsvoll und zugleich ein wenig traurig.

»Wissen Sie«, meint sie schmunzelnd. »Diese Männer, denen die Frauen zu Füßen liegen – die sind nichts für mich. Mir gefällt es besser, wenn jemand aufrichtig ist und kein falsches Theater macht. Dann kann er auch mal schroff wirken – damit komme ich klar.«

Sein Mund lächelt immer noch nicht, aber seine Augen tun es jetzt. Hilde ist fasziniert, wie warm und froh dieses Lächeln ist.

»Das freut mich sehr«, sagt er.

Als sie im Gastraum erscheinen und Hilde die Tassen austeilt, fängt Hilde Giselas triumphierenden Blick auf. Siehst du, sagt ihr Blick. Ich habe Wort gehalten und ihn hergebracht. Alles Weitere liegt jetzt bei dir.

Es wird eine fröhliche Runde, Gisela und Peters bemühen sich, Sammy die Gespräche zu übersetzen, einige deutsche Worte versteht er ja schon. Später setzt sich die Künzel zu ihnen und unterhält sie mit Anekdoten aus ihrer großen Zeit auf der Opernbühne, und sogar Addi erzählt die Geschichte, als Eddi Graff seinen Text vergessen hatte und mitten in der Szene zum Souffleurkasten ging, um sich dort – so schien es zumindest – die Schnürsenkel zu binden. Es ist schon dämmrig, als sich Peters verabschiedet. Papa steht extra auf, um ihm freundschaftlich und auf Augenhöhe die Hand zu schütteln.

»Es hat mich sehr gefreut, Lieutenant. Ich hoffe, wir sehen uns bald wieder.«

Peters verspricht es und setzt schon seine Mütze auf, bleibt aber noch stehen. »Ich habe eine Bitte an Sie, Herr Koch. Wäre es möglich, dass ich Ihre Tochter für einen Nachmittag entführe? Mein Freund Sammy Hill und seine Verlobte wollen einen Ausflug in den Taunus unternehmen und haben mich gefragt, ob ich mitmache. Da kam mir die Idee, Ihr Fräulein Tochter einzuladen …«

Hilde ist vollkommen überrumpelt. Jetzt begreift sie, was Gisela gemeint hat. Ach, du liebe Zeit, das klappt doch nie im Leben! Einen ganzen Nachmittag. Zwei Pärchen im romantischen Taunus. Da wird Papa gleich einen Riegel vorschie…

»Na ja …«, sagt Papa zweifelnd. »Von mir aus. Aber spätestens um sieben ist sie wieder hier.«

Er schaut streng zu Hilde hinüber, so wie früher, wenn sie mit Gisela ins Kino wollte. Hilde räuspert sich. »Werde ich auch gefragt?«, sagt sie, halb beleidigt, halb amüsiert.

»Verzeihung«, sagt Peters mit todernstem Gesicht. »Ich wollte zuerst die Lage klären und Sie danach fragen. Ich hoffe, Sie nehmen mir das nicht übel.«

Na warte, denkt sie. Wenn ich mit dir allein wäre, würdest du jetzt eine Menge zu hören bekommen. Unverbesserlich.

»Jetzt sag bloß, du willst nicht mitkommen!«, regt sich Gisela auf. »Wo wir uns so auf dich gefreut haben!«

»Doch. Na klar komme ich mit. Ich freue mich riesig … Wann geht es los?«

»Am Donnerstag«, sagt Gisela. »Und zieh dich warm an. Feste Schuhe. Nimm was gegen Regen mit. Wir wollen ein bisschen wandern.«

Ach Gott, wandern, denkt Hilde. Über matschige Wiesen und durch feuchte Wälder. Sehr romantisch. Aber wenigstens brauche ich da kein schickes Herbstkostüm.

LUISA

Wiesbaden, September/Oktober 1945

Sie ist heimgekommen. Heim ins Paradies. Nie hätte sie geglaubt, in diesem Leben noch einmal solche Wärme, solche Geborgenheit zu spüren. Seit sie mit vierzehn Jahren das Gut ihres Vaters verlassen musste, war sie auf sich selbst gestellt und hat dazu noch für die Mutter mitdenken, mitsorgen müssen. Erst jetzt wird ihr bewusst, wie viel sie sich abverlangt hat, wie hart sie gegen sich selbst sein musste und wie sehr ihr die Nestwärme gefehlt hat.

Vor allem aber hat sie einen zweiten Vater gefunden. Ihr Onkel Heinz hat gleich im ersten Augenblick ihr Herz erobert. Er ist eine Seele von Mensch: gutmütig, herzlich, mitfühlend. Wenn sie bei ihm sitzt und erzählt, schaut er sie mit seinen sanften Augen an, und sie fühlt sich verstanden. Die Augen ihrer Mutter! Das war das Erste, was ihr an ihrem Onkel auffiel: Er hat die gleichen blaugrünen Augen und auch die dunklen, geschwungenen Augenbrauen. Nur dass die Brauen des Onkels dichter sind. Wenn er sie senkt, schaut er richtig böse aus. Was er aber nicht ist. So richtig zornig werden kann er gar nicht. Auch wenn er manchmal herumpoltert und auf den Tisch klopft. Es geht vorbei wie ein Sommergewitter – meist tut es ihm hinterher leid.

Sie hat ihn ein bisschen angelogen, das ist schlimm, aber sie hat es für ihre Mutter getan. Ihre Familie hier in Wiesbaden und vor allem ihr Onkel sollen nicht wissen, dass Annemarie Koch eine Liebschaft mit einem Adeligen einging und ihm eine uneheliche Tochter geboren hat. Dass sie dreizehn Jahre auf Gut Tiplitz als Geliebte des Gutsherrn zubrachte und nach dessen

Tod fortgejagt wurde. Nein – ihre Familie soll ihrer verstorbenen Mutter mit Liebe und Respekt gedenken und sie nicht als das unglückliche, gefallene Mädchen bedauern. Oder gar verachten. Luisa wird die Ausweispapiere, die sie über die Flucht hin so sorgsam gerettet hat, verbrennen. Sobald der Ofen in der Wohnung angeheizt wird, will sie das tun.

Sie wohnt in einem Raum, der als Esszimmer eingerichtet ist, eigentlich ein Durchgangszimmer, denn es gibt eine Tür zur Küche und auf der anderen Seite eine Tür zum Wohnzimmer. Luisa schläft auf einem Sofa und hat ihre wenigen Besitztümer in eine Kommode geräumt. Früher hat dort wohl Geschirr gestanden, jetzt ist sie leer.

»Unfassbar«, hat Tante Else gemurmelt, als sie ihr das Zimmer gezeigt hat. »Dieses Diebespack! Alles haben sie gestohlen und auf dem Schwarzmarkt verhökert.«

Luisa hat sie erschrocken gefragt, wen sie denn meint mit dem Diebespack, aber Tante Else hat nur den Kopf geschüttelt und gesagt, das brauche sie nicht weiter zu interessieren. »Gib auf deine Sachen acht, Mädel«, hat sie hinzugefügt.

Das war am ersten Abend, als sie so unversehens in das Café Engel hereingeschneit ist. Da hat sie noch »Frau Koch« gesagt, erst einige Tage später hat die Tante ihr das Du angeboten. Energisch und ein wenig ruppig, wie es ihre Art ist. »Jetzt hör endlich auf mit dem albernen Frau Koch. Ich bin deine Tante Else. Ist das klar?«

»Danke …«, hat sie gestottert. »Und ich bin Luisa …«

»Das weiß ich. Kann passieren, dass ich im Eifer des Gefechts mal Lieschen zu dir sage. Ist das schlimm?«

»Aber nein …«

Schlimm ist es nicht. Aber Luisa kommen immer die Tränen, wenn die Tante sie so ruft. Weil doch ihre Mutter sie so genannt hat. Ihre Mutter und sonst kein anderer Mensch auf der Welt. Ihr Vater sagte immer Luisa zu ihr.

Tante Else ist ein praktischer Mensch, das hat sie gleich gemerkt, und deshalb hat sie sich ihr anvertraut. »Gibt es zu den Türen in meinem Zimmer eigentlich Schlüssel, Tante Else?«

Die Tante rührt gerade Mehl in den Teig ein und bleibt konzentriert bei der Arbeit, damit keine Klümpchen entstehen.

»Hat sie geschnüffelt? Die ist schon ein Luder, die Marianne. Tut immer so harmlos, aber die hat's faustdick hinter den Ohren. Irgendwo müssen die Schlüssel sein – ich schau nachher mal nach. Gib mal die Kastenform. Hast du die eingepinselt? Gut …«

Luisa ist vorsichtig, sie mag niemanden vorschnell beschuldigen. Aber die wenigen Kleidungsstücke und die Wäsche, die in der Kommode waren, sind herausgenommen und wieder hereingelegt worden. Sie hat es gemerkt, weil sie nun in umgekehrter Reihenfolge lagen. Der Pullover, den Else ihr geschenkt hat, ist jetzt obenauf, die grüne Strickjacke von Hilde zuunterst. Das kann eigentlich nur Marianne Storbeck gewesen sein, die immer so harmlos und geschwätzig daherkommt und ein solch falsches Lächeln hat. Luisa hat sie gleich nicht gemocht, sie ist jedoch freundlich geblieben und hat sich nichts anmerken lassen. Wilfried Storbeck ist mindestens ebenso unangenehm wie seine Ehefrau, nur auf andere Weise. Schon dreimal ist er, ohne anzuklopfen, in ihr Zimmer getreten, und das natürlich am Abend, wenn sie schon im Bett lag. Seit er urplötzlich im Badezimmer aufgetaucht ist, während sie sich gerade gewaschen hat, vergisst sie nie mehr, die Tür abzuschließen.

Die Storbecks sind ein kleiner Wermutstropfen in der Schale ihres Glücks, aber sie ist entschlossen, so gut wie möglich mit ihnen zurechtzukommen. Vor allem muss sie endlich die Ausweispapiere vernichten – sonst findet Marianne Storbeck sie am Ende noch, und wer weiß, was sie damit anfängt.

Am schönsten sind die Abende, wenn sie alle zusammen – zum Glück ohne die Storbecks – im Café sitzen und essen, was

Tante Else zusammengekocht hat. Auch hier in Wiesbaden sind die Lebensmittel knapp; was man auf Karte bekommt, ist wenig genug. Da ist es klug, dass alle zusammentragen, was sie haben, und Else täglich eine Mahlzeit zubereitet. Meistens ist es eine dicke Suppe aus Reis oder Graupen, manchmal sind Möhren oder Zwiebeln drin, auch mal Mais aus der Dose oder Erbsen. Speck gibt's nur manchmal, der duftet dann durchs ganze Haus, dass einem schon das Wasser im Mund zusammenläuft, weil Else ihn in der Pfanne auslässt. Oft tut sie auch Corned Beef in die Suppe, das bringt die Sofia Künzel von den Amerikanern mit. Da spielt sie nämlich viermal in der Woche Klavier.

Wenn Tante Else dann die Suppe austeilt, schaut Luisa immer zum Fenster hin. Da draußen hat sie gestanden, hat sehnsüchtig auf die Leute gestarrt, die drinnen um den Tisch saßen, lachten, redeten und Suppe löffelten. Wie sehr hat sie sich gewünscht, dazuzugehören! Und nun ist es Wirklichkeit geworden – dass sie einmal so viel Glück haben würde, hat sie noch vor Wochen nicht für möglich gehalten. Tief in ihrem Inneren spürt sie immer noch die Angst, dass es nicht andauern könnte. Dass sie wieder etwas falsch macht und das Glück ihr wie Sand durch die Finger rinnt.

Es gibt im ganzen Haus nur einen einzigen Menschen, den sie wirklich fürchtet. Das ist Hilde. Ihre Cousine Hilde, die nur zwei Jahre jünger ist als sie selbst. Die hat ihr gleich zu Anfang gezeigt, dass sie nicht die Absicht hat, sich mit ihr anzufreunden. Der Blick ihrer graublauen Augen ist kühl, abschätzend und hält Luisa unwillkürlich auf Abstand. Sieh dich vor, sagen diese Augen, ich traue dir nicht über den Weg. Du gehörst nicht hierher, du bist ein Fremdkörper in meiner Familie – ich will dich nicht. Luisa hat keine Ahnung, was sie Hilde getan haben könnte, aber sie begreift, dass sie sehr, sehr vorsichtig sein muss, um diese instinktive Abneigung nicht zu verstärken.

Dabei mag sie Hilde im Grunde ganz gern, sie bewundert sie

sogar, weil sie so anders ist als sie selbst. Hilde ähnelt ihrer Mutter, sie steht mit beiden Beinen auf der Erde, sie kann zupacken und ist nicht auf den Mund gefallen. Das auf keinen Fall – ihre Cousine Hilde kann laut werden und schimpfen, sie kann aber auch witzig sein, schlagfertige Antworten geben, und wenn sie lacht, ist sie ungeheuer mitreißend. Sie strahlt Energie aus bei allem, was sie tut. Ob sie die Treppen hinaufstürmt oder mit dem Tablett durch das Café läuft und die Gäste bedient – immer kommt es Luisa vor, als wehe ein starker Wind durch die Räume. Vor allem aber kann sie flirten. Das ist etwas, was Luisa wohl niemals lernen wird, weil sie viel zu schüchtern ist. Hilde hat vor niemandem Angst, macht sich über jeden lustig und fordert die Männer heraus. Und – o Wunder – ihre freche Art gefällt den Herren der Schöpfung. Sie finden Hilde »reizend«, auch »aufregend« oder »großartig«, und wenn der Krieg nicht so viele junge Männer gefressen hätte, könnte sie wohl an jedem Finger zehn haben.

Luisa beobachtet Hilde häufig, ohne dass diese es bemerkt, weil sie einiges nicht so recht verstehen kann. Ihre Unrast zum Beispiel. Diese Angewohnheit, überall herumzulaufen, als suchte sie etwas. Im Treppenhaus ist sie zugange, in der Küche des Cafés, im Nebenzimmer, im Gastraum. Dann rennt sie wieder in den Keller hinunter, um nach den Vorräten zu sehen, oder sie fängt an, die Kuchentheke zu putzen, die doch eigentlich blitzsauber ist. Tut sie das nur, um sich wichtig zu machen? Damit jeder weiß, dass sie viel zu tun hat? Vielleicht. Auf jeden Fall ist es klug, ihr nicht im Weg zu stehen, sonst kann sie grantig werden.

»Musst du mit deinen Fettfingern auf die Kuchentheke fassen?«, hat sie Luisa neulich angefahren. »Schau dir das an: überall Fingerabdrücke!«

»Es tut mir leid …«

Hilde äfft sie nach. »Es tut mir leid … es tut mir leid … Wie wäre es, wenn die hochwohlgeborene Baronesse ein wenig mitdenken würde? Wir sind hier nicht auf dem Gutshof, edle Dame!«

»Hilde!«, hat der Onkel da hinübergerufen. »Nimm dich mal etwas zusammen, ja? Luisa hat sich entschuldigt.«

O weh! Da hat Hilde ein bitterböses Gesicht gezogen, und Luisa hat auf einmal begriffen, dass Hilde eifersüchtig ist. Es gefällt ihr nicht, dass ihr Vater sich für Luisa einsetzt, wahrscheinlich gefällt ihr auch nicht, dass der Onkel so herzlich und so liebevoll zu ihr ist. Eine schlimme Sache für Luisa, denn die Zuneigung ihres Onkels bedeutet ihr unendlich viel.

»Du bist so ein richtiger Kummerkasten!«, hat Hilde ihr heute entgegengeschleudert, als sie sich im Treppenhaus über den Weg liefen.

Zuerst hat Luisa geglaubt, Hilde mache sich über die grüne, fusselige Strickjacke lustig, die sie über Rock und Bluse angezogen hatte. Dabei hat Hilde ihr die selbst geschenkt.

»Ein Kummerkasten? Wie meinst du das?«

Hilde rollt die Augen, um anzudeuten, dass diese Frage ganz besonders einfältig ist. »Na, eben ein Kummerkasten. So ein Briefkasten, wo jeder sein Gejammer aufschreiben und hineinstecken kann. Das bist du doch, oder?«

Luisa ist betroffen von dem Hohn in Hildes Stimme. Warum legt sie es immer wieder darauf an, sie zu beleidigen? Was hat sie ihr denn nur getan?

»Wenn du meinst …«, sagt sie und will an Hilde vorbeigehen. Aber die verstellt ihr den Weg und funkelt sie böse an.

»Du kommst doch von der Julia und hast dir ihre Probleme angehört, stimmt's? Und jetzt gehst du runter in die Küche, wo Mama dir vorjammert, dass das Mehl wieder alle ist. Danach setzt du dich zu Addi und hörst dir seinen Liebeskummer an, und wenn dann noch Zeit bleibt, gehst du mit Papa eine Runde über die Wilhelmstraße, und er stöhnt dir was vor, weil sein

Bein wieder mal wehtut. Verstehst du? Du bist für alle der Kummerkasten. Man kann auch Mülleimer dazu sagen!«

Jetzt flammt in Luisa doch der Zorn auf. Das muss sie sich nicht bieten lassen. Nicht von einer wie der Hilde, die sich den ganzen Tag über nur wichtig macht und für die Sorgen anderer Menschen kein Ohr hat.

»Wenn das so ist – dann darfst du gelegentlich auch zu mir kommen«, sagt sie spitz. »Ich werde mir deine Sorgen geduldig anhören und dir gute Ratschläge erteilen!«

Hildes Mimik ist ein Schauspiel. Zuerst ist sie verblüfft, dann tut sie, als müsste sie lachen, aber schließlich wird sie wütend. »Da kannst du lange warten, bis ich dir auf den Leim gehe, du falsche Seelentrösterin. Eines Tages fliegt dein Spiel auf, dafür sorge ich schon!«

Luisa hat es mit der Angst bekommen, weil sie denkt, dass Hilde die Ausweispapiere kennt. Hat am Ende gar nicht die Storbeck'sche, sondern Hilde ihre Sachen durchwühlt? Aber wie sollte sie in die Wohnung kommen? Natürlich, mit einem Zweitschlüssel! Hausbesitzer haben immer einen Zweitschlüssel für alle Wohnungen, es könnte ja sein, dass jemand in Not ist. Ob sie Hilde einfach einmal beiseite nimmt und ihr die Wahrheit gesteht? Dann könnte sie ihr auch erklären, warum sie zu dieser Notlüge gegriffen hat. Nicht, weil sie selbst gern als Gutsherrentöchterlein dastehen wollte, das ist ihr eher peinlich. Nur damit niemand schlecht von ihrer Mutter denkt. Aber so boshaft, wie Hilde momentan zu ihr ist, wagt sie diesen Schritt nicht und wartet besser ab.

Tatsächlich ist Hildes schlechte Laune plötzlich wie weggeblasen. Im Café wird Luisa mit einem freundlichen »Guten Morgen!« begrüßt, und die Cousine lässt sich sogar zu dem Satz herab: »Der Sandkuchen gestern war richtig schön locker!«

Luisa wagt zuerst keine Antwort, weil sie fürchtet, das Lob könne ironisch gemeint sein, aber Hilde kümmert sich nicht weiter um sie, sondern nimmt die Tischdecken ab und wischt die Tische feucht ab.

»Ende November bekommen wir neue Tischdecken, Papa«, ruft sie fröhlich durchs Café. »Knallrot – passend zur Weihnachtszeit. Dann mache ich Gestecke mit Tannenreisern. Klau ich mir im Kurpark!«

Onkel Heinz sitzt schon an seinem Fensterplatz, vor sich mehrere Flugblätter, wie sie jetzt ständig von Gewerkschaften und Parteien verteilt werden. Deutschland soll eine Demokratie werden, jeder ist aufgerufen, sich zu engagieren. Onkel Heinz ist skeptisch, schließlich hatten sie so was schon einmal in der Weimarer Republik, und es ist gründlich schiefgegangen.

»Da pass nur auf, dass sie dich nicht erwischen, Hilde«, warnt er schmunzelnd.

»Ach was, Papa«, ruft sie fröhlich. »Das machen doch alle. Aber die Julia, die ist schon genial. Tischdecken aus den alten Hakenkreuzfahnen – wie die auf so was kommt!«

»Ach, du lieber Gott«, ruft Tante Else aus der Küche. »Ich hab gedacht, wir hätten die Dinger längst weggeschmissen.«

Hilde kichert vor sich hin; sie wirft der staunenden Luisa sogar einen heiteren Blick zu. Luisa ist nicht dumm, sie denkt kurz nach, dann weiß sie, welchem Ereignis man Hildes übermütige Stimmung zu verdanken hat. Es hängt mit dem amerikanischen Lieutenant zusammen, der gestern im Café gewesen ist. Er hat sich lange mit Onkel Heinz über einen Schauspieler namens Eddi Graff unterhalten, mit dem er irgendwie verwandt ist. Und beim Abendessen hat Else von lange zurückliegenden schönen Familienausflügen in den Taunus erzählt. Da haben vor allem die beiden Buben solch einen Spaß gehabt! Der August hat Kaulquappen in einem Marmeladenglas gefangen, und der Willi ist gegen einen Baum gelaufen und hat sich zwei Milchzähne ausgeschlagen.

»Ein bisschen Taunusluft wird dir guttun, Hilde«, hat Tante

Else gesagt. »Aber bring uns nur keinen amerikanischen Bräutigam ins Haus!«

»Einen Ami? Nie im Leben, Mama! Höchstens einen Millionär, der zugleich Bäcker und Konditor ist …«

Wenn sich Luisa recht erinnert, ist Hilde gestern Abend recht albern gewesen, hat dumme Witze über den Lieutenant gerissen und zugleich gemeint, er sei ein anständiger Kerl. Ist sie in ihn verliebt? Es macht fast den Eindruck. Obgleich Luisa findet, dass ihre Cousine Hilde – auch wenn sie ganz schön boshaft sein kann – doch einen besseren Ehemann verdient hätte. Dieser Lieutenant Peters ist ein vollkommen humorloser Mensch, er hat kein einziges Mal gelacht, während sie gestern Abend zusammensaßen.

Aber so ist das eben. Wo die Liebe hinfällt, da wärmt sie. Soll Hilde doch glücklich mit ihrem Lieutenant werden, dann wird sie vielleicht auch mit ihrer Cousine Frieden schließen. Ach ja, das wäre eine große Erleichterung für Luisa. Sie ist kein Mensch, der gern im Streit mit jemandem lebt.

Inzwischen hat auch Onkel Heinz die Sache mit den Tischdecken begriffen und zieht ein bedenkliches Gesicht. »Was macht ihr nur für Sachen! Das sieht man doch! Jeder kennt den Stoff und auch dieses knallige Rot. Was sollen denn unsere Gäste von uns den…«

Er bricht ab, weil sich in diesem Moment die Drehtür bewegt und ein Morgengast ins Café tritt. Ein langer Kerl im braunen Militärmantel, die Hosenränder ausgefranst, auf dem Kopf einen zerdellten Homburg, der schon bessere Tage gesehen hat.

»Guten Morgen«, sagt er und nimmt den Hut ab. »Da bin ich wieder!«

Luisa fährt erschrocken zusammen, weil jetzt Onkel, Tante und auch Hilde gleichzeitig laut aufschreien.

»Hubsi! Unser Hubsi ist wieder da …. Setz dich, alter Freund. Zieh den Mantel bloß aus, der ist ja noch aus Wehrmachtsbeständen! Ich bring dir gleich einen Kaffee. Einen echten bekommst du. Nur für gute Freunde … Mensch, Hubsi – dass du wieder bei uns bist!«

Alle drei reden auf ihn ein, Tante Else zieht ihm den Mantel aus, Hilde läuft in die Küche, um echten Bohnenkaffee aufzubrühen, und Onkel Heinz ist aufgestanden, um seinen heimgekehrten Freund zu umarmen. Natürlich mit Tränen in den Augen – anders geht das bei Heinz Koch nun einmal nicht. Schließlich wird ihm auch das »neue Familienmitglied Luisa« vorgestellt, »meine kleine Nichte aus Ostpreußen«, wie Onkel Heinz sagt. Sie reicht dem Mann, den sie Hubsi nennen, die Hand und stellt dabei fest, dass ihm an der rechten Hand der Zeigefinger fehlt.

»Das ist Hubsi Lindner, unser Pianist«, sagt Tante Else. »Also, eigentlich heißt er ja Hubert, aber das sagt kein Mensch.«

Hubsi Lindner ist um die vierzig, sehr dünn mit ungemein langen Händen, die bestens zum Klavierspielen taugen. Er hat schöne dunkle Augen und fast keine Haare mehr auf dem Kopf. Wenn er lächelt, knittert seine Gesichtshaut, und er entblößt eine Reihe gelblicher, makellos gleichmäßiger Zähne.

»Sehr erfreut, gnädiges Fräulein«, sagt er zu ihr.

»Aber nein«, meint sie. »Für einen Freund der Familie bin ich einfach nur Luisa.«

Das Haus muss ein geheimes Postsystem haben, denn jetzt erscheint Addi Dobscher, breitet die Arme aus und reißt den heimgekehrten Hubsi an seine Brust. »Mensch, Hubsi, altes Haus! Was ist denn mit deinem Finger passiert?«

»Hab ihn in Dinge gesteckt, die mich nichts angingen, Addi. Eine Gewehrkugel hat mir die Fingerkuppe abrasiert, und eine Infektion hat den Rest erledigt … Bin froh, dass nicht die ganze Hand oder gar der Arm abgenommen werden musste … Aber ich spiele trotzdem … Es stört kaum, ich muss nur ein wenig üben …«

Während sie ihn am Kaffeetisch verwöhnen, ihm auf die Schultern klopfen, Kaffee und Sandkuchen in ihn hineinstopfen, schielt er immer wieder zum Klavier hinüber. Ob das mal gestimmt worden sei, während er nicht da war?

»Dafür hat schon die Künzel gesorgt, die hat viel drauf gespielt. Und sonntags ist hier Tanz mit Swing und Jazz«, ruft Hilde.

»Ach Gott«, sagt Hubsi beklommen. »Muss hier jetzt etwa diese Negermusik gespielt werden?«

Onkel Heinz tröstet ihn sofort. Er dürfe spielen, was immer er wolle, genauso, wie es früher war. »Ich freu mich richtig, endlich mal wieder anständige Musik zu hören. Und deine Noten liegen auch noch da.«

Hubsi nickt und trinkt Kaffee, isst hungrig den Sandkuchen und nickt wieder. Tante Else geht zurück in die Küche und schmiert ihm ein Brot mit Kochkäse, das er in kürzester Zeit auch noch vertilgt. Armer Kerl – er hat wohl in letzter Zeit wenig zu essen bekommen. Luisa kann ihm nachfühlen, wie froh er ist, hier im Café Engel eine so freundliche Aufnahme zu finden.

»Hast du schon eine Bleibe?«, fragt Hilde. »Da, wo du früher gewohnt hast, ist alles weggebombt.«

Das weiß Hubsi noch gar nicht. Er ist heute früh mit einem Heimkehrertransport am Bahnhof angekommen und gleich zum Café Engel gelaufen. Was für ein Schock!

»O Gott! Meine Andenken. Die Bücher! Die Noten. Und die Fotoalben … Wie entsetzlich!«

Er ist Junggeselle und hat ein einziges Zimmer in der Altstadt unter dem Dach bewohnt. Die wenigen Möbelstücke hat er von seinen verstorbenen Eltern geerbt, auch die Bücher, das Geschirr, die Fotoalben, das silberne Besteck, seine Kleider … Nur die Noten hat er selbst angeschafft. Und das alles ist nun verbrannt und für immer verloren.

Sie trösten ihn nach Kräften. Er kann oben in Augusts Wohnung unterkommen, da wohnt auch Luisa, die Storbecks müssen halt das Wohnzimmer abgeben, dann haben sie immer noch das Schlafzimmer. Kleider und Wäsche kann er von Addi und Heinz bekommen, die Julia näht ihm alles passend.

»Sei froh, dass du in der Bombennacht nicht in deinem Zimmer warst, Hubsi«, ruft die Künzel, die inzwischen auch heruntergekommen ist. »Sonst säßen wir jetzt nicht so fröhlich beieinander!«

Er lässt sich von Sofia Künzel in den Arm nehmen und meint, er habe so viel Schreckliches gesehen, dass er den Schicksalsschlag mit seinem Zimmer nun auch noch verkraften würde. »Die Musik ist meine Trösterin«, meint er lächelnd. »Wenn ich nur ein Klavier und ein paar Noten habe – mehr brauche ich nicht.«

Ein Sonderling, denkt Luisa und schließt ihn sofort ins Herz. Es gefällt ihr sehr, dass er oben neben ihr einziehen wird, da ist sie den Storbecks nicht mehr ganz allein ausgeliefert.

»Habt ihr mal was von Fritz gehört?«, erkundigt sich Hubsi.

»Leider nicht«, sagt Onkel Heinz. »Ich denke aber, dass er irgendwann hier auftauchen wird.«

Es klingt sehr zuversichtlich, wenn Onkel Heinz so etwas sagt. Gestern hat er von seinen Buben, dem August und dem Willi, geredet und Pläne gemacht, wie er ihnen den Neuanfang in Wiesbaden erleichtern kann. Dabei haben sie schon monatelang nichts mehr von den beiden gehört. Luisa hofft sehr, dass der Onkel in seinem glücklichen Optimismus nicht enttäuscht wird.

»Der Fritz ist ein so begabter junger Musiker«, fährt Hubsi fort. »Es war mir immer eine große Freude, mit ihm zu spielen. Eine Sünde und Schande, solch einen Menschen in den Krieg zu schicken …«

Hilde behauptet, dass dieser Krieg eine einzige Schande gewesen ist, weil er sinnlos war und nur Unglück über viele Menschen gebracht hat.

»Du fährst doch übermorgen in den Taunus, Hilde«, sagt Tante Else. »Da könntest du doch mal nachforschen. Vielleicht ist er ja bei seinen Eltern, der Fritz. Auf dem Bauernhof, wo Milch und Speck wachsen …«

»Du hast Nerven, Mama! Ich kann doch nicht die Route bestimmen. Und dann weiß ich gar nicht, wo dieses Kaff überhaupt ist. Wie heißt es doch?«

»Lenzhahn. Gleich bei Niedernhausen«, ruft Onkel Heinz dazwischen. »Hübsche Gegend zum Wandern. Sag das deinem Lieutenant, vielleicht hört er auf dich.«

»Versuchen kann ich's ja …«

Luisa ist verwirrt. Lenzhahn – das kennt sie doch. Dort wohnen die Eltern von Fritz Bogner … Fritz …

»Verzeihung«, ruft sie. »Wie heißt der junge Musiker denn mit Nachnamen?«

»Der Fritz?«, fragt die Künzel. »Bogner heißt er. Wie der Geigenbogen. Ein ganz bezaubernder junger Mann. So schüchtern. Und so begabt. Ein Landei halt – hat viel zu spät Unterricht bekommen, sonst hätte er schon drüben im Orchester vom Staatstheater gesessen. Oder sogar eine Solistenkarriere be…«

Luisa hört ihr kaum mehr zu, so aufgeregt ist sie. Das Schicksal hat sie in Rostock mit Fritz Bogner zusammengeführt, und nun stellt sie fest, dass er hier im Café Engel Geige gespielt hat. Nur ein Zufall? Sie mag es nicht glauben.

»In den Fritz Bogner war ich schon als Backfisch verknallt«, sagt Hilde in diesem Moment schwärmerisch. »Wenn der die *Zigeunertänze* von Sarasate spielte – da war ich hin und weg. Ach, ich glaube, ich bin immer noch in ihn verliebt …«

HEINZ

Wiesbaden, Oktober 1945

Nein, so hat er sich das nicht vorgestellt. Im Kriegsgefangenenlager und dann später während der schrecklichen Zeit in der Klinik, da ist ihm sein Wiesbaden wie das reinste Paradies erschienen. Wie oft hat er sehnsuchtsvoll von seinem Café in der prachtvollen sommerlichen Wilhelmstraße geträumt! Und davor stand immer seine Else. Im dunklen Kleid mit weißer Spitzenschürze. So hübsch, so tatkräftig und vor allem – so fröhlich. Else: sein guter Geist, seine Geliebte, seine energische, kluge Ehefrau, die gute Seele in seinem Haus … Ach ja …

Nun ist er also zurückgekehrt, und alles ist ganz anders, als er es sich erträumt hat. Der Krieg, der verdammte, elende Krieg ist in sein wohlgeordnetes, schönes Leben gefahren und hat es zum Schlechten gewendet. Vor allem ist es sein Bein, das ihm Ärger bereitet und auf die Stimmung drückt. Von wegen »Nur ein paar Wochen, dann laufen Sie wie früher«! Immer wieder entzündet sich der Stumpf, die Narbe bricht auf, dann reibt die Prothese dagegen, und er könnte schreien vor Schmerzen. Verfluchte Humpelei, er hasst sich selbst, wenn er wie ein Jammergreis die Treppen hinunterklettert, immer eine Stufe nach der anderen, und jede einzelne muss mit Schmerzen und Anstrengung erkämpft werden. Kaum zu glauben, dass er hier als junger Mann leichtfüßig hoch- und runterrannte, zwei Stufen auf einmal nehmend, die letzten drei ist er oft gesprungen.

Ihm ist bewusst, dass die anderen nichts dafür können, und er reißt sich zusammen, so gut er es vermag. Leider weiß das keiner hier im Haus zu schätzen, weil sie sich nicht vorstellen können, was er durchmacht. Auch die Else nicht. Das enttäuscht ihn am allermeisten. Seine Else, die ihm immer so liebevoll zur Seite gestanden ist, die bei seiner Rückkehr die halbe Nacht in seinen Armen vor Glück geweint hat – inzwischen ist sie kalt für seine Leiden, macht gefühllose Bemerkungen, und am Abend, wenn sie miteinander in den Betten liegen, dreht sie sich schweigend auf die andere Seite. Wenn nicht Luisa wäre, seine kleine Nichte aus Ostpreußen, dieses herzensgute Mädel, das ihn immer wieder aufrichtet – er wäre längst verzweifelt.

Ein kleiner Trost sind auch die alten Freunde, von denen einige das Café Engel besuchen und seine Einsamkeit teilen. Der Reblinger Hans, die gute Seele, und der Alois Gimpel, dann auch die Ida Lenhardt und die Jenny Adler. Dazu noch ein paar andere, darunter der Kantor Klaus Firnhaber, der in der Marktkirche angestellt ist und hier im Café Engel seine Weihnachtskonzerte plant. Aber die Theaterleute sind in alle Winde zerstreut, weil im Staatstheater drüben alle Räder stillstehen. Und die großen Künstler von auswärts, die früher im Café Engel Station machten, sich mit Bekannten trafen und ihre Unterschriften unter ihre Fotografien setzten – die gibt es erst recht nicht mehr. Deutschland ist am Boden, die deutsche Kunst, die Literatur, die Musik, das Theater – alles liegt in Trümmern. Stattdessen muss er sich jeden Sonntag in seinem eigenen Café dieses amerikanische Jazzgedudel anhören. Nur der Hubsi Lindner weiß, wie sehr ein musikalischer Mensch darunter leidet. Und das Herumgehopse, das sie Tanzen nennen! Peinlich, wirklich peinlich. Sein armes Kind, seine Hilde, muss unter solchen Einflüssen aufwachsen – das gefällt ihm gar nicht. Zum Glück ist wohl auch unter den Besatzungssoldaten hie und da ein gebildeter Mensch, mit dem man reden kann. Wie dieser Lieutenant Peters. Ein Neffe des großen Eddi Graff – wer hätte das gedacht! Der Eddi könnte heute noch leben, wenn die Nazis nicht diesen blödsinnigen Judenhass gehabt hätten. Was für ein Irrsinn. Welchen

Verbrechern ist man da aufgesessen. Heinz ist stolz und froh, dass er wenigstens Julia Wemhöner vor dem grausigen Schicksal bewahrt hat. Aber welch ein Aderlass in Kunst und Wissenschaft ist das doch gewesen! Und wie viele Unglückliche hat dieser Wahnsinn verschlungen! Wenn man so darüber nachdenkt, muss man eigentlich froh und zufrieden sein, nur ein halbes Bein verloren zu haben. Auch wenn das alles andere als ein Spaß ist …

Aber heute, so ganz aus heiterem Himmel, fällt ein Donnerwetter über ihn her und bringt den Krug seiner Leiden zum Überlaufen. Ahnungslos ist er am Morgen aufgestanden, hat sich angekleidet und die Treppe hinunter ins Café gequält. Ganz ohne Hilfe, weil seine Else ja schon in aller Frühe aus dem Bett muss, um überall im Haus nach dem Rechten zu sehen. Als er unten ankommt, hat er ein wenig gestöhnt, was ja auch kein Wunder ist bei dieser Anstrengung – aber seine Else hat das Feuer im Kohleherd geschürt und sich nicht einmal zu ihm umgedreht.

»Ist der Strom mal wieder weg?«, fragt er.

»Was sonst?«, knurrt sie. »Wenn wir nicht den alten Kohlenherd behalten hätten, wären wir übel dran.«

Er hat schon gemerkt, dass sie schlechte Laune hat, und sich gedacht, dass es wohl am Stromausfall liegt. Passiert leider immer wieder, und man weiß nie vorher, wann es einen erwischt.

»Ja, über den Kohlenherd können wir wirklich froh sein«, meint er begütigend. »Da sitzen wir im Winter mollig warm, was?«

Damit humpelt er an ihr vorbei in den Gästeraum des Cafés, um sich an seinem Fensterplatz niederzulassen. Das Wetter draußen ist recht trüb, ein unangenehmer Nieselregen weht durch die Straße, welkes Laub sammelt sich auf dem Trottoir vor dem Café. Da müsste mal einer kehren, denkt er, und ihm fällt ein, dass letztes Jahr noch der französische Fremdarbeiter solche Arbeiten übernommen hat. Wie hieß er doch noch? Jean-Jacques

Pernot … nee, Pernac … auch nicht. Jedenfalls etwas mit P. Ein netter Bursche war das, und gut sah er aus mit den krausen schwarzen Locken, war drahtig und gelenkig – schade um ihn. Else hat erzählt, dass er im Januar geflohen ist und – zumindest hat das der Wilfried Storbeck erzählt – geschnappt und erschossen wurde. Die Hilde, sein Mädel, die hatte einen Narren an dem hübschen Kerl gefressen, da hat die Else gut aufpassen müssen, sonst wäre am Ende noch was passiert.

Er schaut hinüber zum Kücheneingang, ob die Else mit dem Kaffee und einer Schnitte Marmeladenbrot zu ihm herüberkommt. Nichts regt sich. Nun ja – sie wird noch die Tassen und die Kanne auf dem Tablett zurechtstellen, weil sie gern noch mal ein Tässchen mit ihm zusammen trinkt, bevor sie weitermacht. Er schnuppert, kann aber den Duft von Bohnenkaffee nicht wahrnehmen.

»Else?«

Sie steckt unwirsch den Kopf durch die Türöffnung, und er erkennt schon an der Haarlocke, die ihr in die Stirn hängt, dass sie nicht gut auf ihn zu sprechen ist.

»Was ist?«

»Gibt's kein Frühstück heute, Schatz?«

Er erhält keine Antwort, aber jetzt kommt sie mit einer Tasse herbei, darin ist eine hellbraune, durchsichtige Brühe.

»Gibt's heute Tee?«

»Kaffee«, sagt sie unfreundlich. »Muckefuck. Der Rest. Mehr ist nicht da.«

»Ach!«, sagt er und schaut in die Tasse. »Na, ich hätte sowieso lieber Bohnenkaffee gehabt.«

Du liebe Zeit! Was hat er denn getan, dass sie ihn jetzt mit so zornigen Augen anschaut?

»Du hättest lieber Bohnenkaffee gehabt?«, fragt sie in unheilvollem Ton. »Weißt du was? ICH AUCH!«

Er lächelt in der Absicht, sie zu beruhigen, erreicht jedoch das Gegenteil. Sie holt tief Luft und streicht sich mit einer raschen Handbewegung die Stirnlocke zurück.

»Was hältst du von türkischem Mokka?«, fragt sie in gefährlich herausforderndem Ton. »Schwarzwälder Kirschtorte? Käse-Sahne? Mandel-Biskuitrolle? Soll ich in der Küche mal nachschauen, wo die Eier und die Sahne stehen? Das weiße Mehl? Der Puderzucker? Die Butter für den Weihnachtsstollen?«

Sie ist so wütend, dass ihre Stimme ganz schrill klingt. Heinz ist zutiefst erschrocken, so hat er seine Else noch nie erlebt.

»Was ist denn los, Schatz?«, flüstert er.

»Was los ist? Das fragst du mich, Heinz Traumtänzer?«, ruft sie so laut, dass es ganz sicher bis zu den Dachwohnungen hinauf zu hören ist.

Jetzt begreift er gar nichts mehr und hält vorsichtshalber seinen Mund, um sie nicht noch weiter auf die Palme zu bringen. Besorgt betrachtet er ihr rotes Gesicht. Sie wird doch nicht krank sein? Auf einmal fühlt er sich ganz hilflos. Was soll er nur tun, wenn seine Else krank wird? Oder gar am Schlag stirbt?

Aber Else ist nicht krank, und sterben will sie auch nicht. Ganz im Gegenteil, sie ist sehr munter. Mit einem Ruck zieht sie sich einen Stuhl zurecht und setzt sich an seinen Tisch.

»Es ist Zeit, dass dir jemand die Augen öffnet, Heinz Koch!«

Er schaut sie verständnislos an, traut sich aber nicht, etwas zu sagen. Besser abwarten, den Zorn über sich ergehen lassen, dann wird sie irgendwann schon wieder normal.

»Wenn du glaubst, dass wir so weitermachen können, dann täuschst du dich gewaltig!«, fährt sie fort und stützt beide Ellbogen auf. »Hast du mal in den Vorratsschrank geschaut? In den Keller? Natürlich nicht. Der Herr Koch ist ja mit seinen Freunden beschäftigt, da wird über die hohe Kunst und die künftigen Kirchenkonzerte diskutiert und natürlich – Kaffee getrunken. Else, bring uns ein paar Schnittchen. Bring von deinem köstlichen Sandkuchen. Ist noch was von den Keksen da?«

Sie macht eine kurze Pause, um Luft zu holen, und er bekommt jetzt eine schwache Ahnung davon, was sie sagen will. Dass seine Freunde so gut wie nie bezahlen, weil er sie immer einlädt. So hat er es früher gehalten, und oje, es wäre ihm sehr unangenehm, jetzt auf einmal Geld von ihnen zu verlangen.

Aber die Else hat noch ganz andere Sachen auf Lager. Sie schaut ihm zornig ins Gesicht, und die Locke hängt ihr auch schon wieder über der Stirn.

»Weißt du eigentlich, dass wir am Ende sind, Heinz? Küche und Keller leer, im Vorratsschrank noch fünf Buddeln Schnaps, den wir aber nicht ausschenken dürfen, weil der Herr Koch Angst von den Amerikanern hat. Wenn heute Gäste ins Café kommen, kann ich ihnen nicht mal einen Pfefferminztee anbieten. So schaut's aus!«

Das hört sich allerdings nicht gut an. Er hat sich bisher nie um die Lebensmittelbeschaffung gekümmert, das war Elses Ressort, und es gibt ja schließlich Marken. Und dann ist noch die Julia da, die bringt immer mal etwas mit. Und die Künzel auch.

»Soll ich mal die Sofia Künzel ansprechen?«, fragt er vorsichtig. Es ist ein hochherziges Angebot, weil er so etwas nur ungern tut, aber da seine Else so verzweifelt ist, wird er sich überwinden.

»Nein!«, kommt die energische Antwort. »Die Künzel hat in diesem Monat schon genug zu uns heruntergetragen. Und Julia auch. Es reicht eben hinten und vorn nicht …«

»Aber wir haben Lebensmittelkarten von fünf Personen …«

Da hat er aber etwas losgetreten, denn jetzt explodiert die Else regelrecht. Ob er eine Ahnung habe, was es auf Karte gäbe? Nein? Natürlich nicht, der Herr schwebt ja in höheren Sphären. Einen Dreck gäbe es auf Karte. Und teuer dazu. 200 Gramm schlechtes Fleisch pro Woche. 80 Gramm Fett, aber keine Butter. Brühwürfel. 60 Gramm Käse. Ein winziges Tütchen Zucker und einen Beutel faule Kartoffeln …

»Davon kann man nicht leben und nicht sterben, Heinz. Und auch nicht einen Haufen Menschen durchfüttern. Und ein Café kann man davon schon gar nicht führen …«

»Aber …«, wendet er vorsichtig ein. »Aber es hat doch bisher immer irgendwie gereicht, Elselein …«

Er erfährt, dass sie ein paar Vorräte zusammengehamstert hatten, Mehl vor allem, auch Eipulver und ein Säckchen Zucker. Aber das ist jetzt bis auf den letzten Krümel verbraucht.

»Wenn wir uns nicht endlich auf dem Schwarzmarkt Lebensmittel beschaffen, denn müssen wir das Café zumachen«, stellt Else lapidar fest.

Der Schwarzmarkt! Darauf will sie also hinaus. Das hätte er sich gleich denken können, aber er ist halt in solchen Sachen etwas langsam.

»Das will ich nicht, Else.«

»Warum nicht? Alle gehen dorthin, um zu tauschen oder zu kaufen.«

»Es ist verboten. Und viel zu gefährlich.«

Else fuchtelt mit den Armen in der Luft herum und behauptet, er solle sich nicht so anstellen, es sei einfach nur seine Empfindlichkeit, nichts weiter. Womit sie nicht unrecht hat, sie kennt ihn halt gut. Heinz findet es einfach unehrenhaft, auf dem Schwarzmarkt wie ein Gauner zu handeln. Zumal man nie wissen kann, ob man nicht gestohlene Waren einkauft. Und außerdem wird man ganz sicher übers Ohr gehauen.

»Na schön!«, sagt Else in gefährlich ruhigem Ton. »Du hast es so gewollt!«

Sie steht auf, geht durch die Drehtür und verschließt die Außentür. Dann kommt sie zurück und holt ein Stück Papier und einen Stift, setzt sich damit zu ihm an den Tisch und fängt an, große Druckbuchstaben zu malen.

BIS AUF WEITERES GESCHLOSSEN.

Er sieht ihrem Tun entsetzt, aber tatenlos zu. Sie holt einen

Rotstift und malt damit das Innere der Buchstaben aus, damit das Schild auch gut ins Auge fällt.

»Das ist doch nicht dein Ernst, Else …«, murmelt er hilflos.

»Mein voller Ernst, Heinz!«

Jetzt regt sich in ihm langsam so etwas wie Zorn. Wenn sie glaubt, ihn auf diese Weise erpressen zu können, dann täuscht sie sich. Kein Schwarzmarkt. Dabei bleibt es. Das Café Engel soll auf anständige Weise geführt werden. So, wie es immer gewesen ist. Basta!

»Wo ist Hilde?«

Else malt mit Hingabe das fatale Wort GESCHLOSSEN aus und antwortet nicht gleich. Während sie den roten Stift betätigt, muss sie mehrfach die kitzelnde Stirnlocke zurückstreichen.

»Hilde ist mit Addi unterwegs. Holz sammeln.«

Er begreift nicht gleich. Dann fällt ihm ein, dass Else neulich sagte, die Kohlen seien alle. Also suchen die beiden wohl auf den Trümmergrundstücken nach Holzresten für den Küchenherd. Falls wieder mal der Strom ausfällt.

»Dann müssen wir Kohlen bestellen«, sagt er. »Der Winter steht vor der Tür.«

Er kommt sich dabei sehr umsichtig vor und will schon vorschlagen, sich persönlich um die Kohlenlieferung zu kümmern. Aber da fängt Else so laut an zu lachen, dass er sie ganz irritiert anschaut.

»Liest du eigentlich den *Wiesbadener Kurier* oder benutzt du ihn nur als Unterlage für deine Kaffeetasse?«

Das ist eine erneute Beleidigung, die ihn sehr verletzt. Er lehnt sich im Stuhl zurück und streckt das schmerzende Bein aus, verkneift sich ein Stöhnen, schaut seine Else dabei jedoch vorwurfsvoll an.

»Es wird vermutlich keine Kohlen zu kaufen geben im kommenden Winter«, sagt sie. »Wer nicht wenigstens etwas Holz gehortet hat, der sitzt im Kalten.«

Damit lässt sie ihn hocken. Geht hinauf in die Wohnung und kommt wenig später mit dem fertigen Schild herunter. Sie hat es auf ein Stück Pappe geklebt und hängt es jetzt mit einem Bindfaden ans Fenster, sodass man es von außen gut lesen kann. BIS AUF WEITERES GESCHLOSSSEN. Das entscheidet sie so einfach über seinen Kopf hinweg. Er begreift es nicht. Haben sie nicht all die Jahre immer alles gemeinsam entschieden? Sich miteinander besprochen und eine Lösung gefunden?

»Else …«, sagt er leise, als sie an ihm vorbei in Richtung Küche läuft.

Sie bleibt stehen und dreht sich um. »Ja, Heinz?«

Ihr erwartungsvoller Blick stört ihn. Sie will den Schwarzmarkt, er soll von seinen Prinzipien abgehen, nur darauf wartet sie. Aber er mag nicht. Nicht so. Nicht unter Druck. Er hat ein Ehrgefühl, das wurde in letzter Zeit hart geprüft, und ausgerechnet seine Else will es jetzt endgültig zerstören. Das kann er nicht zulassen.

»Ach … nichts …«

Sie wirft mit einer ruckartigen Kopfbewegung die vermaledeite Locke aus der Stirn und geht davon. Lässt ihn allein im leeren Café bei kaltem Muckefuck sitzen. Er starrt hinaus in den Nieselregen, durch die halb entlaubten Platanen hindurch kann man das zerstörte Theatergebäude sehen. So ist das also, wenn einer voller Sehnsucht nach seinen Lieben aus dem Krieg zurückkehrt. Abgekanzelt wird man, sein Ehrgefühl, seine Prinzipien von einem anständigen Leben soll man hinwerfen, nur weil es gerade mal kein Mehl zu kaufen gibt. Ach, wo sind die guten alten Zeiten hin? Wo ist die Liebe unter den Menschen? Das Mitgefühl? Die Freundschaft?

Jemand klopft an die Außentür und winkt ihm. Der Hans Reblinger steht draußen mit Regenschirm und wundert sich über das Schild. Heinz steht auf und humpelt zur Drehtür, quält sich hindurch zur Außentür und schließt auf.

»Was soll denn das Schild da?«, wundert sich der Reblinger Hans. »Haben euch die Amis etwa das Café dichtgemacht?«

»Ach was!«, gibt Heinz zurück. »Wir sind nur … in einem momentanen Engpass … Kaffee ist alle … Leider … Aber komm ruhig rein …«

Der Reblinger Hans zögert. Dann meint er, dass er noch etwas zu erledigen habe und vielleicht später wiederkäme. Und weg ist er.

So sieht das also aus, denkt Heinz tief enttäuscht. Kein Kaffee, und schon geht er davon. Das sind die Menschen, die ich für meine Freunde gehalten habe. Er tut einen tiefen Seufzer und schließt die Tür wieder ab. Humpelt durch die Drehtür zurück ins Café und stellt fest, dass es kühl im Gästeraum ist. Kein Wunder – der Herbst ist da, die goldene Sommerzeit ist längst vorüber. Er denkt an seine Hilde, die mit Addi unterwegs ist, um Holz zu sammeln, und sein Herz krampft sich zusammen. Was für Zeiten sind das nur. Keine Kohlen, kein Strom, ab und zu stellen sie auch das Wasser für eine Weile ab. Der Gedanke, dass seine Else doch in vielem, was sie ihm da an den Kopf geworfen hat, durchaus recht hat, schleicht sich in sein Hirn, aber er weist ihn zurück. Das wäre ja noch schöner, wenn man gleich alle seine Prinzipien über Bord werfen würde, nur weil es ein wenig kühl im Zimmer ist.

Der kalte Muckefuck schmeckt wie Wasser mit Straßenstaub. Es ist unter seiner Würde, solch eine Plempe zu trinken, dann schon lieber klares Wasser. Er muss schon wieder von seinem Stuhl aufstehen, weil er heute gezwungen ist, die Zeitung selber aus dem Briefkasten zu holen. Das Gehen fällt ihm immer noch schwer, weil das gesunde Bein zu schwach ist. Vielleicht hätte er mehr herumlaufen sollen, die Schmerzen aushalten und die Muskeln wieder aufbauen. Hat der Doktor ihm auch so geraten, aber Heinz ist kein Spaziergänger, er sitzt lieber hier an seinem Fensterplatz und unterhält sich mit den Freunden. Nur die Luisa, die hat ihn immer wieder mal zu einem kleinen Gang über die Wilhelmstraße überredet. Das gute Mädel. Wo steckt sie heute nur?

»Morgen, Herr Koch!«, ruft es hinter ihm.

Der Hubsi kommt die Treppe herunter, steif wie ein Besenstiel und immer noch in den zu kurzen, ausgefransten Hosen. Heinz ist froh, einen Menschen zu sehen, mit dem er sich austauschen kann, und winkt ihn ins Café hinein. Hubsi begibt sich sofort ans Klavier, er hat es schon gestern durchgestimmt und übt wie ein Besessener, um all seine Lieblingstücke auch ohne rechten Zeigefinger einigermaßen zufriedenstellend spielen zu können.

»Ach …«, meint er, als Heinz sich gerade mit leisem Aufstöhnen hingesetzt hat. »Ob es vielleicht einen Schluck Kaffee gibt? Und einen kleinen Happen zum Frühstück? Ich hab doch gestern meine Marken geholt und sie Ihrer Frau gegeben …«

»Tja …«, sagt Heinz gedehnt. »Schauen Sie doch mal, ob meine Frau in der Küche ist.«

»Die ist mit Fräulein Luisa hoch zur Wemhöner gegangen«, berichtet Hubsi. »Aber Ihre Tochter ist wohl da …«

Heinz räuspert sich und bringt es nicht fertig zu sagen, dass seine Hilde mit Addi Dobscher Holz für den Winter sammelt. Es ist einfach zu peinlich. Stattdessen rappelt er sich leise stöhnend erneut vom Stuhl hoch und begibt sich selbst in die Küche.

»Ach Gott, Herr Koch«, regt sich Hubsi auf. »Ich wollte Sie doch nicht aufscheuchen. Wo Sie doch mit Ihrem Bein zu tun haben …«

»Geht schon«, knurrt Heinz. »Kommen Sie her, Sie können mir zur Hand gehen.«

Die Küche ist blitzsauber aufgeräumt, da kennt seine Else nichts. Aber leider hat sie nicht übertrieben: Der Vorratsschrank ist in jämmerlichem Zustand, lauter leere Gefäße, am Boden ein paar schrumpelige Kartoffeln, auf dem Regalbrett ein Eckchen Speck, eine Dose *Porc and Beans*, einige Brühwürfel, eine

Packung mit drei Stückchen Würfelzucker. Der Blechbehälter, in dem der Kaffee aufbewahrt wird, ist leer, auch der Malzkaffee, der Muckefuck, der aus gerösteten Eicheln besteht, der Hagebuttentee, der Kamillentee. Ein kleiner Rest Pfefferminzkraut ist noch übrig – immerhin besser als gar nichts. Heinz stellt fest, dass der Wasserkessel gefüllt, das Feuer im Kohlenherd jedoch schon wieder niedergebrannt ist.

»Nehmen Sie mal zwei Tassen, Untertassen, Teelöffel und stellen alles auf ein Tablett«, sagt er zu Hubsi, der dienstbereit hinter ihm steht. »Und geben Sie mir die Teekanne vom Regal herunter.«

Der Brotbehälter ist bis auf zwei harte Krüstchen leer, von Butter, Marmelade oder Sirup keine Spur. Die Else hat nicht gelogen – es herrscht tatsächlich bittere Not. Heinz wird ganz flau bei dem Gedanken, dass Else heute Abend aus den Resten eine Suppe für acht Leute kochen wird. Und was ist mit Hubsis Marken? Nun ja – Marken sind zwar eine gute Sache, aber man muss die Lebensmittel ja auch bezahlen können. Geschenkt bekommt man sie nicht. Geschenkt wird einem überhaupt nichts in diesem elenden Leben.

Er findet ein paar Holzstücke und entfacht das Feuer im Herd, stellt den Kessel auf, stopft die Pfefferminzreste in die Kanne. Legt die harten Brotkanten auf zwei Dessertteller und drückt sie Hubsi in die Hand. Der schaut ein wenig bekümmert auf sein karges Frühstück, trägt es aber brav hinüber an den Fensterplatz. Na bitte. Und bei all dem Herumgelaufe hat ihm das Bein gar nicht wehgetan. Das meldet sich erst wieder, als er schon mit Hubsi am Tisch sitzt, da zieht der widerliche Schmerz durch den Fuß. Dabei ist der doch aus Holz, der richtige ist in Frankreich geblieben.

Hubsi tunkt bedachtsam seine Brotkruste in den Pfefferminztee. Draußen stehen drei Frauen mit Regenschirmen und entziffern Elses Schild. Sie reden, schütteln die Köpfe und gehen davon. Heinz spürt, wie sein Zorn versiegt und das heulende Elend ihn packt. Das Café geschlossen, die Küche leer, seine Else will nichts von ihm wissen. Sie hockt oben mit Julia und Luisa zusammen, wahrscheinlich um die beiden gegen ihn aufzuhetzen, und er sitzt hier, von aller Welt verlassen bei Pfefferminztee und trocken Brot …

Nun ja – wenigstens Hubsi ist bei ihm. Auch wenn der keine große Stütze ist. Er kaut vor sich hin, schlürft den heißen Tee und schaut immer wieder beklommen zu Heinz hinüber.

»Ich weiß wohl, Herr Koch, dass ich ein Klotz an Ihrem Bein bin …«

»Aber nein!«, wehrt sich Heinz erschrocken.

»Doch, doch! Ich hab ja nichts, nicht mal eine Wohnung und Geld schon gar nicht …«

»Geld ist unwichtig in diesen Zeiten, Hubsi.«

»Weiß ich schon, Herr Koch. Sachen zum Tauschen muss man haben. Schnaps, Brillen, Schuhe, Silberzeug, Schmuck, Teppiche … Aber ich hab nichts. Alles weg. Ich kann nur Klavier spielen … Aber wer braucht so was in diesen Zeiten?«

»Viele brauchen das, Hubsi. Die Musik kann uns helfen, mit allem Unglück fertig zu werden …«

»Ach!«, meint Hubsi, und er macht eine wegwerfende Handbewegung. »Die jungen Leute, die wollen doch lieber Jazzmusik hören …«

Widerstand regt sich in Heinz. Zornige Empörung. Es kann doch nicht sein, dass es für diesen skurrilen, aber doch so liebenswerten Kerl keinen Platz mehr auf der Welt gibt. Was soll denn aus ihm werden, wenn sie das Café tatsächlich schließen müssen?

»Du bleibst bei uns, Hubsi«, sagt er energisch. »Es kommen auch wieder bessere Zeiten. Inzwischen kannst du vielleicht mal draußen Laub kehren, das schaffe ich nicht, wegen des Beines …«

Hubsi ist froh über das Angebot, er hat schon selber überlegt, wie er sich für das Zimmer oben in der Wohnung revanchieren könnte. »Ich kann auch Kohlen aus dem Keller holen. Oder Kartoffeln. Und Weinflaschen …«

»Klar …«, knurrt Heinz. »Oder bei Gelegenheit mal mit mir Krüppel auf der Wilhelmstraße herumgehen. Weil ich die Muskeln im gesunden Bein wieder aufbauen muss …«

Hubsi begibt sich wieder ans Klavier, und Heinz ist erstmal mit sich zufrieden. Von wegen Traumtänzer. Es gibt für alles eine Lösung. Gute Ideen sind gefragt, meine liebe Else. Erpressung und boshafte Anschuldigungen sind ganz sicher der falsche Weg!

Es nagt an ihm, dass er jetzt nicht mit ihr sprechen kann. Sie konnten doch immer miteinander reden, es tut richtig weh, jetzt so ganz allein hier zu sitzen. Soll das vielleicht den ganzen Tag über so weitergehen? Wenn wenigstens die Hilde endlich käme, schon weil niemand das benutzte Geschirr wegräumt.

Die Tür zum Treppenhaus geht auf, und die Künzel erscheint im langen Morgenmantel, die Haare in einen lilafarbigen Turban eingebunden. Sie grinst ihn an und fegt durchs Café, sucht im Notenstapel auf dem Klavier herum und zieht zwei Hefte heraus. Hubsi schaut nur kurz auf und lässt sich nicht beim Spielen stören.

»Morgen, die Herren«, sagt die Künzel. »Na? So unbeweibt, Heinz? Dicke Luft, wie?«

Die Frau hat ein Gemüt wie ein Holzhacker. Heinz taucht die Nase in seine leere Teetasse und würdigt sie keiner Antwort.

»Solltest auf die Else hören. Ist ne kluge Frau, Heinz!«

Und schon flattert sie mit ihren Notenheften davon und lässt zwei betreten dreinblickende Männer zurück.

»Ach Gott …«, murmelt Hubsi, während er den *Grünen Kakadu* intoniert. »So schlimm …«

»Ach was …«, sagt Heinz abwehrend, doch ohne rechte Überzeugung. Dann tut er einen tiefen Seufzer.

Hubsi ist ein fühlender Mensch, ein Künstler. Er bringt es

nicht fertig, weiter heitere Salonmusik zu spielen, während sein Freund und Gönner Heinz Koch Trübsal bläst. Lieber schließt er den Deckel der Tastatur und empfiehlt sich.

»Schönen Tag noch, Herr Koch. Und Kopf hoch. Das wird schon …«

Gleich darauf sieht Heinz ihn draußen ungeschickt mit dem Besen hantieren. Fast hätte er Hilde zu Fall gebracht, die von rechts mit dem beladenen Fahrrad anrollt, das sie von ihrer Freundin Gisela ausgeliehen hat. Addi folgt in einigem Abstand mit der Axt im Gürtel und einem Bündel auf dem Rücken. Holz für den Winter. Mein Gott – das reicht gerade mal für einen Tag. Heinz wird ganz schwach, wenn er daran denkt, was sie ohne Kohlen anfangen sollen …

Hilde überlässt es Addi, die Beute zu verstauen, und kommt ins Café. Hübsch ist sein Töchterlein mit den roten Wangen und leuchtenden blauen Augen.

»Morgen, Papa … Na? Schmeckt der Kaffee nicht?«

Was für eine freche Göre! Früher hätte sie sich das ihrem Vater gegenüber nicht erlaubt. Sie zieht die feuchte Jacke aus und läuft in die Küche, um sich die Hände zu waschen. Dann erscheint sie mit einem Korb voller Holz im Gastraum und stellt das Heizmaterial neben dem Ofen ab.

»Ist ja geschlossen«, meint sie. »Da bleibt der Ofen kalt.«

Heinz schweigt verdrossen. Schaut aus dem Fenster auf das Trottoir, wo Hubsi mit dem Wind kämpft, der ihm das zusammengekehrte Laub immer wieder aufwirbelt.

»Hat Mama ihn zum Kehren angestellt?«, will Hilde wissen.

»Nein. Ich.«

Sie pfeift durch die Zähne wie ein Lausebengel. Unfassbar. Seine hübsche Tochter benimmt sich kein bisschen damenhaft. Da hätte die Else aber mal drauf achten müssen …

»Du, Papa?«, sagt sie anerkennend. »Guter Einfall. Hab ich auch schon dran gedacht.«

Eigentlich ärgert er sich ja über ihre Frechheiten, aber jetzt freut er sich doch, dass sie ihn lobt.

»Warum gehst du nicht mal rauf zu Storbeck und forderst die Miete ein?«, fährt sie fort. »Der hat doch jetzt eine Stelle als Straßenbahnschaffner, da kann er auch Miete zahlen.«

Kaum reicht man ihr den kleinen Finger, da will sie schon die ganze Hand. Aber so war sie immer, seine Hilde. Konnte kaum drei Schritte laufen, da hat sie schon die großen Brüder herumkommandiert.

»Ich? Mit dem kaputten Bein komme ich doch die Treppe nicht rauf ...«

Hilde geht darauf nicht ein, sondern räumt das Geschirr zusammen, um es in die Küche zu tragen. »Die Mama war schon zweimal oben, aber der Mistkerl behauptet einfach, sie habe ihm nichts zu sagen, und außerdem habe er gar keinen Mietvertrag.«

Das ist allerdings eine bodenlose Unverschämtheit. In Heinz wächst der Beschützertrieb. Angesichts solcher Dreistigkeit sollte er seiner Frau zur Seite stehen. Ach was – er sollte hinaufgehen und diesem Storbeck die Meinung sagen. Die Sache von Mann zu Mann regeln.

»Na ja, wenn das so ist ...«

Hilde ist schon in der Küche, er hört Wasser rauschen, sie wäscht das Geschirr ab. Heinz schlägt die Zeitung auf und tut, als würde er lesen, aber in Wirklichkeit grübelt er darüber nach, ob er tatsächlich den Aufstieg in den zweiten Stock unternehmen soll. Vielleicht ist der Wilfried Storbeck ja gar nicht zu Hause? Dann hätte er die Quälerei ganz umsonst auf sich genommen. Auf der anderen Seite würde er Else damit beweisen, dass er keinesfalls ein Traumtänzer ist. Und auch nicht in anderen Sphären lebt. Dass er für sie und für seine Familie eine Menge auf sich nimmt und sie keinen Grund hat ...

»In der Kirchgasse kriegt man für eine Buddel Schnaps ein

ganzes Pfund Bohnenkaffee …«, sagt Hilde in der Küche. »Mehl und Butter auch. Und Eipulver …«

Gerade eben war er noch zu größtem Entgegenkommen bereit – aber jetzt steigt wieder der Zorn in ihm auf. Stecken unter einer Decke, die beiden. Mutter und Tochter blasen ins gleiche Horn. Der Schwarzmarkt. Immer der Schwarzmarkt.

»Drei Tage Gefängnis kannst du dafür kriegen«, schimpft er laut, damit sie es auch hört. »Und die Sachen, die bist du dann auch los.«

»So'n Quatsch!«, tönt es aus der Küche. »Sogar die Amis handeln auf dem Schwarzmarkt. Die sind auf den Nazikram aus. Abzeichen und Parteibücher und Uniformen – das nehmen die als Andenken mit nach Hause.«

»So was haben wir nicht!«, brüllt er.

»Aber Schnaps haben wir.«

»Schluss jetzt. Du kennst mein Verbot, also halte dich dran.«

In der Küche knallt eine Tür. Hilde ist die Küchentreppe hinauf in die Wohnung gelaufen. Unbeherrscht ist das Mädel, er muss sie sich noch mal vornehmen. Hier in seinem Haus werden keine Türen geschlagen. Er fröstelt und knöpft die Hausjacke zu. Hätte er doch nur einen Pullover druntergezogen. Jetzt ist es zu spät, er hat keine Lust, die Treppe zur Wohnung noch mal hochzuhumpeln. Und außerdem würde er oben vielleicht der Else begegnen. Ach ja … Was für ein schrecklicher Tag. Er schaut hinaus und sieht die Leute im Regen vorbeilaufen, die Hüte tief im Gesicht, die Schultern hochgezogen. Alle haben es eilig, keiner bleibt stehen, um mit einem Bekannten zu schwatzen, auch für das Café Engel hat niemand einen Blick.

Hubsi erscheint an der Treppenhaustür. An seiner Jacke klebt feuchtes Platanenlaub.

»Ich brauche einen Korb, Herr Koch …«

»Ich glaube, im Keller stehen Körbe …«, sagt Heinz unsicher.

Hubsi nickt freundlich, bewegt sich aber nicht, und Heinz

fällt ein, dass Hubsi bisher noch nie den Keller des Hauses betreten hat.

»Warte …«, murmelt er und steht auf. Sein gesundes Bein zittert schon wieder wegen der ungewohnten Belastung. »Ich zeig es dir …«

Es ist ein heroischer Entschluss, weil die Kellertreppe verflucht schmal ist und er keine Ahnung hat, wie er wieder hochkommt, wenn er mal unten ist. Aber langsam ist ihm schon alles gleich. Sollen sie ihn doch unten im Keller finden, verhungert und verdurstet, dann werden sie ihr Komplott gegen ihn bereuen.

Aber als er gerade die Kellertür öffnen will, kommt ihm ein Engel zu Hilfe.

»Onkel Heinz! Du willst doch nicht etwa da runtergehen? Das lass aber schön bleiben, sonst fällst du noch die Treppe runter.«

Er dreht sich um, und da steht sie vor ihm, trägt die alte Strickjacke von seiner Hilde, aber ihr Lächeln ist wie ein Sonnenstrahl auf seinem düsteren Gemüt.

»Der Hubsi hat Laub gekehrt und braucht einen Korb …«

»Den bringe ich ihm. Das ist doch keine Sache …«

Schon ist sie an ihm vorbei die Kellertreppe hinunter und findet auch gleich, was gebraucht wird. Kluges Mädel, die Luisa. Erst ein paar Wochen bei ihnen, aber sie kennt sich schon aus. Da kommt sie mit einem geflochtenen Korb und geht mit Hubsi hinaus, um zu helfen.

»Geh nur rüber ins Café, Onkel Heinz«, sagt sie im Vorbeilaufen. »Ich bin gleich bei dir.«

Ihre sanfte, fröhliche Stimme tut ihm gut. Wie geschickt sie jetzt dem unpraktischen Hubsi zur Hand geht. Ein Prachtmädel ist das, seine Nichte. Und wie sehr sie seiner Schwester ähnelt. Ach, er wird seine Annemarie niemals wiedersehen, aber wenigstens hat das Schicksal ihm ihre Tochter geschickt. Luisa. Ein hübscher Name für ein so bezauberndes Wesen …

Wenig später kommt sie ins Café und macht sich am Ofen zu schaffen. Wohlige Wärme breitet sich aus, er bekommt ein schlechtes Gewissen, weil Holz ja kostbar ist, aber er ist Luisa trotzdem dankbar.

»Setz dich zu mir, Mädel …«

Das tut sie gern. Weil sie doch etwas Wichtiges mit ihm bereden will. Aber er muss ihr versprechen, ihr gut zuzuhören und nicht gleich böse zu werden. Heinz ist zwar wenig begeistert, aber es freut ihn, dass wenigstens Luisa bereit ist, ihre Sorgen mit ihm zu besprechen. Im Gegensatz zu Else und Hilde, die über seinen Kopf hinweg entscheiden und ihn erpressen wollen.

»Na, wo drückt dich denn der Schuh, Luischen …«

Sie schaut ihn treuherzig an, und er muss wieder an Annemarie denken. Die Augen hat sie von ihrer Mutter, nur dass Annemarie blond war. Luisa hat braunschwarzes Haar, was einen wundervollen Kontrast zu der hellen Haut und den blaugrünen Augen gibt. Ach ja – seine beiden Mädels, die Hilde und die Luisa, sind beide ungewöhnlich hübsch. Wie schade, dass sie sich nicht vertragen können!

»Weißt du, Onkel Heinz«, beginnt sie zögerlich. »Ich sehe doch, dass es hier im Haus knapp mit allem ist. Vor allem mit den Lebensmitteln, aber auch mit dem Geld. Und da habe ich beschlossen, euch nicht länger auf der Tasche zu liegen.«

Er bekommt einen Schrecken. Sie will doch nicht etwa fort? Das wird er auf keinen Fall zulassen.

»Du liegst uns doch nicht auf der Tasche, Luisa«, sagt er und fasst ihre Hand.

»Doch, das tue ich«, gibt sie mit ruhigem Lächeln zurück. »Aber das soll anders werden. Weil ich mir Arbeit bei den Amerikanern suchen werde. Ich kann putzen und waschen, auch in der Küche arbeiten, und wenn ich Glück habe, kann ich uns sogar Lebensmittel beschaffen. Die Künzel macht das ja auch …«

Er beruhigt sich ein wenig, weil er begreift, dass sie nicht etwa wegziehen, sondern sich nur Arbeit suchen will. Aber auch das geht ihm gegen den Strich.

»Nein, Luisa«, sagt er entschieden. »Das ist keine gute Idee. Ein hübsches Mädel wie du sollte nicht bei den Amis arbeiten. Man hört so dies und jenes, und ein Unglück ist schnell passiert. Ich will nicht, dass du dich in Gefahr begibst. Wir werden schon einen Weg finden …«

Doch sie schüttelt traurig den Kopf. »Ach, Onkel Heinz … Ich sehe doch, wie verzweifelt die Tante ist, weil sie nicht weiß, wie es weitergehen soll. Und da habe ich mir gedacht, dass es nur geht, wenn jeder von uns etwas dazu beiträgt. Auch wenn es schwer ist – ich will tun, was ich kann. Weil ich so unsagbar glücklich bin, dass ich bei euch leben darf.«

Jetzt ist Heinz tief gerührt, fast kommen ihm die Tränen. Er drückt ihren Arm, streicht ihr über das Haar und murmelt, dass sie sein Sonnenschein ist, das Kind seiner geliebten Schwester Annemarie, seine kleine Nichte, für die er sich verantwortlich fühlt. »Aber zu den Amis gehst du nicht. Wir finden etwas anderes … Ich geh jetzt mal die Treppe rauf und rede mit dem Storbeck … Geht ja nicht, dass der keine Miete zahlt …«

Luisa nickt gehorsam. Sie will auf keinen Fall etwas gegen seinen Willen tun, deshalb wollte sie ja erst mit ihm sprechen. Was für ein liebes Mädel, denkt er. Wenn meine Hilde nur ein wenig von ihr hätte, das stünde ihr gut.

Luisa begleitet ihn ins Treppenhaus, dann schickt er sie weg. Er will die Angelegenheit ohne Zeugen regeln, so richtig unter Männern, wie es sich gehört. Schließlich ist er der Hausherr, auch wenn der Else die Hälfte gehört.

Schnaufend kommt er im zweiten Stock an. Sein gesundes Bein ist recht wackelig, er muss mit der Prothese auftreten, was er nicht gern tut, weil er sich um die Narbe sorgt. Aber es geht halt nicht anders. Bevor er an der Wohnungstür läutet, wartet er etwas, bis er wieder zu Atem gekommen ist, damit er einen soliden Eindruck macht. Er hat Glück, Wilfried Storbeck öffnet die Tür.

»Du liebe Güte, Herr Koch! Mit dem schlimmen Bein sind Sie vier Treppen hochgelaufen. Warum haben Sie nicht die Luisa geschickt, ich wäre doch heruntergekommen …«

Heinz wirft einen Blick in die Wohnung, in der einmal sein Ältester mit seiner Frau gewohnt hat, und sie kommt ihm recht kahl vor. Wilfried Storbeck zieht die Wohnungstür auch gleich ein Stück weiter zu.

»Ich komme wegen der Miete, Herr Storbeck. Da Sie nicht die ganze Wohnung bewohnen, bin ich bereit, mit dem Preis herunterzugehen. Sagen wir, um die Hälfte …«

Storbeck starrt ihn an, dann zieht er die Lippen breit und tut, als wäre ihm das alles sehr peinlich.

»Ach ja, die Miete … Wir sind ja ausgebombt, Herr Storbeck. Haben alles verloren … Woher sollen wir da Geld für die Miete nehmen?«

Was für ein ausgefuchster Gauner. Er hat den Kerl noch nie leiden können, schon damals nicht, als er noch Kämmerer bei der Stadt war und Heinz mal mit ihm wegen der Gewerbesteuer verhandelt hat.

»Soweit mir bekannt, haben Sie inzwischen Arbeit gefunden, Herr Storbeck … Außerdem ist Ihre Frau bei Frau Wemhöner als Aushilfskraft tätig. Sie sind also keineswegs mittellos …«

Storbeck macht eine abwehrende Armbewegung und behauptet, das sei alles noch nicht in trockenen Tüchern, vorläufig seien seine Mittel beschränkt. Und dann geht er ganz überraschend zum Angriff über.

»Allerdings haben meine Frau und ich – wenn alles so geht, wie erhofft – eine Zweizimmerwohnung in der Seerobenstraße in Aussicht. Klein, aber mein – wie man so sagt.«

Er grinst Heinz höhnisch an und reibt sich dabei die Hände, als müsste er sie mit Seife waschen.

»Es werden Flüchtlinge erwartet, Herr Koch. Menschen, die aus dem Osten vor den Russen geflohen sind. Die Stadt wird zu Einquartierungen gezwungen sein, Sie verstehen? Da wird man nicht gefragt, da stehen die Leute vor der Tür, und man muss zusammenrücken. Natürlich ohne Miete. Weil die armen Leute ja nichts haben. Und verköstigen muss man sie auch, als Hausherr …«

Heinz starrt ihn an. Redet der jetzt solches Zeug, um ihn weichzuklopfen? Damit er die Mietforderung zurücknimmt?

»Wie auch immer, Herr Storbeck«, sagt er energisch. »Ich schicke Ihnen nachher den Mietvertrag hoch. Damit wir uns verstehen!«

Storbeck nickt freundlich und meint, er solle nur tun, was er nicht lassen könne. Dann schließt er die Tür. Heinz steht draußen und muss sich erst mal am Treppengeländer festhalten, weil jetzt beide Beine zittern. Flüchtlinge? Einquartierung? Und die soll er auch noch versorgen? Wenn das stimmt, dann weiß er jetzt wirklich nicht weiter … Mit letzten Kräften schafft er es bis vor seine Wohnungstür einen Stock tiefer. Dort steht er gegen die Tür gelehnt und sucht in der Jackentasche nach dem Wohnungsschlüssel.

Hat er geläutet? Gerufen? Nein, ganz sicher nicht. Aber auf einmal wird die Tür geöffnet, und er fällt der Else direkt in die Arme.

»Heinz! Um Gottes willen. Halt dich fest. Ganz langsam …«

Sie stützt ihn, hilft ihm aufs Sofa, bringt ihm eine Decke, schiebt ein Kissen hinter seinen Rücken. Dann setzt sie sich zu ihm und hält seine Hand.

»Stell dir vor …«, murmelt er. »Die werden Flüchtlinge bei uns einquartieren … die müssen wir verköstigen … und der Storbeck zieht weg … Zweizimmerwohnung … da kriegt er so leicht keine Einquartierung, der Schlaumeier …«

»Weiß ich alles, Heinz … Wir schaffen das schon …«, sagt sie leise und streichelt seine Hand. »Wir beide haben es bisher doch immer geschafft …«

»Und die Luisa will bei den Amis arbeiten«, stöhnt er. »Das geht doch nicht!«

Else sagt nichts dazu, aber er ist glücklich darüber, dass sie bei ihm sitzt, seine Hand streichelt und wieder mit ihm redet. Wir schaffen das schon, wir beide … Ach, Else …

»Die Hilde fährt ja morgen in den Taunus«, sagt sie. »Da schaut sie mal bei Bogners vorbei. Mehl, Butter, Eier und so …«

Hamstern ist eigentlich auch verboten. Aber Heinz weiß, dass alle es tun. Und bevor man in der leeren Küche verhungert …

»Da muss sie aber was zum Tauschen mitnehmen …«

Else nickt. Sie gibt ihr zwei von den silbernen Leuchtern mit. Die fand der Fritz immer so schön.

Heinz widerspricht nicht. Es ist gut, Else zu spüren, wieder zu zweit all dem Unbill gegenüber zu stehen. Nie wieder will er diese Kälte erleben. Diese Einsamkeit. Es ist die Hölle auf Erden.

»Ein ganzes Pfund Bohnenkaffee für eine Buddel Schnaps?«, erkundigt er sich. »Stimmt das?«

Else zeigt mit keiner Miene, was sie jetzt fühlt. Aber er weiß, dass sie nicht triumphiert, das ist nicht ihre Art. Erleichtert ist sie. Soll sie ruhig. Er liebt sie doch. Heute mehr als je zuvor.

»Gestern war's noch so«, meint sie. »Unsere Hilde ist eine ganz ausgefuchste Geschäftsfrau, Heinz. Ein Teufelsmädel. Wenn ich die nicht gehabt hätte, als du in Gefangenschaft warst …«

Er streckt die Arme aus und zieht sie zu sich heran. Küsst sie auf den Mund und streicht ihr die Streitlocke aus der Stirn. »Frieden?«, flüstert er.

»Ach, Heinz«, schluchzt sie. »Ich hab's kaum noch ausgehalten. Wär fast zu dir hinuntergelaufen …«

HILDE

Im Taunus, Oktober 1945

Laut ist dieses US-Auto. Von wegen technischer Fortschritt der Amis. Die Karre knattert wie eine ganze Böllerfabrik, zugig ist es auch, und man wird ordentlich durchgerüttelt. Nun ja – Peters ist eben nur Lieutenant. Die oberen Ränge der Besatzer haben vermutlich luxuriösere Fahrzeuge.

»Wir haben Glück mit dem Wetter«, sagt Peters. »Gestern hat es den ganzen Tag geregnet, aber heute scheint die Sonne.«

Er sitzt neben Hilde auf der Rückbank, Sammy hat das Steuer übernommen, Gisela den Beifahrersitz. Wenn man sich unterhält, muss man sich zueinander beugen und mit erhobener Stimme sprechen, um die lauten Fahrgeräusche zu übertönen. Einen romantischen Ausflug in den Taunus hat Hilde sich eigentlich anders vorgestellt. Aber sie ist fest entschlossen, sich die gute Laune nicht verderben zu lassen.

»Tja – wenn Engel reisen, dann lacht der Himmel«, ruft sie Peters zu.

Wenigstens hat ihr Julia noch die karierte Tuchjacke enger genäht, dazu passt der beigefarbene, leicht ausgestellte Rock. Nur die schweren Halbschuhe aus braunem Leder, die eigentlich Mama gehören, hängen wie hässliche Klumpen an ihren Füßen. Dazu noch dicke Wollsocken, weil man sich in den Dingern sonst Blasen läuft – hoffentlich kommt Gisela nicht auf die Idee, den beiden Amis Bad Schwalbach oder gar Schlangenbad zeigen zu wollen. Da würde sie sich mit diesen Elefantentretern ganz fürchterlich blamieren.

Was hat Gisela ihr doch gestern noch gesagt? »Du, der ist bis über beide Ohren in dich verknallt, Hilde. Und ich glaube fast, er hat ernste Absichten …«

Der letzte Satz hat Hilde verwirrt. Ernste Absichten passen ihr eigentlich nicht in den Kram. Sie will angeschwärmt werden, ein wenig Spaß haben in diesen trüben Zeiten und ja – vielleicht muss sie sich auch etwas beweisen. Es ist nicht gerade aufbauend, wenn man von der großen Liebe seines Lebens sitzen gelassen wird. Es tut verdammt weh, und man hat noch dazu das Gefühl, ein Mauerblümchen zu sein, hässlich und zerknittert, eine, die keiner haben will. Ja, ein heißer Verehrer, der ihr noch dazu gefällt, käme jetzt gerade recht, um ihr geknicktes Selbstwertgefühl aufzubauen. Aber doch keiner mit ernsten Absichten!

Peters ist in Uniform, sie schaut aber frisch gebügelt aus, und die Schuhe sind blank poliert. Sammy hat sich einen neuen Haarschnitt verpassen lassen, jetzt hat er nur noch einen rötlichen Stoppelflaum auf dem Kopf, aber Gisela behauptet, das sei total schick. Na, Geschmackssache. Dass Gisela einen bildschönen hellblauen Wollmantel und dazu die passenden Stiefelchen trägt, hat Hilde heute früh fast aus den Halbschuhen gehauen.

»Sammy hat ein Paket von zu Hause bekommen«, hat Gisela stolz erzählt. »Die Sachen sind von seiner Schwester.«

»Sehr hübsch …«, hat Hilde nur gesagt.

Aber sie hat gedacht, dass sie selbst sich zu schade wäre, um die abgelegten Klamotten ihrer zukünftigen Schwägerin aufzutragen. Nur gut, dass Giselas Mutter das nicht mehr mitbekommt. Sie schläft jetzt den ganzen Tag, auch nachts kommt sie nicht mehr zu sich.

Sie passieren ohne Probleme mehrere Kontrollen und tuckern dann in nördlicher Richtung in den Wald hinein. Im Sonnenschein leuchtet das Laub in bunten Herbstfarben, einzelne Bäume erscheinen wie mit Gold überzogen, Rot mischt sich mit Braun und dunklem Grün. Hilde vergisst alle Unbequemlichkeiten und schaut fasziniert aus dem Fenster.

»Indian Summer«, sagt Sammy. »What a beautiful landscape …«

Was Gisela ihm antwortet, kann Hilde wegen der Fahrgeräusche nicht verstehen, aber sie sieht, dass die beiden fröhlich lachen.

»Ihre Heimat ist wunderschön, Hilde«, sagt Peters. »Bisher wusste ich nur, dass Wiesbaden eine schöne Stadt ist, weil mein Onkel mir seinerzeit so viel davon erzählt hat. Die Umgebung hat er niemals erwähnt …«

»Vermutlich hat Eddi Graff nur für das Theater gelebt und keine Wanderungen aufs Land unternommen«, meint sie und lächelt Peters zu. Nein, er lächelt nicht zurück, aber er nickt und schaut sie nachdenklich an. Wenn sich Gisela nur nicht täuscht. Verliebte Blicke sind das jedenfalls nicht.

»Es ist sehr ländlich im Taunus«, sagt sie. »Romantisch. Viele alte Fachwerkgebäude. Und die kleinen Bauernhöfe sehen aus wie vor hundert Jahren. Ich könnte Ihnen einen davon zeigen, ist gar nicht weit von hier. In einem winzigen, verträumten Dorf …«

Jetzt hat sie geschickt den Bogen nach Lenzhahn geschlagen. Wenn Gisela nicht querschießt, werden ihre beiden Beschützer bestimmt darauf eingehen.

»Sie kennen den Bauern?«, fragt Peters.

Hilde entschließt sich, ihre Phantasie walten zu lassen. »Ja. Wir sind früher im Sommer oft dorthin gefahren. Als meine Brüder und ich noch Kinder waren, haben wir in die Ställe geschaut und die Kälbchen gestreichelt … Und das Brot backen sie heute noch in einem kleinen Backhaus mitten im Dorf …«

Gisela hat den Vorschlag mitbekommen, sie dreht sich um und blinzelt Hilde verständnisinnig zu, dann erklärt sie, dass ein richtiges altes Backhaus eine deutsche Spezialität sei und man das nicht verpassen dürfe. Ach, sie ist doch eine wahre Freundin, die Gisela.

»Aber erst laufen wir ein wenig durch den Herbstwald!«, fordert sie.

Sammy weist daraufhin, dass sie einen Picknickkorb dabei hätten, dessen Inhalt man sich durch eine Wanderung verdienen müsse. Hilde resigniert. Sie hasst Wandern. Bei den Schulwanderungen hat sie sich immer Blasen an den Füßen geholt, und das wird jetzt trotz der dicken Socken ganz sicher wieder so sein. Wenigstens braucht sie dieses Mal keines dieser romantisch-zackigen Wanderlieder mitzubrüllen, die ihre Lehrer damals so geliebt haben.

»Aus graaauer Stäädtä Mahauuern …«

Sie biegen in einen Waldweg ein, wobei sich jetzt die Qualitäten des Armeefahrzeugs zeigen, denn die Karre holpert problemlos über Stock, Stein und Wurzelwerk. Bei einer hübschen Lichtung halten sie an, Sammy darf den umfangreichen Picknickkorb tragen, Gisela nimmt vorsichtshalber eine Decke mit, Hilde zerrt an ihren Socken herum, Peters betrachtet sie dabei, und als sie kurz zu ihm aufblickt, meint sie, ein Schmunzeln in seinen Zügen zu sehen.

Na warte, denkt sie. Der macht sich lustig über mich, grinst in sich hinein, so ganz still und heimlich. Faustdick hat er es hinter den Ohren, der Niemalslächler.

Die Wanderung erweist sich als ein überraschend großes Vergnügen. Sie springen lachend über Pfützen, finden Eicheln und Hagebutten, entdecken ein braunrotes Eichhörnchen, das den Stamm hinaufflitzt und sie von oben herunter mit blanken Augen mustert. Peters hält sich stets an ihrer Seite, wartet geduldig, wenn sie stehen bleibt, um einen Pilz oder einen hohlen Baum anzuschauen. »Sie lieben die Natur, wie es scheint«, bemerkt er. »Aber sehr oft sind Sie nicht im Wald unterwegs.«

»Und Sie?«

»Ich habe vor Jahren einen ganzen Sommer in Kanada in der Wildnis verbracht. In einer Blockhütte am See.«

Sie ist beeindruckt. Ob er da auch Besuch von Bären hatte? Von hungrigen Grizzlys?

»Hin und wieder. Sie stehlen gern die Vorräte. Aber schlimmer waren andere hungrige Besucher.«

»Welche?«

»Stechmücken.«

Sie lacht ihn aus, und er schmunzelt vor sich hin. Als sie wieder über eine breite Pfütze springt, nimmt er ihre Hand und hält sie einen Moment lang fest. Dann erkundigt er sich nach ihren Brüdern, ob sie etwas von ihnen gehört haben. In Russland – das sei schwierig. Aber falls einer von ihnen in einem amerikanischen Gefangenencamp sei, könne er vielleicht Erkundigungen einziehen.

»Das wäre großartig. Wir alle machen uns solche Sorgen um August und Willi!«

»Sicher hofft Ihr Vater, dass einer der Söhne einmal das Café übernimmt, oder?«

Hilde schüttelt den Kopf. August hat Jura studiert und will eine Rechtsanwaltskanzlei eröffnen, und Willi hat den verrückten Plan, Schauspieler zu werden. Er hat schon die Aufnahmeprüfung an der Frankfurter Schauspielschule bestanden und sich riesig darüber gefreut, weil es fast zweihundert Bewerber gab und nur sechs genommen wurden.

»Drei Tage später wurde er eingezogen.«

Peters tut einen mitfühlenden Seufzer und schaut hinauf in die Kronen der sonnenbeschienenen Bäume. Rotes und gelbes Gold blinkt da in zahllosen schimmernden Blättchen.

»Aber wer wird dann das Café weiterführen?«, will er wissen.

»Ich natürlich!«, ruft sie. »Trauen Sie mir das etwa nicht zu?«

»Doch!«

Es klingt so überzeugend, dass sie zufrieden nickt. Dann fragt sie ihn ihrerseits aus, will wissen, welchen Beruf er im normalen

Leben ausübt, ob er immer noch in New York wohnt und ob seine Eltern noch am Leben sind.

»Mein Bruder hat den Laden der Eltern übernommen. Fische verkaufen – das war nichts für mich. Ich schlage mich als Übersetzer und Lehrer für Geschichte durch, komme ziemlich viel herum, halte es aber nirgendwo lange aus …«

»Aha …«

»Sind Sie jetzt enttäuscht? Haben Sie geglaubt, ich sei Chef einer prosperierenden Firma oder Regierungsbeamter?«

Tatsächlich hat sie sich bisher wenig Gedanken über seine berufliche Tätigkeit gemacht. Dass er als Übersetzer und Lehrer durch das Land tingelt, überrascht sie allerdings.

»Ich habe immer geglaubt, Sie seien bei der Kriminalpolizei«, witzelt sie. »Weil Sie so genau beobachten und auch mal ganz schön energisch werden können!«

Verschmitzt schaut sie zu ihm hinüber und freut sich, dass er verlegen wird. »Werden Sie mir das ewig vorhalten?«, will er wissen.

»Nur ab und zu. Aus pädagogischen Gründen.«

Da fasst er ihre Hand und bleibt stehen. Auch sie verharrt, unsicher, was er jetzt vorhat. Vor ihnen verschwinden Sammy und Gisela hinter einer Wegbiegung, der Wald verschluckt sie, Hilde ist mit Josh Peters allein.

»Ich mag es, wenn Sie mich herausfordern, Hilde«, sagt er. »Ich mag Ihre Fröhlichkeit, Ihre Energie, Ihren Mut. Und ich wünschte sehr, dass auch ich Ihnen ein wenig gefalle …«

Da ist plötzlich eine Kraft zwischen ihnen, mit der Hilde nicht gerechnet hat. Eine Art Magnetismus. Eine Anziehung ihrer Körper, der nur schwer zu widerstehen ist. Seine Augen scheinen immer näher zu kommen, auch sein Mund bewegt sich auf sie zu, und sie steht wie verzaubert inmitten des flirrenden, herabsegelnden Herbstlaubs und wartet. Auf was? Sie weiß es nicht genau,

»Ich … ich finde Sie … sehr sympathisch …«, sagt sie leise.

Dann liegt auch schon sein Arm um ihre Taille, und sie wehrt sich nicht, als er sie küsst. Im Gegenteil – es ist aufregend. Der Wind rauscht durch die Bäume, das Laub knistert, sie muss die Augen schließen, weil die schräge Herbstsonne sie blendet. Er ist kein Anfänger, der Herumtreiber und Einsiedler in den kanadischen Wäldern. Er küsst sie zunächst vorsichtig und sehr zärtlich, und als sie nicht widerstrebt, sondern mittut, wird er mutiger, zeigt, dass er leidenschaftlich sein kann, und sie spürt, wie ihr schwindelig wird.

»Ich habe mich verliebt, Hilde«, flüstert er. »Schon am ersten Tag, als ich dich sah. Liebe macht uns zu Narren. Ich war eifersüchtig an diesem Abend und wollte verhindern, dass einer meiner Kameraden etwas mit dir anfängt. Es war lächerlich, ich habe mich so geschämt, dass ich das Café niemals wieder betreten wollte. Aber auch das ist mir nicht gelungen … «

Sie schweigt. Sein Geständnis rührt sie, er ist auf einmal ein anderer, zeigt ihr offen seine Gefühle, versteckt sich nicht mehr hinter seiner unbeweglichen Miene. Er hält sie immer noch in seinen Armen, immer noch spürt sie die erregende Nähe seines Körpers. Ist das Liebe? Leidenschaft? Irrtum? Flirt? Von allem etwas.

Sie legt einen Arm um seinen Nacken und küsst ihn auf den Mund. Ganz leicht nur, eine zärtliche Antwort auf sein Liebesgeständnis und zugleich die Erinnerung, dass sie weitergehen sollten, um Gisela und Sammy nicht zu verlieren. Er versteht und gibt sie frei, hält sie aber noch eine ganze Weile bei der Hand.

»Ich möchte dich nicht mehr verlieren, Hilde«, sagt er. »Auch dann nicht, wenn ich fortmuss. Wenn ich versetzt werde.«

»Wann wird das sein?«

»Ich weiß es nicht. Es kann jederzeit sein. Sag mir, ob du es ernst meinst.«

Sie ist ziemlich durcheinander. Was soll sie sagen? Dass sie seine Nähe aufregend findet und seine Küsse sie schwindelig machen? Es verwirrt sie, weil bisher nur Jean-Jacques solche Empfindungen bei ihr ausgelöst hat. Ist am Ende das, was sie für die große Liebe gehalten hat, nur eine Täuschung gewesen? Kann jeder Mann, wenn er nett ist und es einigermaßen geschickt anstellt, solche wilden Gefühle in ihr wecken?

»Ich muss darüber nachdenken«, sagt sie unsicher. »Es ist noch so neu … ich bin mir nicht sicher …«

Sie spürt seine Enttäuschung, ohne dass sie ihn ansehen muss. Er bleibt trotzdem ruhig und freundlich. »Lass dir Zeit, Hilde. Ich kann warten. Nur Lügen mag ich nicht, auch wenn sie gut gemeint sind.«

»Das geht mir genauso«, gibt sie zurück.

Sie ist erleichtert, als jetzt Gisela und Sammy hinter einer Wegbiegung sichtbar werden. Die beiden haben es sich auf einigen gefällten Baumstämmen gemütlich gemacht, haben die Decke über das Holz gelegt und den Picknickkorb ausgeräumt. Ungeahnte Leckereien stehen in Dosen und auf Tellern für die hungrigen Wanderer bereit, Weißbrot, gekochtes Rindfleisch, Käse und Thunfisch, zum Nachtisch gibt es Pfirsiche aus der Dose und Hefekuchen mit Aprikosen. Außerdem eine seltsam gelbliche Paste, die Hilde nicht kennt.

»Erdnussbutter«, erklärt Gisela. »Schmeckt ungewohnt, ist aber nicht übel. Probier mal davon. Man schmiert es aufs Brot …«

Tatsächlich, das Zeug schmeckt nach Erdnüssen. Die gab es früher beim Kolonialwarenhändler an Weihnachten zu kaufen. Aber als klebrige Masse auf dem Weißbrot mundet es Hilde nicht besonders. Kein Vergleich zu Mamas leckerem Gelee aus schwarzen Johannisbeeren …

Sie schmausen vergnügt, Gisela und Sammy sind bester Laune, bewerfen sich kichernd mit Eicheln und teilen sich eine

Flasche Bier. Hilde trinkt lieber Limonade, Josh Peters bevorzugt schwarzen Tee aus der Thermosflasche. Er hat sich ein wenig abseits gesetzt und ist noch wortkarger als gewöhnlich. Wenn Hilde ihn anredet, gibt er zwar Antwort, erscheint ihr aber irgendwie abwesend.

Was hat er sich vorgestellt, überlegt sie bei sich. Dass ich ihm ewige Liebe und Treue schwöre? Nur weil er mich küssen durfte? Nein, er selbst hat verlangt, dass sie ehrlich zu ihm ist, und das war sie.

»Jetzt geht absolut nichts mehr hinein«, sagt Gisela, und sie legt die Hand auf ihren Bauch. »Here ist no more space for food, Darling.«

Sammy will nachfühlen, ob sie die Wahrheit sagt, aber sie entwischt ihm in den Wald hinein, und er muss ihr nachlaufen. Sie balgen sich lachend zwischen den Bäumen, wirbeln das Laub auf, das Unterholz knackt unter ihren ungeschickten Füßen. Weit hinten, wo man sie kaum noch sehen kann, bleiben sie stehen, und dann wird es still.

»Was für Kindsköpfe!«, meint Hilde und beginnt, die Reste des Picknicks wieder im Korb zu verstauen.

»Glückliche Kindsköpfe«, sagt er mit leisem Bedauern.

Sie arbeiten Hand in Hand, er sammelt ein, sie packt es in den Korb. Manchmal berühren sich ihre Hände dabei, manchmal schaut sie ihm lächelnd in die Augen, und sie merkt, dass er auf etwas wartet. Aber sie ist zu keinem weiteren Geständnis bereit.

Als Gisela und Sammy zurückkehren, sind sie außer Atem und Giselas hübsche Stiefel mit Moos und Erde verschmiert.

»Na, ihr zwei?«, fragt Gisela heiter. »Geht's euch gut?«

»Großartig!«, versetzt Hilde. »Gehen wir zurück zum Wagen?«

Dieses Mal trägt Peters den Picknickkorb, und Hilde geht neben ihm her, während Gisela und Sammy vorauslaufen. Josh

Peters hat sich jetzt wieder gefangen. Er erzählt ihr von seiner Zeit in Kanada, als er hauptsächlich vom Fischfang und von der Jagd lebte, und schildert die Schönheit der unberührten, tiefen Wälder. Hilde hört schweigend zu und grübelt darüber nach, was einen Mann wohl dazu veranlassen könnte, ein ganzes Jahr einsam in der Wildnis zu verbringen.

Vor dem Auto steht Gisela auf einem Bein und bemüht sich, ihren rechten Stiefel mit einem Taschentuch zu säubern. Sammy nutzt die Gelegenheit, ein weiteres Bier zu trinken, was ihm ein Stirnrunzeln von Josh Peters einträgt.

»Also in das kleine Dorf mit dem Backhaus?«, fragt er Hilde.

»Genau. Es ist gleich hinter Niedernhausen.«

Peters hat sich eine Karte besorgt, die er jetzt auf dem Kühler des Wagens ausbreitet. Alle außer Gisela beugen sich darüber. Mehrere Finger bewegen sich über das Papier, Peters hat den Ort als Erster entdeckt, er weiß auch, wo sie sich jetzt befinden und wie sie weiterfahren müssen. Nun ja – als alter Waldläufer in Kanada muss er sich gut orientieren können.

»It is quite near … ten minutes …«

»Gleich um die Ecke …«

Peters übernimmt jetzt das Steuer, Hilde sitzt neben ihm und hält die Karte fest in der Hand, um für alle Fälle gewappnet zu sein. Sammy und Gisela machen es sich auf dem Rücksitz gemütlich.

»Verdammter dreckiger Waldboden«, schimpft Gisela. »Meine neuen Stiefel sind ruiniert, das Zeug geht nicht mehr ab.«

Hilde verkneift sich die Bemerkung, dass es ja gar keine neuen, sondern nur geerbte amerikanische Stiefel sind. Bei den lauten Fahrgeräuschen hätte man es ohnehin nicht gehört. Josh Peters fährt langsam über den holprigen Waldweg, um die Insassen nicht allzu sehr durchzurütteln. Als sie auf der Landstraße sind, gibt er Gas, schafft es aber, den Wagen trotz der Geschwindigkeit ruhig zu halten. Er hat ein paar gute Eigenschaften, dieser Josh Peters. Dennoch wird Hilde langsam klar, dass sie kein bisschen in ihn verliebt ist. Er ist interessant und kann gut küssen. Das ist aber auch alles. Mit Jean-Jacques kann man ihn nicht vergleichen.

Sie hat trotzdem ein schlechtes Gewissen, denn sie hat ihm und Sammy etwas vorgeschwindelt. Man könnte auch sagen: die Wahrheit ausgeschmückt. Es stimmt schon, dass sie früher mit den Eltern hin und wieder in den Taunus gefahren ist. Das war damals, als Papa ein Auto angeschafft hatte und es ihm Spaß machte, kleine Spritztouren zu unternehmen. Aber sie waren niemals in Lenzhahn bei den Eltern von Fritz Bogner, und die hübsche Geschichte mit den Kälbchen im Stall hat sie sich ausgedacht. Sie haben seinerzeit ein paarmal auf Bauernhöfen Station gemacht, frische Milch gekauft und im Auto belegte Brote gegessen. Ein einziges Mal hat sie in einen Stall hineingeschaut, aber da war es so dreckig und duster, dass sie gleich wieder davongelaufen ist. Allein schon der Geruch war furchtbar.

Wie auch immer, heute geht es darum, Butter, Schmalz und Eier zu hamstern. Vor allem für das Café, damit sie einen Kuchen zustande bringen. Ohne Fett kann man höchstens Backsteine herstellen, an denen die Gäste sich die Zähne ausbeißen würden.

»Das muss es sein!«, ruft Gisela laut. »Schaut doch, die kleinen Fachwerkhäuschen. Sind die nicht putzig?«

Das Dorf ist winzig klein. Kaum ist man hineingefahren, da ist man auch schon wieder draußen. Sie haben nicht einmal eine Kirche, dafür aber ein kleines Häuslein, das abseits der Bauernhöfe auf einem Platz steht und mit dem abblätternden Putz recht verwahrlost erscheint. Ganz offensichtlich das Backhaus – wohnen könnte da drin höchstens eine Zwergenfamilie. Peters hält den Wagen dicht daneben an, und sie steigen aus, um die Sehenswürdigkeit zu besichtigen. Hilde entdeckt als Erste, dass die Tür nicht verschlossen ist, also treten sie ein. Es ist eng, und die winzigen Fenster lassen wenig Licht herein, aber man kann das eiserne Maul des Ofens gut erkennen.

Sammy betätigt den Griff, und die eisernen Platten schieben sich auseinander. Man sieht dahinter eine gemauerte Höhlung, den steinernen Backofen.

»Where is the fire?«

»Sie füllen den Ofen mit Holz und Reisig, dann zünden sie es an«, vermutet Peters und sieht Hilde fragend an.

Die hat keine Ahnung, wie der Steinofen befeuert wird, aber sie nickt auf alle Fälle. Dieses Ofenmaul erinnert sie an das Märchen von Hänsel und Gretel, denn es ist groß genug, um einen Menschen hineinzuschieben. Puh, wie unheimlich!

»Aber dann ist da drinnen doch alles voller Asche«, meint Gisela ungläubig. »Da werden doch die Brote dreckig.«

»Wenn die Steine heiß genug sind, kehren sie die Asche heraus und wischen innen alles sauber«, erklärt Josh Peters. »Und dann schieben sie die Brote hinein.«

»Genau so«, sagt Hilde schnell. »Ich hatte es vergessen, ist ja auch lange her, dass ich hier war. Aber jetzt fällt es mir wieder ein.«

Verflixte Schwindelei. Wenn man einmal damit angefangen hat, kommt man nicht mehr davon los. Gerade will sie erzählen, dass das Brot aus dem Steinofen ganz besonders gut schmeckt, da knarrt hinter ihnen die Tür. Eine Frau schaut zu ihnen herein, ganz offensichtlich eine Bäuerin, denn sie hat ein Tuch um das Haar gebunden, und an den Füßen trägt sie Gummistiefel. Die sind ziemlich dreckig und riechen nach Kuhstall.

»Guten Tag …«, grüßt Hilde die Frau, die sie mit misstrauischem Blick mustert. »Wir kommen aus Wiesbaden. Ich bin die Hilde Koch vom Café Engel. Wir wollten zu Bogners …«

Die Mimik der Frau wechselt von Misstrauen zu Erstaunen. Sie tritt einen Schritt zurück, als brauche sie den Abstand, um die Sprecherin besser sehen zu können.

»Die Hilde Koch bist du? Die Tochter vom Heinz Koch in Wiesbaden?«

»Ja – genau die bin ich …«

Hilde wird noch rechtzeitig klar, dass die Frau entweder die Mutter oder eine nahe Verwandte von Fritz Bogner sein muss, sonst würde sie nicht den Namen ihres Vaters kennen.

»Ich bringe Grüße von meinen Eltern. Wir wollten fragen, ob Sie etwas von Ihrem Sohn gehört haben …«

O weh, denkt sie und beißt sich auf die Lippen. Das war bestimmt die falsche Frage. Am Ende ist der arme Kerl gefallen …

Doch in diesem Moment geht ein Lächeln über das Gesicht der Frau, und auf einmal sieht man, dass sie viele kleine Fältchen hat. Sie reicht Hilde ihre Hand zur Begrüßung, eine unfassbar harte, schwielige Hand, die sich anfühlt, als trage sie dicke Lederhandschuhe.

»Dass der Heinz Koch seine Tochter schickt, um nach unserem Fritz zu fragen … Willkommen bei uns, Fräulein Koch … Und das sind wohl Freunde von Ihnen …«

»Ja, meine Freundin Gisela, ihr Verlobter Herr Hill und ein guter Freund von mir, Herr Peters …«

Sie spricht die Namen deutsch aus, aber natürlich haben die Leute im Dorf das amerikanische Fahrzeug gesehen.

»Kommen Sie zu uns herüber, Fräulein Koch. Bitte kommen Sie. Und auch Ihre Freunde … So eine Überraschung. Und so eine Freude …«

Wie ungezwungen und herzlich die Leute hier auf dem Land doch sind. Sie gehen über den kleinen Platz in einen Hof hinein, werden dort ausgiebig von einem schwarzen, verfilzten Wuschelhund angebellt, und Sammy tritt um ein Haar auf eines der braunen Hühner. Das Haus ist ein schmaler, lang gestreckter Fachwerkbau mit Ziegeldach, der nur in der Mitte als Wohnhaus genutzt wird. Links ist die Scheune, auf der anderen Seite schließt sich der Stall an das Wohnhaus an. Die Haustür hat eine

Klinke, sie ist nicht verschlossen, wer immer zu Besuch kommt, ist willkommen. Sie müssen einen Moment warten, weil Frau Bogner erst die Gummistiefel, mit denen sie im Stall war, gegen Hausschuhe eintauscht, und so stehen sie etwas gehemmt in dem engen Flur herum und atmen den intensiven Stallgeruch ein.

»O Gott«, murmelt Gisela. »Mir wird schlecht …«

»Psst!«

Als die Tür zur Küche geöffnet wird, weht ihnen der ländliche Duft noch stärker um die Nasen. Gleich drüben neben dem großen Küchenschrank ist die Tür zum Kuhstall. Praktisch, wenn man in aller Frühe und bei schlechtem Wetter hinüber zum Füttern und Melken muss.

Der Geruch ist einfach furchtbar, denkt Hilde. Aber immerhin haben sie Kühe, also gibt es hier Milch, Butter und Sahne.

Sie setzen sich an den Küchentisch und bekommen selbst gebackenes Brot und frische, sahnegelbe Butter vorgesetzt, dazu hausgemachte Räucherwurst, Marmelade und Honig. Der Milchkaffee besteht vor allem aus Milch, aber die ist frisch gemolken und hat eine dicke Rahmschicht obendrauf. Hilde bedauert, dass sie noch vom Picknick satt ist, denn solch leckere Sachen gibt es in der Stadt nicht.

»Greifen Sie nur zu!«, fordert Frau Bogner sie immer wieder auf. Sie gießt Milch und Kaffee nach, legt ihnen Wurstscheiben auf die Teller und nötigt sie, von dem guten Honig zu probieren, den ein Imker im Nachbardorf hergestellt hat.

»Ich packe Ihnen etwas ein, für die Eltern und die Brüder … Die sind noch vermisst? Dann möge sie der liebe Gott behüten und bald heimkehren lassen.«

Sie erzählt, dass der Fritz so musikalisch sei und Geige gespielt habe. Ein fliegender Händler habe ihnen damals die Geige verkauft, da war der Fritz erst fünf. Aber er hat das Instrument an sich genommen und nicht mehr hergegeben.

»Der Herr Lehrer Alberti drüben in Niederseelbach, der hat gesagt, dass unser Junge ein Musiker werden muss. Und das war uns recht, weil ja der Alwin, unser Ältester, den Hof bekommen soll. Da hat der Fritz in Frankfurt am Konservatorium gelernt, ganz umsonst durfte er da studieren, weil er ein Stip… Stipenium bekommen hat.«

»Ja, sagt Hilde lächelnd. »Der Fritz hat oft bei uns im Café gespielt, und ich hab ihm so gern zugehört …«

Frau Bogner legt ihr eine dicke Wurstscheibe auf den Teller.

»Er übt schon wieder, Fräulein Koch«, sagt sie in vertraulichem Ton. »Ach, der Krieg, der hat ihn Jahre seines Lebens gekostet und ihn fast um sein Augenlicht gebracht. Aber seine Geige hat er darüber nicht vergessen …«

»Er … er ist hier?«, fragt Hilde verblüfft. »Fritz ist hier in Lenzhahn?«

Frau Bogner nickt. Man merkt ihr die Freude und Erleichterung darüber an, aber sie macht kein großes Gehabe darum.

»Der ist mit Alwin und dem Bauern bei den Äpfeln … Gibt nicht viel, dieses Jahr. Aber Kartoffeln gibt's – da können Sie sich was mitnehmen. Auch Möhren und Lauch. Wollen Sie auch Suppengrün?«

Hilde wähnt sich im Schlaraffenland. Was für ein Leben haben die hier auf dem Land! Die brauchen nicht zu hungern. Allerdings ist die Arbeit hart, wenn man die Hände von Frau Bogner betrachtet. Und die Gerüche …

»Das … das wäre großartig. Da würden sich meine Eltern sehr freuen«, sagt sie diplomatisch. »Ich habe auch ein Geschenk für Sie dabei. Für den Fritz vor allem, aber Sie werden auch etwas davon haben …«

Sie läuft hinaus, wühlt die beiden Silberleuchter aus dem Kofferraum und stellt sie zwischen Brotkorb und Wurstteller auf den Küchentisch. Frau Bogner ist vollkommen überwältigt. »So was, das gehört in die Kirche, Fräulein Koch …«

»Aber nein, das stellt man bei einer Feier auf den Tisch, damit es festlich ausschaut …«

»Solche Kostbarkeiten … Viel zu schade für uns … Aber ich hätt noch einen geräucherten Schinken. Und Butter …«

»Ein paar Eier? Mehl? Ein Töpfchen Sahne?«

Das ist Hamstern in Reinkultur, direkt unter den Augen von zwei amerikanischen Militärangehörigen. Sammy runzelt die Stirn, aber er bekommt einen liebevollen Tritt gegen das Schienbein von seiner Gisela und schweigt. Josh Peters verzieht keine Miene, aber Hilde kennt ihn inzwischen gut genug, um zu wissen, dass er die Situation eher heiter sieht.

»Hätte ich das geahnt, dann hätten wir besser einen Lastwagen genommen«, sagt er in ernsthaftem Ton.

Hilde ist hochzufrieden. Mit all diesen Sachen ist das Café für Wochen abgesichert, und auch die Hausgemeinschaft muss nicht hungern. Den Rest – Kaffee, Tee und Zucker – werden sie gegen den Schnaps eintauschen – hurra, sie sehen goldenen Zeiten entgegen. Und sie, Hilde, hat das erreicht. Stolz wie eine Königin ist sie, kneift Gisela in den Arm und strahlt Josh Peters glücklich an. Einen Lastwagen! Er kann witzig sein, der Herr Lieutenant. Ach, sie könnte ihm um den Hals fallen …

Da geht die Küchentür auf, und jemand schiebt einen großen Korb voller Äpfel herein. Ein zweiter Korb folgt, dann ertönt eine Stimme, die Hilde noch gut in Erinnerung ist.

»Nimm mal ab, Mutter. Wir haben noch zwei Körbe und die Kiepe voll …«

»Komm erst mal rein, Fritz. Wir haben Gäste. Und hol den Vater und Alwin …«

Hilde erkennt ihn sofort wieder, trotz der Augenbinde. Er scheint ihr größer als früher, das Haar vom Winde verweht, die Wangen von der Arbeit im Freien gerötet. Als er sie erkennt, wird er genauso verlegen wie damals. Da war sie sechzehn und hat ihn wegen seiner ausgeleierten Hosenträger aufgezogen.

»Hilde!«, sagt er überrascht und verbessert sich schnell. »Fräulein Koch! So eine Überraschung …«

Er muss über die Körbe steigen, und sie bemerkt, dass er dabei Schmerzen in der Hüfte hat. Der Krieg. Der elende, verdammte Krieg. Hat ihm ein Auge genommen und andere Verletzungen dagelassen.

Aber als er nun vor ihr steht und sie begrüßt, ist seine Hand warm und der Händedruck fest. Er ist viel männlicher geworden, auch im Gesicht ist der jungenhafte Ausdruck verschwunden. Das Träumerische, das ihm anhaftete und das Hilde damals so anziehend fand, gibt es nicht mehr. Geblieben sind seine liebenswerte Schüchternheit und sein offenes Wesen.

»Ich freue mich«, sagt sie und hält seine Hand fest. »Sie müssen unbedingt wieder nach Wiesbaden kommen. Der Hubsi wartet schon auf Sie. Und Weihnachtskonzerte wollen sie aufführen …«

Jetzt muss er lachen, und ihre Augen begegnen sich. Er gefällt ihr. Du liebe Güte, wie sehr er ihr gefällt!

»Nach Wiesbaden? Nun – ich muss noch ein wenig Geige üben. Damit ich mich nicht vor Ihrem Vater blamiere. Und auch nicht vor Ihnen, Fräulein Hilde …«

JEAN-JACQUES

Villeneuve, September/Oktober 1945

Sie finden ihn erst in der Nacht. Stundenlang sind sie mit Laternen und Taschenlampen in den Weinbergen herumgelaufen, weil Pierrot ihnen nicht sagen konnte, wo er seinen Bruder verlassen hat. Wie ein Besessener ist Pierrot am frühen Abend heimgekehrt, blutend, das linke Auge zugeschwollen, der Mund von weißem Schaum umrandet. Aus seinem Gestammel ist zunächst niemand klug geworden, aber weil er immer wieder von »Jean-Jacques« schwatzt, begreifen die Eltern bald, dass ihre beiden Söhne übereinander hergefallen sind. Die Mutter hält den Älteren für den Schuldigen, schimpft lauthals, dass Jean-Jacques seinen eigenen Bruder fast erschlagen hat, dann will sie Pierrots Wunden auswaschen und verbinden. Aber der stößt sie zurück, stürzt hinauf in seine Kammer und schließt sich ein. Stundenlang bleibt er dort, weder die Bitten der Mutter noch die zornigen Befehle des Vaters können ihn dazu bewegen, die Tür zu öffnen. Auch Margot, die verzweifelt vor seiner Kammertür steht und ihn anfleht, doch zu sagen, was geschehen ist, erhält keine Antwort. Da bekommt die Mutter Angst, ihr Jüngster könnte sich etwas antun, und bringt den Vater dazu, die Tür mit Gewalt zu öffnen. Zwei Schläge mit der Axt auf die Türangeln und ein kräftiger Fußtritt – dann finden sie Pierrot zusammengekauert in einer Ecke auf dem Fußboden, die Arme um die Knie geschlungen, die Augen weit und starr wie ein Irrsinniger.

»Schau, Margot …«, sagt er mit seltsam dünner Stimme und zeigt auf seine Stirn. »Siehst du es? Das Zeichen?«

Margot fällt wie ein Stein zu Boden; hätte der Vater nicht

rasch zugegriffen, wäre sie mit dem Kopf gegen die Bettkante geschlagen.

»Was redest du denn, Pierrot?«, ruft die Mutter und rüttelt ihn an der Schulter. »Was für ein Zeichen?«

»Das Zeichen des Mörders … das Kainsmal …«

Die Mutter schreit auf und weicht zurück. Hält sich die Hände vor den Mund und starrt den Sohn an. Dann schüttelt sie den Kopf. »Das ist doch nicht wahr, Pierrot. Sag, dass es nicht wahr ist!«

»Lass ihn«, befiehlt der Vater. »Kümmere dich um Margot. Ich hole Jérôme und die Nachbarn. Vielleicht ist er ja noch zu retten.«

Später erzählt er, dass Jean-Jacques bleich und blutverschmiert wie ein Toter aussah, als der Schein der Laterne auf ihn fiel. Er sei neben ihm niedergekniet und habe seinen Puls gefühlt, dann habe er Gott gedankt, denn es war noch Leben in seinem Sohn. Zu zweit trugen sie ihn über die vom nächtlichen Tau getränkten Wiesen zum Hof, und in den ersten Morgenstunden spannte der Knecht die Stute an, um den Arzt in Villeneuve zu holen.

Jean-Jacques ist weit fort, schwimmt in einem dunkel schimmernden Meer aus dumpfem Schmerz, sieht bläulich fließende Schatten, von grell zuckenden Blitzen unterbrochen, hört unablässig das dröhnende Geräusch der Wellen. Nur manchmal treibt er hinauf an die Oberfläche, dann werfen die Wellen ihn hin und her, lassen ihn schwanken und drehen ihn im Kreis, sodass die Übelkeit ihn übermannt.

»Wie konntest du das tun?«, hört er Margot flüstern.

»Er ist selber schuld …«

»O nein. Es ist deine Schuld. Und meine. Vor allem meine …«

»Red keinen Unsinn, Margot! Ich liebe dich. Das weißt du. Was auch immer geschieht …«

»Fort! Fass mich nicht an! Mörder!«

»Margot … bitte …«

Jean-Jacques hört sie reden, aber er begreift den Sinn der Worte nicht. Sein Kopf ist ein leerer Raum, so groß wie die Erde, gewaltig wie der Kosmos und still wie ein lebloser Stein. Er nimmt wahr, dass Margot ihm warmen Tee einflößt; den Brei, den sie ihm in den Mund stopft, spuckt er wieder aus. Manchmal sieht er die Augen des Vaters über sich, die ihn aufmerksam betrachten, dann hört er seine Stimme, versteht auch die Worte.

»Er hat die Augen offen … Hat er etwas gegessen?«

»Nein …«

Manchmal dringt einer der Sätze in sein Hirn, wühlt darin herum, lässt den Stein in seinem Kopf zu einer schwimmenden, schmerzenden Masse werden. Mühsam und zäh fließen die Ströme in seinem Hirn, bringen Gedanken hervor, er beginnt zu begreifen. Er ist in seiner Schlafkammer, liegt im Bett, Margot, seine Frau, sitzt auf der Bettkante, streichelt seine Hand, seinen Arm.

»Wenn du nicht sprechen kannst, dann drück meine Hand, Jean-Jacques. Damit ich weiß, dass du mich verstehst.«

»Aber … ich … verstehe … doch …«

Er hört sie vor Freude aufschreien, spürt ihre Küsse, fühlt die warme Feuchtigkeit auf seinen Wangen und weiß nicht, ob es seine eigenen Tränen oder die von Margot sind. Von nun an geht es bergauf, er kehrt wieder ins Leben zurück, kann sprechen, trinken, essen, bald auch aufstehen und ohne Hilfe hinunter auf den Abort gehen. Margot ist beständig in seiner Nähe, auch die Mutter, seltener der Vater. Pierrot sieht er erst wieder, als er die Mahlzeiten mit den anderen unten in der Küche einnehmen kann. Sein Bruder sitzt schweigend auf seinem Platz neben der Mutter, brockt das Brot in die Suppe, kaut die Wurst, schneidet sich Käse ab, blickt nicht zu ihm hinüber.

Jean-Jacques entdeckt eine frische Narbe unter dem rechten Auge seines Bruders, und auch er schweigt. Der Kopf dröhnt immer noch; bei jeder Anstrengung, bei jeder unbedachten Bewegung schwankt der Boden unter ihm, und der kreisende Strudel will ihn hinunterziehen. Als er nach der Mahlzeit mühsam aufsteht, um hinauf in die Schlafkammer zu gehen, hebt sein Bruder den Blick zu ihm.

»Gib die Hoffnung auf«, sagt er. »Du wirst mich nicht los, Jean-Jacques!«

Kalt und hämisch steht der Satz im Raum, niemand weist ihn zurück, niemand geht darauf ein. Der Vater wendet sich ab und öffnet die Stalltür, die Mutter macht sich am Herd zu schaffen. Margot nimmt Jean-Jacques Arm, und er spürt, dass sie am ganzen Leib zittert. Über der Küche liegt lähmendes Schweigen, düster wie ein Verhängnis.

Oben in der Schlafkammer hilft Margot ihm beim Auskleiden. Er hat sich daran gewöhnt, ihre Hilfe anzunehmen, zunächst weil er darauf angewiesen war, später, weil er begriffen hat, wie sehr es sie beglückt, ihm helfen zu können. Sie tut ihm leid, denn die Schwangerschaft macht sie hässlich, sie ist mager am ganzen Körper, nur der Bauch steht spitz nach vorn, und wenn sie neben ihm liegt, ahnt er, dass das Kind sich in ihr bewegt. Wäre es seines, dann würde sie jetzt seine Hand nehmen und auf ihren Leib legen, damit er es auch spüren kann. Aber es ist nicht sein Kind, sondern das seines Bruders, und darum will er es nicht fühlen.

»Dein Vater hat Pierrot fortschicken wollen«, flüstert Margot ihm zu. »Er hat gesagt, dass es keinen Frieden auf dem Hof geben kann, wenn er hierbleibt.«

»Da hat er recht.«

Sie müssen leise sprechen, denn die Wände sind dünn. Auf der einen Seite ist die Schlafkammer der Eltern, auf der anderen schläft Pierrot.

»Aber deine Mutter will nicht, dass Pierrot in der Fremde unglücklich wird. Sie hat ihm einen Weinberg überschrieben.«

»Ich weiß …«

Margot seufzt tief. In der dunklen Schlafkammer glaubt er, ihre Augen glitzern zu sehen. Weint sie?

»Deine Eltern haben schlimm gestritten«, sagt sie leise und traurig. »Tagelang haben sie nicht miteinander gesprochen. Dann musste dein Vater nachgeben, und er ist krank darüber geworden.«

Jean-Jacques erschrickt. Der Vater ist niemals krank, selbst wenn er erkältet ist und Fieber hat, tut er seine Arbeit.

»Aber … ich habe ihm nichts angesehen …«

»Es ist sein Herz, Jean-Jacques. Der Doktor musste kommen, er hat ihm Tropfen gegeben und gesagt, dass er sich nicht aufregen darf.«

»Und meine Mutter? Was hat sie dazu gemeint?«

Margot weiß es nicht. Die Eltern machen ihren Streit unter sich aus, sie flüstern am Abend in ihrer Schlafkammer miteinander, genau wie er und Margot es jetzt tun.

»Sie ist gewiss erschrocken«, vermutet Margot. »Aber sie ist hart geblieben. Pierrot wird den Hof nicht verlassen. Ich verstehe nicht, wie sie so stur sein kann. Merkt sie denn nicht, dass sie das Unheil förmlich herbeizieht?«

Jean-Jaques gibt keine Antwort, weil er mit einem Drehschwindel zu kämpfen hat. Nicht aufregen, hat der Doktor dem Vater gesagt. Der Rat gilt auch für ihn selbst. Nicht aufregen, sonst beginnt es in seinem Kopf wieder zu rauschen und zu kreisen. Das hat er seinem Bruder zu verdanken, der ihn feige von hinten mit einem Stock zu Boden geschlagen hat. Wollte er ihn töten? Geplant hat er es nicht, das hätte ihn ins Zuchthaus gebracht. Aber eines ist sicher: In jenem Moment, als Pierrot mit erhobenem Stock hinter ihm stand, wollte er nichts anderes, als seinen älteren Bruder aus der Welt schaffen.

Was tue ich hier?, denkt Jean-Jacques. Warum sitze ich und warte auf die Katastrophe, blind und starr wie das Kaninchen vor der Schlange? Heißt es nicht, der Klügere gibt nach? Wenn ich also der Klügere sein will, dann muss ich gehen. Den Platz frei machen, bevor ein Unglück geschieht. Was hält mich hier? Diese Frau, die ich nicht mehr liebe und die das Kind meines Bruders trägt? Der Hof und die Weinberge, die mir rechtmäßig zustehen, die ich nach dem Willen meiner Mutter nun aber mit Pierrot teilen muss? Das alles ist es nicht wert, dafür zu kämpfen. Es ist es nicht wert, dass die Eltern sich darum zerstreiten und dass der Vater darüber krank wird.

Aber trotz all dieser klugen Erkenntnisse kann er sich nicht entschließen, den Hof zu verlassen. Vielleicht ist es der Brief, dieser übereilte, unselige Brief, den er nach Wiesbaden hat bringen lassen und der dort inzwischen seine Wirkung getan haben muss. Vielleicht ist es aber auch das Mitleid mit Margot, die ihn liebt und die über sein Fortgehen verzweifeln würde. Aber vor allem ist es seine Sturheit. Sein dummer Stolz, der ihm verbietet nachzugeben. Dem kleinen Bruder seinen Willen zu lassen. So wie damals immer, wenn die Mutter in ihren Streit hineinfuhr und schalt, er sei der Ältere und müsse daher zurückstehen. Nein, kleiner Bruder Pierrot. Auch du wirst mich nicht los. Ich werde bleiben, den Streit aussitzen und dir zeigen, wer der Herr auf dem Hof ist.

Die Arbeit lenkt von den düsteren Gedanken ab. Der Rotwein ist in der Maische gegoren, jetzt wird er gepresst und in Fässer gefüllt. Später verfeinert, gesiebt und umgefüllt. Schließlich muss er reifen, immer wieder wird er geprüft, überwacht und probiert. Der Vater hat beschlossen, zwanzig neue Fässer zu bestellen, weil einige der alten Fässer brüchig werden und dem Wein, der darin reift, nicht guttun. Ein gutes Eichenfass kostet viel Geld, Jean-Jacques weiß, dass der Vater es nicht hat, er wird einen Kredit aufnehmen, sich verschulden. Das gefällt ihm nicht, denn die Fässer werden später nicht nur seinen Wein, sondern auch den seines Bruders fassen, die Schulden wird aber er allein tragen müssen. Aber er will jetzt nicht darüber nachgrübeln, sondern warten, bis es ihm wieder besser geht, bis der widerliche Drehschwindel ihn nicht mehr befällt und er für alle anfallenden Arbeiten, auch die schweren, wieder tauglich ist.

»Mach langsam, Jean-Jacques!«, mahnt ihn der Vater, wenn er die alten, aussortierten Fässer zersägt und sich immer wieder den Schweiß abwischen muss. »Die Arbeit läuft dir nicht davon.«

Er ist ungeduldig und wortkarg, oft zornig auf seinen Körper, der zu langsam gesundet, auf den Bruder, der ihm dieses Leiden zugefügt hat. Warum hat er selbst nicht fester zugeschlagen? Pierrot geht es bestens, der steht auf dem Heuboden und wirft die Strohbündel mit kräftigen Armen nach unten, damit die Mutter sie im Stall verteilen kann. Es ist ungerecht, sein Bruder hätte wenigstens eine steife Hand oder ein beschädigtes Auge verdient. Er selbst hat immer noch Schwierigkeiten auf der Leiter, kaum ist er drei Sprossen hinaufgestiegen, da beginnt sich die Scheune zu drehen, und er muss sich festklammern, um nicht zu stürzen.

»Es wird mit jedem Tag ein wenig besser«, behauptet Margot am Abend in der Schlafkammer. »Noch eine oder zwei Wochen, schlimmstenfalls ein Monat – dann ist alles wieder wie vorher.«

Er weiß, dass das nicht stimmt, aber er widerspricht ihr nicht. In letzter Zeit flüchtet sich Margot immer wieder in eine rosarote Traumwelt, sie lächelt vor sich hin und streicht manchmal mit einer zärtlichen Gebärde über ihren Bauch. Jean-Jacques lässt sie gewähren, bestätigt sie sogar hin und wieder, weil er begreift, dass das Kind, das in ihr wächst, diese frohe Zuversicht braucht. Das Kind ist unschuldig an allen Verwicklungen und Verfehlungen, es soll keinen Schaden nehmen, sondern gesund auf die Welt kommen.

Die Tage sind kürzer geworden, es ist Anfang November, im Regen erscheint die Landschaft traurig, die Zukunft ohne Hoffnung. Immer noch leidet Jean-Jacques an Schwindelanfällen, doch er hat inzwischen beschlossen, sie zu ignorieren. Wenn er Holz für die Öfen hackt, muss er immer wieder innehalten, bis sein Blick sich wieder klärt. Dann arbeitet er mit Todesverachtung weiter, solange er sich auf den Beinen halten kann. Erst wenn die Gleichgewichtsstörungen ihn auf die Knie zwingen, gibt er zähneknirschend auf und haut die Axt wütend in den Hackklotz. Dann kommen Margot und die Mutter gelaufen, um ihm wieder auf die Füße zu helfen, sie führen ihn ins Haus und schelten, weil er sich zu viel zugemutet hat.

»Lasst mich in Ruhe«, keucht er schwer atmend. »Ich komm schon zurecht. Brauche kein Kindermädchen.«

Margots Bauch ist jetzt unförmig, er scheint ein Eigenleben zu führen, denn er passt nicht zu ihrem ausgemergelten Körper. Ihr Haar ist stumpf geworden, sie hat einen roten Ausschlag im Mundwinkel, der nicht weggehen will und oft blutet. Aber sie lächelt vor sich hin und redet davon, dass sie nun bald ein Bettchen für das Kind herrichten müssen.

»Es wird ein Christkind werden, Jean-Jacques«, schwatzt sie daher, wenn er müde und voller düsterer Gedanken neben ihr im Bett liegt. »Mutter hat die Windeln vom Dachboden geholt, die sie dort vor vielen Jahren in eine Kiste gelegt hat. Wir haben auch die kleinen Hemdchen und die gestrickten Jäckchen gefunden und sie gewaschen. Das ist praktisch, denn so werden wir erst mal nichts Neues anschaffen müssen, wenn das Kind auf der Welt ist.«

Er bringt es nicht fertig, ihre glückliche Stimmung zu zerstören, also redet er mit ihr eine Weile über Kinderwäsche und einen Kinderwagen, der vom Nachbarn ausgeliehen werden kann. In Wirklichkeit erwartet er diese Geburt mit sehr gemischten Gefühlen, denn er weiß weder, wie er selbst sich zu dem Kind verhalten wird, noch was Pierrot tun wird. Seit einigen Tagen verfolgt ihn eine bisher unbekannte Furcht, er erschrickt bei jedem Schatten an der Wand, fährt zusammen, wenn hinter ihm ein Geräusch zu hören ist. Er war im Weinkeller, um den neuen Wein zu prüfen, hielt die rote Flüssigkeit in seinem Glas gegen den Lampenschein und wollte das Gefäß an die Lippen setzen, da spürte er eine Bewegung hinter sich und fuhr blitzartig herum. Blickte in das hämisch grinsende Gesicht des Bruders und stürzte dann in den kreisenden Strudel, der ihn zwang, sich an dem hinter ihm stehenden Fass festzuklammern.

»Hast du Angst vor mir, Brüderlein? Du weißt doch: Ich bin dein Schatten. Dein böser Geist. Ich folge dir, wo du auch bist, du wirst in diesem Leben keine ruhige Minute mehr haben, solange du meine Frau und mein Kind für dich haben willst!«

Er brauchte ein Weilchen, um zu sich zu kommen und eine Antwort zu finden. Und dann brachte er nicht mehr heraus als: »Du bist ja wahnsinnig!«

»Nicht mehr als du, Jean-Jacques!«

»Margot ist nicht deine Frau!«

»Aber ich bin es, der sie liebt. Während du an eine andere denkst.«

»Das redest du dir ein!«

»Das weiß ich ganz sicher, großer Bruder.«

Wut erfasste Jean-Jacques. Er raffte sich auf und warf sich auf den Bruder, doch der stieß ihn mit Leichtigkeit zurück, sodass Jean-Jacques taumelte und mit dem Rücken gegen das Weinfass fiel.

»Nimm dich in Acht, großer Bruder«, zischte Pierrot ihn an. »Sonst könnte es sein, dass du hinschlägst und dein sturer Schädel endgültig in Scherben geht.«

Seitdem lebt er mit dem Gedanken, dass sein Bruder imstande wäre, ihn zu töten und den Mord als einen Unfall darzustellen. Es ist eine irrwitzige Idee, die ihn nur befällt, weil er sich auf seinen Körper nicht verlassen kann. Der Drehschwindel stellt sich regelmäßig ein und macht ihn wehrlos.

»Du bist so unvorsichtig«, klagt Margot, als sie die blauen Flecke an seinen Armen und am Rücken entdeckt.

»Ich bin nur auf der Treppe gestolpert …«, lügt er.

»Du solltest nicht allein die Kellertreppe hinuntergehen.«

»Es ist doch nichts passiert, Margot …«

»Pass auf dich auf, Jean-Jacques. Ich bitte dich sehr.«

Sie trägt schwer an dem Kind, ist jetzt im achten Monat und hat manchmal Schmerzen im Rücken. Immer noch hält die glückliche Stimmung an, sie sitzt neben dem Ofen und summt ein Kinderlied, sie strickt Mützen und winzige Strümpfe aus grüner Wolle. Gemeinsam mit der Mutter haben sie einen geflochtenen Wäschekorb zum Kinderbett gemacht, haben ihn mit weißen Tüchern bespannt und bunt karierte Kissen hineingelegt.

Ende November wird Pierrot krank, er fiebert und hustet, sitzt in der Küche und trinkt heiße Milch mit Honig, die die Mutter für ihn zubereitet hat. Jean-Jacques verschwindet wortlos in der Scheune, er will heute an Stelle des Bruders die Strohballen vom Heuboden herabwerfen. Es ist höchste Zeit, dass er auch diese Arbeit wieder tun kann. Der Schwindel, der sich einstellt, als er die Stäbe der Leiter mit beiden Händen umfasst, währt nur kurz, dann steigt er langsam auf die erste Sprosse, wartet einen Moment und steigt weiter hinauf. Die zweite, dritte und vierte Sprosse, bei der fünften muss er innehalten, dann geht es weiter. Oben fasst er das Ende der Leiterstäbe, beugt sich nach vorn, als er den Fuß auf den hölzernen Boden setzt, und dann steht er auf dem Heuboden. Kein bisschen schwindelig ist ihm, als er nun hinunterschaut. Er dreht sich um und holt mehrere Strohbündel herbei, die sie im Spätsommer hier gestapelt haben. Dann tritt er dicht an die Öffnung heran und wirft die Bündel nach unten. Eines nach dem anderen. Erst beim letzten Bündel spürt er, wie es in seinem Kopf zu kreisen beginnt, und er muss sich hinsetzen.

»Jean-Jacques!«, schreit die Mutter von unten. »Was tust du da? Das hätte ich doch machen können.«

»Es geht schon, Mutter.«

Er hasst es, andauernd wie ein Kranker behandelt zu werden. Gut – er ist noch nicht ganz gesund, aber deshalb muss die Mutter nicht seine Arbeit tun.

»Soll ich dir herunterhelfen?«

»Nein!«

Er erhebt sich auf die Knie, verflucht das Schwanken und Drehen in seinem Kopf und kriecht auf die Öffnung zu, in der die Leiter steht. Vorsichtig greift er die Stangen, setzt einen Fuß auf die zweitoberste Sprosse, dann rutscht er ab und kann sich gerade noch festhalten.

»Jean-Jacques! Um Gottes willen!«, hört er Margots entsetzten Ruf.

»Nichts passiert …«, sagt er und sucht mit dem Fuß die Sprosse.

»Halt dich fest!«, ruft Margot. »Ich komme und stütze dich!«

Ihr aufgeregtes Gehabe macht ihn erst recht schwindelig; er muss die Leiter verlassen, sich auf den Bretterboden setzen und warten, bis der Anfall vorüber ist.

»Bleib unten, Margot!«, befiehlt er. »Ich schaffe es allein!«

»Warum tust du das, Jean-Jacques?«, jammert sie. »Du weißt doch, dass …«

Ihre Rede bricht ab, er vernimmt einen dumpfen Schlag und begreift im ersten Augenblick nicht, was da hinuntergefallen sein könnte.

»Margot!«, schreit die Mutter. »Gott im Himmel! Margot! Bist du verletzt? Kannst du aufstehen?«

Auf einmal ist sein Blick klar und der Kopf kühl. Er steigt

die Leiter hinunter, ohne eine einziges Mal fehlzutreten, sieht Margot am Boden zwischen den Strohbündeln liegen und kniet bei ihr nieder.

»Es ist nichts …«, flüstert sie und lächelt ihn hilflos an. »Ich bin nur abgerutscht.«

Er stützt sie, als sie sich aufrichtet, führt sie gemeinsam mit der Mutter hinüber ins Haus, schiebt ihr ein Kissen in den Rücken, als sie sich auf die Ofenbank setzt.

»Macht euch keine Sorgen«, sagt sie leise. »Es geht mir gut …«

Die Mutter umsorgt sie, bringt ihr eine Decke, gibt ihr zu trinken, streichelt ihr das Haar.

»Alles nur, weil du solche Sachen machst, Jean-Jacques!«, sagt sie vorwurfsvoll zu ihm.

Aber Margot widerspricht. »Es war allein meine Ungeschicklichkeit. Jean-Jacques kann nichts dafür.«

Er hält ihre Hand, betrachtet ihr Gesicht, das fast durchscheinend fahl ist, und auf einmal spürt er eine tiefe Zärtlichkeit für diese junge Frau, die er vor Jahren geheiratet hat, ohne viel von ihr zu wissen. Wie vorbehaltslos sie ihn liebt, sich um ihn sorgt, ihn vor der Mutter verteidigt. Er schämt sich für das Vergangene. Margot hätte einen besseren Ehemann verdient als ihn.

In der Nacht beginnen die Wehen. Er läuft durch Regen und Finsternis hinüber zur Nachbarin, bittet um Beistand bei der Geburt. Das Haus füllt sich mit jungen und alten Frauen, sie laufen die Treppen auf und ab, sitzen in der Küche herum, kochen Wasser und Tee auf dem Herd, essen Brot, Oliven und Schinken, schwatzen, lachen, reden hinter vorgehaltener Hand von Dingen, die nicht für Männerohren bestimmt sind.

»Wie steht es?«, fragt er immer wieder.

»Es dauert … Sie ist einen guten Monat zu früh dran … macht aber nix … das wird schon …«

Pierrot ist aufgestanden, sitzt mit fiebrigen Augen auf einem Schemel neben dem Herd und flucht vor sich hin. Mehrfach hat er versucht, zu Margot vorzudringen, aber die Frauen verteidigen das Geburtszimmer wie eine Festung, die nur schwer einzunehmen ist.

»Deine Schuld, wenn ihr was passiert!«, zischt er Jean-Jacques zu. Dann schüttelt ihn ein Hustenanfall so sehr, dass er kein Wort mehr hervorbringt.

Der Vater stellt die Flasche mit dem Pastis auf den Tisch und gießt den Frauen ein. Er reicht auch den Söhnen ein Glas und geht dann mit Jean-Jacques hinaus auf den Hof.

»Es ist nicht gut, bei den Frauen in der Küche zu sitzen«, sagt er. »Sie schwatzen durcheinander wie ein aufgeregter Schwarm Spatzen und machen dich damit nervös.«

Er erzählt, wie es war, als Jean-Jacques und Pierrot geboren wurden, wie lange die Mutter in den Wehen lag, wie sehr sie gelitten hat. Jean-Jacques hört ihm kaum zu. Er schaut immer wieder hinauf zu dem erleuchteten Fenster der Eheschlafkammer, und in seinem Herzen wächst eine irrwitzige Angst.

»Lass uns wieder hineingehen, Vater.«

In der Küche sitzen nur noch wenige Frauen, sie weichen ihren fragenden Blicken aus.

»Was ist? Ist das Kind da?«

Sie bekommen keine Antwort. Eine der alten Frauen deutet mit dem knotigen Zeigefinger zur Treppe hinüber. Dort steht Amélie, die Nachbarin, die Hände ineinander verkrampft, starren Kummer in ihren Zügen.

»Ein Junge …«, sagt sie mit leiser, heiserer Stimme. »Noch sehr klein, aber gesund …«

Jean-Jacques versagt die Stimme, er muss zweimal ansetzen, um die Frage zu stellen.

»Und … Margot?«

»Wir konnten ihr nicht mehr helfen …«

LUISA

Wiesbaden, November 1945

Sie träumt oft von ihrer Mutter, redet mit ihr im Traum, und wenn sie aufwacht, ist das Kopfkissen nass von ihren Tränen. Auch andere Erinnerungen drängen sich in ihren Schlaf, Schreckliches, das sie niemals einem lebenden Menschen anvertrauen könnte und das sie so rasch wie möglich vergessen will. Nur nicht zurückdenken. Was vorbei ist, ist vorbei. Das Leben geht weiter. Sie hat noch so viel vor sich. Das Leben ist schön.

Seitdem Hilde schwer beladen mit kostbaren Lebensmitteln von ihrer Tour in den Taunus zurückgekommen ist, gehen die Dinge im Café Engel wieder ihren gewohnten Gang. Else steht noch spät am Abend in der Küche, um Törtchen und Sandkuchen herzustellen, die tags darauf im Café verkauft werden. Einmal gab es sogar Blechkuchen mit Sahneaufstrich, weil Hilde neben anderen Köstlichkeiten auch eine kleine Kanne mit frischer Sahne mitgebracht hat. Das hat sich blitzschnell unter den Gästen herumgesprochen, und sie kamen in Scharen, bezahlten nicht nur mit Geld, sondern auch mit anderen Dingen. Eine Schnupftabakdose mit Einlegearbeiten aus Holz, eine silberfarbene Stimmgabel, ein Notenblatt mit der Bleistiftzeichnung einer Katze, die der Komponist Hindemith verbrochen hat. Und Alma Knauss erwarb vier Stücke Sahnekuchen für ein Säckchen Eierbriketts, das sie durch einen Angestellten bringen ließ.

»Wenn wir unsere Hilde nicht hätten!«, sagt Onkel Heinz immer wieder und tätschelt seiner Tochter die Wange. »Ein ganzes Pfund feinsten Bohnenkaffee hat sie gestern mitgebracht. Und dazu eine Vanillestange – so was kann man heutzutage mit der Lupe suchen. Tüchtiges Mädel …«

Hilde freut sich sichtbar über das Lob, vergisst aber nie zu erwähnen, dass man es ihr zu Anfang schwer gemacht hat. Aber zum Glück seien bestimmte Personen hier am Tisch noch rechtzeitig zu Verstand gekommen.

»Überspann den Bogen nicht, Hilde«, warnt Tante Else. »Wir sind alle sehr froh, dass es nun wieder aufwärts geht.«

Onkel Heinz ist nicht nachtragend. Er grinst, wenn Hilde ihn mit seiner Angst vor dem Schwarzmarkt aufzieht, und erklärt dann immer, dass in Notzeiten halt andere Gesetze herrschen als in den Zeiten des Friedens. Und überhaupt … »Uns Männer haben sie in den Krieg geschickt, aber die wirklich mutigen Kämpferinnen, das sind unsere Frauen!«

Worauf Hubsi das Wasserglas erhebt und ein »Hoch« auf die Frauen vom Café Engel ausbringt. Weil sie alle lachen und mit den Gläsern anstoßen, denkt der Bunte unter dem Tisch, es sei Gefahr im Verzug, und fängt an zu kläffen.

»Und was ist nun mit dem künftigen Schwiegersohn?«, fragt der Onkel grinsend. »Ich hatte schon geglaubt, wir könnten mit unserem lieben, unvergessenen Eddi Graff in verwandtschaftliche Beziehungen treten …«

»Ach, Papa!«, seufzt Hilde, und sie rollt die Augen. »Warte einfach ab, bis ich den Richtigen gefunden habe. Schließlich ist das meine Sache, oder?«

»Da hat sie recht!«, ruft die Künzel über den Tisch und zeigt mit dem leeren Suppenlöffel auf Onkel Heinz. »Das Mädel ist bildhübsch und weiß, was es will. Da würde ich mir an Ihrer Stelle keine Sorgen machen.«

»Das meine ich auch!«, sagt Julia, die vor wenigen Minuten endlich zu ihnen gestoßen ist. »Und wo die Liebe hinfällt, da ist sowieso nichts mehr zu retten!«

Sie macht sich schmunzelnd über den Teller Suppe her, den

Tante Else für sie aufgehoben hat, und kümmert sich kein bisschen um Addi Dobschers Stirnrunzeln. Luisa weiß, wie es um die beiden steht, denn Addi hat ihr heute wieder sein Herz ausgeschüttet. Sie würde ja gern zwischen ihnen vermitteln, aber Julia spricht niemals über Privates mit ihr.

»Ihr habt ja recht«, knurrt Onkel Heinz. »Wenn es nun glücklicherweise kein Franzmann und auch kein Ami ist, dann könntest du wenigstens einen Schauspieler oder Musiker heiraten, Hilde. Damit das Café Engel weiterhin den Nimbus eines Künstlercafés behält.«

Das hat der Onkel natürlich im Scherz gemeint, aber Hubsi bekommt trotzdem einen roten Kopf, und Luisa wundert sich über den »Franzmann«. War Hilde einmal mit einem Franzosen verlobt? Addi witzelt, er sei einer ehelichen Verbindung nicht abgeneigt, aber er fürchte sich vor Frauen, die so genau wissen, was sie wollen. Dabei schaut er hinüber zu Julia, die plötzlich ganz eifrig mit dem Löffel in ihrer Suppe rührt.

»Tja, Mädel«, meint Tante Else heiter. »Bei den Musikern ist die Auswahl nicht gerade üppig. Was hältst du vom Alois Gimpel? Oder vom Kantor Firnhaber?«

Hilde geht auf den Scherz ein und behauptet, der Kapellmeister Gimpel könne ihr schon gefallen. Auf jeden Fall besser als Klaus Firnhaber, der sei zu dünn und habe O-Beine. Wenn nur der alberne Name nicht wäre! »Hilde Gimpel – wie klingt denn das? Wie Else Dödel. Oder Luisa von Dummsdorf …«

Dabei schaut sie Luisa ins Gesicht und will sich totlachen über ihren großartigen Witz. Luisa lacht mit, aber sie findet den Scherz nicht besonders lustig. Ich bin zu empfindlich, denkt sie. Hilde hat es sicher nicht böse gemeint.

»Wenn mir ein Musiker gefallen könnte, dann ist das höchstens der Fritz Bogner«, verkündet Hilde und wischt ihren Suppenteller mit dem letzten Brotrest aus. »Den würde ich nehmen. Sogar ungewaschen!«

Sie erzählt, dass er sich verändert habe, ein richtiger Mann sei aus ihm geworden, aber kein Haudrauf oder Rüpel, sondern ein ernster, sensibler Künstler. Immer noch ein wenig schüchtern sei er, aber das gefiele ihr ganz besonders.

Luisa hört Hildes Vortrag zu und verbirgt ihre Unruhe, so gut es geht. Kein Zweifel, da ist von jenem Fritz Bogner die Rede, der ihr das Leben gerettet hat, mit dem sie in jener kalten Bombennacht in einer Ruine genächtigt hat, der sie in das Pfarrhaus führte, sich rührend um sie bemühte, als sie fieberte. Von jenem Fritz Bogner, dessen Brief sie noch immer in ihrem Brustbeutel aufbewahrt, während sie die Papiere ihrer Mutter und ihre eigenen heimlich im Ofen verbrannt hat.

Fritz Bogner gefällt Hilde. Kein Wunder, denkt Luisa. Er ist solch ein liebenswerter Mensch – wie sollte er ihr nicht gefallen? Sie rechnet aus, wie lange sie sich nicht mehr gesehen haben – es sind fast sieben Monate. Er hat mir das Leben gerettet und für mich gesorgt, überlegt sie. Aber das hätte er gewiss auch für jede andere getan. Und was bedeutet schon der Satz: » … du bist ein ganz besonderer Mensch …«? Ist nicht jeder von uns ein unverwechselbares, einzigartiges Geschöpf Gottes? Nein, von Liebe hat er nie zu ihr gesprochen, auch nicht geschrieben. Das hat sie sich die ganze Zeit über nur eingebildet.

Hilde wäre die Richtige für ihn, denkt sie bekümmert. Er ist so sanft und zurückhaltend – er braucht eine Frau wie Hilde an seiner Seite. Energisch und zupackend. Und wenn sie übers Ziel hinausschießt, dann wird er ihr auf seine ruhige Art den Kopf zurechtsetzen.

Das Gespräch am Tisch hat inzwischen längst andere Themen gefunden. Tante Else regt sich über die Storbecks auf, die letzte Woche ausgezogen sind und einen »Kahlschlag« hinterlassen haben.

»Sogar zwei Teppiche und die Federbetten haben sie mitgehen lassen«, schimpft sie. »Von dem silbernen Besteck und dem Kochgeschirr gar nicht erst zu reden. Die Tischdecken, die Bettlaken – alles haben sie abgeschleppt. Wie sie das geschafft haben, ist mir ein Rätsel.«

Onkel Heinz macht ein betroffenes Gesicht. Der Gute schwebt immer ein wenig über den Dingen und mag niemandem etwas Schlechtes zutrauen. Nicht einmal den Storbecks, obgleich auch er die beiden nicht besonders mochte.

»Bist du sicher, Else?«, meint er kopfschüttelnd. »Habt ihr auch überall nachgeschaut?«

»Ach, Papa!«, ruft Hilde aus. »Glaubst du, die haben das silberne Besteck oben in der Wohnung vor uns versteckt? Die sind mitten in der Nacht aufgebrochen, damit keiner sie dabei beobachten kann. Einen Leiterwagen haben sie sich geliehen, den haben sie vollgeladen mit unseren Sachen.«

»Und woher weißt du das?«, fragt die Künzel.

»Weil es mir die Louise Drews im Laden erzählt hat. Die konnte in der Nacht nicht schlafen, weil die Kleine Albträume hatte und geweint hat. Da hat sie zufällig aus dem Fenster geschaut …«

»Was für ein Pack!«, knurrt Addi. »Ich hab Luisa geholfen, die Wohnung zu putzen. Dreck ohne Ende. Spinnenweben über dem Herd, und im Schlafzimmer hat er seine Nasenpopel an die Tapete geschmiert!«

Ein allgemeiner Aufschrei unterbricht ihn. Ist das eklig! Das erzählt man doch nicht bei Tisch! Die arme Julia ist noch beim Essen, ob er denn keine Rücksicht nehmen kann.

Julias Blick ist starr geworden. Sie legt den letzten Bissen Brot neben den Teller und behauptet, sie sei überhaupt nicht empfindlich. Sie habe nur plötzlich keinen Appetit mehr.

»Tut mir sehr leid«, meint Addi mit echtem Bedauern. »Ich entschuldige mich in aller Form!«

»Keine Ursache«, sagt Julia steif.

Einen Moment lang ist es still, man hört den Bunten unter dem Tisch knuspern, Julia hat ihm das kleine Stück Brot in die ewig bettelnde Schnauze gesteckt. Addis Schuldbewusstsein wird dadurch noch gesteigert, Luisa tut er leid. Er ist doch eigentlich ein ganz lieber Kerl, will Julia beschützen und für sie sorgen, aber er merkt nicht, dass er sie dabei ganz fürchterlich bevormundet. Schließlich ist Julia Wemhöner kein kleines Mädchen – auch wenn sie noch immer so aussieht.

»Tja …«, sagt Addi schließlich, und er steht auf. »Dann will ich mal raufgehen. War wieder mal ein Festessen, Frau Köchin. Großes Kompliment!«

Alle stimmen in sein Lob ein, und Tante Else wird ganz rot vor Freude. Es sei doch nichts Besonderes, sie koche halt einen Eintopf aus dem, was sie so gebracht bekäme. Und natürlich ist es in diesen Zeiten besser, wenn man sich zusammentut, als wenn jeder einsam vor sich hin mümmelt.

Addi hat es eilig und ist schon im Treppenhaus. Luisa will noch beim Abwaschen helfen, aber Hilde scheucht sie aus der Küche.

»Das schaffe ich mit Mama allein. Kannst ruhig schon gehen …«

Es klingt nicht sehr nett, eher wie ein Rausschmiss. Aber Luisa bleibt freundlich, zumal Else ihr bedauernd zulächelt.

An der Tür zum Treppenhaus hat Julia auf sie gewartet. »Kannst du nähen?«, fragt sie Luisa. »Säume versäubern, Reißverschlüsse einnähen, Knopflöcher umsäumen?«

Luisa ist überrascht. Natürlich kann sie nähen, schließlich haben sie sich in Stettin eine Weile damit über Wasser gehalten. Aber da hat die Mutter die meiste Arbeit getan, Luisa hat sich um die Kunden gekümmert und die Aufträge besorgt.

»Ich … ich kann es versuchen«, sagt sie vorsichtig.

»Weißt du«, meint Julia. »Die Marianne Storbeck mag vielleicht nicht immer ganz ehrlich gewesen sein – aber sie hat mir viel Arbeit abgenommen. Und jetzt fehlt sie mir.«

»Ich kann nichts versprechen, aber ich werde mir Mühe geben.«

Julia lächelt sie an und behauptet, sie könne ganz sicher gut nähen. Das sehe sie schon an ihren kleinen, zarten Händen.

»Morgen gegen neun Uhr? Ich zahle achtzig Pfennig pro Stunde.«

Das ist ein guter Stundenlohn. Wenn Luisa putzen ginge, würde sie wohl nur fünfzig Pfennig pro Stunde bekommen. Sie hat sich umgehört, weil sie den Kochs nicht gern auf der Tasche liegen möchte, aber noch keinen festen Entschluss gefasst, weil sie Sorge hat, der Onkel könne ärgerlich auf sie sein. Da wäre Julias Angebot eine großartige Lösung!

»Morgen um neun! Ich bin da! Und … ganz herzlichen Dank!«

Julia lächelt und läuft leichtfüßig die Treppe hinauf.

»Na, das ist ja großartig!«, hört sie Hildes empörten Ausruf aus der Küche. Wie es scheint, haben sie alles mitgehört. »Geld verdienen, anstatt hier im Café zu helfen! Wo wir dich die ganze Zeit über durchfüttern!«

»Hilde!«, ruft Onkel Heinz zornig. »So was will ich nie wieder hören!«

»Dann hör halt weg!«, faucht Hilde, die jetzt an der Küchentür auftaucht. »Stört ja keinen, wenn ich die ganze Arbeit am Hals habe, wie? Und die Baronesse Luisa von Tiplitz sitzt gemütlich oben bei der Wemhöner, trinkt mit ihr Kaffee und kriegt auch noch Geld dafür.«

Der Vorwurf ist so ungerecht, dass Luisa nichts einfällt, um sich zu verteidigen. Jetzt hört man Tante Elses energische Stimme in der Küche, die Hilde zurechtweist, auch Onkel Heinz regt sich auf – beide Eltern fallen über Hilde her. Damit machen sie alles noch viel schlimmer, denn nun fühlt sich Luisa schuldig an einem Familienstreit. Ach, hätte Julia sie doch besser nicht gefragt! Auf der anderen Seite ist es ziemlich gleich, was sie tut – Hilde findet immer einen Grund, an ihr herumzumäkeln.

Auf der Treppe holt sie Hubsi, der Klavierspieler ein. Er wohnt gleich neben ihr im ehemaligen Wohnzimmer, während sie im Esszimmer einquartiert ist. Er ist ein lieber, aber ziemlich unbeholfener Mensch, der ganz und gar in der Musik aufgeht. Alle Frauen im Haus haben gemeinsam dafür gesorgt, dass er etwas zum Anziehen bekam. Onkel Heinz hat ihm ein Paar Hausschuhe spendiert und ihm alle Notenbände geschenkt, die auf dem Klavier gelegen haben. Vor allem dieses Geschenk hat Hubsi wieder zurück ins Leben gebracht, denn sein Zimmer in der Webergasse ist bei dem schlimmen Bombenangriff mitsamt seinen geliebten Büchern und Noten ausgebrannt.

»Die Hilde«, sagt er, während er neben Luisa die Treppe hinaufsteigt. »Die Hilde war schon immer ein bisschen … vorlaut. Ist halt das verwöhnte Nesthäkchen. Hat die großen Brüder herumkommandiert, und sie haben es sich gefallen lassen.«

Luisa begreift, dass er sie trösten will, und sie lächelt freundlich zu ihm auf. Hubsi ist mindestens zwei Köpfe größer als sie. Dass Hilde ihre großen Brüder ordentlich auf Trab gehalten hat, kann sie sich gut vorstellen. Aber die beiden sind immer noch vermisst, und niemand weiß, ob sie überhaupt noch am Leben sind.

»Es liegt vielleicht an dem ›von‹ …«, redet Hubsi weiter.

Luisa begreift nicht gleich.

»Weil du doch ›von Tiplitz‹ heißt«, sagt Hubsi und schaut mit leichtem Grinsen auf sie herunter. »Eine Adelige bist du. Das stört die Hilde.«

»Meinen Sie wirklich?«

»Könnte sein«, sagt Hubsi und zuckt dabei mit den Schultern, um anzudeuten, dass es nur eine Vermutung ist.

Oben in der Wohnung wünscht er ihr eine gute Nacht und verschwindet im Wohnzimmer. Es ist angenehm, dass die neugierige Marianne Storbeck und ihr lästiger Ehemann ausgezogen sind, denn nun schleicht niemand mehr vor ihren Türen herum, und sie muss ihre Sachen nicht mehr in der Kommode einschließen.

Hilde stört das »von« in meinem Namen, überlegt sie, als sie sich auf dem Sofa unter den Wolldecken ausstreckt. Ist sie deshalb so garstig zu mir? Ach, es war wohl doch ein Fehler, die ganze unglückliche Geschichte zu verschweigen. Wieder einmal hat sie eine falsche Entscheidung getroffen. Und dabei hat sie es doch nur ihrer Mutter zuliebe getan.

Am folgenden Morgen geht sie früh hinunter ins Café, um rasch noch den Boden zu wischen und die Tischdecken auszuschütteln, denn sie will sich nicht nachsagen lassen, sie ließe Hilde mit der Arbeit allein. Draußen ist feuchtes Nieselwetter, Nebel hüllt das Theater und die zerstörten Kolonnaden ein, die Platanen auf der Wilhelmstraße sehen aus wie schwarze, verzauberte Gnome. Sie findet die letzten roten Hagebutten, schneidet Tannengrün im Park, trägt alle Blumenvasen im Café zusammen und bestückt sie mit herbstlichen Sträußen. Kaum ist sie damit fertig, da taucht Hilde in der Küche auf, bleibt an der Tür mit verschränkten Armen stehen und besieht die Tischdekoration.

»Nächstes Mal fragst du vorher!«, bemerkt sie säuerlich.

»Gefällt es dir nicht?«

Hilde zuckt mit den Schultern. »Schaut ja aus, als hätten wir schon Weihnachten …«

Als Tante Else mit Onkel Heinz herunterkommt, wird Luisa gelobt. »So richtig heimelig schaut es aus. Und es riecht so gut nach Fichten«, meint der Onkel und blinzelt ihr zu.

»Mehl geht zur Neige, und Muckefuck ist aus …«, vermeldet Hilde laut aus der Küche. »Und kein Krümel Seife mehr da …«

Der Onkel stöhnt auf und meint, dass seine beiden Frauen, die Else und die Hilde, so gar nicht romantisch, sondern ganz und gar prosaisch veranlagt seien. Wenn er die Luisa nicht hätte …

»Das Leben besteht doch nicht nur aus …«

Er unterbricht sich, weil jemand draußen an der Eingangstür rüttelt. Es ist erst kurz nach acht Uhr – Gäste können das nicht sein. Auch nicht der Briefträger oder Bekannte, die läuten an der Eingangstür zum Treppenhaus, gleich rechts neben dem Café. Hilde und Luisa laufen zu den Fenstern.

»Eine Dame im Pelz«, vermeldet Hilde. »Und eine zweite Frau, die das Gepäck trägt.«

Luisa hat ein ungutes Gefühl, als sie den Schlüssel aus Tante Elses Hand nimmt. Etwas an diesen beiden Frauen ist ihr unheimlich, sie gäbe viel darum, ihnen nicht öffnen zu müssen. Auch Tante Else schaut wenig erfreut drein – sie ahnt, dass die harmonischen Zeiten im Café Engel vorerst vorbei sind.

Inzwischen schlägt die Pelzdame schon mit den Fäusten gegen die Eingangstür, und Luisa muss rasch zurückweichen, als sie aufschließt, sonst hätte sie sich eine kräftige Ohrfeige eingehandelt.

»Das ist ja allerhand!«, ruft ihr die Dame entgegen. »Wie lange lässt man die Leute hierzulande vor der Tür stehen? Bei diesem Wetter! Soll ich mir eine Lungenentzündung einhandeln?«

Luisa kennt diesen Tonfall recht gut, es klingt in ihren Ohren wie eine böse Erinnerung aus ihrer Kindheit. Ihre Großmutter redete so mit dem Gesinde. Auch die Tante konnte sehr herrisch auftreten.

»Guten Morgen!«, sagt sie höflich. »Das Café ist noch nicht geöffnet, gnädige Frau.«

Die Dame ist hoch in den Fünfzigern, die Mütze aus hellbraunem Nerz verbirgt ihr Haar vollständig, der Pelzmantel ist schon etwas schäbig, hält aber sicher warm. In den fünf Minuten, die sie hier vor der Tür steht, hat sie keineswegs frieren müssen.

»Das Café interessiert mich nicht«, sagt sie und reckt die Nase hoch. »Ich beabsichtige, hier eine Wohnung zu beziehen.«

»Hier?«, fragt Luisa entsetzt zurück.

»Das ist doch Wilhelmstraße fünfundsiebzig – oder etwa nicht?«

Luisa wirft einen hilfesuchenden Blick über die Schulter, und sie trifft auf Tante Elses resignierte Züge. Die Flüchtlinge. Da sind sie also schon. Genau wie es der Storbeck ihnen vorausgesagt hat.

»Jetzt mal Platz da! Alberne Erfindung, so eine Drehtür. Komme ja mit dem Gepäck kaum hinein … Pass auf, Grete, dass du den Koffer nicht beschädigst.«

Luisa bewegt die Tür ein Stück weiter, damit die Pelzdame im nächsten Viertel einsteigen kann, dann stecken sie beide fest. Die Pelzdame schiebt, schimpft, tritt mit den Stiefeln gegen die Fußleisten, doch sie kommen keinen Zentimeter voran, denn hinter ihr hat die Frau, die sie mit »Grete« angeredet hat, die Tür mit dem Koffer blockiert. Während die Pelzdame wütende Befehle schreit und mit den Fäusten gegen das Glas hämmert, zerrt und schiebt die arme Grete an dem großen Koffer herum, der jedoch immer wieder in die alte Position zurückfällt. Schließlich läuft Hilde durch das Treppenhaus auf die Straße und befreit die Eingesperrten, indem sie den Koffer aus der Drehtür auf die Straße zieht und Grete erklärt, dass sie die beiden Bündel nehmen und hinter ihr herkommen solle.

Jetzt endlich bewegt sich die Drehtür – verschwitzt, rot vor Zorn und mit schief sitzender Pelzmütze betritt die Flüchtlingsfrau das Café.

»Ich hoffe, Sie hatten alle Ihren Spaß!«, sagt sie in sarkastischem Ton.

Luisa hat wenig Lust zu lachen. Tante Else und Onkel Heinz scheinen sich jedoch amüsiert zu haben, auch wenn sie sich jetzt um ernste Mienen bemühen. Hinten geht die Tür auf, Addi kommt herein, den Koffer in der Hand, gefolgt von Hilde, die hemmungslos grinst. Als Letzte schleicht Grete hinein, noch ganz außer Atem, in jeder Hand ein Bündel. Sie bleibt mit gebeugtem Nacken an der Türschwelle stehen und schaut ängstlich auf die Pelzdame.

»Du bist wirklich das Dümmste, was auf Erden lebt!«, ruft ihr die Pelzdame entgegen. Sie geht quer durchs Café, streift den überraschten Addi mit ihrem Pelzärmel und verpasst der armen Grete zwei saftige Ohrfeigen.

»Deine Herrin vor aller Welt lächerlich gemacht und dazu noch den Koffer ruiniert!«

Die übrigen Anwesenden sind starr vor Verblüffung, Addi muss kräftig niesen, weil ihn die Pelzhaare in der Nase kitzeln.

»Also!«, protestiert Onkel Heinz entrüstet. »So etwas ist bei uns nicht üblich, meine Dame!«

Die Pelzfrau wendet sich ihm zu, zieht eine Augenbraue nach oben und erklärt hoheitsvoll: »Herr … Koch, nehme ich an. Ich bin Baronin Edith von Haack, und das ist mein Dienstmädchen Grete. Man hat uns hier im Haus eine Wohnung zugewiesen.«

Sie kramt in einer ledernen Umhängetasche und zieht ein zusammengefaltetes Papier heraus, das sie Onkel Heinz überreicht. Mit einer Geste, als werfe sie einem Hund einen abgenagten Knochen zu.

Hilde und ihre Mutter wechseln entsetzte Blicke, Addi stellt den Koffer geräuschvoll auf den Boden, Luisa hat das Gefühl, einen bösen Traum zu erleben.

»Das ist soweit richtig«, meint Onkel Heinz, der sich den Einquartierungsschein mithilfe der Brille angeschaut hat. »Allerdings kann ich Ihnen keine ganze Wohnung, sondern nur ein Zimmer anbieten.«

Edith von Haack hebt nun auch die andere Augenbraue. »Wie Sie soeben lesen konnten, habe ich Anspruch auf eine ganze Wohnung, Herr Koch. Und davon rücke ich nicht ab. Ich habe in Altmark ein Gutshaus mit zwanzig Zimmern bewohnt und bin nicht bereit, mit meiner Dienstmagd im gleichen Raum zu schlafen!«

In Altmark! Luisa fällt es wie Schuppen von den Augen. Sie kennt den Ort und auch den Gutshof, kann sich an einen Besuch erinnern. Altmark ist nicht weit von Marienburg, ihr Vater hat sie einmal zu einer Hochzeitsfeier dorthin mitgenommen. Das ist in der Zeit gewesen, als es ihm gesundheitlich noch einigermaßen gut ging; sie selbst kann damals nicht älter als fünf oder sechs gewesen sein. Es ist ihr im Gedächtnis geblieben, weil ihr Vater auf der Rückfahrt sagte, es sei eine Schande, großspurig zu feiern, aber die Holzrechnung und die Getreidelieferung nicht zu bezahlen. Edith von Haack … der Name sagt ihr nichts. Aber was bedeutet das schon?

»Das tut uns sehr leid«, nimmt jetzt Else das Wort. »Aber die Zeiten verlangen, dass wir uns alle einschränken müssen, Frau von Haack. Oben in der Wohnung meines Sohnes August sind bereits Herr Lindner und Fräulein von Tiplitz einquartiert, daher bleibt für Sie leider nur das Schlafzimmer.«

Da ist es passiert. Luisa verspürt den heißen Schrecken, als sich die grauen Augen der Baronin bei der Erwähnung des Namens »von Tiplitz« mit Erstaunen weiten. Doch die Dame ist vorerst mit dem Kampf um die ihr zustehende Wohnung beschäftigt.

»Das kommt überhaupt nicht infrage!«, ruft sie energisch aus. »Falls Sie darauf bestehen sollten, werde ich mich bei der Stadt über Sie beschweren. Hier steht es schwarz auf weiß: Ich habe Anspruch auf eine Wohnung!«

Sie baut sich vor Tante Else in ihrer vollen Größe auf, die mit Pelzmütze nicht unbeträchtlich ist. Aber Tante Else hat nie auf einem Gutshof gelebt, war auch niemals Befehlsempfängerin, daher bleibt sie vollkommen unbeeindruckt.

»Das können Sie gern tun, verehrte Frau Baronin«, sagt sie in verbindlichem Ton. »Seien sie so freundlich, und nehmen Sie ihr Gepäck gleich mit!«

Die Frau Baronin zeigt jedoch wenig Lust, bei diesem Wetter wieder hinaus auf die Straße zu gehen. Stattdessen verlegt sie sich aufs Verhandeln. »Sie werden diese beiden Personen eben woanders unterbringen müssen. Es gibt ja noch mehr Wohnungen hier im Haus, oder?«

Luisa findet diesen Vorschlag zwar reichlich unverschämt, aber sie würde nur allzu gern umziehen, wohin auch immer, wenn sie nur nicht in der Nähe dieser Edith von Haack wohnen muss.

»Hier ist alles belegt, Frau Baronin«, gibt Tante Else kühl zurück. »Entweder Sie nehmen das Zimmer, das ich Ihnen anbieten kann, oder Sie suchen sich etwas Besseres!«

»Das werden wir ja sehen!«, schimpft Edith von Haack. »Grete! Nimm das Gepäck. Wir gehen zum Rathaus. Ich werde diese Wohnung bekommen. Wenn nötig, mit Polizeigewalt!«

Grete ist ganz sicher eines jener Dorfmädchen, die noch als halbe Kinder als Hausangestellte auf die Gutshöfe vermittelt wurden. Wie alt mag sie wohl sein? Sie ist mittelgroß und knochig, der Gesichtsausdruck ist stumpf, blinden Gehorsam gewohnt. Das Haar, das unter dem Kopftuch hervorschaut, ist makellos braun ohne graue Strähnen. Sie kann zwanzig sein oder auch vierzig. Älter auf keinen Fall.

Als Grete nach dem großen Koffer greift, mischt sich auf einmal Addi in die Angelegenheit ein. Er stemmt die Arme in die Seiten und schaut die adelige Dame vorwurfvoll an.

»Ein Wort in aller Güte, junge Frau«, sagt er in schönstem Bariton.

Es zeigt sich, dass Edith empfänglich für Schmeicheleien und wohlklingende Männlichkeit ist, denn sie richtet ihren Blick auf ihn.

»Sie können doch nicht wollen, dass wir alle uns zusammenquetschen, nur damit Sie eine Dreizimmerwohnung für sich ganz alleine haben. Oder habe ich Sie da falsch verstanden?«

»Das habe ich nicht gesagt, mein Herr. Ich beziehe mich lediglich auf dieses Papier.«

»Gewiss, gewiss …« Addi macht eine angedeutete Verbeugung, die die Baronin mit einem Kopfnicken quittiert.

»Adalbert Dobscher, erster Bariton am Staatstheater Wiesbaden.«

Die Dame lächelt milde. Addi kann richtig männlich wirken, wenn er sich so in Positur stellt.

»Sehr angenehm! Sie wohnen ebenfalls hier?«

»Eine Etage über Ihnen, gnädige Frau …«

»Nun …«, meint sie lächelnd. »Sie denke, lieber Herr Dobscher, wir werden uns … arrangieren.«

Ihr Lächeln ist derart penetrant, dass Luisa Angst um Addi bekommt. Tante Else geht mit hinauf, um der Dame ihre Unterkunft zu zeigen, Grete nimmt die Bündel, und Addi trägt den schweren Koffer. Er ist nun mal einer, der nicht sehen kann, wie eine Frau sich mit so was abschleppt.

Die Zurückgebliebenen sind zunächst stumm, der Schrecken war allzu heftig, man muss sich erst einmal sammeln.

»Mit der werden wir noch unsere Freude haben«, sagt Hilde schließlich. »Mannstoll ist die. Nimm dich bloß in Acht, Papa!«

HEINZ

Wiesbaden, November 1945

»Die goldenen Zeiten sind vorbei, Liebster«, hat ihm Else heute früh ins Ohr geflüstert. »Aber ich will mit dir auch durch die grauen Tage gehen. Wenn du nur bei mir bist.«

Da ist er ganz gerührt, weil seine Else so etwas nur selten von sich gibt. Meist erzählt sie ihm vom Gas, das immer noch abgestellt ist, vom Kohlenmangel, von Mehl, Zucker und Kaffee, die Hilde auf dem Schwarzmarkt beschaffen muss.

Er hat sie fest umschlungen und an sich gedrückt. Geküsst hat er sie, fast so stürmisch wie früher, als sie noch jung waren und Else immer Sorge hatte, die Kinder könnten sie bei ihren morgendlichen Zärtlichkeiten belauschen.

»Wir zwei!«, hat er gesagt. »Wir gehen miteinander durch das dunkelste Tal, bis unsere Tage wieder hell werden. Und golden. Richtiges Sonnengold. Das verspreche ich dir, mein Schatz.«

Worte, denkt er später, als er sich im Bad rasiert. Aber sie sind mehr wert als Gut und Geld. Es ist immer nur die Hoffnung, die uns trägt. Die Hoffnung und die Liebe …

Da hat er sich ins Kinn geschnitten, und der Seifenschaum beißt ihn in die Wunde. Ist überhaupt ein großer Luxus, die Seife. Aber er kann sich nicht entschließen, den Bart stehen zu lassen. Das will er der Else nicht antun, so als Landstreicher herumzulaufen, so tief mag er nicht sinken … Er tut einen Seufzer und beendet die Rasur, trocknet sich ab und schaut auf sein Spiegelbild. Faltig, denkt er. Besonders am Hals. Und auf der Stirn. Denkerfalten. Und die Augenbrauen werden immer buschiger. Und grau. Schaue bald aus wie der Weihnachtsmann. Ach ja …

Das triste Novemberwetter ist auch nicht gerade dazu angetan, seine Stimmung zu heben. Vom Badezimmerfenster aus kann er die Bombenruinen sehen, schwarz verkohlte Fassaden, durch deren Fenster man in den Himmel schaut, Schutthalden, Behelfsdächer, die die Menschen sich gebaut haben, um in den Ruinen ihrer Häuser wohnen zu können. Eiskalt haben die es im Winter, denkt er. Keine Kohlen, nur ein wenig Holz, und der Wind zerrt an dem Wellblechdach. Die Stadt hat Behelfswohnungen angeboten, aber viele wollen ihre Häuser nicht verlassen, weil sie Angst vor Plünderern haben.

Er humpelt hinüber ins Schlafzimmer, um sich anzukleiden. Das Gehen ist immer noch schmerzhaft, die Prothese scheuert an dem Stumpf, aber er hat sich inzwischen damit abgefunden. Die Schmerzen gehören jetzt zu seinem Leben – dafür hat er das Glück gehabt, heimkehren zu dürfen, das Tausenden und Abertausenden verwehrt geblieben ist. Er räumt ein wenig auf, versucht es zumindest, dann zieht er die warme Hausjacke über und steigt hinunter ins Café. Die schmale Treppe von der Wohnung hinunter in die Küche des Cafés ist viel steiler als die Stiege im Treppenhaus, dafür kann er sich hier rechts und links am Holzgeländer gut festhalten. Einen Stock mag er nicht benutzen, schließlich ist er kein Tattergreis. Allerdings ist er schon zweimal auf dem Hosenboden in die Küche hinabgerutscht.

Die Hilde hat ihn ausgescholten. »Wie kannst du nur so leichtsinnig sein, Papa! Brich dir noch das andere Bein, dann können wir dich im Rollstuhl herumschieben!«

Sie hat auch früher kein Blatt vor den Mund genommen, seine kleine Tochter. Weil sie eine fröhliche, charmante Art hat, nehmen viele ihr die freche Klappe nicht übel. Aber in letzter Zeit klingen ihre Bemerkungen scharf und fast boshaft, und das gefällt ihm nicht. Vor allem die arme Luisa, die doch ein so liebenswertes Mädel ist, bekommt Hildes böse Zunge zu spüren. Warum – das versteht Heinz nicht. Viel besser wäre es, wenn die beiden endlich Freundinnen würden. Aber seine Hilde hat sich regelrecht auf die Cousine eingeschossen. Manchmal ist er richtig zornig auf seine Tochter.

»Sie ist eifersüchtig«, sagt Else, wenn sie miteinander allein sind. »Du hast Luisa aufgenommen wie eine zweite Tochter. Hilde hat Angst, ihren Platz zu verlieren.«

»Das ist doch Unsinn«, regt er sich auf. »Meine Hilde wird immer den ersten Platz in meinem Herzen haben.«

»Dann beweise es ihr!«

So hat er schließlich nachgegeben und erlaubt, dass Giselas Hochzeitsfeier hier im Café stattfinden darf. Vor allem, weil die Hilde gesagt hat, die Gisela sei ihre beste und einzige Freundin, sie habe so viel für sie getan, deshalb sei es unanständig, ihr diesen kleinen Gefallen abzuschlagen. Jetzt allerdings, an diesem kalten, frühen Morgen, bereut er seine Erlaubnis. Was werden seine Freunde und Bekannten darüber denken? Alle müssen den Gürtel eng schnallen, an große Feierlichkeiten oder Hochzeitsessen ist gar nicht zu denken. Aber natürlich – wenn eine Deutsche sich einem Ami an den Hals wirft, da kann groß gefeiert werden. Mit Sekt und Kaviar, wie in den guten alten Friedenszeiten! Dass sich der Heinz Koch für so was hergibt! So werden sie hinter seinem Rücken über ihn reden, und so ganz unrecht haben sie damit nicht. Aber nun kann er seine Zusage nicht mehr zurücknehmen. Leider.

Unten in der Küche sind drei Frauen an der Arbeit: Else, Hilde und Luisa bereiten verschiedene Speisen und Gebäck für die Hochzeitstafel vor. Um elf Uhr ist die Trauung auf dem Standesamt im Rathaus, danach muss das junge Paar noch beim Stadtkreiskommandeur Colonel Sansome antreten, aber das ist eine reine Formsache. Inzwischen hat die amerikanische Militärregierung einen großen Teil der Souveränität wieder an die deutschen Stellen abgetreten. Gegen halb eins wird die Hochzeitsgesellschaft, die aus etwa zwanzig Personen besteht, im Café erscheinen. Else und Hilde haben schon den Nebenraum zurechtgemacht, die Tische zu einer langen Tafel zusammengerückt und eingedeckt. Sammy hat Wein besorgt, es soll auch Sekt geben. Nun ja – der Bräutigam ist Angehöriger der U.S.-Army, er muss wissen, was er tut. Heinz drängt sich zwischen den Frauen hindurch in den Gastraum, um dort seinen Tisch am Fenster zu besetzen, und kommt sich wieder einmal schrecklich überflüssig vor. Luisa bringt ihm das Frühstück: getoastetes Weißbrot, Bohnenkaffee und Dosenmilch, dazu ein kleines Schälchen Orangenmarmelade.

»Sind wir schon im amerikanischen Schlemmerparadies?«, fragt er sarkastisch, als er die Köstlichkeiten sieht.

»Hab ich für dich abgezwackt«, meint sie und lächelt spitzbübisch. »Wenn du schon diese Hochzeitsfeier ertragen musst, Onkel Heinz, dann sollst du wenigstens ein gutes Frühstück haben.«

»Und ihr?«, will er wissen, während sie ihm den Kaffee eingießt. »Habt ihr auch anständig gefrühstückt?«

»Wir kommen schon nicht zu kurz …«

Er tätschelt ihre Hand und bedankt sich, dann macht er sich über das üppige Mahl her, bestreicht den knusprigen Toast mit Margarine, träufelt Marmelade darauf, atmet den aromatischen Duft reifer Orangen. Donnerwetter, das riecht nach Luxus und Wohlleben. Er nimmt rasch vorher noch einen Schluck Kaffee, dann widmet er sich genussvoll seinem Frühstückstoast, verzehrt ihn langsam in kleinen Bissen, kaut, schmeckt, spült mit Kaffee nach. Er stippt noch die letzten Krümelchen mit dem Zeigefinger auf, da hört er schon wohlbekannte Schritte im Treppenhaus. Aus ist es mit dem geruhsamen Frühstück – jetzt beginnt der allmorgendliche Kampf mit dem einquartierten Ungemach.

»Bohnenkaffee!«, ruft Edith von Haack aus, kaum dass sie den Gastraum betreten hat. »Das ist echter, guter Bohnenkaffee. Meine Nase täuscht sich niemals, Herr Koch!«

»Einen wunderschönen guten Morgen, Frau Baronin«, sagt

Heinz jovial, und er deutet eine kleine Verbeugung an, in dem er den Hintern kurz vom Stuhl hebt. »Ich hoffe, Sie hatten eine angenehme Nacht …«

Wenn es um Bohnenkaffee geht, ist die Dame für keine Schmeichelei empfänglich. Es ist ungemein lästig, aber die Baronin Edith von Haack ist der irrigen Meinung, das Café Engel sei so etwas wie ihr Speisezimmer, wo sie nur in die Hände klatschen muss, um bedient zu werden. Natürlich zum Nulltarif, man ist ja nicht irgendwer …

»Kein Auge habe ich zugetan«, seufzt sie und lässt sich an dem Nebentisch nieder. »Kalt ist es hier in Wiesbaden. Keine Kohlen für den Ofen. Wenn das so weitergeht, werde ich die Möbel verheizen müssen …«

Das hat sie neulich schon zur Else gesagt, woraufhin ihr die fast an die Gurgel gesprungen ist. Die Möbel gehören dem August, ihrem Sohn, und wenn die Frau von Haack auch nur einen Fußschemel anrührt, sperrt sie ihr die Wasserzufuhr.

»Was die Möbel betrifft …«, macht Heinz einen vorsichtigen Ansatz, aber die Baronin winkt ab.

»Lassen wir das leidige Thema, Herr Koch. Ich hätte jetzt gern mein Frühstück. Bohnenkaffee, Dosenmilch und …. Was war da in dem Schälchen? Ah! Orangenmarmelade …«

Die Frau hat eine Nase, die einem Fuchs alle Ehre machen würde. Sie hat überhaupt etwas von einer Füchsin mit ihrem aufgesteckten rötlichen Haar, dem spitzen Kinn, den schmalen Lippen und den leicht schräg stehenden gelbbraunen Augen. Dürr ist sie am ganzen Körper, kein bisschen Fleisch dran, weder unten noch oben hat sie etwas zu bieten. Ihr Ehemann, der Baron Adolf von Haack, war angeblich Oberst bei der Wehrmacht und ist noch vermisst. Hilde hat neulich boshaft bemerkt, der würde bestimmt freiwillig in russischer Gefangenschaft bleiben, wenn er bloß nicht wieder ins Ehejoch zurückmuss. Ach, die Hilde …

»Wir waren übereingekommen, liebe Frau von Haack, dass Sie uns einige Ihrer Lebensmittelmarken überlassen, wenn Sie hier täglich das Frühstück einnehmen.«

Auf dieses Angebot haben sie sich nach einem gelinden Familienstreit mühsam geeinigt, weil Else und Hilde der Meinung sind, die Haack'sche brauche überhaupt nicht im Café zu frühstücken. Nur Luisa hat eingewendet, dass die Grete dann wenigstens ein paar Minuten Ruhe vor ihrer Herrin habe und sich in der Küche mal ungestraft ein Brot mit Rübensirup gönnen könne.

Sonst hat die arme Grete nämlich nichts zu lachen. Ständig zankt die Baronin mit ihr herum, verdächtigt sie des Diebstahls, beschimpft sie, schlägt sie sogar. Neulich hat sie ihr vorgeworfen, die Nacht mit Hubsi verbracht zu haben. Der arme Kerl ist inzwischen völlig mit den Nerven fertig und überlegt ernsthaft, sich eine andere Bleibe zu suchen. Was Heinz nur allzu gut verstehen kann, denn Hubsi ist ein Mensch mit musikalischem Gehör, das ständige Gekreische dieser Frau muss eine Folterqual für ihn sein.

Die Frau Baronin öffnet ihre Handtasche und entnimmt ihr zwei graue Abschnitte einer Lebensmittelkarte. Heinz sieht schon aus der Entfernung, dass es Zuckermarken sind.

»Else!«, ruft er zur Küche hinüber. »Komm doch mal …«

Else lässt sich nur ungern beim Backen stören, sie erscheint mit unwilliger Miene, die beim Anblick der Baronin nicht williger wird.

»Zucker? Aber nur heute und morgen«, meint sie und nimmt die Papierstückchen an sich.

»Zwei Tassen Bohnenkaffee, Dosenmilch, Brot und Orangenmarmelade … und Butter …«, fordert Edith von Haack unverfroren.

Else starrt sie an und verzieht keine Miene. »Klar. Und hinterher Schweinsrücken mit Rotkohl und Prinzesskartöffelchen, wie?«

Man sieht der Baronin an, dass ihr eine zackige Antwort auf der Zunge liegt, sie behält jedoch die Fassung.

»Dann geben Sie mir die Abschnitte wieder.«

Else wirft einen abschätzenden Blick auf die Schnipsel, holt Luft und erklärt: »Zwei Tassen Muckefuck, Margarine, Graubrot und Rübensirup. Mehr ist nicht drin bei dem bisschen … Sind ja nur fünfzig Gramm.«

Heinz kann sehen, wie die Frau Baronin rot anläuft; nur die Nase bleibt weiß. Tatsächlich, sie hat Ähnlichkeit mit einer Füchsin. Tollwütig womöglich.

»Sie trinken hier täglich feinen Bohnenkaffee, und mir bieten Sie Muckefuck an?«, keift sie. »Soll ich das mal höheren Orts melden?«

Heinz bekommt einen Schrecken, weil er Angst um Hilde hat, die so häufig auf dem verbotenen Schwarzmarkt einkauft. Aber seine Else lässt sich nicht so schnell ins Bockshorn jagen.

»Tun Sie, was Sie nicht lassen können, Frau Baronin. Wir haben heute eine deutsch-amerikanische Hochzeitsgesellschaft, da gibt es halt Sachen, die man nicht auf Karte bekommt …«

Das hat gesessen. Bei solch guten Beziehungen zu den Besatzern schweigt die von Haack besser.

»Aber den zweiten Aufguss könnten Sie mir doch bringen …«

Else beißt sich auf die Lippen, weil sie keine Lust dazu hat. Aber sie besinnt sich. Es ist immer besser, sich zu einigen, wenn man miteinander in einem Haus lebt. »Meinetwegen. Aber nur heute …«

Sie dreht sich um und geht rasch zurück in die Küche, bevor die Haack'sche noch etwas von Orangenmarmelade sagen kann.

Ein Weilchen ist es still. Heinz steht auf, verbeißt sich das Stöhnen, weil die verdammte Prothese wieder verrutscht ist und scheuert, und geht hinaus zum Briefkasten. Holt den *Wiesbadener Kurier,* der seit einigen Wochen wieder gedruckt und ausgetragen wird, und kehrt mit der noch recht dünnen Zeitung in den Gastraum zurück. Frau von Haack hat ihrer Handtasche inzwischen Taschentuch, Brille und ein silbernes Besteck entnommen, das in eine Serviette aus Leinen eingewickelt ist. Sie legt Kaffeelöffel, Gabel und Messer vor sich auf der Tischdecke zurecht, faltet die Serviette und postiert sie dekorativ in der Mitte.

»Das ist alles, was ich von unserem Familiensilber retten konnte«, erklärt sie und hebt die Gabel hoch. »Massives Silber. Sehen Sie das Familienwappen? Die von Haacks sitzen seit 1450 auf der Scholle. Handgesponnenes Leinen mit eingestickten Initialen ...«

Heinz hat diese Erklärungen bereits mehrfach gehört; er bewundert dennoch höflich die Gabel, die sie ihm entgegenhält, und bemerkt, solch eine hervorragende Arbeit finde man heute kaum noch. Dabei denkt er bekümmert an die hübschen Kuchengabeln und Kaffeelöffel mit den eingravierten Engelsymbolen, die zwar nicht massives Silber, sondern nur versilbert waren, nun aber fast alle den Weg auf den Schwarzmarkt genommen haben.

»Gab es bei uns auf jedem Gutshof. Wurde von der Mutter auf die Tochter vererbt ... Ach ja, was ich Sie immer schon fragen wollte: die Kleine von Tiplitz, ist die verwandt mit den von Tiplitz bei Marienburg? Schöner Gutshof. Pferdezucht. Bin als junges Mädel ein paarmal dort gewesen ...«

Heinz runzelt die Stirn. Hat Luisa nicht etwas von Marienburg erzählt? Doch natürlich. Der Gutshof bei Danzig.

»Das ist gut möglich, Frau Baronin. Meine Schwester hat einen Baron von Tiplitz geheiratet, der leider früh verstarb. Auch meine arme Schwester ist nicht mehr unter den Lebenden, aber wir sind sehr glücklich, Luisa bei uns zu haben.«

Frau von Haack blickt nachdenklich zum Klavier hinüber, dreht die Augen hin und her und befeuchtet die Lippen.

»Ihre Schwester hat einen Baron von Tiplitz geheiratet? Interessant. Kennen Sie seinen Vornamen?«

»Ich glaube, er hieß Johannes von Tiplitz. Leider hat Luisa auf der Flucht alle Papiere verloren, vielleicht sprechen Sie einmal mit ihr selbst …«

In diesem Moment erscheint Else mit dem Frühstückstablett, und Frau von Haacks Nüstern weiten sich beim Duft des Kaffees, der zwar ein zweiter Aufguss, aber immerhin echter Bohnenkaffee ist. In den folgenden Minuten gibt sie sich ganz und gar dem Genuss des braunen, leicht durchsichtigen Getränks hin, und Heinz ist froh, in Ruhe seine Zeitung lesen zu können. Gerade will er laut verkünden, dass das Gas ab jetzt wieder täglich zwei Stunden lang angestellt wird – da bewegt sich die Drehtür und wirft einen frühen Besucher ins Café.

»Guten Morgen, Herr Koch … ich hoffe, ich störe nicht …«

Fritz stellt den schweren Koffer auf den Boden, dann nimmt er den Geigenkasten herunter, den er auf den Rücken geschnallt hat. Heinz tut einen Freudenschrei, reißt die Arme auseinander und springt vom Stuhl, ohne an seine Prothese zu denken.

»Nein!«, ruft er begeistert. »Dass ich das noch erleben darf! Der Bogner Fritz. Ach, da wird sich die Hilde freuen. Und der Hubsi erst. Endlich wieder zwei Musiker im Haus …«

Fritz eilt auf ihn zu und umarmt ihn – keine Sekunde zu früh, denn Heinz steht ziemlich unsicher und ist froh, eine kräftige Stütze zu haben.

»Lass dich anschauen, Junge. Bist ja erwachsen geworden. Was ist mit deinem Auge passiert?«

»Das ist weg, Heinz. Aber ich hab ja zwei davon, es geht ganz gut.«

Fritz trägt eine schwarze Augenklappe, und Heinz erklärt, er sähe damit recht »verwegen« aus. Wie ein Pirat. Die Hilde habe ja schon erzählt, dass er wieder daheim sei. Und dass sie ihn eingeladen habe, bei ihnen zu spielen. Aber dass er gerade heute käme, das sei ganz großartig. Weil heute doch eine Hochzeit gefeiert würde.

»Ich weiß …«, sagt Fritz schmunzelnd. »Die Hilde hat mir eine Nachricht geschickt. Über den Wendelin Staudt, der Ihnen immer den Schnaps liefert. Der fährt über alle Dörfer und kommt auch in Lenzhahn vorbei …«

Weiter kommt er nicht mit seinen Erklärungen, weil jetzt die Hilde, gefolgt von Else, aus der Küche herbeiläuft und förmlich über ihn herfällt. Er muss die Jacke ausziehen und sich zu Heinz an den Tisch setzen. Die Hilde heizt den kleinen Ofen an, Else tätschelt ihm die Wange, Hilde streicht um ihn herum und bemerkt, er habe sich sehr verändert. Das sei ihr neulich in Lenzhahn schon aufgefallen.

»So richtig männlich … Steht dir gut, Fritz. Könntest mir fast gefallen!«

Heinz stellt überrascht fest, dass seine Hilde flirten kann. Donnerwetter, wie sie den armen Burschen in Verlegenheit bringt, ganz rot ist er geworden. Es gefällt ihm gut, dass sie es gerade auf den Fritz abgesehen hat, und wie es scheint, ist es dem gar nicht unangenehm. Heinz schaut lächelnd zu, wie Hilde sich zu dem Sitzenden herunterbeugt, ihre Hand auf seine Schulter stützt und eifrig auf ihn einredet.

»Weißt du noch, wie du hier Geige gespielt hast, und ich habe dich an den Hosenträgern gezogen …«

»O ja, das habe ich nicht vergessen, Hilde. Weil es mich schon sehr geniert hat …«

Sie lacht fröhlich und behauptet, sie sei damals höchstens dreizehn gewesen und habe nur seine Aufmerksamkeit erregen wollen. »Ich war immer hin und weg von deinem Geigenspiel, Fritz.«

Er seufzt und meint, das sei lange her. Vor dem Krieg sei das gewesen, da hätten sie noch in einer anderen Welt gelebt. »In einen schönen, sicheren Kokon hatten wir uns eingesponnen, Hilde. Wer hätte denn geglaubt, dass wir vor solch einem grauenhaften Krieg standen …«

Hilde streichelt seine Schulter, und ihre Stimme klingt jetzt weich. Heinz bemerkt verblüfft, dass seine freche Tochter auch eine mütterliche Seite hat. »Wir haben den Krieg überlebt, Fritz«, sagt sie. »Und wenn wir alle zusammenhalten, dann werden wir einen neuen Anfang schaffen. Es wird nichts mehr so sein, wie es gewesen ist. Und doch glaube ich fest daran, dass alles gut wird.«

Er lehnt seinen Kopf einen Moment lang an ihre streichelnde Hand und lächelt versonnen.

»Du bist ein tapferes Mädchen, Hilde. Ich bewundere dich!«

»Ach was!«, ruft sie und lacht hell auf. »Ich habe nur gerade meine starken fünf Minuten. Weil ich mich so freue, dass du gekommen bist!«

Damit läuft sie in die Küche, um ihm einen Imbiss zu servieren, den Else dort schon vorbereitet hat. Toast mit Schinken und Ananas, Senf-Eier und eine große Tasse Bohnenkaffee.

»Da schau her«, bemerkt Edith von Haack, die die Wiedersehensszene mit Interesse beobachtet hat und keinen Moment lang daran denkt, sich diskret zurückzuziehen. »Sie müssen ja wirklich ein guter Freund der Familie sein, da Sie so reichlich bewirtet werden. Ich wünsche einen guten Appetit … Im Übrigen: Baronin Edith von Haack. Mein Gutshof befindet sich in der Nähe von Danzig …«

Heinz hätte sich gern mit dem Fritz allein unterhalten, aber er kann nichts gegen die lästige Klette unternehmen, die sich einfach dazwischendrängt. Jetzt erzählt sie ihm von ihrem großen Landbesitz, von Roggenfeldern bis an den Horizont, die Kornkammer Deutschlands, und alles gehöre nun den Russen.

»Sehr bedauerlich«, meint Fritz höflich. »Ich hoffe, Sie werden sich hier in Wiesbaden bald einleben, gnädige Frau.«

Wie recht seine Hilde doch gehabt hat, als sie behauptete, die von Haack sei »mannstoll«. Diese Person lässt den armen Fritz Bogner kaum zum Frühstücken kommen, fragt ihn, ob er seinen

Lebensunterhalt mit dem Geigenspiel verdiene, ob er eine Ausbildung habe oder Autodidakt sei, ob er gedenke, hier im Haus zu übernachten …

»Bei uns oben in der Wohnung ist es zwar eng, aber wir könnten ein wenig zusammenrücken, damit Sie auch noch ein Plätzchen finden, lieber Herr Bogner …«

Da entschließt sich Heinz, ihr endlich Einhalt zu gebieten. Was denkt sich diese Frau denn? Ihrem süßlichen Lächeln nach hat sie eine ganz genaue Vorstellung davon, wo sie den armen Jungen unterbringen will. In ihrem eigenen Bett nämlich. Er, als väterlicher Freund, muss unbedingt verhindern, dass sie ihm den Fritz moralisch verdirbt.

»Das kommt überhaupt nicht infrage«, ruft er dazwischen. »In unserer Wohnung im ersten Stock ist genügend Platz, da finden wir schon eine Schlafgelegenheit für dich, Fritz.«

Warum der jetzt noch betretener dreinschaut, versteht Heinz nicht gleich. Was hat er denn? Er ist doch wie ein Sohn für ihn, da kann er doch ruhig in der Wäschekammer nächtigen, auch wenn die gleich neben Hildes Zimmer liegt …

Unversehens kommt der Hubsi ins Café, um rasch einen Muckefuck zu nehmen und ein Brot zu essen, wie er es jeden Morgen tut. Er hat ja nichts, der arme Kerl, da füttern sie ihn halt durch. Du liebe Zeit, wie der sich über den Fritz freut. Gleich setzt er sich zu ihm, und die beiden versinken in Musikergesprächen. Die Noten, die verbrannt sind. Beethovens Violinkonzert. *Sang und Klang des Neunzehnten Jahrhunderts* sei noch vorhanden, liege auf dem Klavier, da könnten sie doch gleich mal was ausprobieren. Ach ja, der Zeigefinger rechts, das sei zu Anfang schlimm gewesen. Aber er habe sich arrangiert, es ginge schon ganz ordentlich. Mendelssohns Hochzeitsmarsch, der muss sein. Und was mit dem *Treulich geführt* sei? Ach ja, der Fritz mag den Richard Wagner nicht, der ist ihm zu fett, zu dramatisch, und dann ist der Lohengrin ja auch so traurig.

So eine Hochzeitsnacht könne man keinem jungen Brautpaar wünschen …

Die beiden lachen miteinander, und Heinz freut sich, dass der Fritz jetzt regelrecht aufblüht. Er öffnet den Geigenkasten und stimmt sein Instrument. Erzählt, dass er Tage und Nächte geübt habe, dass seine linke Hand aber immer noch fürchterlich steif sei, weil er so lange habe pausieren müssen. Währenddessen sitzt der Hubsi schon am Klavier und blättert in den Noten herum, spielt diese und jene Phrase, und Heinz hat das Gefühl, dass der Gastraum seines Cafés in ein goldenes, warmes Licht getaucht ist. Ach, die Künstler. Die Musiker vor allem. Die verwandeln die graue Wirklichkeit in eine bunte, glückhafte Traumwelt. Nicht einmal die Baronin von Haack stört ihn mehr, soll sie ruhig hier sitzen und zuhören, wenn sie nur die Klappe hält. Er lehnt sich zurück, streckt den schmerzenden Beinstumpf aus und hört den beiden zu. Der Fritz streicht jetzt probeweise über die Saiten, spielt eine Melodie, stimmt noch einmal nach, setzt die Geige wieder an, hebt den Bogen …

Aber er spielt nicht. Was hat er denn? Er lässt den Geigenbogen sinken, setzt auch das Instrument ab und steht steif, wie vom Schlag gerührt. Starrt zum Kücheneingang hinüber. Was flüstert er da? Das klingt ja wie …

»Luisa … Ist das möglich? Luisa!«

JEAN-JACQUES

Villeneuve, Dezember 1945

Der Mistral ist unbarmherzig wie das Schicksal. Wochenlang rüttelt er an Dachschindeln und Fensterläden, durchdringt die Kleidung mit eisiger Kälte und reißt das trockene Laub von den Bäumen. Tag und Nacht hört man sein beharrlich eintöniges Sausen. Es begleitet das Leben der Menschen, ihre Arbeit, ihren Schlaf, ihre Sehnsüchte, ihr Sterben …

Jean-Jacques starrt auf die rechteckige Grube, die sich wie ein Abgrund vor ihm auftut. Der Tod ist ihm nicht fremd, er hat Kameraden sterben sehen im Krieg, fast alle noch jung, voller Leben, voller Hoffnungen und Pläne. Die meisten starben innerhalb weniger Minuten, spürten den Tod kaum, gingen ohne Jammer und Reue davon, so wie man eine neue, unbekannte Welt betritt. Andere mussten leiden, heulten und stöhnten vor Schmerzen, riefen nach ihren Müttern, den Schwestern, der Braut. Sie starben, weil sie für Frankreich kämpften. Sie starben als Helden, sagt man. Ihr Tod hatte einen Sinn. Welchen Sinn aber hat Margots unglückseliges Sterben? Warum nimmt Gott einer jungen Mutter das Leben, die doch für ihr Kind sorgen muss? Es ist ein Akt wider die Natur. Wider die Schöpfung.

Er steht gerade, spürt keinen Schwindel mehr, hält den Hut in den Händen, und die Worte des Priesters rauschen an seinen Ohren vorbei, vermischen sich mit dem Mistral, der unablässig über den kleinen Kirchhof pfeift.

»… Gottes Wille ist für den Menschen unergründlich … hinnehmen, wie Er es fügt … das Leid tragen, wie Christus das Leid der Welt trug …«

Gewäsch, denkt er. Leeres Gerede. Jean-Jacques ist fertig mit der Kirche und ihrem Gott, er steht nur hier, weil er seinen Eltern die Schande nicht antun will, bei Margots Beerdigung zu fehlen. Er ist der Ehemann, er trägt nach außen hin die hauptsächliche Trauerlast, danach erst Margots Eltern, ihre Schwestern, die übrigen Verwandten. Pierrot steht weit hinten, an die Kirchenwand gelehnt, das Gesicht dick verquollen, die Augen glasig. Er ist betrunken.

Der letzte Segen ist gesprochen, jetzt wird der hellbraune Holzsarg in den Abgrund hinuntergelassen, ein Gesteck aus Pinienzweigen und unechten Lilien liegt darauf, die Zweige zittern, während der Sarg langsam hinabpendelt. In diesem hölzernen Kasten liegt Margot, angetan mit ihrem Hochzeitskleid, die Hände über der Brust gefaltet, das Haar sorgfältig gekämmt. Die Mutter und zwei Frauen aus der Verwandtschaft haben die Tote hergerichtet, Stunden hat es gedauert, erst als sie fertig waren, durfte er sie anschauen. Es war ihm recht. Er wollte nicht wissen, wie sehr sie sich gequält hatte, wie schwer sie gelitten hatte. Als man ihn in die Schlafkammer führte, lag sie steif und gerade ausgestreckt, die Hände fromm gefaltet, die Züge starr, ohne Lächeln, aber auch ohne den Ausdruck des Schmerzes. Er setzte sich auf einen Stuhl, um für einige Stunden die Totenwache zu halten, sein Kopf war leer, alle Gefühle wie betäubt.

Was ist los mit mir?, dachte er. Warum kann ich nicht weinen? Ich habe meine Ehefrau verloren. Sie starb, weil sie in Sorge um mich war, stieg auf die Leiter, um mich zu stützen, und fiel dabei selbst. Er horchte auf das Sausen des Windes, der um das Haus strich und am Scheunentor rüttelte. Ab und zu fing sich ein Luftstrom im Schornstein und heulte dort wie eine verlorene Seele, die um ihre Erlösung fleht.

Er spürt die Hand des Vaters auf seiner Schulter, als der Sarg jetzt unten in der Grube aufsetzt und die Männer sich leise Kommandos zuflüstern, um die Seile wieder nach oben zu ziehen. Man geht der Reihe nach zum Rand des Grabes, um eine Schaufel Erde hinabzuwerfen, die der Mistral verweht, bevor sie den Sarg erreicht. Danach legen die Helfer die Grabplatte aus hellem Granit wieder auf die Umrandung. Das Familiengrab ist wieder geschlossen.

»Es hat noch Platz für drei, höchstens vier Personen«, sagt die Mutter, als sie mit dem Pferdewagen zurück zum Hof fahren. »Danach müsste man die Gruft erweitern oder eine neue kaufen.«

Der Vater schweigt, er hasst Gespräche über den Tod und alles, was damit zu tun hat. Auch Jean-Jacques gibt keine Antwort. Es hat einen heftigen Streit unter den Frauen gegeben, weil Margots Familie sie im eigenen Familiengrab beisetzen wollte. Vor allem Margots Mutter hat sich aufgeregt und behauptet, ihre arme Tochter sei bei den Perriers niemals glücklich gewesen, sie sei vor Kummer gestorben, weil ihr Ehemann sie weder geachtet noch geliebt habe. Darüber ist wiederum Jean-Jacques' Mutter in großen Zorn geraten, die Frauen haben sich auf dem Platz vor der Kirche beschimpft, und wenn Margots Schwestern nicht eingegriffen hätten, wären sie wohl handgreiflich geworden. Es ist ein unwürdiger Auftritt gewesen, für den er sich – ebenso wie der Vater – zutiefst schämt.

Nach der Beerdigung sind alle, die Margot auf dem Friedhof das letzte Geleit gegeben haben, zu Kuchen, Kaffee und einem Glas Wein auf den Hof eingeladen. Margots Eltern sind nicht gekommen, nur die beiden Schwestern mit ihren Familien. Außerdem eine Menge naher und entfernter Verwandter, Freunde und Bekannte, es sind so viele Leute, dass die Sitzplätze nicht ausreichen, obgleich sie gestern noch Holzkisten und Schemel vom Dachboden geholt haben. Ein Teil der Gäste sitzt im Weinkeller, einige in der Wohnstube, die meisten in der Küche am langen Tisch.

»Gott der Herr hat dir deine Frau genommen, aber er hat

dir auch einen Sohn gegeben«, schwatzt ihm Abbé Pagnol, der Priester, ins Ohr. »Dieses Kind ist dir anvertraut, mein Sohn. Es ist das Vermächtnis deiner geliebten Margot, das sie dir hinterlassen hat, ein Pfand ihrer unverbrüchlichen Liebe …«

Jean-Jacques nickt und bekämpft eine irrsinnige Lust, in lautes Gelächter auszubrechen. Werde ich verrückt?, denkt er erschrocken. Er zwingt sich, ruhig zu bleiben, wehrt sich gegen die aufkommenden bösen Gedanken. Er will nicht grübeln. Was geschehen ist, ist zu absurd, er will es nicht verstehen, weil es ihn um den Verstand bringen könnte. Am liebsten würde er trinken, wie es Pierrot tut, der eine Flasche Rotwein nach der anderen in sich hineinlaufen lässt, seitdem er die tote Margot gesehen hat. Aber Jean-Jacques ist keiner, der sich in den Alkohol flüchtet. Er weiß, dass er sich den Gespenstern stellen muss, aber nicht jetzt und nicht vor den anderen. Er wird es allein mit sich selbst ausmachen.

Margots Sohn ist winzig, sein Gesichtchen voller Falten, der Mund breit. Er hat schwarzes Haar, und seine Finger erscheinen Jean-Jacques dürr wie Streichhölzer. Die Mutter hat eine Amme besorgt, aber der Kleine will nicht trinken, er schreit mit dünnem Stimmchen, als riefe er verzweifelt nach seiner Mutter.

»Er wird schon trinken«, sagt Margots Schwester Jeanne. »Deine Milch ist noch zu kräftig für ihn. Er ist doch erst ein paar Tage alt.«

»Er muss trinken«, sagt die Amme, die einen Jungen von sechs Monaten hat. Sie hat ihn entwöhnt, weil sie gehofft hat, das fremde Kind würde den Milchstrom in Fluss halten, aber wenn sich der Kleine noch lange ziert, wird die Quelle versiegen.

»Gebt ihm ein wenig Kamillentee …«, rät eine Verwandte.

»Opfere der Heiligen Jungfrau eine Kerze …«, meint eine andere.

»Ach was! Geh lieber zur alten Corizza, die ist Zigeunerin und kennt sich mit Kindern aus …«

Jean-Jacques wird von allen Seiten getröstet, man erklärt ihm, sein Sohn sei kräftig und gesund, er werde seinen Weg schon machen. »Und wirf vor allem die vielen Weiber aus der Kammer«, rät ihm ein Onkel. »Je mehr von denen an dem armen Jungen herummachen, desto sicherer bringen sie ihn ins Grab.«

Nach einigen Gläsern Wein sind die Gäste fröhlich, die alten Geschichten werden erzählt, man redet vom Sieg über die Deutschen, von den deutschen Kriegsgefangenen, die nun hier in Frankreich arbeiten müssen. Das sei nur recht und billig, schließlich haben die Deutschen ja auch Franzosen verschleppt und zur Arbeit in ihren Fabriken gezwungen. Man zimmert sich die Vergangenheit zurecht, wie man sie haben möchte. Frankreich wurde durch hinterhältigen Verrat besiegt und eingenommen, alle Franzosen waren in der Résistance, man hat sich aus eigener Kraft aus den Klauen des Feindes befreit, und jetzt müssen die Deutschen für den verlorenen Krieg bezahlen. Genauso wie anno 1918. Daran können sich die Älteren noch gut erinnern. Nur dass man dieses Mal nicht so sanft mit den Deutschen umgehen wird. Sie sollen ordentlich bluten, damit ihnen die Lust vergeht, einen neuen Krieg anzufangen.

Jean-Jacques wird immer schweigsamer. Das laute Gerede, der Triumph und die Angeberei seiner Verwandten stören ihn, denn er weiß sehr wohl, dass die meisten brave Untertanen des Vichy-Regimes gewesen sind. Unwillkürlich muss er daran denken, wie damals im Café Engel über die Franzosen geredet wurde. »Die Franzmänner«, haben sie sie genannt, und über die Armee des General Gamelin wurde viel gelacht. Verweichlicht seien die französischen Soldaten. Parfümiert und geschniegelt, hinter den Weiberröcken her, aber untauglich zum Kampf. Es hat ihn damals sehr verletzt, oft ist er wütend gewesen, aber er hat geschwiegen. Schon weil er die Sprache nur unvollkommen beherrscht und sich mit seinem Gestammel lächerlich gemacht hätte. Und doch sind seine Freunde hier in Villeneuve nicht viel besser als die dummen, eingebildeten Deutschen in Wiesbaden.

Er steht auf und steigt die Treppe hinauf, zögert einen Moment und öffnet dann die Tür seiner Schlafkammer. Die Frauen haben gestern, nachdem Margot fortgebracht wurde, den Fußboden geschrubbt, neue Gardinen aufgehängt und das Bett frisch bezogen. Der Weihrauchduft, den der Priester hinterlassen hat, schwebt noch im Raum – ansonsten erinnert kaum etwas an Margot. Jean-Jacques setzt sich auf das Bett und stützt den Kopf in die Hände. Lautes Gerede der Gäste dringt zu ihm herein, Gelächter, Gläserklirren, im Hof brennen Fackeln, es wird ein Wagen angespannt. Im flackernden Lichtschein sieht er Margots Schwester Jeanne mit der kleinen Tochter; sie haben sich in Umhängetücher gewickelt und frieren im kalten Wind. Dann ist der Wagen fertig, Jeannes Ehemann hilft dem Mädel beim Aufsteigen, und los geht die Fahrt. Familienglück. Jean-Jacques schaut ihnen nach, bis das Licht der beiden Laternen nicht mehr zu sehen ist. Er spürt, dass ihm wieder schwindelig wird, und steht auf, um die Vorhänge zuzuziehen und eine der beiden Nachttischlampen einzuschalten. Wie seltsam das breite Ehebett ausschaut. Die weißen Laken und Decken glatt gezogen, an den Seiten eingesteckt, fast wie in einem Hotel, so leer und so fremd. Das kleine karierte Kissen, das Margot zum Schlafen brauchte, ist nicht mehr da. Die braune Wolldecke, die sie einmal für ihn gehäkelt hat. Das graue, schon ganz zerlesene Büchlein, in dem es für jeden Tag im Jahr einen Spruch gab und das Margot vor dem Schlafengehen stets zu Rate zog. Wo sind all diese Dinge hingekommen? Warum hat man sie weggenommen?

Margot. Sie fehlt ihm. Nein, er hat sie nicht geliebt. Aber sie ist ihm ein treuer, vertrauter Kamerad gewesen. Sie war da, lag neben ihm, und er hörte sie atmen. Sie flüsterten leise miteinander im Dunklen, manchmal lachten sie, manchmal berührte er sie, immer war sie an seiner Seite. Nun ist er allein, und die

Kammer scheint sich mit ungeheurem Gewicht auf ihn zu legen, ihm den Atem abzuschneiden. Er hält es nicht aus, stürzt aus dem Raum, flüchtet die Treppe hinunter, vorbei an den Gästen, die noch in der Küche beim Wein sitzen. Im Stall geht er in die Box zu der alten Stute. Dicht bei dem warmen, lebendigen Pferdekörper fühlt er sich besser, er streicht über den glatten Hals, berührt die weichen Nüstern und murmelt dabei unsinniges Zeug vor sich hin. Dann kauert er sich in einer Ecke im Stroh zusammen und schläft ein.

Es ist noch nicht hell, als ihn jemand an der Schulter rüttelt. Der Vater steht neben ihm, beugt sich zu ihm herunter, bemüht, ihn zu wecken.

»Komm schon … Nicht gehen lassen … die Arbeit wartet …«

Es klingt streng, doch der Druck seiner Hand ist sanft. Jean-Jacques weiß, dass der Vater ihm auf seine Weise helfen will. Man darf sich niemals dem Kummer ergeben, sonst ist man verloren. Man muss ihn wegarbeiten, gegen das Schicksal angehen, dem Unglück keine Chance bieten, sich einzunisten.

»Hab nach der Stute sehen wollen …«, murmelt Jean-Jacques, während er sich mit den Händen das Gesicht reibt.

»Ist gut … War viel Lärm im Haus gestern. Den Bastian und seinen Bruder haben wir schließlich auf den Wagen laden müssen, um sie fortzubringen …«

Jean-Jacques steht langsam auf, wartet auf den Schwindel im Kopf, der sich prompt einstellt, aber rasch wieder vergeht. Die Brüder Gérond sind weithin als große Säufer bekannt. Wo immer es etwas zu feiern gibt, ob Hochzeit, Kindstaufe oder Beerdigung, tauchen sie auf, um sich auf fremde Kosten einen Rausch anzutrinken.

»Hast du Pierrot gesehen?«, will der Vater wissen.

»Ist er nicht in seiner Kammer?«

»Nein. Die Mutter hat nachgeschaut. In der Scheune ist er auch nicht.«

Jean-Jacques versucht, sich zu erinnern, wann er den Bruder zuletzt gesehen hat. Er war gestern auf dem Kirchhof, lehnte an der Mauer, als der Sarg herabgelassen wurde. Und danach? War er bei den Gästen in der Küche? In der Wohnstube? Saß er mit den jungen Leuten im Weinkeller? Hat er ihnen stolz erklärt, in welchen Fässern der Wein aus seinem eigenen Weinberg liegt? Dem Médouille, den die Mutter ihm überschrieben hat? Aber so sehr er grübelt, er hat den Bruder dort gestern nicht gesehen.

»Weiß nicht …«

Er humpelt hinter dem Vater her, streicht der Stute über den Widerrist und wirft ihr zwei Gabeln Heu hin, bevor er die Box schließt. Der Wind empfängt ihn draußen mit kleinen Sandkörnern, er muss die Augen schmal kneifen und sich beim Gehen vornüberbeugen. Im Osten liegt schon ein fahler Lichtstreifen, man sieht die sanften Silhouetten der Hügel, die geraden Reihen der Weinstöcke, drüben in der Küche des Wohnhauses brennt Licht. Die Mutter steht am Herd, gießt Kaffee über, Berthe und zwei der Mägde waschen Gläser, Teller und Becher ab, die gestern benutzt wurden. Auf einem Teller sind die Kuchenreste zusammengestellt, dazu gibt es Milchkaffee.

»Habt ihr ihn gefunden?«, fragt die Mutter, ohne sich umzudrehen.

Jean-Jacques ist klar, dass sie von Pierrot spricht. Allein dem Jüngsten gilt ihre Sorge, der Ältere kommt schon zurecht. Jean-Jacques hat es immer allein geschafft.

»Keine Spur«, murmelt der Vater und setzt sich. »Am Ende ist er in der Nachbarschaft …

»Oder die Bressots haben ihn mitgenommen.«

Das sind Margots Eltern. Es entspinnt sich ein kurzer Streit am Frühstückstisch, die Mutter ist zornig, weil die Bressots nicht zur Totenfeier gekommen sind, und vermutet, sie hätten nun aus reiner Bosheit Pierrot gegen seine Familie aufgehetzt. Der Vater sagt einige Sätze dagegen, dann schweigt er, weil er einsieht, dass sie sich verrannt hat. Jean-Jacques beteiligt sich nicht an dem Wortwechsel, er hat gestern nichts herunterbringen können und isst nun hungrig von dem Kuchen, trinkt dazu Milchkaffee in kleinen Schlucken. Er vermeidet es aufzusehen, weil der Platz gegenüber leer ist. Dort saß früher Margot, schaute ihm beim Essen zu, lächelte ihn an und sorgte dafür, dass sein Teller immer gefüllt war.

»Er wird unten im Weinkeller irgendwo zwischen den Fässern liegen«, bemerkt er. »Ich gehe gleich mal runter …«

Die Mutter ist immer noch zornig. Warum er so von seinem Bruder rede? Pierrot sei doch kein Säufer …

»Hast du ihn in den vergangenen Tagen mal nüchtern gesehen?«

»Er leidet unter Margots Tod. Pierrot nimmt sich eben alles sehr zu Herzen …«

Ja, der arme Junge, denkt Jean-Jacques missgünstig. Haut mir von hinten eine Schaufel über den Schädel und hat mich fast umgebracht. Aber das zählt nicht. Weil der arme Junge ja so leidet. Er spürt selbst, dass seine Eifersucht angesichts des schrecklichen Geschehens unangebracht ist, aber der Hass auf Pierrot sitzt tief. Er gönnt ihm die Verzweiflung. Pierrot hat Margot geliebt. Er hat mit ihr die Ehe gebrochen. Und nun hat er sie verloren. Für immer. Er wird leiden wie ein Tier. Gut so. Er hat es nicht besser verdient.

Er hört nur noch halb, was die Eltern miteinander reden. Das Kind trinkt immer noch nicht, wird immer schwächer, man muss es nach Nîmes in die Klinik bringen oder eine andere Amme herbeiholen … Der Priester will den Kleinen heute noch taufen, damit seine Seele nicht dem Teufel anheimfällt, wenn er diese Welt verlassen muss.

Er stopft sich das letzte Kuchenstück in den Mund und steht auf. Wischt sich die Lippen mit dem Ärmel, trinkt den Becher leer.

»Ich schau nach Pierrot.«

Er steigt hinauf, um den guten Anzug abzulegen, der nach der Nacht im Pferdestall voller Staub und Stroh ist, zieht die Arbeitshosen an und eine dicke Jacke gegen den Mistral. Im Weinkeller nimmt er die Lampe und kriecht damit zwischen die Fässer, schaut in die Nebenkammern, sucht in der Scheune im Heu, in den Remisen, wo noch zwei alte Autos stehen, scheucht die Hühner auf, wirft einen Blick in den Ziegenstall. Nichts. Er kommt sich lächerlich vor. Am Ende hockt Pierrot oben auf dem Dachboden und beobachtet ihn durch eine Luke hindurch. Aber auch auf dem Dachboden findet er den Bruder nicht.

Soll er doch bleiben, wo der Pfeffer wächst, denkt er ärgerlich. Bin ich sein Kindermädchen? Er geht zurück in die Küche, um einen Schluck Wein mit Wasser zu trinken, danach will er sich mit der Tür des Ziegenstalls beschäftigen, die schon wieder klemmt und ein Stück abgeschliffen werden muss. Aber in der Küche sitzt Abbé Pagnol, der Priester, verspeist frisch angeschnittenen Schinken, Oliven und Käse und trinkt dazu ein Glas Roten.

»Gott sei mit dir, mein Sohn«, begrüßt er Jean-Jacques. Seine Miene ist mitleidsvoll herablassend, Abbé Pagnol liebt es, seine Gemeindeglieder in ihrem Kummer zu trösten. Unglückliche Schäflein nimmt er mit offenen Armen auf, mit den glücklichen kann er weniger anfangen.

Jean-Jacques grüßt den Gast mit dem gebotenen Respekt, setzt sich zu ihm und greift nach dem Schinken, der nur zu besonderen Gelegenheiten aufgeschnitten wird.

»Wir haben deinem Sohn auf den Namen Marcel getauft und seine Seele dem Herrn anempfohlen«, erklärt der Abbé. »Das Kind ist schwach, es ist gut möglich, dass es noch heute seiner Mutter nachfolgt …«

Jean-Jacques wirft einen Blick hinüber zu seiner Mutter, sieht die Tränen in ihren Augen. Auch der Vater, der daneben sitzt, ist betroffen. Ein Unglück kommt selten allein. Wen der Herr strafen will, den straft er hart.

»Woher wollen Sie das wissen?«, fragt er mürrisch zurück. »Sie sind Priester und kein Arzt.«

Der Abbé kennt sich aus mit verzweifelten Menschen, er ist geduldig und bleibt freundlich.

»Gewiss, mein Sohn. Es ist ja auch nur eine Vermutung. Die allerdings von der Amme geteilt wird. Das Leben dieses Kindes liegt in Gottes Hand …«

»Dann lassen Sie uns mit Ihren Vermutungen in Ruhe!«

Er hat sich im Ton vergriffen, ist laut geworden, sodass der Abbé Mühe hat, das milde Lächeln des geduldigen Hirten zu bewahren.

»Jean-Jacques!«, sagt die Mutter erschrocken und wendet sich dann dem Abbé zu. »Nehmen Sie es ihm nicht übel. Abbé. Es ist der Kummer, der aus ihm spricht.«

»Ich weiß doch, meine Tochter …«

Jean-Jacques spürt, wie eine unbändige Wut in ihm aufsteigt. Es ist, als müsste alles, was sich in seinem Inneren an Verletzungen, Schuldgefühlen, Zorn und Hilflosigkeit angesammelt hat, nun aus ihm herausbrechen, sich in einer gewaltigen Woge über diesen Priester ergießen, der ihm erzählt, Margots Kind müsse noch heute sterben. Er springt so hastig auf, dass der Stuhl hinter ihm polternd umstürzt, und schaut mit wilden Augen über den Tisch.

»Was sitzt du hier und fütterst den Priester?«, fährt er die Mutter an. »Kümmere dich um das Kind! Gib ihm Tee, hol die Zigeunerin, bring es in die Klinik – ganz egal. Aber tu etwas!«

Die Mutter erstarrt – noch nie hat er sie in dieser Weise angeschrien. Der Vater öffnet den Mund, um etwas zu sagen, aber Jean-Jacques lässt ihn nicht zu Wort kommen. »Ich bringe ihn her! Tot oder lebendig. Ich schwöre es!«

Damit ist er aus der Tür, läuft über den Hof in den Stall. Als er den Sattel vom Balken hebt, dreht sich der Stall um ihn, sein Herz hämmert, aber er trägt den Sattel hinüber zur Box und legt ihn der Stute auf. Zieht den Gurt fest, legt ihr das Zaumzeug an und steigt auf. In seinem Kopf herrscht jetzt Ruhe und Klarheit. Er begreift, wie es in seinem Bruder aussieht und was er tun wird. Zwei Möglichkeiten gibt es, entweder muss er hinüber nach Villeneuve reiten oder auf die andere Seite. Er entscheidet sich für den Weinberg und gegen den Kirchhof, wo Margot begraben liegt. Dort gehen Leute vorbei, die Pierrot stören würden. Er muss sich beeilen, vielleicht ist es längst zu spät. Pierrot ist kein entschlossener Mensch, eher ein Zauderer, aber er ist zu unbedachten Taten fähig. Vor allem, wenn er betrunken ist. Die Stute wundert sich über seine Eile, sie ist es nicht gewohnt, geritten zu werden, meist spannt man sie vor den Wagen. Nur widerwillig beginnt sie zu traben, doch als sie den Weg durch die Weinberge nehmen, beginnt es ihr Spaß zu machen, und er kann sie sogar zu einem kleinen Galopp antreiben. Dann geht es ein Stück bergauf, und sie fällt wieder in den Schritt. Er lässt sie gewähren, weiß, dass sie nicht schneller kann. Immer noch weht der Mistral kalt und beharrlich über das Land, es ist diesig, am Himmel treiben Wolkenschleier und verhüllen die Wintersonne.

Die Weinstöcke sind um diese Jahreszeit kahl, stehen wie dunkle, knotige Stöcke nebeneinander, jeder an einen Pfahl aus hellem Holz gebunden. Vom Rücken der Stute aus ist es leicht, den Weinberg zu überblicken, er reitet zwischen den Reihen hindurch, kneift die Augen zusammen, weil der Wind ihm den Staub entgegenbläst, und sichtet endlich einen dunklen Fleck, der hier nichts zu suchen hat. Etwa in der Mitte seines Weinbergs, zwischen zwei Weinstöcken, die ihn wie Alraunen mit schmalen, gewundenen Armen bewachen, hockt Pierrot auf dem Boden, die Ellbogen auf die angezogenen Knie gestützt, den Kopf in den Händen vergraben. Das dumpfe Geräusch der Pferdehufe auf dem Boden lässt ihn auffahren, er starrt den Reiter an, und Jean-Jacques sieht erschrocken den Irrsinn in den bleichen Zügen seines Bruders.

»Es ist aus … aus … aus …«, hört er ihn mit singender Stimme rufen. Dann blitzt etwas in Pierrots rechter Hand auf, wird mit rascher Bewegung hin- und hergeführt und fällt vor ihm auf den Boden. Ein Messer. Eines der scharfen Winzermesser, die sie zum Schneiden der Triebe gebrauchen.

»Du Idiot!«, brüllt er.

Er kommt nicht rasch genug aus dem Sattel, auch ist der elende Schwindel in seinem Kopf wieder da, es rauscht, und vor seinem Blick wird es dunkel. Dennoch stürzt er voran, fällt zu Boden, rafft sich wieder auf und sieht vor sich in einer Wolke aus schwarzem, aufwirbelndem Staub den Bruder zwischen den Weinstöcken davonlaufen. Eine helle Blutspur zieht sich über den kahlen Winterboden. Er spürt, wie seine Kräfte zurückkehren, sein Blick wieder klar wird, die Augen ihm gehorchen, und hetzt hinter dem Davoneilenden her, kommt ihm mehrfach zum Greifen nahe, aber jedes Mal schlägt Pierrot einen Haken und entkommt. Doch während seine eigene Energie sich verdoppelt, wird der Bruder schwächer, er hört ihn keuchen, seine Bewegungen werden ziellos, er fällt vornüber und krallt sich mit beiden Händen in den staubigen Boden.

»Du … wirst … mich … nicht …«, stöhnt er, während Jean-Jacques sich das Hemd herunterzieht, es in Fetzen reißt und die Oberarme des Bruders abbindet. Als er damit fertig ist, bewegt sich Pierrot nicht mehr, er ist vollkommen erschöpft, sein Puls geht langsam, der Atem röchelnd.

Auch Jean-Jacques ringt nach Luft. Sein Kopf dröhnt, die winterkahlen Weinstöcke tanzen um ihn, er hat Mühe, die Stute zu finden, die in einiger Entfernung stehen geblieben ist und das spärliche Grün am Wegrand knabbert. Auf Zuruf kommt sie herbei, das brave Tier, steht reglos da, während er den Bruder vor sich in den Sattel hebt und dann selbst aufsitzt.

Als sie auf den Hof reiten, läuft ihm die Mutter entgegen. Schlägt entsetzt die Hände vors Gesicht, weil Pierrot totenbleich im Sattel hängt und von Jean-Jacques gestützt werden muss.

»Lass anspannen«, sagt er kurz angebunden. »Zu Onkel Bertrand. Der hat ein Auto und soll ihn nach Nîmes in die Klinik fahren.«

Einer der Knechte läuft herbei, der Vater kommt aus der Scheune, die Mutter will wissen, was geschehen ist. Jean-Jacques gibt keine Erklärungen. Während sie den Bruder hinüber in den Wagen tragen, steigt er von der Stute und führt sie in den Stall. Befreit sie von Sattel und Zaumzeug, reibt sie mit Stroh ab, gibt ihr Heu und Wasser. Dann stolpert er rückwärts vor Erschöpfung, fängt sich an der Boxenwand und sinkt ins Stroh.

LUISA

Wiesbaden, Ende November

Er ist es! Das ist seine Stimme. Unverkennbar. Luisa steht in der Küche und lauscht hinüber in den Gastraum des Cafés – vor lauter Herzklopfen ist ihr beinahe das Glas mit der kostbaren Mayonnaise aus der Hand gerutscht.

»Jessas, der Fritz ist da!«, hat Tante Else ausgerufen. »Mach rasch mit den Senf-Eiern, Luisa. Da zwacken wir ein paar für ihn ab …«

Luisa rührt Mayonnaise und Senf in die Schüssel mit den gekochten Eigelben, weiß kaum, was sie tut. Wie fröhlich er ist. Ganz anders als damals, als sie miteinander auf der Flucht waren. Aber nun ist der Krieg ja vorbei, das Leben geht weiter. Sie nimmt einen Kaffeelöffel und füllt die Eihälften mit dem Gemisch, ihre Hände zittern dabei, zweimal fällt ihr eine Eihälfte in die Schüssel, und sie ist froh, dass sie das Senf-Ei noch einigermaßen zusammenflicken kann. Tante Else läuft in der Küche hin und her, stellt Tasse und Teller auf ein Tablett, schenkt Kaffee ein, legt einen Toast mit Schinken, Käse und einer Ananascheibe dazu, dann noch zwei Senf-Eier.

»Musiker muss man füttern«, sagt sie lächelnd zu Luisa. »Die haben immer Hunger.«

In dem Moment fegt die Hilde zur Küchentür herein, ihr Gesicht leuchtet, sie erscheint Luisa wie verwandelt.

»Hab ich es nicht gesagt«, flüstert sie ihrer Mutter zu. »Ein richtiger Mann. Aber immer noch so lieb wie früher.«

»Ein Auge hat er verloren, der arme Kerl«, bemerkt Tante Else und seufzt.

Hilde macht eine wegwerfende Handbewegung. »Stört mich nicht. Solange sonst alles dran ist …«

Sie kichert fröhlich, packt das Tablett und läuft damit hinüber. Tante Else seufzt noch einmal tief, schüttelt den Kopf und wendet sich wieder den belegten Schnittchen zu. Roastbeef – innen noch blutig – wird auf gebuttertem Weißbrot dekoriert, die Mayonnaise in eine Spritztüte gefüllt und kleine weißliche Herzen gesetzt. Luisa starrt auf die Köstlichkeiten – bis heute wusste sie nicht einmal, was Mayonnaise ist.

Drüben wird fröhlich gelacht, die Hilde fordert Fritz heraus, und er gibt ihr Antwort. Luisa passt genau auf. Es sind freundliche Antworten, ein wenig verlegen, zuweilen nachdenklich, aber er geht nicht auf Hildes schäkernden Tonfall ein. Doch was heißt das schon? So wie sie ihn einschätzt, ist er sowieso keiner, der Scherzworte mit einer Frau wechselt, dazu ist er zu schüchtern und zu ernsthaft. Jetzt kommt Hubsi Lindner dazu. Seine Freude, Fritz wiederzusehen, ist anrührend, Luisa kommen auf einmal die Tränen. Sie wischt sich mit dem Handrücken die Wangen, ihre Hände sind nass, weil sie die leere Schüssel im Spülstein reinigt.

»Magst nicht auch einmal hinübergehen?«, fragt Tante Else. »Der Fritz ist ein lieber, alter Freund der Familie. Er wird dir gefallen.«

Da hat er schon die Geige gestimmt und beginnt zu spielen, ein Lied, das sie aus der Kindheit kennt, weil es ihre Mutter öfter gesungen hat. Das *Ännchen von Tharau*. Ach Gott, sie muss sich jetzt wirklich sehr zusammennehmen, weil ihr schon wieder die Tränen kommen. Schnell denkt sie daran, dass sie als kleines Mädel immer »Entchen von Tharau« gesungen hat, das hilft gegen die weinerliche Stimmung.

»Jetzt geh schon …«, sagt Tante Else und schiebt sie aus der Küche. »Ich schaff den Rest allein.«

Es ist ein wundervoller und zugleich schrecklicher Augenblick, als sie so vor ihm steht und ihre Augen sich treffen. Nein, Fritz hat sie nicht vergessen. Er hört sogar auf zu spielen, so groß ist seine Überraschung. Oder ist es Freude? Ach, sie wünscht sich so sehr, dass er sich über dieses Wiedersehen freut.

»Luisa … Ist das möglich? Luisa!«, stammelt er.

Seine Stimme ist leise, aber sie hört heraus, wie bewegt er ist. Vor Glück könnte sie jubeln, schreien, hinauf zur Sonne springen. Aber sie steht nur da und lächelt ihn an.

»Ja, ich bin es, Fritz. Es ist … es ist wie ein Wunder, nicht wahr? Dass wir uns hier wiedersehen, meine ich.«

Er macht eine ungeschickte Bewegung, bemerkt erst dann, dass er ja Bogen und Geige in den Händen hält, und legt beides vorsichtig aufs Klavier. Für einen Moment sieht Luisa Hildes Gesicht, in dem sich Verblüffung und aufkommender Zorn spiegeln. Dann geht Fritz mit ausgebreiteten Armen auf sie zu.

Das geht nicht, denkt sie. Was wird Hilde denken? Und ihre Eltern! Sie weicht zwei Schritte zurück und streckt ihm die rechte Hand entgegen.

»Du … du spielst wunderschön …«, sagt sie und lächelt ihn bittend an. Nicht umarmen, flehen ihre Augen. Bitte nicht. Fritz hält inne und lässt die Arme sinken. Ist er jetzt enttäuscht? Sicher. Aber er ist auch klug, besitzt Gespür für Menschen. Er grinst verlegen und fasst ihre Hand.

»Ach was«, meint er. »Früher habe ich sehr viel besser gespielt. Aber das kommt wieder, ich muss nur Zeit zum Üben finden.«

Er hält ihre Hand fest, umschließt sie warm mit seinen Fingern, will sie gar nicht mehr loslassen. Und Luisa möchte für immer so von seinen Händen gehalten werden, so ruhig und fest und zugleich doch unendlich sanft.

»Kennt ihr euch etwa?«

Hildes Stimme zerreißt den traumhaften Augenblick und holt Luisa in die Realität zurück.

»Ja«, sagt Fritz. »Wir kennen uns. Es ist wirklich wie ein Wunder, denn wir haben uns in der Nähe von Rostock getroffen. Es war im März, und der Krieg tobte noch …«

Onkel Heinz mischt sich jetzt ein. Er ist begeistert von dieser »wundervollen Fügung des Schicksals« und meint sogar, dass solche unerwarteten Wiedertreffen immer eine Bedeutung hätten.

»Setz dich zu uns, Luisa«, fordert er sie auf. »Unser junger Freund muss jetzt spielen. Die schönen Künste, vor allem die Musik, erfordern stets Respekt. Später könnt ihr nach Herzenslust miteinander von alten Zeiten reden.«

»Später ist Giselas Hochzeit, Papa!«, wendet Hilde schnippisch ein. »Vergiss das nicht!«

Wenn Blicke töten könnten, dann wäre ich jetzt wohl eine Leiche, denkt Luisa. Hilde geht provozierend dicht an ihr vorbei und blitzt sie aus den Augenwinkeln an.

»Hast du nichts in der Küche zu tun? Umsonst essen und wohnen, aber nichts arbeiten wollen, wie?«, zischt sie leise.

Luisa gibt keine Antwort, aber sie spürt, dass Fritz es gehört hat, und sie schämt sich. Sie ist ein Flüchtling, sie besitzt nichts, sie gehört nirgendwo hin, sie muss froh sein, dass man sie hier aufgenommen hat. Sie flüchtet in die Küche und macht sich dort nützlich, hilft Tante Else bei der Dekoration der Platten und faltet Papierservietten zu weißen Tauben.

»Wie geschickt du bist«, lobt sie die Tante. »Dich kann man überall hinstellen, Mädel. Stör dich nicht an der Hilde, die hat ein freches Mundwerk, aber das Herz hat sie trotz allem auf dem rechten Fleck.«

Luisa ist sich da nicht so sicher, aber sie schweigt. Dass Tante Else zu ihrer Tochter hält, ist nur natürlich. Wenn ihre eigene Mutter noch am Leben wäre, würde sie das Gleiche tun. Aber sie ist allein und schutzlos, niemand tritt für sie ein. Und die Hilde ist eine verwöhnte, eingebildete, boshafte Person. Oh, sie hat sich wirklich um Verständnis bemüht, hat sich zurückgehalten, die Angriffe ihrer Cousine mit freundlichem Gleichmut beantwortet. Soweit es ihr möglich gewesen ist. Aber das, was sie gerade eben gesagt hat, war doch zu arg. Vor allem, weil Fritz es gehört hat. Das wird sie Hilde niemals verzeihen.

Ich sollte fortgehen, überlegt sie. Mir eine Arbeit suchen und ein Zimmer mieten. Wobei ihr klar ist, dass sie in der augenblicklichen Wohnungssituation kein Zimmer für sich allein finden wird. Höchstens einen kleinen Raum in einer voll besetzten Wohnung, auf einem kalten Dachboden oder im feuchten Keller. Soll sie das wirklich tun? Was würde Onkel Heinz dazu sagen? Er hat sie wie ein Vater aufgenommen, er würde einen solchen Entschluss nicht verstehen und wäre sehr traurig darüber. Ach, und Tante Else, die so lieb zu ihr ist. Julia, Addi, die Künzel – alle diese Menschen, die für sie inzwischen wie eine Familie geworden sind. Alles das aufgeben, nur weil ihre Cousine Gift und Galle spuckt?

Die Ankunft der Hochzeitsgesellschaft reißt sie aus den düsteren Gedanken. Sekt muss eingegossen und angeboten werden, in fein geschliffenen Kelchen auf silbernen Tabletts, drunter tut es Onkel Heinz nicht. Gisela, die jetzt mit Nachnamen »Hill« heißt, erscheint im Gastraum wie eine Königin. Im langen Brautkleid aus schimmerndem Stoff, eng auf Figur genäht, mit tiefem Ausschnitt, der den Ansatz ihrer Brüste sehen lässt. Eine goldene Halskette mit einem Rubin, der an ihrem Hals wie ein Blutstropfen glüht. Die Haare zu Locken gedreht und steif eingesprüht, die Lippen rot, am linken Auge ist die Wimperntusche verlaufen. Sie ist furchtbar aufgedreht, redet laut, lacht viel und schmiegt sich immer wieder an ihren Ehemann. Sammy kommt Luisa wie ein harmloser Kindskopf vor, ein zu groß geratener Junge, der den Erwachsenen spielen muss. Ob diese Ehe wohl glücklich werden wird?, überlegt Luisa zweifelnd. Auf jeden Fall hat Gisela die Hosen an – aber vielleicht braucht dieser nette, große Junge ja genau solch eine Ehefrau.

»Weihnachten feiern wir bei Sammys Eltern … Sie haben einen christmas tree und sie freuen sich schon auf uns … They are so happy … aren't they, Sammy?«

Sammy trinkt ein Glas Sekt nach dem anderen und bestätigt alles, was Gisela hören will. Die Gäste sind vor allem seine Kameraden, einige mit ihren deutschen Freundinnen, die wiederum Freundinnen eingeladen haben. Eine Art deutsch-amerikanischer Heiratsmarkt. Luisa ärgert sich über das affektierte Gerede, die Unbefangenheit, mit der all die teuren Leckereien verschlungen werden. Wie die Mädels die amerikanischen Soldaten anhimmeln. Für sie ist jeder Amerikaner ein Held, ein Supermann, der aus einer verlockenden, freien Welt kommt. Da drüben ist alles großartig, dort ist das Leben bunt, die Geschäfte voll bis zum Überfluss, die Häuser schön und hell. Dort gibt es keine zerbombten Ruinen, keine Kohlenknappheit, keine Lebensmittelmarken. Wahrscheinlich träumt jedes dieser Mädchen davon, genau wie Gisela einen Amerikaner zu heiraten und ihm in das Land der unbegrenzten Möglichkeiten zu folgen. Luisa ist skeptisch. Ein Paradies auf Erden, wie es sich diese einfältigen Wesen erhoffen, gibt es sicher nirgendwo. Auch nicht auf der anderen Seite des großen Teichs.

»Können die beiden nicht mal was Flottes spielen?«, hört sie eine der jungen Frauen nörgeln. »Man schläft ja ein…«

»Die spielen sonst wohl nur auf Beerdigungen …«

Luisa ärgert sich. Hoffentlich hat Fritz das dumme Gerede nicht gehört. Sie schaut unauffällig zu ihm hinüber, aber er scheint ganz und gar in seiner Musik aufzugehen. Sie nimmt eine leer gegessene Platte vom Tisch und geht damit in die Küche, um die letzten Reserven aufzutragen. Während sie die vorbereiteten Platten aus der Speisekammer nimmt, kann sie durch die halb offene Küchentür ein kurzes Gespräch mitanhören.

»Heute Nacht? Ach, du lieber Himmel. Das tut mir sehr leid, Gisela.«

Das ist Hilde. Wie freundlich und mitfühlend sie mit ihrer Freundin Gisela spricht. Ja, sie kann auch anders, wenn sie will. Das Herz auf dem rechten Fleck. Möglich. Aber nicht immer. Und ganz bestimmt nicht dann, wenn es um ihre Cousine Luisa geht.

»Ja«, gibt Gisela zurück. »Ausgerechnet heute Nacht muss sie den Löffel abgeben. Das hat sie mit Absicht getan. Meine Mutter hat keine Gelegenheit ausgelassen, mir eins auszuwischen …«

»Sie war ein unglücklicher Mensch. Weil die Welt nicht so funktionierte, wie sie es sich erhofft hat. Und weil dein Vater nicht zurückgekommen ist …«

»Hör auf! Ich will das nicht hören. Nicht heute …«

»Du hast ja recht … entschuldige bitte …«

»Hast du noch ein Glas Sekt für mich?«

»Klar …«

Hilde öffnet die Küchentür und schnippt mit den Fingern. »He, Luisa! Sekt!«

Aber Luisa ist nicht gewillt, auf ein Fingerschnippen ihrer Cousine zu reagieren. Wer ist sie? Ihre Vorgesetzte? Sie geht mit den beiden Platten in den Händen an ihr vorbei.

»Sekt steht auf dem Fensterbrett«, sagt sie im Vorübergehen.

»Hast du das gehört?«, faucht Hilde hinter ihr. »Für wen hält die sich? Für die Königin von Saba?«

»Die habt ihr zu gut gefüttert …«

Luisa beißt sich auf die Lippen, weil Giselas Bemerkung sie noch mehr verletzt hat als Hildes Anmaßung. Was für ein Mensch ist diese Gisela? Heute Nacht ist ihre Mutter gestorben, und sie feiert fröhlich ihre Hochzeit. Wie kalt muss eine sein, dass sie so etwas fertigbringt! Luisa schiebt sich mit den Platten vorsichtig durch die Gäste, die bereits ziemlich alkoholisiert sind, stellt ihre Last auf dem Tisch ab und sammelt einige leere Gläser ein, um sie in der Küche zu spülen. Die beiden Musiker machen jetzt eine Pause, Hubsi Lindner setzt sich an einen Tisch und bekommt von Tante Else eine Weinschorle serviert. Fritz lehnt die Schorle dankend ab, er hätte lieber ein Glas Wasser.

»Einen Gänsewein magst du? Die Luisa bringt's dir.«

Sie hat Glück, dass Cousine Hilde gerade drüben bei ihrer Freundin Gisela sitzt, eifrig ins Gespräch vertieft. Luisa füllt ein Glas mit Leitungswasser und stellt es vor Fritz auf den Tisch. Er schaut zu ihr hoch, bedankt sich und nimmt einen langen Schluck. »Lauf nicht weg, bitte«, sagt er, als sie gehen will. »Ich möchte dir etwas sagen …«

Doch als sie stehen bleibt und ihn fragend anschaut, wird er verlegen. »Nicht hier …«, meint er leise. »Lass uns einen Moment nach draußen gehen. Frische Luft schöpfen …«

»Gut«, sagt sie und hat auf einmal heftiges Herzklopfen.

Sie schiebt sich durch die Gäste hindurch zur Treppenhaustür und schlüpft hinaus. Im Treppenhaus ist es dämmrig und kalt, der Wind dringt durch den Spalt unter der Außentür, auch sind bei den Bombenangriffen die Scheiben der beiden Treppenhausfenster zerborsten und nicht ersetzt worden. Doch die Aufregung lässt Luisa weder Kälte noch Zugluft wahrnehmen. Er will ihr etwas sagen. Es kann nur etwas sehr Intimes sein, wenn er mit ihr allein sein möchte.

Fritz lässt sie nicht lange warten. Heller Lichtschein fällt ins Treppenhaus, suchend schaut er sich um, und als er sie entdeckt, schließt er rasch die Tür hinter sich.

»Wie kalt es hier ist …« Er zieht seine Jacke aus, um sie ihr um die Schultern zu legen.

»Nicht!«, wehrt sie ab. »Nun wirst du selber frieren …«

»Aber nein«, sagt er lächelnd. »Mir ist warm. Das kommt, weil ich sehr glücklich bin, Luisa …«

Sie hält still, während er sie in seine Jacke einhüllt. Wie sanft er ihr das Kleidungsstück umlegt und sogar den obersten Knopf schließt. Wie ein besorgter älterer Bruder. Oder wie …

»Hör zu, Luisa«, sagte er leise und hastig. »Ich muss das einfach loswerden, auch wenn du es vielleicht dumm oder gar lächerlich findest. Wenn ich es dir jetzt nicht sage, dann ersticke ich daran.«

Hinter ihnen im Gastraum erhebt sich lautes Gezeter, ein Mädchen kreischt hysterisch, eine Lachsalve folgt. Fritz unterbricht sich einen Moment, dann spricht er weiter. Er redet schnell und verhaspelt sich hie und da vor Aufregung.

»Ich hab immer an dich denken müssen, Luisa. Als sie mich im April noch mal rausgeschickt haben, da habe ich gebetet, dass Gott mich am Leben lässt. Nicht, weil ich Angst vor dem Tod gehabt hätte, sondern weil ich dich so gern wiedersehen wollte. Nach Rostock wollte ich, um nach dir zu suchen. Ich wäre sogar zu Fuß gelaufen … ob Russen oder Tataren, das war mir ganz gleich … Und jetzt stehst du auf einmal vor mir … Dass ich nicht auf der Stelle tot umgefallen bin vor Glück …«

Sie ist ganz benommen von diesen Geständnissen, die so hastig und unsortiert aus ihm herausbrechen und gerade deshalb so ehrlich klingen. Wie berauscht saugt sie seine Worte in sich ein, hält jedes einzelne fest, möchte sie für immer und ewig in ihrem Herzen aufbewahren. Als er schweigt und sie in hoffnungsvoller Erwartung anschaut, ist sie zunächst stumm, kann in der Aufwallung ihrer Gefühle nicht sprechen.

»Das alles kommt dir wohl sehr dumm vor, nicht wahr?«, meint er beklommen.

Da bricht es aus ihr heraus. Alles gleichzeitig. Die Tränen, die Glückseligkeit, der Schmerz, die Sehnsucht, die Liebe.

»Ach, Fritz! Ich … ich hab deinen Brief aufgehoben und immer wieder gelesen«, schluchzt sie. »Aber ich … ich hab doch nicht hoffen können … das wir uns …«

Unvermittelt hat er die Arme um sie geschlungen und drückt sie an sich, sie spürt seine warmen Lippen an ihrer Wange, seine Hand, die durch ihr Haar streicht. Er küsst sie auf den Mund, vorsichtig und zart, und sie kommt ihm entgegen, legt die Arme um seinen Hals und schmiegt sich eng an seinen Körper.

»Ist es wahr, Luisa?«, flüstert er ihr ins Ohr. »Sag, dass es wahr ist. Sag, dass du mich liebst …«

»Mit meinem ganzen Herzen …«, flüstert sie.

Ein langer Kuss ist seine Antwort. »Es hat so sollen sein, Luisa«, murmelt er. »Wir beide sind füreinander bestimmt, wir müssen beieinander bleiben … Lass mir nur ein wenig Zeit …«

Da dringt auf einmal grelles Licht ins Treppenhaus, eine Welle aus Gelächter und Geschrei ergießt sich über sie beide – jemand hat die Tür zum Gastraum geöffnet.

»Der Hubsi sucht seinen Geiger!«

Hilde wirft den Satz kurz und kühl in die Dämmerung des Treppenhauses, dann knallt sie die Tür wieder zu. Luisa und Fritz stehen erschrocken da, halten sich noch aneinander fest, aber der Rausch der ersten wundervollen Liebesbegegnung ist zerrissen.

»Hat sie uns gesehen?«, flüstert Fritz unsicher.

»Bestimmt.«

Es gefällt beiden nicht, aber es ist nicht mehr zu ändern. Sie lösen sich voneinander, Luisa nimmt die Jacke von den Schultern und reicht sie Fritz, der zieht sie über, steht noch einen Moment unentschlossen da, dann lächelt er ihr zu.

»Wir müssen uns nicht verstecken, Luisa. Ich mein es ehrlich. Noch bin ich ein Habenichts, der keine Frau ernähren kann. Aber wenn du auf mich warten willst: Ich werde fleißig sein, und eines Tages wird mein Geigenspiel so viel einbringen, dass wir heiraten können. Falls du einen Musiker zum Ehemann haben willst, Luisa …«

Er will sie heiraten. Das hergelaufene Flüchtlingsmädel will er zur Frau nehmen.

»Ein Musiker ist genau richtig für mich«, gibt sie lächelnd zurück.

Er will sie noch einmal an sich ziehen und das Versprechen mit einem Kuss besiegeln, doch da sind Schritte auf der anderen Seite der Tür zu hören. Ein junges Paar tritt ins Treppenhaus, sie sind erhitzt und unterhalten sich laut miteinander, er legt ihr den Arm um die Schultern und zieht sie hinaus auf die Straße. Luisa und Fritz sind zur Seite gewichen.

»Ich muss wieder in die Küche«, sagt Luisa. »Die Tante wird mich vermissen.«

Er nickt, hebt sacht die Hand und streicht ihr zärtlich über die Wange.

»Luisa. Meine süße Braut …«

Sie kehrt durch die Treppenhaustür zurück in den Gastraum, während Fritz auf die Straße hinausläuft und das Café durch die Drehtür betritt. Albern ist das. Ein dummes Versteckspiel. Sie tun es trotzdem.

Es ist schon nach fünf Uhr, draußen wird es dunkel, der Himmel hängt tief und grau über der Stadt. Die Hochzeitsgesellschaft ist in Auflösung begriffen, einige Pärchen haben sich schon verabschiedet, zwei Mädels, die keinen Partner gefunden haben, verdrücken hungrig die letzten Schnittchen und verschmähen auch die Dekoration aus Essiggürkchen und eingelegten Maiskolben nicht. Auch Gisela und ihr frisch Angetrauter sind schon gegangen. Fritz und Hubsi Lindner spielen noch ein paar alte Schlager, am Fenstertisch sitzt eine Handvoll unentwegter Gäste, die zu müde oder zu betrunken sind, um sich auf den Heimweg zu machen. Luisa sammelt Teller, Bestecke und Gläser ein, trägt alles in die Küche, wo Tante Else und Hilde mit dem Abwasch beschäftigt sind.

»Da bist du ja«, sagt Tante Else. »Hab dich schon vermisst.«

Luisa lächelt schuldbewusst, gibt aber keine Erklärung für ihre Abwesenheit. Hilde steht am Spültisch und arbeitet verbissen vor sich hin. Sie sagt kein Wort, aber Luisa spürt, dass sich etwas zusammenbraut.

»Ist gleich sechs«, meint Tante Else, die die Anspannung offenbar nicht mitbekommt. »Da können die Musiker auch Schluss machen. Ich hab das Geld schon abgezählt, kannst es ihnen gleich geben, Hilde.«

Hilde hebt schweigend eine schwere Porzellanschüssel aus dem Becken und stellt sie zum Abtropfen auf den Spültisch. Luisa arbeitet mit dem Handtuch so energisch an einer Bratenplatte, als wollte sie ein Loch hineinreiben. Langsam wird Tante Else stutzig.

»Ist was, Mädels?«

»Nein, Tante Else.«

»Nee!«, sagt Hilde.

Else schaut ihre Tochter an und meint, sie solle sich nachher mal hinlegen. »Bist blass um die Nase, Hilde. Hast schlecht geschlafen?«

Als sie keine Antwort erhält, zuckt sie mit den Schultern. »Ich geh mal rauf und schaue, was der Papa macht.«

Onkel Heinz ist vor der lauten Hochzeitsgesellschaft geflüchtet und wollte erst zurückkommen, wenn »die Luft rein« ist. Als Tante Else in die Wohnung hinaufgestiegen ist, herrscht in der Küche bedrohliches Schweigen.

Wenn du darauf wartest, dass ich etwas sage, dann hast du dich getäuscht, denkt Luisa.

Hilde kratzt an einem Topf herum, spült mit Wasser nach, kratzt erneut, lässt kaltes Wasser über den Topf laufen …

»Seid ihr eigentlich alle Huren da drüben in Ostpreußen?«, fragt sie plötzlich, ohne sich umzudrehen.

Luisa hat einen Angriff erwartet, dennoch zuckt sie zusammen. »Klar«, gibt sie zurück. »Wenn du einen Platz im Hurenhaus suchst – nur immer nach Osten!«

Hilde lässt ein wütendes Zischen hören, wirft den Spüllappen ins Wasser und dreht sich um. Ihr Gesicht ist blass, sie wirkt auf Luisa so bedrohlich, als wollte sie sich gleich auf sie stürzen.

»Ich sag es dir nur einmal, du miese Kröte«, beginnt sie leise. »Lass die Finger von Fritz Bogner. Sonst erlebst du dein blaues Wunder.«

Doch Luisa ist nicht mehr bereit, Rücksicht zu nehmen. Sie hat heute schon genug Bosheiten von ihrer Cousine einstecken müssen. »Du hast mir gar nichts zu sagen«, gibt sie ruhig, aber energisch zurück. »Fritz und ich werden heiraten. Das ist ausgemacht.«

»Heiraten?«, schreit Hilde hysterisch, und sie fängt an zu lachen. »Du bildest dir ein, der Fritz würde dich heiraten? Dich dahergelaufene Person? Vielleicht weil du einen Adelstitel mit dir herumschleppst? Da kann ich ja nur lachen! Ha, ha …«

Luisa spürt, wie die Wut in ihr aufsteigt. Diese verwöhnte Ziege. Hat hier in Wiesbaden wie die Made im Speck gesessen, ist niemals vertrieben, gejagt, vergewaltigt worden, hat nicht zusehen müssen, wie die eigene Mutter vor ihren Augen gestorben ist. Nun, das Fräulein Koch wird einsehen müssen, dass auch sie nicht alles bekommen kann, was sie haben will.

»Du kannst es glauben oder auch nicht«, sagt sie kühl und nimmt die große Suppenschüssel vom Spültisch, um sie abzutrocknen. »Es ist die Wahrheit.«

Hilde hat aufgehört zu lachen. Sie starrt Luisa an, man sieht, wie es in ihr arbeitet.

»Falls du es noch nicht mitgekommen haben solltest, Luisa von Tiplitz«, sagt sie in herablassendem Ton. »Fritz Bogner und ich – wir sind seit Jahren miteinander verlobt. Der Fritz wird in das Café einheiraten, da hat er eine wirtschaftliche Basis und kann Musik machen, so viel er will. Und wenn er dir irgendeinen Unsinn erzählt hat, dann solltest du das besser nicht glauben.«

Ein lautes Klirren unterbricht sie. Luisa weiß selbst nicht, wie das passieren konnte, aber die große Schüssel ist ihr aus den Händen gerutscht und auf die Bodenfliesen geknallt. Tausende weißer Scherben fliegen in alle Richtungen durch die Küche, prallen gegen die Wände, die Schränke, tanzen einen wilden Scherbentanz auf den Küchenfliesen vor Luisas Füßen.

»Na, da hat du ja ordentlich was zusammenzufegen!«, bemerkt Hilde nach dem ersten Schrecken. Hocherhobenen Hauptes geht sie aus der Küche und lässt Luisa mit dem Chaos allein. Und natürlich kommt gerade jetzt Tante Else die Treppe herunter.

»Ach, du lieber Gott!«, ruft sie aus und schlägt die Hände vor Entsetzen zusammen. »Ausgerechnet die große Schüssel!«

HILDE

Wiesbaden, am folgenden Morgen

Hilde hat schlecht geschlafen. Sehr schlecht sogar. Nur in den letzten Kriegsnächten, wenn man jeden Augenblick Angst haben musste, dass die Sirenen losheulten, hat sie noch weniger Schlaf gefunden. Ruhelos hat sie sich im Bett herumgewälzt und gegen düstere Gedanken angekämpft, die sich wie ein Schwarm schwarzer Vögel auf sie stürzten. Sie kennt diese Nachtvögel, diese boshaften Gesellen mit den heiseren Stimmen und spitzen Schnäbeln, sie weiß sehr wohl, dass man sich nicht mit ihnen einlassen darf, aber in dieser Nacht hat sie es trotzdem getan.

Und natürlich ist nichts Gutes dabei herausgekommen. Wie sie es auch dreht und wendet – sie ist immer diejenige, die übrig bleibt. Die den Schwarzen Peter gezogen hat. Die keiner haben will. Gisela ist glücklich mit ihrem Sammy und packt schon ihre Koffer für die Hochzeitsreise. Dass ihre arme Mutter in der Nacht gestorben ist, steckt sie einfach so weg, morgen ist die Beerdigung, und dann geht es mit dem Schiff ab nach Los Angeles. Nun ja – soll sie glücklich werden, sie ist ihre beste Freundin und hat es verdient.

Aber gestern waren auch Gabi und Helene eingeladen, Klassenkameradinnen von Hilde, die jeden Sonntag zum Tanztee mit den Amis gekommen sind. Tja – die haben nun auch ihr Schäfchen im Trockenen, zumindest Gabi hat etwas von Hochzeit erzählt, und Helene ist auch in festen Ami-Händen. Wohin man schaut – überall glückliche Paare. Ekelhaft.

Und nun auch noch Luisa und Fritz. Das ist der härteste Schlag, weil ihr der Fritz wirklich gut gefällt. Und weil sie glaubt, ein Anrecht auf ihn zu haben, schließlich kennt sie ihn schon seit so vielen Jahren. Und da knutscht er im Treppenhaus mit der Luisa herum! Ausgerechnet mit ihrer miesen kleinen Cousine, die ihr schon den Vater weggenommen hat. Wie hat sie das nur geschafft? Der Fritz ist doch kein Draufgänger, sondern eher ein schüchterner Mensch. Luisa muss ihn nach allen Regeln der Kunst verführt und um den Finger gewickelt haben. Schöne Augen gemacht, das sanfte, hingebungsvolle Weibchen gespielt und ganz zufällig mal den Blusenknopf offen gelassen. Die ist doch mit allen Wassern gewaschen, das adelige Fräulein Luisa. Dass der Fritz auf so was hereinfällt, hätte sie nicht geglaubt. Aber so ist das leider mit den Männern. Sie haben es gern lieb und anschmiegsam, nur nicht widersprechen, nur nicht laut werden, immer schön untertänig bleiben und brav zu Boden schauen.

Es gab einen, der war anders. Der hatte Feuer unterm Hintern und brauchte eine, die ihm Zunder gab. Ach, verdammt – an den wollte sie ja nicht mehr denken. Und schon gar nicht an das Kind. Das war das Schlimmste, das Kind, das sie verloren hat. Weg mit der Erinnerung, sie drückt ihr die Luft ab und schmerzt wie eine Wunde. Zurück in die Kiste mit den sieben Schlössern. Aus und vorbei. Der war nichts wert. Und ein Feigling obendrein.

Sie steht früh auf und geht als Erste ins Bad, schaltet das Licht ein und ist froh, dass sie Strom haben. Was nicht immer der Fall ist. Dann dreht sie den Wasserhahn auf, aus dem heute nur eine trübe Brühe tröpfelt, und dreht ihn rasch wieder zu. Man kann nicht alles haben. Zum Glück gibt es unten im Café noch einen zweiten Anschluss, aus dem klares Wasser läuft. Bevor sie mit dem Eimer nach unten läuft, wirft sie noch rasch einen Blick in den Spiegel. Blass, stellt sie fest. Haare auf Krawall, kein Wunder nach der durchwachten Nacht. Und sonst? Eigentlich ist sie mit ihrem Aussehen ganz zufrieden. Blondes Lockenhaar, blaue

Augen, kleine Nase, volle Lippen. Sie ist hübsch, das sagt nicht nur Gisela, das haben auch schon andere gesagt. Sie hat durchaus Chancen bei den Männern, heimst bewundernde Blicke auf der Straße ein, wird im Café von diesem und jenem angeschmachtet. Aber irgendwie reicht es nie für mehr. Ein Flirt – ja. Und solche, die mit ihr ins Bett wollen, gibt es auch. Aber keinen, der sie heiraten würde.

Jedenfalls keinen, der ihr gefällt.

Na schön – Josh Peters. Der hat ihr schon gefallen. Und er hätte sie vielleicht geheiratet. Aber er war trotzdem der Falsche, zum Glück hat sie es noch rechtzeitig gemerkt. Nein – der Fritz ist der Richtige. Schon, weil er auch ihrem Vater so gut gefällt. Und weil er ein so lieber, ehrlicher Kerl ist. Und weil er ihr von früher her so vertraut ist. Der Fritz ist für sie bestimmt, auch wenn er selber das noch nicht mitbekommen hat. Aber sie wird es ihm schon beibringen. Die Luisa – die muss er sich halt aus dem Kopf schlagen. Was will er mit so einer, die nichts hat und nichts mitbringt?

Sie geht mit dem Eimer die Treppe hinunter in die Küche des Cafés, stellt das Gefäß in die Spüle und dreht den Wasserhahn auf. Im Mülleimer stapeln sich die Scherben der großen Schüssel. Gleich bessert sich ihre Stimmung. Mama war ganz schön ärgerlich über diesen Verlust, und Luisa hat sich einiges anhören müssen. Tja – selber schuld, hätte sie halt besser aufpassen sollen. Während das Wasser in den Eimer läuft, schaut sie rasch in die Speisekammer und stellt fest, dass Giselas Hochzeitsessen trotz der amerikanischen Lebensmittel ganz schön an ihre Reserven gegangen ist. Kein Zucker mehr, Mehl am Ende, der Fetttopf fast leer, nur noch etwas Brot und zwei Schachteln Schmierkäse. Was ist denn in den beiden Dosen? Ach ja – Bohnen und Corned Beef. Hoffentlich kann die Künzel etwas beisteuern, sonst wird die Abendsuppe wieder mal dünn. Sie will sich umdrehen, um den Wasserhahn abzustellen, da erhascht sie durch eines der Fenster des Gastraums ein Bild, das sie innehalten lässt. Nur schemenhaft, schwarz und grau vor dem ersten Morgenlicht sind sie zu sehen, aber sie hat die beiden sofort erkannt.

Luisa und Fritz stehen vor dem Café. Sie sprechen miteinander, er fasst ihre Hand, sie zieht sie zurück, schüttelt den Kopf. Unfassbar, denkt Hilde. Jetzt haben sie schon ein Rendezvous direkt vor unserer Drehtür. Was denken die sich dabei? Sie beobachtet, wie Fritz aufgeregt spricht und dabei gestikuliert. Luisa schüttelt den Kopf, tritt zwei Schritte zurück. Jetzt kommt ein kleiner Transporter angefahren, der gehört dem Wendelin Staudt, der ihnen immer den selbst gebrannten Schnaps liefert. Hintenherum, versteht sich, offiziell bringt er Brennholz in die Stadt. Er übernachtet bei seiner Schwester in Sonnenberg und fährt am Morgen wieder zurück in den Taunus. Aha – der Transporter hält ein Stück vom Café entfernt, und Fritz greift zu seinem Gepäck …

Hilde muss sich rasch umwenden, denn hinter ihr läuft schon der Eimer über, was eine schlimme Wasserverschwendung ist. Während sie noch am Wasserhahn schraubt, kommt die Grete, das Dienstmädchen von der adeligen Hexe, in die Küche, um ebenfalls frisches Wasser zu holen.

»Schönen guten Morgen, Fräulein Koch … Na, das Licht geht ja heute mal, der Strom macht keine Mucken. Da wollen wir hoffen, dass es so weitergeht …«

»Morgen Grete … Kannst gleich einfüllen. Bin fertig.«

Hilde hebt den randvollen Eimer aus dem Spülbecken und schwappt dabei eine Portion Wasser über Gretes Pantoffeln.

»Oh, Verzeihung! Das wollte ich nicht …«

»Macht nix, Fräulein Hilde. Hab ich schon mal die Füße gewaschen …«

»Aber deine Pantoffeln sind jetzt nass … Weißt du was? Ich geb dir ein paar Holzscheite von unseren, da kannst du die Pantoffeln am Ofen trocknen …«

Darüber freut sich Grete so sehr, dass sie sich gleich dreimal bedankt. »Da wird die Herrschaft auch gleich besser gelaunt sein. Die ist grantig, weil sie doch heute Nacht kein Auge zumachen konnte …«

Wenn Grete »die Herrschaft« sagt, meint sie die alte Gutszicke, die Edith von Haack.

»Wieso konnte sie heute Nacht kein Auge zumachen?«

Eigentlich ist es Hilde ja egal, warum die Haack'sche nicht schlafen konnte, aber vielleicht hatte sie ja Zahnweh oder Rückenschmerzen. Die würde sie ihr herzlich gönnen.

»Weil doch das Fräulein Luisa nur immer geschluchzt hat. Sind ja dünne Wände oben in der Wohnung, da hört man jeden Wimpernschlag. Die Herrschaft hat mich zweimal rübergeschickt und auch an die Wand geklopft – aber es hat immer nur für kurze Zeit geholfen. Das arme Fräulein Luisa muss schrecklichen Kummer haben.«

Hilde läuft rasch in den Keller, um ein paar Holzscheite zu holen. Als sie zurückkommt, reicht sie Grete das Holz und schaut dann unauffällig aus dem Fenster. Fritz und Luisa sind nicht mehr dort, stattdessen gehen einige Frauen vorbei, die so früh wie möglich einkaufen wollen, bevor in den Läden wieder alles knapp wird. Der Zeitungsbote kommt mit seinem Fahrrad, bremst geschickt vor dem Café und geht ins Treppenhaus, um den *Kurier* in den Briefkasten zu stecken. Auch der kleine Transporter vom Wendelin Staudt ist fort – vermutlich ist der Fritz schon unterwegs Richtung Lenzhahn.

Hilde packt den Wassereimer und steigt damit die Treppe zur Wohnung hinauf. Ob sie will oder nicht – ihr Gewissen plagt sie jetzt. Es scheint der Luisa ja wohl ernst zu sein mit dem Fritz. Liebeskummer – eine ganze Nacht lang. So was kennt sie selber gut. Ach – hätte sie doch bloß nicht geschwindelt! Aber sie war so wütend, die Worte kamen einfach so aus ihrem Mund, ohne dass sie lange nachgedacht hat. Natürlich ist sie *nicht* mit Fritz

Bogner verlobt. Das hat sie nur gesagt, um Luisa wehzutun. Um ihr zu zeigen, dass sie, Hilde, auch Ansprüche hat und dass ihre Rechte am Fritz älter sind. Und auch vernünftiger. Weil sie etwas mitbringt. Ein ganzes Café. Sie könnte dem Fritz ein sorgloses Musikerleben an ihrer Seite bieten.

Aber was nutzt das alles, wenn er nicht sie, sondern Luisa liebt? Will sie etwa einen Mann haben, der sie nur aus Berechnung nimmt? Nee, das will sie nicht. Und der Fritz Bogner würde sich auf so was auch nicht einlassen.

Und überhaupt … Ist der Fritz die große Liebe ihres Lebens? Würde sie seinetwegen eine ganze Nacht durchheulen? Eigentlich nicht. Eigentlich war sie nur wütend, weil Luisa ihn ihr weggeschnappt hat. Wenn sie es so betrachtet, dann hat sie gestern einen ganz schönen Mist verzapft. Wie dumm. Wie ärgerlich. Anständig wäre es jetzt, Luisa die Wahrheit zu gestehen – aber das wäre oberpeinlich. Sie stellt den Wassereimer im Badezimmer auf den Boden und füllt mit einer Schöpfkelle etwas für die Küche ab. Mühsam ist das alles. Und umständlich. Wenn es doch endlich wieder bergauf ginge mit Deutschland. Aber vorerst wird es einen eisigen Winter geben. Kohlen sind kaum zu bekommen, und auch Holz ist knapp. Verdammter, elender Krieg, der alles kaputt gemacht hat!

Schlecht gelaunt trägt sie das Wassergefäß in die Küche und versucht, den Gasherd anzustellen. Kein Gas, keine Flamme. Also muss sie den Kohlenherd anmachen, das kostet wieder Brennmaterial, das ihnen später fehlen wird.

»Gibt's warmes Wasser?«, ruft Papa aus dem Badezimmer.

»Gleich!«

Papa ist aber auch so was von anspruchsvoll. Während sie und Mama sich kalt waschen, braucht er warmes Wasser. Weil er sich sonst nicht rasieren kann. Männer! Sie füllt Wasser in den Kessel und setzt ihn auf die Herdplatte, unter der jetzt ein lebhaftes Feuerchen brennt. Mama kommt im Morgenmantel in die Küche, blinzelt verschlafen und beginnt, den Frühstückstisch zu decken.

»Hast ja ordentlich eingeheizt«, meint sie unzufrieden.

Papa will warmes Wasser, Mama will Holz sparen – was sie auch tut, es ist immer falsch. Hildes Laune sinkt noch um einige Grade tiefer. Was für ein blöder Tag. Will es denn gar nicht hell werden? Diese Dunkelheit schlägt einem ja aufs Gemüt.

Die Gespräche am Frühstückstisch sind auch nicht geeignet, gute Stimmung zu verbreiten. Papa klagt über Schmerzen im Bein, Mama vermeldet, dass sie mit dem Café seit Wochen nichts verdient, sondern nur draufgelegt haben.

»Wenn das so weitergeht, haben wir bald nichts mehr zum Tauschen. Sag deinen Freunden, dass sie hier nicht für immer und ewig anschreiben lassen können.«

Das ist Papa unangenehm. Er hält Mama entgegen, dass das Café Engel etwas Besonderes sei, ein Künstlercafé und kein Kommerzunternehmen. Es ginge nicht darum, an den Gästen zu verdienen, sondern die Jünger der Theaterkunst, die Könner und Liebhaber der Musik zu beherbergen, ihnen eine Heimat zu geben …

Aber Mama lässt heute nicht mit sich reden. »Wenn diese Schmarotzer weiterhin auf unsere Kosten essen und trinken, dann sind wir pleite«, regt sie sich auf. »Dann müssen wir das Haus verkaufen, und es ist Schluss mit dem Café Engel. Und dann haben deine Könner und Liebhaber auch keine Heimat mehr. Geht das in deinen Kopf hinein? Ja?«

»Ach, Else!«, meint er kopfschüttelnd. »Du siehst zu schwarz.«

Mama tut einen tiefen Seufzer und schaut hilfesuchend zu Hilde hinüber. Papa ist nun einmal ein ewiger Optimist und Träumer, für die Realität war immer schon Mama zuständig.

»Ich rede mal mit dem Alois Gimpel und dem Kantor Firnhaber«, sagt Hilde. »Das wird schon, Mama.«

Draußen wird es jetzt langsam heller, man sieht die Umrisse der kahlen Platanen, der große Theaterbau ragt aus der Dämmerung hervor. Früher gab es um Weihnachten Märchenaufführungen für Kinder, da war sie oft mit den Brüdern auf Freikarte. Die Oper *Hänsel und Gretel* von Humperdinck wurde aufgeführt, Hilde durfte als »Kuchenkind« sogar in der letzten Szene mitspielen. Wie schön das doch damals war. Wie festlich. Im Theaterfoyer stand eine große Tanne mit glitzerndem Weihnachtsschmuck behängt. Auch in der Stadt waren alle Schaufenster weihnachtlich dekoriert und beleuchtet. Und jetzt? Die Schaufenster sind dunkel und kahl. In der Kirchgasse stehen zwar einige Händler, die Weihnachtstannen anbieten, aber die können sich nur die reichen Leute leisten.

Unten im Café ist es kalt, die Kuchentheke ist bis auf ein paar Kekse leer. Trotzdem stehen schon Gäste vor der Tür, die sich ein warmes Stübchen und eine Tasse Muckefuck erhoffen. Papa zündet eigenhändig den Ofen an, während Hilde die Tür aufschließt. Es sind die Jenny Adler und der Hans Reblinger. Sie stöhnen über die Kälte und behalten ihre Mäntel an, weil es im Café noch nicht warm genug ist. Der Hans Reblinger überreicht Hilde feierlich ein in Papier eingepacktes Bündel: Zwei Briketts. Eine Kostbarkeit, für die Hilde ihn umarmen könnte.

»Hab ich am Bahnhof gefunden …«

Papa steckt eines der Briketts gleich in den Ofen und setzt sich zu seinen Künstlerfreunden an den Fenstertisch. Das Öfchen bullert und verbreitet Wärme, Mama vermeldet aus der Küche, dass das Gas angestellt sei. Na also. Und Ersatzkaffee ist auch noch da.

Gerade als Hilde den Kaffee übergießt, kommt Luisa in die Küche. Ach herrje – mit dunklen Schatten unter den Augen.

»Hier«, sagt sie zu Mama und reicht ihr ein Bündel Geldscheine. »Ich hab von Julia einen Vorschuss bekommen. Anzahlung für die Schüssel …«

»Kommt überhaupt nicht infrage!«, sagt Mama.

»Doch. Ich will es so.«

Schließlich nimmt Mama das Geld doch, verbietet Luisa aber, noch mehr zu zahlen. So etwas ist nicht üblich unter Verwandten, wenn Papa das hört, wird er schimpfen. »Schließlich hast du es doch nicht mit Absicht getan!«, schließt Mama die Diskussion und drückt Luisa ein Tablett mit drei Tassen Muckefuck in die Hände. Hilde durchsucht den Besteckkasten nach Tauschwaren für den Schwarzmarkt und tut, als sei sie sehr damit beschäftigt. In Wirklichkeit kämpft sie immer noch mit ihrem schlechten Gewissen. Einerseits können sie das Geld gut gebrauchen – andererseits ist sie selbst nicht ganz unschuldig an dem Unfall.

Ach was, denkt sie schließlich. Luisa wird sich da oben bei Julia schon nicht totarbeiten. Soll sie ruhig zahlen …

Schritte sind vernehmbar, die Treppenhaustür wird aufgerissen – Hilde und ihre Mutter schauen sich an und seufzen beide gleichzeitig. Unverkennbar die alte Hexe, die Gutsfrau.

»Dass dieses Weib uns jeden Morgen heimsucht, ist wirklich eine Plage«, murmelt Mama verdrießlich.

Da vernimmt man auch schon die durchdringende Stimme im Gastraum. »Einen wunderschönen guten Morgen! Mollig warm hier. Tja, wer gute Beziehungen hat, der hat auch Kohle. Hintenherum organisiert, wie?«

Eine Frechheit, denkt Hilde. Setzt sich hier ins Warme und meckert noch herum. Warum hat der eigentlich noch keiner den dürren Hals umgedreht?

»Guten Morgen liebe Frau von Haack«, hört sie Papa höflich antworten. »Wie schön, Sie so frisch und gesund bei uns zu sehen!«

Auch wenn er es ironisch gemeint hat, findet Hilde, dass er übertreibt.

»Ihr Verdienst ist es nicht, Herr Koch. In Ihrer Wohnung sind die Wände wie Papier – ich habe kein Auge schließen können wegen der Geräusche aus dem Nebenzimmer.«

Zum Glück mischt sich jetzt der Hans Reblinger ein und behauptet, er kenne das Problem, denn neben ihm wohne ein jung verheiratetes Paar. »Ich stopfe mir ein wenig Watte in die Ohren, das wirkt Wunder. In unserem Alter braucht man schließlich seinen Schlaf, nicht wahr, gnädige Frau?«

Mama verdreht die Augen, während Hilde sich das Lachen kaum verbeißen kann. Ach, der Hans Reblinger, der ist schon einer …

»Jedenfalls brauche ich jetzt einen guten Bohnenkaffee«, tönt die Stimme der Gutsherrin von drüben. »Kellnerin! Bringen Sie mir dazu Toast, zwei Eier im Glas, Butter, Marmelade und eine Scheibe Schinken.«

Da wird sie Pech haben, denkt Hilde. Außer einem trockenen Stück Brot und etwas Rübensirup ist nichts da. Das halbe Glas Orangenmarmelade behalten wir für uns.

»Das tut mir sehr leid, gnädige Frau«, sagt Luisa höflich. »Ich kann Ihnen nur Ersatzkaffee bringen, Bohnenkaffee ist alle.«

Hilde lugt durch den Türschlitz und kann das aufgebrachte Gesicht der Haack'schen sehen. Puh – ganz rot ist sie, sogar der Hals hat Flecken bekommen.

»Lügen Sie mich nicht an, impertinente Person!«, keift sie. »Noch gestern gab es hier Schinken, Toast, Senf-Eier und Bohnenkaffee. Und das soll jetzt alles vom Erdboden verschluckt sein? Das könnt ihr mir nicht erzählen.«

»Wir hatten eine Hochzeitsfeier auszurichten, gnädige Frau …«, versucht Luisa zu erklären.

»Halten Sie den Mund!«, unterbricht sie die Haack'sche. »Auf der Stelle bringen Sie mir, was ich geordert habe! Und denken Sie nur nicht, Sie könnten mir Lügengeschichten erzählen …«

Heute früh ist sie ja wieder groß in Form, denkt Hilde wütend. Da mischt sich doch tatsächlich Papa ein, weil er es nicht dulden mag, dass Luisa so behandelt wird.

»Bitte schreien Sie nicht so, Frau von Haack. Sie sind hier

nicht auf Ihrem Gutshof, und meine Nichte ist nicht Ihre Angestellte.«

»Das wird ja immer besser!«, ruft Edith von Haack ironisch aus. »Zuerst wird man belogen und dann auch noch beschimpft!«

»Niemand hat sie belogen, schon gar nicht Fräulein von Tiplitz …«, entgegnet Papa. »Meine Nichte hat höflich mit Ihnen gesprochen, es gibt keinen Grund, sich zu echauffieren.«

Mama macht große Augen, weil Papa auf einmal richtig mutig ist. Auch Hilde ist verblüfft, doch schon kommt die Eifersucht wieder in ihr hoch. Für Luisa setzt Papa sich ein, da kann er richtig energisch werden …

»Ich mich echauffieren?«, ruft Edith von Haack und lacht hysterisch auf. »Wegen solch einer Lappalie? Lächerlich! Aber was Ihre Nichte betrifft, da muss ich Ihnen doch mal die Augen öffnen. Das Fräulein von Tiplitz? Haha! Dass ich nicht lache! Eine Hochstaplerin ist die …«

»Was erlauben Sie sich?«, ruft Papa laut.

Aber Edith von Haack redet weiter, und Hildes Ohren werden immer länger. Das kann doch nicht wahr sein! Oder etwa doch?

»Ich kenne doch die Verhältnisse. War gut mit Ingrid von Kamm befreundet, der Schwester des Johannes von Tiplitz. Es stimmt, dass er eine Tochter gehabt hat, aber die war unehelich. Die Mutter – irgendeine Bäckerstochter aus Rauschen – hat er natürlich nie geheiratet. Falls also Ihre Nichte tatsächlich die Tochter des verstorbenen Johannes von Tiplitz ist, dann ist sie ein Bastard und hat kein Anrecht auf Namen oder Adelstitel.«

Hilde fängt Mamas entsetzten Blick auf. Drüben ist es jetzt still geworden, die Haack'sche hat ihr Gift versprüht, und Papa muss erst mal Luft holen, bevor er antwortet. Was für eine boshafte Verleumdung, denkt Hilde. Das kann sie sich doch nur ausgedacht haben. Oder?

»Verschonen Sie uns mit solchen Lügen«, sagt Papa zornig.

»Lügen?«, ruft Edith von Haack erbost. »Was ich sage, ist die reine Wahrheit. Grete kann es bestätigen, die ist mit den Verhältnissen ebenfalls vertraut …«

»Wenn Sie öffentlich behaupten, meine Nichte sei unehelich, zeige ich Sie bei Gericht an. Wegen übler Nachrede!«

Man hört die Haack'sche hysterisch aufkreischen, dann redet auf einmal Luisa.

»Nein, Onkel Heinz«, sagt sie. »Bitte nicht. Du darfst sie nicht anzeigen. Es ist die Wahrheit.«

Nach diesem Geständnis wird es drüben sehr still. Nur Edith von Haack lässt ein zufriedenes »Na also« vernehmen.

»Ach, du lieber Gott«, flüstert Mama Hilde zu. »Das ist ja furchtbar!«

Hilde starrt vor sich hin. Das ist ja ein Ding. Luisa hat sie alle belogen. Sie ist gar nicht adelig. Sie ist unehelich. Das Fräulein von Tiplitz ist nichts als ein großer Schwindel!

»Es tut mir sehr leid, Onkel Heinz«, hört man jetzt wieder Luisas Stimme. »Ich habe es nur um meiner Mutter willen getan. Ich wollte nicht, dass du schlecht von ihr denkst. Mein Vater hat sie sehr geliebt, deshalb hat er uns ja auch aufs Gut geholt. Er hätte meine Mutter ganz sicher zur Frau genommen. Aber er war krank, und die Großmutter hatte das Sagen. Die hat meine Mutter und mich gehasst …«

Hilde ist beeindruckt. Wie schrecklich, eine solche Großmutter zu haben. Papa ist zu überrumpelt, um eine Antwort zu geben. Dafür hat Edith von Haack ihre Sprache wiedergefunden.

»Nun, ich glaube, Sie können mir dankbar sein, lieber Herr Koch, dass ich die Wahrheit ans Licht gebracht habe«, sagt sie in zufriedenem Tonfall. »Sonst wären Sie dieser Hochstaplerin gewiss noch länger aufgesessen. Behauptet sie doch dreist und unverfroren, eine von Tiplitz zu sein … Und jetzt hätte ich gern meinen Bohnenkaffee. Ich denke, den sind Sie mir schuldig, Herr Koch.«

Hilde spürt auf einmal eine unbändige Wut. Diese unverschämte Person. Sitzt da selbstzufrieden am Tisch und kommandiert herum, als ob ihr das Café und die halbe Wilhelmstraße gehörten. Und die arme Luisa steht vor ihr wie eine arme Sünderin, starrt auf den Fußboden, und die Tränen laufen ihr die Wangen herunter. Jetzt ist Schluss mit lustig. Jetzt soll die adelige Zimtzicke mal erfahren, was eine Harke ist.

Hilde packt ein Holztablett, reißt die Küchentür auf und geht zu Edith von Haacks Tisch. Als die Gutsherrin erwartungsvoll den Kopf hebt, knallt Hilde das leere Tablett auf den Tisch. Es zischt so dicht an Ediths Gesicht vorbei, dass sie hastig zurückweichen muss.

»Da!«, sagt Hilde zu der überraschten Dame. »Das ist alles, was wir Ihnen schuldig sind. Nämlich gar nichts. Die Luisa ist eine von uns, ob sie nun adelig ist oder nicht – wen kümmert das schon? Uns jedenfalls nicht. Und wenn Sie noch ein einziges Mal unsere Familie beleidigen, Sie eingebildete, hochnäsige alte Megäre – dann vergesse ich mich!«

Edith von Haack muss den Ansturm erst mal verkraften. Sie starrt Hilde an, öffnet zweimal den Mund, bekommt aber kein Wort heraus. Erst beim dritten Versuch gelingt es ihr. »Was erlaubst du dir, unverschämte Person … Um ein Haar hättest du mich verletzt …«

»Beim nächsten Mal ziele ich besser«, gibt Hilde unerschütterlich zurück.

»Das ist ein tätlicher Angriff! Das gibt eine Anzeige bei der Polizei!«

»Raus.«

Hilde steht vor ihr, beide Hände in die Hüften gestemmt, sie scheint bereit, der Dame tatkräftig beim Aufstehen zu helfen. Edith von Haack hat das begriffen, deshalb erhebt sie sich rasch und behauptet mit schwacher Stimme, das Ganze würde noch ein Nachspiel haben.

»Ich werde im Rathaus vorsprechen. Beim Einwohnermeldeamt die Lüge anzeigen …«

»Da ist die Tür!«, sagt Hilde und deutet mit dem Daumen über die Schulter. Edith tritt den Rückzug an, reißt zornig die Tür zum Treppenhaus auf und schlägt sie hinter sich zu. Weg ist sie. Pech und Schwefel hinter sich lassend hat sie das Weite gesucht. Vom Fenstertisch erhebt sich Applaus, das sind der Hans Reblinger und die Jenny Adler, die den Auftritt bühnenreif fanden. Papa steht auf und nimmt Hilde in die Arme.

»Meine mutige Tochter! Der hast du es aber gegeben. Meine Hilde!«

Mama kommt aus der Küche gelaufen und behauptet, ihr sei fast der Atem gestockt. Wenn die jetzt nur keinen Ärger macht. »Aber recht hast du gehabt, Hildchen. Ich wär ja selber beinahe rausgelaufen …«

Alle stehen um Hilde herum und reden auf sie ein.

»Ich hab schon geglaubt, du haust ihr das Tablett über den Kopf.«

»Das hätte sie verdient …«

»Schade, dass du sie nicht erwischt hast, Hilde!«

»So ein Schandmaul, so ein boshaftes!«

»Eine sehr unangenehme Person!«

In dem ganzen Getümmel hat sich keiner um Luisa gekümmert. Sie steht immer noch auf dem gleichen Fleck und weiß nicht, was sie tun soll. Schließlich geht sie ganz langsam zur Tür, um sich irgendwo zu verkriechen. Aber Hilde hat es gesehen und errät ihre Absicht. Sie eilt auf Luisa zu und nimmt sie in die Arme.

»Nicht weglaufen«, sagt sie. »Jetzt ist doch alles klar, oder? Und überhaupt: Ohne Adelstitel bist du mir viel lieber.«

LUISA

Zwei Wochen später

»Das geht so nicht.« Julia Wemhöner schüttelt bedauernd den Kopf. »Das musst du leider wieder auftrennen.«

Luisa hat es schon geahnt. Oh, diese Nähmaschine, sie hat das Ding immer schon gehasst. Wie rasch und sicher ihre Mutter doch damals mit der Tretmaschine zurechtgekommen ist. Die ratterte einfach so über den Stoff, und die Naht war gerade.

»Ich schaff das nie!«, seufzt sie bekümmert. »Jetzt trenne ich diesen Reißverschluss zum dritten Mal wieder heraus. Ich glaube, ich bin einfach zu ungeschickt.«

Julia schiebt die Brille von der Nasenspitze zurück und pustet sich eine rote Haarlocke aus der Stirn. »Nein«, sagt sie und reicht Luisa das Kleid zum Trennen. »Du stellst dich sogar sehr geschickt an. Gerade deshalb bin ich so genau. Weil ich weiß, dass du es besser kannst.«

Wenn sie nicht so pingelig wäre, die Julia Wemhöner! Im Grunde ist Luisa sehr gern bei ihr. Julia versteht es, aus einer Wolldecke ein Damenkostüm zu nähen oder aus einer Herrenhose einen schicken Rock zu schneidern. Sie legt sich das Kleidungsstück einfach auf den Tisch, schaut kurz drüber und beginnt, die einzelnen Teile auszuschneiden. Einfach so, ohne Schnittmuster. Und es passt immer.

Wenn wieder mal der Strom abgedreht ist und sie nur bei Kerzenlicht arbeiten können, öffnet Julia ihre Koffer und zeigt Luisa die wundervollen, verrückten Kostüme, die sie früher fürs Theater genäht hat. Dann beginnt sie zu erzählen, und sie versinken beide in einer bunten Traumwelt, einem Theater-Märchenland, in dem wilde Tiere nach einer Zauberflöte tanzen, schöne Prinzen um ihre Liebe kämpfen und herzlose Bösewichte in den Abgrund der Hölle stürzen.

Ein wenig verrückt ist sie ja schon, die Julia. Aber auch eine ungemein kluge und starke Frau und ein ganz wunderbarer Mensch. Luisa erfährt, dass Julia vor dem Krieg verschiedene Liebschaften gehabt hat, sich aber für keinen dieser Männer entscheiden konnte. Auch in den Addi Dobscher war sie einmal ganz schrecklich verliebt. Damals, als er noch den Don Giovanni gesungen hat.

»Und jetzt?«

Julia zuckt mit den Schultern. »Er ist ein lieber Kerl, der Addi … Ich habe ihn wirklich gern. Sehr gern. Aber … aber es geht eben nicht.«

»Wie schade«, seufzt Luisa.

»Ja. Sehr schade.«

Eine Weile arbeiten sie schweigend. Luisa näht den Reißverschluss zum vierten Mal ein und ist hochkonzentriert. Als sie fertig ist, hält sie ihr Werk in die Höhe und mustert es kritisch.

»Er kann eben nicht verstehen, dass ich kein Schatten mehr bin«, sagt Julia. »Ich trage zum Erhalt des Cafés bei, helfe den Kochs mit Lebensmitteln aus. Weißt du, wie stolz mich das macht? Addi sieht das alles nicht. Und wenn er es sieht, dann gefällt es ihm nicht. Er behandelt mich immer noch wie einen Schatten, den er hüten und bewahren muss. Und er will mir vorschreiben, was ich zu tun habe. Das geht eben nicht. Überhaupt nicht!«

Luisa nickt. Sie kann Julias Lage ein wenig nachempfinden. Es ist kein gutes Gefühl, von anderen Menschen abhängig zu sein. Auch sie ist froh, jetzt etwas Geld zu verdienen, um ihre Familie unterstützen zu können.

Ihre Familie …

Seit jenem schrecklichen Moment, als sie glaubte, alles sei aus und vorbei, weiß sie erst, dass sie eine Familie hat. Und dass diese Menschen zu ihr halten – auch wenn sie einen Fehler gemacht hat.

»Du bist mir eine«, hat Tante Else zu ihr gesagt und sie an den Schultern gefasst. »Eine Schwindlerin bist du. Meine Güte, hast du uns an der Nase herumgeführt. Aber Schwamm drüber. Du hast es für deine Mutter getan. Und deshalb verzeihe ich dir!«

Onkel Heinz war wieder einmal den Tränen nah. Er hat sie in die Arme genommen und gemeint, sie sei ein armes liebes Mädel. »Was musst du durchgemacht haben, meine Kleine. Ach, hätte ich mich doch seinerzeit um euch gekümmert! Aber ich hatte nur meinen eigenen Kram im Kopf und habe Annemarie im Stich gelassen. Meine kleine Schwester … Es ist alles meine Schuld.«

Die größte Überraschung aber ist Hilde. Eine Verwandlung ist geschehen. Aus der boshaften, eifersüchtigen Cousine ist auf einmal eine mutige Freundin geworden. Das Herz auf dem rechten Fleck. Da hat Tante Else also doch nicht unrecht gehabt. Wenn Hilde will, kann sie eine liebenswerte Person sein. So ganz mag Luisa dem Frieden noch nicht trauen, dazu hat sie die andere Seite ihrer Cousine noch zu gut in Erinnerung. Und auch jetzt ist die neue Freundschaft noch keineswegs problemlos. Weil Hilde ganz unbefangen mit Volldampf voranprescht und nicht verstehen will, dass Luisa alles lieber langsam und vorsichtig angehen lässt.

»Du, ich will nachher rüber in die Langgasse. Wir brauchen Gewürze und Zucker und noch ein paar Kleinigkeiten. Du kannst Schmiere stehen, während ich verhandle …«

Auf den Schwarzmarkt will sie Luisa mitnehmen. Gewürze für Weihnachtsgebäck besorgen.

»Ich weiß nicht, ob ich das kann, Hilde …«

Hilde fuchtelt mit den Händen herum und behauptet, das

sei ganz leicht. »Du darfst nur Papa nichts davon erzählen. Der denkt sonst, dass ich dich zu schlimmen Sachen verführe.«

Das gefällt Luisa noch weniger. Onkel Heinz ist so ein lieber Mensch, sie mag ihn nicht hintergehen. Auf der anderen Seite will sie Hilde den Wunsch nicht abschlagen. Ihre junge Freundschaft soll auf keinen Fall gleich wieder Risse bekommen.

»Heute früh muss ich aber rauf zu Julia …«

Hilde ist enttäuscht. Dann aber morgen. Morgen ganz bestimmt, schließlich geht es zu zweit viel einfacher.

»Gut. Morgen komme ich mit. Hoffentlich stelle ich mich nicht zu dumm an …«

»Du musst nur ein harmloses Gesicht machen. Das kannst du perfekt. Hast uns ja auch alle an der Nase herumgeführt …«

Hildes Scherze sind oft ganz schön bissig. Inzwischen hat Luisa herausgefunden, dass sie es wirklich nicht böse meint. Es ist eben ihre Art von Humor, daran muss man sich gewöhnen. Dafür kann sie auf der anderen Seite auch wieder sehr ehrlich sein.

»Das mit dem Fritz … Da hab ich dich angelogen. Wir sind nicht verlobt, waren wir auch nie. Hab ich nur so gesagt. Tut mir echt leid, Luisa. Ich war ganz schön gemein zu dir.«

»Ihr seid *nicht* verlobt?«

»Nee«, knurrt Hilde. »Hab ich doch gerade gesagt, oder?«

O Gott, denkt Luisa. Und ich hab dem armen Kerl an den Kopf geworfen, dass ich erst wieder mit ihm rede, wenn er seine Angelegenheiten mit Hilde geregelt hat. Und dass ich meiner Cousine nicht den Bräutigam wegnehmen will. Was mag er jetzt denken? Wahrscheinlich versteht er gar nichts mehr und traut sich nie wieder hierher.

»Der kriegt sich schon wieder ein«, sagt Hilde, die ihre Gedanken erraten hat. »Er liebt dich doch, Luisa. Zum Weihnachtskonzert in der Marktkirche ist er wieder hier. Dann rede ich mit ihm, versprochen.«

Das Weihnachtskonzert ist schon morgen. Am vierten Advent. Addi und Jenny Adler werden singen, Alois Gimpel sitzt am Cembalo und dirigiert, der Hans Reblinger spielt Bratsche und Fritz die Geige. Die Kochs gehen alle gemeinsam hinüber, sie freuen sich schon seit Wochen auf diesen Nachmittag.

»Du kommst doch auch mit, Julia?«, fragt Luisa beiläufig.

Julia kontrolliert den neu eingenähten Reißverschluss mit Argusaugen. An einer Stelle ist die Naht ein ganz klein wenig schief, da kneift Julia die Augen zusammen, aber dann gibt sie Entwarnung.

»Kann man so lassen … Was hast du gerade gefragt?«

»Ob du morgen mit zu dem Adventskonzert gehst …«

»Vielleicht …« Julia schaut verträumt von der Arbeit auf. »Kaum zu fassen, nicht wahr«, meint sie. »Vor einem Jahr war noch Krieg. Jede Nacht hatten wir Angst vor den Fliegerangriffen. Und ich hatte solche Angst, dass mich jemand hier entdeckt und anzeigt. Da wäre ja nicht nur ich abgeholt worden, sondern wahrscheinlich alle hier im Haus, die mir geholfen haben. Den Heinz Koch haben sie kurz vor Weihnachten zur Wehrmacht eingezogen. Und der Jean-Jacques war noch hier …«

»Der Jean-Jacques? War das der französische Fremdarbeiter?«

Julia nickt und wendet sich wieder der Jacke zu, die sie gerade mit einem Rest Seide abfüttert. »Ich hab ihn nur manchmal zu sehen bekommen. Am Abend, wenn alles verdunkelt war und ich für ein Weilchen herunterkommen durfte. Ein hübscher Mensch ist er gewesen. Dunkles Lockenhaar und schwarze Glutaugen. Konnte man Angst davor bekommen, vor diesen Augen. Aber der Hilde hat er gefallen.«

Aha, denkt Julia. Da war also tatsächlich etwas zwischen der Hilde und dem Franzosen.

»Hat sie sich etwa verliebt?«

Julia lächelt und greift nach der Schere. »Der Addi hat mir so manches erzählt. Ich war ja meistens hier oben. Die beiden haben ziemlich miteinander geturtelt, die Hilde und der Jean-Jacques. Und dann hat sie dem Franzosen ja auch bei der Flucht geholfen …«

Wenn das stimmt, dann hat Hilde allerhand gewagt. So etwas wurde unter den Nazis streng bestraft.

»Das ist … warte mal … das ist im Januar gewesen. Aber Addi hat gesagt, sie hätten ihn geschnappt und an die Wand gestellt.«

»O Gott!«

Wie schrecklich! Jetzt sieht Luisa die Cousine auf einmal in ganz anderem Licht. Sie war verliebt, hat dem Geliebten unter Lebensgefahr geholfen, zurück in die Heimat zu fliehen, und dabei ist er ums Leben gekommen. Wie furchtbar muss das für Hilde gewesen sein! Oh, sie kann es nachempfinden. Auch sie hat damals ihre Mutter überredet, aus Stettin zu fliehen. Eine Flucht, die für Annemarie Koch tödlich ausging. Nein, sie hat Hilde einiges abzubitten. Die schroffe, manchmal sogar beleidigende Art der Cousine hat ihre Ursachen.

Am Nachmittag des folgenden Tages geschehen aufregende Dinge im Café Engel. Eine halbe Stunde vor Konzertbeginn stürmt Alois Gimpel mit so viel Schwung durch die Drehtür, dass er beinahe ein zweites Mal im Kreis gelaufen wäre.

»Eine Katastrophe!«, ruft er Heinz Koch zu, der an seinem Fenstertisch sitzt und gerade den letzten Schluck Pfefferminztee trinkt. »Der Fritz Bogner ist nicht gekommen.

Hilde und Luisa haben sich schon für den Konzertbesuch umgezogen und legen in der Küche noch schnell die frisch gebackenen Kekse in eine Blechdose.

»Um Gottes willen«, flüstert Luisa. »Am Ende kommt er meinetwegen nicht.«

»Phh«, machte Hilde. »Da kennst du den Fritz aber schlecht. Der würde doch deinetwegen nicht seine Kollegen im Stich lassen. Noch dazu bei solch einem Konzert ... Nee – da muss etwas passiert sein.«

Luisa wird es fast schwarz vor Augen, sie sieht Fritz schon erschlagen in einer düsteren Gasse liegen. Onkel Heinz und Alois Gimpel sorgen sich jedoch weniger um den Fritz als um das Konzert.

»Wo ist die Künzel?«, ruft Alois Gimpel. »Die setzen wir ans Cembalo. Dann kann ich den Geigenpart mit der Querflöte übernehmen ...«

Es stellt sich heraus, dass Elisabeth Künzel heute Nachmittag im amerikanischen Club bei einer Weihnachtsfeier Klavier spielt.

»Verdammt! Dann der Hubsi ... Wo steckt er?«

»Oben ... Aber du musst laut anklopfen. Er hat Watte in den Ohren. Wegen der Gutsherrin ...«

»Ein Unglück kommt selten allein!«

Wenige Minuten später hört man Hubsi im Treppenhaus lamentieren. Er sei Invalide. Habe den rechten Zeigefinger eingebüßt. Und außerdem sei er für Kirchenmusik nicht zuständig.

»Das spielst du doch vom Blatt, Hubert. Was ist schon ein kleiner Händel. Ein wenig Bach. Ganz harmlos. Aus dem Weihnachtsoratorium. Und ein paar alte Meister ...«

»Machst du Witze? Weihnachtsoratorium? Händel? Und dann auch noch auf dem Cembalo?«

»Willst du uns sitzen lassen? Die Kirche ist schon voller Leute. Tu es für die Musik. Für die Kunst. Für die Menschheit!«

Hubsi tut einen abgrundtiefen Seufzer. »Mit mir könnt ihr's ja machen ...«

Die beiden eilen im Laufschritt davon. Onkel Heinz schließt hinter ihnen die Eingangstür ab.

»Das kann ja heiter werden«, sagt Tante Else, die inzwischen aus der Wohnung heruntergekommen ist. Sie trägt einen alten

Persianer, den sie von ihrer Mutter geerbt hat und der fürchterlich nach Mottenkugeln riecht.

»Es hat minus sechs Grad«, vermeldet Onkel Heinz. »Zieht euch warm an, Mädels. Dicke Socken, Wollmützen … dass mir ja keine krank wird!«

Im Treppenhaus treffen sie auf Julia, die sich nun doch entschlossen hat, das Konzert anzuhören. Sie trägt eine Wolldecke über dem Arm; auch Hilde hat auf Geheiß ihrer Mutter zwei warme Decken mitgenommen. Draußen wird es langsam dunkel, feine Schneeflöckchen tanzen in der Luft, setzen sich auf die Kleidung, ohne dort zu schmelzen. Ein dünner weißer Belag deckt das Straßenpflaster, verwandelt die zerbombten Häuser in malerische Ruinen, bestreut Mäntel und Hüte mit funkelnden Weihnachtssternchen. Die Türme der Marktkirche ragen spitz und dunkel in den Himmel, die umliegenden Häuser haben schwer unter den Bomben gelitten, die Kirche blieb jedoch stehen.

Drinnen ist es wie erwartet eiskalt. Die schönen Glasfenster sind bei den Bombenangriffen geplatzt, ungehindert treibt der Wind die Schneeflocken in die Kirche, wo sie sich auf Bänken und auf dem Steinboden niederlassen. Trotz der Kälte sind sehr viele Menschen zu dem Konzert erschienen, sie sitzen in Wintermänteln da, halten sich dicht beieinander und schützen sich mit Kissen und Decken gegen den Frost. Vorn in der Apsis steht das hellbraune Cembalo, das sie aus dem Keller der Kirche wieder hochgetragen haben, dazu mehrere Stühle und Notenständer.

»Er ist tatsächlich nicht gekommen«, flüstert Hilde, während sie einen Teil ihrer Wolldecke über Luisas Knie breitet.

Luisa schweigt. Fritz ist kein Mensch, der seine Freunde im Stich lässt – wenn er nicht hier ist, dann muss es einen triftigen Grund haben. Ach, Hilde! Hättest du mich doch nicht belogen. Nun sind wir im Streit auseinandergegangen, der Fritz und ich. In einem ganz unnötigen, überflüssigen Streit!

»Schau mal, wer da drüben sitzt!«

Tante Else stößt Hilde mit dem Ellbogen an und zeigt die Richtung mit einem Kopfnicken. Luisa muss sich ein wenig zur Seite beugen, um an einer Frau mit Pelzhut vorbeischauen zu können, dann erkennt sie Josh Peters. Er sitzt zwei Reihen vor ihnen und hat sich zu ihnen umgedreht. jetzt nickt er Hilde zu. Ganz ernst ist er dabei. Hilde nickt zurück, auch sehr ernst. Puh – nach großer Wiedersehensfreude schaut das aber nicht aus.

Dann geht es los. Kantor Firnhaber lässt die Orgel ertönen, spielt ein festliches Eingangsstück von Mendelssohn. Danach heißt Pfarrer Borngässer die Zuhörer willkommen und liest einen Bibelvers aus dem Johannesevangelium. Dann ist Addi dran mit einer Arie aus dem Weihnachtsoratorium, die er großartig singt. Dass Hubsi am Cembalo harte Kämpfe aussteht, merkt man fast gar nicht, Flöte und Bratsche geben ihr Bestes. Die Zuhörer sind gerührt und applaudieren nach jedem Stück.

»Du liebe Güte«, flüstert Julia, die zwei Plätze von Luisa entfernt neben Onkel Heinz sitzt. »Er singt wie damals … ach, du liebe Güte …«

Sie hat ein weiches Wolltuch um ihr Haar geschlungen und schaut ohne die Brille tatsächlich aus wie ein Kind. Ein kleines Mädel, das so gerührt ist, dass es gleich weinen wird.

Jenny Adler, die im Theater immer die frivolen Soubrettenrollen verkörpert hat, singt nun Händel mit klarer, leuchtender Stimme, überirdisch wie ein Chorknabe. Eine ganz andere Seite von ihr. Onkel Heinz ist begeistert und klatscht so heftig Beifall, dass ihm die Wolldecke von den Knien rutscht. Als das Konzert zu Ende ist, will niemand heimgehen, es wird energisch weiter applaudiert, Zugaben müssen gespielt und gesungen werden. Und die Musiker tun es gern, obgleich sie nicht in Wintermänteln auftreten, sondern im dunklen Anzug, und obwohl Jenny Adler in ihrem roten, schulterfreien Abendkleid trotz Stola erbärmlich friert. Aber was sind ein paar Minusgrade gegen die Freude, wieder auftreten zu dürfen, die Menschen mit Musik zu bezaubern und dafür mit Applaus belohnt zu werden? Die Zeiten sind hart. So mancher kehrt nachher einsam in ein dunkles, kaltes Stübchen zurück, aber den Glanz der Kerzen und die weihnachtliche Musik wird er mitnehmen wie eine Hoffnung auf hellere Tage.

Am Ausgang der Kirche spricht Josh Peters sie an, und sie bleiben eine Weile beieinander stehen.

»Ich habe ein paar Tage Urlaub«, erzählt er. »Und ich dachte, ich schaue einmal in Wiesbaden vorbei. Was für ein schönes Konzert! Ich wusste gar nicht, dass Herr Dobscher immer noch so gut bei Stimme ist.«

»Ja, er war großartig. Aber die Jenny auch. Und erst der Hubsi am Cembalo …«

Sie erzählen ihm von den Komplikationen, die es vor dem Konzert gab, und er meint, das Café Engel sei auch jetzt wieder eine Heimat für alle Künstler.

»So ist es!«, meint Onkel Heinz stolz. Und weil er so guter Laune ist und der Josh Peters nicht weiß, wo er Weihnachten verbringen soll, lädt er ihn für den Heiligen Abend ins Café Engel ein.

»Ich komme gern«, meint Peters mit einem Seitenblick auf Hilde. »Aber ich möchte mich nicht aufdrängen …«

Jetzt muss Hilde etwas sagen, und Luisa hat schon Angst, dass sie den armen Kerl abblitzen lässt. Aber Hilde ist heute friedfertig gestimmt. »Kommen sie nur. Wir feiern alle gemeinsam, es wird Ihnen gefallen.«

Sie verabschieden sich, und die Kochs machen sich auf den Heimweg. Immer wieder bleibt man stehen, um Bekannte, die ebenfalls im Konzert waren, zu begrüßen, ein paar Worte zu wechseln und sich ein schönes Weihnachtsfest zu wünschen. Alle sind froh gestimmt, haben es aber eilig, nach Hause zu kommen, denn es ist wirklich bitterkalt. Schnee weht ihnen ins Gesicht, beißt in die Haut, und der eisige Wind dringt durch den dicksten Wintermantel.

»Puh«, meint Tante Else. »Ich hab Eisfüße.«

»Ich sogar Eisbeine«, lacht Hilde.

»Ich hab auch ein Eisbein«, meint Onkel Heinz. »Das andere ist zum Glück aus Holz und friert nicht.«

»Ach, du!«, sagt Tante Else lachend, und sie hakt sich bei ihm ein. »Kannst ja schon wieder Witze machen.«

Hilde und Luisa bleiben ein Stück zurück und schauen zu, wie die beiden nebeneinander her gehen. Ein wenig schwankend, weil der Onkel sich einen ausholenden Seemannsgang angewöhnt hat, den die Tante mitgehen muss. Aber sie hängen fest aneinander, reden und lachen und scheinen nicht einmal die Kälte zu spüren.

»Du«, sagt Hilde zu Luisa. »Dreh dich mal unauffällig um.«

Luisa muss genau hinschauen, erst als das Paar den Lichtschein einer Straßenlaterne kreuzt, erkennt sie die beiden. Addi Dobscher und Julia Wemhöner in eifrigem Gespräch.

»Die halten Händchen, hast du gesehen?«, meint Hilde spöttisch. »Heute ist die Nacht der glücklichen Paare, Cousinchen. Lass uns rasch nach Hause gehen – wir beide haben hier nichts zu suchen.«

HILDE

Heiliger Abend 1945 in Wiesbaden

Am Morgen haben sie doch noch einen Weihnachtsbaum ergattert. Ein Prachtexemplar ist es nicht: Unten dicht und breit, in der Mitte durchscheinend und die Spitze lang und dünn. Aber da ist der Addi Fachmann, der nimmt unten ein paar Äste raus und setzt sie dahin, wo sie fehlen. Cousinchen Luisa ist auf dem Schwarzmarkt noch besser zu gebrauchen als Gisela. Weil sie so tieftraurig und mitleidsheischend gucken kann, da schmelzen die Verkäufer gleich dahin. Sogar die Frauen. Hilde hat für zehn rote Stoffservietten mit Weihnachtsstickerei ein ordentliches Stück Speck eingehandelt. Die Servietten hat die Julia noch aus den Resten der Hakenkreuzfahnen genäht, und Luisa hat sie mit grünen Tannenbäumen bestickt. Ideen muss man halt haben in diesen kargen Zeiten. Den Speck brauchen sie für den Truthahn, den die Künzel gestern Abend vom amerikanischen Club mitgebracht hat. Gerupft und gut abgehangen ist das Tier, und die Künzel hat gesagt, da muss Speck mit in den Topf, sonst wird er zu trocken.

Und so duftet es im Haus Nummer 75 in der Wilhelmstraße jetzt intensiv nach Truthahn und Räucherspeck, denn Mama hat den Vogel schon im Ofen. »Wenn die mir bloß nicht das Gas abstellen«, knurrt sie. »Und du machst dich aus der Küche, diebischer Bursche«

Damit meint sie den Bunten, der seit dem Morgen beharrlich vor der Küchentür hockt und jede Gelegenheit nutzt, hineinzuschlüpfen. Jedes Mal wird er von Mama auf schnellstem Weg wieder hinausbefördert, aber das stört ihn nicht. Der

Bunte hat Ausdauer. Zwei trockene Brotkanten und die Flügelenden von dem großen Vogel hat er schon erbeutet – wer will da aufgeben?

Addi erscheint gegen zehn fröhlich pfeifend im Café, besieht sich den Weihnachtsbaum, der noch ungeschmückt in einer Ecke steht, und schüttelt grinsend den Kopf.

»Da habt ihr euch ja eine schöne Krücke aufschwatzen lassen …«

»Aschenputtel wartet auf die gute Fee mit der Säge und dem Bohrer«, ruft Hilde ihm zu.

»Na ja …«, meint er, hält den Baum am ausgestreckten Arm und kneift ein Auge zu.

Gleich darauf erscheint Julia im Gastraum, bittet um ein Tässchen Kaffee und bleibt dann neben Addi stehen. »Da unten rechts ist er zu dicht …«, meint sie und zeigt mit dem Finger.

Addi nickt. Holt den Werkzeugkasten, zückt die kleine Holzsäge. »Hältst du mal fest?«

»Aber tu ihm nicht weh …«

Addi macht sich schmunzelnd ans Werk, Julia gibt ihre Meinung dazu, geht ihm zur Hand, schneidet vorstehende Äste ab, und als sie beide endlich zufrieden sind, stellt Mama ihnen den Karton mit dem Christbaumschmuck vor die Nase.

»Weiberkram«, sagt Addi und setzt sich zu Papa an den Fenstertisch. Julia lacht und ruft Luisa herbei – gemeinsam schmücken sie die Tanne, die jetzt so gleichmäßig wie eine grün genadelte Pyramide ausschaut. Danach setzt sich Julia neben Addi und trinkt einen Schluck Kaffee aus seiner Tasse.

»Bestell dir selber einen!«, knurrt er.

Julia strahlt ihn an und sammelt Tannennadeln von seiner Jacke.

»Nimmst du mich mit zur Christmette?«

»Wenn du magst. Aber da singe ich nur die Weihnachtslieder von Cornelius.«

»Ganz egal«, meint sie. »Ich will es hören. Und danach bekommst du einen heißen Punsch oben bei mir.«

Addi tut, als müsste er darüber erst nachdenken, dann meint er, das ließe sich vielleicht machen.

Weihnachten – das Fest der Liebe, denkt Hilde neidisch. Dann nimmt sie sich zusammen. Schließlich haben es die beiden verdient, dass sie endlich zueinandergefunden haben. Ob es für immer ist, kann natürlich keiner wissen. Aber vorerst sind sie wohl sehr glücklich. Hilde öffnet vorsichtig die Backofenklappe, um nach dem Truthahn zu sehen, schaltet den Ofen niedriger und schiebt den Vogel zurück in die Röhre. Im Gastraum ist jetzt die Alma Knauss mit der Ida Lenhardt erschienen, der Hubsi hat sich zu den anderen an den Fenstertisch gesetzt und jammert über das Konzert gestern.

»Einen fürchterlichen Mist hab ich zusammengedroschen. Ich hab mich vor den Leuten in Grund und Boden geschämt …«

Papa erklärt, dass er nichts von falschen Tönen bemerkt habe, und Addi behauptet, Hubsi sei eine Stütze für die Gruppe gewesen.

»Ich war stellenweise völlig raus …«

»Fiel keinem auf …«

»Ach nein? Na, vielen Dank …«

An Einnahmen hatten sie ganze zweiundfünfzig Reichsmark, drei Briketts, einundzwanzig Holzscheite, ein Töpfchen Schweineschmalz, drei halbe Brote, ein Stück alten Käse, zwei Rollen Nähgarn, eine Tüte Zucker, mehrere Keramikgegenstände, Hosenknöpfe, einen mottenzerfressenen Fuchspelz und ein paar Fellstiefel, Größe fünfundvierzig.

»Du liebe Zeit«, meint Papa. »Wer hat denn so große Füße?«

»Die Frage ist wohl eher, wer den Geruch aushalten kann«, grinst Addi. »Wir haben sie dem Pfarrer geschenkt, für seine Schützlinge. Die anderen Sachen haben wir redlich miteinander geteilt.«

Hilde serviert Alma und Jenny je ein Tässchen Muckefuck und dazu zwei Kekse. Mehr können sie nicht entbehren, die anderen sind für den Nachtisch heute Abend bestimmt.

Inzwischen haben sich schon die ersten Päckchen unter dem Weihnachtsbaum eingefunden. So haben sie es die letzten Jahre immer gehalten: Man legt seine Gabe in einem unbemerkten Moment unter den Baum, auf dem kleinen Anhänger steht der Name dessen, für den das Geschenk bestimmt ist. Der Geber bleibt anonym. Die Päckchen sind auf alle möglichen Arten eingepackt, einige sogar in Zeitungspapier. Buntes Weihnachtspapier ist Mangelware, nur Mama besitzt einen Fundus, weil sie benutztes Geschenkpapier seit jeher sorgfältig glättet und in einem Karton aufbewahrt. Ebenso die Bänder und Schleifen. Was natürlich zur Folge hat, dass immer alle wissen, welche Geschenke von den Kochs kommen.

»Ihr Mädels könnt schon mal den langen Tisch im Nebenzimmer eindecken«, sagt Mama. »Haben wir noch genügend Bestecke?«

»Wird schon gehen …«

Bestecke und vor allem Kuchengabeln mit dem Symbol des kleinen Engels darauf sind leider in großer Zahl auf den Schwarzmarkt gewandert. Ebenso der schöne dreiarmige Kerzenleuchter, etliche Sahnekännchen und noch so manches, was aus der Vorkriegszeit stammt. Aber was soll's? Es gibt Menschen, denen sehr viel weniger geblieben ist.

»Nehmen wir die weißen Tischtücher?«, fragt Luisa.

»Wir müssen mischen.«

Auch die großen Tischtücher sind dahingegangen, aber dafür gibt es noch einige kleine Decken, und dann hat Julia ja auch rote Tischtücher genäht. Es sieht bunt und fröhlich aus, findet Hilde, als sie Teller und Bestecke austeilen. Zum Glück gibt es nur Kekse zum Nachtisch, sonst kämen sie mit den kleinen Löffelchen in Schwierigkeiten.

»War es früher auch immer so festlich bei euch an Weihnachten?«, will Luisa wissen.

Ach, du liebe Zeit! Ja – festlich war es immer. Vor allem, als Hilde klein war und die Brüder noch zur Schule gingen. Da waren sie am Heiligen Abend immer schrecklich ungeduldig, weil das Café den Vormittag über ja noch geöffnet hatte und die Eltern arbeiten mussten.

»Aber wenn dann endlich alle Gäste draußen waren, dann war es immer wunderschön. Einmal hab ich ein Fahrrad geschenkt bekommen. Willi und August wurden mit einer elektrischen Eisenbahn beglückt, aber die meiste Zeit hat Papa damit gespielt. Ach, und Mama bekam immer ein Schmuckstück von Papa, das durfte ich vorher beim Juwelier gemeinsam mit ihm aussuchen. Einen Ring oder eine Brosche. Einmal eine Perlenkette … Und wie war es bei dir?«

Luisa teilt Gläser aus, schiebt sie hin und her, dann zuckt sie mit den Schultern.

»Auf dem Gutshof, als mein Papa noch lebte, da gingen wir gemeinsam in die Kirche zur Christvesper. Papa und die Großmutter saßen im schön geschnitzten Adelsgestühl ganz vorne, Mama und ich mussten hinten bei den Angestellten sitzen. Aber später durften wir für eine Weile in das weihnachtlich geschmückte Zimmer, da brannte ein Feuer im Kamin, und ein Weihnachtsbaum stand in der Ecke. Darunter lagen unsere Geschenke, die hatte Papa besorgen lassen. Einmal bekam ich eine Puppe mit Schlafaugen, und Mama erhielt einen bunten Seidenschal. Aber wir durften niemals lange dort bleiben, es gab ein Glas Punsch und zwei Kekse, danach hat sie uns wieder fortgeschickt.«

»Wer? Deine Großmutter?«

»Ja. Oft war auch die Tante mit ihrem Ehemann da, und die Herrschaften wollten unter sich feiern …«

Hilde wird schon wieder richtig wütend. Wie ist es möglich,

dass man sein eigenes Enkelkind so behandelt? Was für eine kaltschnäuzige alte Schreckschraube war diese Großmutter!

»Und dein Papa hat das mitgemacht?«

»Er war krank, Hilde. Als ich vierzehn war, ist er gestorben. Da bin ich mit Mama auf und davon …«

»Verstehe …«, nickt Hilde.

Sie will Luisa nicht wehtun, aber insgeheim denkt sie, dass dieser Vater – krank oder nicht – ein ziemlicher Weichling gewesen ist. Muttersöhnchen. Arme Tante Annemarie! Arme Luisa! So eine adelige Abstammung ist wirklich nicht zu empfehlen.

Gerade sind sie dabei, die Tannenzweige, die bei der Begradigung des Weihnachtsbaums übrig geblieben sind, in mehreren kleinen Vasen zu dekorieren, da schaut die Grete zur Tür herein.

»Ach, wie schön!«, ruft sie aus. »So eine festliche Weihnachtstafel. Fast wie daheim auf dem Gutshof …«

»Tatsächlich?«

Hilde merkt selber, dass ihre Antwort unfreundlich klingt, aber sie ist auf Gutshöfe und adelige Herrschaften gerade schlecht zu sprechen. Wofür die arme Grete natürlich gar nichts kann.

»Wenn Ihnen Ihre Chefin freigibt, dann kommen Sie heute Abend doch herunter zu uns«, sagt sie rasch.

»Das tu ich gern … Ist doch immer was zu tun in der Küche … Und dann der Abwasch …«

»Nicht zum Arbeiten – zum Feiern!«

»Ach Gottchen … ich soll mich zu den feinen Leuten an den Tisch setzen?«, ruft Grete erschrocken. »Da bewahre mich der Himmel davor. Aber in die Küche stell ich mich gern … Und danke schön auch … Aber meine Herrschaft, die Frau Baronin, die würde gern mit dabei sein. Sie hat mir auch ein Geschenk gegeben, das soll ich dem Herrn Koch überbringen …«

Ach, du Schreck. Hilde und Luisa wechseln entsetzte Blicke. Die Haack'sche will wirklich keiner heute Abend dabeihaben, was denkt die sich eigentlich? Schickt die Grete mit einem Geschenk – vermutlich irgendein alter Kram, den keiner brauchen kann – und denkt, damit sei alles wieder im Lot.

»Tja«, meint Hilde zu Luisa. »Frechheit siegt, denkt die sich. Aber keine Sorge, Cousinchen. Die werden wir schon vergraulen.«

»Ach …«, seufzt Luisa. »Es ist doch Weihnachten …«

Die Luisa ist in manchen Punkten genauso weich wie ihr adeliger Papa, denkt Hilde. Und ihre Mutter, die Tante Annemarie, war wohl auch von dieser Sorte. Nee – so was lässt sich Hilde nicht bieten. Die ist aus anderem Holz geschnitzt. Und Weihnachten ist kein Freibrief für adelige Giftspritzen, die meinen, sich hintenherum wieder einschleimen zu können.

Um die Mittagszeit wird das Café geschlossen, dann sind nur noch Freunde und geladene Gäste da. Ein Weilchen wird noch geredet und Tee getrunken, dann müssen die Musiker los, sie haben heute Großeinsatz und hoffen auf reichen Verdienst.

»Um sieben wird gegessen«, ruft ihnen Mama hinterher. »Wer dann nicht hier ist, der kriegt nichts mehr!«

Hilde hat allen aufgetragen, sich nach Fritz Bogner zu erkundigen. Bisher haben sie keine Nachricht von ihm, er hat sich nicht einmal beim Alois Gimpel gemeldet. Hoffentlich ist ihm nichts passiert. Ach, ausgerechnet jetzt, wo sie ihn großmütig der Luisa überlassen hat und die beiden glücklich sein könnten, muss er solche Dinger drehen. Es ist doch ein Kreuz mit den Männern …

»Stell dir vor, Hilde«, sagt Papa und lächelt sie an wie der Weihnachtsmann. »Frau von Haack hat mir ein Geschenk bringen lassen.«

»Das willst du doch wohl nicht annehmen, oder?«

Er schaut in ihr wütendes Gesicht und breitet die Arme aus. »Aber Mädel! Es ist doch Weihnachten.«

Das darf doch nicht wahr sein! Da hat sie den Papa schon eingewickelt, die Gutshexe. Mit einem popligen Geschenk, das sie in ein einst weiß gewesenes Tuch eingewickelt hat.

»Für mich ist das kein Weihnachten, wenn ich zusehen muss, wie diese Person unseren leckeren Truthahn futtert. Da sträuben sich bei mir alle Haare …«, regt sie sich auf.

Gerade will sie wutschnaubend in die Küche laufen, um Mama und Luisa, die dort Kartoffeln schälen, auf ihre Seite zu bringen, da klopft es an der Treppenhaustür.

»Guten Abend. Darf ich eintreten?«

Josh Peters schleppt eine ganze Wagenladung an Tüten und Paketen, Hilde muss ihm einige davon abnehmen, sonst würde er glatt den Weihnachtsbaum umreißen.

»Nur ein paar Kleinigkeiten«, behauptet er, als Hilde ihn tadelt, er wolle sie wohl mit Geschenken überschwemmen. »Das meiste gehört in die Küche …«

Papa begrüßt ihn wie einen lieben alten Freund, Mama kommt aus der Küche gelaufen und freut sich über die Lebensmittel, auch Luisa reicht ihm die Hand, lächelt ihn an und meint, es sei schön, dass er gekommen sei. Natürlich muss er sich gleich zu Papa an den Fenstertisch setzen, aber er hat doch Zeit gehabt, einen Blick in das Nebenzimmer auf den festlich gedeckten Tisch zu werfen.

»Eine große Familie«, sagt er nachdenklich. »Und viele Freunde. Sie sind ein glücklicher Mensch, Herr Koch.«

Papa ist wieder einmal gerührt, weil er doch weiß, dass Josh Peters viel herumgekommen ist, aber, wie es scheint, nirgendwo eine Heimat gefunden hat. Hilde sieht schon kommen, dass er ihm gleich das Du anbieten wird, und morgen beim Frühstück wird er ihr erzählen, dass Josh Peters der einzig richtige Ehemann für sie sei. Sie spürt, dass ihre Festtagslaune auf den Nullpunkt sinkt. Besser, sie geht jetzt hoch in ihr Zimmer, um noch ein paar Geschenke einzupacken. Für Luisa hat sie das karierte Kostüm bestimmt, das müsste ihr passen, höchstens, dass sie den

Rock etwas kürzen muss. Mama bekommt ein Paar gefütterte Lederhandschuhe, die noch fast neu sind und die sie auf dem Schwarzmarkt gegen ihre Armbanduhr eingetauscht hat. Für Papa hat sie ein Buch über Wiener Kaffeehäuser gefunden, antiquarisch natürlich …

»Warten Sie bitte, Fräulein Hilde …«, hält Josh Peters sie zurück, als sie aufstehen will. »Es gibt Neuigkeiten. Möchten Sie Ihre Mutter herbeiholen? Sie sollte es auch erfahren …«

Was ist jetzt, denkt Hilde. Kriegen wir einen Orden? Oder wollen sich die Amis am Ende doch hier einquartieren und wir müssen das Haus räumen?

Aber dann ist die Neuigkeit so wundervoll, dass sie Mama in die Arme nehmen muss, weil sie aufschluchzt vor Freude und Erleichterung. Und Papa drückt Luisa an seine Brust.

»Ich habe es erst heute Nacht übermittelt bekommen«, erklärt Josh Peters. »Wilhelm Koch aus Wiesbaden ist in einem Kriegsgefangenenlager in den USA, und August Koch befindet sich zurzeit als Kriegsgefangener in Großbritannien. Sie sind also beide am Leben. Und sie sind nicht in den Händen der Russen. Ich glaube, das sind gute Neuigkeiten, nicht wahr?«

Hilde handelt wieder einmal impulsiv, ohne nachzudenken, einfach aus dem Gefühl heraus. Sie lässt Mama los und fällt Josh Peters um den Hals. »Das ist die schönste Weihnachtsüberraschung, die es geben kann!«, schluchzt sie und küsst ihn auf die Wange. Ob er sich über diesen schwesterlichen Kuss freut, kann sie nicht mehr feststellen, weil Mama den Lieutenant jetzt umarmt, und auf der anderen Seite wartet Papa auf den Moment, in dem er Josh an seine Brust ziehen kann. Ach, wie lange haben sie auf diese gute Nachricht warten müssen, wie viele Ängste haben sie ausgestanden, wie oft sind sie verzweifelt.

»Alle beide sind noch am Leben, Else«, sagt Papa, und Mama muss sich bei Luisa ein Taschentuch pumpen. »Was haben wir für ein Glück.«

»Wenn sie nur schon wieder bei uns wären …«

»Es wird nicht mehr lange dauern, hoffe ich …«

Draußen im Treppenhaus rumort es, die Musiker sind zurück, schneebedeckt und durchgefroren, aber hochzufrieden. Auch Julia ist bei ihnen, sie trägt Addis Notentasche und tritt mit strahlendem Lächeln in den Gastraum. Dort bleiben sie alle erschrocken stehen.

»Was Schlimmes?«, fragt Addi beklommen. »Ach Gott! Und ausgerechnet am Heiligen Abend.«

»Aber nein!«, ruft Papa. »Eine wundervolle, glückliche Weihnachtsbotschaft hat Josh uns gebracht!«

Addi schaut erst Julia, dann Hubsi und den Hans Reblinger an. Sie sind erleichtert.

»Ach so … Wir dachten nur … weil ihr so verheult ausseht …«

Nun löst sich alles in Gelächter und Jubel auf. Was für eine Neuigkeit! Die Buben sind am Leben! Josh muss dreimal erklären, wer wo ist und welche Chancen er hat, bald nach Hause zu kommen. Als auch noch Sofia Künzel mit schneefeuchtem Mantel und nassen Armeestiefeln ins Café stürmt, muss er es ein viertes Mal erzählen und wird dafür von der Künzel auf beide Wangen geküsst.

»Sie sind schon ein komischer Vogel, Peters«, ruft sie aus. »Aber Sie haben einen guten Kern. Wenn Sie mal nicht wissen, wohin, können Sie gern oben bei mir vorbeischauen …«

»Ach, du lieber Gott«, schreit Mama, und sie rennt in die Küche. »Der Truthahn! Fast hätte ich ihn vergessen.«

»Nur das nicht!«, sagt die Künzel, die sich von Josh Peters aus dem Mantel helfen lässt. »Der ist schließlich heute Abend die Hauptperson.«

Es ist fast wie in den guten alten Zeiten, denkt Hilde. Eigentlich noch schöner, weil wir jetzt Willi und August am Leben wissen und auf ein baldiges Wiedersehen hoffen können. Ja, die

Hoffnung. Vielleicht ist die Hoffnung das Schönste. Das Licht, das vor dir hergetragen wird. Mama und Papa sehen jetzt solch ein Licht. Für Addi und Julia ist es sogar ganz nah, sie tragen es sozusagen in den Händen. Und auch Luisa kann hoffen … Für mich bleibt leider nur eine kleine Funzel. Und die heißt Josh Peters … Lieber Kerl. Wirklich. Hat sich so bemüht, das muss ich ihm hoch anrechnen. Aber was hilft das alles, wenn ich ihn nicht lieben kann …

Bloß den anderen nicht die festliche Stimmung verderben, denkt sie und will einen Scherz über die angeblich tropffreien Kerzen machen, die schon die roten Tischdecken versaut haben. Da kommt doch tatsächlich die Haack'sche herein, in einer dunkelgrünen Seidenbluse und mit einer Perlenkette behängt. Wie es scheint, hat sie doch ein paar Kleinigkeiten aus der alten Heimat retten können.

Die Grete, die sie begleitet hat, verschwindet gleich in der Küche; die Haack'sche geht auf Papa zu und streckt ihm die Hand entgegen.

»Heute Nacht ist der Heiland geboren«, sagt sie, als sei das eine große Neuigkeit. »Lassen Sie uns Frieden schließen, Herr Koch. Wir sitzen nun einmal im selben Boot, da muss die Mannschaft zusammenhalten.«

Schon ist Papa gewonnen, Luisa schweigt, und Mama ist sowieso in der Küche mit den Kartoffelklößen beschäftigt. Addi und Julia nehmen die Entwicklung kommentarlos zur Kenntnis, Hubsi hält sich so weit wie möglich von Edith entfernt, nur der Hans Reblinger schaut verbiestert. Sofia Künzel hat zu Edith von Haack ein besonderes Verhältnis, seitdem die beiden einmal im Treppenhaus wegen eines vergessenen Besens aneinandergeraten sind. Sie ignorieren einander.

»Zu Tisch!«

Die Plätze werden eingenommen, Luisa zaubert schnell noch ein Gedeck für die Haack'sche herbei, Hilde und Grete tragen das Festmahl auf. Mais und Bohnen aus der Dose, Kartoffelklöße nach Mamas Rezept, Soße mit viel Schinkenspeck und schließlich die Hauptperson: den knusprig braun gebratenen Truthahn. Sehr groß schaut er nicht aus, aber Papa schafft es, den Braten in zahlreiche kleine Stücke zu zerteilen, sodass jeder am Tisch sogar zweimal nehmen kann.

»Gar nicht so einfach«, erklärt Papa. »Ich hatte es bisher nur mit Weihnachtsgänsen zu tun. Ein Truthahn ist völliges Neuland …«

»Klar«, meint Addi grinsend. »Die Anatomie eines Truthahns ist grundverschieden von der einer Gans. Der Truthahn ist ein Vierfüßler mit aufrechtem Gang …«

»Du willst mich wohl auf den Arm nehmen?«

»Das würde ich niemals wagen.«

Die Gespräche sind angeregt, man ist bester Stimmung, zumal unter den Geschenken von Josh Peters auch mehrere Flaschen Moselwein waren. Es ist ein seltenes Ereignis, dass man sich einmal so satt essen kann, dass wirklich nichts mehr hineinpasst. Zu Kaffee und Weihnachtskeksen muss man sich tatsächlich zwingen. Und der Bunte in der Küche sorgt dafür, dass von diesem Truthahn kein Fitzelchen übrig bleibt.

Dann kommt der große Moment, wenn die Geschenke verteilt werden. Das ist traditionell Papas Aufgabe – nur im vergangenen Jahr hat Mama es übernehmen müssen.

»Ein Päckchen für … wo ist denn meine Brille … für … meine Güte, was für eine Schrift … für Luisa.«

Luisa strahlt Hilde an, als sie ausgepackt hat, und Hilde ist für einen Moment richtig glücklich. Natürlich weiß Luisa, von wem das Geschenk ist, und Hilde bekommt einen schwesterlichen Kuss.

Es dauert wundervoll lange, weil alle beim Auspacken zuschauen wollen. Hubsi bekommt einen Wollschal und zwei Notenhefte, Paul Reblinger wird mit gestrickten Socken und einem Schlips beglückt, für Grete hat Mama warme Hausschuhe eingepackt, und Papa erhält ein Foto vom Café Engel mit den Unterschriften aller Freunde. Das Foto hat der Hans Reblinger aus eigenem Bestand gespendet und wochenlang Unterschriften gesammelt.

Dann packt Papa das Geschenk von Edith von Haack aus, und er kann kaum fassen, was er da in den Händen hält. Das silberne Besteck mit dem Familienwappen derer von Haack. Das einzige Teil des Familiensilbers, das sie gerettet hat.

»Halten Sie es in Ehren, Herr Koch. Ehrlich gesagt – es macht mich zu traurig, es immer anzusehen. Wir müssen nach vorn schauen und nicht zurück, nur das ist wichtig.«

Papa ist vollkommen überwältigt und braucht eine Weile, bevor er wieder sprechen kann. Als er gerade den Mund aufmacht, um etwas zu sagen, gibt es plötzlich draußen im Treppenhaus einen lauten Knall. Die Tür springt auf, und ein weiß verschneiter Mensch in Jacke und Fellstiefeln torkelt in den Gastraum.

»Fröhliche … Weih… Weihnachten«, stammelt er, reißt die Mütze vom Kopf und dreht sich einmal im Kreis. Dann fällt er rückwärts, und Josh Peters kann ihn gerade noch auffangen.

Der Wendelin Staudt. Hackedicht, wie man so sagt. Allein von dem Schnapsgeruch würde eine Schar Sommerfliegen tot von der Zimmerdecke stürzen.

»Wendelin!«, redet Addi ihn an. »Hörst du mich? Ich bin Addi Dobscher.«

Wendelin hebt den Kopf und lacht ihn an.

»Addi Dobscher … Denkste vielleicht, ich wär besoffen?«

»Besoffen? Ach was. Sternhagelvoll bist du …«

»Jau«, sagt Wendelin und grinst selig. »Knülle bis an die Ohren. Und alles mein guter Schnaps …«

Er sackt weg, und Hilde schiebt rasch einen Stuhl herbei, damit Josh ihn absetzen kann.

»Was ist passiert?«, will Addi wissen.

»Wo ist der Fritz?«, mischt sich Hilde ein.

Wendelin ist aufgrund gehabter Anstrengungen dabei, in einen tiefen Schlaf zu sinken. Sie müssen ihn feste rütteln, damit er wieder zu sich kommt.

»Lassss mich … bin … mmmüde …«, knurrt er.

»Wo ist der Fritz!«, schreit ihm Luisa ins Ohr.

»Gebt ihm was zu trinken«, rät Josh. »He, Wendelin. Da ist ein Glas Wein.«

Wendelin reißt die Augen auf und greift nach dem halb vollen Glas, das Else ihm hinhält. Er trinkt es in einem durstigen Zug leer. Das Wasser, das Hilde ihm anschließend verabreichen will, lehnt er energisch ab.

»Gestern früh … gleich bei der ersten Kontrolle … die Amis … unter dem Holz die Flaschen … alle gefunden …«

»Ich hab's geahnt«, entfährt es Hilde. »Und dann?«

Wendelin macht eine kreisende Bewegung mit der rechten Hand, als wollte er eine Fliege fangen.

»Mitgenommen … Verhör … eingesperrt …«

»Den Fritz etwa auch?«

»Alle zwei … Schmuggler … Alk… Alkool …«

Luisa schaut hilfesuchend zu Hilde hinüber. Die entscheidet, dass zuerst die Lage geklärt werden muss.

»Was war dann?«

Der Wendelin zieht ein Fuchsgesicht und grinst.

»Beweisführung … Probe genommen … erst mal wir, weil hätte ja Gift sein können … dann die anderen …«

»Welche anderen? Die Amis?«

»Deutsche Polizei … Schnaps gut … eine Flasche … zwei Flaschen … alle Flaschen … Schnaps gut … reine Ware … kein Fusel …«

»Großer Gott! Wie viele Flaschen waren es?«

»Zwanzig … und noch drei mit Pflaume … Alle weg …«

Luisa will wissen, ob der Fritz auch mittrinken musste. Ja, das musste er. Und nicht zu knapp.

»Heute Mittag haben sie uns entlassen … Weihnachts-Anne… Anne…«

»Amnestie …«

»Nessie … Jawohl. Ich steige in mein Auto, und was finde ich da?«

»Lass mich raten«, sagt Addi. »Sie haben eine Buddel übersehen.«

Wendelin lächelt ihn selig an und tippt sich an die Stirn.

»Schlau … du biss schlau … Addi Dobsch…«

»Aber was ist mit dem Fritz?«, bedrängt ihn Luisa. »Warum ist er nicht bei dir?«

Wendelin zuckt bedauernd die Schultern. »Wollte nicht mittrinken. Und auch nicht mitfahren. Ist zu Fuß heimgelaufen …«

Ach, du Elend, denkt Hilde. Durch den Schnee bis Lenzhahn. Hoffentlich hat er gute Schuhe, sonst erfriert er sich die Füße. Dann legt sie den Arm um Luisa und drückt sie an sich.

»Na siehste, Cousinchen«, sagt sie. »Es ist ihm nichts passiert. Bestimmt ist er jetzt schon bei seinen Eltern und feiert mit ihnen den Heiligen Abend.«

Wendelin ist nun endgültig im Land der Träume. Sie betten ihn auf drei Stühle, legen eine Decke über ihn und lassen ihn unter dem Weihnachtsbaum seinen Rausch ausschlafen.

JEAN-JACQUES

Dezember 1945

In der Nacht wacht er auf, weil die Eltern mit Pierrot aus der Klinik zurück sind und im Flur vor den Schlafkammern ein lauter Streit entsteht.

»Das will ich nicht!«

»Aber Pierrot«, fleht die Mutter. »Der Docteur hat gesagt, du darfst auf keinen Fall allein bleiben.«

»Ich brauch keine Aufpasserin. Geh!«

Jean-Jacques hört einen dumpfen Aufprall, die Mutter stößt einen erschrockenen Ton aus. Dann redet der Vater. Laut und zornig. »Tu das nie wieder! Hast du mich verstanden? Nie wieder!«

»Es tut mir leid. Das wollte ich nicht … Aber sie soll nicht mit in meine Kammer gehen.«

»Lass ihn«, sagt der Vater. «Er ist erwachsen.«

Die Mutter weint. Pierrot muss sie in seinem Zorn gestoßen haben, sodass sie gegen die Wand getaumelt ist. Schlimmer als der Schmerz ist die Ablehnung. Ihr Lieblingssohn stößt sie von sich. Das ist für sie schwer zu ertragen.

Jean-Jacques liegt mit offenen Augen auf dem Rücken und lauscht auf die Geräusche im Flur. Pierrots Tür wird geöffnet und wieder zugeschlagen. Er kann hören, wie das Bett knarrt, als der Bruder sich hineinwirft. Auf der anderen Seite geht jemand in die Schlafkammer der Eltern, vermutlich der Vater. Dann hört er die Mutter leise fragen: »Trinkt er?«

»Leider nicht …«, flüstert die Amme.

»Er muss doch trinken …«

»Beten Sie …«

Es wird still. Jean-Jacques liegt schlaflos auf dem Rücken, sieht in der Dunkelheit zahllose Gespenster, die alle sein eigenes Gesicht tragen. Sie stürzen sich auf ihn, wollen ihn mit ihren Zähnen und Klauen zerreißen, er wehrt sich, findet Ausflüchte und weiß doch, dass es kein Entkommen gibt. Er muss sich diesen Dämonen stellen.

Ich bin es, denkt er. Das alles ist geschehen, weil ich hiergeblieben bin. Weil ich stur meinen Platz behauptet habe, obgleich er längst verloren war. Wäre ich fortgegangen, dann hätte Margot irgendwann Pierrot geheiratet, und sie hätte in aller Ruhe das gemeinsame Kind auf die Welt bringen können. Marcel, den Erben, auf den der Vater so gehofft hat. Gewiss hätte Margot mich vermisst, aber letztlich hätte sie sich für Pierrot und für ihr Kind entschieden. So aber habe ich uns alle in eine Lüge hineingezwungen. Margot. Pierrot. Mich selbst. Und auch das unschuldige Wesen, das nun sterben muss. Und warum habe ich das getan? Weil ich das Land haben wollte, die Weinberge, den Hof. Weil ich meinen Platz nicht freigeben wollte. Darum habe ich uns alle ins Elend gebracht. Darum hat Margot sterben müssen …

Er muss daran denken, dass er auch Hilde unglücklich gemacht hat. Seine große Liebe, die auf immer für ihn verloren ist. Es war eine Sünde, sich zu verlieben, denn er hatte einer anderen die Treue versprochen. Aber die größere Sünde war es, sich nicht zu seiner Liebe zu bekennen. Aus Habgier. Aus Neid. Aus Hochmut. Aus Zorn. O ja – er ist fertig mit der Kirche, aber er kennt die sieben Todsünden noch recht gut. Vier davon treffen auf ihn zu. Vielleicht auch die Trägheit. Dann wären es fünf. Seine Seele ist unrettbar verloren …

Aber seine Seele kümmert ihn nicht. Es sind die Menschen, denen er Leid zugefügt hat, das er nicht wiedergutmachen kann. Er beschließt, zu Pierrot hinüberzugehen und ihn um Vergebung zu bitten. Es fällt ihm nicht leicht, denn auch der Bruder hat ihm viel angetan, aber er rafft sich auf und klopft an Pierrots Kammertür. Als er keine Antwort erhält, drückt er die Klinke herunter, doch Pierrot hat innen den Riegel vorgeschoben. Unverrichteter Dinge tapst er in der Dunkelheit zurück in seine Kammer.

Fortgehen. Alles aufgeben. Hinter sich lassen und ein anderes Leben beginnen. Vielleicht in Übersee. Kämpfen, hart arbeiten, um ein winziges Quäntchen Glück ringen. Mehr hat er nicht verdient.

Aber wenn das Kind stirbt und Pierrot sich in seiner Verzweiflung noch einmal etwas antut – dann muss er bei den Eltern bleiben. Das Erbe antreten. Schlimmstenfalls auch heiraten. Kinder haben. Seine Pflicht erfüllen.

Er liegt wach bis zum ersten Hahnenschrei, dann schlummert er erschöpft ein. Im Traum sieht er eine breite Straße, die zu beiden Seiten von Trümmerbergen umgeben ist. Schwarz gezackte Ruinen, aus denen noch die Flammen schlagen, dazwischen verkohlte Bäume, gefallene Säulen. Weit hinten in der Straße gehen zwei Menschen, sie halten einander an den Händen, ein Mann und eine Frau. Er sieht Hildes blondes Haar im Feuerschein leuchten, der Mann neben ihr trägt eine Armeeuniform.

Die Stimme seiner Mutter reißt ihn aus dem Albtraum.

»Ist das wahr? Lass sehen. Heilige Jungfrau …«

Er ist noch ganz benommen, aber er begreift, dass es um das Kind geht. Ist es in der Nacht gestorben?

»Er trinkt! Schon das zweite Mal! Ich darf ihm nicht zu viel geben, sonst spuckt er es wieder aus …«

»Lass ihn nur … er hat viel nachzuholen … Heilige Maria und Josef … er schaut schon viel kräftiger aus … Ach, du kleiner Schatz … du unser Prinz … Trink nur ordentlich …«

Er lebt, denkt Jean-Jacques und setzt sich im Bett auf. Er hat sich für das Leben entschieden. Er kämpft. Das winzige, mutterlose Kerlchen hat mehr Mut als wir alle zusammen.

Er schaltet die Lampe ein und steht aus dem Bett auf. Zieht die Jacke über und wehrt sich gegen den leichten Drehschwindel, der ihn beim raschen Aufstehen befällt. Wie spät ist es? Schon halb sieben, aber draußen ist es noch dunkel.

»Mach auf. Ich muss mit dir reden.«

In der Kammer des Bruders regt sich nichts. Die Vorstellung quält ihn, dass Pierrot sich zum zweiten Mal etwas angetan haben könnte. Die Verbände abgerissen. Die Schnittwunden wieder geöffnet. Sich mit seinem Gürtel erhängt. Er schlägt mit der Faust gegen die Tür.

»Mach auf, oder ich trete die Tür ein!«

Er weiß, dass er nicht die Kraft dazu hat, aber er wird Werkzeug holen, und dann muss die Tür nachgeben. Pierrot weiß das auch, er kennt die Entschlossenheit seines Bruders. Jean-Jacques hört das Knarren der alten Bettstatt, als Pierrot aufsteht. Das Tapsen der bloßen Füße auf den Holzdielen. Dann schiebt Pierrot den Riegel zurück.

»Was willst du?«

Er ist heiser, flüstert mehr, als dass er spricht, und schaut Jean-Jacques aus eng zusammengekniffenen Augen an. Sein Gesicht ist sehr schmal, die Augenringe erschreckend schwarz auf der blassen Haut. Er hat gestern viel Blut verloren.

»Dir ein paar Worte sagen. Keine Sorge, ich mache es kurz.«

Er schiebt den Bruder beiseite und geht in die Kammer, schaltet das Deckenlicht ein, setzt sich auf das zerwühlte Bett. Pierrot steht noch an der Tür, die langen Ärmel des leinenen Nachtgewandes verdecken die Verbände an den Handgelenken.

»Wenn du mir sagen willst, dass ich gehen soll – ich habe nichts anderes vor«, sagt Pierrot leise und muss sich räuspern.

Jean-Jacques besieht die Jammergestalt, die einmal sein lebenslanger Widersacher gewesen ist. Der Gegner, mit dem er sich in den Weinbergen wilde Raufereien geliefert hat. Der Mann, der mit seiner Ehefrau Margot geschlafen hat.

»Im Gegenteil«, sagt er mit ruhiger Stimme. »Ich komme, um dir zu sagen, dass du bleiben sollst. Ich bin derjenige, der geht.«

Pierrot reißt die Augen auf, dann schüttelt ihn ein verrücktes Lachen. »Du? Warum solltest du gehen?«

»Weil ich es so entschieden habe, Pierrot«, gibt Jean-Jacques zurück. »Dein Sohn hat beschlossen, am Leben zu bleiben. Er braucht seinen Vater, darum wirst du hierbleiben und den Besitz erben.«

Pierrot bewegt ungläubig den Kopf hin und her, geht schwankend einige Schritte auf den Bruder zu. »Hast du Fieber? Oder ist der Heilige Geist über dich gekommen? Marcel ist *dein* Sohn. Vor aller Welt und auch vor den Eltern.«

Jean-Jacques hat seinen Entschluss gefasst, er bleibt gelassen. Er schafft es sogar, den Bruder anzulächeln. »Wir beide wissen es besser, Pierrot. Und auch die Eltern werden es erfahren. Alles andere sollst du selbst entscheiden.«

»Du bist besoffen, oder? Gib's zu, du warst im Weinkeller …«

»Ich verlasse den Hof noch heute, Pierrot. Für immer.«

Der Bruder glaubt ihm nicht, grinst ihn an und schaut dabei schlimm aus, so leichenblass wie ein Toter. Jean-Jacques erhebt sich und geht an ihm vorbei aus der Kammer. Im Flur dreht er sich um, kann Pierrot gerade noch daran hindern, die Tür zuzuschlagen.

»Dein Sohn trinkt«, sagt er in den Türspalt hinein. »Schau es dir an.«

Pierrot reagiert nicht, sondern schließt die Tür und schiebt den Riegel vor. Also geht Jean-Jacques allein zum Kinderzimmer, klopft an, und weil ihm niemand antwortet, öffnet er ohne Aufforderung. Die Amme sitzt auf einem Stuhl mit Armlehnen, den sie mit Kissen bequem ausgepolstert hat. Ihre enorm angeschwollene rechte Brust ist frei, man sieht die feinen bläulichen

Adern unter der hellen Haut, die rötliche Spitze ist hart wie eine verschrumpelte Kirsche. Neben ihr in der hölzernen Wiege schläft der kleine Marcel, rosig und zufrieden. Die Amme hat den Kopf an die Wand gelehnt und schnarcht vor sich hin. Jean-Jacques schließt die Tür so leise wie möglich und steigt auf den Dachboden, um eine Reisetasche zu holen. Er wird nur wenige Dinge einpacken: Wäsche, Socken, ein Hemd zum Wechseln, einen wollenen Pullover. Geld. Seine Papiere. Nichts weiter. Kein Foto. Keine Erinnerungen. Seinen Ehering streift er ab, lässt ihn auf dem Tisch liegen. Dann sucht er nach Stift und Papier, um den Eltern einen Brief zu schreiben.

Er verlässt das Haus durch den Kellerausgang und geht zu Fuß bis Villeneuve, wo er in den Bus nach Nîmes steigt. Es ist ein ruhiger Dezembertag, der Mistral hat aufgehört, das Land liegt reglos unter dem grau verhangenen Himmel. Reihen winterkahler Weinstöcke ziehen am Fenster vorüber, wohlbekannte kleine Dörfer, vereinzelte Höfe, ein Pferdegespann, mit Fässern beladen, bewegt sich in Richtung Villeneuve. Meine Heimat, denkt er. Sie schläft dem Frühjahr entgegen. Dann werden die Wiesen wieder grün, unter der heißen Sonne des Midi wird es nach Lavendel und Thymian duften, und die Weinstöcke werden austreiben. Aber ich werde nicht mehr hier sein.

Er verspürt ein hohles Gefühl, eine seltsame Schwäche im ganzen Körper und führt es auf seinen Seelenzustand zurück, aber es gefällt ihm nicht. Er sollte jetzt nicht krank werden. In Nîmes erwischt er ein paar Sonnenstrahlen und fühlt sich gleich besser. Als ihn zwei Bekannte auf der Straße grüßen, beschließt er, so rasch wie möglich weiterzufahren, und kauft eine Fahrkarte nach Paris. Der Zug ist überfüllt, es ist kurz vor Weihnachten, und viele haben sich aufgemacht, die Verwandten zu besuchen. Manche tragen gefüllte Rucksäcke, sie wollen Käse und Salami in der Hauptstadt gegen Kleider und Schuhe, Seife, Parfüm eintauschen – alles, was man auf dem Land schlecht bekommt. Es geht lebhaft zu im Zugabteil, kleine Kinder springen herum, weinen, schreien, husten ihn an. Jean-Jacques hat bohrende Kopfschmerzen, das Geschrei und die Unruhe sind eine Qual für ihn. Gegen Ende der Fahrt fällt er in einen leichten Schlummer, lehnt den Kopf an die Seitenstütze, obgleich der Waggon fürchterlich rattert und vibriert, und glaubt, ständiges Glockengeläut zu hören.

Ich hätte mich von ihr verabschieden müssen, denkt er. Sie allein hat es verdient, dass ich zu ihr gehe, um ihr Lebewohl zu sagen. Margot, die so allein in ihrem kalten Sarg liegt … Seine Gedanken verwirren sich, er muss ein kleines Mädel aufheben, das direkt vor ihm hingefallen ist und laut heult. Die Mutter putzt der Kleinen die Nase und gibt ihr ein Bonbon, dann packt sie ein langes Baguette aus und teilt Brot und Käse mit ihren drei Kleinen. Jean-Jacques fällt ein, dass er den ganzen Tag über noch nichts gegessen hat, aber seltsamerweise ist er nicht hungrig, sondern nur unfassbar müde und erschöpft. Sie erreichen die Hauptstadt am späten Abend, und er friert erbärmlich, als er den Zug verlässt. Gare de Lyon. Die meisten Reisenden eilen rasch davon, verschwinden in Anschlusszügen, in der Métro oder im Wartesaal. Jean-Jacques läuft durch die pompöse nächtliche Bahnhofshalle, ratlos, wohin er sich wenden soll, verspürt ein dumpfes Gefühl im Kopf und ein hinterhältiges Kratzen im Hals. Schließlich verlässt er das Bahnhofsgebäude, schlendert über einen weiten, schwach beleuchteten Platz und irrt durch die Straßen, bis er ein Hotel findet, das ihm nicht allzu teuer erscheint. Ein dunkelhäutiger Nachtportier begrüßt ihn schläfrig und geleitet ihn in ein winziges, stickiges Dachzimmer, verlangt Vorauszahlung und mahnt ihn, das Fenster nicht zu öffnen, weil das Holz verquollen sei und die Glasscheiben herausfallen könnten. Jean-Jacques ist so müde, dass ihm alles gleich ist, sein Kopf ist bleischwer, auch sein Magen ist nicht in Ordnung.

»Gute Nacht, Monsieur …«

Er schläft wie ein Stein, kaum dass er sich hingelegt hat, kann sich am Morgen an keinen Traum erinnern, fühlt sich aber sehr viel besser. Schneeregen empfängt ihn, als er auf die Straße tritt, er klappt den Kragen hoch und zieht die Mütze tief in die Stirn. Es ist kalt hier oben in der Hauptstadt, kälter als unten im Midi, auch kommt der Wind von allen Seiten, man kann sich kaum vor ihm schützen. Eine Weile geht er durch lange Straßen, bestaunt die vielstöckigen Häuserreihen, die mit eisernen Gittern geschützten Eingänge, die hohen Fenster, die ihn dunkel und abweisend anstarren. In einem Bistro trinkt er einen Milchkaffee und isst ein hart gebackenes Croissant, das nach Sägemehl schmeckt und viel zu teuer ist. Als er sich beschwert, wird er vom Patron beschimpft. Warum er nicht unten im Midi bliebe, auf dem Land, wo es genug zu essen gäbe. Hier in Paris müsse jeder schauen, wie er satt würde, an diesem Croissant würde er so gut wie nichts verdienen. Jean-Jacques gibt ihm ein Trinkgeld und geht wieder hinaus in den eisigen Regen. Die Kopfschmerzen und der raue Hals melden sich zurück, doch er kümmert sich nicht darum. Eine kleine Erkältung – nichts Besonderes bei dieser Jahreszeit. Die Menschen, die die Straßen bevölkern, verbergen ihre Gesichter unter Schals und Kapuzen, sie haben es eilig, niemand hat Zeit für ein Lächeln. Bettler und Kriegsinvaliden hocken in den Hauseingängen, strecken ihm einen Teller oder die hohle Hand entgegen. Auch Kinder und alte Frauen sind darunter. Die große Begeisterung über den Sieg ist verflogen, denkt er und erinnert sich an die jubelnden, übermütigen Menschen, die er im April überall angetroffen hat. Der Alltag ist zurück, es fehlt an allem, und das Leben ist nicht einfach. Für niemanden.

Er hat keinen Plan, was er mit sich anfangen will. Nur vage Vorstellungen, die nicht zu Ende gedacht sind. An die Küste reisen, sich nach Übersee einschiffen. Aber dazu fehlt ihm das Geld. Eine Arbeit finden und eine Weile hier in Paris bleiben.

Auch das erscheint ihm jetzt schwierig, es sieht nicht so aus, als sei es leicht, eine gute Anstellung zu finden. Was hat er schon gelernt? Er ist Winzer und Landwirt – beides wird hier in Paris nicht gebraucht. Vielleicht sollte er nach Belgien gehen? In die Schweiz? Oder nach Deutschland …

Da bleibt er stehen und starrt auf ein buntes Plakat, das in einem Hauseingang vor dem Regen geschützt aufgehängt wurde. Der Kopf eines Mannes ist im Profil zu sehen, die Züge sind scharf, der Blick von entschlossenem Gleichmut. Ein Soldat. Er trägt eine Schirmkappe und etwas, was einer Uniform ähnelt. Im Hintergrund eine Wüstenlandschaft in Gelb-Orange, die schwarzen Silhouetten einer Karawane ziehen über den Sandhügel, eine frauenähnliche Gestalt wendet sich dem Betrachter zu. Wüstenromantik. »Die Fremdenlegion wartet auf dich«, steht darunter.

Er hat davon gehört. Man muss sich auf fünf Jahre verpflichten, erhält eine spezielle Ausbildung und wird in den Kolonien eingesetzt, überall dort, wo es gerade brennt. Einige junge Kerle aus Villeneuve haben sich melden wollen, es dann aber doch nicht gewagt. Es gäbe viele Deutsche dort, haben sie erzählt. Die kämen aus den Kriegsgefangenenlagern, wo sie sonst verhungern würden. Und die Deutschen seien beliebt, weil sie gute Soldaten sind.

Fünf Jahre, denkt er. Kämpfen und das Schicksal herausfordern. Vielleicht auch sterben. Wenn ich es überlebe, werde ich ein anderer sein.

Er geht hinein, öffnet die Ladentür und steht zu seiner Überraschung einer hübschen jungen Frau gegenüber, die ihn freudig willkommen heißt und ihm einen Stuhl anbietet.

»Sie sind schon fest entschlossen, Monsieur? Oder möchten Sie sich nur informieren?«

Sie macht ihre Sache gut. Redet von Abenteuern und exotischen Ländern, von dem Ansehen, das die Truppe überall genießt, von der ausgezeichneten Ausbildung, der guten Bezahlung. Dass die Überlebensquote bei fünfzig Prozent liegt, sagt sie ihm nicht, das weiß er von den jungen Kerlen aus Villeneuve. Wenn man der schönen schwarzhaarigen Angestellten zuhört, dann wartet auf den Fremdenlegionär ein Leben voller grandioser Erlebnisse und erotischer Abenteuer und ein dicker Batzen Geld obendrauf.

Er sieht das anders, sagt es ihr aber nicht. Sie notiert seinen Namen, seine Heimatadresse, besieht seine Papiere, will wissen, warum er keine Entlassungspapiere aus dem Arbeitsdienst in Deutschland besitzt. Geflohen? Respekt. Von seinem Aufenthalt im Gefängnis erzählt er ihr nichts.

»Sie müssen sich noch rasch einer ärztlichen Visitation unterziehen. Reine Formsache. Wir können natürlich niemanden aufnehmen, der eine ansteckende Krankheit oder eine körperliche Beeinträchtigung mit sich herumschleppt …«

Im Nebenraum wartet schon ein weiterer Aspirant, ein hochgewachsener junger Mensch, dunkelhaarig mit lebhaften braunen Augen. »Weißt du«, sagt er zu Jean-Jacques, den er schon als künftigen Kameraden duzt. »Es ist eine Schande, wie die Deutschen unsere Soldaten niedergemacht haben. Ich war zu jung, durfte damals noch nicht zur Armee. Aber jetzt will ich kämpfen und zeigen, was in uns Franzosen steckt. Ich tue es für Frankreich. Für meine Heimat.«

Dann wird er hinüber in den Untersuchungsraum gerufen, und Jean-Jacques hat Zeit, über seine Worte nachzudenken. Es klingt edel. Für Frankreich. Für die Heimat. Er kämpft nur für sich selbst. Auf jeden Fall nicht für Frankreich.

Der junge Mensch ist rasch wieder zurück, zieht sich im Vorbeigehen die Jacke über und nickt Jean-Jacques zu. »Viel Glück, Kamerad!«

Die Prozedur ist Jean-Jacques noch von der Musterung in Erinnerung. Nackt ausziehen und sich abklopfen lassen, Kniesehnenreflex abrufen, Kopf nach rechts und links drehen, Zähne kontrollieren, die Sehschärfe kurz testen. Hier ist man genauer. Der dürre kleine Mediziner mit den Glupschaugen betastet seine Armmuskeln, besieht ausgiebig sein Geschlecht, fährt mit dem Daumen an seiner Wirbelsäule entlang und befühlt seinen Schädel.

»Haben Sie öfter Fieberanfälle, Monsieur Perrier?«

»Niemals. Das ist eine Erkältung. Ich habe auch Halsschmerzen.«

Der Rachen ist gerötet, was den Mediziner beruhigt.

»Da ist eine Schwellung an Ihrem Hinterkopf …«

Jean-Jacques hat geglaubt, die Beule sei längst abgeschwollen, aber der Doktor hat feine Fingerchen.

»Ein Unfall vor ein paar Wochen. Nicht der Rede wert. Das vergeht.«

»Eine Gehirnerschütterung? Haben Sie einen Arzt konsultiert?«

»Nein, es war harmlos«, spielt Jean-Jacques die Sache herunter. »Ein wenig schwindelig war mir, das ist alles …«

Er spürt noch, wie sich die Finger des Arztes mit sachtem Druck auf der Schwellung hin und her bewegen, dann schießt plötzlich ein Schmerz durch seinen Schädel, heiß wie ein Blitzschlag, und er stürzt in einen dunklen, reißenden Strudel. Aus und Ende. Alles weg. Nur kreisende Finsternis, Würgen, Erbrechen, Erschöpfung.

Er findet sich in einem Krankenhausbett wieder und kann sich nur bruchstückhaft erinnern, wie er dorthin kam: Das Gesicht des glupschäugigen Mediziners ganz dicht vor ihm, jemand, der ihm die Kleider anzieht, möglicherweise die hübsche Angestellte, eine Trage, Häuserwände, die an ihm vorüberfliegen …

»Schädeltrauma«, wird ihm gesagt. »Viel Ruhe. Liegen. Entspannen.«

Das Röntgenbild zeigt einen feinen Riss, der aber schon fast zugeheilt ist. Der Mediziner, der ihn hat einliefern lassen, Docteur Pontneuf, lässt ausrichten, dass er die körperlichen Voraussetzungen für einen Fremdenlegionär nicht mitbringt und daher abgelehnt werden muss.

Er bleibt über Nacht und verlässt das Krankenhaus am frühen Morgen. Die Kosten verschlingen einen beträchtlichen Teil seiner Barschaft, er wird früher oder später eine Arbeit annehmen müssen, wenn er nicht als Bettler in einem der Hauseingänge enden will. Sein Kopf dröhnt, jeder Gedanke an Nahrung dreht ihm den Magen um – doch an Ausruhen, Liegen und Entspannen ist vorerst nicht zu denken. Mühsam kämpft er sich gegen Regen und kalten Wind voran, atmet tief und gleichmäßig, um den Schwindel nicht wieder aufkommen zu lassen, und steht nach langem Umherirren wieder auf dem Bahnhofsplatz. Was sucht er hier? Was sucht er überhaupt?

Ich bin in die falsche Richtung gelaufen, denkt er. Notre Dame, der Louvre, die Seine – all das liegt weiter westlich. Er will den Fluss sehen, auf einer der Brücken stehen – warum, das kann er nicht erklären, etwas in seinem Inneren sagt ihm, dass es so sein muss. Also kauft er sich eine Fahrkarte und steigt in einen Zug, findet zunächst keinen Sitzplatz, denn es ist ziemlich voll, und lässt sich schließlich auf dem Gang auf einem Notsitz nieder. Es ist eine höllische Fahrt, laut, ruckelig, dröhnend, zischend, voller übler Gerüche. Dreimal muss er den Abort aufsuchen und sich übergeben, danach hockt er frierend und zu Tode erschöpft im zugigen Gang und weiß nicht mehr, wohin er fährt. Paris liegt längst hinter ihm, es geht gen Norden, an jeder Station steigen Menschen aus, drängen sich an ihm vorbei, schlagen ihm Gepäckstücke in den Rücken, gegen die Knie. Schließlich begreift er, dass das Abteil neben ihm leer ist, und er steht mühsam auf, braucht unendlich viel Kraft, um die Schiebetür zu öffnen, und torkelt auf einen der Sitze. Er muss noch einmal aufstehen und den gleichen Kampf mit der Tür ein zweites Mal führen, denn er hat seine Tasche im Gang stehen lassen. Dann schläft er ein, träumt von einer Sandwüste, spürt glühend heißen Wind im Gesicht, der ihn kaum atmen lässt. Sein Mund, sein ganzer Körper ist ausgetrocknet, er hört das Sausen und Knattern des Windes, sieht in der Ferne einen Fluss, blaues, klares Wasser blinkt, doch so sehr er sich anstrengt, er kann es nicht erreichen.

»Grenzkontrolle … Ihre Papiere …«

Er schlägt die Augen auf, reicht dem Bahnbeamten seinen Ausweis, starrt einen Moment lang in das schnurrbärtige Gesicht des Mannes mit der Schirmmütze und erhält seine Papiere zurück.

»Geschäftlich unterwegs, wie?«, fragt der Bahnmensch.

»So ähnlich …«

»Na dann, frohe Weihnachten!«

»Frohe Weihnachten …«

Er ist jetzt wach, es geht ihm etwas besser. Er steht auf, von brennendem Durst getrieben, findet ein älteres Ehepaar im Nachbarabteil und bittet um einen Schluck Wasser. Die beiden zögern, fragen, ob er etwa krank sei, und er gibt zu, erkältet zu sein. Er fiebert wieder schlimmer, vermutlich daher der Durst. Die Frau hat Mitleid, sie gibt ihm einen Becher kalten Kamillentee aus einer mitgeführten Blechflasche, und er trinkt ihn in einem Zug aus.

»Danke … Wissen Sie, wo wir jetzt sind?«

»Irgendwo hinter Saarbrücken, Monsieur. Wir können die deutschen Schilder schlecht lesen. Wir wollen unseren Sohn besuchen, er ist in Mainz stationiert …«

»Danke, Madame.«

Die Fahrt ist unruhig, immer wieder hält der Zug an, wird auf ein anderes Gleis geleitet, fährt im Schneckentempo weiter. Man hat die Bombenschäden nur teilweise repariert, hauptsächlich die Strecken, auf denen Güter und requirierte Maschinen nach Frankreich abtransportiert werden.

Ich bin verrückt, denkt er, als er wieder allein im Abteil sitzt. Aber vielleicht muss auch das getan werden. Auch dieses Buch zugeschlagen. Auch diese Hoffnung begraben.

Sie erreichen Mainz im Morgengrauen. Der Bahnhof ist vollkommen zertrümmert, die Gleise von Bomben zerrissen – ein Wunder, dass hier überhaupt Züge verkehren können. Sein Kopf ist auf einmal frei, er atmet die kalte Winterluft und friert nicht einmal, folgt den Menschen, die auf schmalen Wegen durch die Trümmer laufen, findet sich vor einer großen Kirche wieder, die heil zwischen all den Ruinen stehen geblieben ist. Der Dom. Er gelangt durch eine Seitentür in den Innenraum, mächtige Rundbögen aus Sandstein tragen das Gewölbe. Kerzenschein empfängt ihn, Weihrauch – eine Frühmesse wird gehalten. Er steht eine Weile da und hört zu, starrt in das Licht der Altarkerzen, dann wird ihm von dem Weihrauch übel, und er flieht nach draußen.

Der Fluss liegt grau und eisig vor ihm, kleine Wellen blitzen im ersten Frühlicht auf, eilen geschäftig dem Meer entgegen, um sich dort aufzulösen, endlich zur Ruhe zu kommen. Es gibt eine Behelfsbrücke, die von französischen Soldaten auf der einen und Amerikanern auf der anderen Seite kontrolliert wird, aber er will niemanden sehen, nichts erklären, nur auf die andere Seite. Ein Stück flussaufwärts findet er einen Schiffer, der eine Gruppe von Leuten übersetzt, die sich – warum auch immer – den Kontrollen der Besatzer entziehen müssen. Der Preis für die Überfahrt ist entsprechend hoch – Jean-Jacques bleiben nur ein paar Sous. Er sitzt zusammengekauert auf der Ruderbank und friert erbärmlich, das Schlingern des Fischerbootes bereitet ihm Übelkeit, sein Kopf schmerzt, auch der Schwindel schlägt wieder zu. In der Mitte des Flusses kreuzt das Boot eine starke Strömung, es schwankt, kämpft sich durch widerständige Wellen zum anderen Ufer hinüber, und Jean-Jacques kommt der Gedanke, dass der Tod in dem schwarzen, aufgewühlten Wasser eine Erlösung sein könnte. Der Schiffer muss ihm beim Hinausklettern helfen, er ist kraftlos wie ein kleines Kind, die Beine wollen ihm wegsacken, mit Mühe kann er seine Tasche festhalten.

»Wo willste denn hin?«, fragt jemand auf Deutsch.

Er nennt die Adresse und weiß doch nicht einmal, ob das Haus noch steht. Aber der Mann nickt und bedeutet ihm, sich auf den Bollerwagen zu setzen, den er hinter sich herzieht.

»Wenn einer dumm fragt – du bist mein Cousin, und ich bringe dich zum Arzt. Und unter dir ist eine Matratze, sonst nichts, klar?«

Er muss es zweimal sagen, bis Jean-Jacques endlich verstanden hat. Das, was er an Deutsch gelernt hat, kommt nur stückweise in seinen Kopf zurück. Aber er hat begriffen, dass dieser Mensch, der gerade mit ihm über den Fluss gefahren ist, ein Schwarzhändler ist und dass unter ihm irgendeine heiße Ware verborgen liegt. Es ist ihm gleich, er setzt sich auf das wackelige Gefährt, das große, hölzerne Räder hat, die nur mit Blechstreifen beschlagen sind. Es rattert so grausam beim Fahren, dass er vollkommen benommen ist.

»Mann«, sagt der Schwarzhändler, als er anhält. »Dir geht's ja richtig beschissen. Da drüben musst du hin. Ist aber noch nicht offen. Viel Glück.«

Der Rest ist Traum. Er taumelt auf die beleuchteten Fenster zu, stolpert und fällt, spürt keinen Schmerz und steht wieder auf. Hält sich an einer Fensterbank fest und starrt auf die Drehtür, die dahinter zu sehen ist. Das Licht. Bewegung. Jemand geht durch den Gastraum, bleibt stehen, macht eine abwehrende Geste mit der Hand. Es ist noch nicht geöffnet. Er schwankt, die Tasche fällt ihm aus der Hand, er klammert sich an die hölzerne Fensterbank. Alles dreht sich, die Straße, die Fenster, die Flügel der Drehtür.

Dann sieht er ihr Gesicht. Direkt vor sich, nur durch die Glasscheibe von ihm getrennt. Es ist starr, die Augen weit aufgerissen, der Mund halboffen. Er hört sie schreien.

»Das ist nicht wahr … Ein Gespenst …«

Sie ist außer sich, ihr Blick flackert, sie hält sich die Hand vor den Mund. Er will ihr Zeichen geben, zu ihr sprechen, doch er ist wie gelähmt.

»Was willst du hier? Geh zu deiner Frau! Verschwinde!«

Sie tobt, schluchzt auf, läuft davon. Drinnen bewegen sich Schatten. Jean-Jacques will hineingehen, ihr erklären, warum er kam. Er will sie nicht behelligen, versteht recht gut, dass sie einen anderen hat. Er will sie um Vergebung bitten, das ist alles. Aber gerade jetzt muss er sich übergeben, sackt neben der Tür zusammen.

»Wo?«, hört er eine weibliche Stimme fragen. »Da ist niemand, Hilde. Du hast dich getäuscht …«

»Mach die Tür zu, Luisa. Schließ sie ab.«

Die Tür wird wieder geschlossen. Es ist zu Ende, er hat keine Kraft mehr. Hundert Jahre liegt er dort auf dem kalten Boden, atmet, fiebert, spürt, wie sein Herz in der Brust hämmert. Als er sich endlich aufrafft, ist er so schwer, als wäre sein Körper mit Blei gefüllt. Alles ist zu Ende. Das Buch zugeschlagen. Er weiß nun, dass sie lebt, dass es ihr gut geht. Das muss genügen. Langsam, ein wenig vornübergebeugt, geht er die Straße wieder zurück. Schritt für Schritt. Das Fieber tobt in seinem Inneren, verbrennt seine Eingeweide, wärmt ihn, schützt vor der Kälte …

»Warten Sie doch … Ich muss Sie etwas fragen …«

Er erkennt die Stimme wieder und bleibt stehen. Eine unbekannte, dunkelhaarige junge Frau hält ihn am Arm fest. Sie hat sanfte, sehr schöne Augen.

»Sind Sie der französische Fremdarbeiter, der vor Monaten im Café Engel eingesetzt war? Ist Ihr Vorname Jean-Jacques?«

Sie spricht langsam und deutlich, er versteht jedes Wort.

»Ja …«, sagt er. »Ich bin … Jean-Jacques Perrier …«

Sie lächelt ihn an. Ein warmes Lächeln. Es tut ihm unendlich wohl. »Dann kommen Sie mit. Meine Cousine ist etwas durcheinander. Aber das gibt sich. Ich weiß das, weil ich die Hilde inzwischen kenne …«

Der Traum endet abrupt, als sie ihn durch die Drehtür führt. Er hört noch Hildes erschrockenen Ruf: »Jean-Jacques! Mein Gott! Was ist …«

Dann hat der schwarze Strudel ihn wieder im Griff. Er verschluckt ihn auf die übliche Weise, hält ihn eine Weile in der Tiefe und speit ihn schließlich wieder aus. Ein neuer Traum beginnt. Vielleicht ein Wahrtraum. Die Wahrheit wie ein Traum, weil sein Hirn immer noch durcheinandergeschüttelt ist.

Er liegt in einem Bett, warm zugedeckt, sein Kopf auf weißen Kissen gebettet. Hilde, die eine Tasse mit einer dampfenden Flüssigkeit in der Hand hält. Sie hat geweint, ihre Wangen sind noch nass, die Augen rot verquollen.

»Du hast uns ja einen furchtbaren Schrecken eingejagt. Was willst du hier? Wie kommst du so plötzlich her? Wo ist dein Ehering?«

»Viele Fragen …«

Sie stellt den Becher ab. Schnieft. Fährt sich mit der Hand übers Gesicht. Beugt sich zu ihm herunter. »Willst du … etwa … hierbleiben?«, flüstert sie.

»Du hast einen anderen …«

Sie legt ihre Hände um seine Wangen und küsst ihn auf den Mund.

»Es gibt keinen anderen«, schluchzt sie. »Du verdammter Mistkerl. Ich liebe nur dich …«

HEINZ

Wiesbaden, Silvester 1945

Kaum dreht man sich um, da machen sie, was sie wollen. Aber was soll er dagegen tun? Wenn sogar seine Else dafür ist, da hat er ja überhaupt keine Chance.

Es wird also nichts mit der erhofften Verbindung zwischen seiner Hilde und dem netten Ami Josh Peters. Jammerschade. Noch am Heiligen Abend hat er geglaubt, es könnte sich da etwas entwickeln, weil sie ihn sogar umarmt und geküsst hat. Aber seitdem dieser abgerissene Mensch aufgetaucht ist, dieser fallsüchtige Franzose, der ihnen möglicherweise noch eine ansteckende Krankheit ins Haus geschleppt hat – seitdem sitzt seine wilde Hilde nur noch auf der Bettkante. Füttert ihren Liebling, schwatzt mit ihm auf Deutsch und Französisch, gibt ihm Medikamente, warmen Tee, süße Kekse. Was die beiden sonst noch treiben, will er gar nicht wissen.

»Turteltäubchen«, hat die Else lächelnd gesagt. »Ach, wie ich mich freue!«

Noch in der Nacht haben sie den armen Doktor Walter aus dem Bett geholt, damit er den Franzosen untersucht. Strengste Bettruhe hat er verordnet, Wärme, viel trinken, ein fiebersenkendes Medikament. Ansonsten müsse man abwarten, der junge Mann sei ja in den besten Händen.

Auch Luisa lächelt und behauptet, es sei das schönste Weihnachtsgeschenk für die Hilde. Und sie habe es verdient, endlich glücklich zu sein.

Ach, die Frauen. Sie haben alle solch ein traumverlorenes Lächeln im Gesicht, wenn sie von Hilde und dem Franzosen sprechen. Die Künzel hat behauptet, es gäbe nichts Schöneres als eine junge Liebe. Na, die muss es ja wissen! Nur die Edith von Haack hat den Kopf geschüttelt und behauptet, die Franzosen taugten doch alle nichts, das sei bekannt. Und dann hätten sie alle diese Krankheit, diese französische … Aber als sie das sagte, hat ihr die Else den Mund verboten. Donnerwetter, seine Else! So richtig wütend ist sie geworden – jetzt weiß er auch, woher die Hilde das heftige Temperament hat. Von ihm jedenfalls nicht.

Gestern war Josh Peters da, um sich zu verabschieden. Er fliegt zurück in die USA, reist nach New York zu seinen Eltern, weil sein Vater krank ist. Aber er plant, nach Deutschland zurückzukommen.

»Dieses Land lässt mich nicht los«, hat er gesagt. »Meine Wurzeln sind hier, meine Vorfahren haben hier gelebt, und ich werde herausfinden, warum sie Deutschland verlassen haben.«

Ach, er ist so ein lieber, anständiger Kerl! Sie haben ihm Briefe an Willi und an August mitgegeben, die er weiterleiten will. Wenn es doch nur gelingt. Dann hätten seine beiden Buben wenigstens einen Weihnachtsbrief von daheim. Ansonsten können sie nichts anderes tun als warten. Warten und hoffen, dass die beiden irgendwann heil und gesund vor der Tür stehen.

Wenigstens seine kleine Nichte Luisa macht ihm Freude. Sie hat sich inzwischen mit ihrem Fritz ausgesprochen, und wenn es stimmt, was Hilde ihm zugeflüstert hat, dann wollen die beiden heute Nacht Verlobung feiern. Nun – Heinz ist es recht. Ein Musiker in der Familie, das gefällt ihm. Armer Fritz – er kam vorgestern hier an, ist den ganzen Weg von Lenzhahn bis Wiesbaden zu Fuß gelaufen, weil er dem Wendelin nicht mehr traut. Die ganze Geschichte mit dem Schnaps war ihm furchtbar peinlich, er hat ihnen mehrfach versichert, dass er nur unter Zwang getrunken habe und normalerweise den Alkohol verabscheue. Dann haben sie sich zu dritt – die Hilde, die Luisa und der Fritz – ins Nebenzimmer verkrochen, und es wurden Dinge verhandelt, die er offensichtlich nicht wissen sollte. Allerhand. Er kann es gar nicht leiden, wenn sie Geheimnisse vor ihm haben. Auch wenn sie später mit Umarmungen und Wangenküssen über ihn herfallen und behaupten, er sei doch der liebste Onkel und der beste Papa, den es weit und breit gibt. Trotzdem will er mal seine Beziehungen spielen lassen, damit der Fritz so bald wie möglich eine gute Ausbildung als Geiger bekommt. Die Hochschule in Frankfurt wäre das Richtige – aber dort liegt ja noch alles darnieder, die müssen den Lehrbetrieb erst mal wieder auf die Beine stellen. Inzwischen will er aber auch seine Fühler in Richtung Wiesbadener Theater ausstrecken. Wenn der Fritz später eine Anstellung im Theaterorchester bekommt, dann werden die beiden hier in Wiesbaden bleiben, und er muss sich nicht von seiner Lieblingsnichte trennen.

In der Küche sind die Frauen schon wieder eifrig bei der Arbeit. Dank Josh Peters Abschiedsgeschenk werden sie das neue Jahr mit einem Gläschen Sekt begrüßen können. Dazu gibt es Schnittchen mit leckerer hausgemachter Wurst, die der Fritz im Rucksack herbeigeschleppt hat. Ja, die Schwiegersöhne, die richtigen und die abgelegten, die tragen doch ordentlich zum guten Leben bei. Nur dieser Franzose leider nicht, der liegt nur herum und lässt sich bedienen. Heute Nacht will er zu ihnen herunterkommen, hat Hilde vermeldet. Und ob der Papa seine dunkelbraunen Hosen und die braune Strickjacke überhaupt noch anziehen würde, sonst wolle sie die Sachen gern für Jean-Jacques ausleihen. Als er gerade erklären will, dass er diese Kleidungsstücke auf keinen Fall entbehren kann, fällt ihm die Else ins Wort.

»Die kann er gern haben, Hilde. Braucht der Papa sowieso nicht mehr.«

Und das in einer Zeit, wo jedes warme Kleidungsstück ein Vermögen wert ist. Aber mit ihm können sie es ja machen …

Inzwischen finden sich schon die ersten Gäste ein. Die Jenny mit dem Hans Reblinger, der Alois Gimpel, auch die Künzel hat heute frei und will mit ihnen feiern. Der Hubsi sitzt schon wieder am Klavier, dieses Mal spielt er Schubert, der Addi will ein paar Lieder zum Besten geben, und sie müssen noch üben. Julia trägt ein dunkelblaues Kleid mit Spitzenkragen, das zu ihrem roten Haar umwerfend aussieht. Sie lächelt Addi zu und verschwindet dann in der Küche, um ein paar »Kleinigkeiten« abzugeben, die sie für heute Abend organisiert hat.

»Was ist jetzt mit den beiden?«, flüstert Jenny über den Tisch hinweg. »Hieß es nicht neulich, sie wollten im kommenden Jahr heiraten?«

Die Künzel zuckt die Schultern und meint, es bliebe auf jeden Fall spannend.

»Momentan streiten sie sich wieder«, verkündet sie leise. »Weil Addi die Trennwand zwischen den beiden Wohnungen ganz herausnehmen will. Julia findet aber, dass die Wand bleiben muss, sie hätten schließlich die Verbindungstür.«

»So ein Quatsch«, knurrt Heinz. »Die Wand darf er gar nicht herausnehmen, weil sonst der Dachstuhl einstürzt. Sag ich ihm gleich mal …«

»Na, dann ist das Problem ja gelöst«, freut sich Hans Reblinger.

Die Künzel grinst spöttisch und meint: »Die finden schon noch ein anderes, die zwei Streithanseln.«

»Was sich neckt, das liebt sich!«

Später kommt der Franzose herunter, begrüßt zuerst die Else, dann den Heinz, danach alle anderen, und Hilde weist ihm den Platz neben ihr an. Er schaut schon viel besser aus, denkt Heinz. Als sie ihn neulich vom Fußboden auflesen mussten, hat er ja gedacht, dass die Hilde was Besseres verdient hat als diese Jammergestalt. Aber jetzt gefällt er ihm fast. Hübsch ist er, wenn auch viel zu dünn. Müssen ihn noch etwas herausfüttern. Aber er weiß, was sich gehört. Hat Respekt vor den künftigen Schwiegereltern und bemüht sich redlich, deutsch zu sprechen. Winzer ist er – nun ja. Versteht was von Wein und Sekt. Aber sie sind ja ein Café und keine Kneipe …

»Ich bedaure sehr, Herr Koch …«, sagt er jetzt zu Heinz. »Sie haben verloren Ihr Bein mit Mine … Das war nicht korrekt … wie sagt man … nicht anständig von Franzosen …«

Heinz erklärt ihm, dass es ja die Deutschen waren, die die Gegend vermint haben …

»Der Krieg macht, dass wir tun *des choses mauvaises* … schlimme Dinge …«

»Das ist wahr. Trinken wir auf den Frieden.«

Er wird wohl in dieser Nacht noch Brüderschaft mit ihm trinken – die Else duzt ihn schon, auch die anderen tun das. Da kann er nicht zurückstehen, das ist auch nicht seine Art. Er hat ja auch nette Züge, der Jean-Jacques, und die Hilde scheint bis über beide Ohren in ihn verliebt zu sein.

Und wie die beiden sich freuen, als Fritz aufsteht und seine Verlobung mit Luisa von Tiplitz verkündet! Jawohl, sie bleibt eine von Tiplitz, schließlich steht der Name so in ihren neuen Papieren, und wenn sie den Fritz heiratet, wird sie wohl sowieso einen anderen Nachnamen tragen. Alle trinken auf das Verlobungspaar, und Heinz wird ganz weinerlich zumute, weil er an seine arme Schwester Annemarie denkt, die das junge Glück nicht mehr erleben durfte.

Später, als sie gegessen haben und beieinandersitzen, um auf den Jahreswechsel zu warten, empfindet er plötzlich eine große Dankbarkeit. Was für ein Jahr liegt hinter ihnen! Wie schrecklich hat es begonnen, was haben sie alles durchgestanden. Gefangenschaft, Bombardierung, eine lebensgefährliche Verwundung, Einmarsch der Eroberer, Angst, Hunger und Kälte … Und nun sitzen sie hier zusammen, freuen sich über drei glückliche Paare und wissen Willi und August am Leben. Das Schicksal ist gut zu ihnen.

Um Mitternacht hören sie die Glocken der Kirchen läuten. Es wird auch geschossen, aber das sind ganz sicher die Amis, die keine Hemmungen haben, das neue Jahr mit lauter Knallerei und Böllerschüssen zu feiern. Hier im Café Engel hat zumindest niemand Lust auf ein Feuerwerk, sie haben die brennenden, todbringenden »Christbäume«, die vom Himmel fielen, noch viel zu sehr in Erinnerung.

Eine Weile stehen sie draußen vor dem Café, treffen sich mit den Nachbarn, wie sie es jedes Jahr an Silvester tun. Die Louise Drews ist mit den Kindern da, auch der Andreas Teubert, der einmal Luftschutzwart gewesen ist. Walter Brand wünscht ein frohes Neues Jahr und erzählt, dass sein Bruder Joachim in Frankreich sei und vielleicht bald heimkäme. Er sei verwundet, da habe er gute Chancen, bei den frühen Heimkehrern zu sein. Sie teilen den letzten Rest Wein aus und kehren schließlich frierend, aber froh gestimmt ins Café zurück. Else spendiert zwei Holzscheite, damit sie noch ein wenig beisammensitzen können, es gibt heißen Pfefferminztee, und Heinz erklärt, dass das neue Jahr nur ein besseres Jahr werden könne.

»Von nun an geht es wieder aufwärts«, ruft er aus. »Mit Deutschland. Und mit uns allen. Und mit dem Café Engel – versteht sich!«